曾影靖著
黃兆漢校訂

清人雜劇論略

臺灣學生書局印行

羅忼烈教授序

雜劇盛於元，初非藝文之具，排場勾欄行院之中，供販夫走卒耳目之娛，故其爲體，但求協乎宮商，老嫗能解，文采非所尙也。抑作者多倡優市井之徒，非關、馬、鄭、白之比，雖欲自振，力亦未逮也。王靜安《錄曲餘談》，譏其學問弇陋，獨絕千古，不爲厚誣矣。迨北調歌譜陵夷，無以被之絃管，遂成案頭之書，諷誦之什，於是明清兩代，百家盡廢，而王氏《西廂》以清詞麗句，獨領風騷，良有以也。余嘗徧覽元劇之見存者，十九不克終卷，亦惟質木無文故爾。蓋藝文之道，理無二致，戲曲於古誠不登大雅之堂，要非博學宏辭之士亦不能工，明劇多出辭人之手，故大體而言，文字又遠過於元。有清一代，作者皆文學名家，愈益研鍊淵雅，若吳梅村、王船山、尤西堂、洪昉思、孔東塘、厲樊榭、蔣心餘諸子，無慮十數，出其歌詩之緒餘而譔劇，大體言之，又遠勝於明。而世之論戲曲者，莫不遺遠賤近，奉元劇爲正宗，以粗獷俚俗爲當行本色，鴟嚇鴿棲，泥而未光者也。

兆漢、影靖伉儷，早歲從余於香港大學中文系，今且三十年矣。兆漢治金元詞，影靖治清人雜劇，俱別出心裁，斐然成章，相繼取碩士。方其時，言詞者必宋，言曲者必元，而唐圭璋之《全金元詞》，傅惜華之《清代雜劇全目》猶未面世，無所倚藉，兆漢、影靖乃寢饋若忘，搜蒐遺獻而董理論列之，甚足多也。影靖之爲清人雜劇，蓋亦有識於文字之工莫是過也。

尙記庚子（西元千九百九十年）長夏，兆漢、影靖結褵二十年，兆漢梓其少作詞曲論文爲一集以志慶，余爲題北小令《水仙子》云：「千秋絕艷賦崔鶯，九轉金丹索道經，廿年仙侶同心證。喜如今鬢尙青，鎭相隨石室書城。樂府資酣賞，詞餘待點評，學海和鳴。」蓋亦及影靖也。今又五禩，兆漢已晉香港大學中文系教授，影靖任香港理工大學圖書館貳長，去其燕爾之日二十五年矣，乃俗所謂銀禧者，不可無以爲祝。兆漢因筆削細君舊著《清代雜劇研究》爲三十餘萬言，俾利剞劂，曰《清人雜劇論略》。請序於余，余惟歲月之不居，喜來學之有成，安得無言哉！

乙亥春，羅忼烈序。

前言

二十五年前，即一九七〇年，內子影靖以《清代雜劇研究》一文獲得了香港大學文學碩士，之後，因爲研究興趣的轉移——轉移到圖書館學去，清代雜劇已不再是她研究的對象了，雖然她對這範圍常常難以忘懷。

說實話，她那長達四十六萬字的碩士論文是寫得不錯的，當時她的指導老師羅忼烈教授已對它十分滿意，評分甚高；校外審查委員美國印地安那大學的柳無忌教授更認爲它是不可多得的學位論文，鼓勵影靖盡快將它出版。可是，當時影靖只視它爲學習階段之作，不夠成熟，自然沒有勇氣付梓了，至今也沒有發表過它的任何片段。這是很可惜的，因爲這篇論文，實際上，是最早全面地、有系統地研究有清一代雜劇的專著。

但，畢竟是四分之一世紀前的作品了，以現今的眼光來看，其中自然有不足的地方，然而，從整體來看，它仍然不失爲一篇學術論文佳作，無論從宏觀或微觀的角度去看，它仍具有相當參考價值，至少，到目前爲止，它是唯一研究整個清代雜劇的專著。我覺得不把它公諸于世是頗爲可惜的事。現時學術界已開始全面研究清代的戲曲和正視這個時代的雜劇價值，而有關的著作也陸續面世，把影靖的論文刊印出來，爲學術界提供多一點參考材料，我認爲是需要和值得的。

可是，爲了出版而要影靖整理這篇論文，無論時間和精神都不許可，因此，徵得她的同意，就由我來負責這項工作。我重訂這篇論文的原則是：盡量保留那些討論雜劇作家和作品部分，務求通過這篇論文讀者可以對清人雜劇得到一個較爲明晰和深切的認識；同時，删去一些較爲枝節性的討論。至於原有的「結語」和「參考書及論文目錄」，由於修訂時內容的改動以引致「結語」不再適合和現時參考材料的增加，我便把這兩部分一并删去了。結果，全文删去了十二三萬字，剩下約三十三萬字左右。雖然三十多萬字的書對出版商來說是件頭痛的事，但是，如果因此而硬要進一步删削的話，那就有傷原作的精神了，在重訂的過程中，我也力求盡少加插自己的文字，以保存原文的風貌。

爲了突出論文中作家和作品的成份，我認爲把原來題目改成現時的樣子——《清人雜劇論略》較爲適合。書中討論的雜劇作家四五十人，作品達數百種，在一本只有三十多萬字的書裏要對這麼多的作家和作品作出深入的研究，是不可能的事，因此，我們樂意用「論略」一詞。況且，這本書是以一個新的姿態出現，而不是論文的原封不動的刊印，新書新題目不是很配合嗎？

今年十二月三十日是我和影靖結婚二十五週年的紀念日，是俗世所謂的「銀婚紀念」，就讓這本書——我們兩人合作的書來標誌這個「大好日子」和作爲此「良辰美景」的見證吧！

一九九五年一月　**黃兆漢**　於香港大學中文系

清人雜劇論略 目次

第四章　清雜劇的文學……………………………………一一七

第五章　初期（順治至雍正年間）的雜劇作家與作品……………………………………一五一

車江英—南山逸史—碧蕉軒主人—土室道民

第一章 導言

第一節 清代雜劇作家的分期及其社會地位

清代雜劇，鄭振鐸〈清人雜劇初集序〉曾就其進展過程將之分爲四期，計爲：一、始盛之期，即順、康之際；二、全盛之期，即雍、乾之際；三、次盛之期，即嘉、咸之際；四衰落之期，即同、光之際。這樣的劃分，雖云時代明確，卻嫌刻板，不夠概括。就作品所表現的技巧、精神看來，清雜劇的發展，實是歷經三個階段，其爲

一、初期—包括順治、康熙、雍正三朝（約由公元一六四四—一七三五年）的九十年間。

二、中期—包括乾隆、嘉慶兩朝（約由公元一七三六—一八二〇年）的八十餘年間。

三、後期—包括道光、咸豐、同治、光緒以至宣統五朝（約由公元一八二一—一九一一年）的九十年間。

同樣地，清雜劇的作家，亦可以如此區分。

初期的作家，人數不少，如：

陸世廉　張龍文　薛旦

鄭瑜　南山逸史，張源

周如璧	土室道民	黃家舒
黃之雋	碧蕉軒主人	鄒式金
鄒兌金	堵庭棻	葉承宗
袁于令	劉　翬	丁　澎
張雍敬	查繼佐	徐石麒
吳偉業	黃周星	葉奕苞（群玉山樵）
宋　琬	金　堡	尤　侗
王夫之	王叔盧	嵇永仁
龍　燮	廖　燕	許　逸
裘　璉	孔尚任	柳山居士
洪　昇	程　端	張　韜
吳雪舫	吳秉鈞	周　樹
陸　曜	萬　樹	退耕老農
車江英	青霞寓客	李天根
田　民		

這時期的作家，大都由明入清，他們帶著痛哭亡國的心情，含淚寫劇，以抒心志，所以作品中多流露豪放高曠之氣，而禾黍銅駝之怨，故國山河之悲，更見於字裏行間。如陸世廉的〈西臺記〉，吳偉業的〈通天臺〉、〈臨春閣〉，王夫之的〈龍舟會〉諸作，都瀰漫著一股沉鬱的感

情，充滿時代的氣息。作家之中，自以吳偉業、尤侗爲劇壇巨擘，弁冕羣倫。梅村所寫的是詩人之曲，西堂所塡的是詞人之曲，皆詞華雋秀，卓然大方。而王夫之雖不以雜劇爲當行，但其〈龍舟會〉一劇，沈鬱悲壯，睥睨古今，文辭格律，視作等閒。故吳、尤、王三人，堪稱三傑。其餘如徐石麒、袁于令、嵇永仁、裘璉、張韜等，雖非大家，亦可入名家之列。至於南洪、北孔，以〈長生殿〉、〈桃花扇〉名重一時，爲清代傳奇之雙秀，但就雜劇而言，二人未能獨步，須讓西堂、梅村一籌。是期作品，猶承明末仿古餘緒，在格律方面，雖不盡遵元人之法，大要而言，仍不失元劇之規矩。

至於中期的作家，數量方面略遜前期，但質素方面，則不稍減，如以下的都有可觀作品存世：

厲　鶚	吳　城	崔應階
唐　英	楊潮觀	韓錫胙
廖景文	蔣士銓	曹錫黼
王文治	桂　馥	王　墅
孔廣林	王昭麟	王　復
徐　爔	石韞玉	王　曇
舒　位	范　駒	許鴻磐
呂星垣	朱鳳森	陳　棟
蓉鷗漫叟	吳　鎬（荊石山民）	

初期作品的蒼莽疏宕之氣，至此已大爲掩抑，惟在桂馥〈後四聲猿〉、楊潮觀〈吟風閣〉中，尙可見流風。這時期的作品，題材愈趨熱鬧，文辭益臻雅麗凝鍊，格律則另闢蹊徑，去元人更遠。我們試看〈吟風閣〉三十二劇，每折一事，創空前之局，可說已臻短劇之極詣。而且魄力雄偉，爲從來雜劇作家所少有，洵足爲詞苑之飛將。除笠湖而外，蔣士銓、桂馥亦是乾、嘉之際的大家，鼎足而三，爲曲苑盟主。至於厲鶚、吳城、唐英、徐爔、舒位、石韞玉、吳鎬諸家，亦稱能手，爲此時劇壇之支柱。

後期作家，人數頗衆，值得注意者有下列諸人：

湯貽汾	胡薇元	嚴廷中
梁廷枏	何佩珠	吳　藻
徐　鄂	林奕構	張聲玠
嚴保庸	雪樵居士	姚　燮
范元亨	張嘉特	周樂清
黃燮清	俞　樾	許善長
張雲驤	徐家禮	楊恩壽
張懋畿	曼陀居士	何青耜
漁莊釣徒	陳　烺	袁　蟫
吳　梅	東學界之一軍國民	
春夢生	玉橋憂患	大　雄

感　惺　挽　瀾　柳棄疾
覺　佛　竺　崖　陳星台
劉　鈺　碩　果　龐樹柏
蔣景緘　王蘊章　悲秋散人
陸恩煦　阮夢桃　南荃外史
白雲詞人　蔣鹿山

清雜劇發展至此，已成強弩之末，曲家才智，頗呈枯竭之勢。這時期的作品，正如鄭氏所評，是「麗而弗秀，新而不遒。譬諸美人，艷乃在膚。」❶諸家只知在文字技巧上用力，初期作品中高放的意境，至此已蕩然無存。而且，「所作雖多，合律蓋寡。取材亦現捉襟露肘之態。頗見迂腐，殊少情致。」❷再加上乾隆末期以後，花部紛起，崑曲衰頹，故雜劇之創作，更為凋落。在這時期裏，勉力支撐殘局而尚足稱道者僅有黃燮清一人。清代傳奇，以韻珊為最後一筆，就雜劇而言，亦復如此。其餘如吳藻、湯貽汾、楊恩壽、徐鄂、梁廷枏、周樂清、俞樾、張聲玠等，雖偶有佳作，但亦無補於大局了。

最後，值得我們注意的是一些作於光緒年間的雜劇。在文學觀點來說，這些作品原是乏善可陳的。但是，在意識上，這些晚清作品卻掀起了一個新的局面，反映時代的呼聲。在這時的作品，作者再不是失意才人的抒憤洩怨，而是赤裸地表露他們的愛國熱情、民族意識，毫不保留的顯示他們對當時社會的憎惡，及對未來的期望。文辭格律，俱所不計，且有外國詞語入曲。在題材方面，大都取材於南宋、南明的悲壯事蹟，所寫人物，亦不再是杜甫、李白、蘇軾、陶潛這些詩人逸士，而多寫文天祥、史可法、鄭成功、張煌言等民族英雄。有等更不以古人爲依傍，作者現身說法，直抒胸臆，故寫來皆激昂慷慨，血淚交流，如〈夢桃〉、〈歎老〉、〈少年登場〉諸劇便是。這時期的作家，在意識上，與初期由明入清的雜劇作家，可說是前後互相呼應的。後者因緬懷過去而痛哭，前者爲渴望新的未來而怒號，二者都有著濃厚的愛國熱情，強烈的民族意識，不同的只是消極與積極之分而已。

至於清代雜劇作家的社會地位，頗有可談者。

我們都知道，一個作家的社會地位，與他的學術修養，是截然不同的事。歷來的偉大作家，大都是青雲得志者少，蹭蹬場屋者多，所謂「文窮而後工」，例子是屢見不鮮的。因此，以其人社會地位之高低，來作評價作品高下之標準，是絕不可能的事。但在這裏，我們對於清代的雜劇作家的社會地位與質素問題，仍是不厭求詳的去探討一番，目的有二。一是欲藉此以觀元、明、清三代從事雜劇創作者在出身、教養、地位等方面，有何不同之處。其次，清代文人，或雅尙詞章，或潛心經術，於戲曲之道，較元、明兩代爲輕視，試觀《四庫全書總目》卷一九八，〈集部詞曲類〉云：

> 詞曲二體，在文章技藝之間，厥品頗卑，作者弗貴。特才華之士，以綺語相高耳。……曲則惟錄品題論斷之詞及《中原音韻》，而曲文則不錄焉。王圻《續文獻通考》，以《西廂記》、《琵琶記》俱入〈經籍類〉中，全失論撰之體裁，不可訓也。❸

紀昀所言，雖屬個人看法，以之代表清代正統文人的普遍觀念，亦非過份。就在這一個卑視劇曲的時代中，一般用力於雜劇，醉心於音律的劇曲愛好者，又多屬什麼階層、等級的人呢？這就是我們所希望知道的。

一般來說，元代雜劇作家所給我們的印象是「沉抑下僚」、官位卑微的下層人物，這大部份是因爲我們對於他們的傳記資料知道得太少。更加上明胡侍在《眞珠船》卷四所云：

蓋當時臺省元臣，郡邑正官，及雄要之職，盡其國人爲之，中州人每每沉抑下僚，志不獲展。如關漢卿入太醫院尹、馬致遠江浙行省務官、宮大用釣臺山長、鄭德輝杭州路吏、張小山首領官。其他屈在簿書，老於布素者，當多有之。於是以其有用之才，而一寓之乎歌聲之末，以舒其怫鬱感慨之懷，蓋所謂不得其平而鳴焉者也。❹

無可否認，蒙元一代，漢人位居要津者確屬很少，雜劇作家於《錄鬼簿》上卷中記有職官者僅得十六人：關漢卿、庾吉甫、馬致遠、劉唐卿、趙公輔、李子中、李文蔚、王廷秀、李壽卿、李寬甫、趙天錫、梁進之、史九散人、尙仲賢、戴善甫、顧仲清、李進取、姚守中、李時中❺。其中以史九散人爲萬戶最著外，他如千戶一人，主事一人，縣尹一人，知州一人，儒學提舉一人，餘均微不足道。至於下卷作者，鍾嗣成不但沒有提及他們的門第與地位，且謂：「門第卑微，職位不振。」❻相信這不是繼先自謙之語。而胡侍「沉抑下僚」之說於此亦足爲證。

但是，名位不著，並不等於學問弇陋，王國維《錄曲餘談》卻云：

元初名公，喜作小令套數。如劉仲晦（秉忠）、杜善夫（仁傑）、楊正卿（果）、姚牧庵（燧）、盧疎齋（摯）、馮海粟（子振）、貫酸齋（小雲石海涯）等，皆稱擅長，然不作雜劇。士大夫之作雜劇者，唯白蘭谷（樸）耳。此外雜劇大家，如關、王、馬、鄭等，皆名位不著，在士人與倡優之間，故其文字誠有獨絕千古者，然學問之弇陋與胸襟之卑鄙，亦獨絕千古。戲曲之所以不得與於文學之末者，未始不由於此。❼

這種見解，雖有部份理由，卻不全確。誠然，元代的雜劇作家很多都是官位卑微，品流複雜，如商人、醫生，甚至倡優（如趙文殷、張國賓、紅字李二、花李郎等便是）也有，但其中也有出自高貴門第，而且有豐富學養之士。吉川幸次郎在他的《元雜劇研究》一書裏，便曾就元劇作家的質素問題，旁徵廣引，發表很多精闢的見解。他並不完全同意王氏的說法。他認爲在《錄鬼簿》上卷作者中，從事雜劇創作的士大夫，並非如王氏所謂僅得白仁甫一人，其他如侯正卿即爲元代《易經》學者，史九散人乃開國元勳史天澤之幼君，趙天錫、杜善夫亦名流❽等等，他們都受過高度教育，當屬士大夫之流。至於下卷作者，其社會地位較上卷的爲低，這是毫無疑問的。所以，吉川氏亦嘗謂：「雜劇的作者爲微賤的人物，這種想法雖然沒有全錯，但其中例外卻也不在少數，而尤以上卷作者爲然。」❾

元代雜劇作家的情形如此，及至明代便有了顯著的轉變。一般說來，雜劇作家的社會地位普遍地都提高了。在明代初年，雄飛於戲曲界，作品豐富而具有一定影響力的代表作家，便是朱明皇朝的藩王。他就是周憲王朱有燉。他一生努力不懈，專力於戲曲創作，遂爲明代末年戲曲的盛行奠立了穩固的基石。除他之外，還有寧獻王朱權，也是以帝室藩王之尊，從事戲劇的編撰，產生不少優美的作品，成爲當時戲曲界的巨人。這樣的事實，在元代是沒有的。所以我們說，在明代雜劇作家中，社會地位較高的人是佔大多數的。這種情形恰與元代相反。

根據八木澤元在《明代劇作家研究》裏統計得到的結果，在明代劇作家中，以進士及第而成爲顯宦的，即有二十九人：邱濬、王九思、康海、楊愼、陳沂、吳鵬、李開先、胡汝嘉、秦鳴雷、謝讜、汪道昆、王世貞、張四維、顧大典、沈璟、陳與郊、屠隆、龍膺、鄭之文、湯顯祖、謝廷諒、王衡、施鳳來、阮大鋮、魏浣初、葉憲祖、范文若、吳炳、來集之⑩等，就中尙書兼大學士四人，尙書三人，卿二人，侍郎一人，少卿二人，而朱權、朱有燉、朱憲㸅（他們都是藩王）、王九思、康海、楊愼、陳沂、李開先、汪道昆、陳與郊、王衡、葉憲祖等都是名重一時的雜劇作家。他們在當代的文名，固爲世稱道，所作戲曲亦風行一時。這與元代戲劇界的情形，自是大有區別。

但到了學術風氣濃厚的清代，戲曲在正統文人眼中的地位便大大的降低了。雖然，它仍然是帝皇宗室的愛好消遣品，如尤侗早年作的〈讀離騷〉諸雜劇，便曾流聞禁中，爲內廷讚賞；而乾隆一朝更喜令文士進呈劇曲，以歌頌昇平。清昭槤《嘯亭續錄》便有這樣的記載：

> 乾隆初，純皇帝以海內昇平，命張文敏製諸院本進呈，以備樂部演習。凡各節令皆奏演。其時典故，如屈子競渡，子安題閣諸事，無不譜入，謂之〈月令承應〉；其於內庭諸喜慶事，奏演祥徵瑞應者，謂之〈法宮雅奏〉；其於萬壽令節前後，奏演羣仙神道，添籌錫

禧，以及黃童白叟、含哺鼓腹者，謂之〈九九大慶〉；又演目犍連尊者救母事，析為十本，謂之〈勸善金科〉，於歲暮奏之，以其鬼魅雜出，以代古人儺祓之意，演唐玄奘西域取經事，謂之〈昇平寶筏〉，於上元前後日奏之，……⓫

清室每以戲劇來助慶，於此可見一斑。然而，愛好是一回事，看重與否卻又是另一回事。清代正統文人對戲曲大都是看不起的。前面所引紀昀所言自可代表官方觀感，另在筆記中亦可看到一般對劇曲的看法，周召《雙橋隨筆》便有這樣的記載：「《太平清話》云：『先秦兩漢，詩文具備，晉人清談、書法，六朝人四六，唐人詩、小說，宋詩餘，元人畫與南北劇，皆是獨立一代。』余謂秦漢詩文、晉人書法、唐人詩、宋詞、元畫，尚矣。至於清談、四六、小說、南北劇，開人疎狂靡麗荒誕淫哇之習，為厲不淺。人有宜束於高閣，而文有當付之冷灰者，或但取其言與文供人耳目之翫則可耳。」⓬又同書卷三謂：「元人制作，以詩詞劇曲為長，張西銘先生以為博簺不足道，而高文典冊有在《文類》中者……」所言皆是反對元以劇曲為一代文學之說。

不僅劇曲受到時人的輕視，即愛好者亦常被人彈譏。清代以評註《水滸傳》、《西廂記》得名的才子金人瑞，便嘗為人抨擊。陸文衡《嗇庵隨筆》以之不軌正業，曰：「金聖嘆所批《水滸傳》、《西廂記》等書，眼明手快，讀之解頤，微嫌有太褻越處，有無忌憚處，然不失為大聰明人，每言錦繡才子，殆自道也。後得奇禍，不知何以遂至於是，可勝惋惜。今有人向余述其平日言之狂誕，行之邪放，曰：『此盆成括一流人也。』余為悚然。有才者不易得，才而不軌正業，報固若是烈歟！」⓭亦有以之爲聰明誤用，王宏撰《山志》曰：「金氏批評傳奇小說，亦堪解頤，及行之詩文，則謬矣。卒罹大法，實可憫惜。然聰明誤用，亦足以戒。」⓮在他們來說，戲曲只是小技，僅供解頤愉情之用，是不能登大雅之堂的。

當然，清代還有不少思想開明之士，對於戲曲，不但不加以輕視，反極表推崇備至，如尤西堂便是。他嘗謂：「且今之人往往高談詩而卑視曲，詞在季孟之間。予獨謂：能爲曲者，方能爲詞，能爲詞者，方能爲詩。何者？音與韻莫嚴于曲，陰陽開閉，一字不叶，則肉聲抗墜，絲竹隨之。……以詩爲詞，合者十一，以曲爲詞，合者十九。若以詞曲之道進而爲詩，則宮商相宣，金石相和，渢渢乎皆《三百篇》矣。」⓯立論精闢，獨具慧眼，力排衆議，自是驚世之言。

清代的士大夫之流對戲曲所持的態度已於上面說過，那麼，當時從事雜劇編寫的又多是什麼階層的人呢？是如元代的「沉抑下僚」，還是如明代的高官顯宦呢？且讓我們去檢討一下。

在清代的雜劇作家中，有官職的不少，上自從一品，下至從八品的皆有。其中進士及第者亦不少。至於爲舉人或監生的則更多了。所以，清代的雜劇創作，主要仍是落在士人手裏。

還有一點，我們須說明的就是，劇曲雖爲清代正統文人所歧視，但雜劇作家中卻有不少是當代的學者、古文家、詩人、詞人等。他們雖或仕途失意，惟在學術界卻亨有崇高的聲譽。例如，王夫之、桂馥、厲鶚、張雍敬、許鴻磐、梁廷枏、俞樾諸家，都是博學多聞、著作等身的學者，在經學、史學、小學、輿地學等方面，都有著卓越的成就，而名重一時。其名均載於《清儒學案》。再看清初劇壇的雙璧，吳偉業與尤侗，梅村極工詩詞，與錢謙益、龔鼎孳齊名，並稱江左三大詩人；西堂則詩詞古文，並爲精妙，才既富贍，且多新警之思，每篇一出，傳誦遍人口。他歸隱後，每日踵其門求詩文者，眞是絡繹不絕，門限爲穿。以《桃花扇》震驚曲苑的孔尚任，亦以詩文名。而乾隆間的蔣士銓，其詩素爲人稱道，少時與汪軔、楊垕、趙由儀有「四子」之目，後且與袁枚、趙翼稱袁、蔣、趙三家。他特長於七言，至敍述節烈，讀之使人感泣。此外，在其他劇作家中，以能詩著稱的，初期的有黃周星，著有《芻狗齋集》、《九烟詩抄》；與丁澎同稱「燕臺七子」的宋琬，他的詩格合聲諧，明靚溫潤，王士禎以之與施閏章相況，目爲「南施北宋」。而丁澎亦是少有雋才，名播江左，爲「西泠十子」之一，有白燕詩傳流吳下，士女多書之衫袖。稍後王文治，他的詩雄傑宏亮，不愧唐音，一時聲華，與袁枚相上下，作有《夢樓詩集》；呂星垣與洪亮吉、孫星衍、趙懷玉等合稱「毘陵七子」，他的詩古文詞，高古雅潔，自成一家；《缾笙館修簫譜》作者舒位與王曇同享盛名，伍堯法式善以二人與孫原湘爲「三君」，爲作〈三君詠〉。而王曇除以詩鳴於時，尤工駢體文，嘗作〈西楚霸王廟碑〉，竇光鼐歎以爲二千年來無此手筆。其他精於古文的好手，更有清初堪與魏禧、侯朝宗竝名的廖燕及查繼佐、裘璉、石韞玉等，另外，萬樹、吳藻等亦都是清詞的佼佼者。當然，尤侗、厲鶚的詞，自是冠絕一時，而後期的湯貽汾則是嘉道以後的一個大畫家。

在這裏我們僅舉出一部份的作家，來證明清代的雜劇，有許多是出自當代的著名學者、詩人、詞客之手。所以，劇曲雖不爲清代一般士大夫所重視，但正統文人參預雜劇創作的，卻不在少數，而寫劇便成爲他們治學之餘的雅事，也是他們抒情洩怨的工具，至於能否披之管絃，演出於舞臺之上，則在所不顧了；如徐爔的〈寫心劇〉十八種，現身說法，完全是自述之體，自是不適宜於搬演。所以，清代的雜劇，不少都是僅作案頭供奉而已。

第二節　清代短劇的盛行

在明代崛興的短劇，抵清世更為發達。所謂短劇，即單折雜劇，其產生應是雜劇演變的一個重要發展。因它主要是南曲聯套，這樣曲數多寡並無限制，且又有集曲之法，有一曲長至數百字者，故往往一折，卻相當於元劇三數折。(南北合腔元沈和之作已有，《錄鬼簿》云：「和字和甫，杭州人，能詞翰，善談謔，天性風流，兼明音律，以南北調合腔自和甫始。」⑯而以一折譜一事，就雜劇體制而言，無疑是一種新的形式，尤其以許多折演許多故事而合為一集，更是前所未見。對於這種南北混合體短劇，前人多以為出於元代晚進王生的〈圍棋闖局〉，可是這一雜劇，實係《西廂記》的補作，既非獨立的一折，自不能當為劇格。因此，嚴格來說，短劇的始創者應推王九思，他的〈中山狼〉院本，雖名院本，實即雜劇。全劇用雙調〈新水令〉一套演唱，前所未有，當屬獨創，為以後單折的短劇，樹立一個楷模。

王渼陂(九思)以後，正式大量從事寫作短劇的是楊慎。他的《太和記》六本，按月令演述六本故事，每事一折，合共二十四折。此劇今已失傳⑰，但此劇體一興之後，便蔚成風氣，在正德嘉靖年間，流行起來。

這種劇體在搬演和塡製上都有很大的便利。在搬演方面，既便於取樂賓客，而費時短，演奏易。就作者而言，便於抒發一己的懷抱，寄託一時的興緻，塡製十支或十數支曲調，可短可長，只求能盡作者所欲道。在文字描寫上，也容易集中精力，不致散漫，其所得效果，較平鋪直敍動輒數十齣的傳奇，更爲顯著。所以這種南北混合體的戲劇，取雜劇傳奇之長，棄二者之短，很適合文人們的陶情寫興，因而染指者漸多，在戲劇界開闢了另一條新的道路。盧前嘗謂：「雜劇之起爲四折，終而至於有四十齣之傳奇，物極必反，繁者亦必日益就簡，短劇之作，良有以也。」⑱這是極有見地的話。

這種短劇，在題材方面，亦有其特點，即不再像元雜劇一樣，專寫民間傳說之中心人物，如包龍圖、李逵、魯智深、鄭元和之類，而改寫爲文人所喜愛的故事，借以發洩自己的胸臆。故這種短劇亦可稱之爲「文士劇」。

由於形式的方便，最利於文人發洩牢愁，抒寫懷抱，所以短劇到了清代，流行益盛。這是明代曲家留給清人的一份珍貴的遺產。

初期的短劇作家與作品，幾不能僂指。先是有鄭瑜、張龍文、土室道民、黃家舒、鄒兌金、堵廷棻、葉承宗等。鄭瑜的〈鸚鵡洲〉、〈汨羅江〉、〈黃鶴樓〉、〈滕王閣〉諸劇，多感慨之語，似有感而發。張龍文有〈旗亭讌〉，土室道民有〈鯁詩讖〉，黃家舒有〈城南寺〉，鄒兌金有〈空堂話〉，堵廷棻有〈衛花符〉，葉承宗有〈孔方兄〉、〈賈閬僊〉、〈十三娘〉。各劇「或抑鬱幽憂，抒其禾黍銅駝之怨；或憤懣激烈，寫其擊壺彈鋏之思；或月露風雲，寄其飲醇近婦之情；或蛇神牛鬼，發其問天遊仙之夢。」⑲稍後，更多名家出現。徐石麒有〈浮西施〉、〈拈花笑〉。尤侗有〈清平調〉。嵇永仁有〈續離騷〉四折，一折一事，一爲〈劉國師教習扯淡歌〉、一爲〈杜秀才痛哭泥神廟〉、一爲〈癡和尚街頭笑布袋〉、一爲〈憤司馬夢裏罵閻羅〉。

廖燕有〈醉畫圖〉、〈訴琵琶〉、〈續訴琵琶〉、〈鏡花亭〉四種，作者現身說法，自道身世，前所未見。裘璉有〈昆明池〉、〈集翠裘〉、〈鑑湖隱〉、〈旗亭館〉，合稱〈明翠湖亭四韻事〉。孔尚任有〈大忽雷〉二折，寫陳子昂碎胡琴事。洪昇亦有〈四嬋娟〉四折，分別寫謝道韞、衛茂漪、李易安、管仲姬四人的韻事，風光旖旎。還有張韜的〈續四聲猿〉，也是一折一事，一曰〈杜秀才痛哭霸亭廟〉、一曰〈戴院長神行薊州道〉、一曰〈王節使重續木蘭詩〉、一曰〈李翰林醉草清平調〉。其中嵇、張諸作，沉痛悲壯，廖燕數劇，滿紙牢騷，皆藉劇中人之口以抒一己之胸臆。獨有裘璉〈四韻事〉，乃爲自娛而作，此實超於當代風尚之外。

乾、嘉之世，短劇更爲盛行。其中大家，首推楊潮觀。他的《吟風閣雜劇》三十二種，已臻短劇之極詣，爲巔峯之作。那三十二折爲：〈新豐店馬周獨酌〉、〈大江西小姑送風〉、〈李衛公替龍行雨〉、〈黃石婆授計逃關〉、〈快活山樵歌九轉〉、〈窮阮籍醉罵財神〉、〈溫太眞晉陽分別〉、〈邯鄲郡錯嫁才人〉、〈賀蘭山謫仙贈帶〉、〈開金榜朱衣點頭〉、〈夜香臺持齋訓子〉、〈汲長孺矯詔發倉〉、〈魯仲連單鞭蹈海〉、〈荷花蕩將種逃生〉、〈灌口二郎初顯聖〉、〈魏徵破笏再朝天〉、〈動文昌狀元配瞽〉、〈感天后神女露筋〉、〈華表柱延陵掛劍〉、〈東萊郡暮夜卻金〉、〈下江南曹彬誓衆〉、〈韓文公雪擁藍關〉、〈荀灌娘圍城救父〉、〈信陵君義葬金釵〉、〈偷桃捉住東方朔〉、〈換扇巧逢春夢婆〉、〈西塞山漁翁封拜〉、〈諸葛亮夜祭瀘江〉、〈凝碧池忠魂再表〉、〈大葱嶺隻履西歸〉、〈寇萊公思親罷宴〉、〈翠微亭卸甲閒遊〉。此三十二種，可謂無一不佳。

除笠湖〈潮觀〉外，還有桂馥的〈後四聲猿〉，包括〈放楊枝〉、〈題園壁〉、〈謁府帥〉、

〈投國中〉四個短劇；唐英的〈女彈詞〉、〈十字坡〉、〈笳騷〉、〈傭中人〉、〈英雄報〉；曹錫黼的〈四色石〉，包括〈張雀網延平感世〉、〈序蘭亭內史臨波〉、〈宴滕王子安檢韻〉、〈寓同谷老杜興歌〉四個故事；石韞玉的〈花間九奏〉，即〈伏生授經〉、〈羅敷采桑〉、〈桃葉渡江〉、〈桃源漁父〉、〈梅妃作賦〉、〈樂天開閣〉、〈賈島祭詩〉、〈琴操參禪〉、〈對山救友〉九劇，舒位的〈缾笙館修簫譜〉四種：〈卓女當壚〉、〈博望訪星〉、〈樊姬擁髻〉、〈西陽修月〉；及吳鎬（荊石山民）的〈紅樓夢散套〉，凡十六折：〈歸省〉、〈葬花〉、〈警曲〉、〈擬題〉、〈聽秋〉、〈劍會〉、〈聯句〉、〈癡誄〉、〈顰誕〉、〈寄情〉、〈走魔〉、〈禪訂〉、〈焚稿〉、〈冥升〉、〈訴愁〉、〈覺夢〉。這些都可以稱得上是上乘之作，尤以末谷〈桂馥〉之作，爲曠世悲劇，直堪繼武青藤的〈四聲猿〉。這時期的短劇製作，風格、辭采以及聲律，並臻絕頂，故鄭振鐸謂：「短劇完成，應屬此時。」⑳這種從雜劇演變出來具有新形式的短劇，爲戲劇創作，另闢一條新的道路，雖說是創自明人，但清人耕耘之功，卻是不可抹煞的。

由於短劇便於搬演，形式又極爲簡鍊，最宜用於描敍即時即景之事。因此，王文治的〈迎鑾新曲〉，便是由九個短劇組成，它們是：〈三農得澍〉、〈龍井茶歌〉、〈祥徵冰繭〉、〈海宇歌恩〉、〈燈燃法界〉、〈葛嶺丹爐〉、〈仙醞延齡〉、〈瑞獻天台〉、〈瀛波清宴〉，都是爲乾隆帝南巡，即地即景塡造的。至於柳山居士爲記京華上元盛況而寫的〈太平樂事〉十齣，除第一齣爲開場外，餘均每齣一事，〈燈賦〉、〈山水清音〉、〈太平有象〉、〈風花雪月〉、〈龍袖驕民〉、〈貨郎擔〉、〈日本燈詞〉、〈賣癡歌〉、〈豐登大慶〉，亦屬短劇之體。此外，蓉鷗漫叟的《清溪笑》十六種：〈贖雛鬟司業義捐金〉、〈棄微官監州貪倚玉〉、〈桃葉渡吳姬泛月〉、〈海棠軒楚客吟秋〉、〈謝秋影樓上品詩牋〉、〈王翹雲閣中擲金釧〉、〈解語花浣紗自嘆〉、〈侯月娟贈蜨私盟〉、〈紗帽巷報信傷春〉、〈牡礪園尋秋說艷〉、〈排家宴四美祝花朝〉、〈助公車羣賢爭雪夜〉、〈鵝羣閣雙艷盟心〉、〈田鷄營六雞識俊〉、〈莫愁湖江采蘋命字〉、〈鷲峯寺唐素君皈禪〉，也是嘉慶年間的作品。漫叟還有《續清溪笑》一卷，是描寫青樓名妓事。共收短劇八齣，各一齣，劇目為：〈勸美〉、〈賣花奴同途說艷〉、〈隱仙庵喧闐游桂苑〉、〈釣魚人彳亍打茶圍〉、〈王壽卿被褐驚寒〉、〈葉香畹開堂教戲〉、〈一柄扇妙姬珍舊跡〉、〈九轉詞逸叟醒群芳〉。而在乾、嘉間曾以集謁袁枚的范駒㉑，也有一折短劇〈送窮〉，亦文士自抒懷抱之作。

咸、同之後，短劇之作，雖然稍稍歛跡，但前期流風未泯，文士仍有藉之以抒憂洩怨。如陳烺的〈悲鳳曲〉，便是借說書人口吻，說出江山王鳳姑事，用以勸世，其〈駐馬聽〉云：「怎肯甘休，貌為人，心是獸。有如針灸，這痛苦徹心頭。凜森森撞見了活閻羅，湯沸沸宛似那油鍋溜，一念生偷，偷生恐怕名兒臭。」而嚴廷中的〈秋聲譜〉雜劇，包括〈武則天風流案卷〉、〈沈媚娘秋牕情話〉、〈洛城殿無雙艷福〉三劇，雖均以團圓結局，而紙背上卻隱隱透露出悽涼來。張聲玠以九事：〈訊豝〉、〈題肆〉、〈琴別〉、〈畫隱〉、〈碎胡琴〉、〈安市〉、〈看眞〉、〈遊山〉、〈壽甫〉，合為一本的《玉田春水軒雜齣》；與吳藻的〈喬影〉；及俞樾的〈老圓〉；也很工麗馴雅，均不失為佳作。另外如張嘉特有〈放鷳〉、〈標塔〉、〈尋碑〉、〈辨龍〉、〈知驥〉、〈訪石〉、〈紀姬〉、〈修樓〉、〈觀海〉等作；袁蟫有〈仙人感〉、

〈藤花秋夢〉、〈金華夢〉、〈暗藏鶯〉、〈長人賺〉、〈鈞天樂〉、〈一綫天〉、〈東家顰〉、〈三割股〉等作，都是一齣的短劇；何青耜又有一折的〈仙合曲譜〉。而在清代末年，一些憂時傷國之士，更用這短小精悍的劇體來抨擊時局，抒發他們的憤慨。如竺崖的〈渡江楫〉、阮夢桃的〈夢桃〉、大雄的〈女中華〉、安如的〈松陵新女兒〉、玉橋憂患的〈廣東新女兒〉、白雲詞人的〈風月空〉、蔣鹿山的〈鬧冥〉、覺佛的〈活地獄〉、吳梅的〈落茵記〉、無名氏的〈才年登場〉、碩果的〈一家春〉等便是這時期的作品。

明人始作的短劇，抵清世大大的發達起來，而徐青藤（渭）的〈四聲猿〉體，更紛紛爲作者們所模仿。張韜名其劇爲《續四聲猿》（《清人雜劇初集》本），且序道：

猿啼三聲腸已寸斷，豈更有第四聲？況續以四聲哉！但物不得其平則鳴，胸中無限牢騷，恐巴江巫峽間，應有兩岸猿聲啼不住耳！徐生莫道我饒舌也。

是有意續徐文長之作。而桂馥也有《後四聲猿》（《清人雜劇初集》本），是寫李賀、蘇軾、白居易、陸游四人事，王定柱序之云：

先生才如長吉，望如東坡，齒髮衰白如香山，意落落不得，乃取三君軼事，引宮按節，吐臆抒感，與青藤爭霸風雅。……巫山三峽，巫峽長猿啼三聲淚沾裳，況四聲耶？況又後四聲耶？

亦是倣效青藤〈四聲猿〉以抒發傷心懷抱。至於鄭瑜的〈鸚鵡洲〉，〈汨羅江〉、〈黃鶴樓〉、〈滕王閣〉四劇，及嵇永仁的〈續離騷〉，雖未明言以徐作爲藍本，但他們深受〈四聲猿〉體例的影響，這是可以肯定的。

此外，清代雜劇作者，更繼承著明人以數劇合成一套的風氣，像裘璉的〈明翠湖亭四韻事〉，洪昇的〈四嬋娟〉，車江英的〈四名家傳奇雜齣〉，楊潮觀的〈吟風閣雜劇〉，曹錫黼的〈四色石〉，石韞玉的〈花間九奏〉，王文治的〈迎鑾新曲〉，柳山居士的〈太平樂事〉，蓉鷗漫叟的〈清溪笑〉與〈續清溪笑〉、嚴廷中的〈秋聲譜〉，張聲玠的〈玉田春水軒雜齣〉及吳鎬的〈紅樓夢散套〉等作，都是效明汪道昆《大雅堂雜劇》的故智，將數劇合成一套，再冠以總名。因此，我們可以說，清雜劇在很多方面都是受到明的影響。

附註

❶ 見鄭振鐸〈清人雜劇初集序〉，一九三一年長樂鄭氏景印。

❷ 同上註。

❸ 《四庫全書總目》卷一九八，〈集部〉五十一，〈詞曲〉類一，第七冊，總頁四一四一。一九六九年三月臺灣藝文印書館印行。

❹ 明胡侍《眞珠船》，卷四，頁一，〈元曲〉條，見明陳繼儒輯《寶顏堂秘笈》，普集第五，一九二二年石印本。

❺ 據鍾嗣成《錄鬼簿》所載：關漢卿爲太醫院尹；庾吉甫爲中書省掾、除員外郎，中山府判；馬致遠爲江浙行省務官；劉唐卿爲皮貨所提舉；趙公輔爲儒學提舉；李子中爲知事除縣尹；李文蔚爲江州路瑞昌縣尹；王廷秀爲淘金千戶；李壽卿爲將仕郎、除縣丞；李寬甫爲刑部令史，除廬州合淝縣尹；趙天錫爲鎭江府判；梁進之爲警巡院判、除縣尹；史九散人爲武昌萬戶；尙仲賢爲江浙行省務官；戴善甫爲江浙行省務官；顧仲清爲清泉場司令；李進取官醫大夫；姚守中爲平江路吏；李時中爲中書省掾、除工部主事。（茲所據者爲《中國古典戲曲論著集成》本《錄鬼簿》。）

❻ 元鍾嗣成《錄鬼簿》自序，見《中國古典戲曲論著集成》，第二冊，總頁一〇一。一九五九年北京中國戲曲研究院編校，中國戲劇出版社出版。

❼ 王國維〈錄曲餘談〉，頁二七四，見《宋元戲曲史》，一九六四年四月香港太平書局出版。

❽ 見日人吉川幸次郎著（鄭清茂譯）《元雜劇研究》上篇〈元雜劇的背景〉、第二章〈元雜劇的作者〉（上）〈前

期作者〉六。一九六〇年一月臺北藝文印書館出版。

❾ 日人吉川幸次郎著《元雜劇研究》，頁九九。參❽。

❿ 二十九人之官階如下：邱濬爲禮部尚書兼文淵閣大學士；王九思官吏部郎中；康海爲翰林院修撰；楊慎官翰林學士；陳沂官山西行太僕寺卿；吳鵬官吏部尚書；李開先官提督四夷館太常寺少卿；胡汝嘉官翰林院編修；秦鳴雷官南京禮部尚書；謝讜爲江蘇省泰衡縣令；汪道昆官兵部左侍郎；王世貞官刑部尚書；張四維爲少師兼太子太師吏部尚書中極殿大學士；顧大典官福建提學副使；沈璟官光祿寺丞；陳與郊官提督四夷館太常寺少卿；屠隆官吏部主事；龍膺官南京太常寺卿；鄭之文官南京工部郎中；湯顯祖官南京禮部主事，贈光祿寺丞；謝廷諒官南京刑部主事；王衡爲翰林院編修；施鳳來爲禮部尚書兼東閣大學士；阮大鋮官吏科都給事中；魏浣初官參政；葉憲祖官南京刑部郎中；范文若官南京兵部主事；吳炳官吏部尚書兼東閣大學士；來集之官兵部主事。

⓫ 清禮親王昭槤《嘯亭續錄》，卷一，頁四，〈大戲節戲〉條。見《筆記小說大觀》，第三冊，一九六二年臺北新興書局影印本。

⓬ 清周召《雙橋隨筆》，卷一，頁八。見《四庫全書珍本初集》，第八〇一冊，子部一。一九三四─一九三五年商務印書館據故宮博物院所藏文淵閣本影印。

⓭ 清陸文衡《嗇庵隨筆》卷五〈鑒戒〉，原書未見，轉引自王曉傳輯《元明清三代禁毀小說戲曲史料》，第三編，〈社會輿論金聖歎不軌正業〉條，頁二五五。一九五八年七月北京作家出版社出版。

⓮ 清王宏撰《山志》卷四〈傳奇〉，轉引自《元明清三代禁毀小說戲曲史料》，第三編，〈社會輿論金氏批評傳奇小說聰明誤用〉條，頁二五六。參⓭。

⑮ 清尤侗《西堂雜組三集》，卷三，頁九。見《西堂全集》，刊本。

⑯ 元鍾嗣成《錄鬼簿》卷下，見《中國古典戲曲論著集成》，第二冊，頁一二一。一九六〇年一月北京中國戲劇出版社出版。

⑰ 或謂《盛明雜劇二集》中所載許時泉（潮）的雜劇八種：〈武陵春〉、〈寫風情〉、〈午日吟〉、〈南樓月〉、〈赤壁遊〉、〈龍山宴〉、〈同甲會〉、〈蘭亭會〉，即升庵舊物。

⑱ 盧前《明清戲曲史》，第五章，〈短劇之流行〉，頁八八。一九六一年五月香港商務印書館印行。

⑲ 清鄒式金〈雜劇三集序〉。一九五八年六月北京中國戲劇出版社據誦芬室本影印出版。

⑳ 鄭振鐸〈清人雜劇初集序〉。一九三一年長樂鄭氏景印本。

㉑ 《崇川咫聞錄》載有〈范駒傳略〉，駒著有《藿田集》。

第二章 清雜劇的體制

第一節 折數與楔子

自明人打破了元劇四折的局限後，雜劇的折數便自由解放得多。作者可以任隨己意，鋪除排衍，而不需顧慮到格律的約束。但是，清雜劇仍有不少是遵守著四折的規範，特別是在初期的作品中，這是受了明末仿古運動影響所致。在初期中，四折的作品，如：〈西臺記〉、〈昭君夢〉、〈半臂寒〉、〈長公妹〉、〈中郎女〉、〈京兆眉〉、〈櫻桃宴〉、〈不了緣〉、〈風流塚〉、〈狗咬呂洞賓〉、〈議大禮〉、〈續西廂〉、〈買花錢〉、〈大轉輪〉、〈臨春閣〉、〈讀離騷〉、〈弔琵琶〉、〈桃花源〉、〈黑白衛〉、〈龍舟會〉、〈蓬壺院〉、〈鑑湖隱〉、〈虞山碑〉、〈峴山碑〉、〈藍關雪〉等。中期的如：〈群仙賀壽〉、〈百靈效瑞〉、〈一片石〉、〈四絃秋〉、〈康衢樂〉、〈忉利天〉、〈長生籙〉、〈昇平瑞〉、〈虞兮夢〉、〈蘆花絮〉、〈三元報〉、〈梅龍鎮〉、〈麵缸笑〉、〈桃花吟〉、〈璿璣錦〉、〈女專諸〉、〈松年長生引〉、〈苧蘿夢〉、〈紫姑神〉、〈西遼記〉、〈雁帛書〉、〈孝女存孤〉、〈儒吏完城〉、〈女雲臺〉、〈三釵夢〉等。後期的如：〈逍遙巾〉、〈鵲華夢〉、〈青霞夢〉、〈樊川夢〉、〈洛城殿無雙豔福〉、〈江梅夢〉、〈圓香夢〉、〈斷緣夢〉、〈定中原〉、〈河梁歸〉、〈紈如鼓〉、〈凌波影〉、〈心田記〉、〈碧血花〉、〈斷頭臺〉、〈學海潮〉、〈同情夢〉、〈三百少年〉等。

在現存的清雜劇中，最少的是一折，最多者有十二折。故就折數而言，清雜劇較之明代，更為解放。一折作品多達百餘本，亦可顯示單折短劇在清代之盛。其中如楊潮觀的〈吟風閣傳奇〉，共三十二折，每折演一事，魄力之大，誠屬空前。又如吳鎬的〈紅樓夢散套〉十六折，徐爔〈寫心劇〉十八折，柳山居士〈太平樂事〉十齣，許善長〈靈媧石雜劇〉十二折，均一折一事，合則似傳奇之體，分實為雜劇之制。

元人製曲，每本凡四折，但所敘述的故事，尚有其他餘情，需穿插在劇中，而不便於在四折中敘述的，於是別為一小節，加插於劇前或四折之間的，稱做楔子。《說文》云：「楔，櫼也」。而段玉裁於「櫼」字下注云：「木工於鑿枘相入處，有不固，則以木屑固之，謂之櫼。櫼，亦作鉆。」❶王國維又謂：「四折之外，意有未盡，則以楔子足之。」❷所以楔子的採用便是為了補救元劇四折的局限。元劇用楔子的凡一百零五本❸。

自明初以後，雜劇體制蛻變，打破了四折的約束，楔子的重要性便大為削減。到了清代，雜劇用楔子的便更少了。但加插楔子的次序與元劇沒有甚麼分別。元曲的楔子，多是加插於劇前，加插在第二折前的次之，加插在第三折前的又次之，加插在第四折前的為最少，僅有〈伍員吹簫〉、〈隔江鬬智〉、〈介子推〉三劇。清代的雜劇大部份都是將楔子置於一劇之首的。因為，楔子宜於用在劇之前端，而不宜於用在劇之末處。一齣劇的開始，劇情逐漸展開，可以加插些閒戲，若到後來，劇情漸入緊張，就不宜於有閒戲了。但尤西堂的〈桃花源〉一劇，其楔子卻置於全劇之末，這是從來少見之例（元劇中亦有楔子置於劇末之例，孫楷第便曾舉出〈單刀會〉與〈東窗事犯〉❹，趙景深亦找出三個例子，那是〈李太白貶夜郎〉、〈氣英布〉，及〈倩女離魂〉三劇❺），全劇因此而增添了飄逸的氣氛（楔子內敍漁父入桃源遇見陶淵明，時陶已成仙），使人有餘音不絕之感。相信這是因爲作者才力高絕，方能有此效果。

楔子的唱曲，只用一個或兩個小令，而在元曲中，通常都是用〈賞花時〉或〈端正好〉。這兩個小令都屬仙呂宮，據《燕南芝菴唱論》謂：「仙呂調唱，清新綿邈。」❻所以，這種曲子是最適宜於開場或過場插曲所唱。但元曲楔子也有不用〈賞花時〉與〈端正好〉二曲的，如無名氏的〈寃家債主〉，楔子便用仙呂〈憶王孫〉。然這到底是罕有的例子。明劇楔子變易常規的則有：〈村樂堂〉（用〈新水令〉）、〈團花鳳〉（用〈普天樂〉）、〈悟眞如〉、〈烟花夢〉（二本俱用三轉〈賞花時〉）、〈義勇辭金〉（〈後庭花帶過柳葉兒〉）等劇。而清雜劇之中，有楔子是用仙呂〈賞花時〉的，如〈櫻桃宴〉、〈狗咬呂洞賓〉、〈龍舟會〉、〈苧蘿夢〉便是；至於用〈端正好〉的也有，如〈弔琵琶〉、〈桃花源〉、〈女專諸〉（第一個楔子）。值得我們注意的卻是〈女專諸〉（第二個楔子）與〈逍遙巾〉二劇楔子所用之曲。孔廣林〈女專諸〉雜劇的第二個楔子是用越調〈金蕉葉〉，並於〈金蕉葉〉下注云：「此《西廂》格。」❼《西廂記》第一本第三折與第四本第二折皆用越調〈金蕉葉〉一曲，孔氏蓋本於此。惟《西廂》各本楔子，無用〈金蕉葉〉曲的，而孔氏於楔子用之，其實是效法元劇〈黑旋風〉。元高文秀〈黑旋風〉的楔子便是用越調〈金蕉葉〉。另外，湯貽汾〈逍遙巾〉的楔子是〈金縷曲〉詞一闋，其云：

〔金縷曲〕回首蓬萊隔，記當年，鹿巾鶴氅，仙家主客。袞袞紅塵天萬里，誤了青鸞消息。又誰與、煙霞同癖。白草黃沙冰雪地，算陽春、脚斷遊人蟄。何處可、雙屐蠟。有人卻共蓴鱸憶，竟何緣、鄉音到耳，花前相覿。只道來時輕跨鶴，細問餐霞眞訣。竟同是、哀鴻塞北。脫下星冠渾一笑，并狂歌痛飲、無聊極。遊戲也，抵悲泣。

僅有一詞，並無科白，頗似是傳奇的引子。

還有裘璉的〈明翠湖亭四韻事〉，即〈昆明池〉、〈集翠裘〉、〈鑑湖隱〉、〈旗亭館〉四劇的楔子亦是頗異於常規的。各劇皆以七言絕句一首作楔子，如〈昆明池〉之楔子爲：

正月晦駕幸昆明，帳殿前綵結樓成。
命昭容新翻御製，冠羣僚獨步延清。

〈集翠裘〉的楔子：

則天后依紅偎綠，兩弄臣供奉雙陸。
老丞相一擲千金，付馬奴披裘行國。

〈鑑湖隱〉的楔子：

宴謫仙金龜換酒，夢道服玉闕朝眞。

詔百僚賦詩祖道，歸四明狂客山人。

〈旗亭館〉的楔子：

巧雙鬟讀詩種情，三才子雪宴旗亭。

諸伶妓詩分甲乙，挾嬋娟快度新聲。

都是檃括全劇大意的，性質與題目正名差不多。這樣的例子是絕無僅有的，爲楔子的變體。

還有，在若干本作品中，我們發現一些段落，雖未有正式標明爲楔子，但從情節、場面、曲調，及主唱者之轉換看來，是含有「楔子」之作用的。這樣的例子如〈續西廂〉第一折，先由宮使上場唱仙呂〈賞花時〉，他們下場後，隨著由生主唱商調〈集賢賓〉套。其次是〈讀離騷〉第三折，末扮漁父上，唱仙呂〈賞花時〉，旋退，接著是生上，唱雙調〈新水令〉套。還有洪昇的〈四嬋娟〉，第一折〈謝道韞〉，先是冲末扮謝安唱仙呂〈賞花時〉及〈么篇〉，然後，場面轉換，寫謝道韞（旦扮）與侍女觀雪，唱仙呂〈點絳唇〉套。第二折〈衛茂漪〉亦是一樣，冲末先唱仙呂〈端正好〉、〈么篇〉，再由旦唱中呂〈粉蝶兒〉套，場面不同。至於第四折〈管仲姬〉，則旦先唱仙呂〈賞花時〉及〈么篇〉，然後場面轉換，由正末主唱雙調〈新水令〉套。第六個例子可見於張韜的〈李翰林醉草清平調〉一劇，也是先由冲末扮的唐明皇唱仙呂〈賞花時〉，後面由正末演的李白唱仙呂〈點絳唇〉套。最後，在嵇永仁的〈泥神廟〉亦有此例。是劇開場淨唱仙呂〈天下樂〉，之後便是雙調〈新水令〉套，由生獨唱到底。以上所舉各例，都可視之爲「楔子」的。

第二節　題目正名、家門大意與下場詩

元劇每本都有題目、正名，或一句，或各二句，字數不拘，但必須一致，以六言、七言、八言者爲多，題目在前，正名在後，大都是寫在全劇之後。這是元劇題目正名的通例。但自明中葉雜劇體制發生變化後，題目正名的性質與地位便略有更改。最顯著的不同是，南雜劇的題目正名是置於一劇之前的，這完全是受了南戲的影響，因宋元南戲，在副末開場之前，有四句韻語，稱爲「題目」的。傳奇雖沒有題目，但在副末念畢開場後，亦有四句韻語，通稱「下場詩」。這四句也同題目一樣，用以櫽括劇意。如〈明珠記〉的下場詩云：

劉尚書遇亂遭奸計　古押衙假作偷花使
無雙女死後得重生　王仙客雨贈明珠記

末句且是劇名。這種韻語，其性質實同題目，而南雜劇無論南北套，題目正名均在戲文開端，如同宋元南戲。好像周憲王的〈香囊怨〉與〈牡丹仙〉，其在《盛明雜劇》本中的題目正名是置於一劇之首，但原來的〈憲藩本〉之正名則在四折後❽，可知是沈泰編《盛明雜劇》時將之移前的。所以，正名在前，在當時已蔚然成風了。

明代的南雜劇又有「總正名」，這本來在北劇中也有。如王驥德校註的《古本西廂記》有「總名」，劉兌《嬌紅記》也有「總關目」，性質都是一樣的。因爲《西廂記》和《嬌紅記》都是合數本而成一書的雜劇，故用總正名檃括全書。但南雜劇往往以情節不同的四劇，合爲一本。故總正名四句，每句是一劇的正名。如徐文長《四聲猿》的總正名：

狂鼓史漁陽三弄　玉禪師翠鄉一夢
雌木蘭代父從軍　女狀元辭凰得鳳

這是與雜劇總關目不同的。與徐文長同時的汪道昆之《大雅堂雜劇》四種，也是由〈高唐夢〉、〈五湖遊〉、〈遠山戲〉、〈洛水悲〉四劇合成，亦有一個總正名，與《四聲猿》的又略有不同，如云：

楚襄王陽臺入夢　陶朱公五湖泛舟
張京兆戲有遠山　陳思王悲生洛水

與元劇的題目正名，儼然有別。

在《盛明雜劇》六十種作品中，具題目正名的過半數。而清代雜劇，只有小部份是有正名或正目的（明中葉以後的雜劇，將題目、正名合稱正目，或僅稱正名），且都是置於一劇開端，這是承襲明劇之例。但仍守著元劇成規的也有，如葉承宗的〈孔方兄〉、〈賈閬僊〉、〈狗咬呂洞賓〉三劇，將題目正名置於四折後。〈孔方兄〉的題目正名是：

題目　錦屏館敷衍〈錢神論〉

正名　金紫芝改號孔方兄

〈賈閬僊〉一劇的題目正名是：

題目　孟東野殘冬供酒脯

正名　賈閬僊除日祭詩文

〈狗咬呂洞賓〉的題目正名是：

題目　奉符縣官拿石守道

正名　東嶽廟狗咬呂洞賓

有對名，有音韻，完全是元劇題目正名的形式，這在清代是頗爲鮮見的。

正目或正名的每句字數，以七言、八言最多，如〈鯁詩讖〉、〈臨春閣〉、〈弔琵琶〉、〈桃花源〉、〈龍舟會〉、〈續離騷〉、〈璿璣錦〉、〈女專諸〉、〈苧蘿夢〉等的正名都是七言的，而〈風流塚〉、〈旗亭讌〉、〈城南寺〉、〈孔方兄〉、〈賈閬僊〉、〈狗咬呂洞賓〉、〈通天臺〉、〈黑白衛〉、〈蓬壺院〉、〈紫姑神〉諸作則有八言的正目。其他的六言（如〈讀離騷〉）、十言（如〈半臂寒〉、〈孤鴻影〉、〈買花錢〉）、十一言（如〈長公妹〉、〈中郎女〉），甚至十四言的也有，像〈翠鈿緣〉的便是。其正目云：

曾行刺的韋家郎拘不過荒唐月老
巧貼翠的种氏女掩不過嫵媚刀痕

這是頗爲鮮見的。而〈長公妹〉與〈中郎女〉二劇，它們的正目是放在副末念畢開場之後，實際上是傳奇的「下場詩」，不過名之爲正目而已。

清雜劇又有副末開場之體。副末開場，原是宋元南戲的舊例，開場由末脚念詞一首或兩首，概述全劇大意。後世又稱之爲「家門大意」或「提綱」，在《永樂大典》〈小孫屠〉戲文的開場，便是用〈滿庭芳〉詞一闋。它是這樣的：

（末白）〔滿庭芳〕的髮相催，青春不再，勸君莫羨精神，賞心樂事，乘興莫因循。浮世落花流水，鎮長是會少離頻。須知道轉頭吉夢，誰是百年人。雍容茲誦罷，試追搜古傳，往事閑憑。想像梨園格範，編撰出樂府新聲。喧譁靜，竚看歡笑，和氣藹陽春。

後行子弟不知敷演甚傳奇？

（衆應）遭盆吊沒興小孫屠。

（再白）〔滿庭芳〕昔日孫家，雙名必達，花朝行樂春風。瓊梅李氏，賞酒亭上幸相逢。從此聘爲夫婦，兄弟謀苦不相從。因外往，瓊梅水性，再續舊情濃。暗去梅香首級，潛奔他處。夫主勞籠，陷兄弟必貴，盆弔死郊中，幸得天教再活，逢嫂婦說破狂縱，三見鬼，一齊擒住，迢斷在開封。（末下）

這種模式後來便爲傳奇所因襲。傳奇之開場，常例塡詞兩首，詞畢，然後以四語總括之，如雜劇之題目正名。李漁在《閒情偶寄》中即謂：「未說家門，先有一上場小曲，如〈西江月〉、〈蝶戀花〉之類，總無成格，聽人拈取。此曲向來不切本題，只是勸人對酒忘憂，逢場作戲諸套語。」❾爲了要徹底了解傳奇的家門，茲再舉《琵琶記》的副末開場以觀之：

〔水調歌頭〕（副末上）秋燈明翠幕，夜案覽芸編，今來古往，其間故事幾多般，少甚佳人才子，也有神仙幽怪，瑣碎不堪觀，正是不關風化體，縱好也枉然。　論傳奇，樂人易，動人難，知音君子，這般另作眼兒看。休論插科打諢，也不尋宮數調，只看子孝共妻賢，正是驊騮方獨步，萬馬敢爭先。（問內科）且問後房子弟，今日敷演誰家故事，那本傳奇？（內應科）三不從《琵琶記》。（末）原來是這本傳奇，待小子略道幾句家門，便見戲文大意。

〔沁園春〕趙女姿容，蔡邕文業，兩月夫妻，奈朝廷黃榜，遍招賢士，高堂嚴命，強赴春闈，一舉鰲頭，再婚牛氏，利綰名牽竟不歸。饑荒歲，雙親俱喪，此際實堪悲，堪悲，趙女支持，剪下香雲送舅姑，把麻裙包土，築成墳墓，琵琶寫怨，逕往京畿。孝矣伯喈，賢哉牛氏，書館相逢最慘悽，重廬墓，一夫一妻，旌表門閭。

極富極貴牛丞相　施仁施義張廣才
有貞有烈趙眞女　全忠全孝蔡伯喈

在這裏我們可見第一首詞無甚意義，第二首則敍述關目概要。

這種起源於宋元南戲的形式，不僅爲傳奇所沿用，明中葉以後，北劇南化、家門亦爲雜劇採用。試觀明代的南雜劇便有二十一本是用家門的，其爲：〈高唐夢〉、〈五湖遊〉、〈遠山戲〉、〈洛水悲〉、〈廣陵月〉、〈帝妃春遊〉、〈蕉鹿夢〉、〈逍遙遊〉、〈死裏逃生〉，及〈蘇門嘯〉十二劇。然也有全本北詞如〈洞天玄記〉、〈歌代嘯〉、〈桃花人面〉、〈英雄成敗〉、〈錯轉輪〉等劇，也用副末開場的。即使是一折的短劇，亦用此體。汪道昆《大雅堂四劇》，每劇一折，各有副末開場，如〈洛水悲〉：

（末上）〔臨江仙〕金谷園中生計拙，高陽池上名流，山公任放是良謀。歌聲中夜發，酒債幾時勾。漢水悠悠東到海，繁華總是浮漚。趁他未白少年頭，樽前宜粉澤，座上即丹丘，部中更有一段新詞，名〈洛神記〉。小子略陳綱目，大家齊按宮商。

帝子馳名八斗　神人結好重淵
鄴下風流遺事　郢中巴里新篇

大致與傳奇家門無異，但已減去了場上問場內答的接白。較後的更連報劇名一段也刪除了，像孟稱舜的〈桃花人面〉：

〔副末開場〕〔鷓鴣天〕年去年來花自忙，搬將紅紫鬬新粧，花容人面兩相似，一夜秋風總斷腸。停歌板，對斜陽，閑憑燕子訴興亡。昔年好事今成夢，祗有相思恨轉長。

笑春風兩度桃花　題紅怨傷心崔氏
喜成親再世姻緣　死相思癡情女子

較諸原來南戲傳奇的家門大意，是簡化得多。

因此，雜劇中的家門，亦是這樣的簡單。在〈昭君夢〉、〈半臂寒〉、〈長公妹〉、〈中郎女〉、〈京兆眉〉、〈旗亭讌〉、〈衛花符〉、〈雙鴛傳〉、〈清平調〉、〈續離騷〉、〈醉畫圖〉、〈訴琵琶〉、〈續訴琵琶〉、〈鏡花亭〉、〈虞山碑〉、〈一片石〉、〈第二碑〉、〈空山夢〉等作都有副末開場，用詞一闋，或概述劇意，或抒發懷抱。如嵇永仁的〈續離騷〉：

〔滿庭芳〕沅芷重新，湘蘭再茂，三閭舊調堪倫。如聞澤畔，騷語咽風塵。況值干戈滿地，怎當得涕淚沾巾。塡憂憤，英雄百折，抱義叫天閽。　知己，千秋僅，以身圖報，鐵骨嶙峋。笑涉灘逾嶺，夢也艱辛。撇下文章粉飾，惟留取，血性天眞。漫揮筆，今今古古，都是斷腸人。

扯淡歌青田拍手　泥神哭烏江回首
布袋笑緇衲開心　閻浮罵白面破口

沉痛憤激，與一般空泛無意義的，自是不同。

其中也有一些是只有詞而沒有韻語的，如尤侗的〈清平調〉：

〔西江月〕（末開場）寂寂關山至此，淒淒風雨如何。新詞擬付雪兒歌，憑仗玉簫吹破。盡歎劉蕡下第，誰知李白登科。世間感慨秀才多，把酒大家相賀。

更有雖不署副末開場，性質卻與家門無異的。如廖燕的〈醉畫圖〉開首云：

心裏事開胸欲語誰　畫中人飲酒成知己

及他的〈訴琵琶〉：

遭偃蹇窮鬼苦纏人　訴琵琶酸丁甘乞食

說出了作者的感想，是介乎家門與題目正名之間。廖燕其餘兩劇也有此體。還有范元亨的〈空山夢〉第一齣，有末上述家門，卻不署牌調。（作者按：是劇通體不用宮調，不遵曲牌，完全以自度腔出之，爲前所未有。）詞云：

故侯被陷，遺女子容娘，感凋零隱處鍾山。侍御楊生，探梅相遇，各訴愁腸，淮水尋春，秋階拜月，艷名傳遍南邦。致夙仇構衅，遣佳人萬里和番。斷梳預示情緣，離合無常。慷慨辭家，凄酸出塞，從今消息茫茫，夢魂中宣綸罵賊，生死荒唐。一慟后鳥啼花落，斜日滿空山。⑩

其格局乃在〈滿庭芳〉與〈沁園春〉之間。故作者雖力求創新立異，總脫不了格律之囿。

至於下場詩，亦是採自傳奇的。傳奇每齣脚色下場時，例有一五七言絕句的下場詩，或新撰，或集句，有時亦省而不用。但全劇告終時則必不可少，五七言不定，或四句，或八句，總結全文，這稱爲「散場詩」。如〈南柯記〉中之散場詩是這樣的：

春夢無心只似雲，一靈今用戒香熏。
不須看盡魚龍戲，浮世紛紛蟻子群。

這種形式，明中葉以後便滲進雜劇體例之中，徐文長的〈四聲猿〉即有散場詩。在《盛明雜劇》初、二集內，其中有三十九本是以韻語總結全劇的。可見明代雜劇，不論南套或北套，多已採用散場詩。在清雜劇之中，此體尤爲常見。每齣有下場詩的作品如：〈西臺記〉、〈半臂寒〉、〈京兆眉〉、〈不了緣〉、〈風流塚〉、〈十三娘〉、〈昆明池〉、〈集翠裘〉、〈鑑湖隱〉、〈旗亭館〉、〈羣仙祝壽〉、〈一片石〉。劇終用散場詩的就更多了，如〈汨羅江〉、〈鸚鵡洲〉、〈黃鶴樓〉、〈滕王閣〉、〈旗亭讌〉、〈夢幻緣〉、〈鯁詩讖〉、〈空堂話〉、〈衛花符〉、〈續西廂〉、〈大轉輪〉、〈拈花笑〉、〈浮西施〉、〈買花錢〉、〈讀離騷〉、〈弔琵琶〉、〈桃花源〉、〈黑白衛〉、〈清平調〉、〈扯淡歌〉、〈笑布袋〉、〈憤司馬〉、〈柳州煙〉、〈黃石婆〉、〈新豐店〉、〈晉陽城〉、〈朱衣神〉、〈夜香臺〉、〈發倉〉、〈荷花蕩〉、〈笏諫〉、〈卻金〉、〈下江南〉、〈藍關〉、〈偷桃〉、〈春夢婆〉、〈西塞山〉、〈凝碧池〉、〈第二碑〉、〈桃花吟〉、〈雀羅庭〉、〈曲水宴〉、〈同谷歌〉、〈宴滕山〉、〈題園壁〉、〈女專諸〉、〈桃源漁父〉、〈苧蘿夢〉、〈紫姑神〉、〈維揚夢〉、〈逍遙巾〉、〈譜秋〉、〈訊猳〉、〈題肆〉、〈琴別〉、〈畫隱〉、〈碎胡琴〉、〈安市〉、〈看眞〉、〈游山〉、〈壽甫〉、〈宴金臺〉、〈定中原〉、〈河梁歸〉、〈琵琶語〉、〈紉蘭佩〉、〈碎金牌〉、〈紞如鼓〉、〈波弋香〉、〈少年登場〉、〈俠女魂〉、〈碧血花〉等，都是以散場詩作結的。茲舉〈逍遙巾〉的散場詩爲例：

游戲能工便是仙，相逢苦問去來緣。
班龍輪却騎茅狗，我自羞還舊洞天。

何處青山不愛君，勸君莫聞葛仙墳。
煙霞本是詩人物，豈用神仙手裏分。
介幘何須笑竹皮，蘿襟蕙帶雅相宜。
若非菊畔因風落，料汝從無著地時。
望斷天山雪裏春，幾時重得話鱸蓴。
唾壺擊碎誰相問，盡是吹笳聽角人。

這是由兩首律詩組成的，也屬鮮見。

第三節　唱法、插曲與聯套

前面我們已經說過，元劇的唱法是由正末或正旦一人主唱到底，規矩謹嚴，絕少例外。但自劉兌〈嬌紅記〉、周憲王〈誠齋樂府〉始破單唱之例後，唱法便轉趨自由了。至於清代之雜劇，唱法方面，大致上來說是沒有局限的，但獨唱之例，仍屢見不鮮。所以，清雜劇的歌唱方式可分爲獨唱與衆唱二類。

獨唱之體，多見於北套雜劇，其中有些是全劇一人獨唱，有的則是全折一人主唱。而獨唱的脚色並不限於生（或正末）旦，其他脚色也有獨唱的機會。例如，後面所列的便是由一人獨唱全劇的北套雜劇：

（甲）由生主唱的—〈鸚鵡洲〉、〈黃鶴樓〉、〈城南寺〉、〈扯淡歌〉、〈泥神廟〉、〈憤司馬〉、〈賀蘭山〉、〈魯連臺〉、〈張雀網廷平感世〉、〈寓同谷老杜興歌〉、〈謁府帥〉、〈題肆〉、〈琴別〉、〈揚州夢〉、〈少年登場〉。

（乙）由正末主唱的—〈鯁詩讖〉、〈空堂話〉、〈孔方兄〉、〈賈閬僊〉、〈大忽雷〉、〈管仲姬〉、〈霸亭廟〉、〈薊州道〉、〈木蘭詩〉、〈清平調〉、〈快活山〉。

（丙）由正旦主唱的—〈櫻桃宴〉、〈謝道韞〉、〈衛茂漪〉、〈紫姑神〉。

（丁）由其他脚色主唱的—〈笑布袋〉（淨）、〈西塞山〉（淨）、〈大葱嶺〉（淨）、〈罷宴〉（老旦）、〈訊猢〉（小生）。

而南曲或南北合套的作品也有採用一人獨唱全本之例：

（甲）由生主唱的—〈醉畫圖〉、〈新豐店〉、〈題園壁〉、〈陸沉痛〉。

（乙）由正旦主唱的—〈梅妃作賦〉、〈樊姬擁髻〉。

（丙）由其他脚色主唱的—〈夜香臺〉（老旦）、〈掛劍〉（小生）、〈却金〉（外）、〈喬影〉（小生）、〈看眞〉（淨）。

至於全折由某一脚色獨唱的，例子亦是不少，茲略舉如後：

〈狗咬呂洞賓〉—第一、二、四折正末獨唱，第三折冲末獨唱。

〈讀離騷〉—第一、二、三折均由生獨唱，第四折小生獨唱。

〈桃花源〉—第一、二、四折正末獨唱，第三折冲末獨唱。

〈黑白衛〉—第一折老尼獨唱，第二、三、四折旦獨唱。

〈龍舟會〉—第一、二、四折正末唱，第三折旦唱。

〈苧蘿夢〉—第一、二、三折正旦獨唱，第四折副旦獨唱。

獨唱之外，還有衆唱。採用這種方式的，有專由一二腳色接唱，如〈藍關〉小旦與外接唱，〈凝碧池〉丑與老旦接唱，〈安市〉小生與末接唱，〈放楊枝〉生與旦接唱。其次，又有一體是由生一人專唱北調，餘角均唱南調，好像〈安市〉一劇便是。劇中小生上唱北雙調〈新水令〉，繼後末唱南仙呂入雙調〈步步嬌〉，小生唱北〈折桂令〉，末唱南〈江兒水〉，小生唱北〈雁兒落帶得勝令〉，末唱南〈僥僥令〉，小生唱北〈收江南〉，淨副唱南〈園林好〉，小生唱北〈沽美酒帶太平令〉，最後末唱南〈清江引〉。這樣南北曲相間之例，亦可見於〈遊山〉一劇。

而歌唱方式最爲自由的，便是不限腳色，隨著劇情發展與腳色需要而唱。如〈半臂寒〉一劇，幾乎所有出場腳色，生、末、小生、外、淨、正旦、小旦、老旦、貼旦、丑、雜等都有主唱的機會，使全劇充滿生氣。

元人雜劇因有四折的局限，對於一些單調枯燥的題材，有時亦感舖陳費力，便用劇中人表白或歌唱若干閑事，成爲「沒有情節的情節」。此類曲子，無以名之，就稱之爲「插曲」。鄭騫先生在〈元人雜劇的結構〉一文中亦有談及「插曲」，他說：

> 在任何一折套曲的中間或是前後，可以插入曲子一兩支，這個沒有專名，借用現代語名之爲插曲。這一兩支插曲，不必與本套同宮調韻脚，反而是不同的居多。不一

> 定用北曲，有時用南曲，有時用不入調的山歌小曲。插曲都是「打諢」性質，其詞句都是無理取鬧，詼諧滑稽的；大都由丑、淨或搽旦唱，正旦向不唱插曲，正末偶爾來唱，也還是打諢，無關正經。[11]

這是插曲的一種，另外還有一種。鄭先生又謂：

> 還有一種插曲，或在劇中唱道情以勸世覺迷，如〈竹葉舟〉第四折套曲前列禦寇所唱；或爲劇中穿插歌舞場面所唱的舞曲，如〈金安壽〉第一折衆歌兒所唱，及第四折八仙所唱。這種插曲語氣都很正經，也不限定只用一兩支曲，也不一定由一個人唱。打諢的插曲比較常見；道情或舞曲比較少見，而且是元劇末期的產物。

這裏所說的是元劇中的插曲，朱明之世，雜劇排場已顯著進步，插曲更被充份運用。有用滑稽短劇——戲中戲者，如〈嬌紅記〉用院本；用歌舞者，如〈牡丹品〉；講方言者，如〈桃源景〉；用啞劇者，如〈玉禪師〉；用特殊音樂者，如〈漁陽三弄〉等等。這些都足以一新觀衆之耳目，而濟雜劇之單調的。

至於清代的雜劇，往往趨於短小精悍，而故事發展，不支不蔓，緊湊集中，閒場是絕少的。但一些作者爲了要增添氣氛，促進戲劇效果，亦有運用到插曲。例如尤西堂的〈桃花源〉第四折之後，有一楔子，用仙呂〈端正好〉（是劇全用北套，第一折用仙呂〈點絳唇〉套，第二折用中呂〈粉蝶兒〉套，第三折用雙調〈夜行船〉套，第四折用南呂〈一枝花〉套），但在此曲之前，卻插入黃鐘〈出隊子〉數曲，寫衆仙載歌載舞。《唱論》謂：「黃鐘宮唱，富貴纏綿。」[12]用來描敍神仙境界，情調是恰當的。茲錄其曲如後：

（外扮仙翁打魚鼓簡子歌上）〔出隊子〕桃源景、春來最好，向東園醉玉醪。滿林紅雨舞衣飄，一曲山香鶯燕嬌，把三月花朝耍過了。

（徠扮僊童歌上）〔二〕桃源景、夏來最好，向南薰琴譜操，珊瑚枕簟扇芭蕉，夢破華胥鶴唳高，把六月風光耍過了。

（卜兒扮仙母歌上）〔三〕桃源景、秋來最好，向西山棋局敲，霓裳女伴坐相邀，桂子香新玉兔驕，把八月月華耍過了。

（旦扮仙女歌上）〔四〕桃源景、冬來最好，向北窗香篆燒，道書讀罷倚寒皐，笑看瓊林玉樹飄，把臘月雪天耍過了。（相見科）（淨稽首）仙長，今日何來？（仙）漁翁，你不知。陶淵明本是桃源洞裏一位酒仙，暫謫人間爲松菊主人，令作一篇絕妙好辭，使世人知有桃源耳。今限滿來歸，你可艤舟伺候則个。（淨）領命了。（衆仙虛下）

清雜劇之插曲，多是敷演歌舞場面，又如石韞玉的〈對山救友〉，劇中劉瑾爲了欵待康海，特命歌伎演唱娛賓。這一段曲文是低格書寫，表示與其他不同。且錄之於後：

(丑)孩子們，喚咱們家樂出來。(雜旦扮四伎上)魚吹細浪搖歌扇，燕蹴飛花落舞筵。狀元爺在上，歌伎叩頭。(生)請起。(丑)你們好好敬狀元的酒。(旦進酒介)

〔寄生草〕(雜旦合)天上星辰隊，人間錦繡才。慈思墖上題的芳名在，承明殿下領的神仙派。廣寒宮裡博得嫦娥愛，今日春風吹送馬蹄來，東君歡喜天來大。

所用曲調，與平常所用的無異。亦有用不入調的山歌小曲，例如尤侗的〈讀離騷〉第二折寫巫覡祀神歌舞一段便是：

(丑扮男巫打鼓舞上)楓葉紛紛落葉多，呀一箇低都，呀一箇低都。洞庭秋水打低都，低打都，晚來波，呀一箇低都，呀一箇低都，呀一箇低都，呀一箇低都。白雲明月打低都，低打都。弔湘娥，呀一箇低都，呀一箇低都。

(丑扮女覡打鼓舞上)巫嶺岧嶤天際重，呀一箇丁冬，呀一箇丁冬。佳期夙昔打丁冬，丁打冬，願相從，呀一箇丁冬，呀一箇丁冬。朝雲暮雨連天暗，呀一箇丁冬，呀一箇丁冬。神女知來丁打冬，打丁冬，第幾峰，呀一箇丁冬，呀一箇丁冬。……

在《西堂樂府》本，這兩首曲也是低格排列的(今所見《雜劇新編》本則並不如此)。其調乃倡自元人，明徐文長的〈漁陽弄〉便曾倣之，且錄之以作比較。詞云：

（女唱）那里一箇大鵝鴨，呀一箇低都，呀一箇低都。變一個花豬，低打都，打低都。

唱鷓鴣，呀一箇低都，呀一箇低都。唱得好時猶自可，呀一箇低都，呀一箇低都。不好之時，低打都，打低都。喚王屠，呀一箇低都，呀一箇低都。……

還有西堂的〈黑白衛〉第四折末舞劍一段，亦屬插曲之體。所用宮調由中呂轉爲般涉調〈耍孩兒〉，衆旦先後載歌載舞，搬之舞臺上，場面自是十分熱鬧，這便是插曲的妙用了。

清雜劇的聯套，分爲純用北曲的北套，只用南曲的南套，和南北合組而成的南北套。在南套、南北套的運用上，清劇作者可以自由適意的隨著聲律文情的需要去選用曲調。在北套方面，清人雖然並不完全跟隨元劇的規限，但他們仍是脫離不了元人在選曲調上的慣例。在第一章我們已說過元人百種曲中首折多用仙呂宮，不用者只有《西廂記》第五本，用商調；《雙獻宮》用正宮；《燕青博魚》用大石調。除此三本外，似未能再找出別的例子。而我們看清代北套雜劇第一折用仙呂，首章又用〈點絳唇〉的，也不太少。可見清雜劇在聯套方面亦往往受元人慣例所影響。在後面我們將把這時的北套第一、二、三、四折所用的聯套列舉出來，以備便覽。

第一折用仙呂〈點絳唇〉套的如：

〈櫻桃讌〉、〈孤鴻影〉、〈鯁詩讖〉、〈城南寺〉、〈孔方兄〉、〈呂洞賓〉、〈通天臺〉、〈臨春閣〉、〈讀離騷〉、〈桃花源〉、〈黑白衛〉、〈扯淡歌〉、〈謝道韞〉、〈清平調〉（〈續四聲猿〉之四）、〈錢神廟〉、〈紫姑神〉、〈西遼記〉、〈雁帛書〉、〈女雲臺〉、〈儒吏完城〉、〈三釵夢〉。

另外在第一折用仙呂〈八聲甘州〉套的有〈弔琵琶〉、〈苧蘿夢〉等。至於在聯套中所用的曲牌多為：

〈混江龍〉、〈油葫蘆〉、〈天下樂〉、〈那吒令〉、〈鵲踏枝〉、〈寄生草〉、〈金盞兒〉、〈後庭花〉、〈醉中天〉、〈青歌兒〉、〈醉扶歸〉、〈元和令〉。

而北套之中一折不用仙呂宮的，亦有若干種，如〈續西廂〉（商調〈集賢賓〉套）、〈雁帛書〉（中呂〈粉蝶兒〉套）、〈孝女存孤〉（正宮〈端正好〉套）等作便是。此外，在一些單折短劇裏，無所謂第一、二折之分，而所用的亦不盡是仙呂宮，我們試舉數種為例：

〈黃鶴樓〉（雙調〈五供養〉套）、〈賈閬僊〉、〈笑布袋〉、〈泥神廟〉、〈大忽雷〉、〈管仲姬〉、〈霸亭廟〉、〈薊州道〉、〈木蘭詩〉、〈魯連臺〉、〈翠微亭〉、〈西陽修月〉、〈放楊枝〉、〈仙合曲譜〉、〈少年登場〉（以上十四種俱用雙調〈新水令〉套）、〈李易安〉（越調〈調笑令〉套）、〈張雀網廷平感世〉（越調〈鬬鵪鶉〉套）、〈訊猕〉、〈西塞山〉（上二種用黃鐘〈醉花陰〉套）、〈罷宴〉（中呂〈粉蝶兒〉套）。

元劇之中，次折常用南呂宮，據燕南芝庵《唱論》云：「南呂宮唱，感歎傷悲。」⑬清雜劇裏第二折用南呂宮的似不多見，如：

〈大轉輪〉、〈雁帛書〉。

用於第三折的，如：

〈紫姑神〉、〈三釵夢〉。

用於第四折的如：

〈桃花源〉、〈紫姑神〉。

其中用以作聯套的曲子大約與元劇無甚差別，都是些慣見的曲牌，例如：

〈一枝花〉、〈梁州第七〉、〈隔尾〉、〈罵玉郎〉、〈採茶歌〉、〈牧羊關〉、〈煞尾〉。

從現存的清雜劇看來，第二折用中呂〈粉蝶兒〉套的頗多，茲略舉如後：

〈櫻桃讌〉、〈孤鴻影〉、〈賈閬僊〉、〈續西廂〉、〈臨春閣〉、〈桃花源〉、〈西遼記〉、〈女雲臺〉、〈孝女存孤〉。

通常用的曲牌有如後列：

〈粉蝶兒〉、〈醉春風〉、〈普天樂〉、〈石榴花〉、〈鬭鵪鶉〉、〈上小樓〉、〈滿庭芳〉、〈迎仙客〉、〈快活三〉、〈朝天子〉、〈四邊靜〉、〈耍孩兒〉。

還有在第二折用別的宮調的，如：

〈讀離騷〉、〈黑白衛〉、〈三釵夢〉。

都是用正宮〈端正好〉套。用雙調〈新水令〉套的如：

〈孤鴻影〉、〈城南寺〉、〈儒吏完城〉。

〈弔琵琶〉與〈紫姑神〉的第二折都用越調〈鬭鵪鶉〉套。而陳棟〈苧蘿夢〉第二折用商調〈集賢賓〉套，其中〈上京馬〉一曲，在元劇中似乎只有〈玉簫女〉一劇曾用過。

至於第三折所用宮調，最通常用的是越調〈鬭鵪鶉〉套和雙調〈新水令〉套。例如：

〈櫻桃讌〉、〈孤鴻影〉、〈賈閬僊〉、〈續西廂〉。

以上數劇都是以越調的〈鬪鵪鶉〉、〈紫花兒序〉、〈天淨沙〉、〈調笑令〉、〈小桃紅〉、〈鬼三臺〉、〈禿廝兒〉、〈聖藥王〉、〈東原樂〉、〈綿搭絮〉、〈絡絲娘〉、〈麻郎兒〉、〈拙魯速〉等曲子作第三折套曲用的。另外，我們看看在第三折用雙調〈新水令〉的數種作品：

〈讀離騷〉、〈桃花源〉、〈臨春閣〉、〈黑白衛〉、〈雁帛書〉。

而最通常用的曲牌是：

〈新水令〉、〈駐馬聽〉、〈步步嬌〉、〈落梅風〉、〈喬木查〉、〈攪琵琶〉、〈錦上花〉、〈清江引〉、〈慶宣和〉、〈沉醉東風〉、〈太平令〉、〈析桂枝〉、〈雁兒落〉、〈得勝令〉、〈賣花聲〉、〈甜水令〉、〈收江南〉、〈尾煞〉。

還有〈大轉輪〉的第三折是用般涉調〈耍孩兒〉套，〈孝女存孤〉則用黃鐘〈醉花陰〉套。

在第四折中用雙調〈新水令〉套的也有不少劇本，例如：

〈弔琵琶〉、〈大轉輪〉、〈苧蘿夢〉、〈紫姑神〉、〈西遼記〉、〈女雲臺〉、〈三釵夢〉。

而〈臨春閣〉的第四齣是用越調〈鬪鵪鶉〉套，〈讀離騷〉與〈黑白衛〉則用中呂〈粉蝶兒〉套，〈松年長生引〉與〈雁帛書〉都是用黃鐘〈醉花陰〉套。還有許鴻磐的〈孝女存孤〉第一、四折用同一宮調，都是正宮〈端正好〉套。

從上面所舉的例子看來，清雜劇北套在聯套方面恪守元劇規律的仍是不少，這充份表現出清劇一面從明人那裏繼承了已經過變化的劇體，另一方面又並不完全脫離元劇體例的格式，所以在清代雜劇中我們可以同時看到元、明二代作品的影響。這可以說是清雜劇體制上的一個特色。

附註

❶漢許愼《說文解字》，清段玉裁〈注〉，六篇上，頁三八（新頁二五九）。一九六五年十月臺北藝文印書館據經均樓藏版影印。

❷王國維《宋元戲曲考》十一〈元劇之結構〉。一九六四年四月香港太平書局印行。

❸據鄭騫先生的統計，見〈元雜劇的結構〉一文。原載〈大陸雜誌〉第二卷第十二期，今收入《大陸雜誌語文叢書》第一輯〈文字〉下，第五冊。一九六三年十月臺北大陸雜誌社出版。

❹孫楷第〈北曲劇末有楔子〉，見《滄洲集》下，頁三二四。一九六五年北京中華書局出版。

❺趙景深〈元曲札記元曲第四折後楔子〉，見《讀曲小記》。一九六二年五月上海中華書局出版。

❻元燕南芝庵《唱論》，見《中國古典戲曲論著集成》第一冊，頁一六零。一九六〇年一月北京中國戲劇出版社出版。

❼見清孔廣林〈女專諸〉雜劇，《清人雜劇二集》本。

❽據凌景埏〈南戲與北劇之交化〉，載《燕京學報》，第二十七期。

❾清李漁《閒情偶寄》卷三〈家門〉，見《中國古典戲曲論著集成》第七冊，頁六六。

❿因未見原書，轉引自周貽白《曲海燃藜》，一九五八年上海中華書局出版。

⓫見《大陸雜誌語文叢書》第一輯〈文字〉下，第五冊，頁一二五。

⓬同❻。

⓭同❻。

第三章　清雜劇的題材

第一節　作品的分類

明朱權曾將元劇分爲十二科：

「神仙道化」：這是指取材於道佛故事或傳說的雜劇。

「隱居樂道」，朱權又稱之爲「林泉丘壑」：此類作品大多以隱遯故事及生活爲背景，而滲入佛老思想。

「披袍秉笏」，又名「君臣雜劇」：這是指衣冠束帶之君臣戲劇。

「忠臣烈士」：演忠義節烈之事者。

「孝義廉節」：以孝悌公正之故事爲主。

「叱奸罵讒」：演抨擊奸佞之事。

「逐臣孤子」：以貶謫不遇之名臣才士爲題材。

「撥刀趕棒」，又名「脫膊雜劇」：演舞刀弄槍之人的故事。

「風花雪月」：演才子佳人之戀愛者。

「悲歡離合」：演家人骨肉一旦因故離散，其後得慶重合之故事。

「煙花粉黛」，又稱作「花旦雜劇」：多描述青樓妓女狎妮之事。

「神頭鬼面」，又稱「神佛雜劇」：專演仙佛神怪之事的。

朱權以此十二科統攝元代五百五十餘種雜劇，可謂詳盡，但以今人目光視之，則頗有需要商榷之處。故羅錦堂師在他的《現存元人雜劇本事考》〈雜劇分類〉一章內，即以十二科爲本，而加以改變，將元劇一六一本分爲八類，各題之中，再分若干細目。茲將八類列之於後：

歷史劇
（甲）以歷史事蹟爲主者
（乙）以個人事蹟爲主而其事與史事相關聯者

社會劇
（甲）朋友
（乙）公案
一、決疑平反
二、壓抑豪強
（丙）綠林

家庭劇

戀愛劇
（甲）良家男女之戀愛
（乙）良賤間之戀愛

風情劇

仕隱劇

（甲）發跡變泰

（乙）遷謫放逐

（丙）隱居樂道

道釋劇

（甲）道教劇

（乙）釋教劇

一、弘法度世

二、因果輪迴

神怪劇

這樣的分法，是因時代需要，將類名加以更改，其實在含義上，仍不出舊有十二科的範圍。如「歷史劇」約等於十二科之「披袍秉笏」、「忠臣烈士」、「叱奸罵讒」等類之全部，及「逐臣孤子」、「撥刀趕棒」之各一部；「社會劇」內之「壓抑豪強」亦近似「撥刀趕棒」；「家庭劇」則相當於舊名之「孝義廉節」及「悲歡離合」之各一部；「戀愛劇」約等於十二科之「風花雪月」及「煙花粉黛」之各一部；「仕隱劇」包括舊類之「隱居樂道」及「逐臣孤子」；「道釋劇」相當於十二科中之「神仙道化」；而「神怪劇」亦即十二科之「神頭鬼面」。

我們都知道，將文學作品分類，最是難事，尤以包羅萬有的戲劇爲然，若細分則嫌瑣碎，泛析又有籠統之弊。上述的分類自可爲法，所以我們在區分清代雜劇時，仍保留舊有分類的若干部份。但由於清雜劇在題材、格調、精神上都與元劇大不相同，故類目亦有所變異。我們把現存的清雜劇歸入六類，每類之下又再分細目。玆將類目列之如後：

㈠演君臣忠奸故事者：

（甲）披袍秉笏

（乙）忠臣烈士

（丙）叱奸罵讒

（丁）遷謫放逐

㈡演社會家庭故事者：

（甲）孝義廉節

（乙）悲歡離合

（丙）憤世嫉俗

㈢演仕進隱遯故事者：

（甲）仕宦窮通

（乙）隱居樂道

㈣演才子佳人故事者：

（甲）才士風流

（乙）佳人薄命

（丙）風花雪月

（丁）煙花粉黛

㈤演豪俠強梁故事者：

（甲）撥刀趕棒

㈥演道佛神怪故事者：

（甲）神仙道化

（乙）神頭鬼面

其中細目，有沿用十二科舊名的，如「神仙道化」、「神頭鬼面」、「風花雪月」、「煙花粉黛」、「隱居樂道」、「撥刀趕棒」、「披袍秉笏」、「忠臣烈士」、「叱奸罵讒」、「孝義廉節」、「悲歡離合」等都是；亦有新增的，如「才士風流」、「佳人薄命」、「仕宦窮通」、「憤世嫉俗」等都是適應需要而新添的項目。其中有一劇而可入兩類的，則就其主要關目及全劇所顯示之中心情調，酌歸一類。下面即就各類所包括之雜劇作品舉例，予以臚列並略加闡釋。

（一）演君臣忠奸故事者

此類亦即君臣雜劇，其故事多取材於史傳或根據史傳而增飾渲染。舊有十二科中的「披袍秉笏」、「忠臣烈士」、「叱奸罵讒」等目都包括在這類之內。而「遷謫放逐」約等於十二科之「逐臣孤子」，但現存劇本中，未見有寫孤子者，故另立新名。

（甲）披袍秉笏，如：

〈宴金臺〉　周樂清

〈魯連臺〉　楊潮觀
〈定中原〉　周樂清
〈伏生授經〉　石韞玉
〈笏　諫〉　楊潮觀

（乙）忠臣烈士，如：

〈河梁歸〉　周樂清
〈渡江楫〉　竺　崖
〈臨春閣〉　吳偉業
〈下江南〉　楊潮觀
〈碎金牌〉　周樂清
〈西臺記〉　陸世廉
〈雁帛書〉　許鴻磐
〈陸沉痛〉　無名氏
〈西遼記〉　許鴻磐
〈鐵漢樓〉　蓝樓居士
〈櫻桃宴〉　張　源
〈弋雲臺〉　許鴻磐
〈一片石〉　蔣士銓

〈第二碑〉　蔣士銓
〈採樵圖〉　蔣士銓
〈揚州夢〉　無名氏
〈碧血花〉　王蘊章
〈俠女魂〉　蔣景緘
〈秋海棠〉　悲秋散人
〈碧血碑〉　龐樹柏
〈軒亭秋〉　吳　梅

(丙)叱奸罵讒，如：

〈平津閣〉　蓝棲居士
〈集翠裘〉　裘　璉
〈凝碧池〉　楊潮觀
〈鞭詩讖〉　土室遺民

(丁)遷謫放逐，如：

〈汨羅江〉　鄭　瑜
〈讀離騷〉　尤　侗
〈紉蘭佩〉　周樂清
〈鸚鵡州〉　鄭　瑜

〈通天臺〉　吳偉業
〈藍關雪〉　車江英
〈議大禮〉　劉　翬

在描寫忠臣烈士的慷慨悲壯事蹟之際，雜劇作者往往壓制不住心中澎湃激昂的感情，所以在這些作品中，我們可以看到作者愛國熱情的流露，並且是充滿時代色彩的。如吳梅村的〈臨春閣〉便甚為激昂悲壯，劇終冼夫人所唱的：「俺二十年嶺外都知統，依舊把兒子征袍手自縫。畢竟婦人家難決雌雄，則願你決雌雄的放出個男兒勇。」最是驚心動魄。陸世廉的〈西臺記〉，譜宋末文天祥、張世傑殉國事，亦作者借以影射明末之忠臣義士：

〔正宮破齊陣〕（外）〔破陣子頭〕痛煞家亡國破，深慚負此頭顱。〔齊天樂〕壯氣橫霄，丹心凝碧，夢裏幽懷安訴。〔朱奴帶錦纏〕〔朱奴兒〕何須問升沉有亡？何須問帝王疆土？得失從來水上鳧，平生事只求完玉。〔錦纏道〕莫更泣窮途，算將來厲鬼猶堪作後圖，斧鉞曾何怖，但教青史不糢糊。

此段曲文，要緊處不在辭句之美，而在能道出貞臣之志節，義士之襟懷。劇中又有暗喻擁立宏光一事的，可見於元相與文天祥的對話中，其云：

（淨）（按：扮演元相）汝棄德祐嗣君，而立二王，可謂忠乎？

（外）（按：扮演文天祥）當此之時，社稷爲重君爲輕，我別立君爲宗廟社稷計耳。當日事別無他顧。但有人把家當户，效微軀收拾殘疆剩土。

陸晚庵爲宏光舊臣，在這裏他是有意爲之辯誣。

在晚清作品中，所表露的感情就更爲熾熱而激昂，往往假古人之口，來痛罵滿人之統治。如〈渡江楫〉之叙祖逖渡江，開場謂：

〔端正好〕著素服，佩寶劍，掩長涕，北指中原。恨胡兒，一聲聲亡國怨。思故國，痛狄泉，悲胡馬，警狼烟。拚將這一顆頭顱血，留紀念。

最後則云：

〔尾聲〕忍令那上國衣冠，淪於夷狄，相率著中原豪傑，還我河山。問人世何年，佇看大陸搏搏起龍戰。

至若清末的〈碧血花〉、〈軒亭秋〉、〈秋海棠〉、〈碧血碑〉等劇，都是譜秋瑾殉難的可歌可泣事蹟，在這裏，作者的作意就更明顯的表現出來了。吳梅在〈軒亭秋〉劇中，便以秋瑾的詩作開場，其云：「煉石無方乞女媧，白駒過隙感年華。瓜分慘禍依眉睫，呼告徒勞費齒牙。

祖國陸沉人有責，天涯飄泊我無家。一腔熱血愁回首，腸斷難為五月花。」

「叱奸罵讒」劇中亦多激昂之作，如〈凝碧池〉一劇即寫伶工雷海清辱罵安祿山而為其所殺事，劇中高力士祭他道：

〔下山虎〕廁身卑下，不戴烏紗，名不在朝班掛。豈知道他，不讀詩書，更無虛假，怒起螳螂奮臂加。那時節，一個個將軍不下馬，偏是你，猛豺狼，手去抓。今日個，感得哀詔從天下，壯哉可嘉，不負你血性淋漓大結瓜。

〔尾聲〕（合）從今後，敢說伶官傳裏人低下，則這秋草池邊一席話，抵多少千古英名博浪沙。

（二）演社會家庭故事者

這一類劇，有單獨寫家庭之內，父子、兄弟、夫妻間所發生悲歡離合之事，也有描寫社會各種情態，敘述社會各種事實的，其取材或就當代之奇情異事，或從前人紀錄，擷取故實而成。在這一類下，可再細分三目：

（甲）孝義廉節，如：

〈蘆花絮〉　唐　英

〈夜香臺〉　楊潮觀

〈晉陽城〉　楊潮觀
〈荀灌娘〉　楊潮觀
〈訊猏〉　張聲玠
〈罷宴〉　楊潮觀
〈三元報〉　唐英
〈孝女存孤〉　許鴻磐
〈三割股〉　袁醰
〈馮驩市義〉　周起
〈掛劍〉　楊潮觀
〈葬金釵〉　楊潮觀
〈英雄報〉　唐英
〈黃石婆〉　楊潮觀
〈賀蘭山〉　楊潮觀
〈配聲〉　楊潮觀
〈荷花蕩〉　楊潮觀
〈對山救友〉　石韞玉
〈發倉〉　楊潮觀
〈却金〉　楊潮觀

〈儒吏完城〉　許鴻磐
〈峴山碑〉　陸　曜
〈虞山碑〉　程　端
〈羅敷採桑〉　石韞玉
〈露　筋〉　楊潮觀

（乙）悲歡離合，如：

〈紞如鼓〉　周樂清
〈波弋香〉　周樂清
〈璿璣錦〉　孔廣林
〈拈花笑〉　徐石麒
〈拜針樓〉　王　墅
〈望夫石〉　袁　蟫

（丙）憤世嫉俗，如：

〈一家春〉　碩　果
〈少年登場〉　無名氏
〈雲萍影〉　玉橋憂患
〈活地獄〉　覺　佛
〈落茵記〉　吳　梅

〈歎　老〉　南荃外史
〈黃帝魂〉　陳星台
〈夢　桃〉　阮夢桃
〈同情夢〉　挽　瀾
〈女中華〉　大　雄
〈松陵新女兒〉　安　如
〈廣東新女兒〉　玉橋憂患
〈愛國女兒〉　東學界之一軍國民

在「孝義廉節」一類內的作品，有敘母教的重要，如〈夜香臺〉一劇，即寫雋不疑之母愛子心切，因而推己及人的心理，極爲細緻。劇中雋母教子云：

〔解三酲〕你散衙餘高堂將進酒，怎不想一室歡娛百室愁。似你連日出巡，我尚牽腸掛肚。那些在宮犯人呵，誰沒有娘親倚定門兒守，無投奔淚橫流。你這裏妻孥笑語相酬勸，他那裏敢哭倒長城恨未休。難消受，天堂僭福，地獄分愁。

此外，〈罷宴〉寫寇準思父母之恩而罷宴；〈晉陽城〉寫溫嶠徘徊於忠、孝之間，〈三元報〉寫商輅三元報捷以慰母；又有寫孝子的〈蘆花絮〉，〈訊豩〉；寫孝女的〈荀灌娘〉、〈孝女存孤〉，及寫愚孝的〈三割股〉等。至於〈馮驩市義〉、〈掛劍〉、〈葬金釵〉、〈英雄報〉、

〈黃石婆〉、〈賀蘭山〉、〈配聲〉、〈荷花蕩〉、〈對山救友〉諸劇，則寫人與人間之信義。如〈配聲〉一劇便是表揚劇中那位解元重視信義，同情患難的精神，雖然他的未婚妻子雙目失明，他並沒有半點厭悔之意，且云：

〔傾盃序〕當初，想人家女配夫，嫁雞難道從雞誤。只爲前世前生注定姻盟，一絲定了豈容輕負。他今不幸，未家而瞽。假若是過到吾門漸生災苦，就是百病千痛，可說她不是吾家結髮婦？

這是作者對當時的社會，有所感觸與不滿，於是便攀引古人古事，以喻今勸世。而〈却金〉一劇，寫楊震不肯徇私貪贓，亦具同一用意。劇中楊震云：

〔二犯漁家傲〕（外）（扮楊震）高高晝日當霄，那九重天子便眞個如蒼昊，欺他可好！你舉頭時敢咫尺天知道。地知，饒他立不牢，你知，饒他心自搖，我知，饒我粧喬。四不饒，瞞心處哭你徒勞。相知如今是兩遭；那一遭，道你是不負舉的茂才眞異等，這一遭；方信你是不惜財的分贓好縣僚。

其他描寫清官良吏的還有〈發倉〉、〈儒吏完城〉、〈峴山碑〉、〈虞山碑〉等作。〈發倉〉，意在說明汲長孺之從權，以表達作者的愛民思想。程端的〈虞山碑〉，與陸曜的〈峴山碑〉，都是寫良吏于宗堯任常熟知縣，洞悉民間疾苦，爲官公正廉明的事蹟。許鴻磐的〈儒吏完城〉，是寫朱鳳森宰濬時，適逢白蓮賊李文成反於滑縣，起兵攻濬，鳳森極力死守，最後大軍解圍，而城亦得保無損。這些都是取材現實的社會劇，表彰忠義，含有激勵人心的作用。

凡是描述家庭間所發生之事蹟，如寫骨肉團圓的〈紞如鼓〉，寫夫妻偕老的〈波弋香〉，寫夫妻重慶復合的〈璿璣錦〉，寫妻子刺面激勵丈夫的〈拜針樓〉，寫痴心妻子待夫歸的〈望夫石〉，寫妻妾不和的〈拈花笑〉等等，俱爲人倫間悲歡離合之情態，故將之歸入「悲歡離合」一類。

而「憤世嫉俗」一類的作品，大都成於晚清之際。滿清政府自鴉片戰爭（公元一八四〇年）以後，政治日趨窳敗，官吏媚外貪污，皇室驕奢淫佚，雖然義和團之變（公元一八九九年），至八國聯軍入北京，政府仍如曩時，毫無勵精圖治之勢。這實使國民憤慨不已，故對於鼓吹革命，便不遺餘力。這種激昂的情緒，可見於這時的雜劇中。因爲，這些雜劇作家是有意識地以戲曲作爲武器，不斷對政府和社會的舊制度、惡現象加以抨擊。如〈一家春〉、〈少年登場〉、〈活地獄〉、〈雲萍影〉、〈夢桃〉諸劇都是寫當時人對舊社會舊制度感到不滿，要求改革。〈夢桃〉開場云：

【小桃紅】百憂萬感萃心頭，家國不堪回首。欲去問東皇，甚姻緣不弔我神州，想將來結果堪愁。誰替咱做奴隸，應牛馬，蹈烈火，塡深溝？這熱淚怎得不奔流？聽近日惡耗紛紛，溽從岑，盛事悠悠。

覺佛的〈活地獄〉亦是以痛罵滿清政府，鼓吹革命爲主的作品，其結尾云：「遍地腥羶何日滌，莽男兒衝鋒擒賊快擒王。像煞韓家軍，大戰黃天蕩。」至於〈同情夢〉、〈女中華〉、〈松陵新女兒〉、〈廣東新女兒〉、〈愛國女兒〉、〈雲萍影〉等作，則攻擊舊社會之賤視女性，爲提倡女權而疾呼。

除了上述的雜劇外，還有幾部作品，都是以晚清社會爲題，而充份反映出當時的社會情況，像〈心田記〉一劇，敘大戶剝削小戶事❶；袁醰的〈賣詹郎〉（一名〈長人賺〉）是記當時社會裏的一個可憐小人物；至於他的〈暗藏鶯〉，便是寫鴉片之爲害。袁氏生當海禁既開，歐風東漸之際，目睹宗邦傾危，人心變詭，乃以其憤世疾俗之懷，作振聵啓聾之呼。

最後，我們還要看一下若干描寫清朝最盛時期—康熙、乾隆兩朝—京華盛況的作品，其劇目可見後列：

〈燈賦〉	（太平樂事之一）	柳山居士
〈山水清音〉	（太平樂事之二）	柳山居士
〈太平有象〉	（太平樂事之三）	柳山居士
〈風花雪月〉	（太平樂事之四）	柳山居士
〈龍袖驕民〉	（太平樂事之五）	柳山居士
〈貨郎擔〉	（太平樂事之六）	柳山居士
〈日本燈詞〉	（太平樂事之七）	柳山居士
〈賣痴獃〉	（太平樂事之八）	柳山居士

〈豐登大慶〉	〈太平樂事之九〉	柳山居士
〈三農得澍〉	〈迎鑾新曲之一〉	王文治
〈龍井茶歌〉	〈迎鑾新曲之二〉	王文治
〈祥徵冰繭〉	〈迎鑾新曲之三〉	王文治
〈海宇歌恩〉	〈迎鑾新曲之四〉	王文治
〈燈燃法界〉	〈迎鑾新曲之五〉	王文治
〈葛嶺丹爐〉	〈迎鑾新曲之六〉	王文治
〈仙醞延齡〉	〈迎鑾新曲之七〉	王文治
〈瑞獻天台〉	〈迎鑾新曲之八〉	王文治
〈瀛波清宴〉	〈迎鑾新曲之九〉	王文治
〈風月空〉		白雲詞人

這些作品都是作者將耳聞目睹的事，譜入歌曲，披之管絃的。柳山居士的〈太平樂事〉九種，便是紀帝京之盛，據洪昇的題詞云：「……柳山先生出使江左，鈴閣多暇，含風咀雅，酌古準今，撰〈太平樂事〉雜劇以紀京華上元……」❷王文治的〈迎鑾新曲〉九種亦是即地即景之作，梁廷枏云：「乾隆中，高宗純皇帝第五次南巡，族父森時服官浙中，奉檄恭辦梨園雅樂。先期命下，即以重幣聘王夢樓編修。文治塡造新劇九折，皆即地即景爲之；……選諸伶藝最佳者充之，在西湖行宮供奉。每演一折，先寫黃綾底本，恭呈御覽，輒蒙褒賞，賜予頻仍。……」❸他們所寫的雖是承應戲，但前者記康熙朝的北京，後者敘乾隆朝的江南，從這些作品裏可以

看見清代極盛時期的社會、都市風貌，及民間風俗。白雲詞人的〈風月空〉，卻是寫清季上海的繁華。除唱詞外，對白全用吳語，頗為突出。這些都屬於描寫社會情態之作，故亦需歸入「演社會家庭故事者」一類內。

（三）演仕進隱遯故事者

在現存清雜劇中，此類佔數頗多。細分二目，一為「仕宦窮通」，一為「隱居樂道」。

（甲）仕宦窮通，如：

〈雀羅庭〉　曹錫黼
〈滕王閣〉　鄭　瑜
〈宴滕王子安檢韻〉　曹錫黼
〈新豐店〉　楊潮觀
〈安　市〉　張聲玠
〈木蘭詩〉　張　韜
〈清平調〉　尤　侗
〈李翰林醉寫清平調〉　張　韜
〈維揚夢〉　陳　棟
〈買花錢〉　徐石麒
〈題　肆〉　張聲玠

〈大轉輪〉　徐石麒
〈憤司馬〉　嵇永仁
〈錢神廟〉　楊潮觀
〈孔方兄〉　葉承宗
〈大忽雷〉　孔尚任
〈碎胡琴〉　張聲玠
〈同谷歌〉　曹錫黼
〈投溷中〉　桂　馥
〈賈閬仙〉　葉承宗
〈賈島祭詩〉　石韞玉
〈泥神廟〉　嵇永仁
〈霸亭廟〉　張　韜
〈謁府帥〉　桂　馥
〈空堂話〉　鄒兌金
〈醉畫圖〉　廖　燕
〈訴琵琶〉　廖　燕
〈續訴琵琶〉　廖　燕
〈喬　影〉　吳　藻

〈送窮〉　范駒

〈一綫天〉　袁蟫

前十本是寫失路才士一朝變泰的，其餘則寫不遇時的失意潦倒。〈喬影〉一劇雖寫女子幽愁，卻充滿懷才莫展之憤慨，故亦歸入「仕宦窮通」一類的。

（乙）隱居樂道，如：

〈桃花源〉　尤侗

〈桃源漁父〉　石韞玉

〈桃花源〉　張雲驤

〈遊山〉　張聲玠

〈采石磯〉　蔣士銓

〈鑑湖隱〉　裘璉

〈西塞山〉　楊潮觀

〈滄浪亭〉　蘁椟居士

〈林和靖妻梅子鶴〉　汪杜

〈翠微亭〉　楊潮觀

〈琴別〉　張聲玠

〈畫隱〉　張聲玠

〈快活山〉　楊潮觀

〈扯淡歌〉　嵇永仁
〈破牢愁〉　汪　柱
〈寫心劇〉　徐　爔
〈逍遙巾〉　湯貽汾

上列各劇，自其外表視之，多爲古人古事，然其內涵，則是作者於無可奈何之情境下，以悲歌慷慨之氣，寓於嬉笑怒罵之文詞。蓋清代劇作家，有負絕世才華，而久困場屋者，有沉抑下僚，而志不獲伸者，他們往往將抑鬱感慨之情，憤懣不平之氣，宣洩於曲中。而他們排遣感情的途徑，便有三端，一是以失意之心情寫古來文人極得意之事，用以自慰；一是以悲憤之情懷寫千古恨人恨事，藉此抒怨；一是以理性壓制情感寫歷史上樂天知命的高人，來自求解脫。因此，我們便有「仕宦窮通」及「隱居樂道」這兩類劇的產生，而他們的存在，正足以代表清雜劇的眞精神與眞面目。

在「仕宦窮通」劇中，有寫失意文人，落第才子之始困終達。在窮途落魄時他們飽受世人奚落，加以白眼，但一旦青雲得志，這些俗人又轉個一副面孔，呵諛奉承，侍奉唯恐不周，趨附唯恐不及了。人情冷暖，世態炎涼，即六根清淨的方外僧人，亦自難免。張韜的〈木蘭詩〉就是寫高中後的王播，重臨木蘭院，看到那一羣在他微時享以飯後鐘的僧人，對他必恭必敬的態度，更把他以前所題的詩，籠以輕紗，不禁感慨萬千：

咳，我想古來才子落魄的不知多少，豈止俺王播一人。他受盡了世上腌臢，那一處不是木蘭院來？誰值與你計較。

〔錦上花〕買臣妻不守貧窮，蘇秦嫂誰憐寒凍，則是受盡腌臢被人調弄。誰識得伏櫪良駒？誰救得淺波困龍？這的是世態人情，嘆炎涼千古共！

〔么〕有幾個識英雄雙眼高？有幾個哀王孫一飯奉？是惺惺纔肯惜惺惺，容易得知音識重。這一班俗子庸流，都是些村夫菜傭，若與你計較恩仇，兀的不小覷了咱們作用！

正是「惺惺纔肯惜惺惺」，只有失意人才解失意人之苦處，相信劇作者本身亦是一失志之人，所以能有如此深入的描寫。此外，其他如鄭瑜、曹錫黼之寫王勃，楊潮觀之寫馬周，孔尙任、張聲玠之寫陳子昂，尤侗、張韜之寫李白，張聲玠之寫薛仁貴，徐石麒、張聲玠之寫于國寶，都是借他人得意之事，以排遣一己失意之情。尤侗寫李白高中狀元，正是用以釋憾。

更有寫古來恨人恨事，這是作者用以直抒胸臆，與古人同哭。他們寫禰衡、司馬貌、阮籍、李賀、杜甫、賈島、杜默、蘇軾、張敉等人的懷才不遇，窮途失意，艱窘落魄的情狀。像嵇永仁的〈泥神廟〉，寫落第秀才對著項王像痛哭事，無限牢騷，衝口而出：

〔杏花酒〕……（踞神座攀頸抱哭介）大王，大王，宇宙之間，虧負你我兩人了，英雄如大王而不能成霸業，文章如杜默而進取不得一官，豈不可哀！豈不可傷！小生呵，乞兒般沒蛇弄，大王呵，土神樣殺鷄供。小生呵，靠筆硯代耕農，大王呵，興波浪管梢工。小生呵，盼青雲黑漆朦，大王呵，傍烏江晚腰封。小生呵，萬千苦半生窮，大王呵，七十戰一場空。小生呵，餓驅得脚西東，大王呵，粧飾得廟宗隆。呀，卻不道兩無功！

懷才不遇之憤慨，溢於言表。清雜劇作家便是這樣多借古來失意人之生平，自爲寫照，所謂借他人酒杯，澆胸中塊壘便是。再看張韜的〈杜秀才痛哭霸亭廟〉，寫的亦是杜默痛哭事，其劇末云：

〔離亭宴帶歇拍煞〕再休題螢窻下，萬卷詩書重，濟不得牛衣中兩字饑寒用。借您些咸陽火，一銷積壅，把老頭巾早摔開，爛絲絛來撇下，破藍衫都拋送。趕甚麼南宮射策忙，想甚麼慈墖題名過，早收綸捲蓬，扯碎了絳帳馬融經，吹滅了青藜劉向火，喚醒了彩筆江淹夢。……拜別您個荒祠社公，從今歸去波，待學那拂衣陶，休得再來波，妄想做彈冠貢。

文人力求仕進而不得，在失意之餘，便會像劇中杜默一樣偏激憤世，而唾棄名利，拂袖而去。故「隱居樂道」劇之作，便是寫一般失意文人在「悟以往之不諫，覺今是而昨非」之後的心境。

在這一類劇中，陶淵明自是士林追慕的對象，所以尤侗的〈桃花源〉、石韞玉的〈桃源漁父〉，及張雲驤的〈桃花源〉都是寫他歸田園後的生活。其中尤侗的〈桃花源〉在第一折描述他跳出塵網復返自然之後，有著釋然之感，其云：

看來人世上貴賤賢愚，同歸有盡，是非得失，總屬無常，我陶淵明今日省了也。〔賺煞〕萬物得時生，吾道行休已。算宇内寓形有幾。浮雲富貴非吾志，望帝鄉杳邈難期。委心機，去欲何之？怎不良辰楠杖往耘耔。登東臯賦詩，臨清流洗耳，聊乘化，樂夫天命復奚疑！

同樣地，在其他的同類劇中，作者除描述隱居者之逍遙自在外，更嘲諷爭名奪利者之紛紛攘攘，有一種夷然不屑，視富貴如浮雲之氣概。我們再看一下楊潮觀在〈快活山〉一劇裏所寫的樵夫，他是那樣知足常樂與世無爭的，而他對快活眞義另有一番認識，其云：

（末）相公，那尋來的便不是眞快活。我看世間上，要尋快活的，偏會尋出不快活來。自古道：小人懷土，君子懷刑。你看那些犯罪囚徒，現世報應，就是蒼蠅蚊子，也只得盡情供養他，這苦楚是從何處討來？謝天地，偏我這打柴人，信步行來，倒也無辱無榮，自由自在。〔六轉〕……就是做大將軍的周亞夫，也弄得乾乾脇脇，餓殍同數。對著那狼狼的狼，做驚驚怯怯的鼠，怎顧得恩恩愛愛，疼疼熱熱膚髮妻孥。除非是悲悲惻惻、提提挈挈佛天超度。想到此處，似俺雖則打柴辛苦，這等自由自便，就是福分；天堂不及吾。

這個樵夫厭惡個人功利，樸實無私，實是劇作者所嚮往的理想人物。而〈鑑湖隱〉一劇亦是寫賀知章厭倦名韁利鎖之桎梏，極思求一解脫，他道：

〔雙調過曲〕〔北新水令〕則俺這廿年宦海嘆徒勞，鎮日價死生病老。慶和吊，因此上望仙臺紫氣遠，盼仙子赤松，逢險墮蓬蒿，虧殺那南柯的夢一覺。

〔南步步嬌〕利鎖名韁人相笑，轉眼痾難療，終南枉自高，只見鶴怨猿啼，再沒人到，忽對此清標，令人益信休官好。

〈逍遙巾〉也是充溢著這種淡泊名利的出世思想，其結尾云：

〔尾聲〕幾人知己臨泉訂，舉世紛紛利與名，誰會把兩字逍遙過一生。

（四）演才子佳人故事者

在此類之下，可再分四細目：

（甲）才士風流，如：

〈卓女當壚〉	舒　位
〈京兆眉〉	南山逸史
〈凌波影〉	黃燮清
〈謝道韞〉	洪　昇
〈衛茂漪〉	洪　昇
〈曲水宴〉	曹錫黼
〈桃葉渡江〉	石韞王
〈昆明池〉	裘　璉
〈旗亭讌〉	張龍文
〈旗亭館〉	裘　璉
〈柳州煙〉	車江英
〈桃花吟〉	曹錫黼
〈放楊枝〉	桂　馥
〈樂天開閣〉	石韞玉
〈四絃秋〉	蔣士銓
〈琵琶行〉	趙式曾
〈風流塚〉	鄒式金
〈長公妹〉	南山逸史

〈遊赤壁〉　車江英
〈孤鴻影〉　周如璧
〈半臂寒〉　南山逸史
〈李易安〉　洪昇
〈金石緣〉　朱鳳森
〈管仲姬〉　洪昇
〈鏡花亭〉　廖燕

（乙）佳人薄命，如：

〈浮西施〉　徐石麒
〈苧蘿夢〉　陳棟
〈弔琵琶〉　尤侗
〈昭君夢〉　薛旦
〈琵琶語〉　周樂清
〈樊姬擁髻〉　舒位
〈中郎女〉　南山逸史
〈笳騷〉　唐英
〈邯鄲郡〉　楊潮觀
〈三斛珠〉　曼陀居士

〈蓬壺院〉	許　逸
〈梅妃作賦〉	石韞玉
〈江梅夢〉	梁廷枏
〈長生殿補闕〉	唐　英
〈題園壁〉	桂　馥

(丙)風花雪月，如：

〈洛城殿無雙艷福〉	嚴廷中
〈翠鈿緣〉	南山逸史
〈續西廂〉	查繼佐
〈不了緣〉	碧蕉軒主人
〈砭貞記〉	韓錫胙
〈遺眞記〉（〈桃花影〉）	廖景文
〈夢幻緣〉	周如璧
〈三釵夢〉	許鴻磐
〈紅樓夢散套〉	吳　鎬
〈鴛鴦鏡〉	黃燮清
〈情中幻〉	崔應階
〈空山夢〉	范文亨

〈白頭新〉 徐鄂

〈曇花夢〉 梁廷枏

〈斷緣夢〉 梁廷枏

〈悲鳳曲〉 陳烺

（丁）烟花粉黛，如：

〈東家顰〉 袁蟫

〈梅龍鎮〉 唐英

〈雙鶯傳〉 袁于令

〈烟花債〉 崔應階

〈桂香雲影〉 秋綠詞人

〈勸美〉（〈續清溪笑〉之一） 蓉鷗漫叟

〈賣花奴同途說艷〉（〈續清溪笑〉之二） 蓉鷗漫叟

〈隱仙菴喧闐游桂苑〉（〈續清溪笑〉之三） 蓉鷗漫叟

〈釣魚人彳亍打茶圍〉（〈續清溪笑〉之四） 蓉鷗漫叟

〈王壽卿被褐驚寒〉（〈續清溪笑〉之五） 蓉鷗漫叟

〈葉香畹開堂教戲〉（〈續清溪笑〉之六） 蓉鷗漫叟

〈一柄扇妙姬珍舊跡〉（〈續清溪笑〉之七） 蓉鷗漫叟

〈九轉詞逸叟醒群芳〉（〈續清溪笑〉之八） 蓉鷗漫叟

〈桂枝香〉　楊恩壽

〈沈媚娘秋腮情話〉　嚴廷中

〈圓香夢〉　梁廷枏

〈金華夢〉（一名〈孽海花〉）　袁醰

〈煖香樓〉　吳梅

元劇作者所慣寫的人物，如關公、包拯、李逵等，在清雜劇裏已大爲歛迹，代之而起的是一些風流文采的才士，如蘇東坡、柳耆卿、陸放翁等。因此，歷史上文人雅士的風流韻事便成爲清雜劇的主要題材之一。像「才士風流」一類所包括各劇，都是以古來著名文士爲主人翁，如司馬相如（〈卓女當壚〉）、張敞（〈京兆眉〉）、曹植（〈凌波影〉）、謝道韞（〈謝道韞〉）、王羲之（〈衛茂漪〉、〈曲水宴〉）、王獻之（〈桃葉渡江〉）、宋之問、沈佺期（〈昆明池〉）、王之渙、王昌齡、高適（〈旗亭讌〉、〈旗亭舘〉）、柳宗元、劉禹錫（〈柳州煙〉）、崔護（〈桃花吟〉）、白居易（〈放楊枝〉、〈樂天開閣〉、〈四絃秋〉、〈琵琶行〉）、柳永（〈風流塚〉）、蘇軾、秦觀（〈長公妹〉、〈遊赤壁〉、〈孤鴻影〉）、李清照（〈李易安〉、〈金石緣〉）、趙孟頫（〈管仲姬〉）、宋祁（〈半臂寒〉）等都是劇作者所喜譜的人物。所寫的除了他們的戀愛艷迹外，更多寫能表現他們氣概風度的逸事趣談。

至於「佳人薄命」一類，也是寫歷史上著名佳人的悲慘遭遇，如西施、王昭君、趙飛燕、蔡文姬、綠珠、梅妃等。〈弔琵琶〉寫王昭君出塞，而以文姬弔青塚作結，劇末云：

〔鴛鴦煞〕……自古道兔死狐悲，芝焚蕙歎，暢好是同病相憐。我今番漫把椒漿薦，怕不到一滴重泉，則下回來那得有心人再向文姬唁！

故作者之寫千古美人憾事，亦是抱著同病相憐之意。「才士風流」與「佳人薄命」兩項內都是譜歷史上著名人物，而「風花雪月」與「煙花粉黛」則寫良家男女或良賤之間的戀愛。其中人物雖仍不脫才子佳人窠臼，但多是作者杜撰虛構或取材於當代傳聞的，自與歷史人物有異，所以我們便另闢二目以統攝之。

歷來文學作品的題材常以描寫男女間的愛情爲主要骨幹，而王實甫不朽的《西廂記》似乎就成了描寫偉大愛情的經典作。所以在王實甫之後以張崔事譜入劇，或模仿王作關目而成的作品不少，在元則有睢景臣的《鶯鶯牡丹記》，在明李日華、陸天池均有《南西廂》，至於清代雜劇中的〈續西廂〉、〈不了緣〉、〈砭眞記〉諸作，便是沿襲自王實甫的《西廂記》，而有所增飾修改。其中碧蕉軒主人的〈不了緣〉寫鶯鶯終歸鄭恆，與張生決絕，從此爲不了之緣。這與《西廂》各種皆取團圓結局的，自不相同，而更爲悽惋動人。

除《西廂》之外，湯顯祖的《牡丹亭》亦多爲劇作家所模效，如周如璧的〈夢幻緣〉更全仿《還魂記》故事。此外，吳鎬的〈紅樓夢散套〉與許鴻磐的〈三釵夢〉，則是從《紅樓夢》舖衍而來的。

但由作者自己虛構或根據實事編撰的也不在少數，如范元亨的〈空山夢〉，崔應階的〈情中幻〉，梁廷枏的〈斷緣夢〉、〈曇花夢〉諸劇便是。這些都是寫良家男女戀愛，而諸作均以悲劇收場，使人有餘情未了之感，益覺作者寄託之深。

其次，我們要談到以描寫良賤（妓女、優伶）之戀愛爲主的雜劇。這類作品我們歸之入「烟花粉黛」一目，是以男女間風流而兼有滑稽情趣之故事爲主題。其所言雖不過男女燕媟之辭，但亦有入情入理，詞華精警的；其中更有描寫勾欄中炎涼之態，刻劃生動，這又是良家戀愛劇之所不能有。表于令的〈雙鶯傳〉、崔應階的〈烟花債〉、秋綠詞人的〈桂香雲影〉、楊恩壽的〈桂枝香〉、梁廷枏的〈圓香夢〉、袁蟫的〈金華夢〉，及吳梅的〈煖香樓〉等劇，均屬此類。至於蓉鷗漫叟的〈續清溪笑〉劇，都是敷演青樓妓女之風情。表面看來，這些作品與一般充滿滑稽趣味的喜劇無異，但細視其內容，卻有無限的悲苦與哀情暗含其中。因作者是於嘉慶間客居金陵，對於秦淮艷事知之甚詳，而於青樓妓女的辛酸苦痛，亦十分了解。（蓉鷗漫叟另有〈邗江百愛詩〉、〈金閶竹枝詞〉、〈聯珠傳〉、〈詠花篇〉、〈折柳新詩〉等作，皆記青樓名妓事，而遍傳秦淮。）如在〈勸美〉一劇，敘某生情諫名妓眉娘，告以容華有落寞之日，須及早回頭。語重深長，不獨以嬉笑娛人。而〈一柄扇妙姬珍舊跡〉一劇，則寫有雪鴻居士，嘗爲妓湯醫花扇上繪雙蝶穿花圖；後湯年長色衰，坐食蕭然，遇有客擬購其扇，湯以身雖貧窶，但舊情難忘，竟婉拒之。固知所謂至低至賤之妓女，亦有感人肺腑之情事。再看〈續清溪笑〉之八〈九轉詞逸叟醒群芳〉，該劇寫一羣名士名妓相聚，其中有安峰逸叟一人，乃風流豪士，一曲〈貨郎九轉〉，道出金陵坊巷滄桑升沉，使群雌聆詞，無不唏噓。由此可見是劇作者對於妓女對人歡笑背人愁的迎送生涯，是寄予莫大的同情，故將他們的生活與心理譜之入曲。我們若僅以尋常風情劇視之，則有負作者用心了。

（五）演豪俠強梁故事者

在清代雜劇中，此類較為少見，我們僅以「撥刀趕棒」一目來統攝之。後列各劇均可歸入此類：

（甲）撥刀趕棒，如：

〈忙牙姑〉　楊潮觀
〈黑白衛〉　尤　侗
〈龍舟會〉　王夫之
〈十三娘〉　葉承宗
〈女專諸〉　孔廣林
〈十字坡〉　唐　英
〈戴院長神行薊州道〉　張　韜

〈忙牙姑〉寫諸葛亮擒孟獲以武事為題材，故收入此類。〈黑白衛〉、〈十三娘〉、〈女專諸〉三劇都是寫奇女子行俠仗義的故事。〈黑白衛〉寫聶隱娘、〈龍舟會〉寫謝小娥、〈十三娘〉寫荊十三娘、〈女專諸〉寫左儀貞。各劇中的女俠均英姿颯颯，不讓鬚眉，像〈十三娘〉中的荊十三娘：

〔過曲〕〔二犯江兒水〕〔五馬江兒水〕（小旦舞劍唱）悶把青萍來拽，芙蓉初出篋，延津寶氣，化作袖裡青蛇，則只見繞紅裙一片雪。〔朝元歌〕水將毒龍截，陸將兕象絕。〔柳搖金〕俺是個脂粉英傑，裙布豪俠，相逢不平莫教賒。〔二馬江兒水後〕按不下心頭熱血，怎發付少年荊聶？只教奴對霜鐔空自嗟。

所敘的須盡爲古人古事，卻寄託遙深，正如彭孫遹在〈黑白衛〉題辭中所謂：「僕常私謂，世間不平事，如聚塵積阜，未易消除。能消除者唯酒與匕首二物。然柏浮酒海，放浪醉鄉，可以澆磊磈，不可以紓胸懷。終不若三寸芙蓉，差強人意。」[4]此語正好解釋上列諸劇的作意，都是作者鬱積不平之氣，故援引奇人異事，用以洩憤抒怨。

至於〈十字坡〉與〈戴院長神行薊州道〉二劇，則寫《水滸》人物。《水滸》故事在元劇中是常用的題材，至明而作者寥寥，惟尙有朱有燉的〈黑旋風仗義疏財〉、〈豹子和尙自還俗〉、凌濛初的〈宋公明鬧元宵〉，及無名氏的〈梁山五虎大劫牢〉、〈梁山七虎鬧銅臺〉、〈王矮虎大鬧東平府〉、〈宋公明排九宮八卦陣〉等《水滸》雜劇。但在清代雜劇中，以梁山英雄爲題者不多見，似僅得張權六的〈薊州道〉及唐雋公的〈十字坡〉。在〈十字坡〉一劇中，作者對孫二娘、武松形象的塑造很是突出，並表揚梁山豪強替天行道的正義感。如孫二娘云：

〔粉蝶兒〕粉面英豪，眞是個粉面英豪。鐵芳心殺人如草，善良輩水米無交。……吏奸貪，商狡獪，命財總要。非是俺殘忍貪饕，也只爲替天行道。

結尾又云：

〔尾聲〕相逢握手心傾倒，肝胆雪霜相照，同到梁山去聚義高。

（六）演道佛神怪故事者

此類之下，可析為二細目：

（甲）神仙道化，如：

〈黃鶴樓〉　鄭　瑜
〈狗咬呂洞賓〉　葉承宗
〈仙人感〉　袁　蟫
〈藤花秋夢〉　袁　蟫
〈藍　關〉　楊潮觀
〈大葱嶺〉　楊潮觀
〈城南寺〉　黃家舒
〈換　扇〉　楊潮觀
〈琴操參禪〉　石韞王
〈癡和尚〉　嵇永仁

〈老　圓〉　俞　樾
〈壽　甫〉　張聲玠
〈偷　桃〉　楊潮觀
〈群仙祝壽〉　吳　城
〈百靈效瑞〉　厲　鶚
〈盧山會〉　蔣士銓
〈忉利天〉　蔣士銓
〈康衢樂〉　蔣士銓
〈長生籙〉　蔣士銓
〈昇平瑞〉　蔣士銓
〈松年長生引〉　孔廣林
〈萬家春〉　無名氏
〈萬古情〉　無名氏
〈鈞天樂〉　袁　蟫
〈仙合曲譜〉　何青耜

（乙）神頭鬼面，如：

〈博望訪星〉　舒　位
〈酉陽修月〉　舒　位

〈大江西〉	楊潮觀
〈行　雨〉	楊潮觀
〈二郎神〉	楊潮觀
〈衛花符〉	堵庭棻
〈朱衣神〉	楊潮觀
〈武則天風流案卷〉（一名〈判艷〉）	嚴廷中
〈盂蘭夢〉	嚴保庸
〈紫姑神〉	陳　棟
〈清忠譜正案〉	唐　英
〈神仙引〉	許善長
〈鬧　冥〉	蔣鹿山

「神仙道化」一類的作品，多是取材於道佛故事或傳說，其中所寫的人物，如呂洞賓（見〈黃鶴樓〉、〈狗咬呂洞賓〉、〈仙人感〉）、韓湘子（見〈藍關〉）、達摩（見〈大葱嶺〉）等，都是家傳戶曉的釋道人物。但最得我們注意的是，不論這些雜劇所譜的人物是道是釋，多以標榜出世思想爲依歸，仰道德之崇高，視富貴如浮雲，痛斥一切爭名奪利，紛紛攘攘之徒，專描繪清淨淡泊，空濶無礙之神仙情趣。如〈黃鶴樓〉寫呂洞賓的高蹈遠引，逍遙世外：

（生）我世間住怕了，天上也不願去，還到蓬萊山去罷。

〔收江南〕我悔當初沒來由，八洞府做班頭，悔如今浪遨遊，五濁世漫淹留。從今後把俗姻緣，短居諸腥烟火，都隔斷紅塵青宙。我如今脫埃氛，絲繮緊揪；須趲他紫麟蹄驟，駕虛空是風漸遒；莫放他錦鸞飛後，破波濤逆鱗緩兜，還怕他玉龍腰瘦。

這大抵是由於作者懷才不遇，志不得伸，內心空虛，憤世嫉俗，厭惡現實，於是或託之於道家之逍遙物外，解脫塵寰，或潛修禪乘，安於寂滅，而消極出世之思想，亦隨之而浮現於其作品之上。

至於在釋教的作品中，闡揚出世思想的，則有〈大葱嶺〉、〈城南寺〉、〈換扇〉、〈琴操參禪〉、〈癡和尚〉、〈老圓〉等劇。〈大葱嶺〉寫達摩隻履歸西，全篇充滿佛家出世返本之哲理，如師所云：

〔倘秀才〕往世裏一絲不掛，後世裏一塵不怕，省可的隔著靴兒將癢抓。須信道眞實相，本無加，一齊抛下。

一塵不染，六根清淨，這樣才能成正果，可惜世人每被俗塵污染眞性，爲名利所困，爲聲色所迷，以致沉淪苦海，無藥可救。〈城南寺〉、〈換扇〉、〈琴操參禪〉、〈癡和尚〉、〈老圓〉諸劇就含有諷喻勸戒世人之意。

此外，還需一提的是，清雜劇之中，有不少是神怪劇。因爲清廷每愛歌頌昇平，猶喜於喜慶佳節，令文士寫劇承應，如〈勸善金科〉、〈昇平寶筏〉等鉅型戲劇便是爲此而作。在這情形之下，主要的觀衆既是皇室中人，甚至是皇帝本人，寫劇者在取材方面自需十分謹愼，免招無妄之災，所以他們往往採用神仙故事爲題材，點綴修飾，用以歌頌的。其次，由於清代劇場設備與戲班組織較元明更趨完善，利於搬演一些規模弘大，場面熱鬧的神怪劇，於是此類作品便隨之而發達。而此類神怪劇，所演雖皆爲神仙靈怪之奇情異事，但關目新穎，排場熱鬧，且多雋妙之趣，不獨是枯澀單調的堆砌。最値得一書的是蔣士銓的〈西江祝嘏〉，即〈忉利天〉、〈康衢樂〉、〈長生籙〉、〈昇平瑞〉四劇。此劇乃當乾隆十六年皇太后生辰時，撰以祝賀萬壽的。遇到這樣的一個迂腐而無足生情生景的題目，作者乃運以亦莊亦諧之筆，生動活潑之意，表面上是喜慶祝賀之語，而骨子裏卻雜以不少滑稽的、打趣的、諷刺的話——當然不是對皇帝而發——就好比一個平凡的圓筒，竟會放射出燦爛的火花來。所以鄭振鐸稱他「以枯索之題材，成豐妍之新著。苟非奇才，何克臻此？」❺這眞是中肯之論。其中〈康衢樂〉寫堯帝慶祝母壽事；〈忉利天〉寫佛母摩耶夫人在忉利天祝賀萬年生辰事；〈長生籙〉寫諸仙赴宮祝聖母壽誕事，是劇流麗輕鬆，而對話漂亮，設景絢美；〈昇平瑞〉則寫江西諸臣民建壇遙祝聖母萬壽事，這是四劇中最好的一部。其中充滿了對當時文壇的諷諭，令我們讀之，渾忘了這是一齣祝壽的戲文，還以爲作者是在發他自己的尖利的譏刺。且舉其中一段看看：

（付）妙得緊，句句老辣，無一點墨卷爛調，迫眞我等江西五大家的傳授。

（外）哎呀，怎將議論八股的話頭，拿來贊我的古文？

（付）卻不道文之妙者，宜古宜今。

（外）豈有此理！這古文一道呵。

〔黃鶯兒〕宗匠莫輕睃，傍門庭，入臼窠，精神、風味，都有眞衣鉢。嗟乎一鎖，軒然大波，新鮮排偶，加些可自嗟磨，難爲作者，誰說解人多！

風趣盎然，既不流於鄙野，亦不雜以粗語，自是名家手筆。

因此，神怪劇是不乏佳構的，像楊潮觀的〈大江西〉，雖係志怪之作，但在唱詞上頗多佳句，有一種飄逸的意境，恍似一篇優美的抒情詩。又如〈行雨〉一劇，雖演怪異之事，但含意頗深。劇中文中子對闖了禍的李靖說道：

你既往無從追悔，算來也是此地生靈合遭水厄。只是一件，從來救世的人，偏會做出誤世的事來，也只爲他信心太深，便下手太重了；那幹大事的人，惡心不可有，好心也不可有，造化之妙，普物無心，你須省得。

是劇作旨爲「思濟世之非易也」，倘以尋常神怪劇視之，則是絕大的錯誤了。

第二節　故事來源

清代的雜劇，雖有不少戀愛劇是作者虛構杜撰的，但大部份仍是沿著元、明的慣例，採取經見的故事入曲。作者或依據史冊舊籍，或掇拾民間傳說，或假託增新，或借題翻案，以至擷採眼前耳聞之奇異事實，加以分析組合，增飾點綴，所以，清劇中之人物事實，其來固有自。根據我們探討的結果，清雜劇故事的來源，約有後列數端：

㈠史籍
㈡隨筆雜著
㈢雜劇、傳奇、小說
㈣樂府、詩話
㈤當代時聞
㈥虛構

為了要知道劇作者編撰時的取捨角度，從而了解他們創作的意圖，對於每一劇的來源，自有追源溯流的必要。就在下面，我們將就這六項稍予論述，並列舉作品以作便覽。

（一）史　籍

很多故事都是出史傳，雖經作者增飾更改，以遷就劇情的發展，但其本來面目仍是可以看到的。

（甲）故事出自《史記》的，如：

〈掛　劍〉—演季札掛劍事。（本《史記》〈吳太伯世家〉）

〈黃石婆〉─演張良事。(本《史記》〈留侯世家〉)
〈馮驩市義〉─演馮驩事。(本《史記》〈孟嘗君傳〉及《戰國策》)
〈鈞天樂〉─演趙鞅事。(本《史記》〈趙世家〉)
〈葬金釵〉─演信陵君葬如姬事。(本《史記》〈信陵君傳〉)
〈魯連臺〉─演魯仲連事。(本《史記》〈魯仲連傳〉)
〈平津閣〉─演汲黯罵公孫弘事。(本《史記》〈汲黯公孫弘傳〉)
〈發倉〉─演汲黯矯詔發倉事。(本《史記》〈汲黯傳〉)
(乙)出自《漢書》的,如:
〈夜香臺〉─演雋不疑母教子事。(本《漢書》〈雋不疑傳〉)
〈京兆眉〉─演張敞畫眉事。(本《漢書》〈張敞傳〉)
〈雀羅庭〉─演瞿公去官後賓客絕跡復貴後賓客又大集事。(本《漢書》〈鄭當時傳〉)
(丙)出自《後漢書》的,如:
〈卻金〉─演楊震四知事。(本《後漢書》〈楊震傳〉)
〈中郎女〉─演文姬入塞得嫁董祀事。(本《後漢書》〈董祀妻傳〉)
(丁)出自《晉書》的,如:
〈三斛珠〉─演綠珠墜樓事。(本《晉書》〈石崇傳〉)。
〈謝道韞〉─演謝安姪女謝道韞以柳絮詠雪事。(本《晉書》〈謝安傳〉)
〈曲水宴〉─演王逸少蘭亭修禊事。(本《晉書》〈王羲之傳〉)

〈荀灌娘〉─演荀灌娘圍城救父事。（本《晉書》〈列女傳〉）

（戊）出自《梁書》的，如：

〈訊翂〉─演吉翂乞代父命事。（見《梁書》〈孝行吉翂傳〉）

（己）出自《陳書》的，如：

〈通天臺〉─演沈炯事。（本《陳書》〈沈炯傳〉）

（庚）出自《隋書》的，如：

〈臨春閣〉─演譙國夫人與張貴妃事。（本《隋書》〈譙國夫人傳〉）

（辛）出自兩《唐書》的，如：

〈安市〉─演薛仁貴投軍破賊事。（本《舊唐書》〈薛仁貴傳〉）

〈鑑湖隱〉─演賀知章事。（本《舊唐書》〈文苑〉．〈賀知章傳〉，《新唐書》〈隱逸〉．〈賀知章傳〉）

〈笏諫〉─演魏徵笏諫太宗事。（參《新唐書》〈魏謩〉、〈褚遂良傳〉而成）

〈西塞山〉─演顏眞卿與張志和事。（本《新唐書》〈張志和傳〉）

〈賀蘭山〉─演李白事。（本《舊唐書》〈文苑〉．〈李白傳〉，《新唐書》〈文藝〉．〈李白傳〉）

〈清平調〉─演李白醉寫〈清平調〉事。（見《舊唐書》〈文苑〉．〈李白傳〉，《新唐書》〈文藝〉．〈李白傳〉）

〈櫻桃宴〉─演李希烈爲竇桂娘與陳仙奇所殺事。（見《舊唐書》〈李希烈傳〉）

(壬)出自《宋史》的，如：

〈下江南〉—演曹彬下江南事。(本《宋史》〈曹彬傳〉。部份採自王陶《談淵》)

〈罷　宴〉—演寇準思親罷宴事。(本《宋史》〈寇準傳〉)

〈滄浪亭〉—演蘇舜欽卜居滄浪亭事。(本《宋史》〈蘇舜欽傳〉)

〈西臺記〉—演謝翱慟哭西臺事。(本《宋史》〈文天祥傳〉、《通鑑綱目》、《宋史紀事本末》諸書)

(癸)出自《遼史》的，如：

〈西遼記〉—演西遼耶律大石稱帝西域事。(見《遼史》〈天祚皇帝本紀〉)

(子)出自《元史》的，如：

〈管仲姬〉—演趙子昂管夫人舟遊畫竹事。(本《元史》〈趙孟頫傳〉)

〈雁帛書〉—演郝伯常經使事。(本《元史》〈郝伯常傳〉)

(丑)出自《明史》的，如：

〈荷花蕩〉—演花雲侍婢受命託孤事。(本《明史》〈忠義傳〉)

〈女雲臺〉—演秦良玉事。(本《明史》〈秦良玉傳〉)

〈一片石〉—

〈第二碑〉—二劇記明寧王朱宸濠妃婁氏死諫寧王事。(本《明史》〈諸王〉·〈寧王權傳〉)

〈對山救友〉—寫李夢陽劾劉瑾得禍，爲康海所救事。(本《明史》〈文苑〉·〈李夢

陽傳〉附〈康海傳〉）

以上所列者俱爲本於正史之作，至如楊潮觀的〈晉陽城〉，演溫嶠絕裾別母事，與史實不符，此乃作者有意杜撰，借古人來解決自己思想上的忠、孝的矛盾。此外，故事來源有出自雜史的。

（寅）出自鄭處誨《明皇實錄》的，如：

〈疑碧池〉—演高力士憶述雷海青擊安祿山事。

（卯）出自《十國春秋》的，如：

〈鯁詩讖〉—演貫休和尙入蜀事。

還有些翻案作品，其關目大致與史實無異，但結局卻有意與事實不符，如徐石麟的〈浮西施〉，寫范蠡功成身退，以西施爲妖婦，留國中終遺禍根，乃相偕至江中舉其罪，而使自沉於江，作者乃本墨子所云：「西施之沉也其美也。」❺因有是作。周樂清亦有將歷史上憾事，翻爲圓滿結局，如〈宴金臺〉寫太子丹終能滅秦，〈紉蘭佩〉寫屈原回生復爲楚王用，〈河梁歸〉寫李陵歸漢並滅匈奴，〈定中原〉寫蜀漢一統，〈琵琶語〉寫昭君復入塞，〈碎金牌〉寫秦檜伏誅岳飛滅金，〈紞如鼓〉則寫鄧攸棄子復得團圓，皆取史事而加以改寫。

（二）隨筆雜著

記錄異聞，綴輯瑣語的隨筆雜著亦是清雜劇故事的主要來源之一。

（甲）出自唐以前之隨筆雜著的，如：

〈快活山〉—譜樵夫以〈九轉貨郎〉曲開解落第才人事。（本《列子》〈天瑞篇〉）

〈蘆花絮〉——演閔子騫事。（見《繹史》卷九五引劉向《說苑》）

〈偷　桃〉——譜東方朔偷桃事。（本《漢武故事》）

〈二郎神〉——記蜀郡太守李冰子二郎擒斬業龍事。（本晉常璩《華陽國志》）

〈博望訪星〉——譜張騫溯黃河源遂至天上事。（本晉張華《博物志》〈博望侯張騫奉旨探河源〉）

〈桃源漁父〉——記漁父自桃源歸爲陶淵明述山中景緻事。（見晉陶潛《搜神後記》）

（乙）出自唐代之隨筆雜著的，如：

〈酉陽修月〉——演吳剛修月事。（見唐段成式《酉陽雜俎》）

〈行　雨〉——譜李靖替龍行雨事。（本唐李復言《續玄怪錄》）

〈滕王閣〉——寫王勃於滕王閣作賦事。（本唐王定保《唐摭言》）

〈宴滕王子安檢韻〉——亦演王勃滕王閣作賦事。（本唐王定保《唐摭言》）

〈木蘭詩〉——譜王播題詩事。（本唐王定保《唐摭言》）

〈投溷中〉——演李長吉遺稿爲其表兄棄入廁中事。（本唐張固《幽閑鼓吹》）

〈藍　關〉——譜韓湘子風雪晤韓文公事。（本唐段成式《酉陽雜俎》）

〈衛花符〉——譜崔玄微立幡衛花事。（本唐鄭還古《博異志》）

〈翠鈿緣〉——記唐韋固欲拗命另配姻緣事。（本唐李復言《續玄怪錄》）

（丙）出自宋元之隨筆雜著的，如：

〈大葱嶺〉——譜達摩祖隻履西歸事。（本宋釋道原《景德傳燈錄》）

《新豐店》——譜馬周獨酌於新豐市上事。（本宋李昉《太平廣記》）

《維揚夢》——譜杜牧遊揚州入牛僧孺幕事。（本宋李昉《太平廣記》）

《十三娘》——譜女俠十三娘救李正郎所眷妓女事。（本宋李昉《太平廣記》）

《孤鴻影》——譜東坡謫惠州，有溫氏女慕其才，女卒後公爲賦〈孤鴻影〉詞事。（本《坡仙外集》）

《換　扇》——譜蘇東坡夢蝶母事。（本宋趙德麟《侯鯖錄》）

《朱衣神》——譜歐陽修執掌文衡看卷時朱衣神在旁點頭事。（本宋趙德麟《侯鯖錄》）

《配　聲》——譜吳氏子得中解元不負舊約娶瞽妻終爲狀元事。（本宋沈括《夢溪筆談》，陳無己《後山談叢》，《宋元學案》卷三十二亦有記其事）

《半臂寒》——譜宋祁爲諸姬爭送半臂事。（本宋魏泰《東軒筆記》）

《李易安》——譜李清照趙明誠烹茶檢書夫妻美滿事。（本宋洪邁《容齋四筆》）

《金石緣》——譜李清照趙明誠事。（本宋洪邁《容齋四筆》）

《翠微亭》——譜韓世忠辭去兵權與梁夫人在西湖遊事。（本宋洪邁《夷堅志》）

《題園壁》——譜陸游與前妻唐氏遇於沈園，游題詩於壁唐氏和詩事。（本宋周密《齊東野語》）

《買花錢》——譜宋孝宗見題詞而起用于國寶事。（本宋周密《武林舊事》）

《題　肆》——譜于國寶題詞酒家壁爲宋孝宗賞識事。（本宋周密《武林舊事》）

《賈閬仙》——演賈島除夕祭詩事。（本元辛文房《唐才子傳》卷五）

〈賈島祭詩〉——演賈島除夕祭詩事。（本元辛文房《唐才子傳》卷五）

〈畫　隱〉——記趙孟堅以畫自隱，其弟子昻仕於元，歸來見兄爲其所責事。（見元姚壽《樂郊私語》）

（丁）出自明清之隨筆雜著的，如：

〈霸亭廟〉——譜宋杜默痛哭霸亭廟事。（本明彭大翼《山堂肆考》）

〈泥神廟〉——譜宋杜默痛哭項王廟事。（本明彭大翼《山堂肆考》）

〈拈花笑〉——譜封鏐妻杜氏得錦與妾冒如花爭妬相駡事。（亦見於清李百川《綠野仙踪》）

〈琴　別〉——記汪水雲於宋亡後以黃冠歸里，舊宮人王清蕙等置酒梁家園餞別事。（見清張宗橚《詞林紀事》卷十七汪元量條按語）

〈集翠裘〉——譜狄仁傑與張昌宗雙陸，贏得武后賜昌宗之集翠裘，而將之轉贈家奴事。（本清張潮《虞初新志》）

〈碧血花〉——譜桐城孫克咸與葛嫩娘事。（本清余懷《板橋雜記》）

〈媛香樓〉——譜名妓李十娘與姜如須事。（本清余懷《板橋雜記》）

〈鴛鴦鏡〉——譜李閑與謝玉青事。（本清王士禎《池北偶談》〈鴛鴦鏡〉一則）

〈桂枝香〉——譜士子田春航與名旦李桂芳相戀，春航大魁，人稱桂芳爲狀元夫人事。乃影射畢秋帆與李桂官。（本清楊掌生《辛壬癸甲錄》）

〈白頭新〉——譜監生程允元與未婚妻失散五十年後重逢完婚，時一雙新人皆鬢髮如銀。（本清黃鈞宰《金壺浪墨》〈白首完婚〉）

〈拜針樓〉─譜生員后客行爲放蕩，其妻於新婚夕擬毀妝刺面以示不復爲人，終爲后母所阻，后大爲感動，發奮讀書，大魁之日，因感其妻激勵，寶其刺面之針於樓，並題額曰：「拜針樓」云。（本清吳陳琰《曠園雜志》）

〈賣詹郎〉─譜長人詹五事。（本《倉山舊主筆記》）

(三) 雜劇、傳奇、小說

清人雜劇有不少是本源於唐代的傳奇小說，元明及當代的戲曲，及章回小說的。後面所舉的即爲其中例子：

〈龍舟會〉─譜謝小娥爲父夫報仇事。（本唐李公佐〈謝小娥傳〉）

〈黑白衛〉─譜劍仙聶隱娘事。（本唐段成式《劍俠傳》中「聶隱娘現神術」事）

〈續西廂〉─演張君瑞崔鶯鶯事。（本唐元稹《會眞記》）

〈不了緣〉─譜鶯鶯事，以悲劇作結。（本唐元稹《會眞記》）

〈砭眞記〉─譜崔張事，爲翻案之作。（本唐元稹《會眞記》）

〈忙牙姑〉─演武侯五月渡瀘征孟獲事。（見元羅貫中《三國志演義》卷九十四）

〈大轉輪〉─譜司馬貌夢中爲上帝所召斷漢朝疑獄事。（本《古今小說》〈鬧陰司司馬貌斷獄〉）

〈憤司馬〉─譜司馬貌醉後罵閻羅被攝至陰府斷獄事。（本《古今小說》）

〈薊州道〉─譜戴宗赴薊州途中作法弄李逵事。（本《水滸傳》，曲辭亦多用《水滸》

原文〉）

〈十字坡〉——譜孫二娘、武松相遇於十字坡事。（本《水滸傳》）

〈遺眞記〉——譜馮小青事。（明戔戔居士〈小青傳〉）

〈紅樓夢散套〉——譜《紅樓夢》事。（本清曹霑《紅樓夢》）

〈三釵夢〉——以晴雯之逐、黛玉之死、寶釵之寡爲經，以寶玉爲緯寫成。（本清曹霑《紅樓夢》）

〈神仙引〉——寫陽日旦神仙島遇其姑及與姑侍婢粉蝶諧合事。（本清蒲松齡《聊齋誌異》〈粉蝶〉）

〈圓香夢〉——譜莊達與妓女李含煙相戀事。（本莊生《李姬傳》）

〈血手印〉——根據小說《血手印》譜成，係作者爲當時賑災而作。

上述諸作，均本自唐、宋、元、明、清的傳奇、話本及章回小說，至於本前代或當代戲曲關目陶鑄入劇的，則有如後面數種：

〈弔琵琶〉——譜王昭君事。（本元馬致遠《漢宮秋》而作，前三折與《漢宮秋》關目相同）

〈昭君夢〉——譜昭君夢入漢宮事。（本元馬致遠《漢宮秋》第四折關目）

〈風流塚〉——演柳耆卿與名妓謝天香相戀事。（前半節本元關漢卿《謝天香》雜劇，後半節寫謝天香及衆名妓於清明日掃墓弔耆卿，出自〈《詞話》〈衆名妓春風弔柳七〉一則）

〈三元報〉—譜商輅母秦氏早寡，輅爲遺腹子，受母教極嚴，終以三元捷報而慰母事。（本明傳奇《斷機記》（一名《三元記》），所記與事實不符，爲明成化間人作品）

〈長生殿補闕〉—譜梅妃故事。（本清洪昇《長生殿傳奇》）

〈清忠譜正案〉—譜周順昌歿後被封爲蘇郡城隍審罰魏忠賢、毛一鷺事。（本清李玄玉《清忠譜傳奇》）

〈梅龍鎭〉—演明正德帝微行至梅龍鎭事。（本梆子腔，《綴白裘》所收有梆子腔〈戲鳳〉，爲正德帝於梅龍鎭戲李鳳姐事）

〈麵缸笑〉—寫糊塗官吏挑逗下屬妻事。（本梆子腔，《綴白裘》所收有梆子腔〈打麵缸〉與此情節相同）

〈女專諸〉—譜左維明女儀貞事。（本彈詞《天羽花》。以彈詞入曲，尚有明人《玉釵記》一種，蓋不多見）

(四)　樂府、詩、賦、詩話

清代雜劇作者，有從一些文學作品中，獲取靈感，用以撰劇的。因此，若干雜劇故事即從樂府、本事詩，及詩話等推衍而成的。

(甲)出自樂府、詩、賦的，如：

〈凌波影〉—演曹植遇洛神故事。（見《文選》卷十九〈洛神賦〉李善注）

〈羅敷採桑〉—演羅敷爲人所戲事。（本樂府〈陌上桑〉）
〈笳騷〉—演蔡文姬事。（本蔡琰〈胡笳十八拍〉）
〈邯鄲郡〉—演邯鄲才人嫁爲廝養卒妻事。（本謝朓〈邯鄲故才人嫁爲廝養卒婦詩〉。李白亦有同題詩）
〈桃葉渡江〉—記王獻之娶桃葉爲妾事。（見宋郭茂倩《樂府詩集》卷四十五〈桃葉歌三首小序〉）
〈桃花吟〉—演崔護事。（本唐孟棨《本事詩》之〈崔護謁漿〉）
〈同谷歌〉—記杜甫西入秦州寓居同谷感時歌吟事。（本杜甫〈乾元中寓居同谷作歌七首〉）
〈壽甫〉—記飲中八仙賀杜甫壽事。（出杜甫詩〈飲中八仙歌〉）
〈四絃秋〉—演白居易事。（本白居易〈琵琶行〉）
〈琵琶行〉—演白居易事。（本白居易〈琵琶行〉）

（乙）出自詩話的，如：

〈旗亭讌〉—演王之煥、王昌齡、高適三詩人雅集於旗亭事。（本宋尤袤《全唐詩話》）
〈旗亭館〉—亦演王、王、高三人事。（本宋尤袤《全唐詩話》）
〈昆明池〉—演沈佺期、宋之問於昆明池賦詩事。（本宋尤袤《全唐詩話》）
〈十錦隄〉—演白居易築堤西湖事。（本宋尤袤《全唐詩話》）
〈放楊枝〉—演白居易與其歌妓樊素事。（本宋尤袤《全唐詩話》）

〈樂天開閣〉——演白居易與樊素事。（本宋尤袤《全唐詩話》）

此外，嵇永仁的〈扯淡歌〉，是因劉基的〈扯淡歌〉意而推衍，〈癡和尚〉亦出自〈布袋和尚歌〉，葉承宗的〈孔方兄〉，則將〈錢神論〉加以戲劇化。至於鄭瑜的〈汨羅江〉，寫屈原歿後漁父問答，並將《離騷》全文檃括入曲；尤侗的〈讀離騷〉，全部關目亦是雜採自〈漁父辭〉、〈離騷〉、〈天問〉，及〈招魂〉；鄭瑜另一本雜劇〈鸚鵡州〉也是因感彌衡作有〈鸚鵡賦〉，觸類及之，而寫彌生歿後至鸚鵡州與鸚鵡問答，暢談古今的。而孔廣林的〈璿璣錦〉，演蘇蕙織錦回文事，亦本於武后御制〈竇滔妻蘇蕙織錦迴文傳〉。

（五）當代時事

多取材於當代遺愛民間的良吏之事蹟，如于宗堯、朱鳳森等，而在晚清革命運動風起雲湧之際，以秋瑾案為最激動人心，故譜秋謹及徐錫麟的戲劇，亦有數種。

〈虞山碑〉——演于宗堯任常熟知縣，洞悉民間疾苦，為官公正事。

〈峴山碑〉——亦演于氏生前事。

〈孝女存孤〉——譜臨桂張女，父兄俱死於吳三桂之難，祇剩二兄一孤兒，遂不嫁而撫姪二十年，乃成立事。張氏為立祠祀之曰「義姑祠」。

〈儒吏完城〉——演朱鳳森宰濬縣時，白蓮賊李文成反濬縣，欲規取濬以為犄角，鳳森死守待大軍以完城事。

〈平錁記〉——演閿鄉知縣李瑛擒馬錁事。

〈第二碑〉—演布政使吳纛堂遷葬明婁妃墓事。
〈金華夢〉—演賽金花與洪狀元事。
〈俠女魂〉—演清季八女俠事，秋瑾與胡仿蘭亦在其中。
〈秋海棠〉—譜秋海棠神事，隱寫秋瑾。
〈軒亭秋〉—譜秋瑾殉難事。
〈碧血碑〉—譜吳芝瑛葬秋瑾事。
〈三百少年〉—譜日俄遼陽事。
〈海天嘯〉—譜日本諸傑事。
〈朝鮮李範晉殉國〉—譜李範晉事。
〈斷頭臺〉—譜法蘭西山嶽黨事。
〈學海潮〉—譜古巴學生反抗西班牙壓迫事。
〈一家春〉—譜維新黨獻媚清室，藉圖鎮壓革命事。
〈三農得澍〉
〈龍井茶歌〉
〈祥徵冰繭〉
〈海宇歌恩〉
〈燈燃法界〉
〈葛嶺丹爐〉

〈仙醞延齡〉

〈瑞獻天台〉

〈瀛波清宴〉

（上列九種爲〈迎鑾新曲〉，乃王文治爲乾隆帝南巡即地即景所作，以記盛況。）

〈燈　賦〉

〈山水清音〉

〈太平有象〉

〈風花雪月〉

〈龍袖驕民〉

〈貨郎擔〉

〈日本燈詞〉

〈賣癡獃〉

〈豐登大慶〉

（上列九種爲〈太平樂事〉，乃柳山爲記京華上元而作。）

〈勸　美〉—譜某生情諫名妓眉娘，告以容華有落寞之際，勢須及早回首事。

〈賣花奴同途說艷〉—譜花奴吳某與傭婦董嫂途次相值，絮談坊巷名姬事。

〈隱仙菴喧闐游桂苑〉—譜萬生携妓儷娘賞桂隱仙菴事。

〈釣魚人彳亍打茶圍〉—譜下流嫖客，群赴釣魚巷土娼處品茗，爲鴇母所難事。

〈王壽卿被褐驚寒〉——叙壽卿幼隨其父度曲吳門，遇人不淑，生女松秀，亦操賤業，時屆隆冬，衣褐尚缺，不禁與女對泣。

〈葉香畹開堂教戲〉——演香畹自覺華年已過，門庭寂寥，遂改業爲雛妓度曲教歌，以餬其口。

〈一柄扇妙姬珍舊跡〉——譜妓女湯醫花難忘舊情，雖處貧窶之中，仍不肯出售故人爲其所繪之扇。

〈九轉詞逸叟醒群芳〉——叙安峰逸叟與友西樓寓公應妓瑤雰約，時葆華內史亦携妓秋影來，逸叟本風流豪士，且又飽閱滄桑，乃乘興將金陵坊巷升沉，譜成〈貨郎九轉〉，縱聲高歌。群雌聆詞，無不唏噓。

（上列八種總名《續清溪笑》，乃蓉鷗漫叟紀取嘉慶間秦准名妓事而成。〈醒群芳〉劇中之逸叟自稱撰有〈清溪笑譜〉，蓋即本書作者蓉鷗漫叟。）

〈曇花夢〉——譜毛西河妾曼殊爲大婦不容，抑鬱而終事。時人尤侗、陳維松、周清原、任辰旦俱出現劇中。

（六）虛構

劇作者憑空杜撰，幻想假設，或以娛人，或以自遣，或以警世，或以勸戒，故其事雖僞，其情則眞。

〈醉畫圖〉——作者以自身入劇，劇中人姓廖名燕字柴舟。劇寫廖燕以堂中壁上所織杜默、馬周、陳子昂、張元昊四人像為客，對酒相勸，乃作者借題發揮之作。

〈鏡花亭〉——寫廖燕漫遊至水月村，見水月道人之女文蒨，喜其《二十七松堂集》詩文，因以所作求教。

〈訴琵琶〉——記廖燕取陶淵明乞食故事譜入琵琶新調至朋友家自己彈唱，藉求賙濟。

〈續訴琵琶〉——記廖燕因窮困遂托詩伯酒仙驅逐窮鬼，正飲酒相賀，忽一道人闖入遺詩一首以點化之。

〈群仙祝壽〉——作者吳城為祝皇太后萬壽，特撰是劇以賀之。

〈百靈效瑞〉——亦為祝壽之作。

〈康衢樂〉——譜堯帝慶祝母壽事。

〈忉利天〉——寫佛母摩耶夫人在忉利天祝賀萬年生辰事。

〈長生籙〉——寫諸仙赴宮祝聖母壽事。

〈昇平瑞〉——寫江西諸臣民建壇遙祝聖母萬壽事。

（上列四種合稱《西江祝嘏》，一切關目均作者憑空杜撰，乃作者用以祝壽之作。）

〈松年長生引〉——譜西王母請帝錫齡，玉皇准奏，着南斗星君前往進壽事。

《寫心雜劇十八種》——作者徐爔自況之作，十八種為：〈遊湖〉、〈述夢〉、〈醒鏡〉、〈遊梅遇仙〉、〈癡祝〉、〈蝨談〉、〈青樓濟困〉、〈哭弟〉、〈湖山八隱〉、〈酬魂〉、〈祭牙〉、〈月下談禪〉、〈問卜〉、〈悼花〉、〈原情〉、〈壽言〉、〈覆墓〉、〈入山〉。

〈大江西〉—記潯陽江上小姑山神女兒有官船阻風，艙中人道氣猶存，惟塵緣未盡，乃順風相送。此係作者即興之作，大概多少受了《醒世恆言》之〈馬當神風送滕王閣〉影響。

〈逍遙巾〉—作者現身說法，自道身世。

〈喬影〉—演謝絮才繪男裝圖像，又作男裝，對像自語，飲酒高歌以寫幽思。

〈空山夢〉—演楊守晦與定南侯之女王容逑離合悲歡事。

〈老圓〉—演老僧點化老將老妓事。

〈仙合曲譜〉—寫蔡氏迎管氏同去瑤宮事。

〈洛城殿〉—演武則天時考取名士才女各五十人使成婚配，其中極寫試官舉子醜態，而關目悉出杜撰。

〈送窮〉—演書生除夕夢鬼魂出現，魁星下降，相互問答，始知窮鬼實爲吉神益友。

〈斷緣夢〉—寫高仰生與陶四眉相戀，後爲夢王點化，乃知二人本屬幻緣，因而警悟，解脫情絲，兩念皆空。

〈心田記〉—寫以販賣土地爲生的趙松山欲唆使暴發戶買田，而爲其妻責打事。

〈桂香雲影〉—寫汪夢桂與名妓劉夢桂有白頭之約，後因倭禍失散。亂平後，旺覓桂不得，由花神引二人夢中相晤。

〈藤花秋夢〉—敘蘧生供職銓曹，繫情貴顯，聲色貨利，長在念中。因夢朱樓大廈，美人更番進酒，色相迷離，歡娛正濃，忽鼓聲驟起，賊衆脅迫，生得間逃去，遇僧指引，始爲醒悟。

〈暗藏鶯〉—寫華三郎幼贅西番陰氏，妻字小鶯，有兒二，則以妻姊阿芙阿蓉爲配。其父以三媳淫逸過甚，乃命其子斷愛。小鶯見三郎方作休書，遂惑以柔情，不效，又以死相脅。三郎不獲已，又實不願割捨，竟允重合，並計議暗藏小鶯於金屋，使其父無聞。是劇乃作者寫之以暗寓鴉片之害。

〈望夫石〉—演日人富山五郎與鶴岡愛哥婚未匝月，即被徵役，北征鰕夷。愛哥矢志不二，自以庭除僵石自誓。後五郎久已河邊埋骨，愛哥仍爲樓頭思婦，春閨入夢，始兆噩耗。乃晨起坐石上，適雷雨交作，竟化爲石。

〈仙人感〉—設爲光緒辛丑呂岩重過岳陽樓，時値庚子亂後，見西人紛集江南，教堂雜沓內地，又覩國士競以掇拾泰西餘唾爲榮，不禁喟嘆而去。以爲求一略似邯鄲道上之盧生，亦不可得矣。此亦作者有感於心，遂借題發揮。

〈三割股〉—叙文氏老人久病垂危，長幼二媳及生女乃割股療親，獨次媳酷嗜自由，不齒三女之所爲。

〈黃帝魂〉—譜革命成功慶祝事，雖爲作者杜撰，亦當時一種理想。

〈夢　桃〉—譜一青年對於當時時局之憤慨，作者抒胸臆之作。

〈歎　老〉—係作者用以攻擊舊派之作，故主人公姓陳名腐。

〈同情夢〉

〈女中華〉

〈松陵新女兒〉

〈廣東新女兒〉

〈愛國女兒〉

此五種均爲時人提倡女權之作。

〈落茵記〉——爲針砭女性誤解自由之作。

〈鬧　冥〉——譜小足婦在冥司大鬧事，係提倡天足之作。

〈活地獄〉——內容痛罵滿清政府，亦當時鼓吹革命之作。

〈少年登場〉——演一少年痛詆維新運動，號召青年參加革命事。

〈雲萍影〉——譜一對男女主張維新。

〈一家春〉——譜維新黨獻媚清室，藉圖鎭壓革命事。

〈風月空〉——寫上海的繁華。

就從作品的內容與故事取材觀之，我們可以看到清代雜劇，與元明二代的劇作，不僅在體制上有所分別，即在題材與格調上，亦是大爲差異的。

元代的雜劇，多取材於「說話」❻。試看一下臧晉叔所選的元曲百種，其中〈楚昭公〉、〈秋胡戲妻〉、〈伍員吹簫〉、〈凍蘇秦〉、〈馬陵道〉、〈誶范叔〉、〈趙氏孤兒〉等劇，乃取材於《東周列國志》前身的七國講史；〈連環計〉、〈隔江鬭智〉二劇，取材於《三國演義》前身的三國講史；〈賺蒯通〉、〈氣英布〉二種，取材於《兩漢演義》前身的兩漢講史；〈薛仁貴〉、〈小尉遲〉、〈單鞭奪槊〉三種，取材於《說唐全傳》前身的隋唐講史；以宋太祖爲主角的〈陳摶高臥〉，取材於《飛龍全傳》前身的五代宋講史；而〈謝金吾〉、〈昊天塔〉二種，則取材於《楊家將演義》、《楊家將傳》、《北宋志傳》前身的楊家將故事。而這些講史，自北宋以來，即爲說書館的重要材料，孟元老《東京夢華錄》嘗謂：「孫寬、孫十五、曾無黨、高恕、李孝詳講史……霍四究說三分，尹常賣五代史。」❼可見這些歷史故事是說書人樂道，而爲民間熟知的。

其次，爲群衆熟悉仰慕的民間豪傑底英雄故事，亦是元代雜劇題材的一個源泉。如〈爭報恩〉、〈燕青博魚〉、〈黑旋風〉、〈李逵負荊〉、〈還牢末〉，便是以梁山泊英雄爲主角的作品。據南宋周密在《癸辛雜識續集》所說：「宋江事見於街談巷語……」❽可知這些故事在宋元時是曾風靡一時的。

還有在元劇中爲數不少的「公案劇」，其故事來源亦是由一派「說公案」的說話人傳播出去，於是包拯、錢大尹、王翛然、張鼎這些決疑平反、伸張正義的良吏便成爲民間的偶像。所以，元劇中的〈陳州糶米〉、〈合同文字〉、〈神奴兒〉、〈蝴蝶夢〉、〈魯齋郎〉、〈後庭花〉、〈灰蘭記〉、〈留鞋記〉、〈盆兒鬼〉、〈謝天香〉、〈緋衣夢〉、〈殺狗勸夫〉、〈魔合羅〉、〈勘頭巾〉等，便是寫這些流行的「說公案」中的人物。

在元代與明初的作品，大都以流傳的民間故事爲題材，相信這與當時觀衆喜惡有關，而作者撰劇亦以演出舞臺爲主（雖然他們往往在其作品中抒洩其憤懣不平之氣），所以，一般觀衆喜看因果報應的戲，他們就多寫〈滴水浮漚〉之類的作品；觀衆喜看公案奇判的關目，他們便多著〈蝴蝶夢〉一類的劇本；觀衆喜看公子落難，妓女愛才及書生中狀元的故事，他們也就寫出〈曲江池〉一類的雜劇。爲了投合觀衆的愛好，作者也會擷取一些流行的故事，如《三國》、《水滸》入劇。偶然，他們亦會採用歷史上的眞實事蹟及文人學士的雅事逸韻，但附會塗飾得可笑，且錯誤很多。如馬致遠的〈漢宮秋〉，寫的是漢代的事，卻出現了宋朝的正陽門，這是時代的錯誤。又如在鄭光祖的〈㑳梅香〉裏，有「孔安國傳《中庸》《語》《孟》」、「校《禮記》舛譌揚子雲」等，與史實相背的話。這些雖是細節，卻貽識者之譏。鄭騫先生論元曲四弊，嘗以「鄙陋」、「頹廢」、「荒唐」、「纖巧」四者爲元曲中不高明的氣氛[9]。他說及「荒唐」之病時，謂：

> 荒唐是由頹廢出來的，人一頹廢了就把眞僞是非都不當回事，胡天胡帝，信口雌黃。這種毛病多在劇曲方面，我們只要把元人雜劇，以及元末明初幾種南戲，如〈琵琶記〉、〈拜月亭〉之類翻閱一遍，就可以發見許多荒唐謬悠的地方。關目結構的不合情理，時代地理官爵人物的顚倒錯亂，到處都是。讀慣了「正經書」，寫慣了「正經文章」的人，看了當然要起反感。[10]

這都是因爲元劇作者在取材和細節上並不講究所致。

這種情形到了明代就有所改變。明初作者漸破元劇成規，如朱有燉的雜劇即有不依前賢格律之作，及至明代中葉，雜劇的面目更爲之大變。不僅在體制上如此，就是在題材與格調上，亦迥異於前。對於這一轉變，鄭振鐸亦曾論及，其曰：

以取材言，則由世俗熟聞之《三國》、《水滸》、《西遊》故事，《蝴蝶夢》、《滴水浮漚》諸公案傳奇，一變而爲〈邯鄲〉、〈高唐〉(車任遠有〈邯鄲〉、〈高唐〉等〈四夢記〉雜劇)，〈簪髻〉、〈絡絲〉(沈自徵有〈簪花髻〉劇，徐士俊有〈絡冰絲〉劇)，〈武陵〉、〈赤壁〉(許潮有〈武陵春〉、〈赤壁遊〉諸劇)，〈漁陽〉、〈西臺〉(徐渭有〈漁陽〉等劇，陸世廉有〈西臺記〉)，〈紅綃〉、〈碧紗〉(梁辰魚有〈紅綃〉劇，來集之有〈碧紗〉劇)，以及〈灌夫罵座〉、〈對山救友〉(葉憲祖有〈灌夫罵座〉劇，王驥德有〈救友〉劇)，諸雅雋故事。[11]

這時的作者在題材的使用上，是較元人爲謹慎，所謂「荒唐之病，入明較輕……」[12]。因爲明代曲家，並不是像元代的多是「沉抑下僚」地位卑微之輩，他們都是有著崇高社會地位的文士[13]，可以說，這時的戲曲已由群衆轉入士大夫階級之手了。因此，元人撰劇的「荒唐」態度，於此亦大告斂迹。作者們不敢將過於不合眞相的事蹟引進劇中，恐貽「不學」之譏，而劇中的故事，便成了「無徵不信」的一件件事實。即〈齊東絕倒〉一類的戲，也幾乎是「無一字無來歷」，其他更可知了。

此外，文士們更可以稱心稱意，自由自在的抒寫，而不必顧慮著觀衆的喜愛要求。因爲這時的雜劇未必是用來上塲演唱的，蓋明自嘉靖以還，北劇已幾乎成爲劇場上的〈廣陵散〉，演者幾不知北劇爲何物，民間演唱者亦多捨北曲而取南曲與小調。故作者作曲，也未必爲劇場而寫，多置諸案頭之上。從「觀衆」亦一易而爲「讀劇」的讀者，儘多舞文弄墨之士，於是作者們在題材的選擇上，亦多以文人學士所喜愛者——即作者自己所喜好者——爲準。這樣一來，他們所寫的，大都爲古今文人的雅事逸韻，悲歡離合，如〈遠山戲〉、〈洛水悲〉、〈鬱輪袍〉、〈武陵春〉、〈蘭亭會〉、〈赤壁遊〉、〈同甲會〉、〈簪花髻〉、〈桃花人面〉、〈花舫緣〉、〈舊蕉夢〉、〈絡冰絲〉之類。隨著題材的轉變，劇中人物亦絕少寫包拯、李逵、尉遲恭、鄭仁和、關雲長等民衆所熟知的偶像。正如鄭振鐸所謂：「因之人物亦由諸葛孔明、包待制、二郎神、燕青、李逵等民間共仰之英雄，一變而爲陶潛、沈約、崔護、蘇軾、楊愼、唐寅等文人學士。」[14]所以，「文人劇」之成立，當在此時。

惟明代之文人劇，雖變而未臻於純。風格每落塵凡，語調亦時雜嘲詼。如徐渭的〈雌木蘭〉，其中即間有不必要的粗野語，而其另一劇〈女狀元〉第五齣，作者的態度不嚴肅，且不穩重，大有以戲爲戲之意，頗失其誠。另外如葉憲祖的〈寫風情〉，亦多插穢語，大可不必。徐、葉固爲一代大家，亦不能免此習氣，其他如何，亦思過半矣。

因此，文人劇雖肇始於明代，但純正之文人劇，其完成當在有清之世。我們試看清代二百多年間的劇本，在題材的選用上，總是力求雅正，務要超脫凡蹊，屏絕俚鄙的。尤侗的《西堂雜劇》、黃之雋的《四才子》、裘璉的《四韻事》、張韜的《續四聲猿》、桂馥的《後四聲猿》、曹錫黼的《四色石》、石韞玉的《花間九奏》、嚴廷中的《秋聲譜》、洪昇的《四嬋娟》、車江英的《四名家傳奇》、張聲玠的《玉田春水軒雜齣》、楊潮觀的《吟風閣》、梁廷枏的《小四夢》、汪柱的《賞心幽品》等，都是摹寫文人學士的逸事韻迹，如屈原賦騷（〈汨羅江〉、〈讀離騷〉）、宋玉招魂（〈讀離騷〉）、相如沽酒（〈卓女當壚〉）、陶潛賞菊（〈桃花源〉）、茂漪簪花（〈衛茂漪〉）、仲姬畫竹（〈管仲姬〉）、子安寫序（〈滕王閣〉）、子昂碎琴（〈大忽雷〉、〈碎胡琴〉）、李白登科（〈清平調〉）、知章歸隱（〈鑑湖隱〉）、東坡吟賦（〈遊赤壁〉）、放翁題壁（〈題園壁〉）、楊愼諫貶（〈議大禮〉）、對山救友（〈對山救友〉）；又寫飲茶問答（見〈李易安〉、〈金石緣〉）、柳絮賦雪（見〈謝道韞〉）、昆明評選（見〈昆明池〉）、旗亭讌聚（見〈旗亭讌〉、〈旗亭館〉）、除夕祭詩（見〈賈島祭詩〉、〈賈閬仙〉）、投詩溷中（見〈投溷中〉）、奉旨塡詞（見〈風流塚〉）、題肆見知（見〈買花錢〉、〈題肆〉），所敘的人物，俱爲風雅之士，所譜的事情，儘多前人未道者。好像裘璉的〈集翠裘〉、〈昆明池〉、〈鑑湖隱〉，車江英的〈柳州煙〉、〈醉翁亭〉，洪昇的〈謝道韞〉，曹錫黼的〈張雀網〉，桂馥的〈題園壁〉，汪柱的〈林和靖〉等，均是第一次納入筆端的劇材。其時，諸劇曲辭的雅麗，賓白的得宜，與夫劇作者態度的嚴謹，均超越明代，文人劇遂得以極盛，而元劇當行本色的風調，至此亦告蕩然無存了。

最後，還有一點值得注意的是：雜劇既成爲文士們的產物與讀物，作者們便特別注意抒寫文士的情懷，每欲借著劇中人物一吐作者自己的憤懣不平的心意，明人的〈漁陽弄〉、〈鬱輪袍〉、〈簪花髻〉、〈霸亭秋〉、〈脫囊穎〉、〈一文錢〉等劇已是如此。惟清代雜劇作者，不僅借他人之口以抒不平之氣，有的作者更進一步現身說法，將自己譜入劇中，成爲劇中人物，如廖燕的〈訴琵琶〉、〈續訴琵琶〉、〈鏡花亭〉及〈醉畫圖〉，其劇中人便是姓廖名燕，號柴舟，直是作者自己。此眞創空前之格，爲前所未見的。而徐爔的《寫心雜劇》十八種，張嘉特的〈放鸚〉、〈標塔〉、〈尋碑〉、〈辨龍〉、〈知驥〉、〈訪石〉、〈紀姬〉、〈修樓〉、

〈觀海〉，湯貽汾的〈逍遙巾〉，及吳藻的〈飲酒讀騷〉諸作，以本身事蹟入曲，與自傳無異。此等劇雖未必盡能登諸場上，但置諸案頭，亦足供文士吟咏呢！

附註

❶〈心田記〉一劇見周妙中《江南訪曲錄要》著錄。此劇爲諷刺戲，共四齣：〈訪催〉、〈勸賣〉、〈勸買〉、〈跪松〉。爲同治年間作品。作者自署漁莊釣徒，姓名不詳。《錄要》一文原載《文史》一九三四年六月第二輯，頁二○九。

❷轉引自周妙中《江南訪曲錄要》一文，參❶。

❸清梁廷枏《曲話》卷三，見《中國古典論著集成》第八冊，頁二六五。一九六○年一月北京中國戲劇出版社出版。

❹清彭孫遹〈黑白衛題辭〉，見鄭振鐸編《清人雜劇初集》，一九三一年長樂鄭氏景印。

❺《墨子》卷一〈親士〉第一頁二上，原文曰：「……是故比干之殪其抗也，孟賁之殺其勇也，西施之沉其美也，吳起之裂其事也。……」見《四部備要》。一九三四年中華書局聚珍倣宋版重印本。

❻說見日人吉川幸次郎著（鄭清茂譯）《元雜劇研究》，下篇，〈元劇的文學〉，第一章，〈元雜劇的構成〉（上）。一九六○年一月臺北藝文印書館印行。

❼宋孟元老《東京夢華錄》卷五〈京瓦伎藝〉條，見明毛晉編《津逮秘書》第一三○冊，頁二下。一九二二年上海博古齋影印汲古閣本。

❽宋周密《癸辛雜識續集》上三十〈宋江三十六贊〉條，原文曰：「龔聖與作〈宋江三十六贊〉，并序曰：『宋江事見於街談巷語，不足采著。……』」見明毛氏汲古閣刊本。

❾見鄭騫先生〈從元曲四弊說到張養浩的雲莊樂府〉一文。是文原載《文學雜誌》二卷二期，今收入先生所

著《從詩到曲》一書內。一九六一年七月臺北科學出版社出版。

❿參❾。

⓫見鄭振鐸〈清人雜劇初集序〉，參❹。

⓬鄭騫先生語，亦見〈從元曲四弊說到張養浩的雲莊樂府〉一文，參❾。

⓭詳見第一章第一節〈清代雜劇作家的分期及其社會地位〉。

⓮同⓫。

第四章　清雜劇的文學

清代的雜劇，適宜於舞臺上搬演者少，而可作案頭供奉者多，其中許多作品且有着頗高的文學價值。在這一章裏，我們便是就清雜劇的文辭、賓白、結構等方面去論述，以便對這時的作品有更深的了解。

第一節　文辭

清代雜劇，除格律精審外，文辭之雅正，尤跨越前代。因戲曲的生命，一部份在歌唱扮演，一部份卻在詞藻意境。元人雜劇，歌唱的腔調，扮演的情形，久已失傳，我們現在還誦讀它、研究它，正是因爲在歌唱扮演之外，它還有它的詞藻意境，還有文藝欣賞價值。

曲中文字，須雅俗共賞，既不能過份文雅，亦不可落於庸俗，從容中道，當爲至善。元曲特色，大都以自然爲主，而不避俚俗粗豪，像關漢卿、楊顯之之作便是；是以淩濛初《譚曲雜劄》謂：「曲始於胡元，大略貴當行，不貴藻麗。其當行者曰『本色』。蓋作曲自有一番才料，其修飾詞章，塡塞故實，了無干涉也。」❶王國維在《宋元戲曲考》也說：「元曲之佳處何在？一言以蔽之，曰：自然而已矣。」❷亦有矯健清麗，崇尚雅正的，如白樸、王實甫、馬致遠等大家的作品，都表現這種風格。這時，戲曲盛極，名家輩出，各就其本身才性而發展，或通俗、或典雅，無所掩飾，亦無所謂派別門戶。但後人競相仿效，每每趨於極端。典雅之末流，乃趨於艱晦堆積；過於通俗，又有鄙俚庸濫之弊。自鄭光祖（德輝）之後，更力爲縟麗之辭，是故「元中葉以後，曲家多祖馬鄭而祧漢卿」❸。周德清洞悉時病，便首標「造語必俊，用字必熟，太文則迂，不文則俗，文而不文，俗而不俗」❹之旨，藉以矯正。而高則誠之〈琵琶記〉，雅俗粗雜，或有折中之意。然明初四大傳奇之〈荊釵記〉、〈劉知遠〉、〈拜月記〉、〈殺狗記〉等，則又俚質無文，趨於極端。但四劇家傳戶誦，學步者多。故王驥德《曲律》云：

……如〈荊釵〉、〈白兔〉、〈破窰〉、〈金印〉、〈躍鯉〉、〈牧羊〉、〈殺狗勸夫〉等記，其鄙俚淺近，若出一手。豈其時兵革孔棘，人士流離，皆村儒野老塗歌巷詠之作耶？❺

李笠翁《閒情偶寄》亦有論及：

吾於古曲中，取其全本不懈，多瑜鮮瑕者，惟〈西廂〉能之。〈琵琶〉則如漢高用兵，勝敗不一；其得一勝而王者，命也，非戰之力也。〈荊〉、〈劉〉、〈拜〉、

〈殺〉之傳，則全賴音律；文章一道，置之不論可矣。❻

梁廷枏《曲話》亦謂：

〈荆〉、〈劉〉、〈拜〉、〈殺〉，曲文俚俗不堪，〈殺狗記〉尤惡劣之甚者，以其法律尚近古，故曲譜多引之。❼

由於俚俗之文充斥曲壇，遂有曲家起而矯其弊，於曲中盛鋪華藻，紛陳典實，其中以邵燦、梁伯龍爲最著。歷來論者都以其爲工麗之濫觴，文辭派之開山祖；王驥德在《曲律》〈論家數〉第十四說：

曲之始，止本色一家，觀元劇及〈琵琶〉、〈拜月〉可見。自〈香囊〉以儒門手腳爲之，遂濫觴而有文辭家一體。近若鄭若庸〈玉玦記〉作，而益工修詞，質幾盡掩。

而凌濛初亦謂：

自梁伯龍出，而始爲工麗之濫觴，一時詞名赫然。蓋其生嘉、隆間，正七子雄長之會，崇尚華靡；弇州公以維桑之誼，盛爲吹噓，……

故此時曲家均以文辭雅正是尚；及湯顯祖起，更以不羈的天才，發爲華藻的文章，所作《牡丹亭》傳奇，光彩煥發，妍麗絕世。然詰屈聱牙，不便歌唱；謹守音律的沈璟（詞隱）乃爲他改易字句，以求合律。湯顯祖拂然不悅，道：「彼惡知曲意哉！余意所至，不妨拗折天下人嗓子。」❽極端主張不受任何束縛而應自由發展文學的技能。然沈詞隱則力主「寧律協而不工，讀之不成句，而謳之始協，是爲巧中之巧」❾。湯、沈二人，一尚文，一尚律，皆走向極端。但學沈詞隱的，乏其律揆，則流於陳腐俚俗，粗鄙生造；而仿湯玉茗的，沒有他的才氣，亦會流於蹈襲、堆垛、晦僻，這都是當時的通病，而爲論曲者所慨歎。凌濛初在《譚曲雜劄》便曾批評以工麗爲尙的文辭派，他說：

……且其實於此道不深，以爲詞如是觀止矣，而不知其非當行也。以故吳音一派，競爲勦襲。靡詞如綉閣羅幃、銅壺銀箭、黃鶯紫燕、浪蝶狂蜂之類，啓口即是，千篇一律。甚者使僻事，繪隱語，詞須累銓，意如商謎，不惟曲家一種本色語抹盡無餘，即人間一種眞情話埋沒不露已。至今胡元之竅，塞而未開，間以語人，如錮疾不解，亦此道之一大劫哉！

他亦指出格律派之弊：

沈伯英審於律而短於才，亦知用故實、用套詞之非宜，欲作當家本色俊語，却又不能；直以淺言俚句，掤拽牽湊，自謂獨得其宗，號稱「詞隱」。而越中一二少年，學慕〈吳趨〉，遂以伯英爲開山，私相服膺，紛紜競作。非不東鐘、江陽，韻韻不犯，一稟德清；而以鄙俚可笑爲不施脂粉，以生梗稚率爲出之天然，較之套詞、故實一派，反覺雅俗懸殊。使伯龍、禹金輩見之，益當千金自享家帚矣！

而當時一般曲論，都提倡雅俗並濟、文律並重的中道，反對各執一端。就中與湯、沈很爲友善的王驥德，他在《曲律》中便提出很多精微的理論，對於當世及清代都產生很大的影響。他在《曲律》〈論家數〉第十四又云：

……夫曲以模寫物情，體貼人理，所取委曲宛轉，以代說詞，一涉藻繢，便蔽本來。然文人學士，積習未忘，不勝其靡，此體遂不能廢，猶古文、六朝之於秦漢也。大抵純用本色，易覺寂寥；純用文調，復傷琱鏤。〈拜月〉質之尤者，〈琵琶〉兼而用之，如小曲語語本色，大曲引子如「翠減祥鸞羅幌」，「夢繞春闈」，過曲如「新篁池閣」，「長空萬里」等調，未嘗不綺繡滿眼，故是正體。〈玉玦〉大曲，非無佳處，至小曲亦復塡垛學問，則令聽者憒憒矣！故作曲者須先認其路頭，然後可徐議工拙。至本色之弊，易流俚腐，文詞之病，每苦太文。雅俗深淺之辨，介在微茫，又善用才者酌之而已。

據此看來，王氏之意，並不反對文語，只是苦太文爲病。而他所說的「當行本色」，即指劇中人談吐舉止情意各如其份，若演下走老僧之類，自當以不文爲本色，但如所演是學士才女而一味以不文爲本色，此則非其人之本色了。所以王伯良在他的《曲律》〈雜論〉三十九又說：

戲劇之行與不行，良有其故。庸下優人，遇文人之作，不惟不曉，亦不易入口。村俗戲本，正與其見識不相上下，又鄙猥之曲，可令不識字人口授而得，故爭相演習，以適從其便。以是知過施文彩，以供案頭之積，亦非計也。

自王氏倡此論後，後之論者多從之，如陳所聞《南宮詞紀》〈凡例〉云：

凡曲忌陳腐，尤忌深晦；忌率易，尤忌牽澀。下里之歌，殊不馴雅；文士爭奇炫博，益非當行。大都詞欲藻，意欲纖，用事欲典，豐腴綿密，流麗清圓，令歌者不噎於喉，聽者大快於耳，斯爲上乘。⑩

《北宮詞紀》〈凡例〉復云：

北曲音節耍矣，遣詞命意，貴在雅俗並陳。元人摹繪神理，殫極才情，足抉宇宙之秘。近代文士務爲雕琢，殊失本色，而里巷歌曲，又類不雅馴。⑪

王驥德的曲論不僅影響及當代，清朝之作者及論者受其影響亦絕大。我們看清初戲劇理論家李漁，他的《閒情偶寄》中說結構、詞采、音律之事凡二三十篇，大部份都是從王氏曲論脫胎出來的。在論及詞采時，他雖主張「貴顯淺」以救明中葉以來文蔽之風，如云：

> 凡讀傳奇而有令人費解，或初閱不見其佳、深思而後得其意之所在者，便非絕妙好詞；不問而知，爲今曲，非元曲也。……若論塡詞家宜用之書，則無論經、傳、子、史，以及詩、賦、古文，無一不當熟讀，即道家、佛氏、九流、百工之書，下至孩童所習《千字文》、《百家姓》，無一不在所用之中。至於形之筆端，落于紙上，則宜洗濯殆盡。亦偶有用著成語之處，點出舊事之時，妙在信手拈來，無心巧合，竟似古人尋我，並非我覓古人。此等造詣，非可言傳，只宜多購元曲，寢食其中，自能爲其所化。⑫

但對於過度鄙俗之曲，他亦是不滿意的，所以他在〈戒浮泛〉條又云：

> 詞貴顯淺之說，前已道之詳矣。然一味顯淺，而不知分別，則將日流粗俗，求爲文人之筆而不可得矣。元曲多犯此病，乃矯艱深隱晦之弊而過焉者也。極粗極俗之語，未嘗不入塡詞，但宜從腳色起見。如在花面口中，則惟恐不粗不俗；一涉生、旦之曲，便宜斟酌其詞。……以生、旦有生、旦之體，淨、丑有淨、丑之腔故也。元人不察，

多混用之。……均是常談俗語，有當用於此者，有當用於彼者。又有極粗、極俗之語，止更一二字，或增減一二字，便成絕新絕雅之文者。神而明之，只在一熟。

這與方諸生（王驥德號）「當行本色」之論絕無差異，只是王氏於雅、俗之間，略傾向於雅，而李漁則稍右於俗，然原則上二氏均主曲宜雅俗共賞。嘉慶時之曲家陳棟亦謂：

曲與詩餘，相近而實遠。明人滯於學識，往往以塡詞筆意作之，故雖極意雕飾，而錦糊燈籠，玉相刀口，終不免天池生所譏。間有矯枉之士，去繁就簡，則又滿紙打油，與街談巷語無異。夫曲者曲而有直體，本色語不可離趣，矜麗語不可入深。⑬

由此可見，自明中葉以至清代，論曲者大都認爲文辭要以雅俗並兼，當行本色爲宜。而此論對於明代曲家影響尚淺，對於清代的劇作者則影響大了。

在上面我們不厭求詳地闡述自明至清一般曲論家對於「文辭」的看法與要求。因爲清代曲家，例如吳偉業、尤侗、孔尚任、洪昇、蔣士銓、楊潮觀諸大家，他們的作品，均是辭采爛然，卓然大方，雅俗共賞，不傾向於某一端。這是清代雜劇在文學上之最大特色，不像元代作品的一味求通俗，也不似明人的專尚穠艷。在這時我們可以看到具有多方面的風格，而與詩詞同樣精美的作品。玆略舉例闡述如後：

一、慷慨悲涼之曲：如吳偉業的〈通天臺〉：

〔青歌兒〕拜告了君王、君王鑒察，休嫌我書生、書生兜答，羈旅臣憔悴殺。漢武帝呵，俺也不用大纛高牙，紫綬青緺，只願還咱草舍桑麻，濁酒魚蝦，冷淡生涯。武皇，我如今在三條九陌，騎著一疋青驢。眼看他們田竇豪華，衛霍矜誇，僮僕槎枒，歌笑淫哇。俺這一個不尷不尬的沈初明，跕在那裏，好像個坎井蝦蟇，霜後壺瓜。……我沈初明憔悴至此，求一紙路引兒，還不能彀哩。你看那一帶呵，山谷谽岈，烏鵲啼啞，好教我駿馬鞭加，便筭是萬里非遐，早及得春草萌芽。莫辜負滿院梨花，則願你老君王放一個吾丘假。……

〔賺煞尾〕則想那山遶故宮寒，潮向空城打，杜鵑血揀南枝直下。偏是俺立盡西風搔白髮，只落得哭向天涯。傷心地，付與啼鴉。誰向江頭問荻花，難道我的眼呵，盼不到石頭車駕；我的淚呵，洒不上修陵松檟，只是年年秋月聽悲笳。

二、沈鬱之曲：如尤侗〈汨羅江〉：

〔得勝令〕半江瑟瑟半江紅，湛湛江水上江楓。那裡是漢廣江之水，分明葬三閭一敵塚、回風。波滔滔魚騰來迎送、飄蓬；草莽莽蘆漪器路窮。

〔喬牌兒〕你問我甚來由，道莫容，早難道醉和濁，吾從眾。芰荷香怎向污邪種，飲醇醪請公入甕。

〔甜水令〕你教我兩樣模稜，大家游戲，片時懞懂。怎學囁囁翁？除非是土木形骸，盤鈴傀儡，隨人播弄，可不折倒我百尺崆峒。

〔折桂令〕我寧可葬魚腹身赴江中。耐不得、蒙茸狐裘，一國三公。說甚麼、魯衛齊梁，學孔孟南北西東。便做道、之一邦楚材晉用。怎比得、說七國儀橫秦縱。我屈平呵、貴戚哀宗，休戚相同，皇考先公，地下相從。

字字悲涼而語語懇摯，若照見其肺肝然，讀之誰不掩泣？

三、溫雅秀媚之曲：清代雜劇作家每每以詩詞之筆入曲，所以寫出來的作品，靈秀精瑩，堪與詩詞並論。蔣士銓的〈四絃秋〉便是一部意境高絕，詞藻極美的抒情劇，其中第三齣〈秋夢〉云：

〔越調引子〕〔霜天曉角〕空船自守，別恨年年有。最苦寒江似酒，將人醉過深秋。

〔小桃江〕曾記得一江春水向東流，忽忽的傷春去也。我去來江邊，怎比他閨中少婦不知愁。纔眼底又在心頭，捱不過夜潮生，暮帆收，雁聲來趁着蟲聲逗也。靠牙檣，數遍更籌，難道是我教他，教他去覓封侯。

〔黑麻令〕拋撇下青樓翠樓，便飄零江州外州，訴不盡新愁舊愁。做了個半老佳人，廝守定蘆州荻州；渾不是花柔柳柔，結果在漁舟釣舟。剩當時一面琵琶，斷送了紅粧白頭。

元人馬致遠的〈青衫泪〉雜劇，也是寫同一故事，而作者以白描的手法，俚俗的口吻出之，如第一折云：

〔金盞兒〕一個笑哈哈解愁懷，一個酸溜溜賣詩才。休強波灞陵橋，踏雪尋梅客，便是子猷訪戴。敢也凍回來，咱這裏酥烹金盞酒，香溫玉人腮，不強如前村深雪裏，昨夜一枝開。

至於蔣曲則多在字句的凝鍊上下功夫，格外顯得雅麗動人。二氏之曲一俗一雅，正好代表了元清兩代的雜劇作品在文辭風格上的根本不同。而好像〈四絃秋〉一樣秀媚蘊藉的曲子，在清雜劇裏是不難找到的。

四、綺艷之曲：這一類曲也不少，特別是在乾隆以後的作品中最多。嘉、道之際的黃燮清，他的曲便是精鍊細緻，穠麗柔美的。且看他的〈鴛鴦鏡〉第一齣：

〔仙石入雙調〕〔沉醉東風〕（旦）警春眠，微寒乍生。倚羅帷，新妝未成。何處唱踏莎行，問鸚哥不省。……（貼）來了，畫樓幾層，繡窗幾櫺，一簾殘夢，流鶯三四聲。

〔嘉慶子〕你鴛鴦兩字牢鐫定，偏則是月樣玲瓏水樣清，幾曾見交頸，有影也冷如冰，無影也冷如冰。

〔尹令〕憐春無聊風景，傷春無端愁病。恨春無人思省，鬧煞啼鵑，爲甚麼不許愁人不去聽。

這樣的曲，秀美之處，直與詩餘無別。

五、曠達之曲：清代雜劇作家雖多藉劇曲來洩憤抒怨，但其中亦多曠達高放之語，如俞樾的〈老圓〉便是：

〔北天下樂〕（外唱）君不見終古華胥夢幾場，飄也莫揚，飄揚水石光。任憑是功業郭汾陽，只落得古巷疏槐冷夕陽，便漢寢唐陵也逐段荒。直看到東海乾枯種了桑，希罕你老都知與故李將軍廣。

是曲直堪與馬致遠的雙調〈夜行船〉媲美。

六、淡逸之曲：像湯貽汾的〈逍遙巾〉便是清空出塵，若海上仙山，若恒娥玉貌，飄飄然不著痕跡，泠泠然無跡可狀的，如劇中第四齣：

〔南呂過曲〕〔香柳娘〕這衣棠薜荔，這衣棠薜荔，萬仙曾記。賸春風，兩袖梅花氣。被麻姑勸醉，被麻姑勸醉。看一片玉漿痕，帶著煙霞膩。歎而今已矣，歎而今已矣，卻不道當作袍緋，來尋仙吏。

〔過曲〕〔紅衲襖〕我冷園亭、户慣扃，少年求，空闢徑。長抱著一張琴，坐瘦了松花影。慣積著一階苔，聽寒了鶴步聲。那裏得永和春雅集招栗里秋佳釀領，不過是知己青山得箇見面時時，也有甚麼好光陰堪細評。

除了表現才氣橫溢，詞藻秀美之外，這時的曲文更能配合劇中人物身份與心情，使到人物形像，呼之欲出。像尤侗在〈桃花源〉一劇寫陶潛的曠達情懷，他一言一語，無不洒脫磊落，迥異常人：

〔普天樂〕遮莫百年名，不如一杯酒。最愛春醪，獨撫秋樹相樛。爲甚的菊花繞四園，竹葉慳三斗，巡簷倚徙欲何求。也罷，酒既沒有，且將菊花細嚼，以代醇醪。（做嚼科）只落得餐落英，〈離騷〉滿口，忽地擡頭，則見南山飛鳥，相對悠悠。

而蔣士銓在〈四絃秋〉所描寫的白樂天亦極成功，因白是詩人，同時也是一個朝臣，學養胸襟，自不同於一般及第士子，所以作者在寫他被貶時，雖然失意，但不會怨天尤人，亦不會自暴自棄，卓然大方，充份表現出名臣風度，如云：

〔耍孩兒〕去國遲遲鞭徐下，戀闕思明主，問何年再入東華。

〔會河陽〕骨比兼金，身無寸瑕，賜環音，早晚報燈花。江州乃雲水勝區，正堪陶寫，放衙有五老高寒，雙姑淡雅。風與月，應無價。

楊潮觀也是一個擅於以曲辭來表達劇中人的身份性格的雜劇作家，像他在〈窮阮籍醉罵財神〉裏，僅用幾句曲辭，便突出了阮籍這一個狂傲不羈的讀書人的性格：

〔北仙呂〕〔點絳唇〕（生扮阮籍醉態披衣上）漉酒巾歪，竹風搖擺。休驚駭，醉眼看差，踹入紅塵界。

而在〈快活山樵歌九轉〉寫一個淡泊名利的樵子則用閒淡高逸的筆調來刻劃出劇中人的性格：

〔北南呂〕〔一枝花〕恁天高孤雲停不飛，道的是留伴清閒我。淅零零一宵風露下，亂紛紛千葉洞庭波。俺待把舊斧新磨，捨得乾柴火，一徑裏撥開荊棘科，暢好是踏空林啄木驚飛，立峯頂嘯聲兒入破。

在清代的雜劇作品中，我們更可以看到一些寫得很好的情景交融的曲文。楊潮觀亦是這一方面的能手，他在〈大江西小姑送風〉中的一段描寫便顯出他技巧的成熟：

〔北雙調〕〔新水令〕江山似此畫圖非，拂雲來片帆天際。俺則待趁仙風，揮羽扇，不爭便訪漁伴，臥簑衣。月朗漸星稀，聽何處笛聲起。

〔收江南〕呀，這不是京江鎖鑰，瞥眼便雄奇。更揚州燈火，歌吹起畫橋西。只有那龍盤虎踞，怕不似古南畿。看金粉六朝，剩繁華有幾？只留得一拳采石，縹緲謫仙衣。

〔北雙調〕〔沽美酒帶太平令〕馬當山，咫尺迷。馬當山，咫尺迷。雷雨至，浪花飛，坐對著小小孤山眉黛低。謝伊家姊妹，可方便的送咱過大江西。（丑）那不是琵琶亭！轉眼又到赤壁磯了。（小生）想當日，逢白傅，琵琶掩泣；遇周郎，檣艣灰飛。那百尺高，是黃鶴樓岳陽樓，都醉了那洞仙飛去。這一片白，是洞庭湖青草湖，眞見了他龍女傳奇。您呵，看一路裏朝暉暮暉，鎮日間鵑啼鴂啼。呀，可不道壯遊的心兒裏，直恁地宦情難已。

這就好像是一首優美的詩篇，靈秀中蘊藏著無限睿智，充份表現出作者的襟懷；在清代的雜劇作品中是不可多得之作。

另外，曹錫黼〈桃花吟〉之寫景亦清新秀媚，每多警句，如第二折寫崔護重來一段：

〔引子〕〔鵲橋仙〕（生上）花陰庭院，淡烟踈雨，寄恨東風柳絮，銀河何處渡。黃姑怪，半捲湘簾愁佇。

〔過曲〕〔一封書〕（合）良辰那便虛，論尋芳渾可娛，斜陽景殊，想多應遊興餘。

春日池塘蜂蝶鬧，綠柳陰陰飛燕雛。這風光快寒儒，勒馬凝眸，幽士居。

總括來說，清代雜劇作家在文辭方面的成就是卓越的，他們的辭采典雅大方，雅俗共賞，這一點是遠過明人的，也是清雜劇不容漠視之處。

第二節 賓白

賓白與曲辭，本是自相觸發；一句好白往往引起無限曲情，亦有因填一首好詞而生無窮話柄。即如〈牡丹亭〉寫杜麗娘遊園之時，便道：「不到園林，怎知春光如許也！」緊接著便唱：「原來姹紫嫣紅開徧，似這般都付與斷井頹垣。」若不用賓白呼起，則「原來」二字不見精神。下面又轉到描寫亭館之勝，於陸則「朝飛暮捲，雲霞翠軒」，於水則「雨絲風片，烟波畫船」。而此調尙有三字兩句，若再寫園景，便嫌蛇足。所以其中便插入賓白云：「好景致，老奶奶怎不提起也？」最後又結以「錦屛人忒看韶光賤」，用反詰之筆來補充未盡之意。即景抒情，不見呆相。這一段曲辭傳誦人口，其妙處皆由賓白所引起。所以，一劇之中，賓白是相當重要的。因爲，凡胸中不可說之情，眼前不可見之景，可以借詞曲以詠之。但要敘事，便非賓白不能醒目了。元代曲家對於賓白似不大注重，明人製作傳奇已知在這方面用功夫，而在清代，最能認識賓白的重要性，且能將他的理論付諸實踐的便是李漁了。他說：

曲之有白，就文字論之，則猶經、文之於傳、註，就物理論之，則如棟、梁之於榱、桷，就人身論之，則如肢、體之於血脈，非但不可相無，且覺稍有不稱，即因此賤彼，竟作無用觀者。故知賓白一道，當與曲文等視。有最得意之曲文，即當有最得意之賓白。……⑭

笠翁所作的戲曲，正是以賓白見長，宛轉入神，「不獨時賢罕與頡頏，即元明人亦所不及，宜其享重名也」⑮。

清代雜劇的賓白，大致上都與明人一樣，語語求工。我們看賓白在歷代戲劇中之演變過程，大約如姚華在《菉猗室曲話》所說：「元劇賓白掉書袋處，腐氣滿紙，常爲明人所議。然元人本色，亦正在此。且以稼軒詞句例之，猶爲可恕；較之明人，賓白妃青儷白，語語求工，反成塡砌。孰得孰失，行家自能辨也。至清人所爲，更欲以古文之法行之，益去益遠，自檜而下，可無譏矣。」⑯姚氏之言，是囿於本色之見，未算中肯。清劇所寫人物，以文人雅士佔大多數，吐屬高雅，自是他們的本色，這又怎能以過雅來批評它呢？例如尤侗的〈桃花源〉寫陶潛的逸士豪懷，於三言兩語間，便表現出來，靈活傳神。劇中陶淵明問龐通之（通之邀他往白蓮社聽道）說：

那白蓮社中可有酒否？

通之答道：

遠公釀酒藏之久矣。

陶即回答：

既然有酒，只得努力前去。……

陶公豪爽磊落的性格，直透紙背，這都是賓白之助。由此可見，清代雜劇的賓白亦非絕無佳作。除尤侗之外，其他大家如蔣士銓與楊潮觀的作品，便是曲白俱佳的。

我們都知道，清代雜劇作家很多是著名的古文家、駢文家，而從他們的作品中，我們可以看到作家們不僅如姚氏所說的以古文之筆來作白，更以駢文之法爲之。這種特色在蔣士銓的作品中最爲顯著，我們試舉數例以觀之。像〈一片石〉第二齣〈訪墓〉那扮演教官的中淨上場唸道：

自家乃一箇復設訓導便是。讀破萬卷時文，做了半生學究。三十年幫增補廩出貢，當初贄禮，原來是放債之錢；五十屆月課歲考科場，昔日花紅，也算做傳家之寶。命注偏官缺印，化身是南極老人；相查末部豐財，托庇在山東大聖。門斗本斯文牙爪，渾身憊賴，將成餓殍之形。醃肉即養老珍饈，滿面精神，盡帶烟熏之氣。縱讓才人早達，豈非大器晚成。既居師道尊嚴，即是文壇老宿。不望陞遷卓異，但求署教諭之銜。惟期豫大豐亨，庶可亨學租之利。烏鬚妙藥，大堪反老還童。虀菜酸湯，亦可延年卻病。眞箇身如藤瘦，枴杖乎，將焉用之。果然眼比鏡光，秋毫兮，想當然耳。……

全篇用四六對句，工整妥貼。由於蔣士銓對古文、駢文夙有研究，故寫來甚覺穩健。而一個老僚腐儒的形象，便很傳神地刻劃出來。此外，蔣氏另一部作品〈第二碑〉第四齣〈尋詩〉老儒生薛天目上場所唸的一段獨白，亦是用四六對句組成的，也得到很好的效果，可見作者在這方面的造詣是很湛深的。

除了蔣士銓，其他曲家愛以寫古文之技巧來作白的也有不少，例如雍正年間的車江英便是一個好例子。他的古文峻潔峭勁，遠勝其曲。試觀〈藍關雪〉〈衡山〉一折內山神的一段獨白：

……吾神乃掌管衡山南嶽大帝是也。上踞朱陵，下窺雲夢，崔嵬萬丈之高，綿亘八百之廣。七十二峰，峰峰矗起，百有餘澗，澗澗澄源。翠巘碧洞，嵌空玲瓏，白石紅泉，飛流激瀑。鯨鐘鼉鼓，殷殷萬點雷聲，鶴唳猿啼，隱隱半天風吼。……

李漁論「賓白」，曾標「詞別繁減」，認爲賓白可長可短，無一定成規，總要依照需要而定：「總之，文字短長，視其人之筆性。筆性遒勁者，不能強之使長；筆性縱肆者，不能縮之使短。又患其可以不長而必欲使之長。」⓱倘演的是一些家傳戶誦的故事，觀衆對於劇情耳熟能詳，備悉情由，所以即使劇中人上場，不唸一句賓白，僅唱曲文，觀者亦能默會。但若是新演的劇本，其間情事，觀衆每覺茫然。於是爲了要使觀衆明白劇情顚末，洞悉個中幽微，便須靠賓白的幫助。因爲曲辭主要傳聲，不是傳情的。在這情形之下，長篇道白便是適應這一需要而產生。我們在清人雜劇之中，看到很多的長白，便是爲了要向觀衆將劇情交代清楚而設。作者個人認爲在清代雜劇作家中，最擅長於寫賓白的除了蔣士銓外，便是楊潮觀。《吟風閣雜劇》三十二種中的賓白，平易流暢，妙語疊出，冠絕一時。如在〈汲長孺矯詔發倉〉一劇開場驛丞的一段獨白，長逾千言，爲清雜劇中鮮見，而其精采處，亦爲同代作品中罕有。且錄之如後：

（副淨扮驛丞上）若要蝗蟲飽，除非野無草。救得螞蜡飢，地上已無皮。在下河南郡一個老驛丞便是。這條路上，原是出京第一，衝要無雙。只因荒歉連年，人煙消散。馬草一束千錢，又兼差使越多，軍興旁午，把應付的官馬，儘力奔馳，例斃者不計其數。今日天上一陣蝗蟲過，明日地下一陣差使過。那公家的田租，遇了旱蝗，或者有蠲有赦，俺驛中私下的例規，倒是常赦不原的。你道此時，民有饑色，怎得庖有肥肉？野有饑殍，怎得廐有肥馬？我管驛也管得老了，到如今，實在難得應付。正是做官莫做鬼督郵，是人是鬼要誅求。看我官兒只有芝麻大，就壓扁了芝麻能榨出幾多油？咳！可爲長歎息者此其一。從來說：官府不威爪牙威，羣狐尾虎來，一虎百虎威。口兒裏蠻言亂喝，手兒裏鞭梢亂掣。額外加了抬槓人夫，又添上些騎坐馬匹。暗中得了折色分例，還來要你喫程津貼。幾番在人面上彌縫，免不得馬口中奪食。我一件件燕子啣泥，一般般針頭削鐵，下不能白手成家，上不能赤心護國。今日一路平地風波，明日一個青天霹靂。來不來都要立馬造橋，動不動急得推車撞壁。任憑哀告，總是個皀白難分；如此饑荒，那管你青黃不接。咳！可爲流涕者此其二。雖然衙門裏的事，到處官清私暗，從來陽奉陰違，就是悖入悖出，也須好去好來，誰知陪著我小忠小信，不得他大慈大悲。憑你剜肉醫瘡，總要捨身施佛。沒柰何撞著他鬼使神差，只得拚我奴顏婢膝；儘著他酒囊飯袋，還要硬著我銅頭鐵額。他幾回說不出，只管推毛求疵；我幾次忍不來，又恐劈竹礙節。有打點，就是釜底抽薪；沒投奔，只落得眼中出血。咳！可爲痛哭者此其三。（作哭介）（內問介）你這驛丞，好端端爲何哭起來？（副淨）列位不知，我乃長沙賈太傅之後，祖傳一篇〈治安策〉，慣爲痛哭流涕長太息。記得我當初新上任時，排下龍圖公案，扮出優孟衣冠，雖則是魚龍混雜，卻倒也人馬平安。銷算的絲絲入扣，支放的滴滴歸源。奉行的何嘗虛應故事，過往的也曾廣結良緣。遇事親身下降，從無袖手旁觀；見人怒目相向，唯有唾面自乾。從不使唇鎗舌劍，也無甚意馬心猿。只靠自己良心難昧，要圖上頭另眼相看。誰知不用本來面目，還當別有肺肝。咳！可爲痛哭者此又其四。……

其中連用數十個四字成語，卻不是毫無目的地掉弄文字，炫耀學問，而是向觀衆說明這一個夾在官府與平民之間的驛丞的善良性格，他所處的環境，及他的心理感受，故在整個劇情的發展上這段道白是不缺少的。全文雖然很長，但語氣誠懇親切，使觀衆對他產生無限同情，而不會覺得他嚕囌難耐。此外，在曹錫黼的〈張雀網廷平感世〉，陳棟的〈維揚夢〉等劇裏，都有長白的出現，同樣具有向觀衆交代的作用。

元明清曲論家，大都不主張用方言入曲，因爲它不能通天下之耳目。故元周德清《作詞十法》謂「不可作方語」，而自註云：「各處鄉談也。」⑱而明的王驥德在《曲律》中亦說：「北曲方言時用，而南曲不得用者，以北語所被者廣，大略相通，而南則土音各省郡不同，入曲則不能通曉故也。」⑲李笠翁也說：「凡用傳奇，不宜頻用方言，令人不解。近日塡詞家見花面登場，悉作姑蘇口吻，遂以此爲成律，每作淨丑之白，即用方言。不知此等聲音，止能通於吳越，過此以往，則聽者茫然。傳奇天下之書，豈僅爲吳越而設？至於他處方言，雖云入曲者少，亦視塡詞者所生之地。如湯若士生於江右，即當規避江右方言；粲花主人吳石渠生於陽羨，即當規避陽羨方言。蓋生此一方，未免爲一方所囿，有明是方言，而我不知其爲方言，及入他境，對人言而不解，始知其爲方言者。諸如此類，易地皆然。欲作傳奇，不可不存桑孤蓬矢之志。」⑳他認爲應禁的不是「所被者廣」之方言，而只是某處土談及後世不復通行之言語罷了。但清代乾隆年間，以吳越語入曲的，竟成一時好尙，如沈起鳳的四種傳奇：〈報恩緣〉、〈才人福〉、〈文星榜〉、〈伏虎韜〉等，都有插入吳白。這種情形在雜劇並不太普遍，雖然，在一些作品裏，如張聲玠的〈畫隱〉、〈題肆〉、〈碎胡琴〉諸劇便多吳儂柔語，如〈畫隱〉中云：

（丑）（扮舟子）曉得哉，寫字畫畫，才是嘸蓋招個。惜哉呀，惜哉！（末）什麼惜哉？（丑）弗該應做子故隻毴官哉那。自古道父母之讐，弗共戴天。譬如唔祖宗個田產，本勒人家奪子去，末直頭要搭俚做輸贏哉，那舍嘸子淘成到從順子俚介？

然而，這僅是頗爲鮮見的例子。一般來說，清雜劇的賓白所用的語言，宜雅宜俗，但絕不會有陳腐的頭巾氣，亦鮮用粗言俗語。雖然有時不免過雅，如張龍文〈旗亭讌〉中的丑角，車江英〈醉翁亭〉中的書僮，所說的話似乎超越他們的身份。但這僅爲個別例子，不能一概而論。

第三節 結 構

自明以來，論曲者多從散曲立論，即言劇曲，大都摘字擷句，於全局未能遽及。但清初劇曲理論家李漁在他的《閒情偶寄》論詞曲卻首標結構，謂：

塡詞首重音律，而予獨先結構者，以音律有書可考，其理彰明較著。……至於「結構」二字，則在引商刻羽之先，拈韻抽毫之始，如造物之賦形，當其精血初凝，胞胎未就，先爲制定全形，使點血而具五官百骸之勢。倘先無定局，而由頂及踵，逐段滋生，則人之一身，當有無數斷續之痕，而血氣爲之中阻矣。……故作傳奇者，不宜卒急拈毫。袖手於前，始能疾書於後。有奇事方有奇文。未有命題不佳，而能

出其錦心，揚爲綉口者也。㉑

極論結構之重要，更指出時人戲曲之最大弊病是拙於結構，他說：

嘗讀時髦所撰，惜其慘澹經營，用心良苦，而不得披管絃、副優孟者，非審音協律之難，而結構全部規模之未善也。

雖然如此，但李笠翁仍認爲清曲針線之細密，佈局的考究，仍有勝於元人之處：

吾觀今日之傳奇，事事皆遜元人，獨於埋伏照映處，勝彼一籌。非今人之太工，以元人所長，全不在此也。……若扭於世俗之見，謂事事當法元人，吾恐未得其瑜，先有其瑕。……然傳奇，一事也，其中義理，分爲三項：曲也，白也，穿插聯絡之關目也。元人所長者，止居其一，曲是也；白與關目，皆其所短。

但笠翁僅指出元劇結構之精密遜於清人，卻未說明二代作品在結構上的傾向與特徵。這就是我們需要研究的地方。

在結構上，清雜劇與元明是有很多不同之處的。日人吉川幸次郎便曾就元代雜劇的結構予以研究，而得結論如後，他說：

從構成方面觀察元雜劇的特徵，最顯著的傾向，是事件推移的合理性，以及合乎人生的實情。雜劇原是好奇心的對象，所以又有一名叫「傳奇」。的確，雜劇所展開的故事，經常總帶有某種「奇」的味道，並表示著一種異乎日常生活的緊張。不過，在造成這種緊張，及解決這種緊張的過程上，常常是合乎情理的。雖然其中所展開的事件，一方面固然顯得異乎尋常，但另一方面，卻含有一種足以令人首肯的實際生活的眞實之感。這一點是元曲在構成上最大的特徵。本來「奇」與「眞」的配合，可說是所有戲劇的一致要求，因爲「奇」之所以爲奇，必須有合理的一面隨時加以支持。世界上絕不可能有毫不合理的「奇」存在。但元曲所描寫的「奇」，特具有強度的合理性，至少跟中國的其他戲劇，即跟明朝以後的戲劇比較時，的確如此。[22]

吉川氏更舉出武漢臣的〈散家財天賜老生兒〉一劇爲例，來支持他的論點，說明「奇」與「眞」在元雜劇的構成中同時並存，合作得非常圓滿。但與此同時，在元代的作品中更有不少極不合理的情節，都是違背人生眞象的。例如在〈合汗衫〉、〈瀟湘雨〉、〈楚昭公〉、〈合同文字〉、〈兒女團圓〉、〈黑旋風〉、〈酷寒亭〉、〈羅李郎〉、〈貨郎旦〉、〈還牢末〉等劇中，便有著不合理的輪廓。然而，這卻是爲觀衆所接受甚至喜好；作者對於這種不合理，似是毫不介意，所以在故事情節的處理上遇到困難時，爲了自己的需要，便往往犯了不合理的毛病。這種傾向與上述那種求「奇」與「眞」的趨勢，是同時存在於元雜劇之中的。對於這一點，吉川氏也予以承認，他說：「這種不介意地製造不合理的傾向，與前面所說〈老生兒〉的合乎情理的趨勢，雖然背道而馳，但我們能夠感覺到，兩者的背後都埋伏著一股共同的潛流，那便是作者的愚直。……這種愚直，不是單純的愚直，而是一種充滿活力的愚直。因此，施之於保持合理的方向，便能徹底地描繪眞實；反之施之於發生不合理的時候，也能產生極端的不合理。」㉓這與作者本身的學養有關，而充滿不合理現象的作品多是出於倡優之手。在元代有些雜劇故事發展穿鑿附會，有時且涉及荒唐。

這種現象，入明稍減，但仍未盡歛，到了清代，便完全消失了。清代曲家的一個長處，就是製作嚴謹，所以在結構上，有著高度求眞的傾向，像一些以歷史爲題材的戲曲，如〈桃花扇〉、〈長生殿〉等，考證之精確，情節之入情入理，絕非元明所能及。自孔、洪之後，這種傾向就更爲顯著，所以吳梅說：「二家既出，於是詞人各以徵實爲尚，不復爲鑿空之談。所謂陋巷言懷，人人青紫，香閨寄怨，字字桑間者，此風幾乎革盡。」㉔特別是在乾隆以後的作品中，我們可以找到很多例子。且讓我們舉出蔣士銓的〈四絃秋〉和元代馬致遠的〈青衫泪〉相較，便可以看到二代作者在創作態度上的距離。這兩部雜劇都是取材於白居易的〈琵琶行〉（明顧大典亦作有同一題材之雜劇），當我們仔細去觀察，便會發覺馬作有很多地方是錯誤矛盾的。例如他寫白居易的謫官是因爲國君不好虛文，而白樂天之所以「江州司馬青衫濕」，是爲了重逢舊相好的琵琶妓而起的，這與原詩的精神是相違背的。而〈琵琶行〉中明明是說茶客到浮梁去買茶，而〈青衫泪〉中竟說茶客是「浮梁人氏」。餘如〈琵琶行〉絕無白居易先與琵琶妓在都城相好的可能，而馬致遠在劇中把他們寫成是舊相識。至於第四折寫憲宗重召白樂天回朝，並賜二人團圓，把皇帝也牽涉入這樁戀愛事件，似乎是小題大做，乃作者一廂情願的說法，以常理推之，難以令人置信。但蔣士銓所寫的〈四絃秋〉則大不相同。他是盡量忠於原作，爲求正確翔實，更參考了《唐書》元和九年、十年時政，及〈香山年譜自序〉。故全劇發展合情合理，而針線緊密，細節交代清楚。如解釋白樂天遭貶的原因；對於琵琶妓身世的交代，她本在南方，卻知北方的事（弟去從軍阿姨死），這完全是因爲有了一個名叫子虛（作者暗示這個人物是虛構）的茶客的出現。而是劇結構，一層一層推進，先由兩條支線發展開去，然後在第四折很自然的將它們帶到一條主線上，串合無痕，從容不迫。甫抵高潮，便立即收筆，沒有一些不必要的閒場，與原詩「四絃一聲如裂帛」同樣的動人心弦。所以，〈四絃秋〉一劇在結構、佈局，及氣氛的培養上都有超越過前人之處。當然，我們這裏無意低貶馬致遠的雜劇，只是想從這兩位可以代表他們的時代的一代曲家的作品中，去探討元、清二代雜劇作者在結構之傾向上的不同而已。

李漁在論到劇曲的結構，曾提到「密虛實」，他說：「若用往事爲題，以一古人出名，則滿場腳色，皆用古人，捏一姓名不得；其人所行之事，又必本於載籍，班班可考，創一事實不得。……傳至於今，則其人其事，觀者爛熟於胸中，欺之不得，罔之不能，所以必求可據，是謂實則實到底也。」[25]清代曲家一般來說都能達到這地步。然而，與此同時，在極力求眞的傾向下，作者們又往往愛在作品中滲入神怪色彩。他們所採用的手法，多是現實與幻想相混合。這種手法在前代作品中亦常見，但不及清代劇作家用得那麼普遍與顯著。作者們往往利用鬼神來渲染氣氛，或用來解決一些結構上的難題。中期以後的作家，更喜在作品中加插入鬼神的情節，如蔣士銓〈一片石〉的〈夢樓〉、〈宴閣〉；〈第二碑〉的〈留香〉、〈書表〉等都有鬼神出現的場面。作者是有意如此的，他在〈一片石〉〈自序〉中說：「……其間稍設神道附會，精誠所感，又何必不爾耶？」㉖與藏園同時的另一大家楊潮觀，他在作品中亦愛以鬼神作為理想的化身、正義的保衛者，如〈開金榜朱衣點頭〉的朱衣神、〈灌口二郎初顯聖〉的二郎神、〈動文昌狀元配瞽〉的文昌君等便是；有時又用他們作為諷刺的對象，成為被否定的人物，如〈窮阮籍醉罵財神〉的錢神、〈偷桃捉住東方朔〉的王母便是。自蔣、楊以後，在作品中滲入鬼神，劇末假託神隍作結，幾乎成了結構上的慣例。嘉、道年間的黃燮清，風格模倣藏園，所以他的戲曲，亦多用佛說作為開場與結束。造成這種傾向的主要原因，是作者以劇曲載道為出發點，每一下筆即有關風化，正如蔣士銓自己所說：「……寄詼詞於莊論，無非指點迷津，寫名理於清言，不異商量正學。……」㉗所以便假託神鬼之說來教育觀衆讀者，但風氣一開之後，曲家紛紛效尤，原來的用意反而被人忽略了。

此外，由於體制的解放，清雜劇的結構便不用過於限制。元雜劇因為有四折的規範，所以戲場的分置便無形中被局限了。如元劇中第一折必是閒戲，第二折劇情逐漸推進，高潮多放在第三折，之後便趨於平淡。所以臧懋循說：「……至第四折往往彊弩之末矣。」㉘而且，元雜劇每折的歌曲數目有一定，正末或正旦必須依照規定唱完這些曲子，不能多也不能少。於是，為了湊足一定的數目，往往出現不必要的曲子；而這種不必要的曲子，又往往把事件導向不必要的方面去。有時更將情節遠遠扯離主題，穿鑿附會，轉灣抹角，這現象在元明作品中屢見不鮮。但清代的雜劇，在結構上大致上都沒有這種毛病。因為這時的作品，在折數、聯套上都沒有一定的限制，作者們大多數在單折短劇的製作上用功夫，這樣結構布局，便容易措置得多。

所以情節單線發展，不蔓不支，這是清雜劇在結構上的一個特色。短劇的作者，在執筆撰劇時，早已成竹在胸，要抒發他的感情，或是要表現他的某一種理想、抱負，或是要表揚某一種美德；而不論怎樣，他心目中已立下了一個主題。這便是李漁所謂「立主腦」，所謂：「古人作文一篇，定有一篇之主腦。主腦非他，即作者立言之本意也。傳奇亦然。一本戲中，有無數人名，究竟俱屬陪賓；原其初心，止為一人而設。即此一人之身，自始至終，離、合、悲、歡，中具無限情由，無窮關目，究竟俱屬衍文；原其初心，又止為一事而設。此一人一事，即作傳奇之主腦也。……後人作傳奇，但知為一人而作，不知為一事而作，盡此一人所行之事，逐節鋪陳，有如散金碎玉。以作零齣則可，謂之全本，則為斷線之珠，無梁之屋。」[29]而清雜劇最多是為一事而作。由於折數沒有限制，作者只要將故事鋪演完畢，或將想說的話道出後，便可以隨時停止，所以清雜劇由一折到十二折都有，而以一折的佔大多數。我們試看楊潮觀的《吟風閣》三十二劇，便是最好的例子。每一折都有一個突出的主題，情節便環繞著一人或一事發展。像〈邯鄲郡錯嫁才人〉是寫一個薄命女子被兄嫂草草送出門，心中產生怨恨。這劇一開場，便由扮演邯鄲才人的小旦上場，所唱數句曲辭，便表達出她的幽怨，給觀眾一個心理準備，她唱道：

〔北南呂〕〔一枝花〕鑄成金錯刀，錯剪了天衣縫。煉成千片石，費盡補天工，補不滿離恨天中。今日裏活埋人，並不是鴛鴦塚。任臨妝，首似蓬，誰適為容，一霎繁華破夢。

以後便寫她如何發悶，在愁思中入夢，夢見趙王重召她入宮，正感欣慰間，突然驚醒，原來是南柯一夢。劇情便是這樣直線發展，不會旁生枝節。再看《吟風閣》三十二劇中最著名的〈罷宴〉一折。是劇寫寇準因親而罷宴。最先出現的是主要人物之一的劉婆，她是丞相府中一名老婢，曾服侍太夫人，上場時唱道：

〔北中呂粉蝶兒〕白髮青裙，畫堂前尚蒙恩養。想當初獨伴孤孀，今日受個黃封、膺紫誥，偌大風光！怎知道孟母先亡，倒是咱賤殘生，趁著他暮年安享。

在這一段曲辭裏，我們可以大概地了解到寇準的家庭狀況：他是幼年孤露，母親撫育成人，貴顯後，母已亡，而準之生活亦日益豪華，這一切一切都在老婢口中道出。以後劇情的發展，亦是循著這條主線推進。最後當寇準被劉婆所感動，觸起孺慕之情，決定罷宴，故事便在此結束。且看劇末各人對話：

（老旦下）（外揮淚不止介）（旦）劉婆婆這番說話，聽者都要傷心，只是子孝無窮，親年有盡，相公若哀感傷和，反不是仰體先人的意兒了。

很多清雜劇便是這樣直線發展，沒有旁支的。像洪昇的〈四嬋娟〉、孔尚任的〈大忽雷〉、嵇永仁的〈續離騷〉、張韜的〈續四聲猿〉、桂馥的〈後四聲猿〉、舒位的〈缾笙館修簫譜〉、石韞玉的〈花間九奏〉、曹錫黼的〈四色石〉、張聲玠的〈玉田春水軒摘齣〉等，都是專寫一事，而不是專寫一人，所寫的事完結，劇情便終止；他們所寫某事的一段，又往往是高潮部份，或最精采、最感人的一節，故全劇本身便是一個高潮，使人有著緊湊的感覺。

清雜劇在結構上另外一個特色是很多都是用二人對答的方式寫成，例子比比皆是。鄭瑜的〈鸚鵡洲〉是禰衡與鸚鵡對答；〈汨羅江〉是屈子與漁父；〈黃鶴樓〉是呂純陽與柳精；更有一人自問自答的，如葉承宗的〈孔方兄〉，廖燕的〈醉畫圖〉，嵇永仁的〈笑布袋〉、〈憤司馬〉，張韜的〈霸亭廟〉，吳藻的〈喬影〉等都是。這時的雜劇作者都是藉劇曲以抒其憤懣不平之氣，每每採用這種方式，以吐胸臆。像〈喬影〉寫一個女子男裝打扮，獨自在看畫、飲酒、狂歌，這是作者用以自況。在元代的作品中，這樣形式的雜劇固未能一見，即在明代，亦只得一兩個罕見的例子，但在這時卻是非常普遍的。因爲曲家們撰劇，只爲抒發一己牢愁，至於能否搬演於舞臺之上，則不予顧及了。

由於清代雜劇作者大都以劇曲爲洩怨抒憤的工具，表現在作品中的情感一般都是憤懣激昂，或是沉鬱凝重的，「幽默」似乎不是這時——尤其是初期的數十年間——作品構成的重要成份。但在乾隆年間卻有若干個很善於製造喜劇氣氛的劇作家，其中最出色的是楊潮觀、蔣士銓、唐英等。楊笠湖（潮觀）短劇的佳妙眞是前無古人，後無來者，他可說是短劇中最大的藝術家。在《吟風閣》三十二劇中，〈汲長孺矯詔發倉〉、〈偷桃捉住東方朔〉及〈黃石婆授計逃關〉三劇，是極出色的喜劇。〈發倉〉一齣的結構，目的在爲驛丞免去供給佚馬之煩，這事本身並不是一件甚麼大事，但用來達到目的的手段則是一件經國大事——救災；劇中人用盡了九牛二虎之力，結果是拾起一根針來，讀者若回味一下，一定會失笑出來的。此劇可說是深得喜劇的精神。還有〈偷桃〉與〈黃石婆〉，都是絕妙的喜劇。前者充滿了顚倒錯亂的人物，全齣中洋溢了一片笑聲，故此劇有滑稽之雄之稱。〈黃石婆〉一劇則是根據張良椎秦始皇於博浪沙，張良貌如婦人女子，張良遇黃石公，黃石公使他進履以柔其剛這三件正史的事實，加上作者自己的想像、創造與藝術，便作成了這一篇中國戲曲中極爲出色的短篇喜劇。此曲一開場便有一段妙文：

（丑）俺秦王只爲博浪沙一事，今日捉張良，明日捉張良，可是張良是個怎生模樣？

（副淨）你還不知，那張良，身長一丈，腰大十圍，虎背熊肩，銅頭鐵額，有萬夫不當之勇，因此上膽大包天，一鐵錘，幾乎把秦王斷送。我聞得張良那匹夫，他小指頭也有擂槌粗，袖裏鐵錘千斤重，五行遁法會書符，雖然不是夜叉羅刹鬼，畢竟是好漢英雄大丈夫。

（丑）如此我們關口怎生準備他好？

（副淨）有甚準備，你是精細鬼，我是伶俐蟲，刀出了鞘，弦上了弓，蓋好了鷄籠，快去關門，還須塞狗洞。

所說的恰好與事實相反，藉以製造喜劇氣氛。此外，蔣士銓的〈一片石〉，和唐英的〈麵缸笑〉、〈梅龍鎭〉等劇中都是充滿了笑料，其中有很多是對當時的社會、官場加以諷刺譏嘲，而這些笑料在情節簡單的雜劇中是具有調劑作用的。

附註

❶ 明淩濛初《譚曲雜劄》，見《中國古典戲曲論著集成》第四冊，頁二五三。一九六〇年北京中國戲劇出版社出版。

❷ 王國維《宋元戲曲考》十二〈元劇之文章〉，頁一〇五。一九六四年四月香港太平書局印行。

❸ 王國維《宋元戲曲考》十二〈元劇之文章〉，頁一一二。參前註。

❹ 元周德清《中原音韻》〈作詞十法〉，見《中國古典戲曲論著集成》第一冊，頁二三二。參❶。

❺ 明王驥德《曲律》〈雜論〉第三十九上，見《中國古典戲曲論著集成》，頁一五〇。參❶。

❻ 清李漁《閒情偶寄》卷一〈詞采〉第二。見《中國古典戲曲論著集成》，頁二二。參❶。

❼ 清梁廷枏《曲話》卷二，見《中國古典戲曲論著集成》第八冊，頁二五七。參❶。

❽ 見王驥德《曲律》卷四〈雜論〉第三十九下，頁一六五。參❸。

❾ 同前註。

❿ 明陳所聞《南宮詞紀》〈凡例〉，明萬曆三十三年（一六〇五）刊本，八冊。

⓫ 陳所聞《北宮詞紀》〈凡例〉，萬曆三十二年刊本。

⓬ 李漁《閒情偶寄》卷一〈詞采〉第二〈貴顯淺〉條，頁二四。參❺。

⓭ 清陳棟《北涇草堂曲論》，見任中敏《新曲苑》第二十七種，第六冊，頁一。一九四〇年中華書局聚珍倣宋版印行。

⓮ 李漁《閒情偶寄》卷三〈賓白〉第四，頁五一。參❻。

⓯ 楊恩壽《詞餘叢話》卷二〈原文〉，見《中國古典戲曲論著集成》，第九冊，頁二六五。參❶。
⓰ 清姚華《菉猗室曲話》卷一，見任中敏《新曲苑》第三十三種，第七冊，頁八。參⓭。
⓱ 李漁《閒情偶寄》卷三〈賓白〉第四，〈詞別繁減〉條，頁五五。參❻。
⓲ 同❹。
⓳ 王驥德《曲律》卷三〈論曲禁〉第二十三，頁一二九。參❺。
⓴ 李漁《閒情偶寄》卷三〈賓白〉第四，〈少用方言〉條，頁五九。參❻。
㉑ 李漁《閒情偶寄》卷一〈結構〉第一，頁七。參❻。
㉒ 日人吉川幸次郎著（王古魯譯）《元雜劇研究》下篇〈元雜劇的文學〉，第一章〈元雜劇的構成〉，頁二〇六。一九六〇年一月臺北藝文印書館印行。
㉓ 吉川幸次郎《元雜劇研究》，頁二二一。參前註。
㉔ 吳梅《曲學通論》第十二章〈家數〉，頁八六。一九六五年一月臺灣文星書店印行，《文星集刊》第六十二種。
㉕ 李漁《閒情偶寄》卷一〈結構〉第一〈密虛實〉條，頁二〇。參❻。
㉖ 蔣士銓〈一片石自序〉，見《藏園九種曲》，清紅雪樓刊本。
㉗ 蔣士銓〈香祖樓自序〉，見《藏園九種曲》，參前註。
㉘ 明臧懋循〈元曲選序〉，臺灣藝文印書館印行。
㉙ 李漁《閒情偶寄》卷一〈結構〉第一〈立主腦〉條，頁一四。參❻。

第五章　初期（順治至雍正年間）的雜劇作家與作品

引言

這一期由清世祖順治登極起，直到世宗雍正間，約九十餘年。這時期的劇壇，並不寂寞，並間最大的雜劇作家，有吳偉業、尤侗、徐石麒、洪昇、孔尚任等數人。次要的也不少，如王夫之、袁于令、鄒式金、鄒兌金、葉承宗、嵇永仁、廖燕、裘璉、張韜、車江英等。他們大部份是由明入清，而他們的作品仍繼承著明末復古的餘緒，在體製上並沒有更大的變化。根本上，有清一代，整個的文學風格就是擬古。梁啓超在《清代學術概論》中說：「清代思潮果何物耶？簡單言之，則對於宋明理學之一大反動，而以復古爲職志也。」❶學術思潮如此，文學思潮亦然。復古思潮瀰漫全文壇，詩、詞、古文固如是，戲曲亦不能例外。明季孟稱舜、臧懋循等追慕元人的風氣普遍地影響著清初的劇壇，因此吳偉業、尤侗、徐石麒、王夫之、葉承宗諸家作品，仍保持著元劇規模。但他們的成就是不可以漠視的。梅村爲一代才人，詞華最勝。西堂則才調縱橫，其曲雄健豪放，有元人風味。坦庵才思富贍，具大家風範。其他各家，亦堪稱道。然而，這一期的作品最爲突出而彌足珍貴的，則是它們所表現的意識與感情。

甲申（一六四四）之變，神州易手，這政治的劇變給文人們帶來刺激與震驚。黃九煙在〈楚州酒人歌〉所云：「誰知一朝乾坤忽翻覆，酒人發狂大叫還痛哭。」正道出一個遺民在易代之際的徬徨與沉痛。痛哭亡國之餘，他們似乎只有兩條路可行，一是以身殉國，一是潛隱遯世，正如卓爾堪在他的〈遺民詩序〉中所說：「當天步移易之際，天之生才反獨厚，而人之稟受者亦不一。其剛烈清正之氣，大則發爲死事之忠臣；次則蘊爲肥遯之志士。」黃九煙所謂「四顧拍手大叫何不乘風便飛去，乃猶戀此腥腐齷齪區區九點之齊州」❷是一種態度，另一種則是「匹夫聞變自經死，愧殺偷生食祿臣」（吳非〈陳公誥〉）。在這期的雜劇作家中，我們既有殺身成仁的烈士如張龍文；也有土室自封，林泉終老的志士如王夫之、黃家舒、徐石麒等。文學反映時代，而這一群胸蘊英奇，不克見之行事，不得已而寄之於言的遺民隱士，其故國山河之慟，禾黍銅駝之悲，都在作品中表現出來。他們的雜劇是一派雄奇慷慨之音，讀之能使人歌哭，而絕不使人皺眉蹙額的。鄒式金在他那載錄明末清初雜劇作品的《雜劇三集》的〈序〉中，便曾分析這時的雜劇作家所表現的心理結晶，他說：

> 邇來世變滄桑，人多懷感。或抑鬱幽憂，抒其禾黍銅駝之怨；或憤懣激烈，寫其擊壺彈鋏之思；或月露風雲，寄其飲醇近婦之情；或蛇神牛鬼，發其問天遊仙之夢。

所以，這時期的作品，有些是歌泣太息於滄桑之際，所謂「抑鬱幽憂，抒其禾黍銅駝之怨」的，像〈通天臺〉、〈龍舟會〉、〈讀離騷〉等劇便多沉痛之音，與歸莊的〈萬古愁〉同調的。〈龍舟會〉（第四折）所云：

〈駐馬聽〉碧海雲連，空凝望、孤飛白雁傳書，怨寒梅香淺，只高吟槎枒枯樹寄愁篇，江山滿目都是愁人處也，乾坤何處不鋒煙，哀哀寡婦誅求徧。……

〈亂柳葉〉卻歎咱半生半生問天，空熬得鬢邊鬢邊霜練，眼對著江山江山如顛，似落葉依苔依苔蘚，庭院歸燕，銜不起殘紅片。

迴腸盪氣，一字一淚。又：

〈清江引〉莽乾坤，只有箇閒釵釧劍氣飛霜，蟒玉錦征袍，花柳瓊林宴。（歎介）大唐家，九葉聖神孫，只養得一夥胭花賤。

憂時傷世的情懷，都在曲中表現出來。又有些是慷慨悲歌的所謂「憤懣激烈，寫其擊壺彈鋏之思」的，如〈臨春閣〉與〈西臺記〉，即爲忠憤敵愾之作。謝翶之〈哭西臺〉（第四齣），一腔熱血，和盤托出：

〈雙調北新水令〉晦林泉形影共蕭條，聽啼猿數聲哀叫，台星今已圻，楚些遠難招，地下天高，何處將愁心告。

〈南鎖南枝〉君臣義，首共搔，當年兩人同幕寮，忽看麥秀漸漸，遂付與閒花草，你淚頻澆，我心如擣，這衷懷誰知道。

啼鵑唳鶴，總是哀音。一是所謂「月露風雲，寄其飲醇近婦之情」的，如〈孤鴻影〉、〈風流塚〉、〈長公妹〉、〈京兆眉〉等劇，所寫的雖是兒女濃情，卻蘊激越憤慨之聲。更有將他們的激憤，或托之於鬼神，或寄之於禪那，所謂「蛇神牛鬼，發其問天遊仙之夢」，像〈鸚鵡州〉、〈汨羅江〉、〈空堂話〉等劇，正是「學佛寧遺世，爲農敢問天」（于穎詩）的思緒之表現。作者們處理感情的方法，容或有異，但他們的感情，那一份遺民共有的「憂」與「憤」的情懷，卻可以說是一致的。所以，這時期的作家，特別是最初的一二十年間，名家如吳偉業、尤侗、王夫之，較次的如陸世廉、薛旦、鄭瑜、張源、張龍文、黃家舒、鄒式金、鄒兌金、南山逸史、土室逸民等，他們的作品都是富有時代色彩的。

至於較爲晚出的雜劇作者，如嵇永仁、廖燕、張韜等，雖不是明末遺民，但他們抑鬱不平之氣，自傷淪落之情，往往在作品中噴薄而出。他們的作品，如〈讀離騷〉、〈醉畫圖〉、〈續四聲猿〉等，縱橫突兀，似〈離騷〉、〈天問〉手筆，如酒後悲歌，旁若無人，特別是狂傲桀驁的廖燕，其作更有凌厲踔躁不可一世之慨。因此，他們的風格是雄逸激宕，大有振鬣高鳴，萬馬皆瘖之勢。

這就是初期雜劇作家與作品的一個最大特點。現在我們就各曲家的生平與作品一一予以論述。

第一節　吳偉業（一六〇九—一六七一）

吳偉業，字駿公，號梅村，別署灌隱主人，江蘇太倉人。生於明神宗萬曆三十七年（公元一六〇九年）。十四歲便能屬文，他的同里張西銘（溥）見而嘆曰：「文章正印，其在子矣。」崇禎元年，補諸生。四年，會試第一，殿試以第二名中進士。當時的制辭謂：「陸機詞賦，早年獨步江東；蘇軾文章，一日喧傳天下。」時論以為當之無愧。這時梅村祇不過二十三歲。授翰林院編修，尋充東宮講讀官，又遷南京國子監司業，轉左庶子。當甲申事變之際，梅村適里居，曾企圖自縊殉國，但為家人發覺，他的母親朱氏抱著他泣道：「兒死，其如老人何？」後來梅村出事南明福王，任少詹事之職。但因他與大學士馬士英、尚書阮大鋮等不合，且思天下事不可為，於是便棄官歸里，遁跡林下。易朝後，更杜門不問世事。這樣，梅村隱居了十年，直至順治九年，清廷詔各地選拔品行著聞才學優良者，兩江總督馬國柱便薦舉梅村。翌年，吏部侍郎孫承澤又再薦梅村，說他學問淵源，器宇凝宏，東南人才無出其右，堪備顧問之選。十一年，大學士馮詮復薦其才品足資啓沃。梅村雖然屢次受官召，最初仍是抗辭不就。後來因雙親流涕相勸，嚴促他就道，梅村為免傷嚴親之意，祇好扶病上京，出仕清廷。初時，授秘書院侍講，後遷國子監祭酒。梅村在官四年，至順治十四年因丁母憂辭歸鄉里。家居十數年，於康熙十年（公元一六七一年）逝世，享年六十有三。他的生平可見於《清史列傳》卷七十九〈貳臣傳〉，

《清史稿》列傳二百七十一〈文苑〉一，王昶〈吳偉業傳〉，顧湄〈吳先生偉業行狀〉，陳廷敬〈吳梅村先生墓表〉，顧師軾〈梅村先生世系及年譜〉，馬導源〈吳梅村年譜〉，《太倉州志》卷二十五，沈德潛〈清詩別裁集敘傳〉，鄭方坤《清名家詩人小傳》所錄〈梅村詩鈔小傳〉，及吳偉業自撰〈歸村躬耕記〉。

吳梅村博極群書，著作甚豐。現存作品計有《梅村全集》四十卷、《梅村家藏稿》五十八卷補遺一卷〈年譜〉四卷、〈梅村樂府〉三卷、〈復社紀事〉、〈綏寇紀略〉、〈鹿樵紀聞〉等。他的詩文炳耀鏗鍧，少時即已名震復社，見重一時，與錢謙益、龔鼎孳並稱爲江左三大詩家。詞雖所作不多，而淵雅沉鬱，別見懷抱。《四庫提要》謂他「接蹟屯田，嗣音淮海」❸，推譽誠高，未爲篤論。尤西堂說他是「兼人之才」❹，則非虛美。至於其戲曲，梅村雖僅以餘技爲之，亦大有可觀之處。在清初曲壇上，他與尤西堂、袁籜菴、李笠翁連鑣並轡，各擅勝場。

梅村所作戲曲，除《秣陵春》二卷爲傳奇外，其餘〈臨春閣〉、〈通天臺〉都是雜劇。

〈臨春閣〉，四齣是演譙國夫人冼氏事。劇情略謂譙國夫人冼氏，以婦女之身，任嶺南節度使，凡嶺南嶺北之刺史，以至緬甸、眞臘、扶南、羅羅等國都歸服她。陳後主爲嘉其功，便陞她爲嶺南都護府大將軍，命貴妃張麗華草詔書，並召冼氏至臨春閣賜宴。翌日，張貴妃與冼氏及袁學士共赴青溪山下張女郎廟中聽廬山智勝禪師講經。禪師知陳氏江山難保，便在言辭間暗喻其意。瀕行時，更對冼氏說：「他日越王臺下，莫怪老僧今日不言也。」冼氏與張貴妃作別，歸嶺南。未幾，隋兵南侵，冼氏起義兵勤王。進軍江南途中，宿營於越王臺下。夜夢見張貴妃，歎語悲運。醒來後便接獲急報，謂江南失陷，後主出降，張貴妃及孔貴妃均已自縊。冼氏正悲慟間，忽有一僧來投書，拆視一看，原來是智勝禪師所題之詩，詩曰：「青溪山下講筵開，指點無生有夢來。萬里還歸張女廟，三軍休哭越王臺。」乃指示玄機者。冼氏憬悟之後，便解下戎裝，遣散諸軍，入山修道而去。

此劇故事原本於《隋書》〈譙國夫人傳〉，但冼氏封譙國夫人，已是楊隋之世，這裏作陳時事點染，並牽合《陳書》〈張貴妃傳〉，以增染氣氛。此劇時代意識甚爲濃厚，論者多以爲隱有所指，黃文暘《曲海總目提要》亦謂：「……所演臨春閣事，隱指福王也。福王中使四出，遴選秀女。中山王裔孫徐國公之女，已經選妃。又有祁姓、阮姓，俱經選擇。」[5]又云：「偉業〈送女道士下玉京〉詩……此劇大指即此詩意。」細析全劇，此言亦大堪置信。

我們試看〈臨春閣〉一劇，一面極度強調女子之忠貞能幹，文武全材，既能橫戈躍馬，統領重兵，也能舞文弄墨，吟詩作賦，另一面卻對一般男子漢不留餘地痛責嚴斥。如在第一齣中旦扮譙國夫人云：「俺笑男兒慣裝門面，明是個鬚眉短氣，倒推開說，此輩都是婦人。女娘怕下排場，怎見得眼額輸人。偏羞澀道，恨我不爲男子。難道咱家三綹梳頭、兩截穿衣的，就是一些沒用麼？」又云：「你道做女人的就喫不得紅綾餅宴，中不得進士麼？他才學儘看得過哩。」借婦人之口，來痛罵天下男兒。又在第一齣中冼氏對部曲訓諭說道：「就是我一婦人，止靠忠貞兩字，寵眷至此，何況公等？各宜努力，異日公侯將相，帶礪河山，寧出兒女子下乎？」對於做官的貪財受賄，也是毫不留情地予以攻擊，且說：「吾替他掙住錦片江山，那在些些進奉。比似你做官人，慣想海南裝，偏是俺婦人家，倒把珍珠賤。」凜然正氣，直把天下男兒羞煞。再看冼氏在第一齣末那一番話，她說：「我想馬伏波，不肯在兒女手中，萬里征蠻，纔不負英雄男子伏波原，銅柱雲連，躧屣妻兒望跕鳶。到今日呵，這樣的男兒一個也不見了！倒靠著木蘭征戰，苦了粉將軍喬鎭綠珠川。」明祚覆亡，清兵入關，幾許文臣武將降表署名，靦顏事敵，更有出仕新朝，彈冠相慶者，他們比諸女流之輩，又強得到那裏去？梅村寫此，應是別有用心。

劇中的陳後主，便是福王的寫照。他是一個祗會享樂而不理朝政的皇帝，他自謂：「東國佳人推善賦，南朝天子號無愁。孤家陳後主以國事付貴妃張麗華，果然帷幄重臣，夙夜匪懈。宮中稱爲二聖，一國不知三公，可謂委任得人，吾無憂矣。」這樣昏憒的皇帝，最後亦難免踏上亡國之途。南明的福王正是如此。苟安南京之初，南明朝廷似露中興之象，福王正應發奮圖強，抗拒滿清。無奈由崧不作此圖，只會徵歌選色，荒怠朝政，遂令奸佞攬權，忠賢去職，而其帝位亦不能久保。梅村曾事福王，朝政腐敗情形，亦目睹身歷，故其所作〈臨春閣〉一劇，即爲福王亡國之寫照。陳氏之亡，論者多歸咎於張麗華之獲寵，但梅村力爲之翻案，極爲麗華鳴不平。故劇中第四齣寫貴妃與冼氏夢會，貴妃道：「你不曉得，左班官兒，勢頭不好，便說女寵亂朝，都推在俺一人身上罷了。」而冼氏則含怒答道：「〔鬼三台〕娘娘，你雖是風流種世，不曾將官家弄耍，則要閒談冷諷，老君王做痖粧聾，好夫妻耽驚受恐，知他從也未必從。便從了，那外邊官兒同，也未必同，甜話兒把官裏趨承，轉關兒將女娘作誦。」而全劇結語：「畢竟婦人家難決雌雄，則願你決雌雄的放出個男兒勇。」乃用以罵盡當時見敵則退之悍將怯兵，亦爲梅村作劇之主旨所在。

〈臨春閣〉一劇憂憤慷慨，寄託殊深，而〈通天臺〉則蒼涼悲壯，恍若杜鵑哀啼。是劇原本《陳書》〈沈炯傳〉而作。劇中大意略謂梁尚書左丞沈炯，自梁亡後，旅居長安，愁思無限。一日出城外，欲至荒涼之地，恣情痛哭，偶至漢武帝通天臺遺蹟。觀之，不禁古今興亡之感，痛哭良久，使隨從沽酒，並執筆草一奏文奉武帝之靈。既而醉眠，夢見武帝因愛其才，有意將他起用。沈炯固辭，乞歸江南。於是武帝爲之設宴餞別，令宮女麗娟唱歌娛賓。沈炯一聽之下，愈加傷感，帝遂送他出幽谷關外。炯一覺醒來，身仍在通天臺一酒肆中。剛才所見之事，原來不過是南柯一夢罷了。

我們可以這樣說，劇中的沈初明（炯）實際上就是作者自況。因爲梅村晚年，深以出仕清朝，身事兩姓爲恨，而故國之思，耿耿於心，無時或已。他的出仕，並不爲當世所諒，顧師軾在〈梅村先生世系及年譜〉中引王隨菴所說謂：「……是秋九月，梅村應召入都，實非本願，而士論多竊議之，未能諒其心也。」❻不僅如此，一般優伶在演戲時更有意無意地加以冷嘲熱諷。像在《蓴廬雜綴》中便有一段這樣載道：「吳梅村既仕國朝後，讌集太原王氏。梅村令伶人演〈爛柯山〉劇。伶人演科白時，大聲對梅村語曰：『姓朱的有甚虧負你？』梅村爲之面赤。」❼這實在使到梅村非常痛苦，因此，在他臨終時他曾含恨留言，曰：「吾一生遭際，萬事憂危。無一刻不歷艱難，無一境不嘗辛苦，實爲天下大苦人。」又云：「吾死後，歛以僧裝，葬吾於鄧尉靈岩相近。墓前立一圓石，題曰：『詩人吳梅村之墓』。」❽而在他晚年的作品裏，大都是沉痛憂憤，充滿自慚自悔之情。如他在〈赴召北行過淮安〉一詩中便有「我本淮王舊雞犬，不隨仙去落人間」之句。〈遺悶〉詩云：「故人往日燔妻子，我因親在何敢死。憔悴如今至於此，欲往從之愧青史。」而他在〈病中有感〉調寄〈賀新郎〉一詞中，更盡道其濡忍不死之恨，跼天蹐地之苦，詞云：「萬事催華髮，論龔生天年竟夭，高名難沒。吾病難將醫藥治，耿耿胸中熱血，待灑向西風殘月。剖卻心肝今置地，問華陀解我腸千結。追往恨，倍淒咽。故人慷慨多奇節。爲當年沈吟不斷，草間偷活。艾灸眉頭瓜噴鼻，今日須難決絕。早患苦重來千疊。脫屣妻孥非易事，竟一錢不值何須說。人世事，幾完缺。」其苦心可見。因此，他晚年所作的戲曲亦盡是感慨興亡，充滿故國之思，尤西堂嘗謂：「及所譜〈通天臺〉、〈臨春閣〉、〈秣陵春〉諸曲，亦于興亡盛衰之感三致意焉，蓋先生之遇爲之也。」❾他的〈秣陵春〉傳奇，便是因讀夏存古〈大哀賦〉敘南京之亡，大哭三日，遂作是劇。冒襄評此劇曰：「字字皆鮫人之珠，先生寄託遙深。」❿而他在〈通天臺〉雜劇中，更借古人之酒杯，澆自己磈壘，將心中憂憤，盡吐曲中，一無餘蘊。故劇中沈炯之痛哭，亦即作者之痛哭。我們且看第一齣沈生在通天臺下痛哭之獨唱獨白，一字一淚，洵可比擬歸莊〈萬古愁道情〉一曲之悲壯文字，曲云：

〔青歌兒〕拜告了君王、君王鑒察，休嫌我書生、書生兜答，羈旅孤臣憔悴殺。漢武皇呵，俺也不用大纛高牙，紫綬青緺，只願還咱草舍桑麻，濁酒魚蝦，冷淡生涯。武皇，我如今在三條九陌，騎著一疋青驢，眼看他們田竇豪華，衛霍矜誇，僮僕槎枒，歌笑淫哇。俺這一個不尷不尬的沈初明，跕在那裏，好像個坎井蝦蟇，霜後壺瓜。……我沈初明憔悴至此，求一紙路引兒，還不能彀哩。你看那一帶呵，山谷谽岈，烏鵲啼啞，好教我駿馬鞭加，便算是萬里非遐，早及得春草萌芽。莫辜負滿院梨花，則願你老君王放一個吾丘假。……

〔賺煞尾〕則想那山遶故宮寒，潮向空城打，杜鵑血揀南枝直下。偏是俺立盡西風搔白髮，只落得哭向天涯，傷心地，付與啼鴉。誰向江頭問荻花，難道我的眼呵，盼不到石頭車駕。我的淚呵，洒不上修陵松櫝，只是年年秋月聽悲笳。

其詞慷慨激楚，純爲故國之思，較之「我本淮南舊雞犬，不隨仙去落人間」之句，尤爲沈鬱。

梅村雜劇，文學成就極高，曲辭佳處，往往使人一唱三歎。除上述所引二曲外，在第一齣中沈炯初見通天臺時所唱的曲，也是蒼涼悲壯的：

〔點絳唇〕萬里思家，青袍布襪，西風乍、落木寒鴉，一道哀湍下。

〔混江龍〕則看他終南如畫，荒臺百尺攬煙霞。……幾行金字，一弄兒明紗。原來是漢武帝通天臺。咳，武帝甘泉萬騎那裏去了？今日冷清清坐地，只落得沈初明一個陪侍他，赤緊的漢室官家，閒退院，不比個長安縣令放晨衙，黃門樂承值的樵歌社鼓，上林苑開遍了野草閒花；大將軍掉脫了腰間羽箭，病椒房瘦損卻臉上鉛華；山門外，剩幾個淚眼的金人；廢廊邊，立一足脫韁的天馬。早知道通天臺斜風細雨，省多少柏梁宴浪酒閒茶。

弔古傷今，意氣蒼涼，洵爲佳構。再看第二齣漢武帝數說興亡盛衰，人世滄桑，他唱道：

〔雙調新水令〕嘆西風峭緊，暮林凋，把江山幾番吹老。偏是你黃花逢臥病，斗酒讀〈離騷〉。那舊壘新巢，斜陽外知多少……

亦是哀傷低沈之調。此外，劇中沈生調笑漢武帝，卻又令黠可喜，如他說：「別樣也不講了，只是漢武一生享用，把我梁武比將起來。那壁廂千秋節美甘甘排列的鳳脯麟膏，這壁廂八關齋瘦喦喦受用些葵羹蒲饌；那壁廂尹夫人、李夫人，三十宮長陪遊幸。這壁廂阮修容、丁貴嬪，四十載不近房帷。原來是甘泉殿裏，金童姹女簇擁著一個大羅仙，爲甚的朱雀桁邊，餓鬼修羅捏弄殺我那窮居士。」又云：「我想漢武帝娶皇后，還落個小舅子做得大將軍。祖公公托夢，撞著個妄男兒，恰好是頭廳相天下事，那一樣不是僥倖來的。」驟眼看來，像是嬉笑，想深一層，其刺人處，卻有甚於怒罵。

〈通天臺〉蒼涼悲咽，而〈臨春閣〉一劇則是哀悱頑艷，令人惻然傷心。前者好像是作者的恣情痛哭，將滿腔憤懣，盡吐無遺；後者則恍若哀囀悲啼，一切憂思愁悶，均深壓心中。其表現雖不同，而哀痛則無異。〈臨春閣〉一劇曲詞，亦多佳作，茲舉第四齣冼氏與張貴妃夢會一場兩曲：

〔禿廝兒〕臨春閣嘆暮雨凄涼畫棟，後庭花做楚江蕭瑟芙蓉，歌殘玉樹聽曉鴻，少不得綺窗外，又東風融融。

〔聖藥王〕山幾重，雲幾重，玉簫吹斷落飛瓊。花影紅，燭影紅，杜鵑啼血蘸殘虹，清露滴梧桐。……

當冼氏聽聞貴妃自縊的噩耗後，她悲慟不已，唱道：

〔紫花兒序〕娘娘呵，誰似你千嬌百縱？誰似你粉艷香融？誰似你斷燕驚鴻？我見了芳心猶動，虧下的一點霜鋒。娘娘，你死得其所也，索罷了，從容腸斷，琵琶曲未終。寄語那黑頭江總，還虧我薄命昭陽，點綴了詩酒江東。

〔東原樂〕娘娘，你恨血千年痛，悲歌五夜窮，便筭是有文無祿做個詩人塚，消不得一碗涼漿五粒松，誰似你魂飄凍，止留得女包胥向東風一慟。

〔錦搭絮〕洞庭波湧，五嶺雲封，嘹嚦嚦幾行征雁，昏慘慘幾樹青楓，他血污游魂怕曉鐘，除非是神女蘭香有夢通，我也認不出雨跡雲蹤，待折那後庭花問遠公。

哀艷動人，賺人眼淚。再看第二齣冼氏張貴妃告別時合唱一曲，則又纏綿悽惋，情溢文外，曲曰：

〔一煞〕向花前把手揉，悵分攜，獨自留，寒山暝色添眉皺。今日裏杜鵑聲急催宮漏，明日裏楊柳風和拂御溝，何時又重會面湘川楚岫，再登程桂檝蘭舟。

儘管全劇都瀰漫了哀怨的氣氛，但間中亦有一兩首溫雅醇麗的曲子，用以調劑一下，增添嫵媚情態。如在第二齣內張貴妃所唱的數曲便是，茲舉如後：

〔粉蝶兒〕花動吟眸，思遲遲，曉鶯催就，粉搓成沈謝曹劉。玉纖寒、香篆永，瑣牕清晝。只爲管領清愁，折倒個詠花人替花消瘦。

〔滿庭芳〕俺便是明珠莫受，珊瑚易購，翡翠誰求。只要荔枝香，一騎紅塵騄潑，新鮮圓顫釵頭。那時節呵，摘得個合歡枝，君王笑口，說是俺賣文章應潤詩喉，風過處，春先逗，投至得嶺南章奏，女相如消渴定無憂。

〔脫布衫〕早學得官樣梳頭，不像個生在邊州，裊春風一枝兒豆蔻，消得俺筍條般指尖除授。

梅村的雜劇，曲辭固定絕好，佳句連篇，使人擊節稱賞，感歎不已。然而，就戲劇藝術而論，他的戲曲不能算是成功之作。冒襄稱其爲「前有元人四家，後與臨川作勁敵」⓫，只不過是指他的文學成就。但關目佈置，平板呆滯，不得其宜，尤以〈通天臺〉一劇爲然。全劇僅得沈生一人唱獨腳戲，搬之舞臺之上，正不知如何景象？雖在第二齣加插入漢武帝與侍女麗娟等人，藉以增加氣氛，但爲劇本所限，終亦無補於事。才高如梅村，亦只能敷衍兩齣，不能續作，這全是劇情過於單調枯悶之故。至於〈臨春閣〉一劇，雖然出場人物較多，場面亦較爲熱鬧，但平鋪直敍，結構規模，無生動之致，亦乏善可陳。

然而，縱使如此，梅村雜劇的價值亦是不容低估的。除了具有極高的文學價值外，他的作品更富有濃厚的時代氣息。因梅村身經亡國之痛，他將一切抑鬱感觸，都寓之於詞，所以他的雜劇全是有血有肉至情至性之文，予人以淚痕斑斑之感。正如《漁陽詩說》所謂：「……吳梅村之〈通天臺〉，尤悔菴之〈黑白衛〉、〈李白登科〉，激昂慷慨，自是天地間一種至文。」⑫因此，他的雜劇便成爲可傳之作了。

第二節 尤侗（一六一八－一七〇四）

尤侗，字同人，又字展成，別號悔庵，又曰艮齋，晚自號西堂。江蘇長洲人。生於明神宗萬曆四十六年（公元一六一八年）。他自少便博聞強記，弱冠補諸生，才名籍甚。可惜屢次鄉試都不第，後以貢謁選，除直隸永平府推官。他吏治精敏，不畏強禦，對於恃勢梗法者絕不容縱。後因事鐫級歸。他的文章流傳入禁中，世祖覽而稱善，稱他爲眞才子，有意將他任用。但不久世祖駕崩，侗惟自傷數奇命蹇，分老田間。後於康熙十八年，清廷詔舉「博學鴻儒」，公卿交章推薦尤侗，會試列二等，授檢討，入翰林。當時，聖祖稱他爲老名士。侗出任《明史》纂修官，撰志傳多至三百餘篇，爲同館所從來未有的。三年後，侗長子尤珍成進士，選爲庶常，他以自己年踰六十，而子亦成名，於是便告歸，鍵戶著述。康熙三十八年，聖祖南巡至蘇州，侗獻〈平朔頌〉、〈萬壽詩〉，康熙帝大悅，賜御書鶴棲堂扁額。四十二年，聖祖再幸吳，又賜御書一幅，並授侗侍講。這時侗已經是年近九十的老翁了。侗卒於康熙四十三年（公元一七〇四），享年八十有七。西堂生性寬和，與物無忤，對於汲引後進，尤不遺餘力。他有兄弟七人，互相友愛無間，雖白髮仍如垂髫。當侗辭官歸家後，一般來請求他賜贈詩文的人，眞是盈庭滿戶，而侗亦揮灑不倦，有求必應。西堂晚年，愛穿幅巾鶴氅，逍遙林野之間，恍如一個世外之人。他的生平可見於《清史列傳》卷七十一〈文苑傳〉二，《清史稿列傳》二百七十一〈文苑〉一，〈悔庵自訂年譜〉二卷，朱彝尊〈尤先生墓誌銘〉，潘耒〈尤侍講艮齋傳〉，鄭方坤〈尤侍講侗小傳〉及《國朝先正事略》卷三十九〈文苑尤西堂先生事略〉等書。

尤侗一生，雖得官甚晚，但少時已才名遠播，爲文社魁首。又因久困場屋，所以更肆力於詩詞古文。我們看他的作品，才既富贍，復多新警之思，體物言情，精切流麗，讀之使人心開目明。故西堂之作，每一篇出，即傳誦遍人口。他生平著述甚富，所撰《西堂雜俎》，觀者胥悅，奉之爲兔園冊，而他在晚年所輯的《艮齋雜記》，學者皆服其雅馴。他的作品計有《西堂全集》五十四卷，《餘集》七十卷，《鶴棲堂稾》十卷，並流行於世。

西堂以詩文著名，亦洞曉音律，他所作的戲曲爲世人所珍重，正如吳駿公所說：「……詩文爲當代所稱，以其餘暇，操爲北音，清壯跌宕，聽者無不以爲合節。」[13]所作戲劇有六種：〈鈞天樂〉爲傳奇，〈讀離騷〉、〈弔琵琶〉、〈桃花源〉、〈黑白衛〉、〈清平調〉五種係雜劇。

五種雜劇，其中〈讀離騷〉、〈弔琵琶〉二劇是作於順治年間，餘則成於康熙初葉。其時，西堂宦途多蹇，屢試不第，久困場屋，後雖獲補官，又因細故去職，故懷才不遇，心中是充滿憤懣不平之氣的。因此，他便將滿腔抑鬱，發爲詞章，披之管絃，寫成了五種奇警詭妙，激楚動人，發人深省的雜劇。他自己也曾經說過：「予窮愁多暇，間爲元人曲子，長歌當哭。」[14]所以，在他每一種雜劇裏，皆是饒有深意，都有著他的理想、抱負蘊藏其中。茲逐一分析如後。

〈讀離騷〉雜劇是他認爲最得意的作品，他在〈自序〉中說：「近見西神鄭瑜著〈汨羅江〉一劇殊佳，但檃括〈騷經〉入曲，未免聱牙之病。餘子寥寥，自鄶無譏矣。予所作〈讀離騷〉，曾進御覽，命教坊內人裝演供奉，此自先帝表忠微意，非洞簫玉笛之比也。」⑮他意思是認為譜屈原事的戲曲，要以其〈讀離騷〉為最出色的作品。順治帝就是因為看了他的〈讀離騷〉，而稱譽他為眞才子。是劇乃西堂自抒胸臆之作，譜屈原事，本諸《史記》〈屈原傳〉。劇中大略，以《楚辭》中〈天問〉、〈卜居〉二篇為第一折，寫屈原既放，憂思愁悶，惟有翹首問天，以抒憤懣不平之志。第二折寫男巫女覡，求屈原為送迎神曲，這亦本《楚辭》中〈雲中居〉、〈湘君〉、〈湘夫人〉、〈大司命〉、〈少司命〉諸篇。至於第三折，謂洞庭君憐屈原之忠，命白龍化為漁父將他規勸，但屈原死志堅決，不從其勸，白龍乃迎之入水府為水仙。是折則取〈漁父〉一篇，加以點染。第四折，接入宋玉作賦，寫他感巫山神女入夢，連臥三日。醒後，將其所遇盡告於楚王。並稱神女對他說，其師屈平，現為洞庭水仙，五月五日，便是他的忌辰。宋玉欲招其魂魄，將之歸葬高丘，便請楚王遣巫陽陳設祭奠，并令土人駕舟江中，競渡救援。是折則借〈招魂〉之辭，及宋玉〈高唐賦〉，幻出空中樓閣，以為全劇之結。

屈原為古今第一怨人，江潭憔悴，千載同憐，而西堂所以譜其事，既為原釋恨，亦為自己抒怨。故是劇下場詩云：「千古逐臣同一恨，相逢痛飲讀〈離騷〉。」而王士祿在〈讀離騷題詞〉也曾指出：「……雖視左徒有殊，至懷才而不得伸，則實有同者，此〈讀離騷〉之所由作也。」因此，西堂寫來，慷慨激楚，清壯跌宕。讀其詞，磊魄騷屑如蜀馬啼春，峽猿叫夜，直使孤臣嫠婦，聞而拊心，逐客羈人，聆而隕涕不已。靈均神貌，活現紙上，如第三折寫其忠貞孤高性格，曲云：

〔得勝令〕半江瑟瑟半江紅，湛湛江水上江楓。那裡是漢廣江之永，分明葬三閭一畝塚。回風，波滔滔魚滕來迎送。飄蓬，草莽莽蘆漪哭路窮。

〔喬牌兒〕你問我甚來由，道莫容，早難道醉和濁，吾從眾。芰荷香怎向汚邪種，飲醇醪請公入甕。

〔甜水令〕你教我兩樣模稜，大家游戲，片時懞懂。怎學囁囁翁？除非是土木形骸，盤鈴傀儡，隨人播弄，可不折倒我百尺崆峒。

〔折桂令〕我寧可葬魚腹身赴江中。耐不得、蒙茸狐裘，一國三公。說甚麼、魯衛齊梁，學孔孟南北西東。便做道、之一邦楚材晉用。怎比得、說七國儀横秦縱。我屈平呵，貴戚衰宗，休戚相同，皇考先公，地下相從。

屈原寧死也不肯向世俗低頭，不願以皓皓之白，而蒙世俗之塵埃，這與尤侗本人之性情，亦相恍若。侗爲直隸永平府推官時，亦是執法甚嚴，不肯向強禦屈服的，眞是兩大才人，先後輝映。大抵如此，西堂寫來，更覺運筆如神。茲再舉屈原沈江一段數曲如下：

〔錦上花〕我則索抱鴟夷，江頭一慟。多謝你，寫箜篌河渡呼公。君暗臣聾，何去何從，海闊天空，可游可泳。

靈均眉宇，眞是生動紙上。

〔公〕半生瑣尾悲，一死鴻毛重。入夜悠悠，去國匆匆。不惜身亡，摩頂放踵，但借人亡，崩榱折棟。

〔清江引〕霎時間、橫波捲大風，河伯來歸賵，馬鬣逐流沙，狐首還丘壠。慘回頭，故國山河照落紅。

汨羅孤忠，湘潭遺恨，長劍高冠，宛然在目，使人不禁淒涼涕淚橫。〈讀離騷〉一劇警句甚多，如在第一折中，屈原向蒼天提出了一連串問題後，不禁慨嘆道：

〔混江龍〕……這一樁樁皮裏陽秋，寫不完董狐筆；一件件眼前公案，載不了惠施車；便百千年難打破悶乾坤，只兩三行怎弔盡愁天下？……

梁廷枬評之曰：「發千古不平於嬉笑怒罵中，悲壯淋漓，包以大氣，與〈懷沙〉（作者案：指張漱石所作〈懷沙記〉，亦譜屈原事。）立意不同，然固異曲同工也。」⑯又如屈原因心中愁悶，走問前程於卜者，並作祝告時所唱的曲，亦是發人深省：

〔寄生草〕卿言好，我法佳，但廉貞怕受龍逢罰，要儒兒肯代共驩罵。且脂韋那扮優髡假，一篙怎弄兩頭船，雙鞭難走連環馬。

劇中第一、二、三折的曲詞都是慷慨激越，但到了第四折，情調便略有不同，一變而爲幽悽悱艷，特別是宋玉與神女夢會一段，宋玉唱道：

〔脫布衫〕又聽得響颼颼點滴蒼苔，看披衣玉女徐來。可是你，哭相思珠淚兒滿腮，早把海棠花臙脂濕壞。

〔小梁州〕則見他、金雀鴉鬟彈玉釵，窄窄的羅襪弓鞋。芙蓉臉際嫩紅開，似飛瓊態，月下步瑤臺。

宋玉夢醒後，對楚王追述夢中情景時，又唱道：

〔公〕……似這般朝也在，暮也在，佳人難再，又何妨夢兒中住千秋百載。

句語新警，洵是才人手筆。

〈讀離騷〉一劇以宋玉招魂作結，結構特殊，出人意表，實超越前人之作，爲歷來論曲者所讚賞。然而，當時一般衛道之士對於這樣的結局便不禁竊竊私議起來。太史蔣虎臣便曾去書西堂，認爲他的〈讀離騷〉雜劇寫神女淫奔，君臣聚麀，全屬虛構，實有汚衊神人，褻瀆造化之嫌。他促西堂速將是劇毀板，這樣對於公家子孫，便功德無量了。當時，西堂嘗覆函虎臣，解釋他以宋玉神女事作結的原因，他說：

> 僕之作〈讀離騷〉也，蓋悲屈原之放逐，而以玉附傳焉。〈離騷〉以夫婦喻君臣。〈九歌〉云：「滿堂兮美人，忽獨與余兮目成。」似乎淫褻之至，而其旨要歸於正。玉固學於師者。特借神女之事，以感諷襄王，而惜乎王之不悟也。昔世祖皇帝覽而善之，深知鄙意。故命教坊演習，以爲忠神之勸，而公不加細察，據爲罪案，斯僕所大痛也。⓱

於此，可見西堂作意所在，亦可見其寓託之深。

西堂另一部發洩憤恨的作品便是〈弔琵琶〉雜劇。昭君出塞，亦是千古恨事，歷來不少文人詞客爲此事舞文弄墨，渲染增飾。他們是爲昭君抱不平，同時，也爲他們自己抒發憤懣。尤侗之寫〈弔琵琶〉，用意正是一樣。屈子與王嬙，他們雖處於兩個不同的時代，但他們心中所積鬱著的怨憤與不平，是並無二致的。同樣，懷才不遇的尤侗亦有著與他們同一樣的感受。因此，爲靈均抒悲釋憾後，他也爲抱恨千古的美人發洩憤恨，「紅粉青娥齊掩泣，情知不獨爲明妃」（見彭孫遹〈弔琵琶題詞〉）。西堂作此劇的苦心，是可以體會得到的。

〈弔琵琶〉乃本於馬致遠〈漢宮秋〉雜劇而成。大意略謂：王嬙，字昭君，秭歸人。年十七入宮。畫工毛延壽索賄不遂，便有意點污其描容，使昭君不獲寵幸。昭君退居永巷，一夜獨坐奏琵琶，爲元帝所聞，便召她詢問，知爲延壽所阻，遂下令斬延壽，而敕昭君爲妃。這時，毛延壽懼誅叛逃，將昭君圖獻於單于。單于按圖索女。帝不敢抗違，只得送昭君出塞。當行至交河處，昭君因不願身入胡地，遂投水而死。單于以爲這全是毛延壽所引起的，便殺壽於水濱。而元帝自昭君去後，思念不已，更將昭君圖懸於宮中。一夜夢昭君自單于處歸來，敍訴悲怨，但瞬即逝去。以上爲此劇前三折的劇情大略，大致上與〈漢宮秋〉關目相同。但〈弔琵琶〉第四折則引入後漢之蔡琰。寫琰爲番騎所獲，在左賢王部中，立爲閼氏。她在悲憤無聊之際，思念昔日昭君，與己同恨，便攜酒至青塚，親予祭奠，並將其苦訴於昭君之魂，另以〈胡笳十八拍〉譜入琴中，鼓於塚上，以抒其哀怨。是劇取名〈弔琵琶〉，即本此意。

〈弔琵琶〉一劇，除結局與元劇〈漢宮秋〉有異外，且全部用旦唱，這與〈漢宮秋〉之全部用駕唱迥不相同。馬致遠寫〈漢宮秋〉，以末爲正主角，因爲他要借元帝之口來痛罵那一群平時養尊處優，一旦臨變即束手無策之文臣武將。在該劇之前半部，漢元帝是一個只會享樂的昏君，但在第三、四折裏，東籬筆下的漢皇，便成爲一個可憐而惹人同情的多情君主。東籬這樣寫法，是有深意存在的。因爲他是處於一個被異族統治的時代裏，他雖然痛恨前朝君主之昏憒無能，但歷經亡國之痛，對於故主，他是仍然有著眷戀之情的。因此，他對「元帝」這個人物的心情，是可以理解的。但數百年後的尤侗，卻認爲馬東籬這樣寫法，是維護元帝。因爲，「顧漢元孱夫，妻子被人奪去，何處更施靦面」，由於他覺得「東籬四折，全用駕唱，大覺無色」，而「明妃千秋悲怨，未爲寫照，亦是闕事」⑱，他爲了要補此缺憾，更爲了要代昭君抒發悲怨，於是，在〈弔琵琶〉一劇中，便全用旦唱，直接用昭君之口來鞭伐那一群膽小無用之徒。

在劇中，昭君對元帝作無情的譏刺，她說：

陛下，你堂堂天子，不能庇一婦人，今日作兒女子涕泣何益？

〔紫花兒序〕可歎你無愁天子，小膽官家，薄倖兒曹，枉涕泣女吳齊景，漫咨嗟娶舜唐堯。

下語如刺，直令無力護花者羞煞。而她對一班文武百官，更是不留餘地的痛罵：

〔天淨紗〕可笑你圍白登急死蕭曹，走狼居嚇壞嫖姚。但學得魏絳和戎嫁楚腰。

當這群文武大臣竟厚顏地送上應制〈送娘娘和番詩〉時，她不禁怒喝道：

噤聲，虧殺你詩篇應詔，賀君王枕席平遼。

〔金蕉葉〕你靠著鸞釵鳳翹，抵多少龍驤豹韜。不念我立北方漢宮玉搔，生扭做醉西施吳宮冰沼。

淋漓盡致，眞是大快人心。而送別、投水、夢歸數場，則是幽悽悲惋，楚楚動人。像昭君別過漢帝後，回首長安，不禁涕淚交流，說：

〔小桃紅〕記得未央前殿月輪高，輦路生秋草。回首長安在天末，紫宸遙，便離宮冷落也難重到。只望見苜蓿烽燒，葫蘆水淼，玉門關外老班昭。

昭君不願嫁入胡邦，投水而死，死前唱道：

〔尾〕渡河而死公無弔，女子卿受不得冰天雪窖。這魂魄呵，一靈兒隨著漢天子伴黃昏。這骸骨呵，半堆兒交付番可汗埋青草。

死時猶念念不忘漢主，哀悽處眞是使人「沉吟掩卷愁無限」⑲了。而第三折昭君魂歸時所唱之曲，亦多新警之思：

〔商調集賢賓〕……猛回頭漢宮何處也，斷煙中故國天涯。那裡是龍樓鼓吹地，鳳闕帝王家。

作者以蔡文姬哀弔昭君塚作結，亦是出人意表之筆。因二者同是傷心苦命人，借清笳之拍，以極哀艷之思，調促音長，餘音嫋嫋，纏綿欲絕，使人唏嘘再三。而以一曲〈鴛鴦煞〉，爲全劇作結：

〔鴛鴦煞〕俺則聽蕭蕭石馬悲風戰，又則見啾啾山鬼陰雲旋。一似落月深山，夜哭啼鵑。自古道兔死狐悲，芝焚蕙歎，暢好是同病相憐。我今番漫把椒漿薦，怕不到一滴重泉。則下回來，那得有心人再向文姬唁。

概括地說，此劇結構嚴密，曲詞絕好，纏綿哀感，情深款款，即將之與元劇〈漢宮秋〉並列，亦絕不失色。

《西堂樂府》中第三種雜劇〈桃花源〉，在格調方面與前二劇是絕不相同的。前二者是激楚悽惋，而〈桃花源〉則是高放曠逸。尤西堂寫此劇時，約在康熙初年，正是他因世故去官後，歸隱林泉之時。當時雖有不少廷臣極力推薦，請他出來做官，但他堅辭不就。因此，這〈桃花源〉一劇很可能便是西堂為了表白他自己的心志而作的。彭孫遹〈桃花源題詞〉亦說：「想世間不屑折腰人，今古都如此。」這正道中了西堂的心事，他是以陶元亮自況的。

〈桃花源〉故事本諸《晉書》〈陶潛傳〉。劇中第一折即寫陶淵明不屑為五斗米折腰，因而辭去彭澤令一職。劇中用〈歸去來辭〉入曲。其中寫陶潛覺今是而昨非，悟以往之不諫，知來者之可追，且「看來人世上貴賤賢愚，同歸有盡，是非得失，總屬無常，我陶淵明今日省了也」。這正好是西堂當時心境的寫照。西堂歸隱時，其文卻流傳入禁中，順治帝譽之為真才子，有意起用，但不久帝即駕崩，因此西堂便常以為人生一切禍福，悉歸天數。

劇中第二折寫重陽節王弘遣白衣送酒事。王弘為江州刺史，素仰淵明高風亮節，欲想交結，恐他不納，便先遣白衣人送酒，供其花前一醉。又知淵明常往廬山，更約同陶之好友龐通之前往相見。其中寫元亮登廬山、吃菊、接酒、與王弘見面及飲酒數段，淋漓痛快，神爽超脫，把這個「采菊東籬下，悠然見南山」的靖節先生之風韻神貌，寫得活靈活現，俊逸非凡。如寫淵明眺望東籬之際，唱道：

〔中呂粉蝶兒〕老去悲秋，正天高氣清時候。凜嚴霜水潦初收，看茱萸，聽蟋蟀，又逢重九。幾載襆被歸休，幸東籬西風如舊。

其後一曲〈醉春風〉，更道盡淵明胸中磈壘：

〔醉春風〕到如今諸參佐盡埋香，大將軍空遺臭。吾家宅相舊風流，到頭來否否，不覺的白髮堪羞，青衫漸老，黃花同瘦。

又當淵明發覺酒喝乾了後，他便將菊細嚼以代酒。高逸之概，溢於紙上：

〔普天樂〕遮莫百年名，不如一杯酒。最愛春醪，獨撫秋樹相樛，爲甚的菊花繞四園，竹葉慳三斗，巡簷倚徙欲何求。也罷，酒既沒有，且將菊花細嚼，以代醇醪。（做嚼科）只落得餐落英，〈離騷〉滿口，忽地擡頭，則見南山飛鳥，相對悠悠。

設想新奇，下筆神妙，渾然天成，眞不愧元亮本色。

陶淵明接過白衣人之酒後，便即痛飲，更唱道：

〔石榴花〕誰家刺史號江州，從事遣青州。喜黃衣好共白衣遊。賢哉王太守，官釀新蒭，肯分餘瀝投村叟。又不是《太玄經》奇字精搜，何來好事雲亭扣。使者，爲我拜上使君，老夫無以爲謝，除是冥報可相酬。

點染恰妙，彷彿東籬神態。及至最後與王弘、龐通之相見，共醉醇醪一段，則是超逸自然，天眞爛漫，如寫陶淵明見過王弘後，便對他說：

足下大是可人，此間有酒君可共醉，不必多言。

快人快語，豪氣迫人。他更一一勸酒，唱道：

〔紅衫兒〕沽得南村酒，下酒南山豆。（飲王科）飲三甌，（飲龐科）飲三甌，（自飲科）飲三甌，杯到休停手。兒輩執壺久立，豈可不知其味。（飲舒科）飲三甌，（飲宣科）飲三甌，贏得兒童拍手。

讀來使人神思飛越，不禁暗讚西堂運筆奇妙，寫來不須增減一字。

第三折是寫陶與龐通之及十八賢入廬山參慧遠禪師，聽他講道。慧遠暗喻詳解，最後淵明終悟道過來。禪師對他說：

〔折桂令〕先生呵，桂衣冠高臥潯陽，懷葛遺民更上義皇。利鎖名韁，情鉗慾網著甚干忙。……既然勘形影掂斤播兩，怎不逞精神，拔橛抽樁，認取柴桑，面目休忘。了三明破暗金篦，除五欲離垢嬰幢。

淵明遂悟之而退。慧遠送他過溪三笑，於是第三折便告終。

陶潛悟道之後，覺得一切都好像一場大夢：

〔南呂一枝花〕可笑我十年黃菊盟，倒不如一日白蓮社，非身聞《般若》無我識《楞伽》了，悟些些，五蘊從來借，六根總是賒。我向作〈歸去來辭〉，這歸不是眞的，只算做過客遷居，到如今眞歸去也！

於是他便營造生壙，更自撰祭文，並囑咐他的兒子說道：

〔感皇恩〕我去後呵，你把三徑休遮，五柳休折。西疇上種禾苗，東籬畔培菊蘂，北窗下拾松葉。呀，我又差了，此身不有，何況長物，算浮生夢蝶，泡影杯蛇。分什麼彭澤縣官衙，斜川處士宅，栗里徵君穴。

此段寫來，非常傳神。因爲，以淵明的高逸，是絕不會斤斤於身後事的，此淵明之所以爲淵明也。倘在臨終時，尙不能忘懷世俗，則與凡夫俗子何異？

其時，陶的好友龐通之等都來送葬，淵明與他們共浮大白，並唱出一曲〈黃鐘尾〉：

〔黃鐘尾〕我墳塋暫向山河借，棺槨權將天地遮。也不必相牛馬，上龍蛇，又何須辭螻蟻，就魚鱉。你看南山下，白楊列；北邙上，青松接；荒草內，臥鍬钁；華表外，立碑碣；石馬嘶，土花結；紙錢飛，漆燈滅；寒食夜，清明節；楊柳風，梨花雪；狐兔走，烏鴉咽。空躑躅，採樵者；難喚醒，長眠客。諸公在此，不索〈雍門〉一闋，〈蒿里〉三疊，只命巫陽高唱魂歸來兮一聲些。

雖然仍是一派豪放高逸之氣，但也難掩其中蒼涼之感。在挽歌聲中，淵明便跟著退下。

四折之後，還有一個楔子，可以說是本劇的餘韻。其中是寫陶潛悟道後，入桃花源成仙。作者是因陶潛的〈桃花源記〉所觸發，故將此事作全劇之結，並將原文檃括入曲中。在這楔子裏，最使人擊節讚賞的應是那武陵漁人所唱的漁歌子了，其云：

〔十棒鼓〕將家緣棄了，剩得煙波一棹。擕雨簑風笠月兒篙，泊斷岸斜橋。我待學子陵，臺下、臺下、垂綸釣。天下滔滔，平地風波愁到老。怎如我鼓枻隨潮，看桃花，白鳥、白鳥、鱸魚跳。木榔敲，唱曲〈漁家傲〉。沽一壺酒，對青山斟酌醉倒。仰面舒長嘯，笑讀〈離騷〉。

眞是一闋絕妙的漁歌子，閒適淡逸，充份襯托出本劇曠逸的特色來。

〈黑白衛〉是西堂另外一部得意之作，他在《西堂曲腋》〈自序〉中便曾說道：「王阮亭最喜〈黑白衛〉，攜至雉皐付冒辟疆家伶親爲顧曲。」所以，他是視此劇爲精心傑作的。

〈黑白衛〉是演劍仙聶隱娘事，隱娘將紙翦爲黑白衛，置於囊中，本劇便因以爲名。隱娘事見唐段成式《劍俠傳》中〈聶隱娘現神術〉篇。西堂以這神仙遊俠故事入曲，是有一番深意存在的。在彭孫遹的〈題詞〉中便已說得很明白：「僕常私謂，世間不平事，如聚塵積阜，未易消除。能消除者，唯酒與匕首二物。然拍浮酒海，放浪醉鄉，可以澆磊磈，不可以行胸懷，終不若三寸芙蓉，差強人意。」以酒來澆愁，是消極的，而以匕首來除不平，卻是積極的。因此，西堂既有〈桃花源〉之譜陶潛事，復有〈黑白衛〉之演聶隱娘，他是以戲劇爲抒憤洩恨鳴不平的工具。

在現實生活中，西堂雖能以酒來解憂，卻不能眞的以匕首來消除憤懣不平，所以他便將自己的意念、願望、與感情投放在劇中人的身上。劇中第一折是寫有千年修行的老尼見魏博大將聶鋒之女聶隱娘生有異相，便用法攝她而去，授以奇術。五年後，隱娘學劍成功。老尼試過她的身手後，授以偈語，便命隱娘回家與父母重聚。在這一折裏，作者即假老尼之口三番四次地強調「匕首」的威力，她說：

祇因天下亂臣賊子，狂夫蕩婦，累累不絕。無論王法難加，便佛出世也救不得。只須囊中匕首頃刻了事。這是替天行道，爲國安民的大作用。

又說：

只是人中禽獸世上頗多，若不剪除一番，怎顯得正劍誅邪之法。

用匕首以除奸誅邪，這可說是作者的一個理想。

隱娘回家後，與父母團聚，各人俱喜。未幾，有一磨鏡郎至。隱娘因先得其師指示「遇鏡而圓」，遂與磨鏡郎結爲夫婦。

第三折則寫隱娘與夫奉魏帥之命往刺殺許帥劉昌裔，二人遂乘黑白二衛至許，欲先觀劉公動靜再相機而行。但劉已預知他們的行動，使人迎之回府。隱娘以劉亦非常之人，願留許事之。是夜，田季安先後遣精精兒與空空兒來暗殺劉帥，均被隱娘用智計擊退，劉公遂保無恙。之後，隱娘便拜別劉僕射，辭別其夫，獨自一人回終南山訪師去。

隱娘回到終南山後，在白猿引領之下，與老尼及同門姊妹相見。敘過離情後，各人便將斬惡除奸之事，述說一遍。最後，在老尼率領之下，各人齊往天庭論劍去了。

在西堂的數種雜劇中，此劇最是波瀾起伏，惝怳離奇，所以彭孫遹嘗謂：「悔庵負絕世之才，多發憤之作。所撰〈黑白衛〉，塡詞惝怳離奇，勝讀〈龍門〉一傳，是雖寄託所爲，亦足令天下無義氣丈夫心悸。」⑳西堂運筆，奧而且勁，故寫來如電光陡發，使人驚心動魄。例如在第一折寫殺虎、刺鷹一段便多奇警之句，曲云：

〔天下樂〕則見白額山君舞石尖，耽耽殺氣嚴，誰料遇楊香直將虎穴探，賽過李將軍枕骨眠。笑殺鬪於菟仰乳餂，這纔顯得你出茅廬第一敢。

以「敢」字押韻，奇險之極。

〔醉中天〕不用烏號攬，只取鹿盧抆，鵰鶚盤雲似雀黏，看雨血風毛颭，說甚玉爪金眸不凡，俺更待穿天出月，有心去搦兔擒蟾。

隱娘回家後，對父母說出除奸誅惡的經過，亦是驚心動魄，曲云：

〔呆骨朵〕俺也曾手提元首，將他數淋淋的頸血糢糊。某罪當誅，某惡當族，急忙裡，刺董卓，劚王莽，斬孟德，擘林甫。……俺憑著一寸鐵，晃一晃，教他肝腦枯。一粒藥，點一點，教他骨肉無。

〔脫布衫〕這是老天公敕賜陰符，非關我女孩家叱咤喑嗚。老將軍何須畏怖，俺一門兒自有神兵呵護。

筆端眞如電光陡發，使人不可逼視。

最後，讓我們看一看聶隱娘在與劉公及其夫磨鏡郎告別時所唱的曲：

〔鴛鴦煞〕蒯緱暫別司空第，前日隱娘跨黑白衛而來，今留在囊中總不帶去，布囊卻付盤龍婿。此去呵，一任我鹿蹻麟輿，蓬島桃溪，瓊姊蘭姨，餐丹拾翠。怨則怨送客菱歌，水空流，天無際。何處問乘霧洛妃，想只在終南白雲裡。

灑脫超然，使人更覺得聶隱娘這個神奇人物不同凡響，恍惚神龍見首不見尾，增加了她的神秘感。

〈李白登科記〉，一名〈清平調〉，爲一折短劇，譜李白中狀元事。歷來以李白事入曲者不少，但以本劇最爲設想新奇。明周憲王（有燉）《誠齋樂府》中有〈踏雪尋梅〉雜劇，是寫孟浩然由太白舉薦，得入翰林事。而今西堂寫李白中狀元，則較諸周作更爲譎詭，更爲雋妙。較侗稍後的張韜亦有〈李白醉草清平調〉短劇一種。

唐李白、杜甫、孟浩然爲盛唐詩人之冠，惟科舉未第，西堂乃翻此事實，作李白中狀元，杜甫、孟浩然亦同時及第。劇中寫明皇殿試三人，命楊貴妃品定其作。貴妃以李白之〈清平調〉壓卷，賜宴曲江，一時傳爲佳話。

據西堂自記，李劇作於戊申年間（康熙七年）。西堂本才名籍甚，早爲文社魁首，獨惜屢試不第，又仕途多蹇，因此，他便寫成此劇，爲青蓮吐氣，以爲自己釋憾。杜濬在〈李白登科記題詞〉中即謂：「……與其徒扮狀元，何如徑扮李白中狀元，猶可以解嘲而釋憾耶。而悔菴適先獲我心，遂有此記，可謂古今之至快。」又曰：「則高才不第，何必深憂。千百世後，雖不必盡如李白，安知不附杜甫、孟浩之驥。」西堂觀此，亦足以自慰。

本劇雖是短短一折，但短小精悍，雋永諧妙，命意既高，布采復卓，是短劇中之佳作。劇中一開場，由末唱出引子〈西江月〉，詞云：

〔西江月〕寂寂關山至此，淒淒風雨如何。新詞擬付雪兒歌，憑仗玉簫吹破。　盡歎劉蕡下第，誰知李白登科。世間感慨秀才多，把酒大家相賀。

秀才現身說法，故杜濬謂西堂深於《春秋》，可謂李白知己。至寫李白得中狀元後，吐氣揚眉，描畫如生，白說道：

誰想李白有今日也呵！

古往今來多少落第才人胸中不平之氣盡消於此語。

〔北新水令〕俺則向昭陽宮裏唱臚回，（整冠介）顫巍巍帽簷花海棠新睡，（把帶介）香馥馥繡巾拖寶帶，（拂衣介）翠生生霓羽剪羅衣。……（生上馬介）走馬如飛，你看我醉書生也會奪狀元第。

李白又到慈恩寺，在雁塔上題名：

〔北折桂令〕俺登這百尺雲梯，你看粉壁上，許多狀元題名在此。一个个乞相郎君，花面孩兒，塗抹東西。待我一齊打去，獨題一行在此。（題介）天寶十載狀元西蜀李白題名。也不過未能免俗，聊和前題。（雜）請狀元題詩。（生笑介）你每看見幾个狀元會題詩來。俺李白呵，待題詩向鳳凰臺上，還落筆在鸚鵡州涯。也罷，待我口占一首。（題介）青蓮居士謫仙才，身帶昭陽日影來。一騎紅塵妃子笑，人人盡道看花回。（雜）狀元高才。（生擲筆介）這詩呵抵多少應制龍池，樂府烏棲。……

寓怒罵於嬉笑，罵盡古今所有有名無實的狀元郎，爲不平的士子抒一口鳥氣。

李白新科狀元遊街，恰遇安祿山，安持強要白讓路，白不肯，並把他痛罵一頓：

〔南園林好〕……（淨）甚寒酸拿班做勢，敢觸犯虎狼威，敢觸犯虎狼威。咱乃天子乾兒，你新進書生，怎不讓過馬頭。

（生笑介）〔北沽美酒帶太平令〕憑仗你賜金錢天子兒，小覷咱對金鑾狀元第。說甚麼兩角女子綠裳衣，不怕我斬蚩尤太白旗。

（淨）便是當朝宰相楊國忠也讓咱來，何況于你？

（生）你只好壓頭廳楊柳枝，怎欺負貴王孫蟠根仙李？

（淨）咱手下有三千鐵騎，更怕何人？

（生）你待要鬧潼關，漁陽鼓鼙，則俺嚇蠻書也抵三千鐵騎。俺李白呵，才奇氣奇，一任你人肥馬肥，好商量先回慢回。

（淨罵介）這狗弟子孩兒不肯下馬，手下的亂打過去。

（生怒介）安祿山，你嘍誰、罵誰？我把你曳落河的大腹皮一鞭敲碎。

這裏寫安祿山的強蠻及太白的理直氣壯，眞是妙到毫巔。而太白把祿山痛罵、痛打，更是痛快淋漓，大快人心。

最後，本劇的結局也是巧妙非常，出人意表，妙想天開。太白醉倒，要高力士爲他脫靴：

〔北清江引〕（生）看狀元紅染珍珠荔，恰解葡萄醉。侍女正添香，阿監還停轡。（作醉倒叫介）高力士（丑不理介）（又叫介）（丑）好惱，好惱，怎麼只管叫咱名字？（生作

伸足介）力士，力士，你替俺脫卻靴兒好去睡。（丑扶謫下）

結得灑脫，充份表現出太白的狂放，並增加全劇高放的氣氛。因此，梁玉立嘗讚此劇云：「此劇爲青蓮吐氣，極其描畫，鬚眉畢見。使千載下凜凜如生，可謂筆端具有化工。至其葱蒨幽豔，一一合拍，又餘技矣。」㉑

尤侗爲清初戲曲大師，所著雜劇，悲歌激楚，不異玉茗主人、青藤居士。故陳棟嘗謂：「詞至西堂，又別具一變相。其運筆之奧而勁也。使事之典而巧也。下語之艷媚而油油動人也。置之案頭，竟可作一部異書讀。」㉒西堂不媿是一個眞才子。

綜合而言，西堂的雜劇約有數種特點，茲列之如後：

一、命意極高，寄託殊深——西堂每一雜劇，都是有爲而作，欲借他人酒杯，以澆自己磈壘。他自己曾謂：「屈原，楚之才子；王嬙，漢之佳人。〈懷沙〉之痛，亂以〈招魂〉。出塞之愁，續以弔墓。情事悽愴，使人不忍卒業。陶潛之隱而參禪，隱娘之俠而游仙，則庶幾焉。」㉓故他寫屈子、昭君是抒怨洩憤，寫陶潛、隱娘是要消除不平，而寫太白登科則是要釋憾自慰。命意雖略有不同，感情卻貫徹各劇。

二、結構出奇，結局尤佳——在西堂的雜劇裏，有許多出人意表的地方。如〈讀離騷〉中，洞庭君遣白龍化身漁父，迎接屈原爲水仙；而在〈桃花源〉劇中，陶淵明亦入桃源成仙去；及〈清平調〉以李白中狀元，杜甫、孟浩然爲輔等等設思，都是妙想天開，出乎常人之意念的。而各劇的結局尤值一讚，從〈讀離騷〉之以宋玉招魂作結，〈弔琵琶〉之以蔡琰祭青塚爲第四折，

〈桃花源〉之以陶潛為桃源仙遇武陵漁人作餘韻，〈黑白衛〉之在劍氣交錯下煞科，以至〈清平調〉之以李白醉倒力士脫靴收場，都是別具心裁，超軼前人的。

三、曲辭新警，沈博絕麗——五種雜劇，各有不同格調，如〈讀離騷〉之激越，〈弔琵琶〉之悽惋，〈桃花源〉之曠逸，〈黑白衛〉之沈麗，及〈清平調〉之高放。而曲辭則絕佳，體物言情，曲盡其妙。（作者按：新辭警句，前面多已引列，茲不再舉。）近人鄭振鐸即評其曲云：「然就曲文觀之，則侗誠不愧才子。其使事之典雅，運語之俊逸，行文之楚楚動人，在在皆令讀者神爽。斯類超脫之神筆，蓋未嘗為拘律守文者所夢見也。」[24]讀過西堂雜劇者，對鄭氏之言，自必首肯。

西堂才情富贍，精曉音律，故能為一代宗師，領袖曲苑，紹規曩哲。而他對於戲曲，亦極端重視，言行相符，不若一般自視為正統文人者之視曲為「厥品頗卑，作者弗貴」[25]，他在序李笠翁〈名詞選勝〉中即謂：「且今之人往往高談詩，而卑視曲，詞在季孟之間。予獨謂能為曲者，方能為詞；能為詞者，方能為詩。何者？音與韻莫嚴于曲，陰陽開閉，一字不叶，則肉聲抗墜，絲竹隨之。」又云：「若以詞曲之道進而為詩，則宮商相宣，金石相和，渢渢乎皆《三百篇》矣。」[26]西堂洞曉音律，故提出由曲入詩，推翻時人卑視戲曲之論，不媿為高人之見。

第三節　徐石麒（明—清康熙十□年）

徐石麒，字又陵，自號坦庵。他的先世為浙鄞人，明初遷揚州。其父心繹，傳王心齋之學，以

「不怠不欺」爲旨。石麒生當明季，幼承父學。及明亡，身隱北湖，精研名理，沈謐寡言，終日默坐，不應有司之試，而以著述自娛。嘗與羅然倩、劉子祉、陳聖茹、吳園次、宗鶴等問交。後劉陳兵死，石麒與然倩把酒話舊，凄然淚生，歌〈唐多令〉以寄慨。園次後仕至揚州太守，以書招石麒。石麒作〈浣溪沙〉答之，有「杖履逍遙懶出山」之句。終身未出仕，卒於康熙年間。事具吳德旋《聞見錄》，劉師培〈徐石麒傳〉。

坦庵著述甚富，纂書四十餘種，嘗自謂「得之疾病、愁苦、呻吟、涕淚者爲多。」㉗計有：《枕函待問編》五卷、《客齋餘話》五卷、《轉注辨》二卷、《在茲錄》四十卷、《寶倦小言》六卷、《趨庭訓述》六卷、《蝸亭雜訂》一卷、《壺天暇筆》十卷、《壺天續筆》二十卷、《壺天肆筆》八卷、《坦庵瑣錄》四卷、《古今青白眼》三卷、《花傭月令》一卷、《談騷寤語》四卷、《敍書說》三卷等。此皆爲論治論學考訂雜著筆記之作。坦庵又精於詩古文詞，作有《松芝集》十卷、《倦飛集》四卷、《三犢艸》一卷、《白石篇》一卷。所著詞集有《甕吟》四卷、《瓠聲》四卷、《旦謠》一卷。亦有論詞之書，如《詞府集統》四十卷、《詩餘定譜》八卷。坦庵尤精於詞律，嘗撰《訂正詞韻》四卷。以上各書據劉申叔謂焦理堂均曾寓目。他尚有《談經笥》八卷、《禽愧錄》五卷、《天籟譜》二卷、《通言》一卷、《如鑑》三卷、《吉凶影響錄》五卷、《文字戲》十卷、《宮闈粧飾》五卷、《指水遺編》六卷、《唾餘癖佳二集》等作，則湮佚失傳了。他的著作這樣豐富，無怪劉申叔云：「蓋明清之交，吾鄉著述之富，未有過石麒者。」㉘

石麒又工於製曲，所作散曲有《忝香集》三卷，傳奇則有〈珊瑚鞭〉、〈九奇逢〉、〈辟寒釵〉、〈胭脂虎〉。而最爲人稱道者則爲其雜劇四種，即〈買花錢〉、〈大轉輪〉、〈拈花笑〉，及〈浮西施〉便是(收入《坦庵詞曲六種》，其他二種爲詞集)。石麒高才碩學，故所作戲曲，詞華雋秀，直追元賢，焦循謂其「塡詞入馬東籬、喬夢符之室」㉙，凌廷堪亦稱其「合于元人本色」㉚，對之最爲推許。

石麒既精於製曲，其女亦通曉音律。據《廣陵詩事》謂：「其女亦通音律，石麒每一折成，必高聲吟哦，令其女指摘聲律。順治乙酉，清兵陷揚州，冒死入城，取其殘稿。」㉛〈買花錢〉一劇有四折。劇情略謂：落第舉子于國寶懷才不遇，題〈風入松〉「一春常費買花錢，日日醉湖邊」一詞於酒家壁。宋孝宗微行，爲改數字，深重其才，乃起用之。國寶又因友好韋生之薦，於楊駙馬家赴宴，得識駙馬姬粉兒。駙馬亦愛生之才，便以姬相贈。這時，孝宗適遣使至，召生爲翰林院學士，賜第京師，於是于生便得吐氣揚眉。

此事盛爲士人所傳，惟楊駙馬贈姬一段，則是石麒添出的。宋元人詞話有〈趙伯昇茶肆遇仁宗〉一本，事略相類，皆是替失意人揚眉吐氣之作。石麒所以寫本劇，亦取此意，故在劇終時楊駙馬即謂：「安得天下騷人詞客，將這宗盛事，塡作一本新詞，當場獻演，倒也發舒英雄不平之氣。」這是石麒自道立言所本。此外，在字裏行間，石麒也儘多憤激不平之語。如他寫科場黑暗，一塲糊塗，賣蒸鵝的兒子，因常在張俊府中走動，便中了進士，而那張麻子，又因常與丞相公子玩耍，也成了新貴，這眞使才士氣盡了，所以于生不禁嘆道：

原來如此，這科場事，一發可笑了。

〔收江南〕（生）呀，學雕龍倒不比賣蒸鵝，伴寒雞怎似他放花鴿。韋兄，我輩寒窗苦志，敢是罔然。撚霜毫何用強吟哦，行不得也哥，倒不如拜螻蟻一夢贅南柯。

因此，當于國寶有機會朝見皇帝時，他便將滿腔牢騷傾訴，爲歷來懷才不遇的失意人鳴不平了，他說：

〔油葫蘆〕（生）有一個床下吟詩孟浩然，有一個忤唐宣賈浪仙，有一個亭皐葉下柳屯田，有一個一封朝奏潮州貶，有一個種桃道士連州掾，有一個蟄龍詩蘇子瞻，有一個新井篇白樂天，更有個破新橙落魄的周邦彥，爭似我一春常費買花錢。

士子懷才不遇固是可悲，但一般世俗小人前倨後恭之醜態，亦是可厭。如劇中的兩個新進士，最初見于生寒酸侷促，便百般揶揄，後來國寶一朝顯貴，他們便忙不迭的巴結奉承，可恨可笑，無怪于生憤激不已，感慨良多，他說：

〔三煞〕……這不是綈袍有意投張祿，紈扇多情贈買臣。咳，世上男子漢，當早置身青雲也。對此事添悲憤，勸世上剛腸男子，莫空做傲骨詩人。

一字一淚，沉痛切恨，恍若當頭棒喝。

雖然，劇中不少沈痛憤激之語，但通體上來說，全劇是被一種悱艷氣氛籠罩著的，而在坦庵的四種雜劇中，亦以此劇最爲綺靡，麗詞艷句，比比皆是。如第一折中的〈步步嬌〉、〈江兒水〉數曲便是：

〔步步嬌〕（衆）駿馬芳堤驕嘶過，一抹湖光闊，輕風動綺羅，翠眊珠羈燕吐香泥涴。粉兒，你可將橋上海棠，折一枝來。（旦折花與外，外看笑介）我眼見好花多，便風流白髮簪花可。

風光旖旎，豪雋之中帶有婀娜之態，極是可喜。

〔江兒水〕（旦）貪趁鶯花隊，惹怨多，燕喃喃説不盡興亡禍，柳絲絲掛不起斜陽柁，草萋萋掩不住王孫墓，誰更多情似我，領盡繁華，兀自翠眉雙鎖。

情深意眞，格調高遠，自非尋常可比。

第二折寫于國寶赴楊駙馬之留春宴，關目生動有致，曲辭方面，尤多佳構，茲略舉如後：

〔臨江僊〕（外扮楊駙馬旦貼隨上）梅子枝頭鶯啄損，惜春人在樓臺，鸚聲傳報美人來，落花金縷，袖芳草玉香鞋。

風流蘊藉，不特以秀麗見長。隨後之〈解三酲〉數曲更爲奇麗，所謂「字字馨逸，非明季人所及也」㉜，詞云：

〔解三酲〕（生）宴留春，好花常在，杯合巹，有酒如誰。雪兒歌珍重文章客，多恐是英雄一派，將肉屏偎煖我圖書架，肌席分香到翰墨齋。（拜外介）深深拜，拜你個無心戀色，有意憐才。

〔前腔〕（旦）奴本是伴月司花歌舞伎，怎做得舉鋆齊眉荊布才，駕慈船飛渡侯門海，藍田裏喚起玉沉埋。想當日歌眉暗斂珊瑚鏡，今日裡舞鬢羞簪玳瑁釵。（拜外介）深深拜，拜你個文章冰鑑，風月差牌。

〔前腔〕（生對旦唱）央煞你，玉手纖纖能捧硯，我做了倚醉沉香李太白。小生雖是寒儒，頗有抱負。休笑我鸘鷞裘慣抵黃公債，今日裡有酒且開懷。小生欲掇青紫，如拾芥耳。憑著你乘鸞跨鳳三分福，發蹟我繡虎雕龍八斗才，眞眞愛愛，你個擔當風月，物色塵埃。

二曲精工藻艷，墨汁淋漓，深得騷人之趣。既有花間美人之婉麗，復有瓊筵醉客之豪雋，兩者相兼，眞是直登元人之室。

神采風流倜儻，造句工緻精麗，非常人易爲。

〔前腔〕（旦對生唱）你是個對客揮毫秦學士，我也是粉指青編女秀才。爲甚麼好名兒偏掛在孫山外，空大口嚇煞小裙釵。相公，你既負才華，何必諄諄名利，便黃虀甘守你書生舍，何必紅杏高攀到太史臺。眞眞愛愛，你個題詩丰韻，縱酒襟懷。

吐屬非凡，鋒穎犀利，使人絕倒。

本劇的曲辭就是這樣，嬌艷中帶有清勁，豪雋而不脫嫵媚，再加上易爲人接受的題材——落第才人一朝顯貴——及生動的關目，熱鬧的場面，〈買花錢〉一劇便成爲《坦庵雜劇》中最成功的一本了。

〈大轉輪〉亦爲四折雜劇，是寫漢司馬貌斷獄事。士子司馬貌懷才不遇，窮途潦倒，激憤之餘，便作詩罵天。天上玉皇遂使太白星君召生，命其代閻王斷漢朝四百年來疑案。司馬貌將劉項等人之紛爭訴訟，一一斷明，深獲玉皇讚賞。是劇取才自流行民間故事，即所謂「半日閻羅」者是。《古今小說》載〈鬧陰司司馬貌斷獄〉一本，而元刊本《三國志平話》，亦以此故事作引子。較石麒稍後嵇永仁亦有〈憤司馬夢裏罵閻羅〉一劇。但嵇作著重於「謾罵」一場，而今石麒則著意於斷獄，並自謂「兩《漢書》翻出本《三國志》」。事實上，全劇亦以「斷獄」一折最爲精采，議論縱橫，發前人所未有之創見。如他判韓信告劉邦時，一語便道出淮陰侯被誅的主因，所謂「功蓋天下者不賞，威略震主者身危」，而韓信最大錯處，「只在望報二字」，

「你所遇漂母曾說，哀王孫而進食，豈望報乎？此言正鍼汝病。你卻不能領會，自及于難，便不如子房公之於圯上老人了。」指出張良與韓信二人收場不同，便是因爲前者知功成身退，遂免於難，但後者功高震主，乃受誅戮。這都是使人心折之高論。又以漂母比之圯上老人，視爲同流，亦具隻眼。其次，又指項羽所犯的錯誤，便是不夠堅忍，劇中司馬貌對項王說：「二人賣國，罪無所逃。但你殺身喪國之由，豈眞係此二醜。漢王以百戰百敗而興，你以百戰百勝而亡，何也？只緣他能堅忍，你只剛脆，故一敗塗地，不能復起。若論你才略志量，豈遂出漢王下乎？」說得淋漓痛快，條理明晰，使人不能不折服。寓議論於遊戲之作中，這是石麒不同尋常之處，是以江都焦循嘗謂：「石麒蓋隱于詞曲者，其推論經史，探論道德，豈屯田夢窗之流！」㉝

石麒之隱，是不得已而隱，他雖隱而猶有餘痛。鬱抑之情，充溢於曲辭之間，例如：

〔寄生草〕（生）且莫說男兒漢，說幾個女俊娃。好班姬受不得囹圄怕，美王嬙改不過丹青畫。孝文姬說不出忠良話。你道是蒼天分付沒爭差，怎紅顏到處難安插。

〔么篇〕（生）猛想起充腸肚，說來時費齒牙，太史公吃不得刀鋸法，酒家傭掙不起文章架。我個老書生卜不出功名卦，且休論前代別人家，則漢朝數出三司馬。

再看第二折中司馬貌面對玉皇訴說不平時，唱道：

〔感皇恩〕（生）數公卿市井兒曹，滿朝堂盡是鴟鴞。明晃晃戴紅纓，白森森懸玉帶，黃慘慘挂金貂。俺也可眉隨周召，伯仲蕭曹。怎當得身潦落，情闇慘，鬢蕭騷。

弔古傷今，作者應是以此自喻。

此外，作者又再一次地抨擊科場之黑暗，這從文昌星君對玉皇的稟奏上可以見到，其云：

臣文昌星官啓陛下，臣職司文墨，籙掌功名。今天下士子不遵正法，俱以賄賂取官。文章一道，賤如泥土。今臣無所司事，誠恐曠職取罪，惟願繳上敕印，退職閒居。

在前劇〈買花錢〉裏，作者已寫出科場之黑暗，一場糊塗，現在，他又再予以鍼刺，可見他對應試場屋是如何的深惡痛絕。

本劇在風格上與〈買花錢〉迥然不同，〈買〉劇精麗雋永，而此劇則沉雄遒健，氣勢豪曠，故前者兼關、王之美，而後者則更近夢符。茲舉數曲以證之：

〔煞尾〕（生）燈爆紙窗前，被冷窮廬下。（生睡鬼上作聲介）（生）呀，門外何處響？門兒外料沒個高車駟馬。（鬼擲丸介）（生）何處鴛鴦驚墜瓦？送寒風喚醒棲鴉。分明似鬼怪作聲，可笑、可笑，鬧喳喳，若是富貴兒家，敢怕道天曹陡降罰，我個窮酸措大，有幾般兒不怕，若見了閻羅天子呵，摞則把登聞畫捺鼓幾千檛。

第二折云：

〔隔尾〕（小生）倒不如白雲山裏埋丹竈，倒不如紅樹溪頭挂酒瓢，拍手高歌舉頭嘯，訪桃源幾遭，臥松風一覺，且落得靜掩柴門是非少。

此曲則又有東籬神髓。再看後面二曲：

〔煞〕（生）我其實談經論史胎中俏，作賦題詩骨裏騷，也是你天公生我性兒驕，耐不住氣大心高，看不過人情世道。因此上寫一幅陳情疏稿，則待把沒告訴的衷腸問絳霄，誰承望激惱天曹。

詞源滂沛，神采燁然，若有神工鬼斧。再看第四折云：

〔離亭宴煞〕硬頭顱死向天街撞，窮骨頭生改做王侯相，這底勾當從來只是書生莽，前後事，新花樣識破何須妄想，且將這四百年好英雄，編一本彈詞兒和你講。

這是全劇最後一曲，寫來蒼勁沉雄。綜觀全劇，可見坦庵筆力健老，氣勢沉雄，一切綺靡纖麗，皆所不屑，而與〈買花錢〉之奇艷，各擅勝場。

《坦庵雜劇》第三種〈拈花笑〉，乃一折短劇。這是作者遊戲之作，以白描手筆，寫出一家妻妾二人爭風打罵，並無深意，只是一本笑劇罷了。《綠野仙蹤》曾采錄之。是劇下場詩云：「拈花笑，個個家，有一本。」暴露了明末人士階級的荒淫無度的眞相。

詞曲方面，亦是只求通俗，不顧鄙俚，有些地方更是穢褻可笑。但寫妒婦心情，卻頗爲傳神，如寫杜氏自言自語道：「……只因取了冒氏丫頭，引惹得個封郎掉臉，香噴噴飯碗兒，被她奪去，冷冰冰空擔子，教我挑來。起初時雙板跳還有幾分假意周旋，到如今獨樑船，并沒一點眞心顧盼。這般似雨星的日子，悶著頭捱到幾時，想起賽花朶的容顏，瞎了眼因著甚事，天呵，教我前思後想，如何哭得了也？」

劇中妻妾對罵，雖語多俚俗，但亦詼諧可笑，而那個做丈夫的難爲左右袒，尤覺可憐，且看他道：

〔公〕(生)你罵他歪辣貨，他說你會攪家，看來都打的是空頭吒。娘子，你到底占了三分大，他只好讓你些兒罷，你若是砂缸打破問砂缸，倒惹他葫蘆依樣把葫蘆畫。

這一折短劇就是這樣諧俳笑鬧，以博觀者一粲而已。

〈浮西施〉亦是一折的短劇。乃一翻案文章，略謂史所載范蠡「浮西施於五湖」者，並非偕隱而去，實是將她沉於江中。范蠡以西施爲亡國妖婦，留國中終遺禍根，乃煮鶴焚琴，使之自沉於江。是劇故事與明梁辰魚〈浣紗記〉所述，恰好相反，或許是本之於墨子所謂「西施之沉也，其美也」㉞，亦未可知。

劇中的范蠡與西施，針鋒相對，一個欲加罪對方，另一個則極力自辯，一個理直，一個氣壯，詞鋒穎銳，各執一辭，使人難分孰是孰非。如范蠡力數西施的罪狀，他說：

〔折桂令〕（生）俺覷您醉骨輕柔，天生的妖孽烟花，脂粉骷髏。你入吳未久，蚤則東國漂流，麋飛空苑，鹿走荒坵。大丈夫鑒古知今，方稱俊傑，俺既見陳靈公禍與衷衵，怎肯教荀大夫怨起狐裘。

但西施辯道：

咳，我想爲男子的，成功建業，便輒位高金多，妾雖女子，卻是越國功臣，何至事成，乃如此相報？

且吳王夫差一切行動，皆自訂自行，西施在深閨，不知其事。

〔僥倖令〕（旦）我舞迴雲袖煖，歌徹玉笙柔，鎮日貪歡長春酒，怎知道惑君王，作禍頭。

范大夫卻又有一番道理，使西施不死不得：

〔沽美酒帶太平令〕（生）盛筵席不到頭，好滋味那裡得常在口，況您在吳宮提調了好風流，消磨煞黃昏白晝。今日便以一死從君未爲不可，又何必暗中愁。……

他以西施既享盡人間富貴，即一死亦無憾了。只可憐西施本圖復國成功，便可安享餘生，誰知夢想竟成空：

（旦）妾雖裙釵女子，常欲附英雄成名，君今脫身險外，用表鴻儀；妾則葬骨江中，以克魚腹，死生苦樂，胡太相縣？

范蠡亦另有一番驚世的議論：

（生）你不知道，我做英雄的，便要千百世喚我做英雄；你做美人的，也要千百世喚你做美人，纔叫得個成名。……在我不如蚤休，在你不如蚤死。今日之事，兩成其名，你也不必怨恨了。

聽著這罕見奇論，西施要辯也無從，終被沉江而死。

石麒寫此翻案文章，可能是有感而發。因歷來論者均以紅顏禍國，所以石麒便有意寫成此劇，以揭露一般英雄人物的眞面目，他們是冷酷無情的，「正是柔腸不入英雄腹，薄命徒傷美女心」，他們更是負恩的，有功於越國的西施，也難免沉江之厄，狡兔死，走狗烹，這是他們善於運用的手段。石麒刻劃出一個冷酷無情，強蠻無理的范蠡，便是用以反映及諷刺一般自命英雄的人物。

本劇曲辭亦是蒼健遒勁，尤以〈新水令〉一曲，更爲絕唱，曲曰：

〔新水令〕（生）五湖風月滿漁舟，惹烟霞，布袍衫袖，蚤辭了長頸烏喙主，輕拉取狐媚鳳釵頭，那里有金屋珠樓，金屋珠樓，送他向水晶宮煞消受。

第四節　洪昇與孔尚任

洪昇與孔尚任是清代戲曲界的巨擘，他們生於同一朝代，一南一北，閃耀出萬丈的光芒。

一、洪　昇（一六四五—一七〇四）

洪昇字昉思，號稗畦[35]，浙江錢塘人，生順治二年（公元一六四五年）[36]。弱冠即有令譽，受業於毛先舒、陸繁弨門下。昇爲同鄉大學士黃機的孫婿。他數奇不遂，鬱鬱往北地。入京爲國子監生之時，又遊於王士禎之門。但他的仕宦前途，仍是沒有什麼進展。後來他的父親受誣遣戍，這時昇在京師，徒跣號泣，晝夜並行，趕返錢塘侍親。幸而不久逢恩赦免，他們便在途中折返。而昇因馳走焦苦，面目黧黑，骨柴嗌嗄，戚友見到他這模樣，都嘆息不已。後來昉思再次入京，又往來於大梁、鎭江、武康之間，與「西泠十子」、「前溪三子」諸名士相交遊。康熙二十八年，昉思因與友人於國恤中觀〈長生殿〉傳奇演出，爲給諫所劾，一時凡士大夫及諸生被除名的幾近五十人。而發柬的趙執信，年僅廿八，被罷職之後，終身廢置，不復再起。洪亦放歸。這時京師流行口號說：「可憐一齣〈長生殿〉，斷送功名到白頭。」便是指這一件事。康熙四十三年春杪，昉思遊於松江、金陵間，於六月初一日泊舟烏鎭，因應吳汝範招飲，戌時醉歸，失足溺水而卒。享年六十歲。事具《清史列傳》〈文苑傳〉二卷七十一，〈趙執信附傳〉，《杭州府志》卷九十四，《文獻徵存錄》卷十，《兩浙輶軒錄》卷七，《國朝耆獻類徵初編》卷四三〇，《國朝詩人徵略初編》卷十四，沈德潛《清詩別裁》〈洪昇小傳〉，以及一些近人著作，如陳友琴〈略談長生殿作者洪昇的生平〉，曾永義〈洪昇生平資料考〉（見《幼獅學誌》五卷二期），及陳萬鼐〈洪稗畦先生年譜稿〉（見《幼獅學誌》七卷二、三期）等文。

昉思著作甚豐，除了照耀劇壇的〈長生殿傳奇〉之外，在戲曲方面，還有〈迴文錦傳奇〉、〈迴龍記傳奇〉、〈錦繡圖傳奇〉、〈鬬高唐傳奇〉、〈孝節坊傳奇〉、〈長虹橋傳奇〉、〈沈香亭傳奇〉，及〈舞霓裳傳奇〉等，另有雜劇〈四嬋娟〉、〈天涯淚〉和〈青衫濕〉三種。其中僅得〈長生殿〉與〈四嬋娟〉尚存，餘均佚。而詩詞方面，則有《詩騷韻注》、《稗畦集》、《稗畦續集》、《稗畦集補遺》及《洪昉思詞》。

昉思一生致力於戲曲創作，其〈長生殿〉「蓋經十餘年，三易稿而始成」[37]。這是深受其師毛先舒及妻子黃氏所影響。稚黃精於音韻，又擅戲曲，嘗與名曲家李笠翁、袁于令等相往來。昉思在少年時代，在良師指導啓迪下，即已酷愛戲曲。及婚後，妻黃氏亦精通音律[38]，愛好文藝，且善於持家，所以洪昇在窮困之中仍能專心創作，寫成〈長生殿〉，轟動一時，留名後世，被譽爲「近代曲家第一」[39]，這實非偶然。此外，昉思之女之則，亦工詞曲，據《顧曲塵談》云：「昉思有女名之則，亦工詞曲。有手校〈長生殿〉一書。取曲中音義，逐一註明。其議論通達，不讓吳吳山三婦之評〈牡丹亭〉也。」[40]堪稱爲家學淵源。

洪昇所作〈四嬋娟〉雜劇，凡四折，每折演一事。第一折〈謝道韞〉，是記謝安侄女道韞以柳絮詠雪事。第二折〈衛茂漪〉，記衛夫人傳〈筆陣圖〉於王右軍事。第三折〈李易安〉，記李清照烹茗檢書夫妻美滿事。第四折〈管仲姬〉，記趙子昂與管夫人舟遊畫竹相調事。所寫盡是風光旖旎，才女雅士的韻事。他這樣愛重才女，相信是與其夫人有深切關係。因他倆是志同道合的美滿夫妻，蔣景祁嘗贈以詩云：「丈夫工顧曲，霓裳按圖新。大婦和冰弦，小婦調朱脣。」[41]其家庭之美滿，可想而知。昉思接二連三以才女事入曲，應是有感而發。

四折之中，以第三折〈李易安〉較爲突出。李清照與夫趙明誠烹茗閒談中，數盡古往今來之美滿、恩愛、生死、離合夫妻，娓娓道來，眞摯動人。曲詞亦清新可喜，可誦之處頗多，如正末唱的〈小桃紅〉：

〔小桃紅〕十年書劍舊行藏，歷歷猶堪想，爲失丹青費惆悵。（帶云）今日呵，（唱）喜非常，春風重覩誰承望。（帶云）只是下官今日雖登仕版，官囊仍是清苦，一時那得此錢來。嗄，有了，（綠云）我猜相公又要去支庫銀了。（正末唱）下官呵，只得脫朝衣典價。（帶云）夫人呵，（唱）還仗你拔金釵權當，（帶云）換取此圖呵，（唱）每日價圖史佐清狂。

輕財重圖，自是文人本色。而劇終一曲卻又是無限溫馨，情深欵欵：

〔愛元真〕數聲蟬噪歇垂楊，一簾日影掛紅牆，好收拾圖書茗椀慢消詳。（帶云）夫人，（唱）我和你且試蘭湯換晚粧，展齊紈向花下納新涼。

〔收尾〕我和你前身合自瑤池降，做人世夫妻榜樣，把古來的佳人才子盡評論，將往以後美愛嬌歡細受享。

嫵媚多姿，風光旖旎，信是作者自己生活之寫照。

第四折的〈管仲姬〉，亦是寫一對名士才女——趙子昂與管仲姬——的美滿夫妻。二人在重陽佳節，駕一葉輕舟，共享煙波之樂，閒適之趣，真是風光無限。曲詞則清雅淡逸，妙趣橫生，如正旦唱道：

〔么篇〕眉灣倩傍人看又看，（樵青云）天氣新寒，夫人請加上些衣服。（旦唱）衣單較前朝寒又寒，（穿衣科）半臂著羊肝，只這家常打扮，我待把瘦骨比青山。

把管夫人弱不禁風的輕盈體態，傳神地描繪出來。再看子昂在山光滴翠、湖影涵空的美景下，引吭高歌：

〔雙調新水令〕白蘋洲上泛輕舟，好風光重陽時候，波紋涵鏡影，山翠逼衣篝，愛殺這一抹清秋，用不著畫眉手。

〔駐馬聽〕新婦磯頭，淡沫微雲雨黛愁，女兒浦口，纔添新雨一眶秋，湖中波映碧天流，景中人比黃花瘦。（帶云）我與夫人呵，（唱）端的是非俗偶，是一對詩情畫意煙波友。

清幽淡雅，格調高遠。

趙孟頫身爲亡宋王孫，出仕蒙元，嘗爲論者所責，而在這裏，作者對他頗爲同情，爲之翻案，代子昂說出心中話來：

我雖蒙主上恩眷，只是此中一片深心，世無眞知我者，因此無心干祿，雅意逃禪。

又謂：

〔川撥棹〕嗟極貴是王侯，利和名不自由，爭得似這小小扁舟，穩趁著淺溪流，對一雙雙野鷺波浮，吹一聲聲短笛腔幽，閒吟弄風月悠悠，波浪裏早歸休。

松雪老人苦無知己，昉思亦可謂深得其心了。

第一折的〈謝道韞〉，亦爲清雅淡逸，寫雪景兩段尤爲可誦：

〔仙呂點絳唇〕雲壓高天，峭寒庭院，珠簾捲人立風前，細看冰花剪。

〔混江龍〕玉霏珠碾近雕闌，左右繞身旋。（胡麻替旦拂科云）這幾點多飛在小姐髩上。（正旦唱）不提防點踈踈半沾雲髩。（胡麻云）這幾點落來倒像花鈿一般。（正旦唱）又道是淡濛濛亂惹花鈿。（胡麻云）這看這雪落在別處十分潔白，只飛到小姐面上卻一般般的看不出了。（正旦唱）這雪呵，怕就是月魄冰魂難鬪巧，早難道玉容粉面敢爭妍。（胡麻拈雪科云）呀，怎這雪拈在手中就不見了？（正旦唱）謾道是春纖拈去水無痕。（胡麻云）你看小姐衣上被雪兒飛滿，倒像個綉的一般。（正旦唱）端的個羅衣點處花難辨，眞個是雨般娬媚一樣便娟。（胡麻云）小姐，我看你立在這裡，瓊花四繞，分明散花仙女一般。（正旦唱）

〔油葫蘆〕哎，我這裡翠袖天寒倚竹邊，休也波逞浪言，說甚麼散花仙女下瑤天。絮雪紛飄，似瓊花四繞人身上，仿若天女散花，設想新奇，極生動有緻，活潑可愛，表現出一派青春氣息。另一段寫雪景，則沉健有力，端謹溫雅：

〔元和令〕亂紛紛風內旋，白茫茫半空捲，颯剌剌多只在古松梢，疏竹上老梅邊，裝點出謝家庭風味遠。

前一段道韞與胡麻一廂賞雪調笑，故表現出來的是一派女兒嬌憨之態，而後一段則是與叔父兄弟同詠雪，所以態度較爲莊重文雅，不若先前之佻皮活潑。至於第二折衛夫人簪花，寫王右軍爲了求取書法之道，不惜折節下問，向衛夫人執弟子之禮，並云：

〔仙呂端正好〕……若是他肯容咱戴巾幗去問楊亭字，我情願親捧硯，日向蘭閨侍。

其誠懇虛懷可見。而衛夫人爲了要試他是否眞心，亦以師道自居，看這個一向心高氣傲的王逸少能否受得來：

〔中呂粉蝶兒〕他本是天半朱霞，似白鶴從彩雲飛下，映遙空百道光華，則他少年才英銳氣，待把詞場凌誇，今日個倔強侯芭，向俺這女楊雲降心投納。

〔醉春風〕非是我據高座好爲師，畫蛾眉喬坐衙，蘭房高築起杏花壇，元不是耍，要做的個墮履圯邊，授書石上，要把個子房來點化。

衛夫人本是一番苦心，而右軍亦能溫功有禮，誠心請教，所以衛夫人便以〈筆陣圖〉傳授給他。她以衡鋒陷陣來比喻運筆之千變萬化：

〔四煞〕作一戈勢若騰，似百鈞弩驟發，直呵似懸崖萬樹枯籐掛，橫呵似排雲陣列形橫亙，放呵似崩浪雷奔勢下達，點呵要似高峰墜石從空下，撇呵似劍剸犀象，鈎呵似弦蹷弓牙。

這便是筆陣出入斬斫之法，以之入曲，頗覺奇詭。

大致上來說，〈四嬋娟〉四折，曲調緊湊，曲詞亦多可誦之處，惟就排場而言，則稍失之於平淡，動人之處，遠遜〈長生殿〉了。

昉思另有兩種雜劇，〈天涯淚〉與〈青衫濕〉，今已佚。有關〈天涯淚〉一劇，可見毛大可〈長生殿傳奇序〉中，其曰：

〈昉思〉嘗以不得事父母，作〈天涯淚〉劇，以寓其思親之旨。余方哀其志，而爲之序。

亦見於梁紹壬《兩般秋雨盦隨筆》：

余二十年前，曾在外舅黃鐵年先生家，見昉思〈度曲圖〉，毛西河、高江村諸巨手，俱有題詠。山舟學士爲跋識數語，歸於洪氏，今不知尚存否也。昉思先生傳奇，〈長生殿〉之外，尚有〈天涯淚〉、〈四嬋娟〉、〈青衫濕〉三種。今其藁猶存黃氏，蓋先生爲文僖相國孫壻也。㊷

《曲海總目提要》、《今樂考證》及《曲錄》均不見著錄，相信此二劇與昉思其他傳奇一樣，在當時已流傳不廣，所以不久便失傳了。

二、孔尚任（一六四八——一七一八）

孔尚任，字聘之，又字季重，號東塘，別號岸堂，自稱雲亭山人。山東曲阜人，孔子六十四代孫。他在襁褓時，見鄰人將鬻母豕，小豕不捨，他心中不忍，便捨棗梨，呱然而泣，鄰人竟爲他所感動，即把母豕釋去。當時，尚任父撫其背對人說：「此兒成，于天下必有濟。」㊸康熙八年，尚任爲諸生。二十三年，聖祖幸曲阜祀孔子廟時，尚任以監生與同族舉人孔尚鉉同充講書官，進講《大學》《周易》，又一一詳述文廟車服禮器。因此特援國子監博士。又於二十五年，因疏通灌注淮安揚州二府東海岸諸河河口一事，尚任爲工部侍郎孫在豐之副，一同前往淮陽，在那裏一直留連了三載。其間，他頻與當地名士開文酒之會，故所交甚多。如王士禎、田雯、丁濤、吳綺、冒襄、杜濬、石濤等，均與他有來往。尚任還朝後，經戶部主事，晉陞員外郎。但於康熙三十八年，因事辭官，遂歸休鄉里。卒時年七十一。《兗州府志續編》卷十六本傳載云：「年七十一卒于家。」至於尙任之生卒年，據其所著〈出山異數紀〉記康熙二十三年聖祖到闕里事，自述對聖祖云：「臣年三十七歲。」可證尙任生在順治五年（公元一六四八年）。而他的〈除夜感懷〉（作於康熙二十七年，公元一六八八年）第二首亦云：「四十一年悟昨非。」推之亦合。故尙任之生年爲順治五年，卒年則在康熙五十七年（公元一七一八年）。他的生平可略見於《國朝詩人徵略》卷十三、《國朝耆獻類徵初編》卷一四二、《兗州府志續編》，及他自己的著作中。近人容肇祖編有《孔尙任年譜》，載《嶺南學報》。

孔尙任與洪昇同時，而東塘之〈桃花扇〉與稗畦之〈長生殿〉，被認爲是清代戲曲的雙璧，楊恩壽在《詞餘叢話》裏說：「康熙時，〈桃花扇〉、〈長生殿〉先後脫稿，時有『南洪北孔』之稱。」[44]這是因爲洪是浙江人，而孔爲山東人，一南一北，同在劇壇上發出耀目的光芒。

尙任所作戲曲，除〈桃花扇〉外，還有〈小忽雷〉傳奇，及雜劇〈大忽雷〉，但以〈桃花扇〉最爲著名。當〈桃花扇〉初出之際，王公薦紳莫不借鈔，時有紙貴之譽，而且還傳入宮中[45]。尙任在〈桃花扇本末〉中曾自記其得意情狀云：「庚辰四月，予已解組，木庵先生招觀〈桃花扇〉。一時翰部臺垣群公咸集，讓予獨居上座，命諸伶更番進觴，邀予品題，座客嘖嘖指顧，頗有凌雲之氣。」[46]又云：「長安之演〈桃花扇〉者，歲無虛日。獨寄園一席，最爲繁盛。名公巨卿，墨客騷人，駢集者座不容膝。」其盛況可見。然而，有人認爲尙任在康熙三十八年之罷歸，便是因寫〈桃花扇〉而招禍[47]。

〈桃花扇〉一劇是以明末四公子之一的侯方域與秦淮名妓李香君之情事爲主，旁及明末遺事而作。作劇動機及其經過情形，詳見〈桃花扇本末〉。有關此劇的評價，梁廷枏嘗曰：「〈桃花扇〉筆意疎爽，寫南朝人物，字字繪影繪聲。至文詞之妙，其艷處似臨風桃蕊，其哀處似著雨梨花，固是一時傑構。」㊽歷來論者對此劇結構，極爲讚賞，因它合乎史實而無蹈踽瑟縮之態，所以，吳梅謂：「通體布局，無懈可擊。」㊾至於其曲辭，青木正兒曰：「作者運用詩學之造詣，嘔心成之，新警而佳製甚多；如就其音律言，僅能歌唱，未足稱妙。」㊿這是因爲尚任以詩成家，於戲曲一端本屬門外漢，不深究音律，故吳瞿安認爲「〈桃花扇〉有佳詞而無佳調」51。因此，在文辭方面，〈桃花扇〉較〈長生殿〉之僅典麗而乏生動，自是更勝；但就音律而言，〈桃花扇〉則不及〈長生殿〉了。

尚任的另一種傳奇〈小忽雷〉，是他與好友顧彩合撰的。此劇是由尚任立案，顧彩（字天石，號夢鶴，江蘇無錫人）塡曲的，他自己也不諱言此事，在〈桃花扇本末〉云：「……前有〈小忽雷〉傳奇一種，皆顧子天石代予塡詞。予雖稍諳宮調，恐不諧於歌者之口。」而此作是先〈桃花扇〉五年——康熙三十二年——而成。劇分四十齣，只有卷首一齣〈博古閒情〉，及四首開場的〈鷓鴣天〉詞，署岸堂老人，爲尚任所作。劇情是演梁厚本與鄭盈盈二人的姻緣離合事，而加插入元和、長慶間史實。

尚任之所以作〈小忽雷〉傳奇，完全是因爲他在康熙三十年於北京購得兩件珍貴的唐製樂器，稱爲「大忽雷」與「小忽雷」。他曾經爲此作跋，曰：「胡琴本北方馬上樂，亦謂之二絃琵琶，蓋琵琶所託始也。《南部新書》載『唐韓晉公滉入蜀，伐奇樹，堅緻如紫石。匠曰：「爲胡琴槽，他木不能並。」遂爲二胡琴，曰大忽雷、小忽雷。後獻德皇。』《樂府雜錄》云：『文宗朝，兩忽雷猶在內庫，內侍衛中丞特善之。訓注之亂，始落民間。』康熙辛未，余得自燕市，蓋其小者，質理之精，可方良玉；雕鏤之巧，疑出鬼工。今八百餘年矣，頻經喪亂，此器徒傳而已，無習之之人，俗藝且然，傷哉！」[52]尙任對這兩件古代樂器愛惜非常，遂作〈小忽雷〉傳奇以紀之。（後來尙任舊藏器於宣統間爲劉世珩所得，劉氏便在《彙刻傳劇》本〈小忽雷〉卷首刊出其圖。）

尙任之雜劇〈大忽雷〉亦是爲此而作。實際上，此劇與〈小忽雷〉一樣，也是尙任與顧彩合撰，劇本上署「岸堂主人鑑定，夢鶴居士塡詞」。但歷來鮮有人提及此劇。據周妙中〈江南訪曲錄要〉一文所載，〈小忽雷〉傳奇有三種抄本[53]，其中嘉慶間劉燕庭味經書屋藍格校抄本〈小忽雷〉後附有〈大忽雷〉，現在所見劉世珩暖紅室《雜劇傳奇彙刻》第二十九種所附的〈大忽雷〉，便是據劉燕庭校抄本刊入。劇本後有曲譜一本，是由吳梅正律，劉富樑訂譜。劇分〈買胡琴〉、〈碎胡琴〉二折，卷末有殘缺，今本由吳梅增補。內容是寫西蜀陳子昂費千金買一胡琴，更邀客至其家聽琴。當賓客齊集之時，他在衆人面前將琴摔碎，並拿出自己的文集送與聽客欣賞，各人均歎服不已。因此，子昂便得與名詩人王勃、楊炯、盧照鄰、駱賓王結識。

此劇與〈小忽雷〉一樣，都不能算是精彩之作；〈小忽雷〉被認爲「頭緒兩分，脈絡不貫」[54]。此劇單調平直，尙不及嘉、道間張聲玠所作的〈碎胡琴〉（《玉田春水軒雜齣》之五）那麼緊湊。曲辭方面，吳梅曾評〈小忽雷〉曰：「文字平庸，可讀者止一二套耳，而自負不淺。」[55]以此來評〈大忽雷〉一劇，亦不爲過。因此劇曲辭多陳套舊語，並無機趣，頗不足觀。我們且舉一二曲以觀之：

〔北夜行船〕（末儒扮雜攜包裹隨上）回首秦關春色暮，蜀道難青天獨步，上苑鶯嬌，龍池柳嫩，製一篇長楊新賦。……

〔雁落兒〕（作者按：大概是「雁兒落」之誤）每日價渾身染陌塵，每日價滿鼻聞車糞，每日價街傍避貴臣，每日價朝報看州郡。

〔得勝令〕戴一頂折角舊儒巾，酸味倒牙根，冷冷春闈被，蕭蕭雨閉門。斷魂，比潘岳添愁鬢。孤身，似阮生拭淚痕。

此劇的曲辭便是這樣的質木無文，不耐久讀。賓白尚算諧趣，但把王、楊、盧、駱四詩人寫成小丑模樣，則有失身份。

我們可以說，〈大忽雷〉並不是一部成功的作品，但這並無損於孔尚任之盛名，因爲此劇只不過是他與顧彩合撰，而難辭失敗之咎的應是顧彩。

第五節　其餘雜劇作家

一、陸世廉（約一六四四年前後在世）

陸世廉，字起頑，號生公，又號晚庵。江蘇長洲人。確實生卒年及詳細生平均不可考，僅知他大約是明思宗崇禎前後在世，在南明宏光朝（公元一六四四年左右）曾官光祿卿。入清之後，即隱居不出。所作戲曲有雜劇〈西臺記〉一種，及傳奇〈八葉霜〉（據《曲錄》），並行於世。鄒式金《雜劇三集》將之收入，因他亦爲明末清初曲家之一。

〈西臺記〉一劇共有四齣，敍南宋末年，元兵南侵，宋帝蒙塵海上，忠臣文天祥、張世傑等奮勇死戰，力抗蒙元，終於殺身成仁，壯烈殉國。而天祥舊幕僚謝翺，因念忠臣節烈，私往城外西臺奠祭英魂，痛哭亡國，天愁地慘，恍似阮籍之窮途痛哭。

作者以沉痛之筆，描摹忠臣志節，刻劃義士胸懷，不尙浮誇，切實描寫，自是肝膽具見，鬚眉活現。關目布置，平穩妥當，不偏不倚，劇中主要人物，都有深刻的描寫。第一齣寫文天祥、張世傑、謝翺、鄒溫等忠臣義士的英雄氣概，壯烈情懷。他們精忠報國，視死如歸，明知事無可爲，仍奮力前進。然而，對於前途，他們是毫不樂觀的，謝、鄒二人臨別亦贈言道：「難料，片石千鈞，一絲九鼎，當機若個堅牢。計切安危，祇惟藉同袍，相邀，今朝把臂通談笑，又何日再圖傾倒，惟願取兩情莫逆，千秋共表。」（〈高陽臺〉）慷慨之中，暗寓悲涼。第二折寫正氣凜然的文天祥，雖成楚囚，但厲志豪氣，卻不稍減，報國之心，與日增濃，他說：

〔正宮破齊陣〕〔破陣子頭〕痛煞家亡國破，深慚負此頭顱。〔齊天樂〕壯氣橫霄，丹心凝碧，夢裏幽懷安訴。〔破陣子尾〕坐聽飛鴻聲凄楚，翻羨蘇卿禿節孤，殘軀何有無。

即面對元相，仍是不屈不降，且雄辯滔滔，以表孤忠：

〔朱奴帶錦纏〕〔朱奴兒〕何須問升沉有亡，何須問帝王疆土，得失從來水上鳧，平生事只求完玉。〔錦纏道〕莫更泣窮途，算將來厲鬼猶堪作後圖，斧鉞曾何怖，但教青史不模糊。

既表明心跡，不願多言，便辭也不辭，逕自離去，瀕行時，長嘯道：

〔尾聲〕山河滿眼俱非故，猛回頭屋上瞻烏。（長嘯介）好笑我欲別無家身草土。

從容就義，絕不迴顧，充份表現出文天祥的堅貞、剛毅、豪邁、灑脫的性格。在這一折裏，作者寫忠臣節烈，下筆之際，如江河傾瀉，不留餘地。第三齣則寫張世傑慷慨赴死，壯烈殉國。這裏最大敗筆是加插入天妃派遣龍神風伯等宣召世傑歸班，故使其舟覆沒一段，滲入迷信色彩，減弱劇力，至為可惜。第四齣寫天祥死後，謝翱到城外子陵臺下，哭祭義烈之臣。故國山河，觸目生悲，自多苦語：

〔得勝令〕想當日為圖存與你漆如膠，事關心到處同悲笑。逞干戈，何時了？鐵心腸，空排調，憂焦，知己眞難報，牢騷，英雄恨未消。

〔沽美酒〕橫擺著梨花春，桑落酒，雪香醪。雞黍依然識故交，料得你夙心相炤，早做了日星河嶽。騎箕尾，光生芒角。馭雲煙，氣陵霜鍔。炳丹青風清寒醥。我呵，那管他山頭野燒，只落得一聲長嘯。

前後兩聲長嘯，一蒼涼，一沉痛，相互呼應，而最後結之以一哭：

〔南鎮南枝〕君臣義，首共搔。當年兩人同幕寮，忍看麥秀漸漸，遂付與閒花草。你淚頻澆，我心如搗。這衷懷誰知道？

以哭作結的手法，通見於這時期的作品中，不勝枚舉。本劇最可注意的是作者的愛國熱情，噴薄而出，毫不掩飾，並不像同時期其他的作品那樣，或託之於禪理（如〈空堂話〉），或隱之於風月（如〈風流塚〉）。作者爲宏光光祿卿，劇中有言曰：「當此之時，社稷爲重君爲輕，我別立君爲社稷計耳。」若對福王登基事，有所解釋。

曲辭方面，沉實有力，雖無特佳之處，但氣勢灝瀚，渾然成章，並不斤斤於鍊字造句。通篇自多蒼涼之語，絕無綺靡之音。一曲〈高陽臺〉，可作楷模，詞云：

〔高陽臺〕荊棘銅駝，宮城禾黍，中原極目烟消。回首臨安，無情最是江潮。堪誚，孤臣泣血，誰知也，空自負氣沖晴顥。……

至若宮調，則用南北合套。惟第一齣僅用〈鳳凰閣〉、〈遶地遊〉、〈高陽臺〉三曲，第三齣只用〈南宮薄倖〉、〈紅衲襖〉二曲，這樣配合，洵非當行。

二、張龍文（？——一六四四）

張龍文，字掌麟（一作霖），江蘇武進人。生年不可考，有關他的生平，所知亦不多。據《武進縣志》所載，謂：「龍文字掌麟，邑廩生。為人倜儻有奇氣，輕財好施，四方咸慕其名。作文高古，句不由人，甲申年抑鬱不得志，卒死於難。」[56]他的死難，《武進陽湖合志》所記較詳，云：「……隱居季子墓旁。大兵往攻江陰，經其地。龍文倡鄉民御之。衆潰，龍文被斫死，遍體皆創，猶扶牆植立不仆。」[57]另見於《清史》〈南明紀〉〈安宗皇帝本紀〉，略謂：「……常州諸生吳福之、徐安遠，入太湖從黃兵。兵敗。福之投水死，安遠被殺。諸生張龍文率鄉兵薄郡城，見殺。」[58]

龍文之著作，現僅存雜劇〈旗亭讌〉一種，收入《雜劇三集》內。該劇有二折，是寫王之渙、王昌齡、高適三詩人聚會旗亭，適李龜年與女樂等在鄰廂買醉，女樂歌唱助慶，所唱者多才人格調。三詩人便來一個打賭，以詩入歌多寡，來定詩品優劣。起先女樂所歌三曲，都是昌齡、高適之詩，之渙頗感失望，便指其中最美之女子謂，若此姝所唱者並非其詩，則他願甘拜下風。果然，該女樂引吭一曲，便是之渙的「黃河遠上白雲間」，之渙不禁大樂。得意之餘，驚動女樂，相見之下，原來是著名三詩人，才士佳人便雅集一堂。

故事取材自《唐詩新話》，稍後裘連《明翠湖亭四韻事》中之〈旗亭館〉亦寫同一故事。

是劇劇中人若似有情，又似無情，頗耐人尋味。臨別時老旦所言，曰：「猶此興長，可惜夜艾，姐妹們只索去了。」頗有盛會難再之嘆，不勝依依之感。最後，生曰：「原來又有一輪寒月。」又嘆云：「我明日呵，教我怎向旗亭坐雪齋。」意境凄冷，寫出曲終人散後的落寞與悵惘。這樣結局，較諸充滿歡樂的團圓結局，更爲優美而富詩意，雖然一般觀衆都愛看喜劇收場。

是劇曲辭，韶秀婉媚，清新可喜，即副末上場所唸的一闋詞，亦非等閒之作，詞曰：

寥落一生無可，騷腸病骨愁魔，妝成新譜按漁歌，莫遣漁郎笑我。　佳句珠涼玉大，知音錦陣花窩，旗亭無恙到今麽，容我橫襟上左。

艷麗之中，別有一種秀色幽香。此外，〈北油葫蘆〉云：「……只聽纔連江寒雨怎安排，他詩兒分明一幅秋江繪，你歌兒偏摽兩點春山黛。」（第二折）亦是清幽秀美。也有亢爽高放的一面，如第一折寫王之渙雪中自吟，歌曰：

〔步步嬌〕（生貂帽重裘上）是好大雪也，千尺龍梢和鳶叫，丙夜天成皓，晨炊咽曉風。繡被添寒，孤客先知覺。詩思渴難消，助江山倩出滕公哨。

設景造語，頗見功力。再看後一曲：

（前腔）萬斛清寒令人耄，冷盡長安道。堆花壓柳腰，蠟屐經過，不用山陰棹。鹽絮舊題標，綵毫端，自有新篇妙。

描寫雪景，極寫一「冷」字，以「冷」開場，稍後王、王、高等三詩人談話中亦常及「冷」，如高適云：「小弟還該有二十年共此寒雪，好冷也。」之渙亦說：「……那知道我輩寒冷？」而結尾處所提到的「寒月」（「原來又有一輪寒月」）、「雪齋」（「教我怎向旗亭坐雪齋」），都使人有「冷」的感覺。其中所云「冷」，既指外在環境，亦謂內在心境，相互譬引，針線細密。還有，劇中首折諸詩人提及明皇之歌舞昇平，大有不以爲然之意，而在第二折中則從李龜年與賀懷智口中，說出明皇貴妃之極盡奢華：

【北混江龍】……（淨）他戴的，（末）他戴的九眞溪珠母貢龍胎。（淨）他穿的，（末）他穿的三桑國女朱蠶帛。（淨）他喫的，（末）他喫的連雲棧紅塵新荔。（淨）他睡的，（末）他睡的斯調海火浣霜緒。（淨）他簪的，（末）他簪的通天蠹玉雞驚駭。（淨）他踹的，（末）他踹的火齊珠味燕胡猜。（淨）到春來，（末）到春來沉香亭課名花錦拍。（淨）到秋來，（末）到秋來長生殿誓私語金釵。（淨）醉呵，（末）醉時節團粉腮染桃花小雨。（淨）倦呵，（末）倦時節含酥乳剝紫芡新蓓。……

明皇與太眞享樂情狀，於此可見。而此段遙接上一折三詩人所論，有前呼後應之妙。

據《武進縣志》所載，張龍文亦是一個懷才不遇，鬱鬱不得志的才士，在本劇中，雖亦有自傷失志之語，如假高適之口云：

〔好姐姐〕……二兄，這松呵，他倒曾受王封，似我你這條綵筆，未審後來比他受用，還是如何，如何道，離奇可是凌煙料，怕雪壓寒貂凍不消。

但沖淡溫和，態度閒雅，不若同時鄭瑜、鄒兌金或後來的嵇永仁、張韜等的憤激，如云：

〔小生笑介〕聽王郎說公孫弘七十賢良，小弟還該有二十年共此寒雪，好冷也。

一笑排遣，瀟灑曠達，洵名士所爲，想作者本人亦當如是！

三、薛　旦（約一六四四年前後在世）

薛旦，字既揚，一字季央，號訢然子（一作听然子），江蘇吳縣人，原籍無錫。《國朝詩選》謂他「垂髫列膠庠，國初遷無錫。甲午遊京邸，復赴昌平童子試……卒年八十七。」59《江蘇詩徵》又載他著有〈燕遊草〉。

薛旦所作戲曲，《今樂考證》著錄十六種，即是：〈書生願〉、〈醉月緣〉、〈戰荊軻〉、〈昭君夢〉、〈狀元旗〉、〈蘆中人〉、〈續情鐙〉、〈後西廂〉、〈飛熊兆〉、〈紫瓊瑤〉、

〈賜繡旗〉、〈齊天樂〉、〈翡翠園〉、〈玉麟符〉、〈粉紅襴〉、〈喜聯登〉等。首六種亦見於高奕的《新傳奇品》。而《曲錄》所著錄薛氏作品十種，其中亦有三種是姚燮所未收的，那是：〈九龍池〉、〈長生桃〉、〈一霄泰〉。若姚、高、王三人所錄無誤，則薛氏劇作便有十九種之多了。可惜的是，現在我們能見到的，僅有《雜劇三集》所收的〈昭君夢〉雜劇，另外的〈續情鐙〉、〈醉月緣〉，及〈九龍池〉三劇，雖謂尚有傳本在世[60]，究非易見。因此，要研究薛旦的劇曲，便只有從〈昭君夢〉去看了。

在薛旦所作十九種劇曲中，除了〈昭君夢〉確實爲雜劇外，另有〈戰荊軻〉一劇，似取材於《今古奇觀》的〈羊角哀死戰荊軻〉，這一篇原見《清平山堂話本》〈欹枕集〉上卷，篇幅不多，情節很少，無法敷衍爲傳奇，趙景深便懷疑這也是雜劇[61]。還有〈蘆中人〉演伍員故事中的一節，大概也無法鋪張，趙氏對此亦存疑問。因前人對於雜劇傳奇的分別，不大嚴格，每有混稱，如楊潮觀〈吟風閣傳奇〉，周樂清〈補天石傳奇〉，實爲雜劇，唐英〈古柏堂傳奇〉則傳奇雜劇兼蓄並收，所以，〈戰荊軻〉、〈蘆中人〉本爲雜劇，而被著錄者誤爲傳奇（〈昭君夢〉便被誤入傳奇之列），這並非全沒可能。惟二劇傳本未見，只能存疑，不敢遽下定論。

〈昭君夢〉寫的是昭君自嫁入胡邦後，憂思愁悶，夢回漢闕，重會漢帝事。此劇與馬致遠、尤侗雖譜同一人物，但情調氣氛卻截然不同。〈漢宮秋〉一劇，旨在罵元帝之懦弱及群臣之無能，故激憤沉鬱，而作者寫元帝與昭君之「情」，落墨甚多；〈弔琵琶〉作者則著意寫昭君之「怨」，故引蔡琰以弔之，全劇幽怨悽惋，乃作者欲以抒發一己之不平。至於〈昭君夢〉，前三折寫昭君在胡邦，自怨自艾，爲睡魔知悉，憐她命薄，便令氤氳大使在夢中引領昭君重踏漢土。第四折寫昭君與漢帝重逢，這本是全劇高潮所在，但作者點到即止。二人相逢，昭君即從夢中驚醒，才知道原來是一場大夢，只不過是南柯歸帝畿罷了。這樣的處理手法，與馬、尤二作自是不同。是劇關目，頗有輕重倒置之弊。前三節拖得過長，劇情鬆弛，第一折更像是楔子。而第四折則結得太促，一起一落，來得太急，未能給觀衆充份之心理準備。然此時之曲，多只供案頭吟詠，而不是用於梨園搬演，作者於此，當另有寓意。

作者本是失意之人，《梁溪詩話》嘗謂：「既揚生而慧業，吐納風流，懷才不遇，艷思綺語，往往見於歌曲。自謂仙吏玉蛾曳霞捧硯，天魔山鬼卷霧侍几。如〈蘆中人〉、〈醉月緣〉、〈續情鐙〉、〈長生桃〉、〈一霄泰〉，凡十餘種，盡登梨棗，欲步武徐文長、沈君庸諸公之後，以抒其憤懣之氣，蓋亦悲哉！」[62] 他每借歌曲以抒不平之志，〈昭君夢〉之作，亦自如此。所以，在劇中便多幽怨之語，如第二折云：

〔商調過曲〕〔二郎神〕秋風老，問菱花玉顏可好。朔漠煙雲隨地攪，霜林誰染，晚來如醉如燒。猛可裏一弄哀絃心若搗，點銀燈熒熒花小，可憐宵，正愁予窗前疑閃山魈。

其中「霜林誰染，晚來如醉如燒」句，當是脫胎自《西廂記》「曉來誰染霜林醉，總是離人淚」的。

〔囀林鶯〕齊眉舉案憐同調，巫雲楚雨心苗，爲問朝來雙黛掃。就是裙布荊釵，也了卻一生之事，又何須珠圍翠繞，竹籬茅舍，妝就玉人嬌。相呼廝喚，數梅花，誰召春風早。咳，我好痴也，說他甚的，枉心勞。生離漢室，死向玉關拋。雖然如此，世上也有不得意的女子哩。美人香艷，不能勾配名士風流，卻嫁了一個狀貌可憎語言無味的，反不如不嫁，何異我王昭君失身絕域乎？

這只不過自我慰解而已，怨懟之情未嘗稍減。昭君又唱道：

〔黃鶯兒〕薄命費煎熬，畫眉郎，何處招，歎吳姬越女傷懷抱，誰堪鳳簫？難言鵲巢，紅顏埋沒人多少，度昏朝，村夫相對生受沐猴嘲。……

《新傳奇品》嘗評薛既揚之詞，如「鮫人泣淚，點滴成珠」[63]。這應是指其詞哀怨之處。其實，既揚懷才不遇的心情，在他的詩作中更表現得透徹，像他的詠〈漂母祠〉詩一首便是，詩云：

極目天涯古道中，薛蘿殿角走靈風。
紛紛鳥雀參遺像，皎皎星河照故宮。
空有霸才終釣侶，所難子女識英雄。
重瞳若具閨中眼，不令王孫事沛公。

悽惋處雖未及其曲，不遇之情卻無二致。

既揚之曲，雖以哀惋奇麗爲主，寫景之筆，卻也峭健遒勁，表現出另外一個境界來。像第三折寫氤氳大使與昭君憑弔古戰場一段，曲云：

〔那吒令〕（外）驚起那嘹嘹幾聲寒雁落平沙，閃得那萋萋幾點枯楊雜暮鴉。則聽得呀呀一聲霜天催畫角，猛見那荒荒一片明月照蒹葭。頃刻的，斗柄斜，鞭梢裊，馬蹄踏，一時間透不出帝城雲裏人家。

幽曠蒼莽，由大使之口吐出，別有一番氣勢。若出自女兒家，就不免失之雄勁了。

四、鄭瑜（約一六四四年前後在世）

鄭瑜，字無瑜，西神（即慧山，在江蘇無錫縣西）人。生卒年及生平均無可考，僅見於《西神叢語》〈朋友條〉下，謂：「鄭瑜字無瑜，與曹履垣、胡慎三、嵇憩廬爲酒友，與黃心甫、顧野臣爲詩友，與堵禾齋爲文友。」[64]故鄭瑜亦名士之流。另外，在《清史》〈南明紀〉一〈安宗皇帝本紀〉內，有一段這樣記載：「劉良佐等薦朱大典爲兵部侍郎。大典久任鳳督，毀家起兵，屢著戰功。御史鄭瑜劾其侵贓百萬，帝以大典創立軍府，所養士馬，豈容枵腹，詔勿問。」[65]其中的御史鄭瑜與西神鄭瑜，未知是否同爲一人，此還待深考。

鄭瑜著有雜劇四種，即〈鸚鵡洲〉、〈汨羅江〉、〈黃鶴樓〉，及〈滕王閣〉四劇，俱爲鄒式金收入《雜劇三集》內，四種都是短劇，〈鸚鵡洲〉、〈汨羅江〉、〈黃鶴樓〉僅一折，〈滕王閣〉則有二折。很明顯地，鄭瑜四劇是仿效徐文長的《四聲猿》體例而成，他在〈鸚鵡洲〉一劇裏，便曾提到青藤的《四聲猿》：「（鶴飛出，生吹笛同行，又入內白）『我那一夜，飛到黃鶴樓，見做官戲的，妝你打鼓罵曹操，可有這事？』（生）『這是徐文長，借他人酒盃，澆自己磊傀。我天上尚不肯去，何曾到地府？』」這是指《四聲猿》之〈狂鼓史〉，由此可見作者受徐渭影響之深。

〈鸚鵡洲〉一劇更可以說是〈狂鼓史〉的嗣響。徐渭寫的是彌衡擊鼓罵曹操，但鄭瑜在這裏卻爲曹阿瞞翻案，強辯滔滔，眞令人拍案叫絕。劇中敍彌衡歿後，至〈鸚鵡洲〉，與鸚鵡暢論古今，縱談千古。他們說劉備、話周瑜、道關公，更論曹操。對於孟德的爲人行事，議論特多，見解獨到，別出機杼，爲前人所未道。如說赤壁之戰是周瑜的不是；關公華容道放走曹操，是知他爲漢家功臣，非爲報效私衷；二喬事只是詩人杜撰，並非眞有；搶劉媽的勾當，亦是胡說；至於甄氏秦妻，更是稗官野史，不足爲稽；而曹操殺伏后是爲撥亂，以保天下不亡，天子無事；戮皇子，則是爲斬草除根，爲獻帝除後患；薄待獻帝，蒙敝主君，挾天子以令諸侯，則是爲扶助童蒙，匡持漢室。他不僅不是禍國賊臣，漢室罪人，且是「個間生天上種，說不盡他蓋世豪雄，絕世明聰，治世純忠，亂臣奇功，名世宗工……」，他的功績直可比美周公，凌駕伊尹，「我從千古上細對針鋒，除非是那三分服事老姬公，堪伯仲」，「這正是半部兒周王牧野，全本兒伊尹桐宮」。劇中的彌衡，對曹操諸般迴護，強辭翻案，雖則是癡人說夢，但引古喻今，議論縱橫，淋漓痛快。而設想新奇，尤稱獨絕，這可能是作者有意繼徐渭〈狂鼓史〉之後，別闢蹊徑，標奇立異，故意發相反之論。最後鸚鵡所謂：「你說來一塊道理，我心上只是有些怪他，但是說你不過。」這是作者表明態度，劇中彌衡僅以辭勝，實際上並非如此。徐渭在〈狂鼓史〉所表現的感情是狂憤激昂的，但在這裏，我們所看到的彌衡卻是高曠的，「百年駒隙耳，雖暫時捻住了五更鐘，料浮生掙不遠三春夢」。化憤世為達觀，這是作者處理感情的方法。他這種曠達，亦可見於作者其他雜劇中。

鄭瑜的〈汨羅江〉，亦為一折短劇，是寫屈原歿後，魂遊澤畔，與漁父對答，並合譜〈離騷〉入曲。是劇以〈離騷〉作曲，由漁父讀原文一段，再歌曲一段，設思新奇，故焦循謂之：「立格甚奇，得未曾有。」[66]尤侗則謂：「近見西神鄭瑜著〈汨羅江〉一劇，殊佳，但檃括〈騷經〉入曲，未免有聱牙之病。」[67]所論甚是，而該劇歌曲協耳者甚鮮。

至於〈黃鶴樓〉一劇，則演呂洞賓重至黃鶴樓，與弟子柳樹精，數說前事，閒話世情。元馬致遠有〈呂洞賓三醉岳陽樓〉劇，是譜呂純陽度柳精事。本劇似是因馬作而得到啓發，如呂洞賓登黃鶴樓，臨高遠眺，觸目興悲，這便是仿東籬〈岳陽樓〉之證。及至劇末〈收江南〉一曲，柳問呂答，則與徐文長的〈翠鄉夢〉末〈收江南〉相同，亦是一問一答。我們說鄭瑜有意模仿《四聲猿》的體製，在這裏又得到證明。

第四種劇〈滕王閣〉，有兩折，內敍王勃來到滕王閣前，適遇閻都督重陽大宴，出榜徵文。王勃即席揮毫，倚馬立就，成〈滕王閣序〉一篇，於是才驚四座，閻公等奉之首席，並厚贈餽賞，一時傳為佳話。劇中將王勃的〈序〉全譜入曲。

鄭瑜的四種雜劇，我們都看過了。在取材立格上，作者是極力標奇，刻意創新的，如〈鸚鵡洲〉之爲曹操翻案，〈汨羅江〉之寫屈原魂遊。特別是在〈鸚〉劇中寫彌衡的孤魂，飄忽無蹤，遊碧海，宿蒼梧，又見盡古今上下失意人物，如賈誼、屈原、宋玉、王嬙、蔡琰、景差、唐勒、娥皇、女英、南華生、狂接輿等等，聽他們哭、笑、悲、吟。設想新奇，幻想豐富，恍似〈離騷〉之神遊，極富浪漫色彩。

在風格上，鄭瑜表現的是一派風神蒼健，才思奇詭，恍似韓退之的詩，山立霆碎，自成一法；我們先舉〈鸚鵡洲〉內數曲來看：

〔點絳唇〕撇走行空，黃泉碧落分清夢。控鵠驂鴻，不厭游魂重。

〔混江龍〕你看鸚鵡洲呵，依舊大江橫拱，萋萋芳草蕙蘭叢。遙望漢陽，晴樹幾簇粘空。……見了些荒祠敗宇欹棟頹墉，瓦霜甓露隙颸窗凍，殘香冷火斷鼓零鐘，茨碑蘇碣篆蚓雕蟲，蝸涎鼠糞蚰網蛛封，兔葵燕麥禿柏枯松，閒花野草慘碧淒紅，神燈鬼燐牧跡樵蹤，伊威熠燿町疃蒙茸，朽龕壞像裂服淋容，都縛在拘拘色相中，看將來瑣瑣成何用，到不如踢翻一腳重闡宗風。

再看〈黃鶴樓〉〈收江南〉一曲：

〔收江南〕我悔當初沒來由，八洞府做班頭。悔如今浪遨遊，五濁世漫淹留，從今後把俗姻緣，短居諸腥煙火，都隔斷紅塵青宙。我如今脫埃氛，絲繮緊揪，須趲他紫麟蹄驟，駕虛空罡風漸遒，莫放他錦鸞飛後，破波濤逆鱗緩兜，還怕他玉龍腰瘦。

〈汨羅江〉劇以〈騷〉入曲，故唱來更覺奇險瘦硬，且觀〈攪箏琶〉一曲：

〈攪箏琶〉留靈瑣，紅輪西掉，漫將弭節囑羲軺，望穿了那忒修遠的崦嵫，走徧了路漫漫的求索，飲咸池，折若木，暫逍遙忽地東閣。望舒飄，更先戒鳳鸞超，聽廉奔雷具看雲御風飈。開帝閽延佇倚閶闔，睃瞧又蚤到白水春宮華未落，誰能分世間渾濁。

鄭瑜的曲，就是喜用盤空硬語，故有一種雄厚奇峭的氣勢，並不流於俗套濫調，如〈鸚鵡洲〉中的〈寄生草〉便是：

〈寄生草〉這都是那野稗官，全沒據，更兼那慌小說，絕不通。他若要鎖銅臺混占了遇車腹痛的雙鄒鳳，他若要污天潢連搶了瓊瑤賽好的甘囉嘖，他若要採塘蒲先做了流風迴雪的驚鴻夢，他若要載羅敷豪奪了封金卻嬡的宜男種，又何必賢王帳黃金遠去贖娥眉，卻不教他望西陵死生自聽胡笳弄。

雖然，他的曲有時不免失之粗獷，但他的風格，是富於氣勢，而不流於柔靡的。

除了奇詭瘦硬，在鄭瑜的雜劇中，我們還可看到他高曠放逸的另一風貌。在上面我們已說過，在感情的表達上，鄭瑜沒有徐文長那麼狂憤，代之的卻是超曠清逸，爽脫飄忽，這種風格在〈黃鶴樓〉劇中表現得最爲透徹，幾可直追東籬，如云：

〔新水令〕又攜孤劍上危樓，渾不改嶽穹江溜，但桑田驚浪起，又滄海詫塵浮。木落雲收，覺萬點遠峰瘦。

〔駐馬聽〕他兕斝頻浮，白酒釀成緣好友，牙籤獨守，黃金散盡把書收，樂陶陶同我三醉岳陽樓，室蕭蕭甘貧豈羨西鄰富，到如今幾閱春秋，乘興訪居停，又蚤薤露驚殘漏。

〔步步嬌〕我只道紅杏青帘村依舊，萬古遊人輳。玉佩捐，金貂綬，誰知他塵世裏歲月苦如流，尋不見黃公賣酒壚，到處做了吹笛山陽秀。

觸目興悲，高曠之中微寓蒼涼，這情景與馬致遠〈岳陽樓〉所寫的，正是一樣，試看馬作〈第二折〉〈賀新郎〉一曲：

〔賀新郎〕爲興亡笑罷還悲嘆，不覺的斜陽又晚，想咱這百年人，則在這撚指中間。空聽得樓前茶客鬧，爭似江上野鷗閒，百年人光景皆虛幻。

所以，我們可以這樣說，鄭瑜的奇詭變幻，似尤西堂；而他的超曠高逸，則近馬東籬了。

他的雜劇的另一特點，便是獨白的雄奇排奡，及對答的針鋒相對，使人叫絕。〈鸚鵡洲〉劇中彌衡一登場便來一道冗長的自白，既謂：「譬如鸚鵡還是在籠中快活，還是在籠外快活？」又云：「你道還是打鼓從容，還是吹笛從容？」更道出了他獨來獨往、自由自在地魂遊四方的情景；而〈汨羅江〉裏的屈原與漁父，亦是各自有一段波瀾壯闊的長白來表達心志，這自與一般雜劇不同。而且，〈鸚鵡洲〉、〈汨羅江〉、〈黃鶴樓〉三劇均是兩人對答，這更異於一般的雜劇了。

五、張　源（約一六四四年前後在世）

張源，字來宗，生平、里居待考。著有雜劇〈櫻桃宴〉一種，收入《雜劇三集》內。〈櫻桃宴〉雜劇，凡四折，另加一楔子。劇情略謂唐末叛將李希烈，自稱爲王，竊據汴州，大肆擄掠。又欲強納女子竇桂娘，桂娘不甘受辱，寧死不屈，後爲希烈親將陳仙奇所救。翌年，適希烈大徵宮人，桂娘便喬裝入宮，伺機撲賊。後來在櫻桃宴上，桂娘與仙奇合謀將希烈灌醉，並將之獻與由朝廷派來討賊的韓浩。於是，汴州人民復慶重生，而桂娘、仙奇等亦同獲皇帝褒賞。故事取材於史實，見《唐書》〈李希烈傳〉，而加插入桂娘這一個人物。

是劇關目布置頗好，結構嚴謹，層次分明，有條不紊。其中寫桂娘之貞烈，自是突出，而寫小人之醜態，亦甚傳神。曲辭近本色語，沉鬱蘊結，雖以女兒之口出之，亦多雄豪之氣，絕少嬌嬈媚態。劇中的桂娘並非普通的婦孺，卻是一個立志不群的奇女子，她的所作所爲，「不是千古大俠，也做不來前日那殺身成仁的事」，因此，她的吐屬自是不凡。且錄二曲以觀之，如第四折云：

〔集賢賓〕雖離了天威咫尺間，敢遲那勞勞亭上往，甫能個改了顏面，又蚤將相趨蹡，依然喬樣。憑外貌他每多些軒昂，大都來半刻離筵，誰講習這些謙讓。便三公兼著侯王，俺後生只稱個函丈。望帝城卿雲藹藹，看渭橋德水湯湯。

〔青歌兒〕雖則是中興供狀，現題著漏痕釵樣，墜石崩雲勢未忘，凌轢崔張，奔走鍾王，將宸翰一一敷揚，俱精當。

此外，劇中又多警策之語，如「便韶光也懶到俺家庭院，蚤難道惡哪吒知咱小嬋娟」（〈油葫蘆〉），「女娘們剗地把浮漚戀，你看掃蛾眉一道寒煙」（〈哪吒令〉），「只待要花謝當筵，玉碎藍田，五更殘夢泣啼鵑，盼不到春回鶯囀，卻斷送俺青年」（〈鵲踏枝〉），「只要恁衆心如城，管教淩雲臺添上俺竇桂娘的倩影」（〈煞尾〉）。亦多憤慨之語，如「那無能的李勉，枉受了細柳將軍閫外權，赤緊的伯約喪膽，廉頗遺便。可正是戰餘落日黃沙噎，兵敗無聲鼓角咽，靦臨洮羞唱哥舒健，只汴州一搭，剛兵散八千」（〈混江龍〉）。這是罵武將之無能。又如：「小娘子忍死全節，似做男子的枉長著六尺，碌碌無奇，眞愧死矣。」（貼旦）更罵盡天下男兒，下語鎭紙，不知作者是在責人還是責己？

六、周如璧（約一六四四年前後在世）

周如璧，號芥庵，生平、里居均不詳。他著有雜劇〈孤鴻影〉、〈夢幻緣〉二種，都被鄒式金收入《雜劇三集》內，故芥庵亦爲明末清初曲家之一。

〈孤鴻影〉與〈夢幻緣〉都屬於戀愛劇。〈孤鴻影〉全劇六折，是寫蘇軾與溫都監女事。《坡仙外集》載：「坡公之謫惠州也。惠有溫都監女，頗有色，年十六不肯嫁人，聞坡公至甚喜。謂人曰：『此吾婿也。』每夜聞坡諷詠，則徘徊窗外。坡覺而推窗，則其女踰牆而去。坡從而物色之，溫具言其然。坡曰：『吾當呼王郎與子爲姻。』未幾，坡過海。此議不諧。及坡回惠日，其女已死，葬沙灘之側矣。坡悵然，賦孤鴻調寄〈卜算子〉云：『缺月掛疏桐，漏斷人初靜。時見幽人獨往來，縹緲孤鴻影。驚起卻回頭，有恨無人省。揀盡寒枝不肯棲，寂寞沙洲冷。』」[68]本劇便是據此敷演，劇名亦是從「縹緲孤鴻影」句而來。又加插入翟秀才、林行婆等，這些人物可見於《蘇軾詩集》。還有，劇中第三折蘇軾白云：「前日京報人說，都下喧傳了『先生春睡美』之句。」亦屬實事，是作者借以點染生色的。而〈卜算子〉一詞亦見本劇，該詞原題〈黃州定慧寓居作〉，是東坡於元豐五年寓居黃州定慧院時作的。《草堂詩餘》、《花草粹編》以此詞題〈孤鴻〉，而《汲古錄》、《女紅餘志》均謂東坡自海外回惠州爲溫都監女作。亦有人以爲此詞爲黃州王氏女作。惟此非本文範圍，茲不贅論。

黃庭堅曾評東坡〈卜算子〉一詞曰：「語意高妙，似非吃煙火食人語。」[69]而周如璧這劇亦是縹緲淒迷，若近若遠，愈淡愈雋，所寫之情，由靜處得來，從內心發出，走的正是《西廂》、

《還魂》的路線，與同期碧蕉軒主人的《不了緣》是兩部寫情的傑作。芥庵以美麗而婉轉的筆調，寫一個受情所困的癡心女子，哀楚動人。劇中的超超與東坡，一個是深情一片，一個卻心如止水，在這戲劇衝突之下，就構成了一部浪漫的悲劇。

劇中的曲詞，美不勝收。寫初會（第一折），寫夢魂（第二折），寫閨思（第三折），無不美艷絕倫，哀怨欲絕。如寫超超在夢中見到東坡的故妾朝雲，二人互訴衷情一折，眞是幽怨纏綿，若幻若眞，如云：

〔落梅風〕寂寞支單枕，矇矓對短檠，可憐人，玉孤香冷，也只爲著這些心事來，他同心一曲彈未成，剛剩得兩三聲斷腸悲哽。

超超的怨由朝雲口中說出，更覺悽惋。但最感人的還是第四折寫超超自坡謫瓊後，憂思成病，奄奄一息之際，尙念念不忘她的意中人：

〔商調集賢賓〕俺只道纔相見，卻怎知這離別陡，則俺芳心一點，期許千秋，莽絲蘿待依山斗，卻矇朧邂逅因由，還則道兒女鍾情，誰認是英雄擇偶。他如今一旦去了，好教俺心頭攢住了口頭。難忘處、又待提心在口，心頭似珍珠脫手，口頭似骨鯁緘喉。

寫女兒心事，細緻入微，又云：

〔金菊香〕等閒愁緒，不上眉頭，則這一片冰心，也須是那人消受，誰知道滿意兒的姻緣偏不偶！……

眞是怨恨交織。

〔梧葉兒〕他若是歸來早，還及得骨未收，不然的時節，料他也灑泣向荒坵。俺與他雖則未成婚媾，則那窗間詠，亭畔留話綢繆，也抵得一夕兒夫妻唱酬。

〔浪裏來煞〕人間少，古罕儔，則這生離死別兩無由。咳，我好恨也，（老旦）小姐恨甚的來？（旦）恨相逢不與親分剖，只落得心頭自有。

少女的矜持，使她不敢向所愛的人吐露眞情，但她心中熾熱的感情，又無法排遣，結果抑鬱成病，含恨而終，「恨相逢不與親分剖，只落得心頭自有。」悲劇就是這樣造成的。所以，數年後東坡重回惠州，從林行婆處洞悉超超的癡情後，即往墳前弔祭，哭道：

〔收尾〕風吟蘆荻秋，月暗松杉路，俺東坡呵，十年來不識南遷苦，則到得淑女墳前傷心難自譜。

語從東坡口中道出，頗爲眞摯悽惻。

芥庵另一劇〈夢幻緣〉，亦六折，寫老夫人有女夢花，一日與侍婢遊園歸來，即惹起無限春思。這時有書生史玨，爲新科狀元，在夢中遇一佳人，即是夢花。因二人夙有因緣，便由花神引領，使他們二人夢中相會，了此薄緣。劇中的夢花無異《牡丹亭》中的杜麗娘，史玨是柳夢梅，茜紅是春香，再加上一個花神，全是《牡丹亭》的人物，關目更是剽竊《牡丹亭》，絕少新意，故此劇較〈孤鴻影〉爲遜色。然而，曲辭却有清新可喜之處，尤其是描寫兒女情態，輕柔嫵媚，嬌慵無限，如第二齣寫曉妝一段：

〔菊花新〕（旦曉妝小旦隨上）東風簾外送春過，爲惜花枝早起多。（小旦）燕子補殘窠，生憎把繡苔泥涴。……

（旦照鏡介）呀，茜紅，這鏡兒敢是新磨了麼？（小旦）沒有。（旦做再照喜介）

〔錦纏道〕〔正宮過曲〕是因何拂菱花如臨月窩，澹澹自生波。（旦笑問介）茜紅，這鏡兒裏可就是我？

（小旦）小姐又來了，難道自己的影也不廝認？（旦）我猛回頭還疑影落銀河，不道那全身是我。（對鏡拜介）俺須是兩家相賀。……

可見芥庵對於描寫女子的情懷、心理感受、情態等，是頗爲獨到的。

七、黃家舒（約一六四四年前後在世）

黃家舒，字漢臣，江蘇無錫人。爲明末清初之際的一位曲家。《無錫金匱縣志》卷四十〈雜識〉載云：「前復社無錫十六人……」⑩其中便有黃家舒在內。同《志》卷二十六〈隱逸〉所記更詳，曰：「家舒字漢臣，少負才，有名當世，而久困諸生間。甲乙以後，遺棄一切。體素清羸，與病終始。坐臥斗室，交牕密護，秋風微振，已襲重綿，竟日之需，脫粟半器而已。知府宋之晉聞而重之，欲致一見。委曲至再，卒謝不往。至若知交過從，討論今古，談讌既浹，流連景光，感慨係之。其學無所不探，皆務究根柢，文章典縟，金聲玉亮，使牽率底滯者自廢。晚學於靈巖，息心禪乘，而究以西方之教爲無弊，故日從事焉。無子。門人馬翀輯其遺文以傳。」家舒就是這樣一個高奇磊落的人。《志》卷三十九〈藝文〉錄有他的散文〈歐陽林曾三公祠堂記〉，中有句云：「逆閹盜柄，三公與東林相爲始終。」卷三十三又錄有他的詩〈過顧子方故居〉，其云：「擊筑悲歌記昔時，烏啼月落酒盈卮。半雲悔踏西州路，虎賁空餘北海思。池館尙存書散盡，衣冠非故燕來遲。田光刎首荊卿死，寂寞西風哭漸離。」蒼痛悲涼，可見他憂時傷世的襟懷。

家舒與另一位無錫曲家孫源文很爲友善。孫源文，字南宮，號笨庵。著有〈餓方朔〉雜劇一種，見《雜劇三集》。據《無錫金匱縣志》卷二十三〈忠節孫源文傳〉所載，源文於「崇禎十七年，聞京師陷，帝死社稷，源文行坐悲泣，無間晨夜。及秋，賦〈聞雁詩〉曰：『少小江南住，不聞鳴雁哀。今宵清枕泪，知爾舊京來。』未幾，咯血音瘖，泪盡而絕。」其忠烈可見。而家舒於他死節之後，致書張秋紹云：「弟曩與笨庵隔河而語，憂形於色。笨庵果以殉國死矣。弟以孱軀，尙存人世，每食脫粟半盂，諒無久理。惟兄留心吾邑文獻，實有賴焉。家舒病中伏枕書。」他雖未死節，卻存殉國之心，所以，家舒與源文一樣，都是節烈之義士。

根據《無錫金匱縣志》卷三十九〈藝文志〉的著錄，家舒著有《焉文堂集》十卷和《南忠紀錄》。至於他所撰的雜劇〈城南寺〉，則收入《雜劇三集》中。全劇僅得兩折，大意略謂杜牧之得中狀元，躊躇滿志。往城南寺中聽道，遇有道高僧，予以點化。牧之大悟，覺功名富貴，不外黃粱一夢而已。

是劇雖只得短短兩折，但脈絡分明，頗有前後呼應之妙。第一折寫杜牧之狀元及第，備極榮寵，九五之尊、公卿大老，都讚他的詩，甚至唐代很有勢力的節度使亦來書通候，而四方山人、遊客、詩僧、舉子投書相見的，更不在少數。第二折卻說牧之來到城南寺，遇著老僧無名禪師，對於他的得意情況，茫然不知，無動於衷。老僧的態度對牧之來說，不啻是當頭棒喝，使他恍然大悟，「禪師都未知名姓，始識空門意味長。我杜牧之省得了也」。前後二折，一動一靜，一熱一冷，以動來反映靜，以熱去烘托冷，頗見作者心思。更加上作者原是一個志行高潔的讀書人，明亡後，絕意仕進，在晚年更學於靈巖，潛心禪學，所以全劇充滿禪味，自我色彩甚爲濃厚。老僧所謂：「有甚佛法，則問恁未入寺時，曉得自己是個狀元，既入寺後，還曉得自己是個狀元麼？若說曉得的是假，那不曉得的從何處來？若說不曉得的是眞，那曉得的從何處去？則老僧道未入寺門時，原沒有狀元杜牧之，只有個不曉得狀元的杜牧之。」語淺意深，頗令讀者有一種飄忽之感。

就風格而言，前後兩折亦有不同之處。上一折寫名士登科，清麗流轉，晶瑩華妙，情趣盎然。且舉二曲以觀之：

〔寄生草〕映綠題山郭，吹簫憶畫橋，卻原來禁煙詩，早譜入梨園調。陽關疊，早彈遍銀槽索。柘枝詞，早舞落砑光帽。便道那年年桃李上林饒，須知這聲聲璧月瀛洲少。

用典明當，尤爲可取。再看：

〔煞尾〕仙掌日華高，火樹星榆落。投至得東華春曉，少不得破寒窗新夢朝雞報。安排著，錦袖飄颻，受用些爐香繚繞。但則索謹隄防紫騮驕，蹬蹀章臺悄，望銅駝路遙。盼金鸞歸早，我待要踏青郊烟寺草蕭蕭。

但第二折所表現的，卻是幽曠豪逸，超然高舉，解脫塵寰。最後一曲，寫牧之大澈大悟，一氣呵成，聲韻鏗鏘，尤爲可誦，曲云：

〔尾〕報龕前塔影西，似去住暗中催，報枝頭春鳥啼，似衰盛景中移。從今後把莽才華，傻風流，喬甲第，齊向這空門收拾。過去的燈火寒雞，總喚做望蜜爭梅；現在的烏紗錦綈，總看破糞積泥堆；未來的得喪歡悲，總參到圓寂荼毘。怎扯得睡鄉遊，莊非蝶非；怎託得武陵源，人迷路迷；原不消五湖舟，鱸歸菜歸；也不勞神武門，冠遺劍遺；何待哭北邙山，松纍栢纍；何待弔雲陽市，波危浪危；只這白雲堂，風移日移；紫微郎，來遲去遲；尋常話，心灰意灰；功名事，鶯誰嚷誰；泥金報，泡兮幻兮；青衫淚，悲痴恨痴；行腳緣，炎宜冷宜；涅槃因，閒持鬧持。呀，早了卻夢黃粱，許多興廢。

如此結法，實爲罕見。全曲沉鬱凝重，肅練而有氣魄，其中又像蘊藏著一股悲壯飄忽的情懷，相信這是因爲作者妙悟哲理禪機所致。最後，尚需一提的，就是全劇宮調聯套，恪守元劇規模，這在當時是頗爲鮮有的。

八、鄒式金（約一六四〇年前後在世）

鄒式金，字仲愔，號木石，江蘇無錫人。據《江蘇詩徵》卷八十六所載，式金爲崇禎庚辰（崇禎十三年，公元一六四〇年）進士，入清後官泉州知府，是明末清初的一位曲家。著作有《香眉亭詩》等。他又精通音律，嘗在所編《雜劇三集》〈自序〉中謂：「憶幼時侍家愚谷老人，稍探律呂。」吳梅村稱他爲「深谿老學，宿有契悟，旁通聲律。」71而馬大林亦序其詩云：「木石少工古文詞，思致艷逸。所製歌曲，每命侍兒司吟壇玉尺，時吹簫度之。」72所以，式金的雜劇，文辭與格律俱重，並不偏於一端的。

就戲曲方面而言，式金亦算貢獻良多，他除著有雜劇〈風流塚〉一劇外，更編纂了一部頗爲論者稱道的《雜劇三集》。是集共收劇本三十四種，俱爲罕見的明末清初曲家的作品。式金爲無錫人，所以《三集》所收的亦多爲無錫曲家或無錫附近之常州曲家。茲將集內所載曲家及作品名目列舉於後：

（一）〈通天臺〉　灌隱主人
（二）〈臨春閣〉　吳梅村
（三）〈讀離騷〉　尤悔菴
（四）〈弔琵琶〉　尤悔菴
（五）〈醉新豐〉　鄒叔介
（六）〈蘇園翁〉　茅孝若
（七）〈秦廷筑〉　茅孝若
（八）〈金門戟〉　茅孝若
（九）〈鬧門神〉　茅孝若
（十）〈雙合歡〉　茅孝若
（十一）〈半臂寒〉　南山逸史
（十二）〈長公妹〉　南山逸史
（十三）〈中郎女〉　南山逸史
（十四）〈京兆眉〉　南山逸史
（十五）〈翠鈿緣〉　南山逸史
（十六）〈鸚鵡洲〉　鄭無瑜
（十七）〈汨羅江〉　鄭無瑜

（十八）〈黃鶴樓〉鄭無瑜
（十九）〈滕王閣〉鄭無瑜
（二十）〈眼兒媚〉孟子若
（二十一）〈孤鴻影〉周芥庵
（二十二）〈夢幻緣〉周芥庵
（二十三）〈續西廂〉查伊璜
（二十四）〈不了緣〉碧蕉軒主人
（二十五）〈櫻桃宴〉張來宗
（二十六）〈昭君夢〉薛既揚
（二十七）〈旗亭讌〉張掌霖
（二十八）〈餓方朔〉孫笨菴
（二十九）〈城南寺〉黃漢臣
（三十）〈西臺記〉陸晚菴
（三十一）〈衛花符〉堵伊令
（三十二）〈鯁詩讖〉土室道民
（三十三）〈風流塚〉鄒仲愔
（三十四）〈空堂話〉鄒叔介

這是《三集》三十四卷原來的目錄[73]，與現在通行的本子（民國三十年武進董氏誦芬室重校刊本）相較，略有差異。今所見的，卷三十四之〈空堂話〉移至卷五，而〈醉新豐〉一劇則列入茅孝若名下。至於原書附錄的黃方胤〈陌花軒雜劇〉八折，亦不見於現在的通行本內。《雜劇三集》一書，以前頗為罕見。王國維在寫《曲錄》時便沒有看到該書，即使是清代的姚燮、黃文暘、焦循諸人，亦未能盡窺全貌。《曲錄》僅根據焦理堂《曲考》所載，著錄孟子若、尤悔菴、吳梅村、孫笨菴、陸晚菴、茅僧曇、黃方印（一作胤）、鄒兌金、鄭無瑜、周芥菴、查繼佐、堵庭棻、黃漢臣、張來宗、張掌霖、南山逸史、土室道人（應作道民）、碧蕉軒主人諸家之作，而獨遺鄒式金、薛既揚二人；又所載黃方胤劇缺〈督妓〉一折，鄒兌金劇缺〈醉新豐〉一種，鄭無瑜劇缺〈鸚鵡洲〉一種，南山逸史劇缺〈翠鈿緣〉、〈京兆眉〉二本，可知焦循所見亦非全本。姚復莊所見最多，但仍缺鄒式金劇一種。《三集》的目錄，完全者僅見於羅振玉的《續彙刻書目》，惟仍不附〈陌花軒雜劇〉。

《三集》卷首除式金自序外，另有吳偉業（署灌隱主人）的序，及式金子鄒漪的跋。自序上所署的年月是辛丑秋，即順治十八年，而鄒漪的跋則寫於壬寅，即康熙元年，其中並有句謂：「故於刻成，妄識簡端如此。」由此可知《三集》的編纂刻成時代是在順、康之際。

式金以「三集」名書，是有意藉此來矯正《盛明雜劇》初、二集之失，補沈氏之遺的。因為後者多載綺靡之語，並不為時論者所好。吳梅村便是極不滿意《盛明雜劇》初、二集的，嘗謂：「明興，文章家頗尚雜劇。一集不足，繼以二集。余常閱之，大半多綺靡之語，心頗不然。」❼❹而《三集》所載的，卻盡多沉痛憤激之語，憂鬱愁悶之情，這都是初、二集所缺乏的。式金在他的自序中，對於編纂主旨，便有頗為詳盡的闡釋，云：

邇來世變滄桑，人多懷感。或抑鬱憂憤，抒其禾黍銅駝之怨；或憤懣激烈，寫其擊壺彈鋏之思；或月露風雲，寄其飲醇近婦之情；或蛇神牛鬼，發其問天遊仙之夢。雲璈疊奏，玉屑紛飛，以至字忌重押，韻黜互犯。固足踵元人之音，奪前輩之席矣。……或有桃花扇動，竹葉尊開，黛顰春山，齲呈皎雪，低徊宛轉，頂疊關生，如香雲捲雨，寒玉斷風，欲歌欲泣，欲眦裂，欲魂銷。言之者無罪，聞之者足以戒，倘亦〈小雅〉之志，風人之遺乎？

式金就是要借這一部選集來表露動亂時代中一群曲家的思想與感情。所以三集是比初、二集更具有時代意義，而式金將之彙編成書，使不致湮沒無聞，自是功不可沒。

在《雜劇三集》裏，我們還可以看到式金自作的雜劇〈風流塚〉。本劇演的是柳永事。歷來敘柳三變的，詞話有〈衆名妓春風弔柳七〉（見《古今小說》），及〈柳耆卿詩酒翫江樓記〉（見《清平山堂話本》），元關漢卿又有雜劇〈錢大尹智寵謝天香〉（見《元曲選》）。此外，元戲文、雜劇並有〈詩酒翫江樓〉名目，可惜都已失傳。式金這本〈風流塚〉，便是將〈謝天香〉劇和〈春風弔柳七〉詞話二事合而爲一。因此，本劇前半寫耆卿生平，後半則寫謝天香及衆名妓於清明日上墓弔他事。

本劇雖是情節簡單，但關目平穩，佈置得宜，曲辭尤清新秀媚，恍似柳七之詞。如第一折柳永私訪謝天香時，唱云：

〔梧蓼金羅〕芳草傷心地，斜陽目斷天，幽意罨前，川步蹁躚，溪迴路轉，且自潛蹤秘跡，私訪若耶邊。怪桃李笑無言也囉。迤逞行來，則見江蘺漠漠，水荇田田，杜宇聲殘，啼出武陵春怨。

再看謝天香的一曲〈懶畫眉〉，輕清婉麗，柔情無限，曲云：

〔懶畫眉〕春眠香夢一絲牽，不覺花陰度玉磚，鸚哥來報客臨軒，則俺奇葩久護無人見，幾遍含羞不自前。

寫情之處，眞摯雋永，極有深度，既不傷於雄勁，亦不流於浮佻。例如第四折寫柳永歿後，謝天香於清明之日，含悲上香，帶淚憑弔，眞是悽惻無限，其時，天香唱：

〔江兒水〕難覓洪都客，誰傳續命膏。掩春光雨葬梨花貌，殺風情絃斷求凰操。憶多才淚濺烏絲稿，三尺孤墳，可道百年難保。

〔玉交枝〕精靈縹緲，似飛花何處沾著，悲風肯與歸魂導，重叮嚀野鬼山魈。柳郎，柳郎，你生前俊臉恁輕佻，死後芳魂還繚繞。我想伊時花朝酒朝，夢伊時雲宵雨宵。柳郎，你可知我今日麼？

〔玉抱肚〕衷膠誰剖，舊西樓別樣丰標。婚姻簿註定孤辰，相思卦占了空爻，年年

> 祭掃到墳澆，只當江州訪一遭。

此外，本劇亦多憤慨牢騷語，既抨擊仕途的黑暗，亦感慨懷才之莫展。這種憤懣不平的情緒，在清代的雜劇裏，是屢見不鮮的。在本劇第三折裏懷大志負奇才的柳耆卿，當接御旨令他「花前月下塡詞」之時，雖是失意，卻不怒反笑，且謂：

> 原來如此，俺柳永好僥幸也。多謝聖恩放假，從此無拘無束，蕭散安閒，與卿輩平章風月，秦樓楚館即我金馬玉堂矣。

雖是嬉笑，卻寓憤慨。又對天香云：

> 天香差矣，仕途險窄，怎如罷職的快活逍遙。想我當初讀書，凌雲志氣，及牢騷失意，變爲詞人，以文采自見，使名留後世足矣。何期被薦，頂冠束帶，變爲官人，浮沉下僚，終非所好。今奉旨黜落，自由自在，縱意詩酒，變爲仙人。今後當自署云，奉旨塡詞柳三變。凡有著作，即署此名，是好一個官銜也。

由詞人而官人而仙人，凡經三變，他的人生觀亦由入世轉爲憤世，又由憤世變爲悟世，最後，終於大澈大悟，頓覺富貴功名，恍如夢幻，悲歡離合，不外空花，故云：

〔憶多嬌〕天與秋，山與幽，兼謝君王早與休，投紱歸來遂好逑。（大笑介）天香，俺柳七今日大悟了也。夢破莊周，夢破莊周，眞個其生若浮。

語帶禪味，發人深省，這一點式金與其弟兌金便很爲相似（鄒兌金詳後），都愛在曲中滲入禪語。總括言之，〈風流塚〉一劇，寫情細膩，曲辭秀雅，雖未及同時的〈孤鴻影〉與〈不了緣〉（分別爲周芥菴、碧蕉軒主人所作，詳後），但較之已齋叟之〈謝天香〉，卻似乎還要更勝呢！

在《國朝詩選》及《江蘇詩徵》裏，我們都可以看到式金的詩，所表現的風格，與他的戲曲是不同的。像他的〈半研歌爲陸經安賦〉一首，曰：「……寧爲玉碎保貞操，莫作棄材徒瓦全。龍逢軀下和足，形可殘，志不辱，寒月半窗梅半枝，伴君新草遺民錄。」是這樣的激越悲壯。而他和龔孝友的詩六首，其六曰：「萍水當年事，雲泥隔世情。君爲周一老，身是魯諸生。龍劍風方壯，漁舟浪欲平。未能齊寵辱，端爲得麟驚。」卻是蕭爽的。

九、鄒兌金（約一六三七年前後在世）

鄒兌金，字叔介，式金弟。生卒年均不詳，僅知他是崇禎庚午（崇禎三年，公元一六三〇年）舉人。另外據《無錫金匱縣志》所載，可知兌金爲人宅心仁厚，輕財重義，據《志》謂：「兌金崇禎丁丑公車北上，渡江，泊舟金山，狂風大作。叔介見有覆舟，招手疾呼，出金援救。衆操舟競援，活十一人，獲屍十九。復捐三百鍰，設救生船二十餘艘，號紅船。至今好善者踵行之。叔介賫貲既罄，竟歸，不復赴試。」㊆⑤其子名忠倚，順治壬辰中式，官修撰之職，《江蘇詩徵》稱他「少隨父叔介先生隱居武康山聽濤堂，捧几授杖間，翛然作塵外想。」[76]他的出世思想，相信是深受兌金所影響。

鄒兌金所作雜劇，有〈空堂話〉、〈醉新豐〉兩種（據《曲海總目》），今僅存〈空堂話〉一種。（現存之〈醉新豐〉雜劇，非兌金所作。）全劇只一折，劇情略謂明人張敉因才高不第，遂激憤狂放，多爲憤世駭俗之行。一日，他忽發奇想，要邀請他的生平知己唐子畏與祝希哲到來同堂聚話。其實，唐、祝二人，一已早亡，一則遠在京師，勢難赴約。然而，張敉的好友張孝資，僮僕銛奴、錟奴，和歌妓段爨卿等，素知他奇情怪性，異於常人，爲順他意，便虛與周旋，無中生有，以假作眞。而張敉這個狂生，便在如夢如幻、若醒若醉的情況下，與一個隔陰陽，一個隔天涯的知己良朋，作了一席的「空堂」之話。

兌金筆下的張敉，無疑地，便是作者自己的寫照。劇中的張敉，狂歌當哭，借酒澆愁，正如銛奴所說，他是「醒的時節，也說得是醉的。醉的時節，也說得是醒的。常說道，齊得醉醒便可一得生死」。這種「以醉爲醒，以醒爲醉」的態度，與明湯若士的「以生爲夢，以死爲醒」，及後來的蔣清容（士銓）之「以生爲死，以醒爲夢」，都是如出一轍的憤世表現。張敉正像古往今來許多才人一樣，有著懷才不遇的悲哀，他曾試圖將他的悲苦溶解在酒中，更幻想出一個「避秦地」來，將希望寄託其上，他說：「我只道那朝市紅塵沒馬蹄，到處人如沸。卻原來北郭青山碧水湄，別有箇清涼地。」他又試圖以曠達的襟次，把悲苦作著瀟灑的擺落，所以他說：「倒不如長閉白雲扉，高捧住紫霞杯。有一日揭起了翠微鄉裏浮名障，椎碎了宛委山前慧業碑。休疑，忽撒手騎鯨尾；羞提，任空梁落燕泥。」然而，他的努力卻是徒勞，他終未能夠得到解脫。他的悲苦不能一揮而去，世上也沒有一個桃源可避秦，最後他只有付之一醉而已：「走天涯何處把騷魂瘞，覓仙方無計把癡腸替。一任他繁華夢鶯聲喚起，黑漆漆夢中朝，密排排皇家曆，急促促愁人晷。收拾夢花盟，猜破雕蟲謎。對東風舞一回，則他那桃花塢土一堆，蒲東寺難問崔，鸚鵡洲誰姓禰，提破了生天後世因，懺過了綺語今生罪。」（〈雙鴛鴦煞尾〉）他對於現實雖然還未絕望，但已是極爲失望了。

就是這樣，作者通過了劇中人來披露他自己的苦悶與矛盾。在他的心中，除了懷才不遇的落寞外，還有故國山河的沉哀，而他也像劇中人一樣，雖力求擺脫感情上的負擔，跳越悲苦的牽羈，卻是欲求解脫而未得。他排解悲苦之法是將哲理透入感情中，所以〈空堂話〉一劇閃爍著哲思禪理。這些都是作者得之於心的觸發和感悟，故其兄式金謂之：「叔弟深入禪那，此文從妙悟中流出。」如劇終時張孝資所說的：「論起來古今才子，那一箇不在座，只是古今才子，原沒有兩副肚腸哩。」但是，作者並未能將悲苦完全泯沒於智慧之中，使隨哲理超然俱化，因此，我們所感到的，不是超曠高逸的境界，反之，卻是一份沉摯凄哀的感情，蘊藏其中，如下場詩所云：「潘鬢今春應有絲，擬將一哭代新詩。傷心別有奇懷抱，欲向東風問柳枝。」便是這份感情的流露。

兌金下筆，蒼勁沉健，如窮崖孤松，瘦至骨立；下字造句，嚴謹有法，不作打諢語，亦不作經子語。且舉數曲以觀之：

〔新水令〕一天愁思亂鶯啼，借紅顏去年殘醉。古今橫短徑，來往問疎籬，布帽斜歎，芳草斷魂地。

〔鳳將雛〕雖然是面時稀，卻不道醒狂意氣緊相依……醇交醋友吾儕味……大古裏傲骨難灰，恰正好斂吟魂，送落暉，索強如長安道思鱸膾，洛陽街尋燕壘。

〔賣花聲〕今日裏風塵滿眼尋知己，非是那月粉縈心傍玉肌。看斜陽有恨映寒梅。不論鬚眉巾幗，只那風塵落拓中，大有人在。恨煞那紅顏無主，青衫欲濕。

〔落梅風〕休問那燕吳路，日幾迴，恨蒼茫亂山凝翠。則俺這設醴交情長似水，讀罷〈離騷〉，贏得夢魂連袂。

蒼莽沉鬱，不主故常，大有遺山之風致。獨惜留傳作品不多，否則成就更大。

十、堵廷棻（約一六四七年前後在世）

堵廷棻，字伊令，一字芬木，江蘇無錫人。順治丁亥（順治四年，公元一六四七年）進士，官歷城知縣。著有《襟蘭集》。《江蘇詩徵》卷一百三錄有他的四首詩：〈小除夕發玉川留別父老〉、〈建昌道宿甘山寺〉、〈癸巳元旦〉、〈贈同年崔正誼時令平原〉。〈癸巳元旦〉詩有句云：「百年又復添今日，一事何曾及古人。」語多感慨，似已入桑榆之年。《種竹軒餘話》稱此為「刻責語」，又謂「則誦之尤汗背也」[77]。另外，吳梅村亦有〈送無錫堵伊令之官歷城〉詩一首，見《吳詩集覽》卷二十三。

廷棻所著雜劇〈衛花符〉，收入《雜劇三集》。故事是說唐時有處士崔元微結廬於洛苑之東，衆花神愛其居清雅，便借來作集會之所。席間，花神與封十八姨（風神）衝突，封姨帶怒而別。衆花神深恐封姨懷恨不加護庇，便請崔生於是月廿一日，圖日月五星之文，立之苑東，使衆花可免被狂風侵擾。是日，生果從其說，衆花遂得免於難。花神感激崔生救助之恩，便贈他以桃李花，使他可得長生。事載《博異志》。

這劇寫的是風雅韻事，結構玲瓏雋永，清新可喜，而各種花卉，如桃花、李花，都加以形象化，幻作女子，更覺生動，恍如百卉爭芳。文辭方面，婉約清麗，如天際雲塊，舒卷自如。尤其是描寫女子情態，意境高遠，表情細膩，婀娜多姿，而遣辭用語，更爲深刻精美，且多警句，如「一任你轉蘭叢移蘋末度，秦簫飄玉笛，占盡逍遙。」（〈掉角兒序〉）「問章臺誰記長條，怕去年人難尋舊好。」（前腔）「俺家妹子呵，他天情如水。這衫兒呵，丹華似潮。」（前腔）「謝相招，便彩雲輕散，後會非遥。」（前腔）縱觀全劇，曲辭都是清麗秀媚，沒有一點火氣味，眞如花間之美人。從來寫英雄氣概易，描女兒嬌態難，在這裏作者可謂寫得入木三分呢。最後，且引二曲以觀之：

〔鮑老催〕狂飆自歇，鵝黃舞衫飄瑟瑟，微酡小臉紅昔昔，蜨粉留蠟珠，攢腥脂溢生生，剪石颸雲汁依依，向碧遮芳翊，他若春春在春春逸。

色香雜陳，充滿動態美。再看：

〔滴滴金〕想人間憐憐惜惜，是這三春節。怎知他小小春幡，恁停帖，紅亭紫陌皆寧緝。這餘芳，猶似純㗑錫感深，還嘆息雋兒郎滄花過軒曆，永受這長城覆翼。

十一、葉承宗（一六四六年前後在世）

葉承宗，字奕繩，號濼眉，濟南歷城人。順治三年（公元一六四六年）進士，官臨川知縣。後殉王得仁之難。《詩話》云：「濼眉本貫麗水，裔出文莊。未第時閉門讀書，雅擅文譽，遷社、郢社皆推爲主盟。及宰臨川，値金聲桓、王得仁之亂，被執不屈，自經以殉。」78《晚晴簃詩匯》錄其詩兩首，一爲〈彭南溟遷濼上〉，另一爲〈趙埠口〉，頗清勁，詩云：「長堤密柳板橋連，紅蓼花中繫釣船，漁父狂歌歸酒市，高竿挂網夕陽邊。」

承宗著有《濼函》十卷，第十卷爲雜劇、樂府。據目錄，除〈孔方兄〉、〈賈閬仙〉二雜劇外，更有〈四嘯〉，即：〈十三娘〉、〈豬八戒〉、〈金玉奴〉、〈羊角哀〉；〈後四嘯〉，即：〈狂柳郎〉、〈莽桓溫〉、〈窮馬周〉、〈癡崔郊〉；及「北曲」三本：〈狗咬呂洞賓〉、〈沈星娘花裏言詩〉、〈黑旋風壽張喬坐衙〉；又有「南曲」〈百花洲〉、〈芙蓉劍〉二種。所作戲曲，頗爲豐富，但現存的，僅得〈孔方兄〉、〈賈閬仙〉、〈十三娘〉、〈呂洞賓〉四種，有《清人雜劇二集》本。

四種雜劇，都是憤世之作。〈孔方兄〉一折，就像是一本戲劇化的〈錢神論〉。是劇寫儒生金茲將魯褒的〈錢神論〉，加以推廣敷演，說出錢神勢力的偉大。對於守錢奴的癡態，極盡嘲笑諷罵，如云：

〔混江龍〕……近來世人親近家兄，越發不比尋常哩！見幾個慳吝的，掐手心，生只怕蚨能插翅；見幾個貪婪的，坐錢眼，常思量雁過拔毛；見幾個看財奴，有入路，無出路，形如撲滿；見幾個愛錢癖，積少數，成多數，拽入荷包；見幾個惜護的，恨不得錢櫃箱，納壁中，怕人闞瞷；見幾個誇詐的，恨不得錢招牌，挂額上，入市招搖。……

形容透徹，曲盡其態，不禁使人想起明徐復祚的〈一文錢〉劇內的守財奴盧至，便是這般模樣。在這些守財奴眼中，金錢比甚麼還更要大，所以，劇中的金莖便認爲把錢神稱作父親是最恰當的：

〔天下樂〕典午傳來歷幾朝，老兄呵，年高非一朝，就著舊稱呼仔細再推敲。稱他個孔方老師罷，不好，不好，怕他嫌壇坫踈，稱他個孔方家祖罷，也不好，也不好，怕嫌俺譜牒遙，到不如稱一個家父親纔算好。

認錢作父，眞是把那些守錢奴挖苦得夠了。在嬉笑之中，隱寓作者的憤慨：

〔後庭花〕……天也是愛錢的，天錢星耀碧霄；地也是愛錢的，古錢塘湧浙潮；木也是愛錢的，榆錢兒春晝飄；花也是愛錢的，金錢花顏色嬌；馬也是愛錢的，金錢驄聲價高；豹也是愛錢的，金錢斑性咆哮；神也是愛錢的，擺金錢問六爻；鬼也是愛錢的，化紙錢冥路燒；文也是愛錢的，選青錢顯俊髦；武也是愛錢的，中金錢較射豪。

天、地、鬼、神也愛錢，這使到「愛只愛六書文，會識字」的書生也迫得向現實低頭：

〔賺煞尾〕從今後不學那貪賤子方驕，不使那湖海元龍傲，甘心兒伏低做小，守著俺使鬼通神現世寶，打迭磨不離週遭，費心勞。怎肯做家富兒驕，準備雞鳴計萬條。孔方父親呵，俺只在膝前倚靠，俺把你椿庭哀告，是必的保佑俺做兒的，揚州萬貫錦纏腰。

這是激憤之極，故由憤世轉為嘲世。後來楊潮觀〈窮阮籍痛罵財神〉內的阮籍是痛快淋漓的罵，而這裏的金莖卻是轉彎抹角的嘲，但二者固同一憤慨。這應是作者未第時的作品。

〈賈閬仙〉一劇也是充滿了懷才不遇的悲悶，據作者自述，這是他乙酉（順治二年）除夕戲筆，很顯明是作者自況。劇有一折，內寫賈島除夕祭詩，是實事，見《唐才子傳》卷五。略謂賈島每年至除夕，必以一年所作的詩，置於几上，焚香參拜，酹酒而祝，曰：「此吾終年苦心也！」痛飲長歌而罷。是劇即演此事。賈島上場所唱一曲，即有著無限感慨：

〔新水令〕不覺的又是一年冬，憶從前宛然如夢，風霜時荏苒，卮酒暮崢嶸，爆竹聲中，輕把殘年送。

雄渾之中帶著酸楚。而賈島之祭詩，無非是藉此以洩憤：

〔太平令〕再休提才華出眾，郁見的文章有用，止不過虛名喧鬨，救不得孤身寒凍。俺呵，生就的才鬆、意慵，不曉得求通、諱窮。懶待學角崩、鞠躬，但提起迎逢、面紅，甘守著書棚、蠹蟲。……

正表現出一個心高氣傲不肯諂俗的失路才人底形態，大概作者也是這樣的一個讀書人。

第三種劇〈十三娘笑擲神奸首〉，是《稷門四嘯》的第一嘯，共有二折。寫女俠荊十三娘義助李正郎，將他所愛之妓女庚秋水救出豪強諸葛殷家中，並將奸佞頭顱斬下，為民除害。劇中的十三娘，由小旦扮演，英姿颯爽，豪氣迫人，吐屬不凡：

〔芳草渡〕……自是荆家枝葉，粉黛氣凌專、聶，羞道當年紅拂竊，見郎情自熱。

自比專諸、聶政，其豪氣可見，又云：

〔玉抱肚〕君無悲咽，卻原來只爭這些，探龍潭還你嬌娃，盪鯨波斬卻奸邪，女郎非是漫饒舌，須信兒家有鏌鋣。

她果然不是信口雌黃，在約定時間內，將秋水救出，並使神奸授首。事成之後，十三娘與其夫趙子與亦飄然引去，像虯髯客的遠走扶餘國，另創一番事業：

〔梁州新郎〕……俺夫婦熱血一腔，今得售主，從此逝矣。俺向風流途裏，傀儡場中熱處忙回首，采菱歌斷也木蘭舟，願效鴟夷汎彼流。李郎，茫茫塵世，難容俊傑，況攜尤物，怎免禍患，怕諸葛般尚多，荊十三娘難再也。今日裏，諧婚媾，攜佳人，遠遯湖山秀，塵世裏，怎容受。

不為世用，即乘桴浮於海外，於此作者又一次表現了他對社會的不滿，「茫茫塵世，難容俊傑」，這正是他要表達的鬱悶。十三娘的故事，見《太平廣記》。

承宗的另一種雜劇〈狗咬呂洞賓〉，是用俗語「狗咬呂洞賓，不識好人」點綴成文的。全劇四折，有一楔子，表面上是神仙度化的故事，但骰子裏是寫不第才人失意時的窘態，仍是抒憤之作。劇中的窮書生石介，由正末扮演，夙有仙慧，沖末扮的呂洞賓有意將他點化，便裝成道人模樣，到他門前請求布施。但石生名士氣重，執迷不悟，呂純陽只得怏怏而別。翌日，石生往訪友不遇，天晚歸家，遇著縣官蔡奇帶領家狗仙獒及隨從巡夜，將他執著，誣為盜賊，並令仙獒噬傷，把他棄置荒郊待死。石生正處危難中，幸得呂純陽救助。蔡奇的狗不識純陽是誰，連他也撲咬起來。純陽施展法術，蔡奇不禁恐慌起來，忙將石生釋放。後來，石介得孫明復之薦，獲授高官，重臨舊地。蔡奇迎接，誠惶誠恐，石介亦不爲已甚。這時，呂道人又出現，再次出言點化，石生感宦途險詐，無意戀棧，便決心隨呂而去：

〔折桂令〕甫能勾待漏隨朝，恰是受他榮華，耐他焦勞。看不上宦海風濤，伴著些鬼蜮相知，豹虎同僚；綰金章，施紫綬，爭爭炒炒；喫堂食，飲御酒，攘攘勞勞。只落得行李蕭蕭，知己寥寥。似這逐日價鴛鴦同行，怎如話終夕梅月雙高。

遂與呂純陽飛昇而去。仙獒亦是雲中仙犬，謫下凡間，也一并同行。

承宗的雜劇，不僅在體製上仿效元人，即風格亦與前賢相似，將他的曲置於元人作品中，幾不能分。因爲，他的曲是渾勁豪灝的，在雄壯之中呈現奇詭，有些似元宮大用的風格，「若揵翮摩空，下視林藪，使狐兔縮頸於蓬棘之勢」⑲。田御宿嘗評其曲謂：「詞旨風華，音節響亮，備極推敲，出以渾成。」⑳最能表現他的才氣是〈賈閬仙〉劇末〈太平令〉一曲，這是承宗仿效徐青藤《四聲猿》體制而成的。全曲八字四韻，韻不復押，曲不南參，一氣呵成，可見承宗有意與天池爭一日之長短。因是曲太長，茲錄一小段如後：

〔太平令〕……幸遇著儒宗、鉅公，施妙手磨礱、冶鎔，定推敲洗瞳、救盲，仰斗山欽崇、折肱，運思入鴻濛、灝穹，得意似鵾鵬、羽翀，尚兀自漂蓬、客踪，郇些個霓虹、氣衝，夢不見臨邛、貌丰，遇不著新豐、酒濃……

田御宿評此曲，曰：「至〈太平令〉一曲，博學宏才，熱腸傲骨，俱見筆端。其波攔層遞處，轉起轉生，取象題中，拓境題外，窮思極想。又似一氣呵成，意不堆砌，字不重複，韻不扭捏，妙合天然。襍之元人曲中，不知誰爲伯仲。」[81]這種豪辣的風格，在清代雜劇作品中，是極爲罕有的。我們再看〈十三娘〉第一折的〈二犯江兒水〉一曲：

〔過曲〕〔二犯江兒水〕〔五馬江兒水〕（小旦舞劍唱）悶把青萍來拽，芙蓉初出篋，延津寶氣，化作袖裡青蛇，則只見繞紅裙一片雪。〔朝元歌〕水將毒龍截，陸將兕象絕。〔柳搖金〕俺是個脂粉英傑，裙布豪俠，相逢不平莫教賒。〔五馬江兒水後〕按不下心頭熱血，怎發付少年荊、聶？只教奴對霜鐔空自嗟。

縱橫豪放，蕭疏壯闊，氣勢雄勁，如關西大漢唱「大江東去」，而結尾處則是悲愴蒼涼，閃耀著英雄的淚滴，使人低徊欲絕。

除豪辣之外，承宗之曲也有清麗秀爽的一面，像〈狗咬呂洞賓〉第四折石介榮歸故里，重遊舊地時所唱數曲，便是情韻雙饒的佳作，曲云：

〔雙調新水令〕（正末唱）柳風吹雨潤猩袍，試輕寒，乍脫貂帽。名成新及第，人是舊題橋，纔離皇朝，便覺得家山好。

〔駐馬聽〕（正末唱）雲樹相招，好景撩人詩思繞，煙巒前導，幽居在望客愁消。猛想起寒梅冷月話通宵，又記得淒風凍雪依孤廟，榮枯事人怎曉，恍如身在邯鄲道。

他的曲，在用韻用字方面，亦時有奇特之處，如同劇第一折的〈醉扶歸〉一曲：

〔醉扶歸〕（正末唱）俺詞賦追司馬，學識富張華，視著那掇紫拾青未足誇，敢福分比傍人亞，倘有波斯識咱。

其中的「亞」字用得頗爲突兀，但補湊頗妙。讀承宗的曲，還使我們感覺到他的言詞鋒穎犀利，尖刻警闢，試看石介與蔡奇的一段對答，便可見大概：

（孤云）偏你這等嘴舌，不會掙扎功名，只會衝撞官府哩。

〔快活三〕（正末唱）慚愧怯書生不會掙功名，問先生何科某榜得前程？是小子闕恭敬。

一個誚得妙，另一個則答得絕，眞使人擊節。

承宗的雜劇，可謂當行本色，堪稱作手，獨惜他十餘種作品，現僅存四本，而聲名暗晦，湮沒無聞，此則尤為可惜與不值。

十二、袁于令（？——一六七四）

袁于令，原名韞玉，又名晉，字令昭，一字鳧公，又字白賓，號籜庵，又號幔亭、吉衣主人。江蘇吳縣人，于令為明末諸生，早歲居蘇州因果巷，因一妓女事，被除名學籍。其後崇禎十七年，清世祖入北京即位，翌年（順治二年，公元一六四五年），清兵南下時，其鄉里托他作降表進呈。于令便因此功敍為荊州太守。但十年不見陞進，一日謁某道，上司問之曰：「聞貴府有三聲：棋聲、曲聲、牌聲。」于令徐應曰：「聞公署中亦有三聲：算盤聲、天平聲、板子聲。」上司因而大怒，上奏，袁遂被免職。于令風流倜儻，年逾七十，尚強作少年態，喜談閨中事。晚年寓居浙江會稽，忽染異疾，不食二十餘日而卒。他的卒年約在康熙十三年（公元一六七四年）[82]。

于令在明末清初的劇壇上享譽甚隆，他是葉憲祖的弟子，憲祖則為詞隱先生沈璟之門人；故于令是屬於吳江派之餘流。與他同時的沈自晉有傳奇〈望湖亭〉，第一齣〈臨江仙〉詞曰：「詞隱登壇標赤幟，休將玉茗稱尊。鬱藍繼有槲園人，方諸能作律，龍子在多聞。香令風流絕調，幔亭彩筆生春，大荒巧構更超群，鯫生何所似？顰笑得其神。」這是略評沈璟一派的作家。其所謂詞隱為沈璟，鬱藍為呂天成，槲園人為葉憲祖，方諸為王驥德，大荒為卜世臣，龍子為馮夢龍，香令為范文若，幔亭為袁于令，而鯫生則為作者沈自晉自謙之稱。

于令所作的戲曲有：〈西樓記〉、〈金鎖記〉、〈玉符記〉、〈珍珠衫〉、〈鷫鸘裘〉（以上五種見《傳奇品》，稱之曰《劍嘯閣傳奇》）、〈長生樂〉、〈瑞玉記〉（以上見顧丹之《筆記》）、《今樂考證》又補錄一種曰〈合浦珠〉。（《考證》共著錄于令傳奇六種，除三種已見《傳奇品》外，其餘的〈竇娥冤〉即〈金鎖記〉，而〈戰荊軻〉為雜劇。）以上所列者俱為傳奇。至於雜劇，約有兩種，即〈雙鶯傳〉與〈戰荊軻〉。在所有的作品中，當以〈西樓記〉最為著名。是劇演名士于鵑與妓女穆素微相戀事。我們從清初宋犖之《筠郎偶筆》的一段紀載中，即可看到是劇盛行之情況：「袁籜庵于令以《西樓傳奇》得盛名，與人談及，輒有喜色。一日出飲歸，月下肩輿過一大姓門。其家方燕客，演〈霸王夜宴〉。輿人云：『如此良夜！何不唱「繡戶傳嬌語」（作者按：此為〈西樓記〉之〈錯夢〉〈南江兒水曲〉語）乃演〈千金記〉耶？』籜庵聞之狂喜，幾墮輿。」[83]是劇以〈樓會〉、〈拆書〉、〈錯夢〉等齣，最通行於歌場中。又《曠園雜志》載：「袁籜庵與數客，謁合肥（作者按：即龔鼎孳）。公久之不出，使人報曰：『平昔未相識，不便接見。』袁大不懌。少頃，公出長揖曰：『從來不認得于叔夜。』舉座絕倒。」[84]「從來不認得于叔夜」一語，即出自《西樓記》〈錯夢〉中侍女拒絕于叔夜之對白，曰：「俺姐姐從來不認得于叔夜。」由此可見〈錯夢〉一齣，盛傳情狀，此亦詞林之趣事。然而，〈錯夢〉一齣如此著名，卻有人認為是馮夢龍代作，據《漁磯漫鈔》所載：「袁韞玉〈西樓記〉初成，往就正於馮猶龍。馮覽畢置案頭，袁惘然不測所以而別。……袁歸，躊躇至夜，忽呼燈，持百金，就馮。……馮曰：『我固料子必至也，詞曲俱佳，惟尚少一齣，今已增入矣。』乃〈錯夢〉也。袁不勝折服。是記大行，〈錯夢〉尤膾炙人口。」[85]惟此未必可信，或因馮夢龍曾改刪〈西樓記〉，於是刺袁者便據此為捏造之說也未可知。焦循便曾為之辨誣，他說：「……乃

〈西樓〉爲馮所改之，本名〈楚江情〉，刻墨憨齋諸劇中，凡改處皆自標於闌上。……至〈錯夢〉一齣，極口贊其『神化不可思議』，未嘗有改易之說，則〈錯夢〉正出袁手，不可誣也。」[86]〈西樓〉爲于令少年時的作品，更有謂這是作者之自傳。

有關此劇評價，當時徐復祚曰：「近日袁晉作爲〈西樓記〉，調唇弄舌，驟聽之亦堪解頤，一過而嚼然矣。音韻宮商，當行本色，了不知爲何物矣。」[87]譏其不知音韻宮商當行本色，但這是囿於門戶之見的說法，並非篤論。我們再看《衡曲麈談》所論，曰：「而袁鳧公奉譜嚴整，辭韻恬和。〈西樓〉一帙，即能引用譜書以暢己欲言，筆端之有慧識者。」[88]但論者於其曲辭，評價不甚高。《曠園偶錄》曰：「袁于令生平得意在〈金鎖〉，而今盛行〈西樓〉——文詞甚平，但協調當行，當時無兩。」[89]吳瞿安又謂：「袁籜庵〈西樓記〉，頗負盛名，歌場盛傳其詞。然魄力薄弱，殊不足法。惟〈俠試〉北詞，尚能穩健。而收尾不俊，已如強弩之末，蓋才不豐也。即世傳〈楚江情〉一曲，亦鈔襲周憲王舊詞，見《誠齋樂府》，籜庵不過改易一二語而已，而能傾動一時，殊出意外。」[90]但就劇而論，關目佳者甚多，雖稍有修飾痕跡，然針線頗密，不覺其有不自然處。且事件並不單純，富於起伏波瀾，終篇不覺厭倦，洵爲傑構，盛傳於世，自非偶然。

于令所作傳奇，今存者除〈西樓記〉外，還有〈金鎖記〉，雖未見全本，但散見於《醉怡情》、《綴白裘》諸書。是劇演竇娥事，乃于令認爲得意之作，惜今僅見七齣。〈鷫鸘裘〉寫司馬相如事。另一傳奇〈瑞玉記〉則寫當時逆臣魏忠賢黨，巡撫毛一鷺及織局太監李實構陷周忠介公事。據《漁磯漫鈔》所載，一鷺聞于令作有此劇，即持重幣求除其名，於是袁便易一鷺爲春鋤[91]。倘此事屬實，則于令人格，亦不無可議之處。

現在且讓我們再看于令的雜劇〈雙鶯傳〉與〈戰荊軻〉。〈戰荊軻〉一劇今未見，據焦循《劇說》云：「按：籜庵製四折雜劇，如〈戰荊軻〉之類，杜茶村誚之云：『舌本生硬，江郎才盡耶？』」[92]是此劇在當時已不大令人滿意，因而不傳。至於〈雙鶯傳〉一劇，有《盛明雜劇二集》本。劇分七折，略謂商瑩文武全才，遭時多難，頗欲有所表現，惟數奇不遇，下第而歸。途中與友倪鴻同舟。一夕，月明江靜，二人令舟子泊舟不行，於舟中暢談痛飲，以遣愁懷。其時，適有妓女張曉鶯與小鶯姊妹二人自白下回來，也泊舟於此；見此月夜，便各自高歌遣懷。歌聲爲二生所聞，乃戲以詩挑之，二女亦與之酬唱。二生遂登女舟清談。翌日，四人依依而別。後來，二女因避仇卜居於北濠，托慣於幫閒的韋有德代尋二生。韋滿口答允，却教唆游冶子弟姜暢與皮冉冒名而至，喧噪一夜。另一方商、倪二人赴杭州至雙鶯家尋訪，不在，爲醜妓所纏，掃興而回。及後返抵蘇州，即訪二姬，幸慶重逢。時名妓馮玉貞得知他們的好合，便買舟載酒前去道賀。全劇便終止於熱鬧的宴歌與散席之際。

是劇結構簡單，無多大的曲折，但敍來仍算頗有生氣。只是二姬遇俗客與二生遇醜妓二折，似是有意的儷匹，使人感到雷同與做作，這顯是受了明代傳奇在結構上求巧的影響。青木正兒對此劇極表不滿，評曰：「一讀過便興味索然。目之爲笑劇，則滑稽性不足。目之爲風情劇，則情味淺。不知其究爲何故，而浪費至七折也。」又稱之爲「毫無若何精彩之劣作」[93]。所論雖苛，却不無道理。此劇寫情平淡薄弱，並無纏綿委婉之致，也乏惻艷感人之態，欠缺說服力，難令觀衆引起共鳴。但亦非一無是處，其曲辭頗爲典麗，而第一折寫不遇才士懷抱，亦甚雅麗，曲云：

〔破齊陣〕（生）寶劍朝飛虹影，彩毫夜煥霞光。可笑年來，貂裘塵染，空剩英雄色相，醉向湘江吸星斗，夢上秦臺引鳳皇，誰人識我狂。

雖不夠豪邁，尚算清奇可誦。再看寫景二曲：

〔錦纏道〕泛秋江，見芙蓉離離水傍。（小生）冷淡可憐粧。（生）看他倦無聊爭拚沉醉斜陽。（小生）怪的是狼催殘西風墜霜。（生）更堪憐半輪月猶伴孤芳。（小生）光景恁淒涼，相感處越增悵怏。長呼問彼蒼，怎發付寂寥江上？（生）好教我顧影費推詳。〔古輪臺〕漫傳觴，今宵拚醉水雲鄉。仰看珠斗銀河朗，波光搖漾，樹影蒼茫，回首不堪凝望；長鋏羞彈，唾壺空響，待吹簫擊筑、弄漁陽。風流跌宕，控紫騮馳驟平康，還向星河遠泛石梁；危坐幔亭悲唱，血淚瀟湘，騎鯨上廣寒，仙府聽霓裳。

風流跌宕，頗能寫出磊落嶔奇之懷，只是到曲之末段，却又微露才竭力弱，使人覺得淡味。除第一折外，別折亦見清麗之語，如第四折云：

〔天下樂〕垂柳疎疎瘦舞腰，滿簾秋意早蕭條。（小旦上）綠窗驚夢巫山杳，翠閣凝眸漢水遙。

因此，〈雙鴛〉一劇雖非于令傑作，亦非佳構，但也不是毫無可觀之處的。

十三、查繼佐（一六〇一——一六七六）

查繼佐，字伊璜，初名佑，後改繼佐，號與齋，申酉之後又改名省，自號東山釣史。浙江海寧人，生於明萬曆二十九年（公元一六〇一年），卒於清康熙十五年（公元一六七六年）。據《海寧州志稿》卷二十九所載，繼佐「生有異才，詩文詞曲皆作未經人道語。崇禎癸酉舉于鄉，浙東授職方主事，后不復出。寄情詩酒，一時推風流人豪。晚闢敬修堂于杭之鐵冶嶺，講學其中，弟子著錄甚衆，學者稱爲敬修先生。生平有知人鑒，賞識海陽吳六奇于微時。及罹史禍，卒得其力。」[94]繼佐爲清初之著名學者，除精於詩文詞曲外，更擅書畫。著作甚豐，計有《班漢史論》、《敬修堂同學出處偶記》、《五經說》、《四書說》、《通鑑嚴》八卷、《罪惟錄》、《知是錄》、《兵權》、《國壽錄》四卷、《南語》、《北語》、《敬修堂說外》、《敬修堂說造》、《敬修堂弟子目錄》一卷、《豫遊記》、《獨指直嗤》、《詩可》、《敬修堂詩集》十七卷、《說疑》、《粵游雜詠》一卷等二十種。有關他的生平事蹟，可見沈起撰的《查東山先生年譜》（《嘉業堂叢書》本）、《國朝畫識》（卷三）、《國朝書人輯略》（卷一）、《國朝耆獻類徵初編》（卷四六三）、《清畫家詩史》、《國朝書畫家筆錄》，及《海寧州志稿》（卷二十九）等書。

繼佐精通音律，《明史》之禍後，更縱情於管絃詩酒之中，楊恩壽《詞餘叢話》謂他「……自遭私史禍，蓋放情詩酒。家僮、侍婢，俱解音律，悉以『些』名之。有雲些、月些二婢，尤聰俊。孝廉每得佳句而未成套者，輒令二些記之，讀有所得，輒歌前句，串合成套，名曰『活錦囊』。」95 繼佐著有雜劇〈續西廂〉一種，及傳奇〈鳴鴻度〉、〈梅花讖〉等。又梁廷枏《曲話》謂有專論南曲之書曰《九宮譜定》，署爲東山釣史所作。繼佐嘗自號東山釣史，是書當爲他的作品無疑。

繼佐現存戲曲，僅有〈續西廂〉雜劇一種，收入《雜劇三集》內。劇分四折，譜鶯鶯事，第一折〈應制填詞〉，是寫張生高中探花後應制填詞，以鶯鶯舊詩「待月西廂下」回奏。皇帝覺得奇怪，下旨追問，張生便將與鶯鶯相戀事和盤托出。帝憐其情，即下詔改授河中府尹，回舊地與鶯鶯成就良緣。第二折〈因風託素〉，寫鶯鶯在普救寺正思念張生之際，生已差人來報喜訊。第三折〈白馬堅盟〉，寫鄭恒在老夫人面前撒謊，謂張生薄倖負情，已入贅尚書府中，老夫人將信將疑，又有意悔婚。幸得白馬將軍杜確聞訊趕至，極力保證張生並非負義之徒，老夫人才稍釋疑竇，但以鄭恒處難於交代，便想李代桃僵，將紅娘嫁予姪兒。紅力爭無效，憤而尋死以示反抗，幸爲歡郎發覺救回。其時，張生亦榮歸故里，來到普救寺，於是一切誤會均告冰釋。而鄭恒亦因羞慚氣憤身死。最後，皇帝御賜張生與鶯鶯成婚，有情人終成眷屬，並以紅娘爲側室。全劇便以大團圓作結。

是劇關目，與《西廂記》第五本盡多相同，無甚新異處。曲辭亦多檃括原詞，像第二折琴童所唱的：

〔三煞〕你說道花香擁，撩些半户風，花影動，探得隔牆情。那長亭送別的時節，卻又親口說來，並頭蓮強似狀元來，福不齊越顯得文風盛。

〔五煞〕若是戴烏紗，記的東牆帽側時；若是踹雙靴，記的竚立間堦墳；若是綰絲絲，記的難繫玉驄長；若是戴宮花，記的滿地胭脂冷。

其他亦有清雋流麗之句，如同折鶯鶯唱的：

〔三煞〕(旦)淚分楓樹紅，情縈驛草青，紛紛觸緒春能病，羅銷薄霧單無著，環佩輕風聽不勝，最苦是人兒靜，紅絲誰繫，此意難明。

故此劇雖無新異處，但曲辭方面亦頗爲可誦。惟若論纏綿婉轉，則不及碧蕉軒主人的〈不了緣〉。

十四、王夫之(一六一九——一六九二)

王夫之，字而農，號薑齋，稱一壺道人，更名壺，學者稱船山先生，又稱夕堂先生。自署雙髻外史、檮杌外史。湖南衡陽人。生於明神宗萬曆四十七年(公元一六一九年)。自少即負異才，讀書十行俱下。他年逾冠，便與兄介之同舉崇禎壬午鄉試，但以道梗不赴會試。明年，張獻忠陷衡州，設官來招降士紳，凡不肯屈服的便被投入湘江。當時，夫之走匿南嶽雙髻峰下。張執了他的父親作爲人質。夫之自引刀刺傷肢體，舁往易父。張看見他重創，便免了他，且放他父子倆回去。崇禎十七年，北京爲李自成所陷，夫之竟涕泣不食數日。明年，清兵下金陵，唐、桂二王相繼稱號。這時，何騰蛟與堵允錫，一屯長沙，一駐常德，頗不相能，夫之深以爲憂，便上書監軍章曠，請他調和南北兩軍，以防潰變。可是章不聽，終於諸鎭奔覆，章本人亦憂心至死。順治四年，清軍又下湖南，夫之走往桂林，大學士瞿式耜將他薦給桂王，授行人。這時，國勢阽危，但各大臣仍如水火，分開黨派，積不相容。至此，夫之知事已不可爲，便決計休老泉林。過了不久，緬甸亦覆沒，夫之越加晦匿，浪遊於郴、永、漣、邵間。最後回到衡陽的石船山，築一土室曰觀生居，晨夕杜門，蕭然自得。康熙十八年春，吳三桂作亂，僭號於衡州，當時有人建議由夫之草勸進表，但夫之說：「某本亡國遺臣，所欠一死耳，今汝亦安用此不祥之人哉？」[96]隨著便逃入深山作〈祓禊賦〉以示志。後三桂之亂平，大吏聞而嘉之，令郡守餽粟帛去見他，但夫之以疾推辭。不久，夫之卒，葬於大樂山之高節里，自題墓碣曰：「明遺臣王某之墓」，所以夫之爲明末遺民中一堅苦卓絕之士。事具《清史列傳》卷六十六〈儒行傳〉上、《清史稿列傳》卷二六七〈儒林傳〉一、清余廷燦〈王船山先生傳〉、唐鑑《王船山學案》、劉毓崧編《王船山年譜》，及近人張西堂所編《王船山學譜》等書。

夫之著述宏富，多聞博學，志節皎然，不媿黃顧兩君子。惟其書初不見傳，至同治二年，才由曾國荃將其遺書刻於江南，海內學者始得見夫之全書。今存者有《船山全集》，凡三百二十四卷。所作〈龍舟會〉雜劇即附于全集之後。

〈龍舟會〉一劇共有四折及一楔子，收入《船山遺書》內。鄭振鐸《清人雜劇二集》亦有收。故事以李公佐的〈謝小娥傳〉爲藍本。略謂烈女謝小娥，因父謝皇恩及夫段不降爲賊申蘭、申春所殺害，乃矯裝投入申蘭家爲傭。乘五月龍舟會時以酒醉賊，殺之以報父與夫之深仇。這是一部嚴謹的作品，激楚悲壯，慷慨陳辭，特多悲憤語，亦是這時期作品的一個特色。

楔子在全劇之首，開場時寫謝小娥焦灼地等待著父親謝皇恩與丈夫段不降經商回來，倚樓而望，紅日西沉，金風漸緊：

〔賞花時〕（旦唱）過盡千帆總是閒，恰好似流水東奔去不還，紅日已銜山，凝眸漸嬾，風緊暮天寒。

如斯景色，更撩人愁思：

〔么〕段郎呵，便做這白酒青魚醉客顏，更偎著紅燭高燒攏翠鬟，我那爹爹衰鬢染霜斑，秋江向晚，可也回首望鄉關。

遊人久未歸旋，在她心中已料到有些凶多吉少。就在這思潮起伏之際，她不禁打起磕睡來。

果然不出小娥所料，謝皇恩與段不降被賊人劫殺，且冤魂不息，終日號哭呼冤。第一折便是寫小孤山神女因憐他們含冤枉死，又感謝小娥剛烈有丈夫氣，可以爲父爲夫報仇，於是便許孤魂向小娥託夢訴冤。謝、段二魂，便在使者引領之下，魂歸報夢：

〔仙呂點絳唇〕鼉吼洪濤，酸風射腦，刀瘢燥，杳杳滔滔，何處是巴陵道。

〔混江龍〕則憶得離家春正早，穩乘著春波水暖泛輕舠，長千里聽徹了碧簫象板，西子湖看徧了綠柳紅桃……正乘潮幾聲畫鼓，穩隨風一棹輕橈，早離了分叉客路青楓浦，巴不到三徑吾廬翠竹梢，一團頭燒鐙談客夢，三口剝蟹飲春醪。誰知道船頭買水，不提防暗裏藏刀，一霎時好似烏雲罩，莽吆喝轟雷震耳，猛回頭濺血霑袍。

筆力剛健，氣勢沉雄。當孤魂重返家園，看到小娥時，不禁悽然淚下，泣不成聲：

〔天下樂〕（末哭唱）小娥兒呀，怎不與我設三尺靈帷，翦紙招香燒，把漿水澆，想只是漫無消息，直到今朝，尚兀自倚江樓眺望，遙對斜陽淚雨雙拋，還只留秋水雁雲歸棹。

相見之下，不知是喜是悲。稍聚離情，向女兒說出仇人姓名的隱語後，遊魂又要離去了：

〔賺煞尾〕早鐘鳴，荒雞叫，更一點明星報曉。兒呀，我難向人閒廝戀，著早隨風散雲飄，只教伊哭聲漸高，更怒氣血潮迸腦。我呵，再不能句向岳陽樓畔看秋濤，今宵一別到天荒地老，只這幾點血踪兒，殺盡寃讎始得銷。

陰陽永隔，眞是天愁地慘。小娥從夢中驚醒，看到斑斑血跡，回憶夢中所見，恍然在目，悲切無限。既而含悲帶怨，遠走天涯去找尋能參透玄機，點出仇人名字的眞正讀書人。

小娥來到漢陽城，將十二字啞謎兒「車中猴門東草，田中走一日夫」貼在晴川閣上，希望有人能夠分解得出。劇中第三折便是寫李公佐來到晴川閣，爲小娥解透玄機，指出劫殺小娥父親丈夫賊人的名字來。這時的李公佐，正爲社稷安危，勞心蒿目，遂登閣遠眺，以抒愁緒：

〔越調鬥鵪鶉〕渺渺芳洲，桃波微皺，碧草如油，紅芽初透，問春色如斯爲何人擱就，弔古含愁，古人知否？

〔紫花兒序〕弄筆尖的把丹青畫餅，持牙籌的將斛斗量沙，攤旌旄的似畫錦冠猴，空目斷長隄垂柳，古渡扁舟，波流一任乾坤日夜浮。問誰是弔北渚靈均哀郢，祝東風周郎顧曲，望長安王粲登樓。

淋漓悲壯，睥睨古今，誠高調也。

李公佐不愧是飽學之士，一下子便猜出謎語所指是申蘭、申春兩兄弟。小娥既知仇人姓名，便決定喬裝四處查訪，要找尋出這兩個賊徒來。亂世時代的兩個奇人，一個是憂心爲國的英雄，一個是剛烈勇敢的巾幗，驟爾相逢，亦遽然分手，不禁有依依之感：

（末）此生有緣，他日與你重會，結證這一段公案，你好珍重也。

〔春花回〕江流驟斷雲橫岫。

（雜）轉了南風，請老爺登舟。

（末唱）從今去要相逢，重相問，親相助，幾時能夠？辜負了我做大丈夫的挽蒼虬帶吳鉤，無力相援，只待聽雌龍夜吼。

〔尾聲〕今朝話待他年後，早把天機參透，偏人間自有有人。（歎介）只我李十二，一點丹心沒處剖。

最後一句憤激語，應是作者自己的心聲。

再說小娥自得了李公佐指示後，換過了男裝，改名爲李小乙，明查暗訪，一路來到江州西門外，果然找著申春、申蘭。她便投入申蘭家爲傭，倏經三載。最後，在端陽龍舟會之日，小娥乘他們酒醉不備，將申蘭、申春兄弟及那一群作惡多端的手下嘍囉一一砍死，以雪殺父殺夫之深仇。在手刃仇人前，她更將他們的罪狀一一數出，又說出她自己的本事來：

〔公〕俺是箇母丁香藥性烈，你則道公檳榔能銷氣，雌木蘭暫卸下盤龍髻，秦女休不怕你盤蛇刺，高辛女權充入盤瓠隊，看咱脫卻皁頭巾，恰是箇活拏小鬼鍾馗妹。

字字驚心，寒氣迫人。小娥報了仇後，更將強徒首級割下，自投官衙，說明一切原委，並出示李公佐批照作證。官兒欺善怕惡，見她來勢洶洶，又有判官手筆，故不敢追究，要將小娥孝烈表奏一番。然而，這豈是性格剛烈正直之小娥所屑爲的，所以她忙不迭的辭拒：

〔玉交枝〕虛名是假，反惹高人笑罵。俺呵，薑椒入口鑽心辣，生和死看作浮槎。元是他女孩兒三從做渾家，待干休怎忍干休罷。到如今折戟沉沙，誰更問銅臺片瓦。一聲聲晨鐘發，一通通暮鼓撾。回首夕陽西下，撲滅了斷頭香，看透了破鏡花，向空門雲封石徑苔，月冷松棚架，任灰心草線灰，待參話風旛話。只一件寸心未死，爲李判官大人呵，他指迷津的恩波未報答。

小娥大仇已報，心如止水，不願再向紅塵惹，只希望跳出這混濁世界，所以對一般徒負虛名的封誥獎賞，是絕對不感興趣的。

報了仇後的小娥，眞是與塵世絕緣，削髮爲行腳，到處遊浪了三年。最後來到江陵瓦官寺，遇著湛定大師，便留下來做西堂，法號妙寂。一日，告病歸休的李公佐途經江陵，登山賞雪，看見江山如畫，只是烽煙四起，不禁感慨萬千：

〔駐馬聽〕碧海雲連，空凝望，孤飛白雁傳書，怨寒梅香淺，只高吟槎枒枯樹寄愁篇，江山滿目都是愁人處也。乾坤何處不烽烟，哀哀寡婦誅求徧，只一箇陸九學士，也不免嶺海之行，縱好誰憐，夕鳥歸飛倦。

蒼涼悲壯，作者又一次借劇中人之口來道出他傷時憂世的心聲。

公佐與小娥相逢，恍如隔世，一個是垂老英雄，一個亦已皈依佛門。公佐聽過小娥敍述手刃仇人經過後，一面拍手稱快，欣慰無限：

〔雁兒落〕虧殺你走天涯，不怕虎豹喧，虧殺你洗殘妝忍耐嬌羞面，虧殺你入虎穴，閣淚假殷勤，虧殺你按龍泉抵死爭鏖戰。

一面却又嗟歎不已：

〔亂柳葉〕徭歎咱半生、半生問天，空熬得鬢邊、鬢邊霜練，眼對著江山、江山如顫，似落葉依苔、依苔蘚，庭院歸燕，銜不起殘紅片。

全劇之中，以第四折最多憤激之語。作者之悲憤不是憑空而來的，身爲亡國遺民的夫之，從小娥之得報大仇，他不禁想到自己受奸人所讒，以致抒忠無路，志不獲伸，因而悲從中來。他內心的抑鬱痛苦，自非常人所能了解。明末諸臣，文臣則貪生怕死，武將則擁兵傾軋，國家在危亡旦夕之間，諸人尚水火不容，爭權奪位，這尤爲夫之所深切痛恨：

〔得勝令〕……破船兒沒舵隨風轉，棘鉤藤逢人便待牽，羞天花顏面愁人見，叩頭蟲腰肢輭似緜，堪憐翻飛巷陌烏衣燕，依然富貴揚州跨鶴僊。

在這裏，他罵的是誰呢？作者就是借公佐之口來罵盡所有不知亡國恨的佞臣庸將。而劇中的李公佐便是作者自己的寫照：

（末）我抒忠無路，且自歸休。

〔太平令〕俺如今上三峽，看黃牛，暮見聽古木，清夜啼猿，百花潭黃鸝低囀，待訴與長安日遠。

小娥之報仇雪恨，卻是作者理想寄託所在，思以武力來除恨釋怨，所以全本結尾，他讚小娥之報仇：

〔清江引〕莽乾坤，只有箇閒釵劃劍氣飛霜霰，蟒玉錦征袍，花柳瓊林宴。（歎介）大唐家九葉聖神孫，只養得一夥胭花賤。

沉痛憤恨，表面是讚許小娥之報仇，其實是諷罵明末諸臣之懦庸誤國，比一個女子也不如。正所謂：

〔煞尾〕（旦）……你休道俺假男兒洗不淨妝閣舊鉛華，則你那戴鬚眉的男兒元來是假。

然而，在現實生活中，夫之的理想是不能達到的：

（旦）恩官去後，妙寂思寃兩成夢幻，亦不久戀人間了。

一切皆爲夢幻，夫之只可以從他的作品中去尋求滿足及發洩他的悲憤。

十五、嵇永仁（一六三七——一六七六）

嵇永仁，始字匡侯，更字留山，號抱犢山農。先世是常熟人，後徙居無錫。永仁就學吳郡，補郡博士弟子員。他懷經世才，慷慨有大節，東南賢豪咸推服。無奈屢蹶場屋，歷試失第，遂鬱鬱不得志。後以父母年老，便出就館穀。永仁尤精醫術，所至活人無算。當時范承謨督撫閩、浙，聞其名，將他延入記室。永仁察知靖南王耿精忠將煽亂，便預先爲范定下防閑之策，他提議撥餉補兵、安插逃弁、條議屯田等等，又勸范借巡海爲名，調水陸兵據上游以制耿。但此時福建的文武官吏大部份已爲靖南王所收買，承謨的令便不能推行。康熙十三年，耿精忠叛清廷，將范承謨幽閉禁室，更將永仁及其他幕僚王龍光、沈天成、承謨族弟承譜等下獄，想藉此以承謨來要脅永仁等屈降，又迫他們代草安民檄。可是永仁等誓死不降，雖誘以高官厚爵，仍不爲所動。耿無如之何，只得將他們禁錮獄中。他們在獄中備嘗百苦，永仁作〈百苦吟〉，承謨與同難諸人俱有和作。他又作〈續離騷〉、〈雙報應〉等劇，沉痛悽愴，聞者唏噓泣下。永仁被囚三載，志氣彌厲，終不屈服。後於康熙十五年，范承謨遇害，永仁聞訊之後，仰天痛哭曰：「所以不即死者，欲從公有爲也。今已矣，死耳，死耳，不可爲不義屈。」[97]遂死。當時年僅四十。同死者有王龍光、沈天成、范承譜三人。事具《清史列傳》卷六十五〈忠義傳〉，《清史稿．列傳》卷二七五〈忠義〉二，王龍光〈和淚譜〉，顧棟高〈留山嵇公神道碑〉，秦松齡〈嵇留山先生墓表〉，賈兆鳳〈義士贈國子助教嵇先生傳〉，陳炎〈殉難三義士合傳〉，張伯行〈嵇留山先生傳〉，及錢儀吉〈嵇留山先生事狀〉等。

永仁生平無書不讀，學殖淹博，凡天文、象緯、兵刑、禮樂、河渠、荒政，無不條分縷析，旁及岐黃濟人之術，亦無不精貫。所作的詩、古文、詞，皆發於至性，揮毫振紙，千言立就。著有《抱犢山房集》六卷（前三卷曰〈吉吉吟〉，曰〈百苦吟〉，都是永仁在獄時與范承謨及同難諸人唱和詩。又有〈和淚譜〉，則爲同難諸人所作小傳。第四卷曰〈葭秋集〉，第五卷曰〈竹林集〉，乃其舊刻。第六卷附錄同難王龍光、沈天成二人之詩文）。又工北曲，少所作〈游戲三昧〉一種，爲詞壇所艷稱。許旭《閩中紀略》嘗謂「留山才最敏速而性又機警。在幕中輒唱和爲樂。所著醫書，盈尺積几；尤善音律，製小劇，引喉作聲，字字圓潤。逆旅之中，藉以遣懷導鬱，雖骨肉兄弟無以過也。」[98]至若其所作〈珊瑚鞭〉、〈布袋禪〉，永仁嘗以爲少年筆墨不稱意，惟〈揚州夢〉一劇，則頗自謂略窺臨川堂奧。是劇亦膾炙海內。及後在獄三年，又作有〈續離騷〉雜劇，與〈雙報應〉傳奇。其時，在獄底刀光之下，永仁將其悲苦憤慨，以血和淚，以炭作筆，寫成這兩種沉痛悲壯的作品。賈兆鳳敍其在獄中寫作時情形謂：「至是悲思憤鬱，作〈續離騷〉、〈雙報應〉，詞皆極淋漓沈痛不可讀。賊惡之，防範嚴密，禁絕楮墨。乃燒桴成炭，圖著作於四壁。入夜，陰房鬼火，照見壞牆，字跡熒熒飛舞，先生擊節而歌，羽聲悽愴，聞者唏噓泣下。」[99]其所作曲，皆寄友人收藏，並有詩囑其友人，詩云：「此身若遂沉淪死，留與寒家子弟看。」[100]於此可喻其意矣。亂平後，閩人錄其曲而傳之。

〈續離騷〉，是由四個短劇組成的。一、〈劉國師教習扯淡歌〉，一折；二、〈杜秀才痛哭泥神廟〉，一折；三、〈癡和尚街頭笑布袋〉，一折；四、〈憤司馬夢裏罵閻羅〉，一折。收入鄭振鐸編纂的《清人雜劇初集》內。在此集未刊行以前，一般人以爲〈續離騷〉爲〈杜秀才痛哭泥神廟〉，僅演杜衍哭廟事。青木正兒在撰作《中國近世戲曲史》一書時，亦未見〈續離騷〉雜劇，但他根據楊恩壽《詞餘叢話》及《曲海總目提要》二書所載，推論〈續離騷〉「似一折各演一事者」[101]，今以證之《清人雜劇初集》所收〈續離騷〉四折（《曲海總目提要》僅著錄三折，其中缺〈癡和尚街頭笑布袋〉一折），可見青木氏的判斷，極爲正確。

〈續離騷〉有范承謨書後，及同難會稽王龍光、榕城林可棟，雲間沈上章諸人的題詩。承謨謂：「〈續離騷〉慷慨激烈，氣暢理該，眞是元曲，而其毀譽含蓄，又與〈四聲猿〉爭雄矣。」[102]關於其寫作動機，留山在〈原引〉中即有所說明。爲要了解永仁寫作時之情懷，茲將〈原引〉全文錄之如後：

> 填詞者，文之餘也。歌哭笑罵者，情所鍾也。文生於情，始爲眞文，情生於文，始爲眞情。〈離騷〉逎千古繪情之書，故其文一唱三歎，往復流連，纏綿而不可解。所以飲酒讀〈離騷〉，便成名士。緣情之所鍾，正在我輩。忠孝節義，非情深者莫能解耳。屈大夫行吟澤畔，憂愁幽思而〈騷〉作。語曰：「歌哭笑罵皆是文章。」

僕輩遘此陸沉，天昏日慘，性命既輕，眞情於是乎發，眞文於是乎生。雖塡詞不可抗〈騷〉，而續其牢騷之遺意，未始非楚些別調云。

他以〈續離騷〉名書，便是「雖塡詞不可抗〈騷〉，而續其牢騷之遺意」。所以自道其悲苦憤鬱之情。而從四折劇目來看，即知他是取「歌哭笑罵皆是文章」之意，所謂「鬼佛仙儒渾作戲，哭歌笑罵漫成聲」[103]，便是指此。

永仁和西堂一樣，都是懷大志而不獲伸，在鬱鬱失意之餘，便將其才智感情付於知己。他隨范承謨入閩，是牽情慕義，報答范知遇之恩。他與范一同殺身成仁，是以死來酬知己。在獄中，范承謨曾謂永仁曰：「死，吾分也。君何自苦爲？」而永仁答道：「死於忠與死於義，一也。各宜努力，幸勿爲念。」[104]當耿迫降之際，他亦曾怒罵不絕口，說道：「吾輩惟有一死以報知己耳！」因此，永仁之死，是死於義，所謂「才人志士進不得志於當時，退而託知己以自效」[105]，要以一死謝知己而後快。

就是在鬱鬱失志與視死如歸這兩種心情交織之下，嵇永仁寫出了這激楚悲壯的〈續離騷〉。其激烈幽憤處可直追青藤居士的〈四聲猿〉。因永仁遘難囚居，實不知命在何時。故其情緒便由憤鬱之極，而變爲平淡，思想亦由沉悶之極而變爲高超，而其語調「則由罵世而變爲嘲世，由積極之痛哭，而變爲消極之浩歌。蓋不知生之可樂，又何有乎死之可怖」[106]？所以他既有〈泥神廟〉與〈憤司馬〉之哭罵，又有〈扯淡歌〉和〈笑布袋〉的歌笑了。

第一種〈劉青田教習扯淡歌〉，故事非常簡單，是寫劉伯溫與張三丰對酌，命弟子歌其

〈扯淡歌〉以侑酒事。劇情冷淡，但排場布置，卻頗為熱鬧，作者手腕不可謂不高。曲白襲用劉基〈扯淡歌〉，而全文組織，殊見匠心。作者將〈扯淡歌〉分開九段，每一段由劉伯溫先作提引，再由衆弟子歌唱。所述由三皇五帝，直至到朱明之有天下。數千年興亡盛衰，成敗得失，盡道無遺。寓議論於敍事，使人感慨萬千。第一段敍混沌初開，三皇、五帝、堯、舜、禹以至夏、商、周三代；第二段敍春秋時代有弟子三千人的孔仲尼，及「長恨付蒹葭」的伍子胥；第三段敍七國爭雄時代的孫臏、龐涓、李牧、廉頗、白起、蘇秦、張儀、范睢等人各為其主，互逞奇謀，勾心鬥角，最後由嬴秦一統天下。但不久「奸臣們又把那二世攬如麻」；隨之便是第四段，群雄起義，楚、漢相爭，項羽不聽范增之言，卒自刎烏江，劉邦得張良、蕭何、韓信之助，終成帝業；西漢之後，光武中興，重建漢室，這是第五段；第六段則敍三國鼎立，群雄割據，周郎、孔明、曹操各顯神通；第七段敍晉、宋、齊、梁、陳、隋，「一箇箇掃電堪誇，一箇箇緣木偷下」。最後都被太原起兵的李氏一統天下。唐之後又到五代與北宋，而北宋因元豐小人用事，以致賊盜橫行，故「釀就了靖康之禍，撼不動岳家軍，卻葬送在東窗話」。北宋之後，便是南宋與金對峙的局面。不久，金先被元滅，南宋繼之而亡，中原落在蒙古人手裏。惟元祚亦不長，短短數十年後，便被大明取代了蒙元，而〈扯淡歌〉的第九段便在此終結了。

上面九段，每一段都是寫一個時代的大事件和大人物，而最後總是結之以「算來都是精扯淡」，憤世之極，遁於玩世。劇中所謂：「遇著作樂且作樂，得高歌處且高歌。古今興廢及奔波，一總編成〈扯淡歌〉。」及時行樂，永仁之意，殆在於此。因人生如夢，為歡幾何？張三丰最後說：「人生聚散不常，光陰有限，你東我西如萍逐浪，那能學麋鹿之群居野處哉？」永仁身困囹圄之心境，於此亦可略窺了。正是「勘破浮生眞大夢，一枕黃粱睡始覺」！

〈續離騷〉第二種，〈杜秀才痛哭泥神廟〉，是寫落第秀才杜默過項羽廟，不禁生「英雄如大王而不能成霸業；文章如杜默而進取不得一官」之感，同病相憐，因而痛哭事。此事本末可見《山堂肆考》。歷來以此題材入曲者有三，一是明沈自徵之〈霸亭秋〉，一是較永仁晚出的張韜之〈霸亭廟〉，一即嵇作。但沈劇所提掇者，爲項王鉅鹿之戰，及七十餘戰未嘗敗北，乃喻文陣之雄；又以虞美人身殉，以反映文人失志有如季子、買臣之妻，故是劇專爲下第才人發牢騷。惟永仁之作，其重點不在秀才落第，而全在憑弔慨嘆項王之不能成大事，作者之意或別有所指。故《曲海總目提要》嘗謂：「此劇所提掇者，以不用韓信，誤信項伯，似別有所感慨而作。其敍范承謨《和淚集》云：『閩難之作，或者議之，謂公粉飾太平則有餘，勘定禍亂則不足。』此語似是而非，然則當時固有議承謨者。永仁或有籌策，傷承謨不能用，借此寓意，未可知也。」107縷析曲文，證之事實，《曲海》所言，亦非妄測。

〈續離騷〉四劇，以此最爲悲壯，因作者由嬉笑怒罵的憤世，轉而爲消極之痛哭，使人在「捧讀之際，具感友誼忠懷，不禁涕泗滂沱，一見不忍再見」108。茲舉數曲如後：

〔駐馬聽〕父老江東，眼盼旌旗在目中，壺漿担奉。凄凄的魂斷戰場空，實指望車如流水馬如龍。誰承想，羊欺猛虎鴉欺鳳。下場頭，誰送終。血染丹楓，淚滴波濤湧。

〔沉醉東風〕學詩書頭烘腦烘，學劍術心懶意慵，避會稽，藏了銳氣，練子弟熟了操縱。那怕赤帝梟雄，趁著那輦蹕東巡，想截龍，小可的攬不碎秦王一統。

〔得勝令〕似這般本色大英雄，煞強似謾罵假牢籠，寧可將三分業輕拋送，怎學那一杯羹造孽的種。破百二秦封，秉烈炬咸陽慟，噪金鼓關中，嚇得那眾諸侯拜下風。

〔七兄弟〕酒席上殺風，算甚麼勇，猛放一線走蛟龍。教千秋豪傑知輕重，便宜了泗上亭長割鴻溝，無恙漢家翁，慶團圞呂雉諧鴛夢。

此數曲皆雄恣勵勁，憾人心絃。至若痛哭一段，則更爲悲壯激勵：

大王，你自楚、漢到今，偌多朝代，今日撞著杜默，也算你一箇知己。獨有小生落落人間，栖栖牖下，前程無路，歸隱無山，這箇知己今生料尋不出，兀的不苦殺俺也，兀的不痛殺俺也！（大哭唱）

〔杏花酒〕呀，滄藜藿鬢蓬鬆。〔又〕伴四壁寒蛩，訴半夜哀鴻，泣孤客雕蟲。盲世界，精全變作銅。鬼窟穴熱氣冷呵風。呀，赴滕王扯逆蓬，赴滕王扯逆蓬。（踞神座攀頸　抱哭介）大王，大王，宇宙之間，虧負你我兩人了。英雄如大王，而不能成霸業；文章如杜默，而進取不得一官。豈不可哀，豈不可傷！

淋漓痛哭，如猿鳴，似鶴唳，使人擊節唏噓，淚隨之下。無怪楊恩壽說：「月暈風悽之夜，擫鐵笛吹之，老重睡必淚數行也。」[109]信然！

此外，杜默在劇中還有許多傷心語，再略舉如後：

〔杏花酒〕……原來大王也流下淚來了。這的是三條銀蠟夜燒紅，抵多少單鎗匹馬戰爭中，盡做了千秋棋局五更鐘。不由你心不慟，俺待睜開醉眼問天公！

秀才淚，項王淚，混在一起，分不出是誰的淚。

〔尾〕俺幾年間倒盡了黃虀甕，有誰箇將咱撥醒窮酸夢，遭了牛鬼蛇神，活埋了風虎雲龍。暢道是利器盤根聲價迥，覰他們食鼎鳴鐘，反笑我文無用。……

（生唱）感項王眼淚相同。……

（生）你便道哭壞了泥神，就是鐵石心腸也淚珠湧。

全劇結之以項王與鬼判之對話：

（淨）你等有所不知，這是愁人莫與愁人說，說起愁來愁殺人。

（鬼判）這分明是流淚眼覷流淚眼，斷腸人哭斷腸神。

第三種〈癡和尚街頭笑布袋〉，風格與第一種〈扯淡歌〉略似，都是寓怒罵於嬉笑，由憤世轉而嘲世。劇情略謂癡和尚揹布袋，鎮日在十字街頭呵呵傻笑。在笑聲裏却罵倒一切營營役役的世人。

劇中的癡和尚視世事胥爲空虛。歷史上之人物，以及天上玉皇，地下閻王，在他看來，都是忙得可笑，忙得無謂，所以他便說：

……我笑天上的玉皇，地下的閻王，與那古往今來的萬萬歲。你戴著平天冠，穿著袞龍袍，這俗套兒生出什麼好意思，你自去想也麼想，癡也麼癡。著什麼來由，乾碌碌，大家喧喧嚷嚷的無休息。去去去，這一笑，笑得那天也愁，地也愁，三世佛也愁。那管他燈籠兒缺了半邊兒紙。呵呵呵，這一笑，你道畢竟的笑著誰。罷罷罷，說明了，我也不笑那張三李四，我也不笑那七東八西。呀，笑殺了，他的咱，郤原來就是我的你。

看似瘋瘋癲癲，其實却饒有深意存在。像他在笑聲中，罵遍了世上一切違背忠孝、敗壞節義之徒，戀酒貪花、守財使氣之人，奸盜詐僞、讒諂妬害之輩，以及陰錯陽差、顚三倒四的糊塗蟲，而最妙的是每罵完之後他還結之以「俺也沒口兒笑他」。這眞是較直罵還更刺人。

永仁寫此劇，其意正與〈扯淡歌〉同，是以人生如夢，宜及時行樂來勸人。劇中癡和尚說：

〔駐馬聽〕你道俺多口饒舌，可知那滄海桑田容易也，一似這花開花謝，怎奈催花風雨倚欄斜。到不如及早的花下酒樽熱，縷金歌管閒遊歇，省教那眉皺折，幾曾見百歲千秋，掌得住的家園業。

全劇曲白原本〈布袋歌〉意，活潑生動，與前劇之悲壯，迥不相同。〈續離騷〉第四種〈憤司馬夢裏罵閻羅〉，則寫西川人司馬貌，窮途落魄，醉後憤罵閻羅，被攝至陰府，欲治他謗訕之罪。但貌直吐胸中不平，牢騷激烈，閻王亦悚然動容，留貌決大案數件，然後才送還人間。

有關司馬貌斷獄的傳說，流行已久。元建安虞氏刊行的《三國志平話》，已取此作爲入話。《古今小說》中亦有〈鬧陰司司馬貌斷獄〉一回。徐石麒〈大轉輪〉一劇亦演此事。但他作皆著重於斷獄，而永仁則獨著意於「謾罵」一節。如劇中司馬貌聽聞烏老因賄賂而獲還陽，覺得陽間、地府一般的混濁，不禁大怒罵道：

……小生一向還信天命，默默無言，今日便不能忍耐，要怪閻羅天子的大不是了！

……〔混江龍〕閻浮一座，卻不道糊塗斷事打磨陀。說甚麼，明如寶鏡，笑比黃河，漏網奸回滿世界，無辜豪俊陷風波。空垂玉律，枉設金科，莫須有也，不顧其他。今來古往公平少，萬死千生混帳多，太阿倒置，下界遭魔。

理直氣壯，敢言敢說。後來面對閻王，也是毫不隱縮，毫無恐懼地把心中憤激不平直抒盡道：

〔雁兒落〕則見恁聲息雷霆劈面呵，便有那鐵汁銅丸，罪難坐我，你道是榜聯上是非明白不差訛，怎生的世界上亂翻翻，都擔著錯。

〔挂玉鈎〕夷齊讓國卻反遭饑餓，盜跖食肝有結果。顏命夭，彭壽多，范丹窮苦石崇樂，岳少保忠良喪，秦太師依舊沒災禍。這都是你輪迴錯，欠停妥，只恐怕辜負了地府君王座。

牢騷激烈，閻王也為他所動，對他禮儀有加，並向他解釋善惡報應之事，說道：

秀才，須知陰陽一理，報應分明。那元凶巨惡能漏網於陽間，不能漏網於地獄。善人君子便吃虧於世上，終不吃虧於天堂。總要平心而觀，不可執一而論。

然而，司馬生以為設地獄以待陽間漏網之惡人，此法雖善，惟設天堂以待世上吃虧之善人，則並非確典。因以虛無身後之天堂，了其善果，不獨難服善人之心，兼且易為愚人誤解，只道為善無益。因此，生便向閻王請求，望能使善人現世受報，化凶為吉，他道：

〔梅花酒〕謝得你通言路，挽天和，救善類，沛恩波，表奏靈霄破網羅，不枉了名賢俊傑遭摧挫，孝子忠臣受折磨，便有那天堂身后過，爭似這生受用白雲窩。

「便有那天堂身后過，爭似這生受用白雲窩」一語，可說是作者之心聲。〈續離騷〉四劇，以此最爲積極，它不如〈扯淡歌〉之玩世長歌，亦不像〈泥神廟〉之沉淪痛哭，也不似〈癡和尙〉之嘲笑傻笑。作者於此，是有著深意存在的。在獄底刀光之下，身受百苦之餘，永仁尙稍存希望，冀盼「善人現世受報，化凶爲吉，轉難成祥」之幻想能夠實現。但最後命運如何，他是完全付之於天命的。

〈續離騷〉四劇，乃永仁藉以抒胸臆，洩不平之作，故寫來神采飛揚，痛快淋漓，實非斤斤於格律者所能步武。近人吳梅嘗在〈揚州夢〉跋中說：「惟留山於聲律之學，未能深造，舛律脫譌，往往有之。」[110]惟永仁志不在此，是以不爲格律所囿。其戲曲佳處，在得元人神髓，故雲林老農評之曰：「至其塡詞，規撫元人處，在神采而不在形跡。」[111]可謂深知永仁之意也。

十六、廖燕（一六四四——一七〇五）

廖燕，初名燕生，字人也，號夢醒，後改名燕，號柴舟。廣東曲江人。生於明思宗崇禎十七年（公元一六四四年），卒於清聖祖康熙四十四年（公元一七〇五年），享年六十二歲。

在清初文壇，廖燕實佔一重要地位，曾璟嘗論之曰：

……讀其文，想見其人，其雄姿則龍門，其超突則昌黎，幽峭類子厚，跌宕實一東坡，蓋惟不肯依人，故能兼各長而自成一家，雖議論間有過高，究之無傷大雅，所謂古之狂者非歟？昔六朝文字卑弱，得韓吏部一振風氣遂變，今韶自柴舟後，古學始盛，然則柴舟固挽時之傑也，非僅一邑之文學已也。⑫

柴舟教澤垂於後世，於此可見。但歷來中國文學家鮮有論及其人，反而，因他的文集有日本刻本，通行海外，故日人談及清初文學家，有將之與侯方域、魏禧、汪琬、金人瑞等並列（如笹川種郎的《支那文學史》便是），而鹽谷世弘序燕的《二十七松堂集》，且謂：

邵子湘有言：「朝宗以氣勝，冰叔以力勝。」余則謂柴舟以才勝。蓋明季之文，朝宗爲先驅，冰叔爲中堅，而柴舟爲大殿矣。

鹽谷氏以明遺民視之，雖是謬誤，但柴舟在文學史上所佔位置，亦可見一斑。

廖燕是一個才氣縱橫，嶔奇磊落的讀書人，且是提倡思想解放的先驅。他自幼即已穎悟不凡，具有善疑的頭腦，據曾璟〈廖燕傳〉所載：「（燕）幼時就塾，問師曰：『讀書何爲？』師曰：『博取功名。』燕曰：『何謂功名？』師曰：『中舉，第進士。』燕曰：『止此乎？』師無以應。」他就是這樣反對傳統，好發奇論的。長大後，於康熙元年補邑弟子員，時年十九。少年時候的柴舟，自然是雄心勃勃，胸懷大志，嘗云：

余觀古雄傑士，類能勞苦忍辱，其志汲汲，恒奔走數萬里之遙，幸而功成，亦皆拮据，至老死不休暇，安肯爲山林之樂！故凡樂山林之樂者，非飄然長往之人，必投閒歸休之士，而余非其人也。[113]

他是有志爲雄傑士，期於用世有爲。可是，由於他的怪僻迂狂，不善處人，故迄中年仍未得志。曾璟〈廖燕傳〉云：「年三十餘，欲上書變士習，適吳逆途梗不果。」他的〈丙辰除夕〉詩二首，其二亦云：

三更已作隔年期，無復多愁但賦詩。
終歲圖謀還不就，那爭殘臘半宵時。

他雖百計圖謀，希望有力者汲扶，亦是一無所成，且飽嘗憂患。他在康熙十九年〈與黃少涯書〉中云：「近來景況倍覺謬戾，自罹亂來，數十年貧賤骨肉杳無影響，花竹精廬化爲荒土，……」[114]這時，他爲了生活，只得爲人授館，作塾師，這當然不是他所甘願的。但是，當日不肯以「飄然長往之人」自居之雄慨，已因歷年的憂患困頓而消滅淨盡，這時他只與文士知己長日流連嘯傲於山水田野間，自處放廢，不求聞達，並決定不再從事制科，而思以文傳世。他說：「少時讀書盛氣，謬謂功名唾手可得，而淪落至此！今貧賤久慣，無甚妄想，若得一廛安閒之地，稍足存活，妻子朋友無恙，讀書飲酒其中，便足了一生事。」[115]他的壯志似是大爲挫折。

然而，這終非柴舟本願，他在〈與黃少涯書〉中便又提及他的志向，云：「居恒自念不能與草木同腐，即垂空文以自見，亦非本懷。近欲慕魏先生、徐洪客、衣白山人之流，以布衣談當世事，使或有濟，勝腐文得官多矣。……」所以，他是進不得藉制科仕於朝，退又不願垂空文以自見，便欲效魏叔子等以言論動天下。因此，他熱中急功之心仍是十分慕切的。由此可見，廖燕之天才固高而書生氣亦甚重。

屯坎奇窮的廖燕，在他三十七歲之年，曾轉而學醫，這是他自傷不遇之憤激行爲。其後，他聲譽漸廣，海內諸子，如魏禮、世傚父子，皆不遠千里，徒步訂交，而魏禮更於燕的文集逐篇評閱，多所稱許。在康熙二十二年，燕年四十四，與陳金闓、黃遙等重修《曲江縣志》，重訂凡例。而邵守陳廷策，蒞韶凡七年，與燕極相得，爲之刻集行世。後來，陳廷策赴署廣州篆，亦與燕同往。於康熙三十五年，陳解任入覲，有意舉薦柴舟，力邀他北上。而燕外出後，他家中食用所需皆賴他人資助，其困可知。可惜，他又在途中病倒，留在蘇州，不能入都，而陳廷策抵都後不久便因病去世。廖燕尋求仕進的機會又告吹了。至此，他已心灰意冷，立即南歸，絕意仕途，而越加肆力於古文。他在〈與鄭思宣書〉云：

> 吳門歸來，依然故我，福薄之人任是神仙點化亦化不得這副窮骨頭，況他人乎！然已安之於命矣。惟文字之緣未易剗除，倘得衣食粗足，便可了此一着，但不知造物肯成就否？[116]

這是他經此大挫折後毅然決定後十年杜門寫作之表示。他在康熙三十八年，更著〈辭諸生說〉一文，表明他的意向，云：

子習制舉有年，恒恐為其所誤，因中道謝去，使得專心論述，以冀有傳於後世，……117

燕心知八股取士為專制君主的愚民政策，故不肯受其牢籠。最初，他本是有意藉制藝進身的，既久而不得，遂決然捨去，欲專力於平生自負之詩、古文、詞以垂名傳後，因此，他辭諸生之舉便是最後消極反抗之表現。最後，他於該文末附識曰：

余嘗言專攻制義，祇可謂之讀八股，算不得讀書，則讀書可知。得登賢書擢上第，祇可謂之舉人進士，算不得功名，則功名可知。

他看不起當日的八股功名，但當時能領會其言者又有幾人？

廖燕畢生坎坷，不獲達官貴人之青睞，一生事業，大半消磨於鄉塾之中。直至到他五十九歲時，始得受吏部侍郎吳公之知遇，燕為之大喜，引為文章知己。

廖燕性情倔強，傲骨嶙峋，平生最服膺金聖歎，至吳門之時，曾訪金氏故居而不果，便作了一首五古來弔他，並撰〈金聖歎先生傳〉。其詩謂：「……得君一披覽，忽如新相知，面目爲改觀，森然見鬚眉，直追作者魂，紙上聞啼嘻。……掀翻鬼神窟，再開混沌基，遂令千載下，人人得所師。」[118]以金氏之狂怪，當世無不詬厲，而燕獨傾倒若此，其烱眼卓識，眞金氏之知己了。

廖燕平生所交，最爲知己的是澹歸和尚。澹歸原名金堡，字衛公，又字道隱，浙江仁和人。明崇禎庚辰進士，永曆時官吏科給事中。永曆四年以言事獲罪，下獄幾死，後定戍清浪衛，甫抵桂林，適桂林爲清所破，道路梗阻，遂削髮爲僧，至廣州參天然和尚，取名今釋，號澹歸。所著有《偏行堂集》，其中有雜劇若干，故金堡亦爲清初雜劇作家之一，王國維《曲錄》亦有著錄（見《補遺》）。其集後於乾隆四十年因文字獄案被禁毀，自是無傳，但據容肇祖〈偏行堂集殘本跋〉一文所載[119]，則澹歸之《偏行堂全集》尚在人間。

廖燕於少年之時已聞澹歸名，惟未及識面，直至康熙十六年，時燕年三十四，澹歸來韶州，燕投詩及刺，澹歸讀之驚喜，即徒步往訪，意極歡慰，大加延譽。他對於廖燕的詩，尤爲稱許，曰：「廖子夢麒（作者按：此爲夢醒之誤），傑出韶陽之士。其詩蒼秀骨重而神不寒，復登作者之堂。」[120]又在〈答贈廖夢麒文學〉之七古一首，其中有句云：「廖生手筆嶺表雄，摩青欲峙雙芙蓉。」[121]對之可謂極爲推崇，廖燕之名亦因澹歸的稱譽而加重。因此，澹歸於康熙十九年辭世時，燕哀之不已，作有〈哭澹歸和尚〉文，其中有云：「師死而斯文喪矣，天下茫茫，誰與定燕文與傳燕文者耶？此燕之所以仰天痛絕也！」他的《二十七松堂文初集》剛於是年刻成，但知音已渺，讀者無人，其悲憤自可想見。故他哭澹歸，亦爲己而哭。魏禮評他的〈哭澹歸和尚〉文，說道：「題是哭澹師，然全是寫自家懷抱。」高儼亦謂：「滿眶憤淚，哭出妙文。」

[122]此皆深知廖燕文意之所在。

廖燕著作甚豐，有《二十七松堂文集》二十餘卷，《詩集》十餘卷，及《柴舟別集》等。有關其詩文造詣，王源亦嘗評及，曰：「……既而讀其文，卓犖奇偉，矯矯絕不依傍，議論發前人所未發。序事宗龍門，詩新警雄逸，字字性靈，而其人品學術性情，神態磊落，浩然之氣，畢露於行間。」又云：「處士議論雖間有高明之過，然實可繼魏先生以不朽。」[123]廖燕之文，其長處在於高視闊步，自抒所欲言，而短處則在過喜險異，致頗多失中。故他的詩，或勝於文。《集》中〈山居詩〉七律三十首，襟懷淡宕，寄託遙深，實足繼屈大均、陳恭尹等大家。

廖燕所作雜劇，計有〈醉畫圖〉、〈訴琵琶〉、〈續訴琵琶〉、〈鏡花亭〉四種。除〈續訴琵琶〉有二齣外，餘均爲一齣短劇，而所寫者皆是作者自己之事，劇中人亦即作者本身，姓廖，名燕，號柴舟。因爲柴舟實屬聖門狂者一流，而不幸一生不得志，故一託其憤鬱於作品之中，正如朱渠在〈二十七松堂集序〉中所謂：「……不平則鳴，已鳴則無不平。數十年柴舟所歷窮通常變榮辱，與夫辛苦流離憂慮險阨患難之故，無不備嘗。不平之氣激而爲詩與文，而詩與文即有以平其不平之氣，蓋深于道也久矣。……」不僅他的詩文充滿不平之氣，就是本來是代言體的雜劇，在他手中也成了抒懷感慨之作。這樣以劇爲自傳，實爲前所鮮見，後來的徐爔、湯貽汾即加以仿效。

〈醉畫圖〉是寫廖燕請人畫了〈杜默哭廟圖〉、〈馬周濯足圖〉、〈陳子昂碎琴圖〉，及〈張元昊曳碑圖〉懸掛於壁，而對之飲酒談笑，無中生有，恍似鄒兌金之〈空堂話〉，二者同是如斯憤世嫉俗，只是兌金試圖潛修禪乘以排遣，而柴舟則讓自己沉溺在痛苦中不能排遣，也不求排遣。他曾爲該四圖作讚，讚後記云：

> 余築二十七松堂，紙牕土壁，聊蔽風雨而已。某月日屬友某繪此四圖於壁，筆勢生動，鬚眉磊落可喜。余醉後無聊，則對圖呼叫，或大笑痛哭，與之拱揖捉襟，快訴胸臆於一堂。壁上時聞有歎息聲。亦各系以讚，并爲記此云。[124]

潦倒憤鬱時狂態之發至於如此！才士失路，亦殊可憫，而這種狂態亦表現於劇中。

> （生）我吃甚麼酒來？〔彩旗兒〕向丹青閒稱獎，借紙筆訴衷腸，那裏知醉醉醒醒皆成慌，怪怪奇奇未可量。
>
> 〔尾聲〕畫中人眞吾黨，豈是無端學楚狂，我祇是顚倒乾坤入醉鄉。

他實是傷心人別有懷抱。故在該劇開場即謂：

> 〔步步嬌〕搔首踟躕閒思想，箇事橫胸儻，生平志激昂。滿腹牢騷，待對誰人講。且自酌壺觴，醉鄉另闢乾坤樣。

他就是這樣孤寂而不爲人所理解的，在《文集》首〈自序〉中亦透露出同樣的心境：

筆代舌，墨代淚，字代語言，而箋紙代影照，如我立前而與之言而文著焉，則書者以我告我之謂也。且吾將誰告？濛濛者皆是矣，嘷嘷者皆是矣。雖孔子猶不能告之七十二國，況下此者乎？……故舌可筆矣，淚可墨矣，語言可字矣，而影照可箋紙矣，而我不書乎？而書不我乎？以我告我，宜聽之而信且傳也。

表現出一種世無知音，唯有自告之孤寂，讀之使人慨然。所以至此，就是因爲他的負才使氣，桀驁不馴，他在〈醉畫圖〉中自云：

性喜清狂，情憎濁俗。稜稜傲骨，於山林廊廟之外別寄孤蹤；矯矯文心，於班、馬、韓、蘇之間獨開生面。生成豪懷曠識，不必學窮子、史，自然暗合古人；煉就野性頑情，任教踏遍天涯，到底誰爲知己？

其癖性如此，既不能與世諧和，自然就須落在：

天那！我廖柴舟莫說功名富貴不可強求，就是尋一個與他說得話的朋友亦是沒有的，你道苦也不苦？

之困境了。因此，他亦只好與古人爲友：

你那裏知道我飲酒的意思。知道我的，除非是壁上畫的這幾位相公。

在四劇之中，以〈醉畫圖〉一劇所表現的情緒最爲激動憤慨，舉止最爲狂放駭俗。〈訴琵琶〉則敍「遭偃蹇窮鬼苦纏人，訴琵琶酸丁甘乞食」事。廖燕窮甚，無法過度，便將陶淵明乞食故事，譜入〈琵琶新調〉托黃少涯向諸友求濟。廖燕一生受窮所困，常依賴友儕相助，故劇中披露的，盡多沉痛之語，如云：

〔過曲好事近〕典盡鸕鷀裘，典不去腹裏幾篇文繡。我想千古才人，皆千古窮人。

〔傳言玉女〕何物窮愁，硬壓英雄消受，書生未遇，那裡尋黃金過斗。

滿胸憤懣，噴薄而出。全劇雖都是自傷淪落之情，却無半點酸氣。

〔尾聲〕良朋聚悟談心久，仗義還須我輩求，方信道文人貧甚亦風流。

相信這是因爲廖燕爲人，「卓立人表，豪氣不除，有不可一世之概」[125]，所以致此。劇中所提到的黃少涯，是柴舟好友。柴舟在〈横溪詩集序〉曰：「少涯……與余交，數十年如一日。尤愛余所爲古文詞，曾爲余序而傳之。」二人交情於此可見。柴舟筆下的黃少涯，亦是一個豪爽磊落的漢子，濟人之急，義不容辭：

細聆辭意，已知大概，明日致意諸公相贈過來就是。

〔太平令〕談笑封侯，劍氣連宵貫斗牛，詩文天下推高手，須有日詔書求。

堪稱是柴舟的莫逆交。

〈續訴琵琶〉則是接續前劇，寫廖燕久爲窮鬼所困，便托詩伯、酒仙去將之驅逐。窮鬼果被逐去。於是燕與酒仙、詩伯飲酒相賀。席間，一道人突闖入，贈詩一首，又不見了。本劇不如〈醉畫圖〉那麼憤激，但借詩伯、窮鬼二人之口，道出千古淪落不遇之情，却是無限沉痛：

〔過曲降黃龍〕祖輩賢良，先代傳來並稱人望，成就了功名蓋世，早捱盡當時幾許炎涼。堪揚，史書褒獎，姓字兒千載猶香。於今傳到區區，亦算做家學淵源了。我幾時寄人到廣城去，做一個燈籠，上面亦要寫四個大字，撐撐棍。（小生）那四個字怎寫？（丑）「窮鬼世家」。……（丑）我的功勞若說起來亦好大哩，你看自古英雄豪傑，除了這班紈袴膏粱用我不着，若是從布衣崛起的，那個不是我幫襯他來。就如伍員吹簫，韓信乞食，呂蒙正寄居破窰，范仲淹斷齏蕭寺，這幾個古人，後來都成封侯拜相。若不是老窮先下一激之力，焉能到此地位？所以太史公常嘆我的功勞，說不困阨焉能激乎？

狀似輕描淡寫，實蘊藏著無限辛酸。而作者在本劇所表現的，不像〈醉畫圖〉那麼狂傲桀驁，却是豪放磊落的英雄襟懷，如謂：

> （丑）那裏在此較論，孔夫子不曾中得，難道不尊他做聖人。你看自古英雄豪傑，那個是朝廷法度所能籠絡得他來的。豈不聞唐朝以詩取士，以杜子美、李太白這樣大才，何曾中了？這舉人進士難道中了的才學好過這二人不成？
>
> （丑）……於今世上的人不能因我發奮，動不動就把我埋怨起來，豈不好笑？那知富貴要從貧賤中掙起來，方見妙處。……

這一番話，既是度人，也是度己。於此可見廖燕是試圖排遣他鬱抑的感情，希望能尋求解脫。但詩酒是否眞的能澆憤呢？我們且看他在第二齣所說的：

> 噫，我豈是迷於詩酒的人？祇是平生未逢知己，不得已，借此糊塗。莫說做詩飲酒不是眞的，就是適纔乞食逐窮，亦是藉此遊戲，世人那裡知道？

這可說是廖燕的表白。這時，他歷經憂患，已決心放棄制藝，無意仕進，但他熱中功名之心仍未泯（作者按：廖燕心目中的「功名」，並不同於一般舉子所追求的功名），督促著自己力求上進的，他說：

〔貓兒墜〕含污納垢就裡可同謀，富貴功名豈易求。□杯何處不風流？（合）眞否好悟透，洙泗淵源鷲嶺羅浮。適纔道人見教極是，我於今還要努力上進，參透聖賢仙佛，做過天下第一□的人，方遂我的心願。

〔前腔〕山青水秀努力試參求，無字文章已細搜，滿庭風月更相投。

廖燕在劇中所提到的夢，是眞有其事。他於康熙二十年，當時他年三十八，一夜，曾得一夢。夢至一處，見一碑甚巨，題曰：「靈瀧寺石樞」。他私念此題名奇甚，「石樞」二字不知作何解？忽然見一老僧扶杖從後拍其肩，笑問：「記此石否？可爲銘。」且稱燕爲道友，復有後語。廖燕愕然，因爲之作銘，並疑前身爲靈瀧寺之僧。事見廖燕所作〈靈瀧寺石樞銘〉。此夢爲燕畢生縈念不忘，故二十餘年後，他作〈續訴琵琶〉劇，便將舊事重提。

〈鏡花亭〉一劇是寫廖燕偶至水月村，遇一愛讀其《二十七松堂文集》的女子，拜他爲師，燕爲題其亭曰〈鏡花亭〉。劇末〈尾聲〉曰：

〔尾聲〕（生）尋春誤入桃源洞，（外）別去還疑夢裡逢，（合）眞箇是鏡花水月兩朦朧。

這水月村不啻是廖燕的桃源洞，是他避世之處。在這裏，我們可以看見作者所表現的感情，是比前三劇更爲溫淡含蓄。自傷之情，當是難免，却不是憤鬱的狂吼，而是豪情的慨歎：

〔梁州新郎〕（生）小弟呵，書生落拓，文章橫縱，參透當年周、孔。人生祇宜盡其在我，至於功名富貴付之天也。功名何物？英雄豈受牢籠！……（生）此豈玩世奇行，亦是道理，合當如此耳！須信《詩》《書》易誤，富貴難期，莫學窮途慟，何似逍遙遊物外，訪仙翁，攜得仙霞兩袖濃。

廖燕是一個性情孤介的狂士，故詩文均含冷峭之氣，據他的自述是有意如此的，云：

……燕思，稍欲立言接二公（作者按：指張九齡與虞靖）武於唐、宋、元、明之後，別具一種幽冷筆墨，使後人讀之感悟不盡。素志如此，未知得就否？[126]

其所作雜劇，亦具有一種幽冷之氣，如〈醉畫圖〉云：

……那顧囊無阿賭，祇須腹有奇書，擁被長吟，堆積滿床筆墨；看山獨嘯，攜歸兩袖烟霞。久嫌帖括牢籠，已解頭巾束縛。……

而沉鬱頓挫，尤為其曲辭特色，如〈醉畫圖〉云：

〔五更轉〕看目前江山壯，鳥和魚上下藏，紛紛萬物頻來往，何莫非絕妙文章古今無兩？（飲酒介）你看纔飲了幾杯，就覺得又是一樣世界了。最堪奇心目另開天壤，正好把做莊生、屈子奇文賞，試看大地山河都成活像。

〔園林好〕滿胸懷瑰琦內藏，覓良朋銜杯細商。……把醽醁殷勤相向，我與列位先生雖生不同時，何妨作千秋神契，豪傑士共肝腸，雖異代可同堂。

而〈續訴琵琶〉第二齣云：

〔過曲降黃龍〕堪傷絕妙文章，卻遇冬烘，看成時樣，高才落第，豎子成名，地老天荒。

頗有元人神韻。再看〈醉畫圖〉云：

〔玉抱肚〕雄懷骯髒走天涯，雲山渺茫。望酒帘，解渴梅湯；倒瓊漿，濯足滄浪。以酒洗足，千古奇聞，此等舉動，不是大英雄，那箇做得出來？都祗爲胸中豪氣鬱難藏，因此上狼藉醇醪作酒狂。

及〈續訴琵琶〉第二齣云：

〔二郎神〕良謀佯狂，肆志飛觴，擊缶磊塊堪澆，惟□酒往來酬唱，壺中另闢春秋，海闊天空任縱眸，笑愁魔闖風先走。

雄逸激宕，與他本人凌厲踔躒不可一世之豪氣，極爲相似。然廖燕描摹景物，下筆用字，新警秀逸，絕無豪邁粗獷之氣，如〈訴琵琶〉云：

〔畫眉序〕迢遞歷芳洲，行近鄰郵隔溪瀏，望松林，樹杪隱露書樓。故人在撫罷絲桐，見客至，急迎肩負，別來無恙，更綢繆，笑語雙雙攜手。

〔前腔〕酣醉欲扶頭，晚照暉暉射林藪，就辭歸便把歸去辭謳，再送送分袂山邊，還望望住藜溪口，此時有句可能酬，獨記吾朋情厚。

又如〈鏡花亭〉云：

〔一江風〕小橋東花木相遮，穴隱隱炊烟動。……繞籬邊看修竹，蕭疏翠影拖雲重。如此清景所在，主人定是有韻的，何妨最進一看，深來小院東，深來小院東，徘徊步落紅，主人何事慳倍奉。

點景如畫，清絕文秀，雖偶而爲之，亦足使全劇生色不少。柴舟的雜劇，只是抒憤洩怨之作，僅供案頭吟詠，非圖梨園搬演，但其中所用的自傳方式，卻爲後人開一新風氣。

十七、裘　璉（一六四四——一七二九）

裘璉，字殷玉，號蔗村，別署廢莪子，學者稱橫山先生。浙江慈谿人。生於明思宗崇禎十七年（公元一六四四年），卒於清世宗雍正七年（公元一七二九年）。他生而孤露，天才過人，能爲詩、古文，及樂府詞。他的才思敏贍異常，對客據几便立盡數紙。讀書又勤懇謹愼，家中舊有玉湖樓藏書數千卷，他都加以鉤元提要，所以，未到壯年，已是著作等身了。康熙二十六年，黃宗羲將他推薦給徐乾學，助修《大清一統志》。當時一同修《志》的另有十四人，都是負盛名的海內耆碩，璉以後輩共事，極受乾學所推許。然而，他在仕途並不得意，弱冠即補弟子員，入太學，蹭蹬場屋凡五十餘年，直至到康熙五十四年始得成進士，改翰林院庶吉士。但他這時已是七十二高齡的老翁，而與他同年的如大興舒大立才不過是十八歲。因此，璉亦無意進取，遂乞身歸里，以山水自娛，林泉終老。卒年八十六。生平可見《清史列傳》卷七十一〈文苑傳〉二，另有清裘姚崇編的《橫山先生年譜》一卷，及王家振的《橫山先生年譜節鈔》一卷，均收入裘璉所著《橫山文集》內。

裘璉一生著述甚富，作品除《橫山文集》、《詩集》外，還有《復古堂集》，《天尺樓古文述先錄》、《玉湖詩綜》、《明史崇禎長編》等。他的詩宗長慶、元和，格調甚新。姜宸英在序中便稱其詩辭藻艷發，足以名家而不諧於俗。

璉所作傳奇、雜劇亦不在少數，現在所見的有《明翠湖亭四韻事》，自題爲玉湖樓第三種傳奇。《今樂考證》著錄他的另兩種傳奇:〈醉書箴〉與〈繡當壚〉。但今僅見〈四韻事〉一種。〈四韻事〉是由四個短劇組成,有如明汪道昆之〈大雅堂〉、徐渭之〈四聲猿〉、葉憲祖之〈四艷記〉、車任遠之〈四夢記〉,及同時黃之雋之〈四才子〉、嵇永仁之〈續離騷〉、洪昇之〈四嬋娟〉等。四短劇就是〈昆明池〉、〈集翠裘〉、〈鑑湖隱〉、〈旗亭館〉,因所演的都是文人的韻事,故總名〈四韻事〉。所謂「明翠湖亭」便是取每劇第二字而成。每一劇之前都有序及本事,以各劇皆有所本。璉在自序中謂:「江淹云:放浪之餘,頗著文章自娛。予亦用此自娛耳,遑問工否。」雖謂用以「自娛」,然每一劇均有所寄意,而劇中亦多譏刺之語。

〈四韻事〉之一〈昆明池〉,有二折,是寫上官婉兒侍唐中宗於昆明池上詩,其中以沈佺期、宋之問二人功力悉敵,惟沈詩結句云:「微臣彫朽質,羞覩豫章才。」詞氣已竭,不及宋之「不愁明月盡,自有夜珠來」。遂以宋為第一。劇本《全唐詩話》。從劇前小敘看來,作者對上官婉兒以婦官充任主考一事,大不以為然,謂:「昭容,婦官也。考之《周禮》,不過九嬪世婦中人耳。」他又認為昭容不能知人,亦不解詩,因此埋沒人才,小人得志:「其時曲江燕國諸臣,必有含規隱諷,情見乎詞者,而昭容不知取也,是皆可嘆已!語云:唐以詩、賦取士。李、杜何曾作狀元?夫李、杜不第,則謂唐無詩賦也可。之問冠昆明之首,則為昭容不解詩也可。讀是編,知作者為嘆,勿為慕,可與言詩已矣!」作者之歎,是歎昭容,歎李、杜,歎宋、沈,亦歎自己。他久困場屋,備嘗落第之苦,對於主考之不能識賢,天才之不能高中,庸才反能掄元,自是慨歎萬分,所以藉此劇來借題發揮,其意亦至明。因此,劇中有許多諷罵試官、試子之語。且看第一折扮太監的中淨與演小監的老旦、小旦的一番談話：

（中淨）數不著太常，數不着博士，數不着供奉，數不着協律，是一個妖妖嬈嬈、嬌嬌嫡嫡、贏西子、賽昭君的娥眉玉貌。（二旦）是甚等女官？（中淨）也不是妃子，也不是昭儀，也不是婕妤，也不是才人，有一位文文雅雅、端端正正、繡鸞袍鴛鴦靴的淑德昭容。（二旦）這也奇怪了，那應制的，可是舉子秀才麼？（中淨）秀才那里去得？錦心繡腸，一個個西園才子；鬥強爭勝，一般般赤壁軍容。……

又謂：「正是：昌時有道君臣樂，報主無能詩賦佳。」更是罵得徹底。

在第二折昭容評詩一段，雖貌似詼諧，但持論精細嚴謹，不應以尋常曲白視之：

〔北折桂令〕看通篇韻俚音乖，這是七言律，毫不管鶴膝蜂腰，虛實難諧。（擲下小丑接介）這卷頗講格律，只一味塡砌了，全是些日月風雷山川河海，那裡見風雅襟懷？（擲下小丑接介）（旦）這卷勦襲浮詞，毫無性靈，恰如好花枝隋宮剪綵，媚佳人紙上金釵。（介旦）這首詩，又大奇了，收拾盡牛鬼蛇虺，好一似賈人掠賣，傖父誇財。

戒堆砌、主性靈，戒勦襲、戒濃俗，這自是作詩不易之理，作者在此點染，自然而不流於空泛。

此劇寫上林盛況，昆明風光，清嚴華巧、文彩煥然，表現出一派豪華佚樂的氣氛。曲辭方面，穠密艷麗，藻思典句，爛若春葩，郁郁焰焰，光彩萬丈，好像元張鳴善的詞，如「彩鳳刷羽」[127]。賓白也能表現出作者的才氣來，富贍而不傷穢沓，尤為難得。且試舉數曲以證之：

〔鎖南枝〕〔換頭〕臺廠仙人座，樓鄰織女梭，玉輦金輿將度，遙聽燕舞鶯歌，春色皇州火。下官修文館學士沈佺期是也，今日駕幸昆明，前去應制，似俺入紫微，出鳳坡，競道沈休文又一個。

華觀富艷，像是個穿滿珠玉錦繡的美人。然在穠艷的色彩之中，亦有不少自然、巧趣、典雅的句子，用作調和，免使全劇濃得化不開。我們試看第二折〈北雁兒落帶得勝令〉一曲：

〔北雁兒落帶得勝令〕好笑他雪如鹽語近俳，好笑他鐵為金一字改。（擲下中淨接介旦看介）又沒個寫晦日境內情，又沒個寫昆明詞中繪。這詩呵，可惜他清瘦骨如柴；這詩呵，可惜他俊逸神瀟灑，算不得東壁府參軍輩，只好做北山中宰相材。

句中活用詩詞成語典故，不流於堆砌，亦不傷音律，最是難得。

〈四韻事〉第二種〈集翠裘〉與〈昆明池〉一樣，都是君臣劇，但二者的情調卻剛好相反。〈昆明池〉可說是「承安體」，而〈集〉劇則是雜劇十二科中的「忠臣烈士」與「叱奸罵讒」一類，慷慨激越，所謂「以詼諧戲笑之態，寓其悲憤激越之情」[128]。是劇寫狄仁傑與武則天變臣張昌宗雙陸，以珍貴的集翠裘作注。梁公的氣概，昌宗一見已心怯，故終敗下局來。梁公贏得了那集翠裘後，甫出宮門，即將之轉給其家奴。事見《虞初集志》。裘璉作劇之意，亦見劇前小敍，云：「梁公之君中宗也，梁公之心房州也，梁公之事業唐也，非周也。即無武后庸何傷？予故於塡詞之末，表而出之，告乎天下之事君以權而不失其純者。」所以作者是有意借此劇來表彰狄梁公之賢而俠，譏諷武后之淫亂，斥罵佞臣之巧言令色。因此，是劇寫武后則裙裾脂粉，寫二張（昌宗、易之兄弟）則嘲譏戲謔，如第一折寫三人調笑，盡失君臣之儀，醜態畢呈：

（老旦）二卿，此處無人，若行君臣之禮，便覺少趣。今日朕即卿卿，卿勿朕朕，奴家以五郎六郎相呼，汝兄弟竟呼我，（作不說介丑小丑低問介）呼甚麼？（老旦笑低應介）呼我娘罷。（小丑）依易之是五娘，依昌宗是六娘，以後統叫娘娘罷！

活用《水滸傳》中妙語，看似詼諧，其實內藏鍼砭。此外，作者還用許多相關語來諷刺他們的關係，如老旦（武后）說：「六郎起色。」丑（昌宗）應曰：「還是娘娘色大。」而小丑（易之）又說：「君臣也，昆弟也，夫婦也，兩家人是一家人，傷甚和氣。」所以，此劇第一折的前段是浮而且艷，充滿諧謔語的。然而，狄仁傑的出場卻使氣氛頓變，像是在嬌花艷日的柔媚情調下，閃出一陣狂風驟雨，使人爽然自失。梁公沉雄激越的氣勢，震懾全場，他唱道：

〔本宮〕〔賺〕補袞無功，朝罷還應侍袞龍。下官平章軍國事狄仁傑是也，有事奏聞。來此已是便殿，笙歌擁，爐烟樹色兩朦朧。

寥寥數語，剛勁有力，自不尋常。梁公在贏了昌宗挫了他的氣燄後，步出宮門所唱數曲，更是慷慨激越，寫梁公的忠君愛國，鬚眉俱現：

〔北黃鐘宮〕〔醉花陰〕（生作騎馬淨隨上）朝罷初回鳳城裏，是誰令，貞元漸否。忠臣去，佞人私，國祚頻危，可憐俺太宗家不勝李。

〔正宮〕〔端正好〕恁道是價千金裘集翠，又道是海南國嘖嘖稱奇。那知他孤舟疲馬來千里，費盡了奔馳。那裏是不揚波來獻的越裳雉，西旅獒貢著明時，做不得漢文卻瑞，做不得雉頭裘焚向廷前棄。

其詞峭直刻壯，有銅琵琶鐵綽板唱「大江東去」之概。結尾處則寫出梁公惓惓心事：

〔煞尾〕（生）自有皇朝便有那光範門，看盡公卿他自知，別盡忠奸他不欺，笑盡斑斑粉面皮，嘆盡皤皤黃髮絲，不愧門題光範，誰想著那在房州帝子何年起。請看一百年的今日，域中究歸誰氏？

語氣尤爲惆悵雄壯。因此，在〈四韻事〉之中，〈集翠裘〉一劇最爲激昂奔放，恍若「大鵬之起北溟，奮翼凌乎九霄」。

〈四韻事〉第三種〈鑑湖隱〉是根據賀知章本傳寫他夢遊帝居，醒後，頓覺大悟，乞歸，玄宗賜〈鑑湖剡川〉一曲送行。其後，知章遇一賣藥老人，以珠來換餅，終能成道。作者之寫此劇是記知章之達而隱，且用以自況，他在〈小敍〉中說：「知章可謂有道士矣。嗚呼！予亦四明客也。遇與否，各有其時，乃獨覽其軼事，著爲傳奇，倘亦慨然而興起者乎！」裘璉五十餘年來受困於括帖之業，對於能夠達而隱、隱而榮的四明狂客（知章外號）自是既羨且歎呢！

作者在〈鑑湖隱〉寫知章拋棄凡俗，高蹈遠引，極爲豪放高爽，清俊飄忽，像是不吃人間煙火似的。夢遊仙境一折恍惚離奇，若虛若實，頗多發人深省之語。但寫得最好的還是第一折，敍知章與太白二人對酒，一個是謫仙，一個是狂客，曠達豪邁，俊逸高暢，氣概如生，茲錄數曲如後：

〔醉太師〕〔醉太平〕清幽，如此風光何有？筭聖賢寂寞，飲者名留。當杯入手，看等閒世事，浮鷗誰儔？〔太師引〕凌雲豪氣君自有，搖五嶽，笑傲滄州。名和利倘能到頭，檻外水緣何不解，向西流。

其中將太白之詩化爲詞，跌宕自然，抑揚爽朗，表現出知章高放的性格及淡泊名利的人生觀。另外再看太白（小生）所唱的兩枝曲：

〔過曲〕〔繡太平〕〔繡帶兒〕誰催去，春光十九，花開又早花愁。年年祇說春來，不見那歲歲人遊。（生）已到天津橋了。〔醉太平〕悠悠，天津橋水古今流。看盡了繁華非舊，但期長醉，漫醒來，又被利名拖逗。

〔學士解酲〕〔三學士〕與爾同銷萬古愁，眼前多少王侯。秦宮花草埋幽徑，漢代衣冠成古丘。〔解三酲〕不如那迎春好鳥歌人院，送酒飛花舞到樓。相逢處，搩十千沽盡，醉典鷫裘。

卻又把一個英氣橫溢，狂放不羈的浪漫詩人的形象、氣概活現出來。可見作者對人物描寫確有獨到之處，〈集翠裘〉的狄梁公，此劇之賀、李，都能夠寫出他們的神髓，栩栩如生。

〈旗亭館〉是寫王之渙、王昌齡、高適三詩人於旗亭聽伶妓歌詩事，根據《唐詩新話》而加插入雙鬟與之渙的戀愛。這故事被譜入曲的除此劇外，還有張龍文的〈旗亭讌〉及金兆燕的〈旗亭記〉。裘璉之寫此劇，用意全見於劇中一語：「所以才子佳人，同嗟薄命。」作者自是爲本身淪落不遇而歎，故在〈小敍〉中說：「覽是編者，誰爲今之雙鬟也哉？」乃嗟知音之難遇。

張龍文的〈旗亭讌〉是二折短劇，劇情直線發展，不蔓不枝，而此劇則略予渲染點綴，鋪敍敷演而成四折。第一折寫雛妓雙鬟仰慕之渙詩才，私心默許。第二折寫之渙、昌齡、高適三詩人齊集賞雪。其中描繪雪景，頗有佳趣，如：

〔過曲〕〔八聲甘州〕天低一片雲，正六花飄墜，撲面侵人。寒禽飛盡，人家早閉柴門。梅花放來千樹春，昨夜影到窗前疑是君。

裘璉寫景，清幽雅宕，如雁陣驚寒，與他的詩恍惚同趣，我們試舉其〈秋夜〉詩以證之：

徙倚立庭隅，樹杪送明月。流輝盈衣袂，清影寒肌骨。靜聞眾籟生，徐觀萬慮歇。溪聲入城來，蛩語臨階發。仰見彩雲飛，幽懷同飄忽。

第三折寫三詩人旗亭聽歌。雙鬟引吭一曲，所唱的正是之渙的詩。後來二人相見，各自傾心，便因歌詩而諧偶。是折於歌詩一段，關目穿插，頗見心思，自然諧妙，並不流於單調刻板。曲辭則清麗豐艷，娟娟如山花獻笑，葩艷如晴霞結綺，像〈繡帶宜春〉一曲：

〔繡帶宜春〕〔繡帶兒〕霞觴進，光浮雪影，風流況値娉婷。翩躚態，不讓紅紅；輕盈致，可擬鶯鶯。（旦偷看生介）多情。〔宜春令合〕聽清歌，停鳥留雲。知艷質，蘭心蕙性。恰遇那因風柳絮，好倩謝娘評定。

因此，裘璉的〈四韻事〉各有不同的風格，〈昆明池〉穠艷，〈集翠裘〉激昂，〈鑑湖隱〉高放，而〈旗亭館〉則是清麗。四劇中以〈集〉劇最佳，其他亦穩妥。在清代初期芸芸雜劇作手中，璉自亦能佔一重要地位。其時，劇作家多藉故事以發洩一己之牢愁，而他的「自娛」的寫作態度，更是超於當代風尚之外的。

十八、張　韜（約一六七八年前後在世）

張韜，字權六，自號紫微山人。浙江海寧人。生卒年均不詳，事蹟亦不甚可考。僅知他嘗司訓烏程，且曾與毛際可、徐倬、韓純玉、洪圖光諸人來往，故韜之生年約在順治、康熙之際。又《清史》卷二六二〈列傳〉四十八〈楊捷傳〉內有一段這樣記載：「（康熙）十七年……聞經犯泉州……泉州平……經將王一鵬復窺惠安。捷令總兵張韜禦之，捕斬略盡。……」[129]未知二者是否同爲一人？據《中國文學家大辭典》謂，韜著有《大雲樓詩文集》，附〈茗溪唱和〉詩、〈響臻堂偶參〉，〈續四聲猿傳奇〉等，有毛際可等序。

〈續四聲猿傳奇〉，有《清人雜劇初集》本。全劇四折，每折演一事，乃仿徐渭〈四聲猿〉而成。作者本意，可見〈題辭〉中，謂：「猿啼三聲腸已寸斷，豈更有第四聲，況續以四聲哉？但物不得其平則鳴，胸中無限牢騷，恐巴江、巫峽間，應有兩岸猿聲啼不住耳。徐生莫道我饒舌也。」亦是爲抒憤洩怨發牢騷而作的。

第一折爲〈杜秀才痛哭霸亭廟〉，寫杜默下第東歸，路過項王廟，見項王神像，不禁感慨萬千，因而痛哭。故事見《山堂肆考》。明沈自徵之〈霸亭秋〉雜劇，及嵇永仁之〈杜秀才痛哭泥神廟〉（〈續離騷〉第二種），均以默事爲題材。就關目而言，張作與嵇作無多大差異，二劇寓意，則略有不同。權六之作，不外落魄才人，失意於時，因而傷心自哭，留山却另有所指（詳見嵇永仁一節內）。他遭逢鉅劫，身繫囹圄，獄中寫劇，慷慨激烈，無限沉痛。因此，就感人而言，是張作不及嵇作，因後者實以血淚寫成，前者不過是文人自傷呻吟而已。但就寫情繪景的手法來說，權六則似勝於留山。這恐怕是因爲留山悲憤之極，所以不事雕飾，而權六寫情寫景，每多佳句：

〔駐馬聽〕瘦馬羸童，一帶殘暉。灞驛中，雁斜雲橫，幾株衰柳。渭橋東，障青山暮靄鎖寒空。隔踈林，野燒迷荒壠。（帶云）一霎時天黑下來，心戰悚，漸漸裏霧暝天暗也前途迥。

一片蕭殺凋落的景色，襯托著失意才人的落寞情懷，使人有凄酸悵惘之感。鄭振鐸說：「夫以疲馬羸童，度此青山暮靄，風雨踈林，衣單蹝滑，此情此景，失意人能不勾起牢愁萬斛耶？」⑬⓪是曲融情入景，具有元曲的神韻。

此外，劇中滿紙牢騷，自嘆懷才不遇：

〔雙調新水令〕俺則爲主司頭腦太冬烘，嘆功名一場春夢，空教俺十年磨鐵硯，悶的人四海轉飄蓬。淚洒西風，禁不住窮途慟。

千古以來，不第士子，都有同感。而主考有司，在一般士子眼中，更是操著生殺大權的：

〔水仙子〕他醉時節迷離五色眼光矇，怒時節亂抹千行殺氣沖，睡來呵抛殘半壁神魂懵，比似您看將來塵土同，枉了人嘔出心胸，鎮日價織成錦繡都無用，到太來着破麻衣待至公。（哭科）弄得俺呆打孩裘敝囊空。

在這裏，作者對主司極諷罵之能事，用以抒發心中不平之氣。又劇中云：「咳，俺想古今才子，不知埋沒了多少。且不說俺，就是大王拔山扛鼎，力敵萬夫，身經百戰，號爲西楚霸王，何等英勇。」可惜，時不我與，「以大王之威，不能取天下；以杜默之才，不得中狀元。哎喲，兀的不悲煞俺兩人也。」都是自怨自艾，憐人復自憐的牢騷語。

杜默發過一頓牢騷，功名夢醒，不願再戀場屋，「趕甚麼南宮射策忙，想甚麼慈墖題名迴。早收綸捲蓬，扯碎了絳帳馬融經，吹滅了青黎劉向火，喚醒了彩筆江淹夢。」心灰意冷，但願終老田園，「拜別您個荒祠社公，從今歸去波，待學那拂衣陶，休得再來波，妄想做彈冠貢。」拂袖而去，倒也灑脫。反看嵇永仁之〈泥神廟〉，却是在哭聲之中收場：「這分明是流淚眼觀流淚眼，斷腸人哭斷腸神。」一洒脫，一沉痛，這是因爲二劇作者之情懷與遭遇不同，故其表現亦有異。

第二折爲〈戴院長神行薊州道〉，乃取材於《水滸》故事。其中寫戴宗、李逵同往薊州訪公孫勝，宗在途中作法戲弄魯莽的李逵。故事頗爲諧妙有趣，而在〈續四聲猿〉四種中，亦以此爲一純粹之故事劇。《水滸》故事原爲元劇喜用之題材，李逵尤爲諸家所喜寫之人物，高文秀有〈黑旋風雙獻功〉，康進之又有〈梁山泊黑旋風負荊〉，至明朱有燉亦有〈黑旋風仗義疎財〉，都是以李逵爲主人翁的。在清代以《水滸》故事入曲者則較少，除韜此劇外，尙有唐英的〈十字坡〉雜劇等作。張韜此作，不僅故事全本《水滸》，即曲白亦多襲《水滸》原文。其中寫戴宗用法作弄黑旋風，騙他自己招認破戒吃葷一段，頗爲有趣：

（正末云）俺的法最忌牛肉，但喫一片要走十萬八千里方纔得住。

（淨怕科云）是喒的不是了，昨夜瞞著哥哥喫了一盤牛肉，可有法兒解救得麼？

（正末云）救不得，救不得，若眞個吃了牛肉。〔公〕西走波直跑去吐番，東走波須投至高麗，南走波要趕到朱厓，北走波待行過鐵勒。躧破芒鞋，踏盡天涯。你若要少住些時，須還他十萬里。

（淨云）苦也，苦也。哥哥，喒再不敢喫了。救了兄弟的性命罷！

戴宗不僅哄他招出了破戒的罪狀，還要他立誓不再吃肉。黑旋風在他神奇法術之下，唯有賭咒發誓，說道：

神聖在上，鐵牛再喫牛肉波，神聖便打斷鐵牛的筋，剝下鐵牛的皮，喉嚨裡生拳頭般戟刺，口嘴邊害碗大樣疔瘡。

曲白粗豪樸實，恍似魯直的黑旋風一樣，純任自然，使人有本色當行之感。

第三折〈王節使重續木蘭詩〉，是演王播微時，投齋木蘭院，寺僧惡之，特意齋後撞鐘。播懷忿而去，瀕行時題詩壁上，曰：「上堂已了各西東，慚愧闍黎飯後鐘。」顯貴後，重臨木蘭院，則壁上詩已由寺僧以紗籠之。播回憶前情，不覺感慨萬千，遂續前詩，曰：「二十年來塵撲面，于今始得絳紗籠。」並撥田十頃予寺僧，令彼周濟天下貧士，使普天下困窮的都來受用。

王播事見於《唐摭言》。〈破窯記〉傳奇呂蒙正飯後鐘，便是本王播事。明來集之亦有〈碧紗〉雜劇一種，但來作寫播事始末，而韜此劇僅述他重續〈木蘭詩〉，故較為簡短，然二者都是藉此來抒憤懣不平之氣的。

劇中王播一朝顯貴，重臨舊地，憶起前恨，不禁對寺僧挖苦一頓，以釋心頭之怒：

〔沉醉東風〕……咳，您只道窮儒到底窮，那知道有一朝官高位重。

〔得勝令〕可笑你努目的也假慈容，饒舌的都斂機鋒。一行行頻頤顩齊合掌，一個個低頭深鞠躬，謙恭，早知道今日裡眞惶恐；豪雄，何似那當初莫逞兇。

當他聽到鐘聲時，更挑起以前受奚落情況：

〔甜水令〕初時節輕韻悠揚，到後來宏音鏗鍧，不覺的連撞聲重，趲得人行步疾如風，投至得椀楪精光，僧徒閧散，茶寮空閒，這的是當年飯後慚愧齋鐘。

但現在衣錦重來，寺僧恭迎却惟恐不周，眞是炎涼世態，即方外之人亦難免。然王播也不與他們計較許多：

咳，我想古來才子落魄的不知多少，豈止俺王播一人。他受盡了世上腌臢，那一處不是木蘭院來，誰值與您計較。

〔錦上花〕買臣妻不守貧窮，蘇秦嫂誰憐寒凍，常則是受盡腌臢被人調弄。誰識得伏櫪良駒，誰救得淺波困龍，這的是世態人情，嘆炎涼千古共。

世態炎涼，惟寒士感受最深，故道來既痛且切。最後，作者更假王播之口來說出他個人的理想：

〔清江引〕嘆遭逢，倒顚時不同，痛定還思痛，須教同病憐，莫使窮途慟，願普天下困窮的都來受用。

然而，這只是他的理想而已，實際上並沒有這麼容易。千百年來，落魄文人，失意寒士，仍是飽受世俗的白眼，嘗盡了人情冷暖的滋味，他們亦只能夠在筆底下吐氣揚眉，抒憤洩怨罷了。

此劇是〈續四聲猿〉四種中寫得最好的一篇，運筆遒健，沉雄有力。曲辭方面，不刻意追摹元人，而能自闢蹊徑，另創風格。意境方面，則灑脫高放，襟懷磊落，不流凡俗，我們看〈太平令〉一曲：

〔太平令〕俺好似掃浮雲青天高迴，捲風濤滄海寬洪。把從前雷轟潮湧，都化作冰消雪烘。有甚麼怒容恨容，且撐開眼孔，纔顯得休休度胸懷闊空。

故鄭振鐸說：「韜詩文皆佳，塡詞亦足名家。雜劇尤爲當行。續青藤之〈四聲〉，雋艷奔放，無讓徐、沈，而意境之高妙，似尤出其上。」[131]

第四折的〈李翰林醉草清平調〉，亦是失意文人極寫得意之事，用以自慰的。是劇寫李白扶醉爲明皇草〈清平調〉三章，由天子親自調羹，而寵璫爲之脫鞾，可謂備極榮幸了。尤西堂亦曾以此事入曲，成〈李白登科記〉一折。二家作意相同，都是借他人之口，以洩心中之氣。只是西堂妙想天開，以李白中狀元，造意新奇，出常人之意外。而韜則專力寫李白之狂放超脫，不可羈絆。故張作中之李白便較尤侗筆下之青蓮更爲狂放了。長安市上酒家眠的李白，即使在皇帝面前，也不掩醉態：

〔油葫蘆〕可笑俺天子呼來不上船，醉婆娑胡亂撞，一任那倒持牙笏掉金章。（整衣科）剛待把宮袍整的榧飏，（墜簪科）可又早朝簪墜落瑤階響。（跪科）（云）臣李白見駕，願吾皇萬歲萬萬歲。俺只索望金鑾忙拜呼，（跌科）卻不覺頽玉山橫眠放。（伏地不起科）臣啓陛下，臣乃酒中之仙，山野之性，形骸放浪，望陛下恕罪，念臣是酒中仙，山野□，形骸浪□，啓萬歲恕疎狂。

疏狂豪放，正是青蓮本色。

劇中曲詞，多套用李白〈清平調〉原文，唱來倒也動聽可誦：

〔六么序〕俺便傾珠咳吐繡腸，頃刻裡紙落千張，筆掃千行，思涌千章，寫出他露華穠雲想衣裳，再把他拂春風檻畔花容想，除非玉山頭得見群芳，更相逢月下瑤臺上，敢摹盡了天家富貴，禁苑風光。

〈續四聲猿〉四劇，除〈戴院長神行薊州道〉外，餘均為嚴謹之作，可稱為純正之文人劇。清代雜劇，大都精潔嚴謹，此尤以前期為然，張韜即為其中一例。鄭振鐸對他極為推許，以他與吳梅村同為清劇之先河，只惜「三百年來韜名獨晦，生既坎坷，沒亦無聞」，故鄭氏認為「論敘清劇者宜有以章之矣」。平情而論，山人之曲，縱未能壓倒西堂，凌跨又陵，然以其作品之精純，運筆之沉健有度，格律之諧協可誦，於前期作家中，宜佔一重要地位，若任令其聲沒名晦，則為論清劇者之疏了！

十九、車江英（約十七世紀後期至十八世紀初期人）

車江英，字號不詳，生平亦不可考，僅知他是江右人。所作雜劇〈四名家傳奇摘齣〉，有《清人雜劇二集》本。卷首有浚儀散人序，署年為雍正乙卯（雍正十三年，公元一七三五年），故知江英為康、雍年間人。

〈四名家傳奇摘齣〉乃譜韓文公、柳柳州、歐陽公、蘇東坡四人之事，劇目為：〈藍關雪〉、〈柳州煙〉、〈醉翁亭〉、〈遊赤壁〉。江英之作此四劇，是「借管風絃月之詞，發胸中之磊落，如徐文長〈四聲猿〉、尤展成〈西堂樂府〉之作。」[132]亦是藉劇曲以抒懷。而浚儀散人序其劇云：「車子負雋俊之才，寢食於韓、柳、歐、蘇之文者數十年。於茲文章經濟，久已登其堂奧，彷彿其為人。是以搦管舒嘯之下，得以言夫子君子之所欲言，而遂其四君子未逮之志焉耳。」故作者是有意與四君子並驅於千古。

韓、柳、歐、蘇四劇，其中韓、蘇事，曲家譜之者頗多，如元紀君祥有〈韓湘子三度韓退之〉、趙明道有〈韓退之雪擁藍關記〉，而明錦窩老人有〈昇仙記〉，雲霞子有〈藍關記〉，都是譜韓事（江英之後以韓事入曲者也有楊潮觀、王聖徵、綠綺主人等的作品）。寫東坡的在元已有〈蘇子瞻醉寫赤壁賦〉（費唐臣作）、〈赤壁賦〉（無名氏作），在明亦有〈赤壁遊〉（許潮作）、〈赤壁記〉（沈練川作）等劇。但柳與歐陽事則是江英第一次為捉入筆端，可見作者在題材之選擇上也是力圖擺脫舊套，另闢蹊徑的。

〈藍關雪〉共有四折，第一折〈湘歸〉，寫韓愈之姪韓湘子離家三載後重歸與妻子相聚；第二折〈報參〉，寫吳元濟反叛，韓退之奉令參軍勘亂；第三折〈賞雪〉，寫韓退之等乘叛逆吳元濟歡讌之際，攻其無備，一舉平之；第四折〈衡山〉，寫退之被貶潮州，路經衡山，山神為清雲霧使他可飽覽山景。〈柳州煙〉亦四折，即〈春閨〉、〈倡和〉、〈風謠〉、〈驛邑〉便是。劇寫柳宗元、劉禹錫新中進士，為王丞相招贅，後來二人調任外官，王氏女五英、九英來訪，終在驛館成親。中間插入〈風謠〉一折，寫民衆將宗元德政譜入歌謠唱出。至於〈醉翁亭〉一劇，則記歐陽修寫〈秋聲賦〉。又加入其妻胥氏，寫她體質多病，病中夢遊鬼域，遇歐陽友石曼卿，查悉她陽壽未盡，便遣她還陽。是劇共有五折，即〈秋聲〉、〈綣別〉、〈弔石〉、〈蓉館〉、〈返魂〉。〈遊赤壁〉也分五折，第一折〈考墒〉寫秦少游娶蘇小妹；第二折〈歸院〉寫東坡金蓮歸院；第四折〈赤壁〉記東坡、山谷遊赤壁；而第三折〈送別〉與第五折〈後晤〉則寫少游與名妓黃義姑之情事。

縱觀江英各劇，敍事詳盡，所有出場人物，俱見經傳，鮮有荒誕狂妄之處。但有一缺點，就是組織力薄弱，劇情鬆散，首尾不貫，事無終始。這可能是因爲作者只注重寫人，而不是專敍一事，於是便把有關其人的事都譜入劇中，遂使枝葉繁多，而劇無主腦。像〈藍關雪〉一劇，第一折〈湘歸〉與後來劇情發展絕無關連。〈遊赤壁〉更爲散漫，既寫東坡，又記少游，既寫少游與小妹之情，又敍秦觀與義姑之愛，不分賓主。如此結構，只適用於短劇之作，每折一劇，事終劇結，但若推衍成四、五折之雜劇，則如雜綴成篇，既無章法，亦缺乏一足以動人心弦之中心情節，好像是碎金片玉，雖亦精美，仍難令人稱賞。浚儀上人序中所謂：「至若引商刻羽，不蔓不支。」不僅是溢美之辭，且恰與事實相違。各劇之中，只有〈柳州煙〉之結構尙算完整。

浚儀上人又謂江英「獨以慧心繡口，措意敷詞，使其形聲口吻，儼若再生」。對之堪稱推崇備至。然細讀江英諸劇，頗覺上人所言，有過譽之嫌。我們覺得，作者雖是有意寫四君子之襟懷，以抒一己之性情，但因其才力未逮，故不能達到預期的效果。本來四劇所寫的都是豪曠傑出的雅人逸士，自應以清放高爽之筆出之，但江英的曲沉重濃密，缺乏空靈之趣，給人一種沉滯重壓的感覺。不論是寫情寫景，都是艷麗有餘，神秀不足，難使讀者引起共鳴。我們試看

〈遊赤壁〉第一折的兩首曲：

〔傍粧臺〕（生旦）畫廊行，香風一徑綺羅輕，一曲笙歌細，幾陣麝蘭清。（拜介）帽插芙蓉勝，身近海棠盈，開鸞扇，倚雀屏，綠楊枝上一聲。

〔鶯換頭〕（外衆）關心兒女忻玉倚，齊眉夫婦耀花明，占盡風流配，譜出畫圖情。跨鶴揚州去，引鳳作秦聲。稱玉潤比冰清，回頭笑語羨如兄。

再看同劇〈歸院〉一折：

〔步步嬌〕花枝插帽紅兒遞，恍惚蟾宮墜。垂鞭信馬歸，一朵紅雲搭上烏紗翅。長信乍留題，道的個皇都摘下仙人騎。

〔折桂令〕（生）午朝門星毬匝地，雕琢花容出。削腰肢，分明是秀色療飢。金釵作對，錢樹交枝。更看這舞霓裳仙裙搖曳，賽過那弄琵琶馬上音吹。花插紅披，月醉觴飛，一霎時五色雲低，敢道是七步詩題。

及〈柳州煙〉第一折〈春閨〉寫王氏女遊園：

〔皂羅袍〕原來報信花風光在，覷千紅萬紫，散滿春臺。含笑因何露香腮，忘憂却喜留羅帶，清歌玉樹，美人暢懷。高題木筆，春工剪裁，櫻桃待結朱唇賽。

〔姐姐插海棠〕看畫堂丹青遍灑，輞川外徐黃殊派。這壁呵，望楚山清曉，帶著濤來。最分明枯活安排，更炙著清喧宛在。高人愛，筆底無聲，烏絲流彩。

江英的曲就是這樣，愛把絢麗的詞語，色澤鮮艷的句子，及詩詞成語生硬地堆砌在一起，但見滿紙浮詞，使人覺得眩目耀眼，像是一個搽滿脂粉的木美人，沒有半點機趣。然而，江英的曲卻非絕無可誦之處，像〈遊赤壁〉寫東坡等遨遊赤壁，便頗具逸興：

〔駐馬聽〕（合）秋水寒烟萬頃，琉璃天際，捲沙鷗海燕。半江秋色畫圖懸，搖搖日抱老黿眠，隱隱雲靠蒼龍偃，輕舟便、幾重山色隨波轉。

〔清江引〕（合）猛回頭，西山起暮烟，人影搖波面，歸鴉入山深，宿鷺尋沙淺。大家笑一聲呵，愛今朝西風吹醉臉。

此外，浚儀上人又謂江英「寢食於韓、柳、歐、蘇之文者數十年」，我們雖未能盡窺其作，但從劇中即可看到江英古文的造詣，亦頗有獨到之處。試觀〈藍關雪〉〈衡山〉一折內山神的一段獨白，云：

……吾神乃掌管衡山南嶽大帝是也。上踞朱陵，下窺雲夢，崔嵬萬丈之高，綿亙八百之廣。七十二峰，峰峰矗起；百有餘澗，澗澗澄源。翠巖碧洞，嵌空玲瓏，白石紅泉，飛流激瀑。鯨鐘鼉鼓，殷殷萬點雷聲；鶴唳猿啼，隱隱半天風吼。……

峻潔峭勁，似乎比他的曲詞更勝呢！

二十、南山逸史

南山逸史，名姓、里居、生平均不詳。所作雜劇有〈半臂寒〉、〈長公妹〉、〈中郎女〉、〈京兆眉〉、〈翠鈿緣〉五種，俱收入鄒式金《雜劇三集》內。故逸史亦爲明末清初曲家之一。從所存各劇看來，逸史頗擅於描寫兒女情態，因他大部份作品都以才士佳人的風流艷跡爲題，風光旖旎，香艷欲滴。〈半臂寒〉有四齣，寫宋祈風流蘊藉，姬妾衆多。一日，他送友入山，突爲寒風所侵，使人回家取衣。誰料妻妾均脫下半臂相贈，這眞使宋祈莫知所從。他爲免輕此重彼，所以妻妾送來的半臂，一概不穿，寧受寒凍熬煎。此事爲妻妾所知，便大爲不樂：

【玉交枝】（旦合）相看增歎，脫雲裾情堅意專，物微不足回青盼，空辜負望眼連天。
（生）衣服不穿，有甚關係，便動起惱來。
（旦合）青衫尚然遭棄捐，白頭休望承恩眷。
（淨丑哭介）細思維紅顏可憐，轉躊躇淚珠湧泉。
（生）我不穿別無他意，正是沒偏枯處。如何惱的惱，哭的哭，眞個笑殺人也。

狀寫女兒嬌態，宜喜宜嗔，細緻入微。

宋祁自送友人道歸來後，不覺樂極悲生，頓覺繁華如夢，無可眷戀，仕途險惡，難以久留，便也辭家訪道，飄然引去。第四齣〈嘯隱〉便是寫宋祁離家後，其妻子追蹤而至，苦苦相勸，但祁去志堅決，無可挽回：

〔北粉蝶兒〕半局殘棋，收拾起半局殘棋。說什麼蔗漿甜到頭滋味，不管著是是非非，撇烏紗，拋象簡，卻告了身家迴避。

他的兒子要拉他回去，祁卻灑脫地一揮，將一切塵俗情愛盡拋去：

〔北黃龍滾犯〕……（生扯脫介）遠迢迢爾輩歸兮，遠迢迢爾輩歸兮。（作揮手介）笑吟吟先生去矣。

而結尾云：

〔南尾聲〕（末外）從今謝却人間世，再不遣流水桃花到虎谿，一嘯長空天似水。

所以這一齣是高放亢爽的，與第三齣的香艷嫵媚，大不相同，而俱能臻妙，可見作者於戲曲之道，造詣頗深。且從此劇中，更可看出逸史是一精於音律之人，試觀其論樂一段，便可爲證：

（生）今人但知歌舞，不知音樂。歌舞者，音樂之餘緒也。須知樂乃天地玄音，人心元韻，上以通鬼神，下以風黎庶，協和造化陰陽，攸關世道升降。是以蜀山崩而鐘響，韶樂作而鳳儀。濮上新聲，師涓致戒；高山流水，鐘期賞音。角聲惻隱，宮聲溫雅，徵聲善養，商聲好義，辨音務晰微茫，正宮雄壯，羽越淒楚，黃鐘宏大，仙呂悠揚，考宮須窮本始。……

逸史既諳樂理，故其曲大都音節諧和，協律合奏。

〈半臂寒〉而外，〈長公妹〉、〈京兆眉〉、〈翠鈿緣〉三劇都是溫馨嬌媚、濃麗香軟之作。〈長公妹〉，四齣，寫蘇小妹於洞房之夜三試新郎秦少游；〈京兆眉〉，四齣，寫張敞爲婦畫眉事；〈翠鈿緣〉，五齣，則本於唐李復言《續幽怪錄》〈定婚店〉一條。內容謂唐韋固聘潘氏女未娶，遇月老告以潘氏非其配，而其婦此時纔不過二歲。固不信，後見老嫗攜种節度使之女逃難，情形正如月老所言，便欲以劍刺之，未果。後潘氏果未婚而歿，固續娶王節度女兒。及見其眉心有翡翠梅花鈿，詰之，原來是受劍傷痕，而女即當日固所刺之小孩。固至此始信命之不可拗。

三劇都是以風流雅事爲題，所寫的或是秀外慧中的才女，或是風情萬種的少婦，故吐屬婉麗，熏香掬艷，眩目醉心，像是《花間》詞的充滿了浪漫氣息。如〈長公妹〉寫千嬌百媚的蘇小妹：

〔齊天樂〕（旦）榆錢徑，滿蕉裾窗蔭樓，對南山端正。孩兒呵，調脂弄粉，也來詩禮趨庭，只見海棠嬌睡，宮柳低眠，人在蓬萊境。銀塘流、曲曲細堪聽，酒爲花催肯暫停。

再看〈京兆眉〉第一齣寫張夫人畫眉的嬌態：

〔嬾畫眉〕宜春髻整漫安黃，（更衣介）綽約腰肢嬾下堂，生來愛著紫羅裳，好花欲插誰簪向，因此上、細對菱花自酌量。……

〔梧桐樹〕罵花正艷陽，風月人隨唱，一寸眉峰直恁關情況。笑他家妝樓空對山想，玉鏡臺前祇自商。誰似你奇擎拭耽清賞，惟願取鸖算無疆，鴛肩長傍。

〈翠鈿緣〉也有寫初婚之態的，第五齣旦對鏡云：

〔二郎神〕鸞鏡徹，較昨日臨妝慵困些，繡枕初離眸嬾揭。（丑代掋介）（合）新妝楚楚，分明畫裏人兒，只眉際湘痕如淚疊。……

上列數曲都是描寫美人嬌嬈情狀，香艷柔美，刻劃細膩，像溫庭筠的詞那樣色澤鮮麗，精艷絕人。

但逸史的雜劇並不全是艷詞麗句的，在綺羅香澤之態中往往亦有高放之音，表現出作者的逸興襟懷，想念著民生國事，慨歎著宦途黑暗。可見作者並不是一個只談風花雪月，只寫男女狎昵的曲匠。如在〈長公妹〉第二齣蘇東坡、秦少游、黃山谷三人一同登高遠眺，對著秋天蕭殺的景色，不禁激起這些雅士的豪興，他們唱道：

〔黃鐘過曲〕〔絳都春序〕（衆）秋林瀟灑，看長堤衰柳，奔流嘈囐，簇簇霜花，是一幅顧愷層城丹樓畫，黎民猶得全漁稼，聽欸乃在蘆邊響答。（合）飛翔只有白鷗閑，看漁父盡將罾掛。

作者能用運疏入密，寓淡於濃的手法，所以他的作品在艷麗中有著疏淡，在香軟之內蘊藏清勁，不會使人有膚淺庸俗的感覺，這是作者值得稱賞之處。

至於逸史第五種劇〈中郎女〉，四齣，寫曹操把蔡中郎之女蔡琰從匈奴處贖回，令她修史事。此劇與前數種絕不相同，曲辭雄豪老辣，蒼勁遒健。作者寫曹阿瞞固用雄健之筆，即寫文姬亦絕無嬌媚之態。她與蘇小妹同是才女，但一個是嬌生慣養，一個則飽歷風霜，二人的風韻、襟懷自是有別。文姬夙承家教，飽讀父書，本來胸懷偉志，可惜身入虜庭，被胡沙侵凌，所以她的心境是悲苦蒼涼的，正像她眼前景色一般蕭殺：

〔小桃紅〕風高蘆井雁行低，正渺渺天無極也。看黯千山，蒼黃落日冷雲垂，四野遍笳吹。受用足酪漿羶，射生肥，貂□煖，空秪向毳圍泣也。妬殺他俊鶻高飛，早摩過受降城、黃沙磧，傍南歸。

融情入景，充分流露出悲愴的情調。文姬羨慕俊鶻能高飛，正表示她對自由的渴望。所以後來當她知道漢使來贖她回去之時，她內心是慶幸的，只不過佯作悲傷。在這裏作者頗能把握其心理。作者寫單于的怯懦，也非常傳神。劇中的單于，對著威猛的漢軍，只會哭哭啼啼，絕沒有一點英雄氣概：

〔五般宜〕（副淨）他那裏哭啼啼聲凄鼓鼙，俺這裏雄赳赳氣奮虹霓；他那裏螳臂抗天威，俺這裡斬將搴旗，竚還嫵媚。

這就是曹彰眼中的單于，這與在其他戲曲所見的威風凜凜、氣焰迫人的胡兒形象，迥異不同，這是作者有意對胡兒的挖苦。

我們對於南山逸史的生平雖然一無所知，但相信他也是一個憂時傷世的有心人，因爲，他常常在作品中，若有意若無意地流露出他那激越的感情。像在〈中郎女〉劇中，他又借蔡文姬之口來罵那些誤國的庸臣：

〔北折桂令〕……咳，忘却了誦詩書匡扶社稷，單只會貪爵祿黨錮門牆，直弄到國是乖張，盜賊猖狂。那些黨人呵！尚不顧人非鬼責，兀自介說短爭長。

這一片激越之聲，在清麗曲辭之中，像是一點點耀目的火花，使人重視它的存在，也使人認識它的珍貴之處。

二十一、碧蕉軒主人

碧蕉軒主人，姓名、里居、生平均不詳。所作雜劇有〈不了緣〉一種，收入鄒式金《雜劇三集》內。〈不了緣〉，分四齣，譜鶯鶯與張生事，但關目與王《西廂》不同。是劇根據元稹〈會眞記〉後段，寫鶯鶯歸鄭恒，而張生以外兄身份求見。崔拒見，但使紅娘遞詩，詩曰：「自從別後減容光，萬轉千回懶下床。不爲旁人羞不起，爲郎憔悴卻羞郎。」由是張生志絕，而崔、張從此爲不了之緣。

此劇的結局亦與李日華《南西廂》、陸采《南西廂》，及查繼佐《續西廂》等迥異。諸劇都寫張與鶯完配，以大團圓作結，此則以悲劇收場，使人留下不盡之思，超脫俗套。縱觀全劇，像是被一陣淡淡的哀悲籠罩著，作者筆調沉鬱頓挫，極盡哀惋悽惻之致。如第一折寫張生重臨舊地，面對著蕭散的景色，襯托著落寞的情懷，觸物興悲，倍感悵惘：

〔新水令〕（生）踈林蕭瑟落晴川，奈離人舊情空眷，幾家殘照裏，一雁暮雲邊，秋水長天，惹遊思篷似轉。

〔駐馬聽〕（生）只見景物依然，寒郊一派紅深淺。悶懷凄斷，昏鴉幾點暮爭喧，映閒汀風細白蘋牽。綴疎籬霜老黃花怨，則俺是賦悲秋楚客吟髭撚。

周遭凄迷，幽闃靜穆，大有四顧蒼茫，萬物蕭條之象。作者就是用這樣沉重的筆調、融情入景的手法來寫出一個失意人的凝愁。他在刻劃鶯鶯的幽怨，却用另一種手法。鶯鶯自歸鄭恒後，終日愁悶，慽慽如有所思，忽忽若有所失。她的丈夫覺得奇怪，不禁追問究竟：

（旦）咳，鄭郎，我女兒家心性如此，你怎有許多猜疑。

〔玉交枝〕支愁無計，女兒家帶小偏泥，翻嫌阿母容驕恣，慣了驪珠掌上擎持。（小生）住的是重樓煖閣，也儘勾消遣來。（旦）爲厭紅樓礙夢飛。（小生）聽的是玉簫金管，也不落寂寞了。（旦）生憎紫玉將心碎。（旦小旦背唱介）薄姻緣憐香，這回舊根苗，疼人那裏。

在這一段對答裏，雖是寥寥數語，卻蘊藏悽惻的情緒，纏綿的情感，而字裏行間，更流露著無限的幽怨與悲痛。這一種情調，貫徹著全劇，所以此劇比其他各種《西廂》更爲凄楚，也更爲纏綿婉轉。

二十二、土室道民

土室道民，姓名、生平、里居俱不可考。著雜劇〈鯁詩讖〉一種，收入鄒氏《雜劇三集》中。從該劇內容、意識看來，作者似是明末清初隱姓埋名的遺逸。

全劇一折，略敘五代時，貫休和尚往蜀途中，過吳、越，錢鏐向之請示興亡成敗之勢，休贈以詩，中有「一劍霜寒十四州」之句，錢王不悅，請他改「十四州」爲「四十州」，休堅拒，並謂：「州亦難添，詩亦難改。」更拂袖而行。事據《十國春秋》而略加潤飾。是劇所以取名〈鯁詩讖〉，便是指貫休爲人骨鯁，偶作一詩，似無關重要，惟其性鯁，必不肯改，最後竟成詩讖。

劇中頗多感慨之語，恐是作者有感而發。如貫休所說的：「昨日一路行來，見那些殘山剩水，滿目淒其，想此時天下，更無一人也呵。」弔古傷今，若有深意在其中。結構雖是簡單平淡，直敘平舖，但作者運筆遒健，意氣蒼莽，下語謹嚴，縱非名家，卻頗有名家風度。亦有一二首可誦之曲，且舉〈混江龍〉以觀之：

〈混江龍〉英雄多少，都是些楚猴秦鹿墓門鴞，弄得來皮枯血沸，額爛頭焦，盲魚破浪，跛鱉乘潮。幾曾見星文東聚，止有那日腳西拋。狠嘍囉，硬生生稱孤道寡；頑廝養，羞答答問道臨朝。草竊得一州二縣呵，便當是孟津場微盧應響。挨延得一世二世呵，又道是西京廟文景承祧。十字街一班兒使鎗賣藥的繫了印，便是他五雲臺韓、彭、衛、霍。三家村有幾個舞文弄法的執了簡，便是他通明殿房、杜、蕭、曹。隔山頭建幾處青、紅、黑、白壇和社，纔眨眼，早換却雲日陰晴暮與朝。百忙裏一聲鐘動景陽樓，下場頭三秋風捲咸陽道，只受用得城門輿櫬帥府銜刀。

以諷喻之筆，來描寫出小朝庭的氣象，尤覺可喜。

附註

❶ 梁啓超《清代學術概論》二，頁三，一九六三年一月香港中華書局印行。

❷ 清卓爾堪《明末四百家遺民詩》。上海有正書局石印本。

❸ 《四庫全書總目》卷一七三《集》部《別集》類二十六〈梅村集〉，第六冊，總頁三四九五。一九六九年三月臺灣藝文印書館三版。

❹ 清尤侗〈梅村詞序〉，見《西堂雜組》三集卷三，頁二，《西堂全集》本。

❺ 清黃文暘《曲海總目提要》卷十九，總頁八九七。一九六七年九月香港漢學圖書供應社發行。

❻ 轉引馬導源《吳梅村年譜》第四章〈梅村年譜〉，頁五六。一九三五年六月上海商務印書館出版，《中國史學叢書》本。

❼ 轉引任中敏《曲海揚波》卷二，頁十八，見《新曲苑》。一九四〇年中華書局排印本。

❽ 二段俱出自清顧湄〈吳先生偉業行狀〉，見清錢儀吉《碑傳集》卷四十三，頁十九下，光緒十九年排印本。

❾ 尤侗〈梅村詞序〉，參❹。

❿ 清冒襄《同人集》卷十〈演秣陵春倡和詩小記〉，頁六七。清康熙冒氏水繪庵刻本。

⓫ 同前註。

⓬ 轉引楊恩壽《詞餘叢話》。

⓭ 吳偉業〈西堂雜組初集序〉，見《西堂全集》。

⓮ 尤侗〈黃九烟秋波六藝序〉，見《西堂雜組》二集，卷三，頁三。參❹。

⑮ 尤侗〈西堂曲腋自序〉，《清人雜劇初集》本。

⑯ 清梁廷枏《曲語》，卷三，見《中國古典戲曲論著集成》，第八冊，頁二六六。中國戲曲研究院編校，一九六〇年一月北京中國戲劇出版社出版。

⑰ 尤侗〈答蔣虎臣太史書〉，見《西堂雜俎》二集卷五，頁五下。上海中華圖書館印行。

⑱ 二語同見尤侗〈西堂曲腋自序〉。

⑲ 彭孫遹〈弔琵琶題詞〉語，見《西堂曲腋》。

⑳ 彭孫遹〈黑白衛題詞〉，見《西堂曲腋》。

㉑ 清梁玉立評語，見《西堂曲腋》。

㉒ 清陳棟〈北涇草堂曲論〉，見任中敏《新曲苑》第廿七種，第六冊，頁二下，參❼。

㉓ 尤侗〈西堂曲腋自序〉。參⑮。

㉔ 鄭振鐸《西堂樂府》跋一，見《清人雜劇初集》。

㉕ 《四庫全書總目》卷一九八〈集〉部〈詞曲〉類一，第七冊，總頁四一四一。參❸。

㉖ 二句均見尤侗〈名詞選勝序〉，見《西堂雜俎》三集，卷三，頁八下。參❹。

㉗ 清姚燮《今樂考證》著錄八《國朝院本》〈徐石麟〉條。見《中國古典戲曲論著集成》，第十冊，頁二六四。

㉘ 劉師培〈徐石麒傳〉，見《左盦外集》卷十八，頁三下。一九六五年臺北大新書局影印本。

㉙ 清焦循《劇說》卷五，見《中國古典戲曲論著集成》，第八冊，總頁一八三。參⑯。

㉚ 轉引劉師培〈徐石麒傳〉。參㉘。

㉛ 轉引盧前《明清戲曲史》，第五章，頁七九。一九六一年五月香港商務印書館重版。

㉜ 吳梅《中國戲曲概論》卷下二〈清人雜劇〉，頁九。一九六四年八月香港太平書局重版。

㉝ 轉引劉師培〈徐石麒傳〉。參㉘。

㉞ 《墨子》〈親士〉第一，頁一，一九三四年中華書局聚珍倣宋版重印本。

㉟ 《杭州府志》、《文獻徵存錄》，《清詩別裁》、《清史列傳》，均以昇之號為「稗村」，其詩集曰《稗村集》。而《長生殿》〈自序〉後則自署為「稗畦洪昇」，其門人汪熷序其《長生殿》亦稱之為「稗畦先生」。《武林坊巷志》亦稱為「稗畦」，是「稗畦」、「稗村」皆為昇之號。

㊱ 有關其生年，鄭振鐸的《中國文學年表》，初步定出是在於公元一六五九年，即順治十六年己亥，姜亮夫《歷代名人年里碑傳總表》，亦主此說。惟近人陳友琴撰〈略談長生殿作者的生平〉一文，則據《國朝杭郡詩輯續集》所附〈洪昇小傳〉，及所輯錄昇之〈燕京客舍生日作〉詩，考定昉思生於順治二年七月初一日。自此文（原載《文學遺產》第九期，一九五四年六月廿一日）刊佈後，復有陳光漢撰〈洪昇生年確證的材料及其他〉一文，證實此說。故後來論及洪昇生年者，如曾永義《洪昇生平資料考》，及陳萬鼐《洪稗畦先生年譜稿》等，均採陳之說，以昇生於順治二年。

㊲ 洪昇《長生殿》〈例言〉。

㊳ 《兩浙輶軒錄》卷五洪昇詩前有朱彭所作之小傳，其中有云：「……娶黃相國機孫女，亦諳音律。」

㊴ 王季烈《螾廬曲談》卷四〈餘論〉第二章，頁二六上。一九二八年商務印書館出版。

㊵ 吳梅《顧曲麈談》第四章〈談曲〉，頁一八五。一九六二年七月臺北廣文書局印行。

㊶ 《武林坊巷志》引《郭西小志》，見陳萬鼐〈洪稗畦先生年譜稿〉一文所引，原載《幼獅學誌》第七卷第二期。

42 清梁紹壬《兩般秋雨盦曲談》〈拍曲几〉條，頁六下，見任中敏《新曲苑》，第二十六種，第五冊。參7。

43 《兗州府志續編》卷十六，見容肇祖〈孔尚任年譜〉一文所引，載《嶺南學報》，第三卷，第二期。

44 楊恩壽《詞餘叢話》卷二〈原文〉，見《中國古典戲曲論著集成》，第九冊，頁二五一。參16。

45 見《桃花扇傳奇》卷下〈本末〉，刊本。

46 同45。

47 汪蔚林〈孔尚任詩文集後記〉舉出了王源《居業堂文集》卷十六〈送孔東塘戶部歸石門山序〉，及孔尚任所作的詩中語，如「命薄忽遭文章憎，緘口金人受謗誹。」（見〈放歌贈劉雨峯丈〉）及「送我詩發溫厚情，方外亦懼文字禍。」（見〈答僧偉載〉）等句，來推測尚任的罷官是與《桃花扇》有關的。見《孔尚任詩文集》，一九六二年北京中華書局出版。

48 梁廷枏《曲話》卷三，頁二七〇。

49 吳梅《中國戲曲概論》卷下三〈清人傳奇〉，頁三二。參32。

50 日人青木正兒著（王吉盧譯）《中國近世戲曲史》第十一章，第一節，頁三八八。一九六五年三月臺灣商務印書館印行。

51 吳梅《中國戲曲概論》卷下。

52 見王士禎《居易錄》卷十八，頁十一下。《漁洋山人全集》第三十五冊，清康熙刊本。

53 據周妙中〈江南訪曲錄要〉一文所載，他所見的〈小忽雷〉三種抄本是：一、上海圖書館所藏舊抄本；二、南京圖書館藏嘉慶間劉燕庭味經書屋藍格校抄本；三、南京圖書館藏清乾隆間馮氏訂抄本。〈江〉文見《文史》，一九三四年六月第二輯，頁二〇九。

54 青本正兒評語，參50。

55 吳梅《中國戲曲概論》卷下。

56 據《古今圖書集成》〈民族典〉三，第三五九冊，頁四一上所引。一九六四年臺北文星書店影印本。

57 《武進陽湖合志》，卷二十八。一九六八年臺北學生書局據清光緒丙午（一九〇六）重印本影印。

58 《清史》卷五十八〈南明紀〉一〈安宗皇帝本紀〉，總頁五八二六。清史編纂委員會編纂，一九六一年臺灣國防研究院出版。

59 清郝蓮輯《國朝詩選》，《梁溪詩鈔》，第五十四冊，稿本。

60 見趙景深《明清曲談》〈薛旦的九龍池〉，及周妙中《江南訪曲錄要》。

61 見趙景深〈薛旦的九龍池〉。

62 《梁溪詩話》，見清王孫《江蘇詩徵》所引，卷一五六，頁十三下。清道光元年（一八二一）焦山海西庵詩徵閣刊本。

63 清高奕《新傳奇品》，《中國古典戲曲論著集成》第六冊，頁二七二。參16。

64 清黃孝存《西神叢語》〈朋友條〉，見清張潮《昭代叢書》，第一七〇冊，癸集，頁五三。清道光癸巳年刊本。

65 《清史》，總頁五八一九。參58。

66 焦循《劇說》卷五，頁一八六。參29。

67 尤侗〈西堂曲腋自序〉。參15。

68 見黃文暘《曲海總目提要》所引，卷二十，第二冊，總頁九四三。

69 《漁隱叢話》前集卷三十九，轉引龍沐勛《唐宋名家詞選》，頁一一九。一九五三年香港商務印書館印行。

70 《無錫金匱縣志》卷四十〈雜識〉，頁二四下，總頁六八六。一九六八年臺北無錫同鄉會據中央研究院藏本影印。

71 見《雜劇三集》吳偉業序，一九五八年北京中國戲劇出版社據誦芬室本影印。

72 見《江蘇詩徵》卷八十六，頁一。參62。

73 據鄭振鐸〈鄒式金雜劇新編跋〉，見《中國文學研究》第三卷《戲曲研究》，頁七九二。一九六一年香港古文書局出版。

74 見《雜劇三集》吳偉業序，參71。

75 《無錫金匱縣志》卷四十〈雜識〉，頁二十三。參70。

76 《江蘇詩徵》卷八十六，頁十下。參62。

77 見《江蘇詩徵》所引，卷一百三，頁十三。參62。

78 見徐世昌《晚清簃詩匯》卷二三葉承宗〈小傳〉所引，頁二四下。一九二九年得耕堂刊本。

79 明朱權評宮大用語，見《太和正音譜》卷上。《中國古典戲曲論著集成》，第三冊，頁十七。參16。

80 田御宿評語見〈賈閬僊〉一劇後，《清人雜劇二集》本。

81 同前註。

82 據孟森〈西樓記傳奇考〉，見《心史叢刊二集》，頁一二三，一九六三年四月香港中國古籍珍本供應社印行。

83 清宋犖〈筠廊偶筆〉上，見《西陂類稿》卷四十三，頁六。清康熙年間刊本。

84 轉引青木正兒《中國近世戲曲史》第十章，第一節，頁二九八。
85 轉引《中國近世戲曲史》，參前註。
86 焦循《劇說》卷三，頁一三〇。
87 明徐復祚《曲論》，見《中國古典戲曲論著集成》，第四冊，頁二四〇。參16。
88 明張琦《衡曲麈談》〈作家偶評〉，見《中國古典戲曲論著集成》，第四冊，頁二七〇。參16。
89 見焦循《劇說》卷三頁一三一所引《曠園偶錄》。
90 吳梅《中國戲曲概論》卷下，頁二七。
91 見孟森〈西樓記傳奇考〉引雷琳等《漁磯漫鈔》，參82。
92 焦循《劇說》卷三，頁一三一。
93 青木正兒《中國近世戲曲史》第十章，第三節，頁三〇〇。
94 《海寧州志稿》卷二十九，是書圖書館缺藏，轉引自趙景深〈方志著錄明清曲家考略〉一文，見《明清曲談》。
95 楊恩壽《詞餘叢話》卷三〈原事〉，頁二七八。
96 余廷燦〈王船山先生傳〉，見《國朝耆獻類徵初編》，卷四百三，〈儒行〉九，頁三二下。湘陰李氏藏版，清光緒十年（一八八四）本。
97 清錢儀吉〈嵇留山先生事狀〉，見《國朝耆獻類徵初編》卷三四二，〈忠義〉十二，頁十一上。
98 清許旭《閩中紀略》，頁十九。見《臺灣文獻叢刊》第二六〇種，一九六八年臺北臺灣銀行出版。
99 清賈兆鳳〈義士贈國子助教嵇先生傳〉，見《國朝耆獻類徵初編》卷三四二，〈忠義〉十二，頁八下。

100 清王龍光〈和淚譜〉，見《國朝耆獻類徵初編》卷三四二，〈忠義〉十二，頁十三下。
101 青木正兒《中國近世戲曲史》第十章，第三節，頁三四八。
102 清范承謨〈書續離騷後〉，見《清人雜劇初集》所收〈續離騷〉，頁三十四上。
103 王龍光〈讀續離騷〉，見《清人雜劇初集》所收〈續離騷〉，頁三十四下。
104 見賈兆鳳〈義士贈國子助教嵇先生傳〉，參99。
105 清秦松齡〈嵇留山先生墓表〉，見《國朝耆獻類徵初編》卷三四二，〈忠義〉十二，頁三下。
106 鄭振鐸〈續離騷跋〉，見《清人雜劇初集》所收〈續離騷〉。
107 黃文暘《曲海總目提要》卷二十二，第三冊，總頁一〇五一。
108 見范承謨〈書續離騷後〉，參102。
109 楊恩壽《詞餘叢話》卷二〈原文〉，頁二四五。
110 吳梅〈揚州夢〉〈跋〉，見《奢摩他室曲叢》第二冊，上海涵芬樓影印本。
111 見雲林老農序〈揚州夢〉。惟此序文《奢摩他室曲叢》影印本中無之。據青木正兒（《中國近世戲曲史》）謂可見於原刻。
112 曾璟〈廖燕傳〉，見廖燕《二十七松堂集》卷首。惟此集圖書館缺藏，本文所引俱據《文學年報》一九四〇年第六期趙貞信所撰〈廖柴舟先生年譜〉一文（頁二一一—三〇〇）轉錄。
113 《二十七松堂文集》卷三〈綠匪山房記〉。
114 《文集》卷五〈與黃少涯書〉。
115 同前註。

116 《文集》卷五。

117 《文集》卷三〈辭諸生說〉。

118 《二十七松堂集》卷十〈弔金聖歎先生〉。

119 容肇祖〈偏行堂集殘本跋〉，載中山大學《語言歷史研究所週刊》第六集第七十二期。

120 清澹歸《偏行堂續集》卷三〈廖夢麒詩序〉。轉引自趙貞信〈廖柴舟先生年譜〉一文。下同。

121 《偏行堂續集》卷十三〈答贈廖夢麒文學〉。

122 二語俱轉引自趙氏〈廖柴舟先生年譜〉，頁二三五。

123 清王源〈廖處士墓誌銘〉，見《二十七松堂集》卷首，亦載《國朝耆獻類徵初編》，卷四百三，〈文藝〉八，頁四八上。

124 《文集》卷六〈雜著〉。

125 朱渠〈二十七松堂集序〉。

126 《文集》卷五〈與陳崑圃書〉。

127 朱權評張鳴善語，見《太和正音譜》卷上。

128 裘璉《集翠裘》〈小敘〉。

129 《清史》卷二六二〈列傳〉四十八〈楊捷傳〉內，總頁三八八三。

130 鄭振鐸〈續四聲猿跋〉，附〈續四聲猿〉雜劇，見《清人雜劇初集》。

131 同前註。

132 逡儀散人《四名家傳奇雜齣》〈序〉，《清人雜劇二集》本。

第六章 中期（乾隆、嘉慶年間）的雜劇作家與作品

引　言

這一期包括了乾隆、嘉慶兩朝的八十餘年。這時，清代政治踏進了一個新階段，清廷開始施行懷柔政策以取代高壓的手段，於是中央統治日趨鞏固，社會經濟亦隨之而有長足的發展。在這情形之下，漢民族的仇恨與悲痛，也隨著時間日益淡漠。終於造成了所謂「乾、嘉盛世」。這個昇平時代所產生的雜劇作品，在風格上已沒有了前期的蒼莽疏宕之氣，而傾向於典雅蘊藉。這時的雜劇題材愈趨熱鬧，設景絢美。更有大規模的神怪劇出現，如厲鶚、吳城合撰的〈迎鑾新曲〉，是為祝皇太后萬壽而作的，而呂星垣的〈康衢新樂府〉、王文治的〈迎鑾新曲〉、柳山居士的〈太平樂事〉等劇，都是這個太平盛世的產品。在文辭方面，這時的作品更臻雅麗凝鍊，而格律則另闢蹊徑，去元人更遠。

在乾、嘉之世，從事於雜劇創作的曲家數十人，其中堪稱為曲苑盟主、劇壇飛將的當推蔣士銓與楊潮觀二家。蔣心餘以《藏園九種曲》最為著名，所作雜劇有〈一片石〉、〈第二碑〉、〈四絃秋〉、〈康衢樂〉、〈忉利天〉、〈長生籙〉、〈昇平瑞〉（上四種合稱〈西江祝嘏〉）、〈采樵圖〉、〈采石磯〉等。心餘之曲學湯玉茗（顯祖）之作風，而能謹守曲律，不稍逾越，

洵為近代曲家所難得。以〈四絃秋〉最為人稱誦，吐屬清婉，自是詩人本色也。〈一片石〉、〈第二碑〉所記者同為單純之事蹟，而作者能令之成劇，不使單調無味，可稱才筆，而〈西江祝嘏〉四劇，以枯索之題材，譜成豐妍之新著，徵引宏富，巧切絕倫。於同一題材之作品中，罕與其匹。此皆因作者腹有詩書，故隨手拈來，無不蘊藉。士銓又立下筆關風化之旨，以劇曲為載道之作，自是以後，曲家寫劇，愈加崇實，力求詳確，而無青衿挑達之病。

楊笠湖（潮觀）《吟風閣雜劇》三十二種，為短劇之極品。短劇發展至此時，亦臻極盛。笠湖諸劇，多採自歷史故實，作者遠譬近指，褒貶美刺，點染演唱，藉以抒發一己之情懷。笠湖閱歷宦海三十餘年，熟悉官場生活，故其曲自多反映民間疾苦、痛貶貪暴官吏之處，與一般吟風弄月之作，迥不相同。而諸劇賓白平易流暢，妙語疊出，曲文亦清新優美，富有詩趣，故案頭場上，兩得其便。其中最膾炙人口的是〈罷宴〉、〈偷桃〉等齣；〈罷宴〉一折，淋漓慷慨，阮元聽之而大慟，時人亦為之罷宴。笠湖雜劇感人之深，於此可見。

心餘、笠湖之外，其他如桂馥、厲鶚、吳城、唐英、徐爔、舒位、石韞玉、吳鎬等，均為此時曲壇健將。桂未谷（馥）的〈後四聲猿〉，寫千古詩人恨事，沉鬱頓挫，惻惻感人，論者以為可直追明徐天池（渭）之〈四聲猿〉。至於其他雜劇作品，如唐英的〈古柏堂傳奇〉、徐爔的〈寫心雜劇〉、舒位的〈缾笙館修簫譜〉、石韞玉的〈花間九奏〉、吳鎬的〈紅樓夢散套〉等，大都是以歷史上才子佳人的韻事軼聞為題材，典雅雋永，以抒發作者情懷為主。

第一節 蔣士銓（一七二五—一七八五）

蔣士銓，字心餘，又字苕生，號清容，又號定甫，江西鉛山人。生於清世宗雍正三年（公元一七二五年），卒於高宗乾隆五十年（公元一七八五年），享年六十一。自幼家境貧窮，母親鍾氏以竹絲授書，督促甚嚴。士銓亦天稟英絕，十一歲時，其父將他縛在馬背上遊太行山，讀鳳臺王氏藏書。因此，他長大後，工於爲文，亦喜吟詠。其時，金德瑛督學江西，甚推許其才，稱他爲「孤鳳凰」，拔冠弟子員。乾隆十九年，士銓由舉人官內閣中書。二十二年成進士，改翰林院庶吉士，散館授編修，居官八年，乞假歸里養母。後來又先後出任紹興蕺山書院、杭州崇文書院、揚州安定書院院長，從事教育，灑然自得，有終焉之志。但高宗對他的奇才似念念不忘，當士銓的同鄉兼同年禮部尙書彭元瑞入覲時，高宗殷殷垂詢士銓近況，更賜詩元瑞謂「江右兩名士」，以此指彭、蔣二人。故士銓感激恩眷之餘，於母服除後，扶疾入都，爲國史館纂修官。未幾，仍以病乞休。乾隆四十九年卒。生平可見《清史稿·列傳》〈文苑〉二，《清史列傳》卷七十二〈文苑傳〉三，《國朝耆獻類徵初編》卷一二九，《碑傳集》卷四十九，《國朝先正事略》卷四十二，他自訂的《清容居士行筆錄》（《忠雅堂集》內），以及近人詹松濤、陳述編的〈蔣心餘年譜〉兩種（一載《京滬週刊》第二卷第二十四至二十五期，一見《師大月刊》第一卷第六期）等。

蔣士銓性情剛烈，嶔奇磊落，相信這是受了他的父親的影響。其父蔣堅乃一義烈之落第舉人，生平作了許多行俠仗義的事。因此，士銓志節凜凜，時以古賢者自勵。而他所作所爲，亦有古烈士之風。在他纂修《南昌縣志》時，有一清官靳椿被誣下獄，士銓與他素不相識，但賞識他的才華，仗義援助，爲靳洗冤，這都是他「趨人之急如恐不及」❶的表現。事實上，士銓是一個關心民瘼的人，嘗自謂：「憶昔誦書史，恥與經生伴。苦懷經濟心，學問潛操修。」❷可見他是一個很有志向的人，所謂「其胸中非一刻忘世者」❸。他也作了不少利民的事，如在蕺山時，越中富家池三江閘日久堙廢，士銓便力請大府借帑辦治，並說：「雖非山長責，然食越人粟，則視越人如一家焉。」可見他關心民生之處。又在掃墓鉛山之際，為邑人建壩濬渠以通水利。此外，還有修母嶺墖以利文風，建棚於縣衙以方便應試士子等等行事，都表現出他熟知民間疾苦，處處為民眾著想。可惜的是，他一生無所際遇，不能盡量發展他的抱負，是以袁枚也嘆道：「……與彭君為江右兩名士……乃二十年來，彭公官至尚書，而君儼然一老詞臣如故也。雖其俄出俄入，自緩官階，旁觀者不能無惜焉。」❹子才（袁枚）與士銓為好友，時人有兩才子之目，袁曾為士銓三代寫銘，亦可謂世交了。

在乾隆的詩壇上，士銓與袁枚、趙翼鼎足而立，並稱江左三大家。袁枚在〈蔣君墓志銘〉中說：「高麗使臣餉墨四笏，求其樂府以歸。」蔣氏詩名之盛可見。他作有《忠雅堂文集》十二卷，《忠雅堂詩集》二十六卷，《補遺》三卷，應制詩《簪筆集》一卷，及《銅絃詞》二卷。士銓的詩，氣體雄傑，若得之天授，而變心伸縮，能拔奇於古人之外，尤以敘述節烈之作，最能感人。所作古體勝近體，七古又勝五古。袁枚嘗評其詩謂：「搖筆措意，橫出銳入，凡境為之一空，如神獅怒蹲，百獸懾服，如長劍倚天，星辰亂飛……目巧之室，自為奧阼，袒而搏戰，前從倒戈。人且羨，且妬，且卻走，且訾嗷，無不有也。然而學之者，非折脅即絕臏矣，非壺哨即鼓纔矣，故何也？則才之奇不可襲而取也。」❺袁、蔣、趙三家，枚嘗以第一人自命，而以第二位置士銓。但論者以為，袁詩多可驚可喜，蔣詩則多可味，不能軒輊。至於他的古文，亦雅正有法，而詞尤獨絕。謝章鋌《賭棋山莊詞話》云：「……至於詠節義，述忠孝，則剛健婀娜之筆，婉轉慷慨之情，四者缺一，難免負題。余最愛心餘〈明餘杭知縣府谷蘇公萬元殉節〉詞……」❻正道出士銓詩餘的風格。

士銓的戲曲與詩一樣出名，在乾隆戲曲界閃耀著萬丈的光芒。作品有十六種：〈一片石〉（乾隆十六年作，時年二十七歲）、〈康衢樂〉、〈忉利天〉、〈長生籙〉、〈昇平瑞〉（上四種合稱〈西江祝嘏〉，爲江西紳民遙祝皇太后壽而作。亦成於乾隆十六年）、〈空谷香〉（十九年作，時年三十歲）、〈桂林霜〉（一名〈賜衣記〉，二十六年作，時年四十七歲）、〈四絃秋〉（三十七年作，時年四十八歲）、〈雪中人〉（三十八年作，時年四十九歲）、〈香祖樓〉、〈臨川夢〉（以上三十九年作，時年五十歲）、〈第二碑〉（四十一年作，時年五十二歲）、〈採樵圖〉（四十五年作，時年五十七歲）、〈冬青樹〉（同上）、〈采石磯〉（四十五年作？）、〈廬山會〉（年代未詳。姚燮《今樂考證》著錄）。其中合刊〈一片石〉、〈第二碑〉、〈四絃秋〉（以上雜劇）、〈空谷香〉、〈桂林霜〉、〈雪中人〉、〈香祖樓〉、〈臨川夢〉、〈冬青樹〉（以上傳奇），名曰《藏園九種曲》，最爲通行。其他如〈西江祝嘏〉四種，有《紅雪樓逸稿》本，然傳本甚尠。

藏園各劇都是演述江右一地之事。我們先看他所作的幾種傳奇。〈空谷香〉是寫士銓好友顧瓚園故妾姚氏的薄命事蹟。這劇是士銓第三次會試不第，自京經山東南歸，於舟中寫成的。全劇結構關目甚佳，惻惻動人。寫成後，士銓自擊唾壺而歌，聲清颯颯，同舟之客，皆唏噓泣下數行，可見此劇感人之深。作此劇後，閱二十年，蔣氏又作〈香祖樓〉三十二齣，同爲描寫薄命之妾。二劇立意相同，但關目排場迥異，並無重複雷同處。這是作者苦心之所在，可稱之爲力作。〈香祖樓〉一劇運思巧緻，辭藻洗鍊，而〈空谷香〉則關目精彩，描寫動人。二者各有佳處，爲藏園所作傳奇中最著者。故吳梅嘗謂：「傳奇中以〈香祖樓〉、〈空谷香〉、〈臨川夢〉爲勝。」[7]〈臨川夢〉是寫湯顯祖之生涯，而以心醉〈牡丹亭〉而死之婁江、俞二娘事潤色。作者與顯祖同爲江西人，於戲曲上又私淑之，景慕之念，遂發而爲此曲。吳梅對此劇亦甚爲推許，他說：「世皆以〈四絃秋〉爲佳，余獨取〈臨川夢〉，以其無中生有，達觀一切也。」[8]此外，《藏園九種》中還有三種傳奇，那就是〈桂林霜〉、〈雪中人〉和〈冬青樹〉。〈桂林霜〉二十四齣，是寫康熙初年吳三桂叛變時，巡撫馬雄鎮全家死難廣西事。此劇悲壯處雖足以感人，結構却失之冗雜。〈雪中人〉是譜鐵丐吳六奇事，乃本於鈕玉樵所記吳六奇將軍而成。這是一部成功之作，敍事痛快，而描寫生動，故梁廷枏評此劇云：「〈雪中人〉一劇，寫吳六奇，頰上添毫，栩栩欲活。以〈花交〉折結束通部，更見匠心獨巧。」[9]至於士銓的〈冬青樹〉，在九種中最爲晚作，以描寫文天祥與謝枋得之忠節爲主。是劇演南宋滅亡之事，結構極紛亂，事蹟瑣碎，冗雜不堪，爲九種中最劣者，故吳梅評之云：「〈冬青樹〉最下。」[10]洵爲確論。

看過了蔣士銓的六種傳奇後（其他因傳本稀尠，不能備見），且讓我們再細閱他的雜劇。在藏園的雜劇中，〈一片石〉爲其最早之作，全劇四齣，即〈夢樓〉、〈訪墓〉、〈祭碑〉、〈宴閣〉便是。所寫的是士銓在南昌時，訪得明寧王婁妃墓址，方伯彭青原因而立碑的事。這時士銓是二十七歲，正應彭青原之召在南昌修《縣志》。劇中的薛天目即是作者自寫。所謂籛布政司者，便是指彭青原。婁妃是在明正德十四年寧王朱宸濠謀叛時，諫之不聽，遂投水而死，爲士人所私葬。士銓也曾將立碑之事，參雜記在《南昌縣志》中，然而婁妃墓地屬於新建，照例不能載，而士銓恐時久事遷，湮沒於後世，便將此事翻成劇本，留作永久的流傳。

當士銓寫〈一片石〉時，他正是一個風神散朗，年少氣盛的士子，因此表現在曲中的亦是一派少年的豪情壯采，像劇中薛天目自道：

今古茫茫眼淚多，殘書繡鋏苦摩挲，十年聽遍青蓬雨，懶向尊前喚奈何。小生薛天目，少遊海嶽，深知行路之難；小閱滄桑，始信讀書之樂。賭酒受雙鬟之拜，聊復風流；典衣裝百寶之刀，頗能豪俠。

而在這篇少年著作中，喜劇色彩極爲濃厚。全篇不過四齣，喜劇部份卻佔過半，一種蓬勃茂盛的氣象不斷的從字裏行間流露出來。這種現象是士銓以後的作品所鮮見的。像在第一齣中薛天目問婁妃墓在何處，那小丑扮的酒保竟答道：「在棉花市生藥店裏。說他的醫道，極有名的，招牌上寫著：祖傳內外大小方脈樓非木。」原來他誤以爲婁妃墓是郎中之名。於是生便說出他所指的是婁娘娘，但糊塗的酒保竟把他帶到一個接生婦名叫劉娘娘的家裏去，這眞把薛生氣得啼笑皆非。作者加插入這一段科諢，一方面是藉此以增加喜劇氣氛，其次是要指出「這樣事，原不該向俗人採訪。此間方伯籛公，襟懷風雅，極肯表識古蹟。明早以此告之，求他著一官兒細訪。」這樣便引出了下一齣的〈訪墓〉來。在佈局上，作者顯得很心思細密。第二齣是寫籛公命教官帶著隨從訪墓。首先，他們聽農民唱秧歌，探知這是當日婁妃所撰用以諷勸。從農民的口中，作者又交代了有關妻妃死後的各種傳說。教官與農民正談話間，忽來一陣驟雨，教官便躲進一所祠堂去。這處正是王陽明先生祠，教官對著當日智擒宸濠的文成公（王陽明），便益發思念妻妃之節烈，不禁拍案而嘆。這一拍倒拍醒了在神案下晝寢的書生。這書生不是誰人，是教官的一個學生，同時也是妻妃的後代改了姓鍾的。如此一來，教官便不用再四處去找妻妃的墓了。這一段佈局緊密，安排巧妙，有層有次，串合無痕，這是作者劇才的表現。

〈一片石〉是一齣喜劇，人物的描寫，極生動活潑，一舉一動，一言一語，都帶著喜劇氣息。其中刻劃得最深刻與描寫得最有趣的人物便是那負責尋訪妻妃墓的教官及那一對土地公婆。那個教官的言談舉止，完全是一個腐儒老僚的模樣。我們試看他上場所唸的一段道白：

> 自家乃一箇復設訓導便是。讀萬卷時文，做了半生學究。三十年幫增補廩出貢，當初贄禮，原來是放債之錢。五十屆月課歲考科場，昔日花紅，也算做傳家之寶。命汪偏官缺印，化身是南極老人。相查末部豐財，托庇在山東大聖。門斗本斯文爪牙，渾身憊賴，將成餓殍之形；醃肉即養老珍饈，滿面精神，盡帶烟熏之氣。縱讓才人早達，豈非大器晚成。……

士銓觀察入微，對這一類官場小人物最爲熟悉，所以能夠寫得栩栩如生。至於他筆下的一對土地夫婦，則寫得更爲傳神。二人之間的對白，不僅詼諧有趣，且包含著譏刺諷罵。劇中的土地婆是一個熱中的婦人，那個土地公就像是一個懶散貪閒的小吏：

（外）（按：扮演土地公）咳，婦人家，識見有限，曉得什麼？前日爲與妻娘娘立碑，我老人家接待土神，累了箇七死八活，至今腰尚疼痛。歲月不饒人，斷難勉強。我明日就要寫辭官表了。

（淨怒介）（按：扮演土地婆）老賊，你四百年前讀《百家姓》的時節，在文昌官考了童生回來，說可憐今生今世不想什麼大買賣，若得做一箇土地社公，死也甘心，我說不要慌，窮通有命，難道那些做土地社公的，當眞一箇箇文章蓋世，手段驚人，也不過靠著些陰陽時運。那識後來朱宸濠造反，章江土地，戰死沙場，你把我的粧奩典賣，托那些混帳鬼吹噓，纔僥倖補了這箇美缺。怎麼今日就這樣驕其妻妾，思量高尚，了不得，了不得，妻娘娘簇新一統墓碑在此，我與你一同撞死了罷。……

（外）來來來，又是緊急差事到了。（擲旗地下介）

（淨）老兒，這樣性子，只好在老婆面前使使，上司跟前一點兒也用不出，不要心焦，我幫你收拾便了。

在這段對白裏，官場的陋習，下僚的苦況等等都在作者亦莊亦諧的筆調下表露出來。

至於本劇的曲辭，風格頗爲奇麗壯采，充份表現出作者在少年時代對現實社會的樂觀與熱情，像第二齣〈訪墓〉云：

【桂枝香】春風恁後，荒基烟瘦，爛珊瑚鏡墜明星，拂闌干花飃紅袖。方纔聽這幾首田歌，無非隱諷宸濠之意，是微詞十九，是微詞十九，想官眉全皺，怕山腰苔溜。今日呵，幾番秋，只落得拾翠人耕野，尋詩鬼上樓。

〈一片石〉一劇，不論在人物描寫、結構佈局，賓白曲文各方面，都表現出作者的巧思妙想，呈現一片活潑多采的機趣來。

然而，二十六年後士銓所作的〈第二碑〉却表現出絕對不同的情調。這時（乾隆四十一年），秀才阮見亭的舅父吳鶿堂正做江西鹽道，因見亭讀了士銓的〈一片石〉而有所感，乃請其舅重修婁妃墓。吳公和南昌令尹便各出資令墓戶遷居，修葺妃墓如式。士銓此時已是五十二歲的投老之年，而「……自銜恤後捐棄筆研閱月二十矣。今以夙願得申，始一破涕。」⓫並將此事寫成〈第二碑〉雜劇，又名〈後一片石〉。全劇六齣，即〈賡韻〉、〈留香〉、〈上塚〉、〈尋詩〉、〈題坊〉、〈書表〉。其中人物，如阮劍彩、季延陵、伍行先等，無疑是阮見亭、吳鶿堂和令尹伍君的化名。

在士銓的十餘種戲曲裏，〈第二碑〉的成就不及〈四絃秋〉、〈一片石〉，亦不若〈空谷香〉、〈香祖樓〉等劇著名，但它所以值得重視之處，就是我們可以從這齣雜劇中，看到蔣氏老去失志的情緒，感受到這位老儒生的內在感情。這時的蔣士銓老了，但他在仕途上無甚進展，雖說他灑脫超然，無意功名，但亦不無遺憾感慨。因此，在〈第二碑〉中，我們再看不到他在少年時代對前途的樂觀與豪情，只是看到一個老年人對過去的喟嘆與感慨。那影射作者自己的薛天目，經過了二十餘年後，重臨舊地，依然故我，只是歲月無情，已是鬚眉俱白了：

〔秋蕋香〕十載棕鞋桐帽，肩頭事讓與人挑，一切黏連盡丟掉，誰待理歸田剩稿。……萬般滋味略沾唇，嚼蠟何須苦認眞。若到酒闌方戒飲，可憐諸態已橫陳。老夫薛天目，早脫朝衫，遂衣初服。幾根病骨，人間事事難勝，一片天眞，腹內空空無有。閒中着眼熱鬧之極，終歸冷淡收場。靜裏尋思欠缺儘多，那得完全結局，爲此得過且過。竟成槁木形骸，因而居貧耐貧，不想浮雲富貴。

表面上像是十分曠達，其實是蘊含無限的酸痛，所以，當他爲物所感，睿智再不能壓制感情的剎那，胸中的憤懣便衝口而出：

（末）老夫當日呵，〔品令〕狂歌醉吟，獨自首頻搔；無人共語，閒行狎漁樵，青衫半曳，也如君年少。今日呵，便酒樓依舊，怕向闌干重靠，還怨那守墓神鴉，認不出前度詩人有二毛。

沈痛悲涼，令人感慨萬千。〈第二碑〉一劇便是這樣瀰漫著蒼涼氣息，〈一片石〉的喜劇氣氛在此已是蕩然無存。而且，不僅薛天目是滿口苦語，其他人物，亦均垂垂老矣。如〈一片石〉裏的教官此時已是九十多歲的龍鍾老翁，他那刁鑽俏皮的隨從也已過花甲之年。故人齊集，回首前塵，倍增傷感。但最令人感到辛酸的則是土地夫婦的轉變，在〈一片石〉裏那個憨直、暴躁而不失其天眞的土地，在官場翻混了多年之後，已變得世故、老練、圓滑，他學懂了巴結上司的手段，也曉得怎樣向上爬的要訣：

（中淨）（按：扮演土地）媽媽，我和你看守妻娘娘墳墓多年，蒙他說我們有功，應當保舉。玉皇大帝勅下天曹議敘，於是我就紗其帽，你就鳳其冠，好不體面，也要穿戴起來，不可妄自菲薄。

（淨）（按：扮演土地婆）如何？若依你那時節要告老回去，焉能得此冠帶榮身。大凡做官總要耐煩些，自然終有好處。

（中淨）承教了。（各換衣冠介）這兩日妻娘娘墓道新修，十分壯闊，恐有仙客來賀，同你把滕王閣打掃如何？

（淨）當日妻娘娘在閣上賞端陽，差你打掃，你便使性子，怎的今日勤謹起來？

（中淨）咳，做官的人巴結得有些出息，有些起色，自然高興。從前嬾惰，一則是年幼無知，一則是受恩未重。如今有了品級，怎敢不出力報効！

二人的態度與在〈一片石〉中所表現的，完全不同。作者特意加插入這一對寶貝夫婦，一方面是以他們來增添喜劇氣氛，另一方面則是藉他們之口來表示他對官場的感觸。這對人物的存在，使全劇生色不少。所以吳梅說：「〈一片石〉、〈第二碑〉中土地夫婦，最爲絕倒。曲家每不善科諢，惟此得之。」⑫他後來批評規仿藏園的黃燮清，便是指他不懂在這方面用功夫，他說：「此蓋文人作詞，偏重生、旦。不知淨、丑襯托愈險，則詞境益奇。」⑬

在〈第二碑〉的結構上，作者力求簡潔，這與〈一片石〉的繁複曲折，巧妙安排，又是不同。正像他寫〈香祖樓〉與〈空谷香〉一樣，二者題材大致相同，但在結構上是極力避免雷同的。因此，他在〈一片石〉裏寫教官尋墓，查探蹤跡，頗不容易，而〈第二碑〉中阮秀才在酒樓看到昔日薛生題詩，剛興訪墓之念，恰巧便遇著了婁妃後人鍾姓兄弟，於是他輕而易舉地便探知了墓地所在。在這裏，作者先後用一繁一簡的手法，使到讀者、觀衆不致有重沓之感。當阮見亭向鍾氏兄弟詢問婁妃墓興廢事蹟時，作者巧妙地利用〈一片石〉的劇本來節省了一大堆說話：「此話甚長，少刻陪兄到塚上去。就近人家借本〈一片石〉塡詞與兄一看，便知底裡了。」這樣便把前事交代清楚。

在士銓的數種雜劇中，〈四絃秋〉是最著名的一種。此劇作於乾隆三十七年，當時作者四十八歲，自蕺山書院移安定書院，是他產曲最多的一個時期，除〈四絃秋〉外，還有三種傳奇，〈雪中人〉、〈香祖樓〉與〈臨川夢〉，都是這時的作品。〈四絃秋〉所寫的故事，取材自白居易的〈琵琶行〉。元馬致遠便曾以此事爲題寫成〈青衫淚〉一劇，而明顧大典又有〈青衫記〉，即據馬劇而來。士銓對這兩部作品都不大滿意，故在朋友的促請之下，便另撰〈四絃秋〉一劇。他作劇的意圖與經過，在自序中已明言，他說：「壬辰晚秋，鶴亭主人邀袁春圃觀察、金棕亭教授及予宴於秋聲之館，竹石蕭瑟。酒半，鶴亭偶舉白傅〈琵琶行〉，謂向有〈青衫記〉院本，以香山素狎此妓，乃於江州送客時，仍歸於司馬，踐成前約。命意敷詞，庸劣可鄙。同人以予粗知聲韻，相屬別撰一劇，當付伶人演習，用洗前陋。」又謂：「乃捕賊一疏甫上，竟遭譴謫，固政府好惡之偏，而得旨施行，又何爲者？豈以殿中論事抗直干怒時，雖暫解於裴度一言，而憲宗厭薄之心，究不能釋，因而借以出之耶。嗚呼，此青衫之泪所難抑制者也！人生仕宦升沉，固由數命，若劉夢得、柳子厚、元微之輩，戾由自取，豈得與江州貶謫同日而語哉！」⑭士銓對於白樂天懷才遭讒的一種欲忠君而不得的情懷，深予了解與同情，所以他的〈四絃秋〉雜劇，完全摒除馬、顧二作所虛構白傅與琵琶妓情事，只是剪劃詩中本義，旁參《唐書》元和九年、十年時政，及香山《年譜》自序，並不憑空揑造，以求表現出白樂天的眞面目。這種嚴謹崇實的創作態度，自非馬、顧所能及。

〈四絃秋〉是蔣士銓的傑構之一，這是一齣寫得很好的抒情詩劇。共有四折：〈茶別〉、〈改官〉、〈秋夢〉、〈送客〉，均從〈琵琶行〉推衍出來。〈茶別〉是寫「商人重利輕別離，前月浮梁買茶去」詩意；〈改官〉是解釋「我從去年辭帝京，謫居臥病潯陽城」的前因；〈秋夢〉則從「夜深忽憶少年事，夢啼粧泪紅闌干」句啓發而成。最後的〈送客〉是全劇的高潮，點染「座中泣下誰最多，江州司馬青衫濕」。全劇格調雋永高逸，而結構美妙，充份表現出作者高度的想像力。他的描寫靈活生動，像第一齣中的吳名世欲去又留那種猶豫的光景，以及一言束裝那種堅決的光景都寫得很活跳：

〔南鮑老催〕疾忙去者，無多行李堪打疊，無多家計堪放撇。……娘子，買賣事大，顧你不得。休溜滯，休拉扯，休饒舌，可不道從來重利輕離別。

極寫茶客的重利薄情，以襯托琵琶妓的幽怨，增加觀衆對她的同情：

〔北水仙子〕歎歎歎，歎幽意賒；枉枉枉，枉了俺一片柔情難襯貼。恨恨恨，恨採茶人掐斷青芽；把把把，把一縷茶煙吹折；待待待，待要消人渴吻熱；轉轉轉，轉丟却自己風生兩腋。咳，生世不諧，配此俗物，回憶酒闌歌散，何異熱官遷謫，冷署蕭條也。算算算，算走馬蘭臺福薄些，則則索向孤舟殘燭消磨者；論論論，論人世也事怎生說。

這一段曲辭表面上是寫退娘的怨恨，但作者在此暗下伏筆，「何異熱官遷謫，冷署蕭條也」。所以，下一齣便寫白居易之遭貶，針線細密，於此可見。〈改官〉一齣是解釋樂天被貶的原因，情調雋逸，下筆凝鍊蘊雅，一言一語，都配合樂天身份：

〔耍孩子〕去國遲遲鞭徐下，戀闕思明主，問何年再入東華。

雖是失意，卻不失名宦氣度，卓然大方，又云：

〔會河陽〕骨比兼金，身無寸瑕，賜環音，早晚報燈花。江州乃雲水勝區，正堪陶寫，放衙有五老高寒，雙姑淡雅。風與月，應無價。

全齣無一怨語，最是得體。所以吳梅嘗謂：「通本皆作蘊藉語，恰合樂天身份。〈改官〉折尤得體。」⑮

第三齣〈秋夢〉全是因樂天「夢啼粧淚紅闌干」詩意推衍幻化而成一場細膩風光纏綿悽惋的夢境。他夢見了從軍的幼弟，已死去的阿姨，以及昔日的親舊故人，這些往事都觸引起她的愁根來：

〔黑麻令〕抛撇下青樓翠樓，便飄零江州外州，訴不盡新愁舊愁，做了個半老佳人，廝守定蘆州荻州。

夢裏愁，夢醒愁，夢裏愁外，均不能排遣那一份抑鬱幽怨之情：

〔尾聲〕少年情事堪尋究，泪珠兒把闌干紅透。咳，不知他那幾擔的新茶可曾賣去否？

描繪幽情，哀思無限。在這齣裏，我們更可以看見作者豐富的想像力和高度的創作才華，他往往能用本事中的一點小種子散發出美麗的花朵來，即如〈琵琶行〉中有「血色羅裙翻酒汙」一句，他便就此加以點染而成：

〔五般宜〕……你看這一點半點暈痕原有，天長地久，鸞交鳳友。但天願洗不淡的濃情，沁奴心都似酒。

曲辭旖旎穠鬱，與原文相比眞有畫龍點睛之妙。

全劇寫得最好而又最爲人稱賞的是〈送客〉一齣，尤其是最末一段，寫白居易與琵琶奴一問一答，一聲高似一聲：

（生）你如何得到此地？

（小旦彈介）〔北收江南〕呀，算一年間歡笑一年來，把春花秋月漸丟開，可憐人福過定生災。

（悲涕介）歎從軍弟幼，姨衰邁，赴黃泉死埋，葬沙場活該，只留下江湖憔悴一裙釵。

（哭介）（衆掩介泣）

（生）盛衰之感，煞是傷心也。

一直恬然自安，悠然自得的樂天，驟聞老妓傷心語，自己也不禁感觸起來：

〔南園林好〕瘦嬋娟，啼痕暗揩，鈍男兒泪珠似篩，同一樣天涯愁憊。（洒泪介）

（小生丑）呀，樂天何以大慟起來？

（生）我出官兩載，恬然自安，忽聽此婦之言，令我無端感觸，人生榮悴，大都如是耳。流落恨，怎丟開，遷謫恨，上心來。你索性說完了罷。

他又再追問下去：

（小旦）〔北沽美酒帶太平令〕冶遊稀、閑綠苔；冶遊稀、閑綠苔。洗紅粧，嫁茶客。他一去浮梁不見來，守空船難耐，歡娛夢，好傷懷。（完介）把四絃收，一聲裂帛。曲終時，低鬟再拜。料西舫東船不解，只一片江心月白。賤妾造退。（過船介）恁呵，做官人榮哉美哉，爲甚的青衫泪灑？

至此樂天的感情被逼到山窮水盡，再不能壓制，於是便逼出一場情緒的大發洩來。他不禁放聲大哭了：

咳，這琵琶婦害煞下官也！

〔尾聲〕看江山不改人相代，歎兒女收場一樣哀。明日下官將此事譜作〈琵琶行〉一首，使他日播於樂府，教那普天下不得意的人兒泪同灑！

將感情壓抑了多年的樂天，一下子發洩無餘。就在激動的情緒下，全劇告終。作者就是這樣擅於把握劇中人心理，抽絲剝繭、有層有次地將他們的感情刻劃出來，緊扣着讀者、觀衆的心弦。這一齣〈送客〉在舞臺上也很流行，《納書楹曲譜》、《集成曲譜》均有收入。〈四絃秋〉的結構與情調，有着抒情詩的高趣，而劇中曲文更有着詩的韻味，清麗溫雅，充份表現出作者的詩才來，其中可誦佳句極多。因多已見前引，故不再贅錄。

蔣清容所作的雜劇除了〈一片石〉、〈第二碑〉、〈四絃秋〉外，《今樂考證》還著錄了〈康衢樂〉、〈忉利天〉、〈長生籙〉、〈昇平瑞〉、〈采石磯〉、〈采樵圖〉六種。後二本未見。前四種合稱《西江祝嘏》，傳本亦甚尠。有嘉慶十五年大文堂刊本，今存法國巴黎國家圖書館。鄭振鐸的《清人雜劇三集》擬目也有將此四劇列出，惜未能刻行。藏園作的紅雪樓九種曲爲凡有井水處無不歌詠之作品，而此四劇則比較的流傳甚少，相信是與所寫題材有關。此四劇乃當乾隆十六年皇太后生辰時，作者撰以祝賀萬壽的。梁廷枏記云：「乾隆十六年，恭逢皇太后萬壽，江西紳民遠祝純嘏雜劇四種，亦心餘手編。第一種曰〈康衢樂〉，第二種曰〈忉利天〉，第三種曰〈長生籙〉，第四種曰〈昇平瑞〉，徵引宏富，巧切絕倫，倘使登之明堂，定爲承平雅奏，不僅里巷風謠已也。」[16]因爲是祝壽之作，很容易使人誤以爲全篇不外是不痛不癢的應酬語。故吳梅也謂：「至〈長生籙〉等四劇，皆迎鑾應制之作，可勿論也。」[17]這或許是此四劇所以較少被人提及的原因。

實際上，這四劇所寫的雖是迂腐而無足生情生景的題目，但它並不像其他同一題材的作品那樣枯燥平滯，而在作者亦莊亦諧的筆調下，四劇是充滿了活潑生動的機趣的。表面上是喜慶祝賀之語，但內裏却包含了不少滑稽、打趣、諷刺的話。作者文才之雋妙於此可見。四劇中〈康衢樂〉寫堯帝慶祝母壽事，共分四齣：〈呈瑞〉、〈遊衢〉、〈宮訓〉、〈朝儀〉。〈呈瑞〉

的後半與〈遊衢〉全折寫得極好。至於〈忉利天〉，則寫佛母摩耶夫人在忉利天祝賀萬年生辰事，共分四齣：〈設會〉、〈市花〉、〈天逅〉、〈慶圓〉。〈設會〉一齣，寓意甚深。〈長生籙〉是寫諸仙赴宮祝聖母壽誕事，亦分四齣：〈煉石〉、〈望海〉、〈守桃〉、〈貢牒〉。這四齣都極爲流麗輕快，對話漂亮，設景絢美。最後一部是〈昇平瑞〉，寫江西諸臣民建壇遙祝聖母萬壽事，也是由四齣組合而成，即〈坊慶〉、〈齋議〉、〈賓戲〉、〈仙壇〉便是。這是四劇中寫得最好的一部，其中充滿了對於當時文壇的諷喻。在〈賓戲〉一齣，寫八仙中，七個男仙都赴考去了，只賸下何仙姑與七位仙人的妻子，同去祝壽，渲染點綴，諧趣雋妙，不流入鄙野，也不雜以粗語。舉〈忉利天〉一小節：

……（生）熟便熟了，只是這個曲兒覺得粗淺些。
（淨）若不粗淺些，你們解不出，又要來埋怨我做曲兒的是個外行哩。
（丑）便是。如今名戲公子是不要文理的。若像方纔那個蒙館先生做的弋陽腔，小的有一大半聽不明白，倒不如大王這首拙作，竟是一篇清空當行文字。
（淨）那弋陽腔也不叫深奧，不過堆砌些矻矻踏踏字眼，究竟大通的人，還不把耳朵聽他哩。……

再看〈昇平瑞〉：

……（付）妙得緊，句句老練，無一點墨卷爛調，迫眞我等江西五大家的傳授。

（外）哎呀，怎將議論八股的話頭，拿來贊我的古文！

（付）却不道文之妙者，宜古宜今。

（外）豈有此理！這古文一道呵。

〔黃鶯兒〕宗匠莫輕睃，傍門庭，入臼窠。精神，風味，都有眞衣鉢。嗟乎一鎖，

軒然大波，新鮮排偶，加些可自磋磨，難爲作者，誰說解人多！

妙語連珠，把當日的曲壇文壇挖苦一番。可見此四劇也不無可觀之處。

在清代的戲曲壇上，蔣士銓佔着一個很重要的位置。他的作品，既可於舞臺上搬演，亦宜於案頭捧讀，所謂「乾隆以上，有戲有曲」[18]便是。藏園是一個崇實的曲家，他這種嚴謹的創作態度，是上承自洪昇、孔尚任等康熙時代大家的。洪的〈長生殿〉，孔的〈桃花扇〉，所寫的都是實事，特別是〈桃花扇〉，對於史實，交代清楚，考究翔實，作者更於書末附「考據」一項，對劇中所佈置情節，一一示其所據文獻之細目。製作之嚴謹，爲後來曲家樹立規模。藏園之時學風崇尚考據，所以他的戲曲，全是寫實之作。〈四絃秋〉、〈臨川夢〉、〈冬青樹〉三劇所寫的可見於正史；〈雪中人〉是寫當時傳爲美談的異事；〈一片石〉、〈第二碑〉是寫他身臨的雅事；〈空谷香〉、〈桂林霜〉、〈香祖樓〉是寫他耳聞的實事。每一事均有來歷，有信可徵。他撰寫〈四絃秋〉，除白樂天的原詩〈琵琶行〉外，更引證到正史、年譜，其考究精細可見。這崇實的寫作態度，更廣泛地影響到後來的曲家，黃燮清便是其中之一。

除了製作嚴謹外，藏園戲曲的另一個特色便是主題的嚴正。他所寫的作品，都是以扶植綱紀爲主，所謂「寄詼詞於莊論，無非指點迷津；寫名理於清言，不異商量正學」⑲。根本上士銓本人就是一個端謹有古賢風的讀書人，他事母以孝，又篤於伉儷之情，對待朋友重在義氣，而平生操守又是不阿權貴的。所以他的詩文，都是載道之作，而劇本也不例外，如〈一片石〉、〈第二碑〉、〈空谷香〉、〈香祖樓〉、〈冬青樹〉、〈桂林霜〉等都是以忠節爲主體，而〈四絃秋〉雖沒有明顯的寫忠孝節義，然直臣獲愆，懷才不遇的情緒，卻描寫得十分透切，間接的也是在寫忠貞之志。

藏園的作品雖都是「有關風教之文」⑳，用以激勵人心的，但他並不是一個頑固毫無情感的道學者；他也是富於感情的，故亦有言情之作。只是他的寫情作品，在格調上是高於一般描寫情愛的戲劇的。他能夠完全除去一般戀愛劇「猥褻」的通病，而表現出一種高尙的情操來，像他在〈香祖樓〉自序中所說：「……或曰：敢問〈香祖樓〉，情可以正？主人曰：曾氏得〈螽斯〉之正者也，李氏得〈小星〉之正者也，仲子得〈關雎〉之正者也，發乎情，止乎禮義，聖人弗以爲非焉，豈兒女相思之謂耶！……或曰：然則茲編仍南董之筆歟？主人曰：知言哉！於是以情關正其疆界，使言情者弗敢私越焉。」㉑劇中說：「萬物性含於中，情見於外；男女之事，乃情中一件勾當。大凡五倫百行，皆起於情，有情者爲忠臣孝子仁人義士，無情者爲亂臣賊子鄙夫忍人。」他是以嚴正的態度，正確的觀點去看男女間之情愛。在〈空谷香〉中寫情之處也是極爲曲折蘊藉，絕無元人淺陋猥褻之弊。這一點，亦爲後來的曲家所規仿。嘉、道間專學藏園的黃燮清，他所作的〈鴛鴦鏡〉、〈凌波影〉等劇便是用以闡發「發乎情，止乎禮義」

之旨的。自藏園以後，其他曲家，亦力懲淺陋之病，所以吳梅說：「蓋自藏園標下筆關風化之旨，而作者皆矜愼屬稿，無青衿挑達之事。此是清代曲家之長處。」㉒由此可見藏園影響之深遠。在當時，他的作品一完成，即有人予以排演，且有早上甫脫稿，晚上便在紅氍毹搬演的情形。故時人稱其劇本謂：「或行以勁氣，則磊落奇嶔；或出以深情，則纏綿婉曲，直是世間一種不可磨滅文字。」㉓

藏園的戲曲值得我們注意的另一點就是其中所表現的神道思想。神道設教雖是古今曲文所同有的，但在蔣氏則非泛泛可比，因爲他的經驗使他相信神的存在，他生平屢遇異事。據說，他在三十一歲時，某日夢見有轎子來接他去做官，他夢中精神恍惚，莫名所以，就上了轎子一徑去了。抵達時，見其師馮秉仁亦在，並約他三日後上任。這時他才恍然，因念老母在堂，無人侍候，乃向馮師婉辭。夢醒後，將此事轉告其母，她聽了後極爲傷心，立即延請僧徒來作三天道場。三天過後，士銓在睡夢中又見鬼官來請，他堅拒不就，鬼官竟動起武來。糾纏間，士銓驚醒。但見青燈如豆，衣帶盡爲冷汗所濕透，而窗外傳來錚錚之聲。次年入京，遇某同鄉謂浙江有陳秀才忽無疾而終，自稱替江西蔣某到陰司做官。還有，他在纂修《南昌縣志》時，夢見有段姓忠臣託兆，又見一烈婦入夢。後來他在《河南通志》裏找到段氏的死事情形，更在書牒中發見描寫某烈婦的容顏狀貌之文，竟與他在夢中所見的一模一樣。這眞是匪夷所思。大概這是因爲士銓是一個想像力豐富的人，而這些奇事便是一些被熱烈的想像所釀成的特殊心理作用也不定。但這種種經驗使到士銓對神的存在深信不疑，所以他便常在作品中灌注這種神道思想。在他的劇本中以神道開篇和以神道終局的極多，如〈一片石〉（〈夢樓〉、〈宴閣〉），

〈第二碑〉（〈留香〉、〈書表〉），〈空谷香〉（〈香生〉、〈香圓〉），〈香祖樓〉，〈雪中人〉（〈蝶聚〉）等都是。但藏園的神道附會是不能與泛泛者同日而語，他是另有深意存在的。他在〈一片石〉自序中說：「其間稍設神道附會，精誠所感，又何必不爾耶？」又序〈桂林霜〉云：「此篇以神道結之，人天感應，都無二致，因申論之，使愚賤者咸知所勵。」這與他在自傳中所說：「誠則能格鬼神，信夫？」㉔是恰相符合的。他並無意於導人迷信，而是將自己對人生的思想藉神祇之口宣洩出來。然而，可惜的是，他的深意往往被後來盲從的曲家所忽略，他們只知道模效藏園的風格，便也生呑活剝地把他那標榜神道的特色承受下來，於是許多劇本的開首都是從生、旦前身着想，收場則假託神隍作結。這樣結構，遂成了歌場的腐套，「……於是陳烺、徐鄂輩無不效之，遂成劇場惡套矣。」㉕這眞是藏園始料不及的。

然而，藏園戲曲的最大成就及對後來曲家影響最深的，則是在文辭方面。我們都知道，藏園極富於想像力，行文更是快捷，如〈空谷香〉是在還家舟中作成，〈四絃秋〉五日而畢，〈雪中人〉八日脫稿，〈冬青樹〉三日寫就；而文藻修辭更非一般曲家所能及。因爲蔣士銓本身就是一個傑出的詩人，所以在他的劇中，便常常可以看到很好的詩，很好的文章。像他的戲曲中的上場詩和下場詩，便有很多佳構。如〈四絃秋〉第一齣花退紅上場詩：「兔絲固無情，隨風任傾倒。以色事他人，能得幾時好。」便很有盛唐五絕的風味。又如〈第二碑〉第三齣伍行先上場唸詩道：「紛紜宦海苦浮沉，得意場中病最深。不敢違時稱傲吏，競競留着讀書心。」則如獅子怒吼的沉雄有勁。〈四絃秋〉第三齣的上場詞：「昔住蝦蟇陵下，今居舴艋舟中。伯勞飛燕影西東，做了隨鴉彩鳳。洗却剩脂零粉，禁住細雨斜風。春情已逐曉雲空，但與蘆花同夢。」

點竄古詞，如出己手，可見才高。

至於曲中說白，刪去芟蔓，簡要得體，這是作者得力於古文之處。有許多時候，他在作品中用四六寫說白，這也因他對於駢文夙有研究（蔣氏曾評註過《四六法海》），故作來很是穩健。有時他曲中的說白却又寫得流暢峻潔，直追元人。如〈一片石〉第四齣〈宴閣〉土地夫婦的一段道白便是。

曲辭方面，靈秀蘊藉，典雅清麗，這是作者將詩的稟賦移來戲曲中裁植。像〈四絃秋〉〈秋夢〉一齣，便多妙詞：

〔越調引子〕〔霜天曉角〕空船自守，別恨年年有。最苦寒江似酒，將人醉過深秋。

〔小桃紅〕曾記得一江春水向東流，忽忽的傷春去也。我去來江邊，怎比他閨中少婦不知愁。纔眼底又在心頭，捱不過夜潮生，暮帆收，雁聲來趁着蟲聲逗也。靠牙檣，數遍更籌，難道是我教他、教他去覓封侯。

融合詩詞，不着痕跡。大抵蔣氏之詞，有粲花（吳炳）之才情，而無石巢（阮大鋮）之尖刻，使事造句，落落大方。如〈一片石〉第三齣〈祭碑〉云：

〔南步步嬌〕桂醑餦餭同昭告，天上人應曉，靈旗捲暮潮。碧海生塵，青山含笑，江水去滔滔，女貞花百歲重開了。

又〈第二碑〉開場〈蝶戀花〉云：

〔蝶戀花〕隆興觀側秋墳路，破屋踈籬，遮斷䓁碑處。方伯來尋前事苦，雲中似有靈妃訴。

顯而易見，士銓是學湯臨川而另生一番景象，這是他成功之處。據袁枚《隨園詩話》云：「余不解詞曲，蔣心餘強余觀所撰曲本，且曰：『先生只當染小病一場，寵賜披覽。』余不得已為覽數闋。次日心餘來，問：『其中可有得意語否？』余曰：『只愛二句云：任汝忒聰明，猜不出天情性。』心餘笑曰：『先生畢竟是詩人，非曲客也。』余問何故？曰：『商寶意〈聞雷詩〉云：「造物豈憑翻覆手，窺天難用揣摩心。」此我十一個字之藍本也。』」㉖故藏園乃善用他人之長。袁隨園所指之曲為〈空谷香〉第十六齣〈懷香〉之〈金絡索〉一曲，而〈金絡索〉一調，蔣氏固最擅場。如〈臨川夢〉第三齣〈譜夢〉四支，〈第二碑〉第二齣〈留香〉二支，皆極宛轉流暢。且看〈留香〉一齣的〈金絡索〉：

〔金絡索〕三泉錮不開，尺土封猶在。桐葉凋零，國破山河改。這江邊小墓臺，浪花皚，白玉深深此內理，三更狐兔由他拜，一樹棠梨若箇栽。螢燈快，夜深還過女墻來。

〔前腔〕盤渦半沼開，壘工拳基壞。洗馬牆陰，幾處漁罾曬。這春泥鏡具埋，本非臺，誰拾當時古玉釵。……他扶犁尚守牛腰界，你入檻難鬆鶴項牌。愁無奈，問狂奴可有帝王才，累妻兒沒箇安排，瘞骨荒城外。

後來黃韻珊（燮清）亦善爲此調，便是由蔣氏所啓發。

此外，蔣氏雖以詩人寫曲，詼諧的稟賦卻非沒有。袁枚序他的《忠雅堂詩集》謂藏園「諧笑縱謔，神鋒森然」㉗。蔣氏將這種詼諧的本領運用於戲曲之中，於是便產生出〈一片石〉、〈第二碑〉中的廣文及土地夫婦，〈空谷香〉中的吳賴的門客，〈桂林霜〉中的妖僧，〈香祖樓〉中的馬義夫人，〈臨川夢〉中的睡神，和〈冬青樹〉中的蹇材望。這些都是詼諧的典型人物。作者又往往在劇本中加插入一些零星笑料，笑料中又包含着深意以調譏或形容某種人或某種事物。像〈西江祝嘏〉四劇中調侃當日的文壇的尖刻對話便是一個好例子。此外，我們還可以看到其他許多例子，如〈一片石〉第二齣：

（中淨）什麼話？年兄是個廩生。再過二十年，必定也是要做儒學副堂的。大家高雅些，知趣才好，不要這樣欺負老頭兒，可知道我們做老師的，就同生薑一般，越老越辣。不是容易吃得的呢……難道將有用之錢，去換些無益之命？

（末）這等說，老師今後是要錢不要命了。

形容當時塾師在門生取中之後逼索錢財，刻骨之至。接着又借師生口中說出邀恩豁免七釐半的話，以調譏豆大的皇恩：

（末）這是如何算法？

（中淨）吓，你三年規禮，每次一錢，該欠三錢頭。今做四十分算，免了你七釐半。你打一箇卦，只要五箇大錢，照時價，難道虧了你麼？

（末）如此邀恩，豁免七釐半，感戴不盡……

這時是乾隆十六年，雍正所行的高壓政策還未完全消除，而作者竟敢公開譏笑，可見蔣氏確是一個硬骨的「江西老」。我們再看作者如何形容報子強索喜錢：

（丑看末介）咦，鍾相公久違了。你十二年前補廩，我們過江報喜，在新洲嘴上，幾乎翻了渡船。今日天賜相逢，先拏了報錢來，再加倍算到市，不要拖疲了。

這樣形容，雖有些誇張，但在科舉時代，確是有這種情形的。在其他的科諢中，作者有譏調尸位素餐的人，有挖苦重利的商人，有揶揄熱中功名的下僚，更有譏罵當時的科舉制度。在他那凌厲有勁，尖刻深峻的筆鋒下，任何不正常的現象、不平等的制度都成了他諷刺的對象，而他那插科打諢的技巧又是一般曲家所不能企及的。

因此，我們說藏園是乾隆年間的曲苑盟主，論質論量，都是當時的大手筆，這是毫無疑問的。概括而言，他的曲是學湯顯祖作風，而能謹守曲律，不稍逾越，以補玉茗之病，洵爲近代曲家所難得。時人對之亦甚爲稱許。李調元曰：「鉛山編修蔣心餘士銓曲，爲近時第一。以腹有詩書，故隨手拈來，無不蘊藉，不似笠翁輩一味優伶俳語也。余往粤東，過南昌，其時蔣已入京，其子知廉來謁，……以所著〈空谷香〉、〈香祖樓〉、〈冬青樹〉、〈雪中人〉四本見貽。……舟中爲批點一過，不覺日行數百里。但見青山紅樹，雲煙奔湊，應接不暇，揚帆直過十八灘，渾忘其險也。心餘與余交最契。其再補官也，爲貧而仕，非其本懷。壬寅相見於順城門之撫臨館，歡甚。……未幾，病痺，右手不能書，今已南歸矣。然聞其疾中尚有左手所撰十五種曲未刊。」㉘後來的梁廷枏說：「蔣心餘太史士銓《九種曲》，吐屬清婉，自是詩人本色。不以矜人、使氣爲能，故近數十年作者，亦無以尚之。」㉙平步青也有言道：「蔣清容先生《紅雪樓九種曲》，偪眞玉茗《四夢》，爲國朝院本第一。」㉚楊恩壽《詞餘叢話》亦謂：「《藏園九種》，爲乾隆時一大著作，專以性靈爲宗。具史官才學識之長，兼畫家皺瘦透之妙，洋洋灑灑，筆無停機。乍讀之，幾疑發洩無餘，似少餘味，究竟語無不鍊，無意不新，無調不諧，無韻不響。虎步龍驤，仍復周規折矩，非晁西、笠翁所敢望其肩背。其詩之盛唐乎？」㉛可見歷來論曲者對士銓的評價都是很高的，而他在戲曲上的貢獻與成就，亦實至名歸。

第二節　楊潮觀（一七一二——一七九一）

楊潮觀，字宏度（一云字閎度，見《江蘇詩徵》），號笠湖，江蘇無錫人，他的生平事蹟很少爲人所知，今所見者以袁枚的〈邳州知府楊君笠湖傳〉較爲全面，從〈傳〉中可推知潮觀生於康熙五十一年（公元一七一二年），卒於乾隆五十六年（公元一七九一年）[32]。雍正年間，蘇州布政使鄂爾泰設宴招致四方賢俊，當代耆舊，而潮觀以一十四齡童子與會，才驚四座。後於乾隆元年爲恩科順天舉人，時年二十五歲。入實錄館，期滿外任縣令，先後十六任正署。見於袁〈傳〉和方志（《無錫金匱縣志》、《邛州直隸州志》、《直隸瀘州志》、《固始縣志》、《林縣志》、《彰德府志》、《簡州志》等）記載的，有山西文水縣令，乾隆十五年補授河南彰德府林縣令，乾隆十八年調任固始，乾隆二十二年調任杞縣，乾隆二十九年調任簡州，不久因政績卓異陞四川邛州知州，乾隆四十四年任瀘州知州，直到七十多歲才致仕。

關於他的家庭方面，我們知道他是後漢楊震的後裔（見其《吟風閣雜劇》〈却金〉一折小序），而根據《無錫金匱縣志》所載：「父孝元，諸生，殖學砥行。出後世父希曾。希曾工詩文楷法。康熙中獻詩行在，蒙錄用。供奉武英殿，補諸生，遽歿。」[33]此外，潮觀長子名掄，進士出身任太平縣令。次子名揩，歲貢生。二子皆能詩，善駢體，有名於時。另有姪名文泉，曾任渠縣令。

從袁〈傳〉中，又知潮觀與袁子才（枚）爲總角交，袁生於康熙五十五年（公元一七一六年），卒於嘉慶二年（公元一七九七年），比潮觀小四歲。二人在一起的時間並不太多，《隨園詩話》中提到「楊刺史潮觀，字笠湖，與余在長安交好，以運四川皇木，故再見於白門，垂四十年矣。」[34]他們的性情絕不相似，袁狂楊狷，袁疏俊，楊篤誠。主張亦多不同之處，子才厭聞二氏之說，潮觀則酷嗜禪學，晚年戒律益嚴，故議論每多牴牾。潮觀常與隨園文字詰難，隨園視爲畏友，然而，他們友誼甚篤，潮觀每聽說袁枚到訪，就非常高興。袁枚也曾在金陵隨園演笠湖的《吟風閣》劇，使得一座傾倒。笠湖在邛州時，還曾寄袁枚三百金，囑他在金陵建宅，以備二人終老。因此，潮觀歿後，其子掄便請袁枚爲他寫傳。

笠湖性情篤介，無甚嗜好，惟熱愛藝術。詩文、音樂、戲曲、繪畫、書法無不擅長，尤工於畫竹和製曲。他自幼便有文學天才，十四歲時參加鄂爾泰召集的盛會所寫的詩即爲衆所稱賞，詩云：「聖朝分陝重藩軒，爲惜民依簡大賢。已見清風傳北地，旋重化雨灑南天。勛名早識銘鐘鼎，風雅應教被管弦。此際亭前開盛讌，絕勝江左永和年。」（〈愼時哉軒紀事〉）故他從少便愛好著述，後在外爲官多年，也始終沒有放棄寫作。至於其著作，今所知者有《周禮指掌》、《左鑑》、《易象舉隅》、《家語貫珠》、《心經指月》、《金剛寶筏》、《吟風閣詩鈔》、《吟風閣詩稿》等八種。除《易象舉隅》、《左鑑》據說有傳本外[35]，餘均未見。惟在他處可散見其作。如在《林縣志》卷十一〈藝文志〉載有他的〈乾隆林縣志序〉，《邛州直隸州志》卷四十三載有〈覺路橋記〉，同書卷四十四載有他的〈訪黃崇嘏墓〉七言詩四首，《清畫家詩史》載有〈宿龍尾溝〉五言詩一首，和顧我錡等人所作的《十三經贊》中的〈易贊〉、〈書贊〉、〈詩贊〉、〈春秋贊〉四言詩四首，〈愼時哉軒紀事〉七言詩一首，《江蘇詩徵》卷六十七亦著錄他的五言詩三首、七言詩兩首，題爲：〈雨中登劍閣〉、〈牛頭山〉、〈魏公子無忌〉、〈登雅州城和觀察杜凝台韻〉、〈柴關見雪〉。其〈雨中登劍閣〉一詩曰：「烟火迷秦塞，登臨帶雨來。鷹聲盤絕壁，虎跡破蒼苔。古戍風雲暗，重關劍戟開。時平天失險，空憶勒銘才。」〈柴關見雪〉一首則云：「曉起出茅檐，但覺寒雲密。不知前山中，已是一夜雪。柴關枯樹林，夾道鳥聲絕。行矣殘白消，千峯凜高潔。」《蒲褐山房詩話》謂潮觀「詩亦多傑句」㊱，觀此可以爲證。

但使笠湖名傳後世的是他的《吟風閣雜劇》三十二種。吟風閣，本是他於邛州時，在卓文君妝樓舊址上所建數屋之名。他在吟風閣落成之際，曾取古今可觀感事製樂府數十劇付梨園演出，藉此慶祝；所以他的劇本便取名《吟風閣雜劇》。

《吟風閣》三十二劇是笠湖「往年行役，公餘遣興爲之」㊲，故各劇並非成於一時。至於三十二折是在甚麼時候着手寫的，又在什麼時候全部完成的，現已不能確知。但從該書各種版本刻署年月及所收折數來看，可略得端倪。《吟風閣雜劇》大約有七種版本㊳。《吟風閣雜劇》，包括三十二個短小精悍的單折戲劇。我們先將各劇目及故事概要略述一下。

一、《新豐店馬周獨酌》，寫馬周失意無聊而至時來宦達。事本《新唐書》〈馬周傳〉。劇旨是「思行可也」，因「命世無人，而馬周巷遇，爲世美談，敷陳其事，聊慰夫懷才未試者」。

二、〈大江西小姑送風〉，是作者自寫入蜀時江行光景，故謂「江行萬里，消受無邊風月，懷古之餘，倚帆清嘯，忘其于役之遙」。此折爲「思任運也」。

三、〈李衛公替龍行雨〉，根據唐李復言《續玄怪錄》內〈李衛公靖〉而成，寫李靖代龍王行雨。是劇用以說明「思濟世之非易也。以學養才，斂才歸道，非大賢以上，其孰能之」？

四、〈黃石婆授計逃關〉，寫黃石婆助張良過關。據小序云，這是「思柔節也」，因「柔勝剛，弱勝強，柔之時義大矣」。

五、〈快活山樵歌九轉〉，寫樵夫與落第士子討論「快活」的眞義，乃作者本《列子》〈天瑞〉篇所載榮啓期語意而加以發揮，用以「思分定也」。

六、〈窮阮籍醉罵財神〉，寫阮籍因憤激而痛罵財神，被攝至陰間問話，卻原來是南柯一夢。作者之意是「思狂狷之士也」。

七、〈溫太眞晉陽分別〉，寫溫嶠別母領兵勤王，瀕行時依依難捨。作者欲藉此「以儆夫遊子忘歸者」。

八、〈邯鄲郡錯嫁才人〉，寫一個邯鄲才人不得承恩，被遣出宮，嫁與廝養卒爲妻。齊謝朓有〈邯鄲故才人嫁爲廝養卒婦〉詩，唐李白亦有此題。作者即據二人詩意編成此劇。

九、〈賀蘭山謫仙贈帶〉，根據《新唐書》〈李白傳〉所載李白救郭子儀事而成，用以「思知己之難遇，而賢者忠愛之至也」。

十、〈開金榜朱衣點頭〉，寫歐陽修知貢舉，常覺座後有一朱衣人點頭者，然後其文入格。事見宋趙德麟《侯鯖錄》。

十一、〈夜香臺持齋訓子〉，寫雋不疑母敦囑其子愼用刑罰，事見《漢書》〈雋不疑傳〉。

十二、〈汲長孺矯詔發倉〉，寫汲長孺爲一驛丞之女說服，發倉賑民。

十三、〈魯仲連單鞭蹈海〉，寫魯仲連以天下紛紛，乃屏棄一切，蹈海而去，本《史記》〈魯仲連傳〉。

十四、〈荷花蕩將種逃生〉，寫花雲忠婢力保少主，本《明史》〈忠義傳〉。

十五、〈灌口二郎初顯聖〉，寫二郎神斬蛟除害。

十六、〈魏徵破笏再朝天〉，寫魏徵五世孫謩持徵破笏面聖，追述昔日徵苦諫太宗事。

十七、〈動文昌狀元配瞽〉，寫解元妻未嫁而瞽，解元堅守前盟，不肯退婚事，見沈括《夢溪筆談》。

十八、〈華表柱延陵掛劍〉，寫季札重臨徐國，徐君已亡，季子便將佩劍掛在華表柱上，以表信義，這事可見《史記》〈吳太伯世家〉。

十九、〈東萊郡暮夜却金〉，寫楊震往東萊上任途中，經昌邑，其令懷金十斤贈楊，楊堅拒之，事見《後漢書》〈楊震傳〉。

二十、〈下江南曹彬誓衆〉，寫曹彬在攻克金陵前夕詐稱有疾，而勸衆將發誓城破時不妄殺一人，事據《宋史》〈曹彬傳〉。

廿一、〈韓文公雪擁藍關〉，寫韓愈因諫迎佛骨被貶，其姪韓湘子來探視他。

廿二、〈荀灌娘圍城救父〉，寫荀灌娘矯裝往請救兵解襄陽之圍，事見《晉書》〈列女傳〉。

廿三、〈信陵君義葬金釵〉，寫信陵君班師回朝日，爲如姬發哀。

廿四、〈偷桃捉住東方朔〉，寫東方朔偷桃被王母所捉，事見《漢武故事》。

廿五、〈換扇巧逢春夢婆〉，寫東坡爲蝶母點化，據趙德麟《侯鯖錄》所載改編。

廿六、〈西塞山漁翁封拜〉，寫張志和歸隱江邊，不肯復出，事見《新唐書》〈張志和傳〉。

廿七、〈凝碧池忠魂再表〉，寫高力士在凝碧池追思義士雷海青，故事出自唐鄭處誨的《明皇實錄》。

廿八、〈大葱嶺隻履西歸〉，寫達摩祖西歸途中遇奉使西域而回的宋雲，二人相對答問。

取材於宋釋道原的《景德傳燈錄》。

廿九、〈寇萊公思親罷宴〉，寫寇準貴顯後生活奢華，其家中老嫗追述當年寇母撫養遺孤時的苦況，寇大慟，決意罷宴。

三十、〈翠微亭卸甲閒遊〉，寫韓世忠與夫人歸隱林泉，不願再見舊日同袍。此事可見於《夷堅志》、《宋稗類鈔》。

卅一、〈諸葛亮夜祭瀘江〉，記諸葛武侯五月渡瀘征孟獲事。見《三國志演義》第九十回。

卅二、〈感天后神女露筋〉，記揚州女子路金娘因母病於舅家，與嫂同往探視，日暮，行至中途，嫂去借宿。女不肯，自露宿草間爲蚊所傷，投崖而死。其鬼魂見天妃，嘉其貞孝，封爲露筋神女。作者來往邗江，瞻其祠宇，感而作此。

就此我們可以看到，各劇內容大都取材於歷史、神話或時人故事，都有著明確的主題，在小序中寫得清清楚楚。作者的創作動機，不外三點，那就是勸戒世人，針砭時弊，及抒寫情懷，正如他自己在題詞中所說：

〔南宮引子〕〔滿江紅〕世界雲浮，幻樓閣空中人物。平白地爲誰顰笑，等閒癡絕。對酒當歌何處好，憑高弔古無人識。但自家陶寫性中天，閒評跋。百年事，千秋筆；兒女淚，英雄血。數蒼茫世代，斷殘碑碣。今古難磨眞面目，江山不盡閒風月。有晨鐘暮鼓送君邊，聽清切。

楊潮觀是一個學人，也是一個循吏。他從三十歲左右開始做地方官，到五十六歲創作《吟風閣雜劇》的時候，閱歷宦海多年，經歷過許多地方，生活經驗非常豐富，對當時官場積弊，人民的疾苦都有所理解。所以，在他的筆下，都是一些眞實的生活體驗，這與尋常吟風弄月之作自有天淵之別，而比之一般不遇才人的牢騷呻吟，亦不可同日而語。因此，《吟風閣雜劇》除了在藝術上有着卓越成就外，它更顯露出了一個飽歷宦海的循吏兼嚴謹的讀書人的爲官經驗、心理感受，以及他的抱負，他的理想等。這些都是在其他雜劇作品中所難以看到的，也就是《吟風閣》三十二劇所以珍貴之處。

笠湖是一個正直誠篤的官吏，在三十餘年的仕宦生涯中，他做了不少利民的事。如他在文水時，遇到五年一次的清查戶口，因當地徭役不均，他親自加以區別，使一千餘名鰥寡孤獨的人免去徭役之苦。他到林縣次年，即修成《乾隆林縣志》，並寫成序文。又初抵固始之際，見各項事務漸就廢弛，遂以興利除弊爲己任，勤懇地處理案牘，清理冤獄。此外，還修黌學、建奎閣、創書院，使士子有讀書之所，對於貧窮者還資助衣食。因此便博得了「楊固始」之稱。他的仕宦經歷，都通過了戲劇形式表現出來。例如〈却金〉一折是寫後漢楊震拒絕接受王密錢財的故事，小序中謂：「思祖德也。家藏有〈四知圖像〉，並被諸弦歌，亦白圭三復之義也。」在實際生活上，潮觀也是像他的先祖一樣以廉潔著稱的。他在河南時，當地正遇到災荒，上司命他辦河料二百萬，他爲此非常焦急，皺眉道：「野無青草，何以辦料？」就呈文述說民間疾苦，力求免去這項負担。後來，有一個由省會來的人對他說：「君癡矣，此是上知君杞縣有累，故特多其數爲君生財計，君不解乃固辭耶？」潮觀笑謂：「吾誠不解。」但也一直不問他這事應如何理解。又在瀘州辦粥廠時，下屬拿了二百金送給潮觀，他不肯受。下屬謂：「有成例。」他說：「邇既云有成例，可捐付粥廠。」所以後來瀘州人民都說：「明莫如仲，清莫如楊。」他在〈却金〉一折裏所刻劃的正直廉潔的東萊郡，不啻是他自己的寫照。

在〈發倉〉一折裏，作者寫汲黯往河東勘恁火災，路過河南，其時當地連年荒歉，驛丞的女兒賈天香勸說汲黯，從權矯詔，持節發倉，救活數百萬災民。這可是他的親身經歷體驗。因爲某年杞縣有災，潮觀以上司衙門不許報銷，便捐款救杞縣災民。後來他重過該縣，男女縣民百餘人在道旁焚香跪拜，以謝其恩。故〈發倉〉一劇可能是影射此事。劇本開頭通過驛丞自敍，極寫災區苦情，官差凶相，這完全是作者的眞實經驗，他寫道：

（副淨扮驛丞上）若要蝗蟲飽，除非野無草。救得螞蜡飢，地上已無皮。在下河南郡一個老驛丞便是。這條路上，原是出京第一，衝要無雙。只因荒歉連年，人煙消散。馬草一束千錢，又兼差使越多，軍興旁午，把應付的官馬，儘力奔馳，倒斃者不計其數。今日天上一陣蝗蟲過，明日地下一陣差使過。那公家的田租，遇了旱蝗，或者有蠲有赦，俺驛中私下的例規，倒是常赦不原的。你道此時，民有饑色，怎得庖有肥肉？野有餓殍，怎得廐有肥馬？我管驛也管得老了，到如今，實在難得應付。正是做官莫做鬼督郵，是人是鬼要誅求。看我官兒只有芝麻大，就壓扁了芝麻能榨出幾多油？咳！可爲長歎息者此其一。從來說：官府不威爪牙威，群狐尾虎來，一虎百虎威。口兒裏蠻言亂喝，手兒裏鞭梢亂掣。額外加了抬槓人夫，又添上些騎坐馬匹。暗中得了折色分例，還來要你嗄程津貼。幾番在人面上彌縫，免不得馬口中奪食。我一件件燕子啣泥，一般般針頭削鐵，下不能白手成家，上不能赤心護國。今日一路平地風波，明日一個青天霹靂。來不來都要立馬造橋，動不動急得推車撞壁。任憑哀告，總是個皀白難分；如此饑荒，那管你青黃不接。咳！可爲流涕者此其二。雖然衙門裏的事，到處官清私暗，從來陽奉陰違，就是悖入悖出，也須好去好來，誰知陪着我小忠小信，不得他大慈大悲。憑你剜肉醫瘡，總要捨身施佛，沒奈何撞着他鬼使神差，只得拚我奴顏婢膝；儘着他酒囊飯袋，還要硬着我銅頭鐵額。他幾回說不出，只管推毛求疵；我幾次忍不來，又恐劈竹礙節。有打點，就是釜底抽薪；沒投奔，只落得眼中出血。咳！可爲痛哭者此其三。……

在這段長白裏，對於小吏的苦況，官場的黑暗，都有深入的描寫，這些都是作者數十年來的親身體會。故陳俠君序《吟風閣》云：「先生譜《吟風閣傳奇》三十二回，將朝野隔閡，國富民貧，重重積弊，生生道破；心摹神追，寄托遙深，別具一副手眼。」㊴

當了地方官三十餘年的楊潮觀，當然知道爲群衆謀福利並不是一件容易的事，所以他就借〈行雨〉一折來說明：「思濟世之非易也。以學養才，斂才歸道，非大賢以上，其孰能之？」劇中的李靖前往龍門山下尋文中子，想從文中子學道三年。途中受龍母之托，代其子行雨。李靖看到那赤地千里悲慘景象，便把龍母善意的囑咐看成了「緣慳難捨」，想道：「自古道：將在軍，君命有所不受。自然龍在雲，帝命有所不遵了。正是一朝權在手，便把令來行。」於是幾乎把那行雨用的淨瓶兒傾倒，以致大水滔天，給人民造成了更大的災害。最後作者便借文中子的口指出：「就是你這好心害事，豈知你自道好，就不好了。」「從來救世的人，偏會做出誤世的事來，也只爲他信心太深，便下手太重了。那幹大事的人，惡心不可有，好心也不可有，造化之妙，普物無心，你須省得。」這足以警惕一些單憑動機，自信過深，好心好意做壞事的人。

楊潮觀自己也是一個充滿信心的人，他說：「居官信心而行，投艱不辭，理繁不亂。」不但遇到大問題時有勇氣，有胆量及時處理，就是日常官署的案件也能速斷速決，絕不拖延。對上司決不浮誇，實事求是。一次，河南布政使蘇崇阿查賬，問：「有濫否？」他答道：「有。」問：「有遺否？」答道：「有。」蘇氏震怒，厲聲道：「又遺又濫，何以爲賬！」潮觀謂：「口稱無遺濫，而心不自信，故不敢欺公。」蘇又問：「然則汝有可信者乎？」楊氏說：「有。官無侵，吏無蝕，是可信也。」他就是這樣的一絲不苟，充滿信心。然而，卻有兩件事常使他感到抱憾。一是在杞縣時，求賑者麻集，有一人裸而攀車，但被潮觀部下逐去。次日再去，該人已死於深雪中。又一次是瀘州營兵借穀，所送來的簿冊漏了造防汎者姓名，再來請借時潮觀因病竟忘了補給。這兩件事時使潮觀耿耿於懷，不能釋然。因此，他之作〈行雨〉一折大抵是含有自我反省之意。這也顯出他濟世愛民的眞誠，故袁枚說：「君能仁其民而過後猶欲然若不足，此其行事居心豈凡所及耶？」[40]

無可否認，楊潮觀是一個愛民的地方官，他曾謂：「爲國家者，患莫甚乎棄民。大荒召亂，君子飢不及餐。」觀其一生行事，正是這句話的忠實執行者。當他年近古稀，被調瀘州時，他本來不打算前去，後聞該處太饑，道殣相望，乃嘆道：「見義不爲無勇也。」毅然而去。到任後他採取了許多措施，如廣學田、置義渡、修養濟院等，更利用在官閑款分設三粥廠，不敷用時就以俸祿補充，故不及百日即已拯救了五十餘萬飢民。他感到異常快慰，笑着說：「吾事畢矣。」從此就結束了他的仕宦生涯。

因此，在潮觀的作品中，「民爲重」的觀念很顯著地表現出來。像〈二郎神〉一折，寫治水的重要，便是從人民的利益出發。〈下江南〉更處處爲人民着想，認爲戰爭要以生靈爲重，「義在弔民，原非耀武」。故劇中寫曹彬因恐下江南傷人過多積憂成病，遂與部下立誓，當攻克城池之際不妄殺平民，不擄掠子女玉帛，不發掘墳墓。〈夜香臺〉可以使我們了解到他對於刑罰如何愼重，表現了對人民的同情，要求做官的人「嚴而不殘」。劇中描述大京兆雋不疑之母因在官衙終朝每日聽到的是敲朴之聲，年年歲歲看到的是屠戮之慘，諄諄的教導兒子，不要因懲罰壞人，使好人受到連累：「常言道：『一事到官，十室牽纏；一人入獄，一家盡哭。』你知道也不知道？」「你散衙餘高堂將進酒，怎不想一室歡娛百室愁。似你連日出巡，我尙牽腸掛肚，那些在官人犯呵，誰沒有娘親倚定門兒守，無投奔淚橫流。你這裏妻孥笑語相酬勸，他那裏敢哭倒長城恨未休，難消受，天堂僭福，地獄分愁。」（〈解三醒〉）推己及人，表現出眞正仁人的襟懷。楊氏在固始時，有一次發現一件盜案的犯人被誣，他不嫌麻煩的爲冤犯奔走，極力請求上司衙門釋放那無罪的人。楊潮觀就是這樣的正直不阿，處事嚴謹。但他絕不拘泥固執，不知權宜行事的。他的〈發倉〉就體現通變的主張。〈黃石婆〉也是闡述通權達變的重要。當敵強我弱的時候，不贊成硬拚，而要以柔制剛，以弱制強。〈葬金釵〉亦寫信陵君矯詔行權，盜竊兵符，終解趙國之危，亦免魏日後之患，「畢竟身危國矣，區區此心，惟我宗廟先靈諒也」。在他仕宦生涯中，潮觀也曾多次從權行事，這可說是他的心聲。

在《吟風閣》諸劇中，我們還可以看到作者對於當時的社會風氣、不合理的現象與制度，都有着不滿的感覺。潮觀嚴氣正性，隨園說他「以古賢自期，與今之從政者格格不入」㊶。因此，他在作品中對於歷史上忠信、孝義、廉節、正直的人物都加以表揚，藉以勸世，正如楊懋在序中所云：「……復取古人忠孝節義足以動天地泣鬼神者，傳之金石，播之笙歌，假伶倫之聲容，闡聖賢之風教，因事立義，不主故常，務使聞者動心，觀者泣下，鏗鏘鼓舞，淒入心脾，立懦頑廉，而不自覺。……以是知公之用心良苦，公之勸世良切也。」㊷所以，在〈笏諫〉、〈藍關〉裏，他褒揚了敢言直諫的魏徵、韓愈，而對於高義的如姬，重信諾的季札、解元（〈配瞽〉），廉潔的楊震、寇準，純孝的溫嶠、荀灌娘等，都給予很高的評價。這些人物所代表的各種美德，正是作者心目中所追慕的完美人格的典型。他認爲若人人都能達到這完美人格，社會風氣便會得到改善。

對於一般不合理的現象，楊潮觀是毫不留情地予以抨擊諷刺。在〈新豐店〉一折裏他嘲諷世態炎涼，俗人輕貧重富的醜態；他又借樵子之口來譏笑那些孜孜爲利之徒（〈快活山〉）；阮籍對於財迷心竅的人之笑罵（〈錢神廟〉），正足表達作者的憎惡。對於科場黑暗，他也絕不放過抨擊的機會，在〈朱衣神〉裏寫門神與鬼魂的一番對話，說：

（副淨）神明在上粧聾，錢可通神更捷。

（門神）甚麼地面，敢來纏擾！咗，看鎗！

（副淨）你原來就是鎗手。罷罷，我下科叫兒子來聘你罷。

對一般主考有司也暗暗地刺了一下，劇中歐陽修道：

則這文場內，名爲爲國求賢，其實何曾求的是賢，那個爲的是國嗄！〔急三鎗〕單則把滿園的桃和李，都種向自門前，却忘了費朝家養賢典。俺這瓣香心，只有天知鑒。

潮觀一生秉正忠直，孳孳爲善，爲民請命，故他對於那些忝居高位，只會享樂不會做事的所謂大官，是沒有什麼好感的。例如在〈偷桃〉中，東方朔因飢餓偷吃幾個桃兒，被王母捉住，要把他鞭殺時所說的一段話眞是痛快淋漓：

若論偷盜，就是你做神仙的慣會偷。世界上人，哪一個沒有職事，偏你神仙避世偷閑，避事偷懶，圖快活偷安，要性命偷生。不好說得，還有仙女們在人間偷情養漢。就是得道的，也是盜日月之精華，竊乾坤之祕奧。你神仙那一樣不是偷來的，還嘴巴說打我的偷盜。我倒勸娘娘，不要小器，你們神仙，吃了蟠桃也長生，不吃蟠桃也長生，只管吃他做甚？不如將這一園的桃兒，盡行施舍凡間，教大千世界的人，都得長生不老，豈不是個大慈悲大方便哩！

冷嘲熱諷，寓意深刻。〈罷宴〉描寫寇準貴顯後的奢華，也是有感而發的。

由於看破了高門顯宦的虛僞面目，作者對於低層人物的樸實眞誠特具好感。他認爲優伶、婢女的聰明才幹比起所謂上層社會人士有過之無不及。因此他在〈凝碧池〉裏極力稱道那慷慨捐生的雷海青，又表揚了那冒著生命危險保衛忠良後裔的侍女蘇昆的高尚行爲（〈荷花蕩〉）。在〈凝碧池〉中，雷海青以一個樂工猶知事敵之恥，這比許多高官厚祿的顯貴要強得多了：

〔高力士〕……我想起來，唐朝臣子，錦衣玉食，受恩深重者，不知多少。到得國家有難，降的降，躲的躲，倒是一個不識字的樂工，要替朝廷掙起氣來，可不呌朝班上人羞死。

〔下山虎〕廁身卑下，不戴烏紗，名不在朝班掛。豈知道他，不讀詩書，更無虛假，怒起螳螂奮臂加。那時節，一個個將軍不下馬；偏是你，猛豺狼，手去抓。今日個，感得哀詔從天下，壯哉可嘉！不負你血性淋漓大結瓜。

〔尾聲〕從今後，敢說〈伶官傳〉裏人低下！則這秋草池邊一席話，抵多少千古莫名博浪沙。

所以作者認爲，一個人的貴賤高下，不能從他的身份高低去估計，而要根據他的人格品行來判斷。作者能有這樣開明的思想，自非一般迂腐的儒士假道學所可比擬。

笠湖是一個通達的讀書人，但在精神上他仍然擺脫不了傳統思想的包袱。他相信天理循環，因果報應，所以守信諾不棄瞽妻的解元可中狀元（〈配瞽〉）；而爲善的舉子也會得善報（〈朱衣神〉）。而冥冥中有着主宰，統理一切，預作安排，「須知道，是天工早已安排待，你寬懷也該，你操勞也該。」（〈快活山〉）所有窮通得失，亦早有定數，「凡人窮通得喪，種種由天，強取強求，災禍立至，我不過奉命而行，那一些自主得的。」（〈錢神廟〉）故邯鄲才人被作者稱爲：「然知命者怨而不怒，有風人之義。」他是相信天命論的。

在宗教觀上，作者是主張儒、釋、道三教合一的。「我想凡間有個三教之分，到了天上，萬法歸一，只是還他一個善惡邪正分明。」（〈藍關〉）實際上，對於三教的精神，他都能兼容並蓄，身踐力行。他見義勇爲，可以退則退，可以進則進，抱着儒家濟世的襟懷。他晚年又嗜禪學，在作品常常流露出佛家出世返本的哲理，像〈大葱嶺〉中達摩所說：

〔倘秀才〕往世裏一絲不掛，後世裏一塵不怕，省可的隔着靴兒將癢抓。須信道眞實相，本無加，一齊抛下。

又在〈偷桃〉中說：

（旦）（按：扮演王母）……大道無爲，至人無慾。人爲萬物之靈，豈反乞靈於草木？一切寶海珍山，都從空中變現。蟠桃本非樹，瑤島舊無林。若問眞種子，還在自家心。

所說都是佛家語，但道家的清靜無爲，逍遙出世，也是他所嚮往的。因此，在楊潮觀的作品中，固然有着積極進取濟世精神的表現，同時，也不時流露着飄然遠引，退隱林泉的幻想。〈快活山〉、〈魯連臺〉、〈換扇〉、〈西塞山〉、〈翠微亭〉諸折都是這類觀念的體現。「一臥蒼江歲驚晚，看世界滄桑虛幻。紅塵外，白雲間，醉倒蒼顏，夢不到朝天簡。今日呵，我便要倚棹返蓬山，莫遣那落花兒驚醉眼。」（〈西塞山〉）潛意識地作者是羨慕着張志和的無拘無促，逍遙自樂。他寫韓世忠解甲之後的閒灑，更充份表現了他對致仕隱逸生活的渴想：「百戰榮休，湖山舊偶。顧盼逍遙，精神抖擻。野水一篙，長堤萬柳。今日遊，明日遊。」（〈翠微亭〉）他希望歸隱，並不是逃避現實，也不是放棄責任。當他要告退時，適巧瀘州有災，他便連忙上任，這種以天下爲己任的精神，自不是胸襟狹窄僅以個人前程爲念的不第士子所能企及的。當潮觀覺得他已完成了自己的責任，便心安理得的告歸。這又顯出他滯留在宦海中三十餘年，並不是爭取個人名利，出發點完全是爲了濟世救民。所以，在他內容充實的作品中，我們可以看見一個獨立人格的呈現。

《吟風閣》的藝術造詣他和它的內容一樣，有自己獨到之處，無論體制結構、故事處理、表現手法、曲文、道白，以及人物的塑造、曲牌的選擇都有所新創。在下面，我們將逐點予以分析。

《吟風閣》成於乾隆年間，這時正是短劇的極盛時代，而此三十二劇更爲其中的極詣之作。它的體制兼取傳奇與雜劇的優點。三十二折各有獨立的故事，合起來是一個整體，分開來又是三十二個個體。在搬演上非常便利而具有伸縮性，既沒有傳奇繁瑣冗長的毛病，也避免了元雜劇呆板單調的缺點。

我們上面已說過，這三十二劇大都取材於歷史故事、神話傳說，或時人異聞。題材是多方面的，而在處理方面，作者亦別具一副手眼。他善於運用素材，絕不拘泥於史實。他並無意於敍寫某一件歷史事實，只是利用該史事來表達他心中的一個理想，或表彰某一種美德。因此，他敢於改編，勇於創造，而寫出這許多合情合理的劇本來，像他從《史記》〈留侯世家〉所說的「張良貌如婦人好女」得到啓發，憑空創造出一個黃石婆來助子房混出關口，眞是奇妙設想。魏徵破笏本無其事，作者亦是從〈魏謩傳〉、〈褚遂良傳〉得到靈感，而將此事屬之魏徵。這樣的編法並沒有與魏徵的性格行事相違，卻增加了戲劇的感染力。在情節的取捨上，更顯出作者的匠心及細意經營。如〈魯連臺〉一折作者把劇情移到路上展開，這樣，可避免了平原君、信陵君等出場的拖沓累贅；又使魯連欲行又止者三，增強了戲劇性，並能和登瑯琊臺思古撫今的行動與氣象連貫起來。再看他如何撰寫〈葬金釵〉。如姬竊符是歷史上一個動人的插曲，撰劇者每愛譜之，明張鳳翼的〈竊符記〉即演其事。但瀨觀却不寫如姬之竊符，而是就此情節，設想當日竊符事露，如姬必遭毒手，信陵由趙歸魏，必爲如姬發哀。所以他的〈葬金釵〉的故事便是從信陵君班師回朝之日展開，而使全劇情調具有一種悲壯的詩意。〈荷花蕩〉的故事可見於《明史》〈忠義傳〉，情節曲折，歷時頗長，作者將數事壓縮在一齣短劇中，剪裁手法乾淨利落，使全折劇情緊湊，達到預期的戲劇效果。

他的表現手法基本上是現實主義的，同時也採取了現實主義與浪漫主義相結合。不只刻劃了現實，也抒發了幻想。好像〈二郎神〉寫的是二郎神李冰斬業龍的神話故事，但在描敍治水的過程却是作者眞實生活的體驗。鬼神常出現於潮觀的作品中，他們有時是理想的化身、正義的保衛者，如朱衣神、二郎神及〈配瞽〉的文昌君；有時作者又用他們作爲諷刺的對象，成爲被否定人物的代表，如〈偷桃〉中的王母，〈錢神廟〉中的錢神就是。在題材的選擇上，他善於從歷史或當代的現實生活取得素材而加以概括提高；也發揮想像力，任意驅遣鬼神來爲他的寫作服務。把千變萬化的情節生動活潑的反映在觀衆面前，使大家由被感動而受到教育。因此，他所創造的人物是多種多樣，而各有着獨特的性格。像寫同是武將的馬周、李靖、溫嶠、曹彬，一個是潦倒失路，一個是涉世未深，一個是徘徊於忠孝之間，一個是寬大仁愛的。同是循吏的雋不疑與汲長孺，一個是嚴而不殘，另一個是通達從權的。同是才士的李白與阮籍，則是一個高放，一個狂憤。所以他們是同而不同，作者在塑造這些人物時，是費煞苦心的。爲了要把形象突出，作者往往利用比較的方法。像〈賀蘭山〉中爲要表現出郭子儀的氣宇軒昂，便用貪生怕死的哥舒翰來襯托，使郭的不凡更爲突出。作者還愛用側面寫法來刻劃人物，像〈笏諫〉中的魏徵，〈凝碧池〉中的雷海青，〈葬金釵〉的如姬，他們並沒有出場，但魏徵的忠直、雷海青的英勇、如姬的高義，從旁人口中道出，鬚眉畢現，如見其人。這是作者描繪深刻之處。

還有一點值得一提的就是，作者在塑造婦女的形象時，並沒有加以惡意的低貶或歪曲。雖然他在〈快活山〉宣揚了「男尊女卑」的封建觀念，但在描寫婦女時，他的態度是客觀而公正的。他表彰了如姬的高義。在〈荷花蕩〉裏又表揚了蘇昆捨己爲人的高尚行爲。他歌頌荀灌娘突圍救父的壯舉，對於與韓世忠同抗金兵的梁夫人也極力稱道。還有，以柔制剛助張良脫險的是黃石婆，勸諷寇準節約的是劉婆，說服汲長孺從權矯詔發倉的是驛丞的女兒賈天香，爲官舫送風的是小姑山神女，到瓊崖地面點化蘇東坡的是混元蝶母。凡此種種，都表現了女性的智慧與英勇。作者在〈荀灌娘〉的小序中還說：「至性所動，無鬚眉巾幗，無總角成人，臨事激昂，則智勇俱出。」他那種同情並尊重婦女的見解，在當時的社會中，是極為難能可貴的。

《吟風閣》各劇的人物都有着鮮明而突出的性格，而作者更能運用適當的戲劇語言來配合劇情的發展和人物的性格與身份。作者自序中說：「惟是香山樂府，止期老嫗皆知；安石陶情，不免兒輩亦覺矣。」文辭方面，他力求平易流暢，不像其他曲家那麼愛用僻詞險語，炫露學問。像他的〈錢神廟〉便是一個好例子。阮籍上場時所唱的一曲〈點絳唇〉：「漉酒巾歪，竹風搖擺。休驚駭，醉眼看差，踹入紅塵界。」用字不多，却已概括出阮籍的為人，使觀衆認識到他是一個狂放不羈、恃才傲物、遨遊於禮法之外，寄情於詩酒之中的人物。後來他對着錢神笑三聲、哭三聲、罵千聲萬聲，層次分明，有條不紊。又使小沙彌與阮籍一問一答，既不顯得枯燥，又便於理解。如阮生回答小沙彌問為什麼要哭，便引起他一連串的控訴：

〔油葫蘆〕你是怨府愁城實可哀，休喝采，腥羶招惹盜心來。若不是針頭削鐵將身儹，只怕你刀頭餂密將人害。想多藏他，是禍貼；拚亂揮他，如土塊。又無奈空囊羞澀清高在，逼死了多少豪傑儁賢才。

在他的痛罵裏，更顯得他的怨恨再也按捺不住了：

〔天下樂〕說不盡市道紛爭也那爲你開，盡安排圈套來，則見你換人心都變成虎與豺。爲刀錐把道義衰；競錙銖，將骨肉猜，更有甚恩仇深似海。

奔放眞摯，聲情並茂。風格豪邁質樸，文字剛勁有力，而含義深刻，把一個不受禮法束縛的士大夫寫得栩栩如生。對於他的感情的刻劃，也是層次分明，無懈可擊。這是作者藝術造詣高深的表現。雖然是很簡單的情節，但放在他的手中，便會引起無數曲折，波瀾起伏，扣人心弦。像〈夜香臺〉描寫雋母愛子心切，因而推己及人。作者對她的心理狀態刻劃得相當細緻，運用細密的針線，將她的一憂一怒一喜，很有層次地表達出來。

同樣地，在〈罷宴〉一折裏，作者也是運用高度的技巧，去寫老媼劉婆怎樣去勸諷寇準。劇情是一步一步推進，先寫劉婆對於寇準之奢華生活，如「潭潭府第，畫棟珠簾，列幕張燈，如同白晝。別院笙歌乍起，滿階珠翠齊迎」等光景，頗表不滿。忽然，她滑了一交跌在地上：

〔么篇〕穩不住齊眉挂杖，猛將咱玉山頹放。原來是歌舞連宵，蠟淚千行，堆遍迴廊。滑溜溜的扒的忙，跌的慌，幾乎把老身停當。咱正要借因由，去把那舊情來講。

由於這一滑倒，便引起了下文。劉婆乘機啼哭起來，惹起寇準夫婦的注意。夫人更問及她啼哭的根由，她答道：

……因此一跌，想起太夫人，不覺掉下淚來，失聲一哭，剛被相爺夫人聽見，合該萬死。

談到太夫人她便扯開了話題，將昔日的苦況與今日的豪華相比：

……太夫人百般哀苦，把你教養成名，那時節燈火寒窗，停針課讀。就是你讀書的燈油，都是太夫人十指上做出來供應你的。你如今功成名遂，富貴榮華，每夜府中輝煌燦爛，四壁廂高燒絳燭，遍地裏蠟淚成堆，眞那彼一時此一時，可憐當日太夫人的苦楚，竟不曾享受你一日！

〔滿庭芳〕想當初辛勤教養，他挑燈伴讀落葉寒牕，那有餘輝東壁分光亮。單仗着十指縫裳，繼膏油叫你讀書朗朗，拈針線見他珠淚雙雙。眞悽愴，到如今，怎金蓮銀炬照不見你憔悴老萱堂？

步步進迫，希望能挑動寇準孺慕之情。果然，他忍不住流下淚來，心腸也軟了，對那個激怒他的家奴亦暫不追究，而要劉婆將舊時甘苦細說一番：

〔朝天子〕則記得太夫人呵，撫孤兒暗傷，代先人義方，爲延節盡把釵梳當。只要你成名不負十年窗，倚定門閭望。怎知他獨自支當，背地糟糠。要你男兒志四方，又怕你在那廂，他在這廂，眼巴巴，巴到你學成一舉登金榜。

只可惜待到子成名時，太夫人已是淹淹病重，不及見後來的富貴：

〔四邊靜〕今日呵，他身先黃壤，博得你富貴夫妻同受享。你如今縱玉盌瑤觴，熱騰騰親捧着三牲養，恁羹香酒香，也滴不到泉台上。

劉婆轉灣抹角的說了一大堆話，終於入到了主題。表面上她是惋惜太夫人不能同享富貴榮華，實際上是借此來責備寇準過着這樣豪華的生活。最後寇準亦因思親懷舊而有所憬悟，下令罷宴。老嫗的規勸到底成功了。在這一段中作者寫老嫗的機智，寫寇準孺慕之情，細緻入微，感染力極深。焦循《劇說》便曾道：「《吟風閣雜劇》中有寇萊公〈罷宴〉一折，淋漓慷慨，音能感人。阮大中丞（按：指阮元）巡撫浙江，偶演此劇，中丞痛哭，時亦為之罷宴。蓋中丞亦幼貧，太夫人實教之，阮貴，太夫人久已下世，故觸之生悲耳。」[43]可見此劇感人很深。歷來論者多推此為《吟風閣》之首，流行於舞臺上。

《吟風閣》其他各劇，如〈凝碧池〉、〈行雨〉、〈忙牙姑〉、〈葬金釵〉、〈晉陽城〉等都寫得很好。像〈凝碧池〉寫雷海青罵賊而死的壯烈事蹟，慷慨沉痛。作者更使用烘雲托月的手法，哥舒翰、張垍等貴顯的苟且偷生和雷海青的視死如歸形成了鮮明的對比。又善於製造氣氛，以〈凝碧池〉的荒蕪襯托出無限淒涼的情調，而遺辭沉着悲壯，活現出一個壯烈的伶工滿腔熾熱的激情。其他各劇也表現出不同的情調，例如〈西塞山〉、〈快活山〉是高放的，〈葬金釵〉、〈晉陽城〉是悲涼的，〈偷桃〉、〈藍關〉、〈黃石婆〉則是風趣諧妙的。描寫作者入蜀情景的〈大江西〉，在唱詞上便頗多佳句，有一種飄逸的意境，像是一篇優美的抒情詩。劇中描寫風景道：

〔北雙調〕〔新水令〕江山似此畫圖非，拂雲來片帆天際。俺則待趁仙風，揮羽扇，不爭便訪漁伴，臥簑衣。月朗漸星稀，聽何處笛聲起。

〔收江南〕呀，這不是京江鎮鑰，瞥眼便雄奇。更揚州燈火，歌吹起畫橋西。只有那龍盤虎踞，怕不似古南畿。看金粉六朝，剩繁華有幾？只留得一拳采石，縹緲謫仙衣。

〔北雙調〕〔沽美酒帶太平令〕馬當山，咫尺迷。馬當山，咫尺迷。雷雨至，浪花飛。坐對着小小孤山眉黛低。謝伊家姊妹，可方便的送咱過大江西。（丑）那不是琵琶亭！轉眼又到赤壁磯了。（小生）想當日，逢白傅，琵琶掩泣；遇周郎，檣艣灰飛。那百尺高，是黃鶴樓岳陽樓，都醉了那洞仙飛去。這一片白，是洞庭湖青草湖，眞見了他龍女傳奇。您呵，看一路裏朝暉暮暉，鎮日間鵑啼鴂啼。呀，可不道壯遊的心兒裏，直恁地宦情難已。

抒情寫景，相互結合。雄偉壯麗的江邊景色，正好襯托出劇中人的精神面貌。

《吟風閣》的曲文固是清新優美，富有詩意，而賓白猶為精警犀穎，妙語疊出，顯示了作者的修養與才華，也是《吟風閣》三十二劇在藝術成就上最突出之處。被稱為滑稽之雄的〈偷桃〉一劇就是以警策機智的賓白見長，文字流暢而內容嚴峻，在嬉笑怒罵中隱寓針砭，暗含鞭撻。〈發倉〉一劇一開頭驛丞那長達千餘言的獨白，連用數十個四字成語，並不是毫無目的的掉弄文字，却是用滑稽詼諧的形式，道出了一個善良老實的驛丞，一方面對着餓殍無法拯救，另一方面又受官府的壓搾，只得太息、流涕、痛哭。這段道白雖然很長，但語氣親切誠懇，而作者又善於運用成語，使全文聽起來不會有冗長的感覺，只覺得在整個劇情的發展上這段道白是不可缺少的。我們再看〈西塞山〉中一段寫景的說白：

> 但見一江春滿，萬頃潮平。胭脂雨細落桃花，舶趠風低飛燕子。汀蘭岸芷，霏霏馥馥，飄來的九畹清香；岸柳堤花，杳杳濛濛，望去是十洲仙靄。數聲欸乃，忒楞楞浴鴛鷩起白蘋洲；一棹瀠洄，樸簌簌立鷺斜飛青草渡。三三兩兩，悠颺旌遇旆，龍驤萬斛碇中流；簇簇層層，高下檣竿，錦纜千條排遠岸。來的來，去的去，數不盡估客征帆。近的近，遠的遠，聽不了漁歌互唱。……

笠湖本身也是一個畫家，這段賓白便像是一幅畫圖，一切景物都加以形象化，使人聽了如身臨其境。這完全是作者的藝術造詣湛深所致。在他的作品裏，三言兩語，一句半句的生動雋永的道白俯拾即是，像〈藍關〉裏韓愈對湘子說：「湘子呵！知汝遠來應有意，好收吾骨瘴江邊。」但湘子答道：「呀，你要燒佛骨，你自已的骨頭又是愛惜的麼？」又〈新豐店〉馬周與酒保的對話，馬說：「古人云：濁酒當以《漢書》下之，不消別的下酒。」酒保則答：「書是好下酒的？原來你們讀書人，把讀的書都囫圇吞下肚去了，可不脹壞了人？」妙語如珠，有時是聊博一粲，有時則是語帶芒刺的。

在上面我們已看過了《吟風閣》的內容、思想、曲文、道白幾方面，現在且讓我們再看這三十二折的格律曲調。其中有全部用北曲的，如〈快活山〉、〈錢神廟〉、〈賀蘭山〉、〈魯連臺〉、〈西塞山〉、〈大葱嶺〉、〈罷宴〉和〈翠微亭〉便是。也有純用南曲的，如〈新豐店〉、〈黃石婆〉、〈晉陽城〉、〈荷花蕩〉、〈配瞽〉、〈露筋〉、〈掛劍〉、〈却金〉、〈下江南〉、〈偷桃〉和〈凝碧池〉便是。有一劇應用許多曲牌；有的一劇僅使用一兩個曲牌，如〈笏諫〉。有的南北合套，一南一北相間，如〈發倉〉。亦有數支南曲和數支北曲相間，如〈葬金釵〉。有的前半折用南曲，後半折用北曲，如〈二郎神〉、〈荀灌娘〉。有的前半折用北曲，後半折用南曲，如〈藍關〉。曲牌都是結合劇情與腳色的性格身份而任意選用，不受成規束縛的。

總括來說，《吟風閣》三十二劇主題突出，內容充實，結構嚴謹，在一定程度上，反映當時社會形態，痛砭貪暴官吏，諷刺世態惡習，贊美勤儉廉潔。既不像無病呻吟的弇陋，也不像說教般的迂腐。而文詞精練，既可於案頭供奉，給文士欣賞捧誦，也可披諸管絃，於舞臺上搬演，故稱之爲短劇之極詣，並非過譽。正如湯曾輅所云：「無錫楊笠湖……嘗著《吟風閣雜劇》，深得元人三昧。昔人論製曲須是鉅才，與詩、詞另是一副筆墨，既宜傳演，又耐吟諷，摹神績影，中人性情，斯爲能事。東塘、昉思而後，笠湖其嗣響矣。」㊹《吟風閣》可當之無媿。王昶嘗謂：「〈諸葛公夜渡瀘江〉、〈寇萊公思親罷宴〉諸劇，聲情磊落，思致纏綿，雖高則誠、王實甫無以過也。」㊺可見時人對他評價之高。

第三節　桂　馥（一七三六——一八〇五）

桂馥，字東卉，號未谷，別署老菭。山東曲阜人。生於乾隆元年（公元一七三六年），卒於嘉慶十年（公元一八〇五年）。享年七十。乾隆五十五年進士，選雲南永平縣知縣。居官多善政。《清史列傳》卷六十二〈儒林〉有傳，生平亦見《國朝耆獻類徵初編》卷二四四，《碑傳集》卷一〇九，《國朝先正事略》卷三十六，《國朝詩人徵略》卷五十一，及《山東通志》卷一七二等。

桂未谷是乾嘉年間一位經學大師，博涉群書，尤潛心小學，精通聲義。著有《晚學集》十二卷，《繆篆分韻》五卷，《說文解字義證》五十卷，《札璞》十卷等。他也是一位詩人，亦是一位劇作家。他所作的詩，多不留底稿，而由其孫顯訖搜集刻行。馬秋藥爲之作序，稱他無意於爲詩，又說他平日論詩多拘忌某字未愜，某對未工。如此看來，未谷並非無意於爲詩者。故《晚晴簃詩匯》謂：「即今所存類皆骨幹堅凝，風格遒上，在當時流輩中，正復未遑多讓，無意爲詩，豈能及是？」㊻在劇曲方面，未谷亦有着卓越成就。他的《後四聲猿》與楊潮觀的《吟風閣》三十二種，被認爲是短劇的巔峰作，而二人亦是短劇最盛時期——乾隆年間——成就最高的兩大作家。

《後四聲猿》，包括四個短劇：〈放楊枝〉、〈題園壁〉、〈謁府帥〉、〈投溷中〉。每事一折，仿徐渭《四聲猿》體制而成。〈放楊枝〉寫白樂天暮年老病，欲遣愛馬愛妾而有不忍之情；〈題園壁〉譜陸放翁妻唐氏不得於姑被出後，一日於沈氏園中遇放翁，放翁頗難為懷，題詩於壁，唐氏和之之事；〈謁府帥〉寫蘇東坡官卑時謁大臣不得見事；〈投溷中〉述李長吉遺稿為其表兄因生前舊怨棄入廁中事。四種都是詩人飲恨的事，未谷借此古衣冠以抒發塊磊之意亦至明。故王定柱序其劇云：「徐青藤以不世才，侘際不偶，作《四聲猿》雜劇，寓哀聲也。……同年桂未谷先生以不世才，擢甲科，名震天下，與青藤殊矣。然而遠宦天末，簿書薶項背；又文法束縛，無由徜徉自快意山城，如斗蒲棘雜庭牖間。先生才如長吉，望如東坡，齒髮衰白如香山，意落落不自得，乃取三君軼事，引宮按節，吐臆抒感，與青藤爭霸風雅。」《後四聲猿》四劇乃未谷作於垂暮之年（時馥年近七十），一個屈居簿書的老才士的情懷、感慨、憤懣、沉哀都在這些作品中顯露出來。

最能表現這個垂老詩人之情懷的便是〈放楊枝〉一劇，未谷之所以譜此，便是藉以寄志。他在〈放楊枝散套小引〉中已寫得很明白：

> 余年及七十，孤宦天末，日夕顧影，滿引獨醉。友人有勸余納姬者，余拊掌大笑曰：白傅遣素之年，吾乃為却扇之日耶？吾非不及情者，抑其情，情所以長有餘也。……想白傅此時亦深悔當年多此一素，惹出一番凄涼景色，攪亂老懷也。余既裁詩以報友

人，又成〈放楊枝〉一套。嗟乎，余豈不及情者哉！

未谷於此正是未能忘情，故寫白傅樊素，纏綿悱惻，婉妮多姿，較諸一般才子佳人戀愛情事，却又別有一番滋味。如寫樂天與愛妾愛馬，難捨難離：

〔新水令〕（生）十年游迹半追隨，唱楊枝歡場樂事，老年都是夢，回首總成癡，陡地分離，最難捨合歡被。

〔駐馬聽〕（旦）駱駱悲嘶，口不能言心內恥，五年服事主翁，芻豆滿膘肥，看花訪友效奔馳，解鞍忘却騰騫志。猛然間，書券紙，莽天涯，何處槽頭是。這馬實在可憐，就是俺樊素呵，（哭介）

〔雁兒落帶得勝令〕楊枝緩緩歌，玉盞頻頻遞。柳腰讓小蠻，駿骨慙良驥。只落得眼看絲柳垂，身逐柳花飛。老爺好狠心也，解脫了連環結，丟開了千里騅，悽悽人馬肝腸碎，栖栖飄零那得歸！

這裏寫白傅的忍情、寫駿馬的悲鳴、寫樊姬的哀啼，交織成一片淒涼的景象，倍覺傷情。最後，白傳終難敵得住感情的熬煎，壓制不住熾熱的情懷，而將成命收回：

〔折桂令〕……我勸你且莫長鳴，不須反顧，勾惹攢眉，仍把你牽回內廄，教素娘也返香閨。跨我騅兮，擁我虞兮，冉冉鞭絲，嫋嫋楊枝。

〔前腔〕……往也難追，來也難追，舊也休題，新也休題。

歷來寫劇者多以描繪少年男女情態爲主，鮮有摹寫老去情懷，即有亦未能如未谷所作之雅醇、雋妙與感人，像後來石韞玉的〈樂天開閣〉，雖亦寫同事，但點金成鐵，徒浪費大好題材。〈題園壁〉演陸游〈釵頭鳳〉事，與前折同樣悽惻纏綿。據未谷自記，他之寫此劇是因爲：「余感其事，爲成散套，所以弔出婦而傷倫常之變也。」王定柱卻謂：「獨〈題園壁〉一折，意於戚串交游間，當有所感，而先生曰無之，要其爲猿聲一也。」故未谷雖未明言所指爲何，當另有所喻。其中〈駐雲飛〉云：

〔駐雲飛〕這是唐氏渾家，（問介）夫人可是再嫁？（雜）是。（生）一些不差，（望介）遠望髻鴉朝霞。我聽得唐氏歸後改適趙，即這就是新配了。好姻緣，展轉變作恒河沙，嗏，絲斷藕生芽。（揮淚介）教人淚灑，這酒品雖佳，肝腸斷，喉難下。

又〈三學士〉云：

〔三學士〕人生離合滄桑汲，到如今眼底天涯，一腔百結難通話，權作箇絕情郎不睬他。

二曲遣字造句，清新雋永，寫情亦深刻細緻。未谷此時已是七十衰翁，但情深款款，不讓少年詩人專美呢！

其實，以未谷之高才碩學，於暮年衰齒之際，猶要在萬里外食微祿，謁帥轅，他的心中自有難平的憤懣。因此，〈謁府帥〉一劇可說是這位屈居下僚的老詩人的不平之鳴。這點，他自己也曾說過：「……其屈沉下僚，抑鬱不平之氣，微露於游覽觴咏之際。今讀其詩，覺胸中塊磊，竟日不消，只可付之銕綽板耳。」㊼故此折寫來，慷慨激昂，爲僚吏吐一口不平之氣，如云：

〔翠裙腰〕堂堂府帥多倨傲，高下待官僚，鼕鼕衙鼓轅門曉，候招邀，何曾解帶敢寬袍。

劇中東坡借湖光水色來洗滌鬱悶：

〔前腔〕這悶懷豁然開了，失却湖光何處找？筆底下調兒超，眼底下孩兒鬧。

〔前腔〕那世故全然不曉，明白糊塗一筆掃，只戀著好湖山，管甚麼升和調。

高放清逸，足見作者襟抱。

至於〈投溷中〉一折，是作者用以譴責一般忌才者，所謂：「有才人每爲無才者忌，其忌之也，或誣之，或譖之，或擠排之，或欲陷而殺之。未有毒於李長吉之中表者，竟賺其詩於圂中投之，錦囊心血，一滴無存。此輩忌才人若免神譴，成何世界？投之鬼窟，烈於圂中。」㊽未谷當是飽受忌才者之苦，所以對他們深惡痛絕。然而，在現實中他對這一群小人無可奈何，便只有將希望託於神權。劇終時判官說：「這場冥報好不快心，那黃生的陰魂打在阿鼻地獄，永世不得脫生，陽間世再沒有忌才的人了！」這正道出作者的心聲。

四劇所寫的都是曠世悲劇，詩人之恨事。〈放楊枝〉、〈題園壁〉、〈謁府帥〉、〈投溷中〉都是絕好的題材，而為前人屐齒所未經者。作者以勁鍊的筆調，寫成此四劇，沉鬱頓挫，直追徐渭的《四聲猿》。

第四節　唐英與舒位

一、唐　英（一六八二——一七五五）

唐英，字雋公，又字叔子，晚號蝸寄居士。生於康熙二十一年（公元一六八二年），約卒於乾隆二十年（公元一七五五年）㊾。祖居瀋陽，天聰時歸滿，任護軍校，為漢軍正黃旗人。雍正六年以前，他官內務府員外郎，直養心殿。這時的生活情狀可見於其所作〈書法指南序〉：「年十六入直內廷，服事趨承之下，車塵馬足，沐雨櫛風於山之左右、江之東西，遠至龍沙溯漠，莫不蹣跚經歷，幾無一息之暇。」㊿但到了雍正六年，他被調往江西景德鎮御器廠監管窰務。乾隆元年又奉命改任淮關監督，入覲後到任，三年任滿後復回景德鎮，隨即兼九江關監督。十三年，再次入覲。次年冬移任粵海關，任滿後再回九江充原職，直到死時。《清史稿》〈列傳〉〈藝術傳〉四有傳，另在《國朝耆獻類徵初編》卷一四五，《清畫家詩史》、《國朝書畫家筆錄》等書都可見到有關他的記載。

當了二十年陶政的唐英，在陶務方面有着卓越的成就。在〈瓷務事宜示諭稾序〉中，便有提及治理陶務的情況：「陶固細事，但爲有生所未經見，而物料火候與五行丹汞同其功，兼之摹古酌今，後弇崇庳之式茫然不曉，日唯諾於工匠之意志，惴惴焉惟辱命誤公之是懼。因杜門謝交游，聚精會神，苦心竭力，與工匠同其食息三年，抵（雍正）九年辛亥，於物料火候生尅變化之理，雖不敢謂全知，頗有得於抽添變化之道。向之唯諾夫工匠意旨者，今可出其意志唯諾夫工匠矣。」[51]他能謝絕交游，與工匠同食息，苦心竭力、聚精會神地講求陶法，所以他對於泥土、釉料、坯胎、火候都獨具心得，在磁器製造方面有着突出的成績。《清史稿》〈唐英傳〉謂：「後之治陶政者取法焉，英所造者，世稱『唐窰』。」[52]

唐英也是一個愛好藝術的人，他在內庭時，由於康熙帝對學術文化的注意，耳濡目染之下，對於書法、繪畫、詩詞、戲曲等都發生濃厚的興趣。在他充任外官的四十年中，更積極地從事文藝活動。當時，與他交往的多是一些文人學士。他在爲張堅〈夢中緣〉所寫的序文中說：「余陶榷西江二十年矣，往來珠山湓浦間，無民社之責，案牘之勞，最樂與文人學士相晉接。」[53]吳堯圃、顧棟高、蔣士銓等都與他有來往。曲家張堅且是他的幕僚，他曾有意爲堅刊印〈夢中緣〉傳奇，後來因奉命轉任廣東，便沒有成事。另一著名劇作家，〈芝龕記〉作者董榕任九江知府時也與英交往甚密，英爲〈芝龕記〉寫過評語。董榕則替他的劇作撰序，並寫過懷念他的詩篇。一些秀才、隱士、上人也是他家中常客。後來，他重修了九江的琵琶亭，便經常與文人唱和遊賞。他的《輯刻琵琶亭詩》、《菊窗讌集詩》就是收集這些文人唱和的詩作。楊恩壽《詩餘叢話》云：「唐雋公先生，別號蝸寄居士。督榷九江垂二十年。宏獎風流，愛才如命。在琵琶亭置筆硯，游客投以詩，無不接見。投轄殷殷，必得其歡心而去。康熙時風雅宗師也。」[54]在這些活動中，他的創作水平也逐漸提高，故《九江府志》謂唐英晚年「……獨寄情山水，四方往來，唱酬無虛日，書畫也居然名家」[55]。他的詩文集自題爲《陶人心語》，最初是由顧棟高替他編選的。後因編選過於草率，華嶽蓮在他死後十餘年，便接受英次子的委托，重新編選他的詩文集，得詩詞五卷、雜著一卷，仍名《陶人心語》。此外，還有《問奇典註》一書，則是由唐英輯釋的。

由於與曲家交往，唐雋公的製曲撰劇之造詣也日益進步，而他所寫的劇本也很多，共有十七種：〈轉天心〉（三十八齣）、〈清忠譜正案〉（一齣）、〈長生殿補闕〉（二齣）、〈女彈詞〉（一齣）、〈笳騷〉（一齣）、〈虞兮夢〉（四齣）、〈傭中人〉（一齣）、〈蘆花絮〉（四齣）、〈三元報〉（四齣）、〈巧換緣〉（十二齣）、〈英雄報〉（二齣）、〈雙釘案〉（二十六齣）、〈十字坡〉（一齣）、〈天緣債〉（二十齣）、〈梅龍鎮〉（四齣）、〈麵缸笑〉（四齣）、〈梁上眼〉（八齣）。其中有十三種是雜劇。除了知道〈笳騷〉是作於乾隆七年、〈轉天心〉作於十九年之外，其餘作品的創作年月則不可確知。但據他在乾隆十五年序〈夢中緣〉所云：「余性情嗜音樂，嘗戲編〈笳騷〉、〈轉天心〉、〈虞兮夢〉傳奇十數部。」[56]

可知這些作品是成於乾隆七年至十五年之間的。後人將此十七種劇合爲一集，稱《古柏堂傳奇》，亦名《古柏堂雜劇》，或《古柏堂曲》。

大致來說，唐英的雜劇作品可分作三類，如〈笳騷〉（根據〈胡笳十八拍〉寫成）、〈虞兮夢〉（寫名士陶成居士與楚霸王夢中相會，此居士即作者自況）、〈傭中人〉（寫一菜販因聞崇禎帝死而哭祭殉身事）等劇，爲作者藉以宣揚忠義或抒發其心情的作品。其次，如〈清忠譜正案〉（寫周順昌死後被封爲蘇郡城隍，審罰魏忠賢、毛一鷺等，爲補恨之作）、〈長生殿補闕〉（寫梅妃故事）等，這些都是改易或增補當代著名傳奇的劇作。最後一類便是從地方戲曲翻改過來的，這也是唐雋公的戲曲中最值得注意的一類。屬於此類的劇本有：〈雙釘案〉、〈巧換緣〉、〈三元報〉、〈天緣債〉、〈梅龍鎭〉、〈英雄報〉、〈麵缸笑〉、〈十字坡〉、〈蘆花絮〉、〈梁上眼〉等。它們都是從梆子腔、亂彈等改編過來的。作者在各劇中已說得很明白，如在〈梅龍鎭〉〈封舅〉說：「梅龍舊戲新翻改，重把排場擺，戲鳳唱崑腔，封舅新時派，那些亂彈班呵，就出了五百錢這總綱也沒處買。」（〈尾聲〉）〈英雄報〉是寫韓信報漂母恩、胯下辱的故事，自注說是「舊曲弦索小十面增本」，〈尾聲〉又說：「續一段舊曲翻的十面文。」〈三元報〉是演商輅中三元報母恩事，在〈榮歸〉一齣中也說：「曲翻新排場。」（〈尾聲〉）此外，〈麵缸笑〉、〈十字坡〉與〈綴白裘〉中的〈打麵缸〉、〈殺貨〉、〈打店〉大略相同，《綴白裘》均標明爲梆子腔，可知前者也是取材於當時的梆子腔。所以，唐英的作品是與地方戲曲有着密切關係的。

在唐英的十七種作品中，竟有十種是取材自地方戲曲的，相信這與他多年的海關生活有關。海關、碼頭是花部盛行的地方，他接觸地方戲曲的機會既多，對這些被崑曲作家認爲鄙俚不足道的劇曲的態度便沒有那麼褊狹，所以他在〈觀士梨園演雜劇〉詩中說：「高天爽籟通人籟，巴唱吳歈盡可聽。」57同時，他所讀的書也很廣泛，他自己便說過：「向時所觀之書，經籍莊雅居其半，而稗野僻誕居其半。」58因此，他的戲曲與當時其他劇作家，如蔣士銓、桂馥、楊潮觀等，便有很大的不同，曲詞少但結合實際，語言通俗生動，「科白、排場似近《笠翁十種》」59。像〈十字坡〉一劇，是演《水滸》故事，內寫孫二娘經營黑店，武松路過，二人由相打而結識，終同上梁山。此劇短小精悍，結構緊湊，描寫生動，作者塑造孫二娘、武松的形象非常突出，全劇充滿了綠林豪傑的粗獷氣息。如〈粉蝶兒〉云：

〔粉蝶兒〕粉面英豪，眞個是粉面英豪。鐵芳心殺人如草，善良輩水米無交。……吏奸貪，商狡獪，命財總要。非是俺殘忍貪饕，也只爲替天行道。

又〈石榴花〉云：

〔石榴花〕才烹得龍團蟹眼試輕濤，權作个餓猫戲鼠假籠牢。……

而其中寫武松等投店一段，武松的機警，二娘的狡黠，解差的糊塗，相映成趣，對白曲文通俗而不鄙陋，切合各人身份，如云：

〔上小樓〕……（內末丑白）武二哥，走嗄！（旦白）你看，送死的又來了，妙呀！（唱）忙碌碌，担財送肉過山凹。（生末丑上）（唱）

〔泣顏回〕三叉才過叉溪橋，觸目總堪凭眺。（丑）歇店的這裏來。（旦）阿喲！（生唱）聽聲嬌態冶，眞个是月箭花刀。森森羅刹，笑盈盈眼底排圈套。……（旦）客官做甚麼？（丑）我們是來你家睡覺的。（旦）啐，甚麼說話！敢是投宿的麼？（丑）睡覺才來投宿，投宿原爲的是睡覺。你店中可有潔淨房屋，甚麼飯食？（旦）有嗄。薄餅捲臘肉，饅頭共香茶。上房多潔淨，小房更幽雅。……（生）店家，你這裏敢是黑店麼？（旦）怎見得是黑店？（生）諾，兩旁擺列這些器械。（旦）客官有所不知，我這裏相近梁山不遠，這器械是防家的。……

〔黃龍袞犯〕……（生剝饅頭介）二位，這饅頭吃不得。眞乃黑店也！（丑）怎見得？（生）這饅頭都是人肉包的。（旦）怎見得是人肉包的？（生）這不是？你看裏邊還有人指甲。（遞與旦看介）（旦）客官認差了，羊肉包子賣完了，這是鴨子肉的。這不是人指甲，乃是鴨子嘴兒。（生）若是鴨子嘴，爲何這樣又薄又小？（旦）是小鴨兒。（丑）是小鴨兒。吃得，吃得，不要多疑。（旦唱）只見他虎嚥狼餐，只見虎嚥狼餐，頃刻赴陰司途道。（旦下）

此劇還有一點值得我們注意的是，作者似乎肯定了梁山好漢替天行道的正義性，如孫二娘說：「……俺老娘替天行道，功勞眞個不小也。」〈尾聲〉亦云：「相逢握手心傾倒，肝胆雪霜相照，同到梁山去聚義高。」唐英一生爲官，而竟有這種思想，大概是因爲他與低層人物（如陶窰工匠）接觸得多，所以在見解上並沒有一般所謂正統文人那麼迂腐。

唐英當了二十年海關、二十年陶政，遍歷宦海，熟悉官場情形，因此，在他的作品中，便有很多地方是抨擊、諷刺、揭露官場的黑暗，像〈麵缸笑〉一劇對於吏治的腐壞便有很深刻的描寫，其中〈判嫁〉一齣寫知縣登堂：

（淨上場作揉眼呵欠伸腰介）（雜役白）請老師打上場引子。

（淨白）有這個例嗎？

（雜）有的。

（淨）我老爺倒忘了它。（入公座介，白）誰道爲官不愛財，硃圈黑字掛招牌，爲此右仰軍民悉，遵奉母違銀子來。下官乃河南閔縣知縣吳有明是也。造化低，掣選到這閔縣，地方褊小，耗羨無多，自到任以來一年有餘，所得錢糧耗羨連著原被告的官司尚不滿二十萬銀子。還不知費了多少心機，打折了多少板子，用壞了多少夾棍拶指！你道這清苦地方，叫本縣如何熬得過？天下竟有更可笑的事，昨夜三更得了一夢，夢見本縣土地向本縣苦口哀求，要個棲身之所。本縣就問他：你既是本縣的土地，難道沒有舊日的衙門？爲何又要棲身之所？他回道：自從老縣主到任以來，把地皮都捲淨了，那裏還有什麼舊日的衙門。我說：咳，土地呀，土地！你這老頭兒過於迂闊，何不體貼人情，你只顧你的棲身之地，卻教本縣作窮官不成。說的他閉口無言，嚎啕痛哭而去。……

劇中許多曲詞更是有力的斥責，如「院司道府縣州堂，吏禮兵刑工戶房，作弊蒙官奸似鬼，嚼民呑利狠如狼，捉生替死尋常事，改短爲長竟不妨。」幾句唱詞，就勾出黑暗政治的面貌。

唐英的戲曲就是這樣的與別不同，而他撰劇的出發點是寄閒情，抒逸興，故「酒畔排場莫認作案上文章」[60]，乃是遊戲文章。惟其重要性並不因此而稍減，正如吳梅所謂：「如唐蝸寄之改易舊詞，舒鐵雲之自製簫譜，不襲金、元之格，獨抒性情，斯又非元、明諸家可束縛矣。」[61]在乾隆年間的曲家中，唐英與舒位力求創新，是與別不同的。

二、舒　位（一七六五—一八一五）

舒位，字立人，號鐵雲，直隸大興人。乾隆三十年（公元一七六五年）生。自幼即聰穎異常，十歲下筆成章。乾隆五十三年中舉，時二十四歲。後數應會試，終未登第。他曾隨觀察王朝梧入黔，適逢狆苗作亂；觀察身在行間，鐵雲爲治文書，極爲當時統兵征苗的威勤侯勒保所賞識。因此，狆苗平定後，勒保移督四川，便有意請他同往。但鐵雲以母親年老婉辭。告歸後，因家貧之故，常要負米往來於湘、湖間。在嘉慶二十年（公元一八一五年），他聽聞母喪，連夜奔走，竟一個月不納勺飲，終於以哀慟傷身而卒。享年五十一。生平可見《清史列傳》〈文苑傳〉三卷七十二，《國朝耆獻類徵初編》卷四三九，《國朝詩人徵略》卷四十三，《國朝先正事略》卷四十三，及石韞玉〈鐵雲山人傳〉。

舒位性情篤摯，好學不倦，於經史百家無所不究。詩名甚高，與蔣士銓、趙翼等爲忘年交。法式善以他與王曇、孫原湘爲「三君」，作〈三君詠〉。他的詩「奇博閎恣，橫絕一世」[62]，著有《缾水齋詩集》十七卷，《皋橋今雨集》二卷，及《琴尾詞》。他又能吹笛鼓琴，通曉曲律，據《曲稗》謂：「其度曲不失分寸，所作樂府院本，一脫稿即付老伶，按節而歌，不煩點竄也。」[63]他的《缾笙館修簫譜》最行於世，內收雜劇四種，各一折，劇目爲：〈卓女當壚〉、〈樊姬擁髻〉、〈酉陽修月〉、〈博望訪星〉。有道光十三年汪氏振綺堂刻本。鐵雲所作戲曲，並不止四種。據《鷗陂漁話》所載：「……又見手書所撰樂府雜劇一卷，亦未刻之書。尙記其〈琵琶賺〉、〈桃花人面〉二目，餘已忘之。」[64]所以最低限度他另外還作有〈人面桃花〉、〈琵琶賺〉二劇。陳文述《紫鸞笙譜》，便有〈玉壺仙館聽女郎藕雪歌鋏雲山人人面桃花樂府聲聲慢〉一闋[65]。又從《鐵雲函稿》，知道他的〈琵琶賺〉劇是寫王仲瞿（曇）項王墓題詩，乃本於《蠡言》所載王氏下第過穀城招琵琶妓三十二人祭霸王墓事[66]。此劇已刻，今佚。但知有〈客唱〉、〈神遊〉、〈魁閧〉、〈仙圓〉四齣，則亦屬雜劇之體。而吳梅又謂：「……所著曲共六種，舍此外（作者按：指《缾笙館修簫譜》），尙有〈聞鷄起舞〉、〈琵琶賺〉。見王仲瞿《烟霞萬古樓集》、汪允莊《自然好學齋集》。」[67]則似又多了〈聞鷄起舞〉一目。

舒位現存的四劇，是作於嘉慶十三、四年時，《鷗陂漁話》謂：「……聞宋于庭丈翔鳳言，嘉慶戊辰、己巳間，鐵雲闈報罷，留滯京華。時婁東畢子筠華珍，方客禮親王邸，二君皆精音律，取古人逸事，撰爲雜劇，如楊笠湖《吟風閣》例。禮王好賓客，亦知音，甚重二君之才。王邸舊有吳中樂部，每一折成，輒付伶工按譜。數日閒習，即邀二君顧曲，盛筵一席，侑以潤筆千金，亦一代名藩佳話也。後來武林汪氏所刻鐵雲《鉼笙館修簫譜》，即在都門所撰，有〈通德擁髻〉、〈文君當壚〉、〈博望訪星〉、〈吳剛修月〉四目。」68

〈卓女當壚〉，演卓文君事。敍文君與司馬相如設肆臨邛，當壚鬻酒，以羞其父。適蜀人楊得意來，求相如之〈子虛賦〉獻與武帝，相如予之。後卓王孫經程孟殷勤勸告，縣令王吉又擬勘斶，乃將家業平分，半歸相如。此劇曲白並佳，玲瓏可誦，如寫文君與酒客對話，云：

〔出隊子〕須不是屠沽一派，只買些玉壺春，把村店開。（丑）男子何人？（旦）俏郎君，鴛鴦眷屬鳳皇媒。（丑）原來就是尊夫，一向作何生理，爲甚忽然賣起酒來？（旦）俺夫君讀書擊劍，遭遇非時，既倦宦游，且雜庸保，因此上，因此上，把劍氣書香和酒材。（丑）方今天子好賢，郎君多藝，何不東向長安，也圖得一官半職。（旦）他消渴纔，却只怕不賜金莖露一杯。

鐵雲的詩橫恣宏博，每多新意，並不沿襲舊法，精力所到，他人百思不能及，而他的曲則溫醇閒雅，與詩異趣。

他另一劇〈樊姬擁髻〉，却較爲蒼涼而多感傷之語。劇本伶玄〈飛燕外傳〉點竄而成，敍後漢潞水伶玄及其妾樊通德事。通德之祖姑樊嫕嘗充承光司帶，故通德時於靜夜秉燭爲伶述飛燕姊妹平生，伶不禁感喟繫之。有關是劇作意，吳梅以爲是指和珅69，而汪适孫亦跋其劇云：

「……由此觀之，則元之作傳，其旨當別有在，非《雜事秘辛》之可僞作也，鐵雲先生即本序意點竄其詞，撰為雜劇，可謂善體子于之意矣。」故劇中曲辭，很多都像史論似的，議論縱橫，隱含鍼砭，如旦云：

〔仙呂〕〔桂枝香〕忠臣難見，艷妻方煽，比似他元后臨朝，到不如班姬辭輦。問蒼蒼可憐，問蒼蒼可憐。婢子看來，漢家終始，不出婦人，所以《史記》開端，先有〈高后本紀〉，放一雉開場龍戰，留雙燕收場魚貫。（生）雖然天意，也屬人謀。（旦）便是，兩無權，險把箇愛流淹沒了情田地，早被那刼火燒殘了色界天。

而樊姬最後所謂：「大抵鈍根之人，形骸土木，至於英雄兒女，必是絕頂聰明，語之利害，轉不相關，感以盛衰，自然頓悟。」伶亦歎道：「可惜當年未聞此語，可憐今夜但賸此言。」像有無限懊悔，亦無限蒼涼，就此寥寥數語，足抵千言了。此劇情調沉鬱悲涼，與其他三折的溫雅迥然有別。

鐵雲除了究心經史外，也愛讀一些仙佛怪誕、九流稗官之書，根本上他本人也是丰神散朗，如魏、晉間人的瀟灑超脫。而他的〈酉陽修月〉與〈博望訪星〉二劇，便是取材於怪異雜記。〈酉陽修月〉，乃本於唐段成式《酉陽雜俎》的〈天咫〉條，內演太陰仙主嫦娥命吳剛監修廣寒宮殿缺陷，吳便約仙人宋無忌、河東項曼都、月下老人，及散花天女為佐，後果補闕成圓。據吳瞿安謂，此齣是作者為修《明史》而發，諷其越修越壞[70]。至於〈博望訪星〉的故事，則是本於晉張華《博物志》的〈博望侯張騫奉旨探河源〉一則。劇寫博望侯張騫奉旨探河源，竟得乘槎登天。時當七夕，因與牽牛、織女相值，得知河源上極昆崙，即仙家亦不知其所始。

綜合而言，鐵雲諸劇，曲、白並有情緻；白則雋永可喜，不染道學頭巾氣；曲亦疏淡清爽，新遒秀麗，所以鄭振鐸說：「鐵雲之《修簫譜》，新妍若夭桃初放。」[71]讀他的曲，不會使人有穠麗凝重之感，舉〈酉陽修月〉爲例：

〔得勝雙折桂〕〔得勝令首至四〕（旦）呀，俺則待新月倚眉描，只落得殘月帶心挑，那瓊樹朝朝暗，這金波夜夜凋。〔折桂令三至七〕縱繞伊補漏媧皇，銜冤精衛，問影〈離騷〉，怎能把十二樓後天再造，明放着三千户魆地私逃。〔得勝令五至末〕（貼合）折了雲寮，也斜斜飛露脚，（丑令）斷了星橋，急瞪瞪，抱虹腰。

鐵雲的曲，格律另闢蹊徑，並不完全依附前人，却能不失分寸，故每一脫稿，樂工即予以按譜演奏，不用修改。但排場仍嫌冷寂單調，作者雖力圖挽救，如在〈當壚〉劇加插入酒客打諢，於〈修月〉一齣又以衆仙穿插，可惜無理想效果。然〈擁髻〉、〈訪星〉二齣通行於歌場中，《集成曲譜》有收。在嘉慶間的曲家中，舒位與唐英並駕齊驅，雖未能與蔣（士銓）、楊（潮觀）、桂（馥）諸大家爭雄，但較諸石韞玉等，則似更勝了。

第五節 厲鶚、吳城、曹錫黼、石韞玉、孔廣林、陳棟、吳鎬

一、厲鶚與吳城

厲鶚，字太鴻，又字鴻飛，號樊榭，浙江錢塘人。生於康熙三十一年（公元一六九二年）。他自小家貧，而性情孤峭，不苟合。康熙五十九年舉人，上京會試，不第。後於乾隆元年再舉博學鴻詞，應試又不遇，遂絕意功名。因家貧之故，樊榭嘗有意投身簿書以博取微祿養親。但在赴京應選途中，經過天津時被舊友查爲仁留着，二人同箋周密《絕妙好詞》。之後，樊榭亦改變主意，不就選而歸。卒於乾隆十七年（公元一七五二年）㊷，享年六十一。他的生平可見《清史列傳》卷七十一〈文苑〉，《國朝耆獻類徵初編》卷四三四，《碑傳集》卷一四一，《國朝先正事略》卷四十一等，而近人梁啓超及陸謙祉均編有〈厲樊榭年譜〉。

樊榭著述甚富，而好奇嗜博，在馬曰琯的小玲瓏山館居住了數年，肆意探討，因所見宋人集最多，便旁參詩話說部、山經地志而成《宋詩紀事》一百卷、《南宋院畫錄》八卷。又著《遼史拾遺》、《秋林琴雅》、《東城雜記》、《湖船錄》等。諸書皆博洽詳贍。他的詩、詞俱佳，大江南北主盟壇坫凡數十年。所著詩幽新雋妙，刻琢研鍊，能「擷宋詩之精詣，而去其疏蕪」㊸，常以軼聞異事入詩，爲人所不及知。但樊榭最爲人稱道的還是他的詞，他是繼朱彝尊（字錫鬯，號竹垞）——浙派詞人的始祖——之後的浙派中堅。由於他的崛起，浙派之勢益盛。他的《樊榭山房詞》，時人推許甚高。全祖望說他：「其擅長尤在詞，深入南宋諸家之勝。」㊹徐紫珊《清詞綜》則云：「樊榭生香異色，無半點煙火氣，如入空山，如聞流泉，眞沐浴於白石、梅溪而出之者。」㊺又凌廷堪《梅邊吹笛譜》目錄跋後也說：「朱竹垞專以玉田爲楷模，自在衆人上。至厲太鴻出而琢句鍊字，含宮咀商，淨洗鉛華，力除俳鄙，清空絕俗，直上摩高、史之壘矣。」[76]從這些評語可以看出時人對於樊榭詞之推崇，及其風格特點。樊榭詞審音守律，詞藻絕勝，而字句清俊，聲調和美，爲其特長。就擬古而言，譚獻說他「可分中仙、夢窗之席」[77]，可知他在這方面用力之深。他的散曲也表現着同樣風格，也是珠圓玉潤，辭句俊美，清新流暢。他的〈北樂府小令〉，在清人散曲中，是不可多得的佳構，雖然有時因爲模倣明人，爲法度所束縛，不免有雕琢之嫌。在戲曲方面，除了小令之外，樊榭還作有《迎鑾新曲》一種。這是他與當時錢塘的一位國子生吳城合撰的。

吳城，字敦復，號甌亭，浙江錢塘人。他的生卒年及生平均不詳，僅知他是乾隆時人，而《杭州府志》載：「吳城，吳焯子。城字敦復，克承先志。插架所未備者，搜求校勘，數十年丹黃不去手。吳允嘉輯《武林耆舊集》，城續爲甄錄二千三百餘家。乾隆間訪徵天下遺書，城進瓶花齋（聚書數萬卷）善本，賜內府書籍，未至而城卒，年七十一。」（焯，雍正十一年卒）[78]

厲鶚與吳城合撰的《迎鑾新曲》，是乾隆十六年高宗與皇太后南巡至杭州，二人爲祝太后萬壽而作的。全祖望在序中說：「今天子建中和之極，躬奉聖母南巡至吾浙，東西老幼士女，歡聲夾道。吾友杭人厲君樊榭，吳君甌亭各爲《迎鑾新樂府》。其詞典以則，其音嶒竑，清越以長。二家材力悉敵，宮商鐘呂，互相叶應，非世俗之樂府所可語。大吏令奏之天子之前，侑晨羞焉。昔人以此擅長者，如元之酸甜諸老，明之康王，不過以其長鳴於草野之間，而二君之作，上徹九重之聽，山則南鎭助其高，水則曲江流其清，是之謂夏聲也。」[79]劇分二套，首套〈群仙祝壽〉，由吳城塡詞，樊榭參定；次套〈百靈效瑞〉，則是樊榭製曲，甌亭參定。兩套都是四折，所演的都是神仙怪異的故事。〈群仙祝壽〉是寫仙人許邁與葛仙眞奉王母之命召集群仙來祝賀聖母壽辰。於是，衆仙齊聚，計有董雙成、何仙姑、劉晨、阮肇、黃初平、劉綱、桐君、蔡經等。出場人物衆多，所以場面很是熱鬧，而劇中所說的都是一些善頌善禱的話。這是爲皇太后祝壽而作，在御前搬演，曲辭當然是要富麗文雅，活香生色，聲韻和叶。但由於雕琢過甚，却不免使人有虛泛堆砌的感覺，像第三折中數曲就是：

〔沉醉東風〕羞說那柏梁篇，漢宮絕唱，羞說那飛白字，唐家擅場。篇篇律呂宣，字字珠璣晃。至今碑版燦天章，今上駐蹕湖上，萬幾餘暇，少不得，（合）灑翰題詩玉管香，添勝境光芒萬丈。

〔前腔〕記當年颷輪幾行，侍華斿問渡錢江，搜奇禹穴邊，修禊蘭亭上，見塗歌巷，舞慶豐穰。（合）桃綻輕紅柳吐黃，正此際風和景朗。

〔前腔〕休再說崔駰頌將主德揚，休再說子雲賦把帝巡彰。何如腰懸負局錢，手曳壺公杖，慈宮共祝壽而康。（合）不是聖德巍巍邁帝唐，怎得箇群仙共仰。

劇中的曲辭就是這樣，對偶工整，用典頻密，而所用的都是一些顏色鮮艷的字句，襯托出一種熱鬧的氣氛來。實際上，這類應酬作品，是沒有什麼深義存在的，徒以形式取勝罷了。

厲鶚的〈百靈效瑞〉，也是四折，內寫觀音大士召取江南一帶的山祇海若去迎接聖駕。於是，金山水府、江妃、焦公、陸羽、王珣、靈嵓山神、錢塘君、南鎭、庚辰、勾踐、王右軍等都紛紛前來候駕。至於東海龍王因職掌事務重大，不能抽身，便與其他三位龍王到海屋添籌，遙祝聖壽。還有兼管花神的水仙王奉令催花，使百花齊放，以供皇帝御覽。是劇出場人物比前套更多，第一折有觀音大士、善財、龍女、十六羅漢、四金剛、韋馱等；第二折則有黃巾力士、金山水府、江妃、焦公、陸羽、王珣、靈崑山神、錢塘君、南鎮、庚辰、越王勾踐、王右軍等神祇出現；在第三折裏，更可以看到許多海怪，如鼇精、黿精、蛟精、魚精、龜精、鰍精、烏鯽精、鼉精，以及東、南、西、北四海龍王等；最後的一折，則花神齊集，爭香鬪色。由此可見這是一齣規模頗大的神仙劇，在舞臺上搬演，自然會收到很高的戲劇效果。

在曲文方面，本劇與前套一樣，同是博麗典雅，色澤甚饒。樊榭詞的審音守律，詞藻絕勝的特點，亦表現於他的曲中。我們試看第四折的曲辭，便可以知道樊榭之曲是如何的琢字鍊句，講求對偶了。曲云：

〔石榴花〕（生）俺只向冷泉亭煨熨的土膏蘇，白雲峰醞釀的草心鋪。一陣陣熏梅染柳日映風扶，把冰紋兒坼玉，雪點兒融珠，間著這淅零零的香雨兒潤的葳蕤吐，怯尖尖嫩春寒句住，把我這錦雲鄉緊倩的東君護，休待要羯鼓喚花奴。

〔鬬鵪鶉〕（合唱）嬌滴滴的粉杏籠烟，瀲灩灩的紅荷銷暑，遠芬芬的月桂淩雲，清冷冷的山茶照塢，抵多少畫院徐、黃沒骨圖。咱們管了這花呵，不用他鬧叢叢錦障酥盤，全倚著一準準的祥風甘雨。

連用疊字，甚見匠心。第二折寫西湖景色數曲更爲純雅，曲云：

〔油葫蘆〕俺則見百頃琉璃水月鄉，皺微風、吹細浪。雙峰高峙碧霄旁，兩隄倒映青匳向，六橋橫跨銀漢上。點梅花，林叟家，垂楊柳，蘇仙舫。識歡心黃鳥林間唱，喜孜孜長願奉君王。

〔那吒令〕步春隄曉光，看魚呑錦香。聽鶯歌柳房，挹荷風水窗，汎秋湖月航，弄三潭夜涼。鑠雲峰夕照低，踏殘雪昏鐘撞，費騷人多少評量。

詞藻是雅麗之極，獨惜微露鑿斧痕，終不若他的散曲，像〈清江引〉〈雷峰夕照〉：「黃妃塔頹如醉叟，大好殘陽逗。渾疑劫燒餘，忽訝飛光候，漁村網收人喚酒。」寫得那麼清疏流暢，清新可喜。

二、曹錫黼（一七二九—一七五七）

曹錫黼，字菽圃（《江蘇詩徵》卷四十一謂字菽衣），江蘇上海人。早歲得第，官某部員外郎，惟年不及三十而亡。他的生卒年約爲雍正七年（公元一七二九年）至乾隆二十二年（公元一七五七年）。甚有才名，與兄錫寶（容圃）有聲於當世。施潤序他的〈桃花吟〉雜劇云：「生僅二十九年，而著作已富，詩古文及說部雜識，卷帙盈尺，各有根柢，存乎其間。」[80]現僅知他有詩集《碧鮮齋詩鈔》（《晚晴簃詩匯》卷一百三）及《無町詞餘》（見《松江府續志》卷三七）。所作雜劇有〈桃花吟〉與〈四色石〉兩種，是錫䨨歿後，其弟錫辰、錫棠及友人施潤等將之校訂付梓的。

〈桃花吟〉一劇，凡四折，演崔護謁漿的故事。這是歷來劇作家愛譜的題材，明人孟稱舜的〈桃花人面〉即演同一事。在言情方面，曹作自不及子塞（稱舜）的那麼纏綿婉轉，溫馨細膩。關目亦沒有甚麼突出之處，而第四折寫鬼使送謝女回生，猶覺沓贅。錫䨨顯是有意學〈牡丹亭〉之魂歸，惜才情遠不及玉茗！雖然如此，〈桃花吟〉亦非絕無可觀之處。曲辭清新秀美，流暢艷麗，色調鮮妍，爛若新葩，很是可喜。在點染方面，亦頗見才氣。崔護上場所唱數曲，青翠欲滴，曲云：

〔引子〕〔虞美人〕寒窗風雨知多少，盡道清明了。無邊風景總宜人，攜取雙柑，郊外好尋春。

〔過曲〕〔懶畫眉〕暫拚蕭齋度香塵，好一派花色也，滿目紅英須動魂。呀，前面一所莊院，去借杯茶喫也好。且住，似這等所在，怎麼沒箇人呢？垂簾扃戶詑何因。……

……

既寫出春光明媚的清明景色，也點染出崔生尋春的逸興，旖旎無限。此劇第一、二折較好，其餘二折則略嫌寡味，未見出色。第二折寫崔護重來，桃花依舊，人面全非一段，就好像一首清幽淡雅的小詩：

〔引子〕〔鵲橋仙〕（生上）花陰庭院，淡烟疎雨，寄恨東風柳絮，銀河何處渡。黃姑怪，半捲湘簾愁佇。

〔過曲〕〔一封書〕（合）良辰那便虛，論尋芳渾可娛，斜陽外景殊，想多應遊興餘。春日池塘蜂蝶鬧，綠柳陰陰飛燕雛。這風光快寒儒，勒馬凝眸，幽士居。

這裏數曲，充份表現出作者詞華的贍麗。此劇的楔子是兩首詞——〈西江月〉與〈東風齊着力〉，這與後來湯貽汾〈逍遙巾〉的楔子〈金縷曲〉詞一闋，都是頗爲鮮見的例子。

至於〈四色石〉，則是由四個單折短劇組合而成，那就是：〈張雀網廷平感世〉、〈序蘭亭內史臨波〉、〈宴滕王子安撿韻〉、〈寓同谷老杜興歌〉，亦仿〈四聲猿〉體而成。故施潤在序中也說：「〈四色石〉慷慨淋漓，各盡其致，則徐文長之〈四聲猿〉可以頡頏。」81實際上，四折之中，以〈張雀網〉與〈寓同谷〉較爲出色，而〈序蘭亭〉與〈宴滕王〉則因爲題材所局限，僅得穩妥而已。

〈張雀網廷平盛世〉是寫翟公去官後，賓客絕跡，庭可羅雀。一旦復官之後，從前賓客又再大集庭院。世態炎涼，於此盡見。本來，這是一個很具戲劇性的題材，但歷來劇作者似乎都未有注意到，而曹錫黼此作可說是空谷足音。劇中寫翟公失意的落寞情懷，很是傳神，荒涼的庭院，聚集門前的雀鳥代替了昔日踵門的賓客，滿目蒼涼，自生悲感：

〔北鬪鵪鶉〕一榻空懸，湘簾不捲，茗椀全藏。隱囊半偃，野草粘天，涼風撲面，那裡是掃門才叩鋏緣，則落的車笠盟寒，青松色變。

〔金焦葉〕噪的俺側着耳，愁心自煎，搵不住撲堆着淚漣。（淚介）把一座雲司棘院，似這般都化作荒臺斷垣。

〔小桃紅〕最撩人心事省他年，越惱得柔腸轉。戶外車輪等閒徧，履三千，錦屏前一例裏神仙眷。暢好是鳳簫象板，鸞笙雁瑟，分明美滿不須言。

〔天淨紗〕雀兒，雀兒，既不是青蠅做弔客兒廝憐，又不是碧紗幮白鳥的垂涎，報道水郭山村穩便，甚因循腼腆，不由人亂煞周旋。

此數曲元氣淋漓，抑揚頓挫，並不斤斤於遣詞造句，而以氣勢取勝，直登元人之室。與〈桃花吟〉的溫麗柔媚，各異其趣。最後由淨所唸的一段長白，幾達千言，寫出趨炎附勢的勢利小人的百態，語帶芒刺。其中所用成語雖頗多，但由於作者運用得宜，隨手拈來，絕無生硬堆砌感。

〈序蘭亭內史臨波〉寫王羲之三月三日宴集蘭亭，純是文人故事。由於題材單調枯燥，無甚波瀾曲折，而作者點染，亦未見出色。全劇可道之處是有一二可誦之曲，如寫羲之慨歎數曲，櫽括晉文唐詩，頗見匠心：

〔梁州小序〕（合）那日呵，氣清天朗，惠風和煦，俛仰騁懷遊目，茫茫宇宙，可也供視聽娛娛。（生）卻省晤言懷抱，寄托形骸。人世徒欣遇，全不想快然自足也老將逐，轉盼情遷陳迹無，修短數，終非固，況死生大矣，言堪據，感慨極，痛今古。

明許潮亦曾將此事譜爲〈蘭亭會〉一劇。

〈宴滕王子安撿韻〉寫王勃省父路過南昌，値閻都督大宴賓客於滕王閣，而勃以一篇〈滕王閣序〉震驚四座事。清初鄭瑜的〈滕王閣〉亦演此事，但曹作敘事較爲詳盡，而不涉及神怪。

〈寓同谷老杜興歌〉寫杜甫寓於同谷，感時歌吟，大概是因爲杜甫有〈乾元中寓居同谷作歌〉七首，作者便以此爲題寫成此劇。全劇寫杜甫感時傷世，沉鬱頓挫，恍似子美之詩。又加插入淨、丑二人，以濟單調。由於他們的發問，引起杜甫把滿胸牢愁，一吐而出：

〈耍孩兒〉荒山有客還迤逗，笑亂髮，垂垂滿頭。終朝拾橡養狙猴，遇相知，則話舊綢繆。二位看也，凍皴手腳無皮肉，山谷天寒日暮愁，一歌作兮歌僝僽。（內作風起各出位介）（生泣介）聽悲風從天來牖，問中原得再歸不？

二叟（淨丑）繼續問下去，而子美想到兵戈滿地，親人遠隔，家眷饑寒，不禁悲從中來，淚流不止：

〈四煞〉思悠悠在遠方，苦還還有弟留。三人一樣都消瘦，駕鵝飛去鶖鶬後，塵暗漫天道路修，三歌作兮歌三奏。阿呀！俺兄弟汝歸何處？兄骨誰收？

對着那烽煙四起的河山，又使他聯想到自身來：

〔二煞〕四山風片多溪頭，水急流，寒霖颯颯把枯株溜，狐狸狡獪城蒿茂。（唱狐狸蛇蝮字淨丑諢舞介）萬感中宵不自由，五歌作兮歌雜糅。

作者描寫老杜憂時的襟懷，濟世的抱負，失路的苦悶，深得少陵野老神髓，栩栩如生。風格沉雄，文字剛勁豪辣，〈四色石〉中以此最爲沉痛，亦最像猿啼之哀鳴。

然而，大要言之，曹氏諸作，像〈桃花吟〉、〈序蘭亭〉、〈滕王閣〉等都是較爲閑雅冲淡，即使是寫失意人的〈雀羅網〉及〈寓同谷〉，所表現的情緒僅是慨歎與沉痛，而不是噍殺激越，憤懣淩勵，與其他曲家的作品，如桂未谷（馥）的《後四聲猿》，是不同的，這可能是因爲他少年得志的原故。因此，在風格的表現上，曹錫黼是屬於溫麗一派的。

三、石韞玉（一七五六－一八三七）

石韞玉，字執如，號琢堂，別署花韻庵主人，亦號獨學老人，一號竹堂居士。江蘇吳縣人。生於乾隆九年（公元一七五六年），自幼即聰穎過人，讀書卓犖有特識。年十八，補吳縣學博士弟子員。於乾隆五十五年殿試中，爲一甲一名進士，授翰林院修撰。五十七年，充福建正考官，旋視學湖南。又於嘉慶三年，補四川重慶府知府，擢山東按察使，有政聲。最後，因事被劾，遂引疾歸。後主蘇州紫陽書院二十餘年。嘗修《蘇州府志》，爲世所重。於道光十七年（公元一八三七年）逝世，享年八十有二。事具《清史列傳》卷七十二〈文苑傳〉，《國朝耆獻類徵初編》卷一九五，《清代學者象傳》卷三，《國朝書畫家筆錄》卷二等。

韞玉撰述甚富，著有《獨學廬詩文集》，爲當時所稱。他寫文貫串古今，尤長於經世之學。他的詩則破除唐、宋門戶，《晚晴簃詩匯》謂：「琢堂詩體，清華閒麗，玉堂之秀。嘗作〈論書絕句〉三十首，導源正謬，持論甚高。」[82]劇曲方面，則有《花間九奏》一種，有《清人雜劇初集》本。

韞玉生平律身清謹，時以闢邪說、扶名教爲己任。據陳康祺《郎潛紀聞》謂：「韞玉以文章伏一世，其律身清謹，實不愧道學中人。未達時，見淫詞小說，一切得罪名教之書，輒拉雜摧燒之。家置一紙庫，名曰孽海。收燬幾萬卷。一日，閱《四朝聞見錄》，中有劾朱文公疏，詆詆極醜穢。忽拍案大怒，亟脫婦臂上金跳脫，質錢五十千，徧搜東南坊肆，得三百四十餘部，盡付諸一炬。可謂嚴於衛道矣。」[83]然韞玉雖富道學氣，却從事於雜劇創作，而他對於其他戲曲名作，亦未嘗不加讚賞提倡。沈起鳳（號賓漁，乾隆三十三年舉人，所製詞曲不下三四十種）的傳奇四種，〈報恩緣〉、〈才人福〉、〈文星榜〉、〈伏虎韜〉，便是由韞玉編刊行世的。故韞玉並非卑視戲曲之士，他所燒燬的，或許全是一些淫穢鄙近的作品而已。

韞玉的《花間九奏》，包括有短劇九種，每事一折。劇目如下：〈伏生授經〉、〈羅敷采桑〉、〈桃葉渡江〉、〈桃源漁父〉、〈梅妃作賦〉、〈樂天開閣〉、〈賈島祭詩〉、〈琴操參禪〉、〈對山救友〉，胥爲純粹之文人劇。〈伏生授經〉是寫晁錯到濟南伏生處學《尚書》；〈羅敷采桑〉寫羅敷在城南采桑，爲趙王屬下勸農使者所戲；〈桃葉渡江〉寫王獻之娶桃葉爲妾，親在江口迎接；〈桃源漁父〉寫漁父自桃花源歸來後，對陶潛描述當日情景；〈梅妃作賦〉寫江采蘋獨處深宮，自怨自艾，忽接明皇送來珍珠，百感交集，作賦以寄意；〈樂天開閣〉寫白居易自念年老，便將諸姬遣散，獨樊素舊情難忘，不肯離去，願伴樂天終老；〈賈島祭詩〉寫失意詩人賈島除夕祭詩；〈琴操參禪〉寫蘇東坡帶妓女琴操參禪，操醒悟一切，棄俗出家；〈對山救友〉寫李夢陽因劾劉瑾，被執下獄，去信請康海挽救，而海為救好友，惟有與奸佞周旋，李終獲救。這些都是大家熟知的故事，在此以前已有不少曲家將之譜入曲的。如尤侗的〈桃花源〉便是寫陶潛，唐英的〈長生殿補闕〉也寫梅妃作賦，桂馥的〈放楊枝〉與韞玉的〈樂天開閣〉取材相同，葉承宗亦有賈島祭詩（〈賈閬僊〉），而寫〈對山救友〉事者早在明代王驥德已有〈救友〉劇。這僅是略舉一二而已，其他一般較次之曲家的作品，還未列入。

韞玉是一個端謹嚴正的道學士，他的作品也就自然充滿着忠孝禮義仁愛的道德觀念。這種以劇曲載道的著作態度，自蔣士銓大力提倡後，一般曲家皆爭相仿效，韞玉自不能例外，且根本上他就是一個衛道之士。因此，我們讀了他的作品，便有曲如其人的感覺。看〈伏生授經〉：

〔尾聲〕（合）聖賢事業今相付，不枉却朝廷求取，分付那子子孫孫勤讀書。

再看〈羅敷采桑〉：

〔仙呂〕〔解三酲〕俺是箇守三從閨中少婦，倚爹娘掌上明珠。怪無端狹路相逢處，漫相招載後車。你把我牆花野草輕窺覷，須識我羅敷自有夫。……（旦）非虛語，人人道，東方千騎，夫婿偏殊。

〔尾聲〕沒來由今朝采桑去，不提防與這狂夫相遇。怎知俺羅敷呵，明詩習禮，不是桑中婦！

這是一個明詩識禮的古代女性的典型，乃作者心目中的理想形象。〈樂天開閣〉中的樊素也是這樣的有情有義，作者亦假她的口來吐出他衛道之思，如說：

〔念奴嬌序〕〔換頭〕希有，幾年豢養，似生身父母，怎生一旦相丟？驀聽尊前分付語，教人紅淚先流。垂宥，我命弱如絲，心堅似鐵，琵琶誓不過別人舟。惟願侍香山一老，常共春秋。

〈對山救友〉則是作者用來表揚朋友間的高義：

〔東甌令〕他一言合，兩心同，金石論交見古風，死生義氣千金重。似天際鸞和鳳，笑今人翻覆雨雲蹤，此義再難逢。

相信這是因爲作者對當時社會風氣不滿，有感而發。劇中康海妻勸他取義從權，說道：

（旦）相公說那里話來？自古道：男女授受不親，禮也。嫂溺援之以手，權也。相公平居無事，自然不與匪人相比。今李公性命，懸於奸璫之手，死生呼吸，相公要保自己名節，坐視其死而不救。李公倘有不測之禍，豈非冥冥中負此良友？

〔前腔〕（旦）他與你文章契，性情通，十載知交管、鮑同。他今身遭陷阱，心驚痛，無路向皇天控。你今日坐視不救呵，他時地下若相逢，怕無面見崆峒！

由此可見，韞玉的作品，道學頭巾氣味濃重，且流於庸腐，頗使人難接受。而且，《花間》九劇，故事雖爲人所共知，但題材單調，且作者運筆，只求近於傳記而少所出入，觀之使人但覺枯竭無味。如〈伏生授經〉之單調排場，搬諸舞臺上，眞不知若何光景。〈桃葉渡江〉也是生硬無機趣，衛道者之筆下自是難寫出風光旖旎的兒女情事。賈島除夕祭詩，本是失意人藉以抒憤洩怨，但作者寫來，淡然寡味，比之葉承宗的豪灝雄辣，眞不啻天壤之別。最壞的是劇終時傳來喜訊，謂島爲韓愈所薦，獲授新職，雖謂失志人一朝得意，吐氣揚眉，却破壞了全劇氣氛，減弱了戲劇效果。較好的只有〈羅敷采桑〉、〈桃源漁父〉、〈梅妃作賦〉、〈樂天開閣〉數劇，其中又以〈桃源漁父〉與〈梅妃作賦〉二作較爲超脫，曲白亦多雋語，不若他劇之沉滯。〈桃源漁父〉，當然遠不及西堂〈桃花源〉的高放清逸，但也不無可觀之處。劇中寫復返自然的陶淵明，頗爲傳神，曲辭亦頗清爽，如：

〔中呂〕〔滿庭芳〕世事如棊，官場如戲，故園松菊都荒。一朝解組，歸去到潯陽。欲保黃花晚節，暗消磨老圃秋光。閑凝想，此中眞意，欲辨已先忘。

〔前腔〕山中秋氣爽，黃花開徧，滿路芬芳。呀，迤逦行來，此間已是旂亭了。看竹屋茅檐，一帶斜陽，門外綠楊繫馬，有嘉賓自引壺觴。這裏是賣酒的，不免進去草酌三盃。新篘熟，杖頭有鈔，一醉也何妨。

這樣灑脫的襟懷，高放的意境，在韞玉其他各劇中，是難得一見的。〈梅妃作賦〉寫梅妃的幽怨，亦頗悽婉動人，試看〈山坡羊〉一曲：

〔山坡羊〕冷清清似秋風的紈扇，虛飄飄似辭枝的花片，望迢迢無路瞻天，病懨懨雙鬢飛蓬亂。甚因緣，荷君恩，又垂盼，我形骸土木經時變，膏沐雖施向若箇姸。（老旦）萬歲爺倘問起娘，如何回奏？（旦）嗄，你只道我安然，守空房度歲年。（老旦）娘娘有何話說？奴婢當轉達天聽。（旦）咳，難言，這衷懷止自憐。

她對明皇本是充滿怨懟。但明皇使人送來一篋珍珠，卻又燃起她的希望來，她認爲皇上並非不念舊情，只不過是楊妃暗中作梗：

〔山桃紅〕果然海山盟斷，雲雨緣慳，爲甚的寒爐畔，死灰又燃。驀地裏綸綍再宣，赤緊的珍珠一船。因爲他意思勤，惹得我魂夢牽。這椿兒消息，窺難見，也悲喜無端，欲問天。想帝座如天遠，長門悄然，怎生得一片佳音到此間。

我們不知此劇作於何時，但從劇中所表現的情感看來，似是韞玉被劾辭歸後之作。韞玉多年仕宦，似乎甚爲得意，一旦被劾去官，心情的難受，自是不言而喻。劇中梅妃對明皇的又怨又念，對讒佞小人的憎惡，對庸臣誤國的憂懷，這些都是韞玉心境的反照，也是他感情的流露。我們再看在劇中梅妃所唱：

〔綿搭絮〕舊恩新怨，交集到毫顛，不費黃金，抵得〈文園賦〉一篇。想當初侍奉君前，也曾經酒邊執手，花亞隨肩。如今呵，縱有萬種相思，訴不到君王兩耳邊。

〔尾聲〕謝君恩多繾綣，阿呀，萬歲爺呵，縱使你肯回心把薄命憐，怕有箇人兒，不容你將心事展。

一個是被冷落深宮的妃嬪，一個是被劾辭歸的朝臣，他們的心境是有共通之處的。韞玉的〈梅妃作賦〉題詞也說：「開元天子本多情，看到驚鴻百媚生。誰料一朝輕決絕，都緣讒諂蔽王明。」主要是指出小人蔽路，忠懷不能對君皇表達，這是韞玉所深感抱憾的。梅妃作賦以寄意，而作者之寫此劇也是藉此以見志。

石韞玉以儒生寫作雜劇，不能當行本色，自非異事。而雜劇發展至此，是僅爲案頭之清供，不復見之紅氍毹上，《花間九奏》便是此類作品。

四、孔廣林（十八世紀後期至十九世紀前期人）

孔廣林，字幼髯，山東曲阜人。生卒年不詳，但今見其所作雜劇三種，一署乾隆三十五年，一爲嘉慶五年，另外一種則記嘉慶十五年，由此可知廣林亦是乾、嘉年間人。他弱冠後，即覃心《三禮》，蒐輯鄭學，著《周官肊測》七卷、《儀禮肊測》十八卷，又《鄭氏遺書通德篇》七十二卷。戲曲方面，他撰有《溫經樓遊戲翰墨》二十卷，所錄皆爲其四十餘年來所作傳奇雜劇南北散套小令。其中有傳奇二種，即〈東城老父〉、〈鬪鷄懺〉；及雜劇三種，劇目爲：〈璿璣錦〉、〈女專諸〉、〈松年長生引〉。有《清人雜劇二集》本，是鄭振鐸據孔德圖書館所藏幼髯手寫稿本影印的。

〈璿璣錦〉雜劇是廣林作於乾隆三十五年，劇前有作者的自識，云：

往歲有持元人畫〈璿璣回文卷〉求售者，畫極工且舊，吾父以索值太昂弗之收也。其卷首畫回文圖，次記回文讀法，後列織錦、寄錦、玩回文、迎蘇氏四圖。末附圖說，謂竇滔爲安南將軍，攜寵姬趙陽臺赴襄陽，留蘇氏長安，不相通問。既而得回文詩，始悔而迎之，完好如初。與晉載記不合，圖蓋據唐人小說繪之耳。新正臥病，憶及圖卷，興之所至，撰〈璿璣錦〉雜劇四折，以遣簾外天涯之恨。

故此劇是演蘇蕙織錦回文故事。第一折〈錦怨〉，寫竇滔離家兩載，不通音問，其妻蘇蕙思念良人，作回文詩寄怨。第二折〈錦緘〉，竇滔部下畢有仁義助蘇蕙，代她傳緘。第三折〈錦悟〉，竇滔接錦後，頓悟前非，將趙姬遣去，復迎蘇氏。第四折〈錦圓〉，蘇氏與夫團聚後，又請喚回趙姬，闔家重圓。

廣林之作此劇，是藉「以遺簾外天涯之恨」，所以着重在寫蘇氏之「怨」與竇滔之「悟」。但在他筆下的蘇蕙，縱是幽怨無限，卻是溫柔敦厚的，表現出女性傳統的婉順：

〔仙呂入雙調過曲〕〔風雲會四朝元〕〔四朝元頭〕流光飛箭，三春欲盡天。任朱扉通啓，翠箔齊捲，景好歡趣鮮。想伊人此際，〔中呂宮會河陽〕鼓角無聲，士馬安然。〔四朝元〕竟日尋芳，笙歌酣宴。〔中呂駐雲飛〕只把鶯花戀，嗏，奴苦自吞連。〔四朝元尾〕〔南呂宮一江風〕綠慘紅愁，煞厭，流簧轉，中懷萬與千，只憂丈夫淺。怎便得圓機檃括，絲絲縷縷，引他長見。

〔前腔〕聞言心戰，酸辛泣涕漣，那當年恩義，舊日情纏，早與流水沔。漫紅雲望注，好寄雙鱗，慰我孤鳶。不道家書終還難見，甘把奴拋遠。嗏，便不敍長牋，隻字單辭亦趁東風便，良人自倒顛，妾心故非褊，情梟義薄，思思想想，淚從心嚥。

廣林的曲，沉健樸實，較諸同時期曲家的溫潤典雅，辭藻柔麗更有元人風味。像第四折〈錦圓〉云：

〔北雙調新水令〕秋風颯颯樹蕭蕭，望襄陽順流飛棹，連檣凝翠靄，歸雁點青霄。心急途遙，纔見峴山椒。

廣林第二種雜劇，〈女專諸〉，有四折及兩楔子，演左儀貞事，取材自〈天雨花〉彈詞。劇前亦有作者的自記，他說：

浙中閨秀某，取明三大案用一人貫穿之，成〈天雨花〉彈詞三十卷。予欲演作傳奇，而年衰多病，無能爲役，姑摘其刺賊一段，成雜劇四折云。

此劇作於嘉慶五年，與前劇著作年代相隔達三十載，作者這時已成衰翁了。但是劇沉雄蒼勁，格律嚴謹，爲三種雜劇中最好的一部。劇寫明鄭國泰篡位，強納左維明之女儀貞。貞假意週旋，成婚之日，乘他酩酊大醉，將他手刃。國泰子有權見她姿色美好，又欲迫婚。貞堅拒，有權便將她發落冷宮。後來，貞父維明擁新帝登基，除賊復國，四處尋她不見。原來她在公主處養病。但外面謠傳她曾下嫁有權，並有身孕。左維明爲表明其女之貞烈，特令她在御前試砂，証實白璧無瑕。於是獲天子褒獎，並賜節宴。

此劇結構緊密，波瀾起伏，使人屏息以觀。作者筆力雄健，豪辣老到，寫〈誅篡〉一折則激壯，〈試砂〉一折則極緊湊。我們試看第二折儀貞誅奸後所唱〈滾繡球〉一曲：

〔滾繡毬〕這一宵，恨忩消。（收劍介）且把這盤龍入套。（內三更介）漏聲頻，仍是三敲，俺回思那一朝，虎面妖，到俺家，揚疾唱叫。你眞是嬰逆鱗反，火身燒。賊子定不干休，明日對着大眾宣播一番，洩俺義憤，拚着名香身潔，刀頭死，叫那狗黨狐朋，膽氣銷，少不得後來輪到。

在用調方面，此劇頗爲獨特。第一折除引子外，全部都用〈風入松〉一調。第二折則以〈端正好〉、〈滾繡毬〉、〈倘秀才〉三曲牌重複使用。第三折最特別，全折只用一個曲牌——〈黃鶯兒〉，這眞是從來鮮見的例子。楔子用調亦與別不同。這裏有兩個楔子，一置於全劇之首，用仙呂〈端正好〉；另外一個在第三折之前，是用越調〈金蕉葉〉的。作者自注：「此《西廂》格。」其實《西廂記》並無此例，這是變格。第四折的〈八仙會蓬海〉、〈羽衣第二疊〉二牌，據作者自謂是採自《長生殿》的。

孔廣林另外一種雜劇〈松年長生引〉，是乾隆三十三年爲補祝他的「先大母徐太夫人七十壽」而作的。本有四折，後來手稿散失，僅餘二、四兩折，作者於嘉慶十五年從雜稿中尋獲，不忍輒棄，便加以勘改錄存。從這僅存的兩折來看，第二折〈西王母請帝錫齡〉，第四折〈松年堂共祝長生〉，內容是寫金母向玉帝請錫齡給徐太夫人，帝准奏，便命南斗星君執行聖旨，主持錫齡大典。這一類祝壽劇，自是場面熱鬧，出場人物衆多，所說的又盡是善頌善禱語，並沒有甚麼深意存在。全劇最值得注意的是格律非常嚴謹，較之元人，有過之而無不及。這也是廣林北曲的一個特色。

五、陳　棟（約十九世紀初期人）

陳棟，字浦雲，浙江會稽人。生卒年不詳，約在嘉慶中（公元一八〇八年）前後在世。據謂棟「於學靡弗通，襟抱簡遠，有魏、晉間意」[84]。惜多病，屢困省試。後游幕汴中，卒齎志而歿。《墨香居畫識》卷八有載。

浦雲著有《北涇草堂集》八卷，內有詩、詞、曲及曲論。他的詩詞清麗，皆有可觀。《曲論》收入任中敏《新曲苑》，篇幅不多，但可顯出他於曲學頗有研究。他是主張曲辭宜雅俗共賞的，過雅與過俗均不能稱善。他說：

曲與詩餘，相近也實遠。明人滯於學識，往往以塡詞筆意作之，故雖極意雕飾，而錦糊燈籠，玉相刀口，終不免天池生所譏。間有矯枉之士，去繁就簡，則又滿紙打油，與街談巷語無異。夫曲者曲而有直體，本色語不可離趣，矜麗語不可入深。元人以曲爲曲，明人以詞爲曲，國初介于詞、曲之間，近人並有以賦爲曲者。賞音可覯，定不河漢余言。[85]

於明代曲家之中，他獨服膺湯（顯祖）、徐（渭）二人：

明人曲自當以臨川、山陰爲上乘。玉茗〈還魂〉，較實甫而又過之。……青藤音律間亦未諧。其詞如怒龍挾雨，騰躍霄漢間，千古來不可無一，不能有二。……

清代則以尤侗、洪昇、孔尚任爲勝：

> 詞至西堂，又別具一變相。……
>
> 國初人才蔚出，即詞曲名家，亦林林焉指不勝屈，必欲于中求出類拔萃，則高莫若東塘，大莫若稗畦，靡旌靡壘，殊難爲鼎足之人。

對於李漁（笠翁），他便稍有微詞了：

> ……余謂笠翁塡詞實非當行，不知何所恃而自信若此。大抵私智勝則規模不闊大，巧句多則筆墨不莊重，以此剿切，笠翁當亦心服。

在詞藻與音律之間，浦雲認爲詞重於律：

> 臨川塡詞，多不協律。沈詞隱貽書規之。臨川听然笑曰：「余意所至，不妨拗折天下人嗓子。」不朽之業，當日早已自定。今人捧《九宮譜》繩趨尺步，奏之場上，非不洋洋盈耳，及退而索卷玩誦，未數折即昏昏思睡。夫人固不可過才，又何可不及才。跅弛之馬，苟操縱得法，終當百倍駑駘。必也四海賞心，梨園從律，屏山獨樹，雅俗盡歡，茫茫今古，吾見亦罕。

在他看來，戲曲自應場上、案頭，兩得其所。若不能並兼，則寧取可作案頭供奉的作品。他對於戲曲看法如此，所以他深慕臨川、青藤、西堂、東塘、昉思，而不滿笠翁，而從他的劇作看來，所走的亦正是這些大家的路線。

陳棟所作戲曲，有雜劇三種：〈苧蘿夢〉、〈紫姑神〉、〈維揚夢〉，及散曲《北涇草堂樂府》。〈苧蘿夢〉一劇，有四折及一楔子。寫西施下凡，於苧蘿村浣紗石畔，遇見書生王軒（吳王夫差的替身），以了前緣；而另一俗子郭凝素聞王軒艷遇，亦思倣效，但所遇見的卻是效顰的東施，遂不歡而散。〈紫姑神〉寫魏子胥妻曹氏，虐待妾阿紫；阿紫死後，曹氏還將她埋在糞窖旁邊，孤魂慘淡，日夕悲啼。後遇東華帝君封她爲紫姑神，巡視人間。她見一妬婦虐妾，乃殺之。是劇亦有四折。〈維揚夢〉則寫杜牧遊揚州，甚爲牛僧孺所禮待。但他無意作幕客，夜夜出遊。牛公遣武士於暗中護之。後來朱衣使者來點化他，使他於夢中歷盡幕途惡況。他遂碎硯擲筆，棄而求官。後果爲分都御史，過僧孺，僧孺贈他以所眷妓紫雲。

浦雲諸劇，立意新穎，似皆有感而發，故於字裏行間隱見作者的影子。最顯著的是在〈維揚夢〉一劇，這無異是作者自己的寫照。因浦雲屈身幕僚，這當然不是他所甘願的，但他屢試不第，迫得終身過着俯仰由人的幕客生涯。故他寫杜牧投筆擲硯，毅然求官而去，不啻失意人寫得意之事，藉以洩怨，而幕僚生涯的苦況，亦被他深入地刻劃出來。劇中朱衣神道：

（歎介）咳，自古來士農工賈，並列四民，只有那作幕客的，論起初卻也是箇士，但是他日在膏粱文繡，久已忘詩禮家風。看行爲不妨算箇商，那曉他賺些金屑銀皮，全不用乘除算術。平常開口時無非是這生涯莫做，不如焚硯歸林，關聘到手後，到底是那孽障難拋，依舊沿門乞食。偶然得勢，却也公侯卿相拱拱手，老先生三字尊稱。一旦賦閒，且請醬腐瓜茄皺皺眉，小客寓四時供養。父傳子，師傳弟，徒流斬絞，硯田守老俊英郎；秋又冬，春又夏，諭牒咨詳，蠟炬燒殘鄉國夢。……

那扮演杜牧的小生亦道：

老司空，「宴安酖毒」四字，實是吾輩針砭。大抵讀書人一入幕途，享重修，交當道，不須半載就把紛華靡麗習以爲常，一旦叫他改頭換面，重向黃虀冷飯中討箇出身，譬如秋蠶作繭，再也成不得。幕客內不少才人，到底跳出圈套者能有幾輩？

作者閱歷幕途多年，熟悉其中黑暗情形，有心脫離這個牢籠，環境卻不容許他這樣做，內心的痛苦，可想而知。所以他唯一排遣的方法是將憤怨宣洩於文字。〈紫姑神〉一劇表面上雖然是寫妬婦欺妾的故事，其實卻是一個失路才人的不平鳴。劇中的阿紫天生麗質，嬌美溫柔，偏要嫁給一個凡夫俗子，且被大婦欺凌，鬱鬱而死，這與一個抱負奇才的士子蹭蹬場屋，投身無路，難獲衆賞的苦況，又有何差別？作者於此，感慨自深。所以劇中的阿紫既不怨大娘，又不怨主人，只怨自己生長得太嬌美：

〔採茶歌〕怨則怨頭上插得下金釵，怨則怨脚下穿得著弓鞋，怨則怨柳眉桃頰剛配了蓮腮，怨則怨雁琵鸞笙一闋中能布擺，怨則怨金針繡線一謎裏會鋪排。……（旦）願兒生生世世勿作嬌美之物。

〔隔尾〕翡翠鳥怕彈珠兒，打的神情駭。海棠花怕金剪兒，裁將枝幹開。自古來才貌場中路兒隘，說甚麼珠胎玉胎，衡一味黃埃碧埃，敢蠢笨的倒不用擔這些痛心債。

東華帝君安慰她說：

（孤）你原來不曾省得，那紅顏薄命是後人捏造出來的。世上女子略有幾分姿色，便自說我是個佳人，一定要配著才子。稍有些不如意處，便怨天恨地把薄命二字掛在口頭。難道世間爲婢爲妾和配村夫守孤幃的人，就沒有醜陋的麼？只因面貌不爭氣些，沒人曉得去憐憫他，單把那紅顏的傳了下來，連老天公也冤屈了。其實上天只論福澤，不論妍醜。……

「只論福澤，不論妍醜」，這是作者自我解嘲之語。後來阿紫成爲紫姑神後，見一妬婦虐待其妾，便將之殺死。這又是作者的幻想，希望能將所有妬才的人除去，才士的抱負便可以獲得伸展了。可見作者含怨之深。

〈苧蘿夢〉也是隱有所指的，劇中的落拓書生王軒，似是作者自況。這個王生也是一個懷才不遇、久困場屋的不第士子，「若論起俺的才學，即如目下所重宏詞、書判、帖括、朋經這幾科，俺那一件應付不來。只是時運未至，到了二十多歲，還把領青衿披在身上。……」他之與西施相遇，了結前緣，不外又是作者故作得意語以自慰。是劇第四折是嘲諷那些無眞材實學偏要效顰的俗子，所以東施說：「我想天下效顰的，原不止我東施一箇，只要大家過得去，也就罷了。」她更教訓那庸俗的郭凝素說：

〔喜人心〕不須掙挫，休嫌煩瑣。聽我過來人重新發科，把迷悶網當頭棒喝；靠祖上官裝不得門面，戴泥塑帽算不得神祇，扯他人內貼不得腮渦。你若猛回首把舊根剉，遭來敢也不十分錯。

由此可見，浦雲諸劇，都是有所爲而作的。

浦雲心儀臨川、西堂、東塘、昉思等大家，而他的曲亦直追前賢，騷雅絕倫，雋妙而無渣滓。吳梅對他極爲稱許，謂：「清代北曲，西堂後推昉思；昉思後便是浦雲，雖藏園且不及也……雋雅清峭，觸撥如志，全書具在，吾非阿好也。」[86]可謂推崇備至。浦雲深於曲學，並能將理論付於實踐，所作之曲，是尤侗《西堂樂府》以後最具元人風味之作。我們且看〈苧蘿夢〉一劇，四折皆旦唱，而語語本色，其艷在骨，如第一折數曲：

〔鵲踏枝〕值甚麼小嬋娟，喪黃泉，再不該污玉兒曾侍東昏，抱琵琶肯過鄰船，多謝你毋烏喙把蕙蘭輕翦，倒作成了女三閭忠節雙全。

〔寄生草〕誰曾見青笠辭歌院，紅裙入釣船，破箬篷生改做珠帷幰，古柳隄閒抓住金釵釧，小蘆洲遙指落宮鶯燕，把一個蘇臺侍寢美人圖，爭認做魚籃變相觀音現。

〔么篇〕巫嶺知何地，桃源別有天，這朝朝暮暮無人見，竟生生死死將人怨，怎來來去去由人便，便做得潛英帳內影朦朧，知他在蘼蕪香畔情深淺。

〔六么序〕翻花色那千樣，費春工只一年，簇新的改換從前。就是綠近闌干，紅上秋千，也須要做意兒周旋。滿庭除滾的春光徧，道不得這顏色好出天然，料天公肯與行方便，幾時價煖風麗日，微雨疏烟。

其詞清俊流麗，直登元人之室，眞「如花間美人，鋪敘委婉，深得騷人之趣。極有佳句，若玉環之出浴華清，綠珠之採蓮洛浦。」[87]就好像是萬花叢中一朵奇葩，清麗而嬌媚，又帶着幾分秀勁。在乾隆以後曲家日益趨向於穠艷柔靡風格的風氣中，陳棟是有點與衆不同的。

在他的《曲論》中，陳棟曾慨嘆時人之不懂北曲作法，他說：「……今雜劇雖廢，有志紹述，古人不遠，尙有門徑可尋。詞家目不見元曲，偶以南詞變北劇，人輒譽之曰宮、喬，曰鄭、馬。問以孤裝參軍名色，往往目瞪舌撟。不知南北徑途，判然各別。既名稱仿古，無論賓白詞章諸大者，即小小排場，譬如飾古彝鼎，座匣必須雅樸，摹晉、唐名畫，著不得一件時用器物。由此以推，思可過半。」[88]他自己可謂深諳元曲三昧，所以他的曲用韻聯套全依元人規範，但無半點偪促窘態，音韻鏗鏘，流暢自然，難怪吳梅對他嘆服不已，謂：「余詣力北詞垂二十年，讀浦雲作，方知關、王，宮、喬遺法未墜於地。陰陽務頭，動合自然，布局聯套，繁簡得宜。」

[89]在這方面，浦雲是較同期作家爲傑出的。

六、吳鎬（約十九世紀前期人）

吳鎬，別署荊石山民，江蘇鎮洋人。生卒年不詳，但據他的《漢魏六朝志墓金石例》〈自序〉謂：「余年二十有一，購得宋賓王校錄書冊數帙，內有金石例凡三種。時好爲詩詞及駢體，未暇討論也。後稍稍究心碑碣文字，每以此三書參考，因《曝書亭集》跋墓銘舉例之言，輒思補爲之，以廣前人所未及。適吾鄉彭甘亭先生見語：以爲此數年來與諸相知欲爲而未果者，子盍任之。因不揣鄙陋，著此數十頁。所舉碑例，限於插架，儲本無多，或評審未徧，舛錯挂漏，均所不免，惟大雅君子有以匡之焉。」[90]是序署年爲嘉慶壬申（十七年，公元一八一二年），可知吳鎬的生年約在乾隆末年，而嘉慶中葉以後尚在世。他是一個監生，作品有《荊石山房詩文集》、《漢魏六朝志墓金石例》，及戲曲《紅樓夢散套》。

由於《紅樓夢散套》卷首僅署「荊石山民塡詞」，並沒有注明作者的眞實姓名，所以便引起後人的誤會。吳梅、盧前等因見曲譜部份（是書每折之後附曲譜）署「婁東黃兆魁訂譜」，便認爲黃兆魁即荊石山民。但這是錯誤的。荊石山民與黃兆魁應該是兩個人。其實，姚燮在《今樂考證》著錄十〈國朝院本〉內已經指出《紅樓夢散套》是吳鎬所作的，並謂：「鎬，鎭洋人，監生，著有《荊石山房詩文集》、《漢魏六朝志墓金石例》，自署曰荊石山民。」[91]而且，在前面所引的《漢魏六朝志墓金石例》〈自序〉之末亦清楚地注明「嘉慶壬申醉司命日荊石山民吳鎬書」，所以荊石山民即吳鎬，應是沒有疑問的。

《紅樓夢散套》，共有十六折，但各折事情，前後並非聯絡照應，只是作者任意擇取《紅樓夢》中事蹟佳者譜之，故稱爲「散套」。然曲之外，又備科白，實爲雜劇之體。《紅樓夢》一書，譜之入戲曲者很多。據所知的便有仲雲澗的《紅樓夢傳奇》、吳鎬的《紅樓夢散套》、陳鍾麟的《紅樓夢傳奇》、萬玉卿的《醒石緣》、許鴻磐的《三釵夢》、朱鳳森的《十二釵》、無名氏的《鴛鴦劍》、嚴保庸的《紅樓新曲》、花韻庵主的《紅樓夢》等。其中最爲著名而現在尙有傳本的是仲、吳、陳三家之作。仲雲澗，號紅豆山樵，江蘇蘇州人。陳鍾麟，字厚甫，江蘇元和人。三作約成於嘉慶、道光間，大概以仲雲澗之作最早，次爲荊石山民的《散套》，最爲晚出的則是陳厚甫的《傳奇》。[92]

三種之中，仲雲澗之作最膾炙於人口，盛行於歌場中。但一般論者獨稱許吳鎬之《紅樓夢散套》。道光間楊掌生（蕊珠舊史）在〈長安看花記〉中說：「……紅豆村樵《紅樓夢傳奇》盛傳於世，而余獨心折荊石山民所撰《紅樓夢散套》，爲當行作者。後來陳厚甫在珠江按譜塡詞，命題皆佳。而詞曲徒砌金粉，絕少性靈，與不知誰何所撰袖珍本四冊者，同爲無足重輕，故歌樓惟仲雲澗本傳習最多。《散套》則有自譜工尺，故旗亭間亦歌之，然瑣瑣餘子無堪稱。……」[93]梁廷枏對於仲、吳二作，均予讚許，謂：「《紅樓夢》工於言情，爲小說家之別派，近時人艷稱之。……吳洲仲雲澗取而刪汰，並前後夢而一之，作曲四卷，始於〈原情〉、終於〈勘夢〉，共得五十六折。其中穿插之妙，能以白補曲所未及，使無罅漏，且借張瓊防海事，振以金鼓，俾不終場寂寞，尤得本地風光之法。惟以副淨扮鳳姐，丑扮襲人，老旦扮史湘雲，腳色不甚相稱耳。近日荊石山民亦塡有《紅樓夢散套》，題上〈歸省〉、〈葬花〉、〈警曲〉、

〈擬題〉、〈聽秋〉、〈劍會〉、〈聯句〉、〈癡誄〉、〈顰誕〉、〈寄情〉、〈走魔〉、〈禪訂〉、〈焚稿〉、〈冥昇〉、〈訴愁〉、〈覺夢〉十六折而已。其實此書中亦究惟此十餘事言之有味耳。其曲情亦淒婉動人，非深於《四夢》者不能也。」[94]楊恩壽在《詞餘叢話》則批評陳鍾麟的《紅樓夢》，說：「（陳厚甫）先生工制藝，試帖爲十名家之一。度曲乃其餘事，儘多蘊藉風流，悱惻纏綿之作，惜排場未盡善也。原書斷而不斷，連而不連，起伏照應，自具草蛇灰綫之妙。先生強爲牽連，每齣正文後另插賓白，引起下齣，下齣開場，又用賓白遙應上齣，始及正文。頗似時文家作割截題，用意鉤聯，究非正軌。且以柳湘蓮爲紅淨，尤三姐爲小丑，未免唐突；後成男女劍仙，更嫌蛇足。」[95]據諸家所說，三種之中，以陳作較拙，而仲、吳二人之作，前者以排場取勝，故盛行於歌場，傳習者最多；至於吳氏的《散套》，則似較宜於作案頭供奉。

《紅樓夢散套》十六折，第一折〈歸省〉寫賈元春貴爲皇妃，回家省親；第二折〈葬花〉寫黛玉葬花；第三折〈警曲〉寫寶玉偷讀《西廂》；第四折〈擬題〉寫黛玉、寶釵、湘雲等雅集賦詩；第五折〈聽秋〉寫黛玉對秋色而興感慨；第六折〈劍會〉寫柳湘蓮悟道；第七折〈聯句〉寫黛玉與湘雲聯句；第八折〈癡誄〉寫晴雯死後寶玉撰誄哭祭；第九折〈顰誕〉寫黛玉誕辰園中衆人往賀喜；第十折〈寄情〉寫寶釵怨命；第十一折〈走魔〉寫妙玉走魔；第十二折〈禪訂〉寫寶玉、黛玉談禪；第十三折〈焚稿〉寫黛玉抱病焚詩稿；第十四折〈冥昇〉寫黛玉原來是死後歸仙班；第十五折〈訴愁〉寫寶玉向紫娟訴愁；第十六折〈覺夢〉寫寶玉夢登幻境，覺悟前緣。各折獨立，而作者寫來，纏綿悱惻，雋雅精美。一般論者最賞其〈葬花〉一折，且舉數曲以觀之：

〔北雙調〕〔新水令〕甚韶華如許，易飄零，冷惺忪，梨雲夢醒。蘭風吹袂舉，香屧踏莎輕。池水盈盈，照見我病根苗、愁形影。

〔南越調〕〔綿搭絮〕抵多少彩雲紅雨暗長亭，一味價碎錦殘綃，似墜樓人受逼凌。夢蘅蕪，魂斷娉婷。煙消紫玉，霧散瑤瑛。豔質芳枝，一例的苦蒂危根了此生。

〔商調集曲〕〔八寶粧〕〔金梧桐〕消磨却三生綺陌天，領受了半晌陽和境，一霎風光，做一霎淒涼景。

〔四塊金〕可憐他謫下蓬山，移來繡嶺。〔五更轉〕本來是孤苗悴葉懨懨損，禁他雨雨風風，釀就了紅顏薄命。〔琥珀貓兒墜〕空留這護花幡拂護花鈴。〔三台令〕尚兀是送丁丁隔院聲。〔山坡羊〕雖則是一杯瘠壤臙脂冷，較勝了落溷飄藩逐浪萍。〔綠襴衫〕這不是惺惺從古惜惺惺。〔駿甲馬〕要曉得我異鄉孤另影，說不盡那羅綺叢中悽楚情。

吳梅則謂最愛其〈警曲〉一折，尤其是〈金盞兒〉二支，實堪壓卷[96]。曲云：

〔金盞兒〕（旦）猛聽得風送清謳，是梨香演習歌喉，一聲聲綠怨紅愁，一句句柳春花羞。……教我九曲迴腸轉，霎損了雙眉岫。姹紫嫣紅幾日留。怎不怨着他錦屏人看賤得韶光透，想伊家也爲著好春僝僽。咳，黃土朱顏，一霎誰長久。豈獨我三月厭厭，三月厭厭，度這奈何時候。

〔前腔〕那里是催短拍低按梁州，也不是唱前溪輕蕩扁舟，一心兒鳳戀凰求，一弄兒軟欵綢繆。這的是有个人知重，著意把微詞逗，眞箇芳年水樣流。怎怪得他惜花人、掌上兒奇擎彀，想從來如此的鍾情原有。咳，今古如花一例一例的傷心否？把我體輭咍咍，體輭咍咍，坐倒這苔錢如繡。

溫麗潤雅，精艷絕倫，無怪吳梅讚曰：「似此丰神，直與玉茗抗行矣。」[97]其藝術成就可見。故聽濤居士於是劇卷首謂：「今此製選辭造語，悉從清遠道人《四夢》打勘出來，益復諧音協律，窈眇鏗鏘，故得案頭俊俏，場上當行，兼而有之。凡善讀《石頭記》者，必善讀此曲，固不俟余言爲贅也。」[98]觀吳氏之作，堪當之無媿。

附註

❶ 語見《清史列傳》〈文苑傳〉三，卷七十二，頁十六。一九二八年中華書局出版。

❷ 蔣士銓〈述懷〉（甲辰）詩，見《忠雅堂詩集》卷二十六，第六冊，頁十三下。嘉慶二十二年藏園刊本。

❸ 語見袁枚〈蔣君墓志銘〉，見李桓纂編《國朝耆獻類徵初編》卷百二十九，〈詞臣〉十五，頁六。湘陰李氏藏版，清光緒十年刊本。

❹ 同❸。

❺ 袁枚《忠雅堂詩集》〈序〉，頁二上。參❷。

❻ 清謝章鋌《賭棋山莊集》〈詞話〉二，頁六。見唐圭璋編《詞話叢編》，第十冊，總頁三三一〇。一九六七年五月臺北廣文書局印行。

❼ 吳梅《中國戲曲概論》卷下三，〈清人傳奇〉，頁三三。一九六四年八月香港太平書局印行。

❽ 吳梅《顧曲麈談》第四章〈談曲〉，頁一八六。一九六二年七月臺北廣文書局出版。

❾ 清梁廷枏《曲話》，卷三，見《中國古典戲曲論著集成》第八冊，頁二七三。一九六〇年北京中國戲劇出版社出版。

❿ 同❼。

⓫ 《第二碑》〈自序〉。見《藏園九種曲》，《紅雪樓》刊本。

⓬ 吳梅《中國戲曲概論》卷下二，〈清人雜劇〉，頁十二。參❼。

⓭ 吳梅評黃燮清語，見《中國戲曲概論》卷下三〈清人傳奇〉，頁三十七。參❼。

⓮ 見〈四絃秋〉〈自序〉。
⓯ 吳梅《曲選》卷四，頁四十二。一九三〇年十一月上海商務印書館出版。
⓰ 梁廷枏《曲話》卷三，見《中國古典戲曲論著集成》，第八冊，頁二七三。參❾。
⓱ 同⓬。
⓲ 同⓭。
⓳ 陳守詒〈香祖樓〉〈後序〉。
⓴ 清張三禮〈空谷香〉〈序〉。
㉑ 〈香祖樓〉〈自序〉。
㉒ 同⓭。
㉓ 見《童山文集》十〈寄袁子才先生書〉及《聽松廬詩話》，二書圖書館缺藏，茲轉引趙曾玖〈蔣清容的九種曲〉一文，載《文學年報》一九三六年第二期，頁一九七。
㉔ 轉引朱湘〈蔣士銓〉一文。見《中國文學研究》。
㉕ 亦吳梅語，同⓭。
㉖ 袁枚《隨園詩話》卷十五，頁十。見《隨園全集》第二十三冊，一九二八年上海掃葉山房石印本。
㉗ 見袁枚《忠雅堂詩集》〈序〉，頁二上。參❷。
㉘ 清李調元《雨村曲話》卷下，見《中國古典戲曲論著集成》第八冊，頁十九。參❾。
㉙ 同❾。
㉚ 清平步青《小棲霞說稗》，〈藏園曲〉條，見《中國古典戲曲論著集成》，第九冊，頁二一八。參❾。

㉛ 清楊恩壽《詞餘叢話》卷二，〈原文〉，見《中國古典戲曲論著集成》第九冊，頁二五一。參❾。

㉜ 據周妙中〈楊潮觀和他的吟風閣〉一文，載《文學遺產增刊》九輯，頁四三。一九五五—六三年北京作家出版社出版。

㉝ 清秦緗業等纂《無錫金匱縣志》卷二三〈文苑〉，頁二十八，總頁三六二。一九六八年臺北市無錫同鄉會出版。

㉞ 袁枚《隨園詩話》卷八，頁八下。參㉖。

㉟ 據周妙中〈楊潮觀和他的吟風閣〉，參㉜。

㊱ 據清王豫輯《江蘇詩徵》卷六十二〈楊潮觀〉條轉引。清道光十年廣州趨羊齋刊本。

㊲ 楊潮觀《吟風閣雜劇》〈自序〉，一九六三年上海中華書局出版，胡士瑩據乾隆刊本，寫韻樓本校注。

㊳ 據周妙中〈楊潮觀和他的吟風閣〉。

㊴ 陳俠君序六藝書局排印吳氏寫韻樓本《吟風閣雜劇》，見中華書局本。

㊵ 袁枚〈邳州知府楊君笠湖傳〉，見《國朝耆獻類徵初編》卷二三二。亦見《小倉山房文集》。

㊶ 同前註。

㊷ 楊懃序嘉慶本《吟風閣雜劇》，見中華書局本〈吟風閣〉附錄。

㊸ 清焦循《劇說》卷五，見《中國古典戲曲論著集成》第八冊，頁一九五。參❾。

㊹ 見姚燮《今樂考證》著錄四〈國朝雜劇楊笠湖〉條引錄，《中國古典戲曲論著集成》，第十冊，頁一七八。參❾。

㊺ 亦見《今樂考證》引錄，參前註。

㊻ 據清徐世昌《晚晴簃詩匯》卷一百七，頁四十，〈桂馥〉條轉引。一九二九年得耕堂刊本。

(47) 桂馥〈謁府帥散套〉〈小引〉，見《清人雜劇初集》。

(48) 桂馥〈投圂中散套〉〈小引〉，見《清人雜劇初集》。

(49) 據李修生〈唐英及其劇作〉一文，載《文學遺產增刊》第十二輯，頁三九。參(32)。

(50) 轉引李修生〈唐英及其劇作〉一文。參前註。

(51) 轉引李修生〈唐英及其劇作〉一文，參(49)。

(52) 趙爾巽等編《清史稿》〈列傳〉〈藝術傳〉四。香港文學研究社出版。

(53) 轉引李修生〈唐英及其劇作〉一文，參(49)。

(54) 楊恩壽《詞餘叢話》卷二，〈原文〉，見《中國古典戲曲論著集成》第九冊，頁二五六。參(31)。

(55) 轉引李修生〈唐英及其劇作〉一文，參(49)。

(56) 同(53)。

(57) 據李修生〈唐英及其劇作〉一文轉引。

(58) 同前註。

(59) 同(54)。

(60) 同(54)。

(61) 吳梅《曲學通論》第十二章〈家數〉，頁八七。一九六五年一月臺北文星書店出版。

(62) 轉引徐世昌《晚晴簃詩匯》卷一百六〈舒位小傳〉詩話，頁一。參(46)。

(63) 清徐珂《曲稗》〈舒鐵雲諳音律〉條，見任訥《新曲苑》第三十二種，第七冊，頁一。一九四〇年聚珍倣宋版。

64 清葉廷琯《鷗陂漁話》卷一，頁九，〈舒鐵雲古文樂府〉條。見《筆記小說大觀續編》，第五冊，總頁五三一八。一九六二年臺北新興書局影印本。

65 轉引自吳曉鈴〈清代劇曲提要八種〉一文，載《文學年報》一九三九年第五期，頁四七。

66 同前註。

67 吳梅《霜厓曲跋》卷一，頁二三，見《新曲苑》第三十四種，第九冊。參63。

68 同64。

69 同67。

70 同67。

71 鄭振鐸《清人雜劇初集》〈序〉。

72 《清史列傳》〈厲鶚傳〉以樊榭卒於乾隆十八年，但張雲錦《厲君墓表》則謂乾隆壬申（十七年）厲歿，享年六十有一。梁啓超《厲樊榭年譜》亦以爲厲卒於乾隆十七年。

73 語出清吳德旋《聞見錄》，見《國朝耆獻類徵初編》卷四三四，〈文藝〉十二，頁三九。參3。

74 清全祖望〈厲樊榭墓碣銘〉，見《國朝耆獻類徵初編》卷四三四，〈文藝〉十二，頁三六。參3。

75 清王昶《國朝詞綜》引徐紫珊語，見《國朝詞綜》卷二十一，〈厲鶚小傳〉，頁一上，舊刊本。

76 清張其錦跋凌廷堪《梅邊吹笛譜》目錄後。見《叢書集成初編》第二六六五冊，頁十六。上海商務印書館出版。

77 清譚獻《復堂詞話》，頁十一。見《詞話叢編》第十一冊，總頁四〇三四。參6。

78 吳憲奎編，吳慶坻重修《杭州府志》卷一四五〈文苑〉二，頁二六上。一九二三年排印本。

79 全祖望〈樊榭山房集外曲序〉，見《樊榭山房集》，商務印書館《四部叢刊初編》縮本。

80 清施潤〈桃花吟序〉，見《清人雜劇初集》。

81 同前註。

82 徐世昌《晚晴簃詩匯》，卷一百七，頁三二上。參46。

83 陳康祺《郎潛紀聞》，見《國朝耆獻類徵初編》卷一九五，〈疆臣〉四十七，頁三三下。參3。

84 見《北涇草堂集》周之琦序。轉引鄭振鐸《清人雜劇二集》〈題記〉。

85 陳棟《北涇草堂曲論》，見《新曲苑》第二十七種，第六冊，頁一。參63。

86 吳梅《中國戲曲概論》卷下二〈清人雜劇〉，頁十四。參7。

87 明朱權評王實甫語，見《太和正音譜》卷上〈古今群英樂府格勢〉，《中國古典戲曲論著集成》第三冊，頁十七。參9。

88 陳棟《北涇草堂曲論》，頁三。參85。

89 同86。

90 清吳鎬《漢魏六朝志墓金石例》〈自序〉，見清鮑廷爵輯《後知不足齋叢書》第二十二冊，同治十一—十六年刊本。

91 清姚燮《今樂考證》著錄十〈國朝院本〉，見《中國古典戲曲論著集成》第十冊，頁三〇二。參9。

92 仲、吳、陳三家之作均見楊掌生《長安看花記》及梁廷枏《曲話》提及。觀楊氏語氣，似仲雲澗之作最早，次爲荊石山民之作，再次爲陳氏之作。且梁氏《曲話》既有道光四年之跋，而荊石山民《紅樓夢散套》又有聽濤居士「乙亥」年之序，則此「乙亥」當爲嘉慶二十年。仲雲澗《傳奇》卷首題詩有題「都轉賓谷夫子題辭」，可知雲澗爲曾燠（字賓谷）之弟子。曾燠以道光十一年七十二歲卒，其門人雲澗之作，當在乾隆末年以後，嘉慶二十年（荊石山民《散套》製成之年）以前。至於陳鍾麟之作，可能作於道光四年之後，故梁氏《曲話》沒有論及，而作於道光十七年之《長安看花記》則有品評。

93 清楊掌生（蕊珠舊史）《長安看花記》，頁九上，見張次溪纂輯《清代燕都梨園史科》第二冊，總頁六三七。一九六五年十一月臺灣學生書局據國立臺灣大學藏本影印出版。

94 梁廷枏《曲話》卷三，頁二六五。參9。

95 楊恩壽《詞餘叢話》卷三，〈原事〉，頁二七一。參31。

96 見吳梅《中國戲曲概論》卷下二〈清人雜劇〉，頁十六。原文曰：「……世賞其〈葬花〉，余獨愛其〈警曲〉。〈金盞兒〉二支，可云壓卷。」參7。

97 同前註。

98 清聽濤居士《紅樓夢散套》〈序〉。

第七章　後期（道光至宣統年間）的雜劇作家與作品

引言

雜劇發展到了後期（這一期包括了道光、咸豐、同治、光緒、宣統五朝，約九十餘年），已是強弩之末了。因爲由於花部的勃興，雅部——崑曲已是位於氣息奄奄之狀態。《梨園佳話》曰：「道光之季，洪、楊事起，蘇、崑淪陷，蘇人至京者無多，京師最重蘇班，一時技師名伶以南人佔大多數。自南北隔絕，舊者老死，後至無人。北人度曲，究難合拍，崑曲於是乎衰微矣。」❶太平軍之亂，始於道光末年。崑曲此時已是顯著衰頹，而成皮黃之黃金時代。《天咫偶聞》曰：「道光末，忽盛行二黃腔。其聲比弋則高而急，其辭皆市井鄙俚，無復崑、弋之雅。」❷隨著崑曲之衰微，雜劇傳奇作家亦漸形不振。道、咸間尙有可觀之作，自咸豐以後至光緒間，雖也有若干作家，究屬未熄之餘燼，大勢已去；而花部戲劇，日形隆盛，其戲曲多粗野而文學價値低劣，不入雅人之賞。戲曲至此，不禁使人有衰落之歎。吳梅謂：「乾隆以上有戲有曲；嘉、道之際有曲無戲；咸、同以後實無曲無戲矣。」❸此洵爲公平之論。

這一期的雜劇作家，最值得一書的是黃燮清。他是繼藏園之後的大家。其《倚晴樓七種》，穠艷絢爛，精警柔麗，詞才卓越。惜劇才不足，故排場冷淡，關目拙劣，這實與當時雜劇發展水平有關，吳梅所謂「嘉、道之際有曲無戲」，個中消息，可自韻珊諸劇觀之。然而，他雖是學藏園而未及，但在道光以還戲曲衰頹之時，他是支撐殘局的柱石，若論此時曲家，自不能不先屈指韻珊。

繼黃而起，較為知名者，則有楊恩壽（蓬海）。所作雜劇〈桃花源〉、〈姽嫿封〉、〈桂枝香〉三種，雖亦號稱規仿臨川，然較《倚晴樓》已覺遜色，無論藏園了。楊氏之外，也有幾個文辭足稱的雜劇作者。吳藻雖為女流，但豪邁散朗，昂昂然有男子之概，所作〈飲酒讀騷圖〉，雖情節簡單，但憤慨激昂，不讓青藤、未谷，為不可多得之作。湯貽汾的〈逍遙巾〉，嚴廷中的〈秋聲譜〉，梁廷枏的〈小四夢〉，徐鄂的〈白頭新〉，張聲玠的〈玉田春水軒雜齣〉，嚴保庸的〈盂蘭夢〉，俞樾的〈老圓〉，許善長的〈靈媧石〉等都各有表現，雖未能單獨名家，終算不逾矩矱。至於周樂清的《補天石傳奇》八種，取古來憾事為之彌補，雖謂可快觀者一時之意，却難辭多事之譏。此外，還有一種不甚知名的〈空山夢〉傳奇，共八齣，作者為范元亨。此劇體制奇特，可謂從來未有。他把舊有宮調曲調完全推翻，若用現代眼光去看，便彷似一種近於詞體的新詩。其創新精神，雖屬可嘉，但讀起來使人有不倫不類之感。然從此亦可見在這一個崑曲衰落的時代，雜劇作者覺得舊制枯悶難耐，試圖擺脫一切，好奇求新的意向。獨惜作者才力有限，故未能成為可傳之作。

除了這些勉強支撐著搖搖欲墮的殘局的傳統曲家外，吸引我們注意的還有一群怒號於光緒、宣統間的雜劇作者，他們是憤世嫉俗的一群。他們的出現，完全是滿清腐敗政治的結果。因為，清廷自鴉片戰爭（道光二十年，公元一八四〇年）以後，政治日趨窳敗，官吏貪污媚外，無所不至，早現崩潰之象。英、法兩軍入北京（咸豐十年，公元一八六〇年）以後，又連割土地（咸豐十一年，公元一八六一年），開讓商埠（光緒二年，公元一八七六年）。光緒八年（公元一八八二年），法取安南，據臺灣，侵福建（光緒十一年，公元一八八五年）。其後又有中東之戰（光緒二十年，公元一八九四年）。於是日割臺灣（光緒二十一年，公元一八九五年），德侵膠州（光緒二十三年，公元一八九七年）。清室至此，國幾不國。慈禧攬權，尚不知國勢殆危。後來更有義和團之變（光緒二十五年，公元一八九九年），引致八國聯軍入京。結果要賠款四百五十兆（光緒二十七年，公元一九〇一年）方能了事。清室返京以後，驕奢淫佚，一如曩時，廣興土木，重建宮殿。對外則喪權辱國，對內則苛斂暴征。政治腐壞，已至無可挽救之地步；國民憤慨，亦至無可容忍之程度，正如魯迅《中國小說史略》所云：「蓋嘉慶以來，雖屢平內亂（白蓮教、太平天國、捻、回），亦屢挫於外敵（英、法、日本）。細民闇昧，尚啜茗聽平逆武功，有識者則翻然思改革。憑敵愾之心，呼維新與愛國，而於富強尤致意焉。戊戌變政既不成，越二年即庚子歲，而有義和團之變，群乃知政府不足與圖治，頓有掊擊之意矣。」❹因此，一般愛國之士，便有意識地以戲曲小說作爲武器，不斷對政府和一切社會惡現象抨擊。在袁蟫、吳梅、東學界之一軍國民、春夢生、玉橋憂患、大雄、感惺、挽瀾、柳棄疾、覺佛、呰崖、陳惺台、劉鈺、碩果、龐樹柏、蔣景緘、王蘊章、悲秋散人、陸恩煦、阮夢桃、南荃外史、白雲詞人、蔣鹿山等這一群作家的雜劇作品中，所表現的是激烈愛國熱情及憤世嫉俗的情懷。對於時政，他們嚴加抨彈，對於不平的社會制度，則表其弊惡，揭發伏藏。在他們來說，但求直抒憤慨，一切格律文字，均所不顧。本來，清代雜劇，泰半都是僅能供案頭誦讀，不能搬演諸舞臺之上的，而這時的作品，更是徒具雜劇之名，離開眞正戲劇的形式越來越遠了。

在這一群吶喊呼號的雜劇作家中，最足稱道的是袁蟫與吳梅二人。袁氏生當清季，目睹國家傾危，人心變詭，乃以其憤世嫉俗之懷，作振聵啓聾之呼。他的《瞿園雜劇》十種，或規或勸，感慨極深。吳氏爲近代劇作家兼曲評家，著有《霜厓四劇》（〈湘眞閣〉、〈無價寶〉、〈西臺慟哭記〉、〈惆悵爨〉），及〈軒亭秋〉、〈白團扇〉、〈落溷記〉、〈雙淚碑〉（以上雜劇）、〈綠窗怨〉、〈東海記〉（以上傳奇）等針對時弊、憤慨激昂的作品。無論文采排場兼擅其勝，故吳氏堪稱爲崑曲的殿軍。可是，這時的中國劇壇早已是皮黃的天下，崑曲——雜劇與傳奇須退踞書架、案頭，毯上，它的頹運，自不是一個人的力量所能挽回，而雜劇的運命，亦隨著清朝的覆亡而泯滅。

第一節 黃燮清（約十九世紀中期人）

黃燮清，原名憲清，後改燮清，字韻珊，一作韻甫，自號吟香詩舫主人。浙江海鹽人。道光十五年舉人，充實錄館謄錄，後爲湖北知縣，以病未任官。怡情山水，家居拙宜園，從事著述，改葺晴雲閣爲倚晴樓，時與知交觴詠其間。咸豐十一年髮賊陷縣城，韻珊乃赴湖北就官。同治元年爲宜都令，調松滋，有政聲，未幾而卒。事具《清史列傳》卷七十三〈文苑傳〉四（〈姚燮〉傳附）及《兩浙輶軒續錄》卷三十五等。

韻珊少時即以詞曲名於世，中年以後，肆力於詩古文辭。在他所編的《國朝詞綜續編》裏，便錄有不少曲家的詞。像〈耆英會傳奇〉的作者喬萊，雜劇〈黿目書〉的作者吳秉鈞，以及舒位、石韞玉、湯貽汾、嚴保庸、姚燮、吳藻等的詞都有著錄，且附評語。黃氏《倚晴樓詩詞集》中，與嚴保庸贈答之作不少。嚴保庸是雜劇〈盂蘭夢〉的作者，韻珊評之云：「太史負才瑰異，兼擅書畫，能自度所製曲。改官後鬱鬱不稱意，耻爲斗米折腰。尋以病去，放浪江湖間，雖抑塞窮愁，而豪氣不減。壬子三月，道出廣陵，太史招予及彔筱南作餞春之會。自江上有警，不知所往，而筱南亦已下世矣，思之黯然。」❺嚴氏的〈盂蘭夢〉，據趙景深謂有江南國學圖書館刊本❻，惜未能見。

黃燮清是繼蔣士銓之後一大戲曲家，也是清代後期劇壇的祭酒。他作有戲曲七種，其目如後：

〈茂陵絃〉（道光十年自序）
〈帝女花〉（道光十二年自序）
〈脊令原〉（道光十四年陳用光序）
〈鴛鴦鏡〉（同前）
〈桃谿雪〉（道光二十七年自序）
〈居官鑑〉（撰作年月不詳）
〈凌波影〉（撰作年月不詳，相信略與〈鴛鴦鏡〉同時）

除了〈鴛鴦鏡〉與〈凌波影〉是雜劇外，餘均爲傳奇，而以〈帝女花〉，〈茂陵絃〉，〈桃谿雪〉三種最爲著名。吳梅《中國戲曲概論》嘗謂：「韻珊諸作，〈帝女花〉、〈桃谿雪〉爲佳。〈茂陵絃〉次之。〈居官鑑〉最下。此正天下之公論也。」❼〈帝女花〉是寫明末長平公主事，依據史實潤色，「而文字哀感頑艷，幾欲奪過心餘。雖敍述清代殊恩，而言外自見故國之感。」（吳梅語）最爲傳誦。據孫恩保〈桃谿雪題詞〉之自註云：「韻珊前製〈帝女花〉，日本人咸購誦之。」則當時——天保（爲日本仁孝天皇年號，適當清道光十年至二十三年之間）年間此曲早已傳入日本，其盛名可推而知之。〈桃谿雪〉則寫康熙初年耿精忠叛於閩時，浙江烈婦吳絳雪的事蹟，其詞亦精警濃麗。至於〈茂陵絃〉一劇，乃寫司馬相如與卓文君一生事，根據《史記》本傳而潤色。其中〈買賦〉（寫陳皇后被幽閉於長門宮後，以黃金百斤托相如作〈長門賦〉事）一齣，流行歌場，收入《集成曲譜》。〈脊令原〉寫《聊齋志異》（卷二）所載曾友于事。〈居官鑑〉寫王文錫居官清廉之事。

韻珊另外兩種作品，〈鴛鴦鏡〉與〈凌波影〉，一爲十齣，一爲四齣，屬雜劇之體。〈鴛鴦鏡〉是本王士禎《池北偶談》卷三十三之〈鴛鴦鏡〉一則敷演。是劇與〈脊令原〉都是韻珊年少時的作品，當時學政陳用光因愛其詞才，親授題令韻珊撰寫。陳氏並爲二劇作序，其序〈脊令原〉云：

> 予視學浙江，悅黃生韻珊文而賞之。繼覽其所製〈帝女花〉，曲蒼鬱詭麗，益歎其才之美。爰取《聊齋》所載曾友于事，命作劇本。匝月而詞成，情文樸摯，類皆布帛菽粟之談，元人中與〈琵琶〉爲近，可見其至性之厚，非徒側艷爲工者。……

又〈鴛鴦鏡〉序云：

> 黃生韻珊，年少美詩文，出其餘技，間作元人樂府，尤工言情，一往而深，渺無邊際。予賞其艷，而慮其流也，因採《池北偶談》〈碎鏡〉一則，命爲院本。……

是劇寫女子謝玉清，一日與秀才李閑邂逅，二人一見傾心。生歸後思念不已。謝亦情心難捺，便使侍女青鸞傳訊與生，約期於謝家祠堂密會，並贈生以鴛鴦鏡作爲信物。是時適有名士王湘遨遊到該地，寄宿於謝祠。夢中見謝玉清之父宗朓怒責一老翁，斥他的兒子壞人名節。老翁即李父之陰魂。王湘醒後，正感奇怪，忽見李生持鏡而來，忙加詢問。正傾談之際，李父之魂便偷上前來將鴛鴦鏡碎毀，以阻其子苟合失德。其時，王、李大驚。王念夜來夢境，頓悟一切，即斥破生行狀。李惟將與謝氏女幽期密約事相告，王亦告以夢境所見，勸生回頭是岸。生羞愧不已，決斬斷情根，痛改前非。後玉清以生失約，便着青鸞往生處探詢。李告以己志，並送女一冊《池北偶談》，將所有事都詳載其中。謝讀後，頓悟前非，亦決心擺脫一切塵俗情愛，潛修佛法。李生自此閉戶讀書，上京赴試。天神因爲他慾海迴航，不受白圭之玷，應有善報，便賜他掄元。王湘亦因良言勸友，同登蕊榜。二人榮歸之日，往謁謝祠，並欲尋訪謝女，以了前緣。但女早已修成正果，升仙而去。李、王二人均感慨不已。是劇十齣爲：〈粲逅〉、〈豪遊〉、〈艷招〉、〈夢警〉、〈拒約〉、〈懺情〉、〈旅盟〉、〈靈祐〉、〈迎榜〉、〈謁祠〉。

〈凌波影〉則寫曹植遇洛神故事，可見《文選》〈洛神賦〉李善注。分四齣，即〈夢訂〉、〈仙懷〉、〈達誠〉、〈艷賦〉。寫陳思王曹植路過洛川途中遇一仙女。植爲魔障所擾，幾不能自持。後由僕夫告知，原來仙女即洛水神仙宓妃，植因作賦以記其情。

以上二劇，都是從一「情」字作出發點，因韻珊工於寫情，「一往而深，渺無邊際」，而且更特別強調「發乎情而止乎禮義」，這是韻珊各劇的一個共通點。我們看《倚晴樓戲曲》七種，每一種都是有所爲而作，或以表彰節烈，或以宣揚孝道，或以勸世，或以針砭，都是有關世道人心。他的作旨亦往往見於各劇的序跋中。如他序〈茂陵絃〉一劇云：

客謂余曰：〈茂陵絃〉何爲而作也？余曰：爲相如作也。……相如雖事業不概見，其所著〈子虛〉、〈上林〉等賦，皆有關世道者也。……曰：子之傳相如是矣，若文君者，固失節女子也，發乎情不能止乎禮義，而子必曲折寫之，無乃犯綺語之戒，非〈國風〉之正乎？余曰：欲寫相如，不能不兼寫文君，非因寫文君而始寫相如也，閱者不以辭害志可也。故曰：〈茂陵絃〉爲相如作也。

故韻珊是以劇曲經世載道，與詩齊觀。（陳用光序〈鴛鴦鏡〉云：「則是編之作，曲而進於詩矣。吾得以一言蔽之，曰：思無邪。」是以之與詩同一功用。）這與韻珊之前的曲家，如吳偉業、尤侗、嵇永仁、桂馥等，或與他同時的作者，如吳藻、湯貽汾、張聲玠，以戲曲來抒發他們一己的懷抱與憤懣之著作態度，是有所分別的。我們再看黃氏其他各劇的寓意。如〈桃谿雪〉便是爲闡揚節烈的吳絳雪而作，欲藉此以激勵人心。他在自敘中說：

……嗟，嗟！從容盡節，士大夫所難也，而顧得之弱女乎？闡發奇偉以維持氣運，

> 縉紳先生之事也，而顧得之一丞乎？然則予之文不足傳，而絳雪赴難之烈，與康甫嗜善好古之誠，則固足以傳吾文矣。

故韻珊於〈收骨〉、〈弔烈〉諸折，刻意摹神，洵爲有功世道之作。〈脊令原〉一劇，則是伸張孝義，以矯世俗人心，陳用光序之云：

> ……異日譜之管弦，形之歌舞，使普天下孝悌之心油然以生，則感人之捷，雖詩書奚加焉。

韻珊就是這樣的一個嚴謹的戲曲家，這是受了當代學風影響所致。

他的兩種雜劇〈鴛鴦鏡〉與〈凌波影〉，也毫不例外地是爲維持人心法紀而作，極力標榜「發乎情而止乎禮義」，其作意很明顯地見於他的〈鴛鴦鏡〉跋語，云：

> ……因命搆是劇，意蓋爲維風俗、正人心發也。稿出，師擊賞如前，謂：好色不淫，合乎詩人之旨，詞至此可以風矣。……而師所以維風俗、正人心之苦衷，又懼其泯而弗彰也，爰畀梓事以存師意於不忘云。

是劇用以針砭情癡，激揚人品，而〈凌波影〉之作意，正復相同。但二者之間，又微有分別。

〈鴛鴦鏡〉乃防淫之書，〈凌波影〉爲言情之篇，這在陳其泰的序〈凌波影〉中便有詳細解釋，他說：

……不知中人以下，欲勝情，動於鬼神禍福而後知所返。中人以上，情勝欲，明於嫌疑是非而自知所止。故〈鴛鴦鏡〉所以警愚蒙，防淫之書也，禮之制於將然也；〈凌波影〉所以牖賢智，言情之書也，詩之防於未然也。

黃韻珊既抱此作旨，故其劇便多勸世警戒語，如極爲吳梅所稱道的〈金絡索〉數支（〈懺情〉），即可爲情場棒喝，足以喚醒人心，曲云：

〔過曲〕〔金絡索〕情無幾點眞，情有千般恨，怨女歎兒拉扯無安頓，蠶絲理愈棼。沒來因，越是聰明越是昏。那壁廂梨花泣盡闌前粉，這壁廂蝴蝶飛來夢裏裙。堪嗟憫，憐才慕色太紛紛，活牽連一種癡人，死纏綿一種癡魂，穿不透風流陣。

又〈夢警〉一齣云：

〔北朝天子〕……（外）咳，我想世間這些輕薄少年，專事尋花問柳，怎曉得父母都似恁般受罪哩？喜孜孜那廂，苦栖栖這廂，下場頭看取葫蘆樣。

王湘規勸李生的一番話，也是語重心長，他說道：

（末）勸你今後呵，

〔北朝天子〕休得要羨風流婿鄉，羨溫柔睡鄉，斬情根跳出烟花障，好把那心猿意馬早收韁；但能彀悔初心，災堪禳。

本來，一劇過多道學語，像石韞玉諸作，會使全劇淡然寡味，類同說教，但韻珊詞才卓絕，工於寫情，深入淺出，所以沒有這種弊病。〈淩波影〉之言情，又深一層，在空靈縹緲間，蘊含睿智，如〈仙懷〉一齣洛水神仙云：

（旦）癡兒胡說，我們相契以神，不過是空中愛慕，一涉形跡，便墮孽障。千古多情之人，從無越禮之事，世間癡男騃女，誤將慾字認作情字，流而不返，自潰大防，生出許多罪案，就錯在這關頭也。

〔金絡索〕從來慾易遷，只有情難變。一往而深，但覺江河淺。我與子建呵，何須定比肩影相憐，敢說過死作鴛鴦不羨仙。任憑他莊生曉夢迷蝴蝶，只不過望帝春心託杜鵑。無他念，楚山雲氣冷於烟，是修羅派住愁天，是蒼穹給與愁年，誰解我湘妃怨。

分清愛慾，明辨情理，意內言外，在劇曲之中蘊藏著學養襟抱，並非徒以詞勝。故吳梅嘗謂：「蓋自藏園標下筆關風化之旨，而作者皆矜愼屬稿，無青衿挑達之事，此是清代曲家之長處。」❽此中消息，尤可見於韻珊諸作。

韻珊不僅在著作態度上與藏園相似，即在風格上亦直追心餘。心餘之曲，學自玉茗（湯顯祖）；明代曲家中專學玉茗之穠艷的有吳石渠（名炳，號粲花主人，著有傳奇《粲花五種》）與阮圓海（名大鋮，別署百子山樵，作有傳奇十種，以〈燕子箋〉最爲著名），而二家各成一特別風格，百子尖穎，粲花蘊藉。清劇作者中，藏園學玉茗而變其貌，而韻珊則從藏園入手，以窺玉茗，故其曲亦穠艷柔麗，絢爛之極。張炳堃嘗序其《倚晴樓詩餘》曰：「即論其詞，無愧於古，聯緜曠邈，哀感頑艷，截竹依永，纍黍罔忒，固已挹周、柳之袖，入姜、張之室。」❾雖僅指其詞，但持之以論其曲，亦不過遠。我們試看〈鴛鴦鏡〉劇中數曲，如第一齣〈粲逅〉：

〔仙呂入雙調〕〔沈醉東風〕（旦）警春眠，微寒乍生。倚羅帷，新妝未成。何處唱〈踏莎行〉，問鸚哥不省。……（貼）來了，畫樓幾層，繡窗幾櫺，一簾殘夢，流鶯三四聲。

〔嘉慶子〕你鴛鴦兩字牢鐫定，偏則是月樣玲瓏水樣清，幾曾見交頸，有影也冷如冰，無影也冷如冰。

〔尹令〕憐春無聊風景，傷春無端愁病。恨春無人思省，鬧煞啼鵑，爲甚麼不許愁人不去聽。

第三齣〈艷招〉：

〔集賢聽黃鶯〕你只等風吹殘月下柳梢，向曲巷斜抄，提防著小犬逢人花外叫。認空祠，綠樹紅寮，入門雙笑。管教你相思病好把持牢，你癡魂瘦骨，可也不經消。

寫春怨閨情，玉艷珠鮮，對偶奇麗，意象鮮明，精練細美，自是不可多得之作。但有時不免流於柔靡，與藏園相比，終遜一籌。

〈凌波影〉一劇雖亦不脫穠麗風格，然較〈鴛鴦鏡〉爲清幽，是劇靈秀蘊藉，輕瑩潔美，寫人神之戀，極盡纏綿悱惻之致，尤勝明汪庭昆之〈洛水悲〉。如〈夢訂〉一齣，曲云：

〔二郎神〕棲鴉斗，畫閒愁，暮烟殘照。看垂柳垂楊飛絮少，懷人何處，襯相思草綠蘅皐。忽忽的夢裏烟花，都換了，料得燕歸來，問不出殘紅一窖。

〔集賢賓〕花陰掩户風細搖，認冷月凄寮。只見他幾點疏燈寒自照，怕夢中雲難度藍橋。……

〈仙懷〉一齣云：

〔商調〕〔風馬兒〕一鏡晨寒濕髩烟，欹羅袂自生憐，問春潮流恨向誰邊，明珠愁弄，殘月滿前川。

其寫子建與洛神相遇一段（〈達誠〉），空靈縹緲，若幻若眞，堪與子建原作〈洛神賦〉媲美，曲云：

〔南畫眉序〕窈窕水中央，若有人兮蕩蘭槳，看春陰如夢，睡了鴛鴦。……

〔北水仙子〕看看看、看雲氣涼，聽聽聽、聽佩玉鳴鸞空際響，恨恨恨、恨不多時斷送蘭香，剩剩剩、剩幾點青山眉樣，我我我、我所思兮水一方，但但但、但只有烟濤來往……怕怕怕、怕厲魄猙獰鬧睡鄉，莫莫莫、莫非是情天縹渺多烟障，呀呀呀、呀一霎裏眞和幻兩茫茫。

〔北尾煞〕水氣連雲鬱蒼莽，送愁人點點斜陽，則一座小天台勞夢想。

韻珊鎔鑄詩詞入曲，用典雅麗明當，節奏諧協，宛轉流暢，他尤善於作〔金絡索〕，如〈鴛鴦鏡〉之〈懺情〉，〈凌波影〉之〈仙懷〉，及〈帝女花〉之〈宮歎〉，〈桃谿雪〉之〈題箏〉等，皆用此一曲牌，而首首都佳，堪稱奇妙。茲舉各曲以證明之，先看〈鴛鴦鏡〉〈懺情〉云：

〔金絡索〕藍田玉氣溫，流水年華迅。鶯燕樓臺，容易東風盡。三生石上因，小溫存，領略人間一刻春，恁道是，黃金硬鑄同心印，怎曉得青草翻添不了根。難蠲忿，怕香消燈灺帳黃昏。夢鴛鴦，一片愁雲；葬鴛鴦，一片秋墳，誰替恁歌長恨。

〈凌波影〉〈仙懷〉云：

〔金絡索〕愁來渺若烟，恨去長如線。蹙損纖眉，怕使垂楊見。微波遠接天，盼將穿，一度思量一惘然。漢皋星影寒珠佩，湘水風聲落翠絃，難排遣，似歸來江口守空船。思悠悠，碧海青天；夢迢迢，碧落黃泉，消不了相思券。

再看〈帝女花〉與〈桃谿雪〉二劇的〈金絡索〉。〈帝女花〉〈宮歎〉云：

〔金絡索〕青銷鏡裏眉，紅濕衫中淚。風雨樓臺，小苑邊愁人，茫茫事可知。待何爲，生恐長安似奕棋。倘有些兒不測，我朱徽娖呵，都分是五更殘魄魂消歇，那裏有三月花旛緊護持。空悲切，帝王家世太凌夷，鬧轟轟，幾個兵兒；醉昏昏，幾個官兒，傷盡了元陽氣。

〔前腔〕蒼鷹擊殿飛，鐵騎連雲起。破壞乾坤，急切難收拾。況且目下，聞得這些百姓們，紛紛避難，室家不能相顧。對此茫茫，尤爲心痛。民間夫與妻盡流離，那裏有雙宿雙飛命共依。念孩兒呵，不能做平陽躍馬親鋒矢，忍學那嬴女騎鳳賦倡隨。艱難際，紅裙嫁杏不妨遲，顫巍巍，一座城池，亂橫橫，一個朝墀，且慢議因緣事。

寫亂世兒女憂時傷世的情懷，從肺腑吐出。至若〈桃谿雪〉〈題箏〉的〈金絡索〉數曲，寫懷人情緒，却又是幽怨哀感，曲云：

〈金絡索〉（旦）我青銷鏡裏雲，紅洗匳中粉，一日思量成消損。（小旦）春光明媚，何妨遊目騁懷。（旦）浮生幾度，春去如塵，流水三分夢七分。（小旦）這幾日姊夫又該有書信到哩。（旦）便是游魚江上能傳信，保不定片石山頭欲化魂。茫茫恨，似蘼蕪經雨一番新。（旦）還是借詩畫消遣則箇。（旦）寫將來都是愁根，畫將來都是啼痕，勾不盡傷心本。

上面所的舉數首〈金絡索〉，情調各有不同，或懺恨，或言情，或感懷，或抒怨，而均能臻妙，可見韻珊是特別精於塡寫〈金絡索〉這一曲調的。

然而，韻珊是詞才有餘，劇才卻略嫌不足。他的作品最爲人詬病的，便是關目平滯，排場冷淡。著名如〈帝女花〉，排場亦是過於冷寂而乏抑揚，如劇中王城爲闖賊所陷諸齣，比諸〈虎口餘生〉所描寫之同一事件，似覺戲劇效果還不如。〈桃谿雪〉一劇，其詞固穠艷柔靡足誦，然排場之拙，與〈帝女花〉同病。吳瞿安便曾評之，曰：「惟淨、丑角目，止有〈紳鬨〉一折，似嫌冷淡。此蓋文人作詞，偏重生、旦，不知淨、丑襯託愈險，則詞竟益奇。」[10]故韻珊是頗拙於關目點染。但單就〈鴛鴦鏡〉、〈凌波影〉二劇來看，韻珊此病，並不顯著。因〈帝女花〉、〈桃谿雪〉、〈茂陵絃〉等傳奇，長逾二十齣，敷演不易，布置稍一失當，便露侷促冷淡之局面。〈鴛鴦〉、〈凌波〉二作，一爲十齣，一僅四折，排場方面，較易措置，故二劇結構關目雖無甚曲折突出之處，仍屬穩妥。至於〈鴛鴦〉劇末，玉清成仙而去，這與〈帝女花〉結束首尾皆用佛說（〈佛貶〉、〈散花〉），同是倣蔣士銓〈香祖樓〉、〈空谷香〉故技，而後來的徐鄂、陳烺輩亦加以效法，用仙佛語作結。此外，韻珊更愛在劇中滲入佛偈禪語，如〈鴛鴦鏡〉（〈懺情〉）云：

（旦）明鏡非臺，有何圓缺？我此時心中覺一身之外，別無可愛之物。

（貼）小姐是個多情人，怎生說的多是些仙佛話頭？

（旦）你怎曉得仙佛的工夫，多要情字做起，這情最是微渺，從本性中透發出來，著物即粘，一往無際，直到了無可奈何之地，才是情的盡頭。情盡則轉，漸轉漸忘，漸忘漸澈，那就到了仙佛的路上了。

從劇中可見韻珊頗受佛家思想影響。他有〈晚至南屏與鋤雲僧茶話〉一詩，云：「繫棹南屏水氣昏，晚鐘聲裏踏雲根。斜陽一院鳥爭樹，落葉半山人扣門。心地空明塵不染，道機清淨月無痕。自今幽興往來熟，畫理詩禪與細論。」可見韻珊在平常生活中也是一個好說理談禪的文士。

在清代後期的曲壇上，黃燮清是一個重要人物。他的嚴謹的著作態度，穠艷的風格，正足以顯示後期曲家的特色。但他劇才的拙劣，也是這時戲曲創作者的通病。因此，韻珊的重要處，便是能代表他的時代。雖然，「其曲學蔣士銓，而遠不如也」⓫，但無可否認，他是繼藏園之後最傑出的一位曲家，不論在傳奇或雜劇方面，他都是清代最後的一筆。較他後出的楊恩壽（號坦園），雖頗有劇才，到底仍遜韻珊一籌。

第二節 吳藻（約一七九九——約一八六三）

吳藻，字蘋香，自號玉岑子。浙江仁和人。生卒年未能確知，約生於嘉慶四年（公元一七九九年）前後，卒於同治元年（公元一八六三年）前後，年在六十四歲以上[12]。馮沅君在〈記女曲家吳藻〉一文推論她的生年在一七九五年左右，證據甚薄弱，未可輕信。

在清代雜劇作家中，吳藻是少數女曲家之一。在清代婦女文學家中，蘋香堪稱多才多藝。她能畫，工書，善鼓琴，精音律，龔素山〈西泠閨詠序〉云：「吳蘋香精音律，能拊琴擘阮。」[13]《閨詠》卷十六〈小傳〉亦云：「善鼓琴繪事。」[14]她在詞曲方面的成就最是卓異，著有《花簾書屋詞》，《香南雪北詞》及〈飲酒讀騷圖〉（又名〈喬影〉），名震一時，論者將她擬諸李易安。陳文述〈花簾詞序〉云：「庶幾把臂《生香》，比肩《漱玉》者歟！」[15]梁紹壬亦云：「逼眞《漱玉》遺音。」[16]錢詠《履園叢話》且謂：「長短調俱絕妙，實今之李易安也。」[17]她亦能詩，但其詩集已佚，今見存者，僅《杭郡詩三輯》所錄十八首，泰半屬晚年之作，葛慶曾謂她：「女士少工詩，既喜作詞，清微婉妙，慧心獨出。」[18]可惜的是，她雖有李易安之才華，卻沒有易安那麼幸福，有一個和她志同道合可與她「賭書消得潑茶香」[19]的才人夫婿。她的父親與丈夫都是商人，據梁紹壬謂：「蘋香父、夫俱業賈，兩家無一讀書者。」[20]他們對於這位才氣橫溢稀如麟鳳的女文學家自是一點也沒有注意。處於這樣的一個環境中，倘若她是一位性情柔和的女性，那麼或能默默以終，但是，她天生成高傲、豪邁的性格，深具名士風度。魏謙升便曾記下對她的印象，謂：「余嘗因趙秋舲進士家親串往來，得見女士，神情散朗，有林下風。」㉑蘋香每多奇行，張景祁說她「幼好奇服，崇蘭是紉。」㉒魏謙升又說：「居恆於家事外，手執一卷，興至輒吟。」㉓她更和妓女往來，有〈洞仙歌贈吳門青林校書〉詞，云：

> 珊珊瑣骨，似碧城仙侶。一笑相逢澹忘語。鎮拈花倚竹，翠袖生寒，空谷裏，想見箇儂幽緒。蘭釭低照影，賭酒評詩，便唱江南斷腸句。一樣掃眉才，偏我清狂，要消受玉人心許。正漠漠烟波五湖春，待買箇紅船，載卿同去。

她幾乎把自己當作眞正的男性，顛狂放浪的意緒，一洩無餘的傾瀉出來。

這樣狂放的性格，駭俗的行爲，自然不是舊社會的人所能接受，因此，環境與個性的衝突矛盾，便爲她種下愁苦、憤慨的根苗，將她的生涯染上悲劇的色彩。她的悽苦愁絕的情懷便不時於作品中透露出來：

> 愁也難拋，夢也難招，擁寒衾睡也無聊。淒涼境況，齊作今宵。有漏聲沈，鈴聲苦，雁聲高。（〈行香子〉）
>
> 欲哭不成還強笑，諱愁無奈學忘情，誤人猶說是聰明。（〈浣溪沙〉）

恨海茫茫，已覺此身墮。那堪多事青燈，黃昏纔到，又添上影兒一個。（〈祝英台近〉）

她已是極度的抑制自己，仍是不爲人所了解，不禁有「不知我者反謂生涯怪誕」（見〈飲酒讀騷圖〉）之歎。然而，她好像是隻不甘牢閉在籠中的鳥兒，一有機會，便要沖天而去的了。在現實中既然得不到滿足與解脫，她便投向幻想中去尋求解放，〈飲酒讀騷圖〉一劇，便是在這情況下產生出來的作品。

〈飲酒讀騷圖〉可說是蘋香的自我彫塑，亦是她幻想的表現。她的幻想，就是要擺脫女兒身，變爲男子。她認爲這樣，她的世界才能擴大，才能擺脫桎梏樊籬，充滿自由，可以像大鵬般逍遙翱翔。因此，在這一折的短劇中，她寫女子謝絮才嫌己身是個女子，是以改易男裝，描成小影一幅，名爲〈飲酒讀騷圖〉，掛在書齋內。一日，忽又換却閨裝，到書齋賞玩小影，並且對影讀〈離騷〉，狂飲，痛哭，最後收畫而去。劇中謝絮才，便是作者化身，故《閨詠》云：「嘗寫〈飲酒讀騷〉小影，作男子裝，自題南北調樂府。極感慨淋漓之致。託名謝絮才，殆不無天壤王郎之感邪？」[24]

此劇曾爲當時的好事者，披之管絃，傳唱一時。最先是葛慶曾從蘋香兒夢蕉處得讀此本，便漸漸傳鈔出去。後於道光五年吳載功作客滬上，遇友人出示是冊，載功極爲稱賞。其時，蹤巧有「吳門顧郎蘭洲善奏纏綿激楚之曲，爰以是齣授之廣場演劇。見者擊節，聞者傳鈔，一時紙貴。爰付梓人播諸樂府，以代鈔胥云」[25]。當代宿儒如郭麐、胡敬等皆爲題辭，蘋香之名以是大噪。

是劇之能邀衆賞，主要是對作者的同情，尤其是失意的文士，觀劇之餘，「同病相憐」之感，不禁油然而生。像葛慶曾在跋中云：「才人淪落，古今同慨。余也羈棲海上，迹類蓬飄，秋士能悲，中年多感。爰誌傷心之曲，聊書綴尾之詞。」在一些名流的題辭中，雖多是捧場的門面語，但對於這位女曲家的豪情、悲哀、幻想有所了解的，亦大有人在，如許乃穀的〈題辭〉云：

……滿堂主客皆噓唏，甒生目顧慙無地。鬚眉未免兒女腸，巾幗翻多丈夫氣。黃土摶人天無情，青鳥塡海波難平。人生缺陷古來有，不合識字憂患生。……

齊彥槐的〈題辭〉又謂：

詞客愁心託美人，美人翻恨女兒身。安知蕙質蘭心者，不是當年楚放臣。

沈希轍的〈題辭〉更謂：

……堪儘或嘯或吟，或時說劍，或坐禪談虎。三萬六千朋輩少，今日瑣窗風雨。血淚空彈，心香獨奉，只有靈均許。側身天地，繡闈誰是儔侶。

「側身天地，繡闈誰是儔侶」，這是何等的孤獨！蘋香高度的孤寂感，在〈喬影〉一劇中便表現出來。她說：

（飲酒介）昔李青蓮詩云：「花間一壺酒，獨酌無相親。舉杯邀明月，對影成三人。」這等看起來，這畫上人兒，怕不是我謝絮才第一知己。（走過右邊看介）〔南江兒水〕細認翩翩態，生成別樣嬌。你風流貌比蓮花好，怕淒涼人被桃花笑，怎不淹煎命似梨花小。絮才，絮才，重把畫圖癡叫，秀格如卿，除我更誰同調。

又說：

咳，一派荒唐，眞是癡人說夢。知我尚憐標格清狂，不知我者反謂生涯怪誕。怎知我一種牢騷憤懣之情，是從性天中帶來的喲。（淚介）

才高而不遇之士，不能爲世人了解，便往往會有落寞孤寂的感覺，靈均的〈離騷〉與蘋香的〈喬影〉，不都是孤寂心靈的浮現嗎？再看作者在劇中所云：

（痛哭介）我想靈均，神歸天上，名落人間，更有箇招魂弟子，淚灑江南。只這死後的風光，可也不小。我謝絮才將來湮沒無聞，這點小魂靈飄飄渺渺，究不知作何光景？

「恐修名之不立兮，時不我與。」千古傷心人，都有同感，正是「美人幽恨才人淚，莫作尋常詠絮看」㉖。

作者是要藉此劇來表現她的幻想，抒發她的憤慨，所以，在結構上，便採取平鋪直敘的方式。劇中人物只有謝絮才一人，所表演的又只是看畫像、痛哭、讀書、飲酒、發牢騷。若用嚴格的戲劇批評眼光來衡量此劇，它便不能說是成功的作品。但我們不能因此而低估了它的成就，正如馮沅君說：「雜劇始金，盛元，演變到明、清兩代，庸俗荒唐的氣氛逐漸消除，簡單幼稚的缺陷却無顯著的補正。當時的傑作如徐渭的〈漁陽弄〉、沈自徵的〈霸亭秋〉、桂馥的〈放楊枝〉等，在情節結構方面還令人感到美中不足，其他較次的作品更不必論了。如果我們因此而認爲〈飲酒讀騷圖〉不值一顧，那對吳藻未免苛責一點。」㉗蘋香所走的正是明、清作者，如徐渭、沈自徵、嵇永仁、廖燕、桂馥等所慣走的路線，將他們直接或間接遭遇的、感受的、計劃的、幻想的一切，借劇中人物表達出來。他們只求吐臆抒感，至於結構情節，均爲餘事，不予重視。故〈喬影〉結構簡單，乃受當時雜劇風尚影響，所以如此。

正如徐渭的《四聲猿》及桂馥的《後四聲猿》一樣，蘋香的劇作，同是憤慨的抒寫。試看這些曲曰：

（小生巾服上……坐介）百鍊鋼成繞指柔，男兒壯志女兒愁。今朝并入傷心曲，一洗人間粉黛羞。我謝絮才，生長閨門，性耽書史。自慚巾幗，不愛鉛華，敢誇紫石鐫文，却喜黃衫說劍。若論襟懷可放，何殊絕雲表之飛鵬。無奈身世不諧，竟似閉樊籠之病鶴。咳，這也是束縛形骸，只索自悲自嘆罷了。但是，仔細想來，幻化由天，主持在我。因此日前描成小影一幅，改作男兒衣履，名爲〈飲酒讀騷圖〉。敢云絕代之佳人，竊詡風流之名士。今日易換閨裝，偶到書齋玩閱一番，借消憤懣。

她更將自己平生意氣，摹想一番：

〔南僥僥令〕平生矜傲骨，宿世種愁苗。休怪我咄咄書空如殷浩，無非對旁人作解嘲，對旁人作解嘲。

徐渭、桂馥身爲男子而自傷不遇，吳藻因身是女子反覺男子是幸福的，這眞是「九淵之下，尙有天衢；秋荼之苦，或云如薺」了。

除了劇作者的情懷能引起讀者共鳴，觀者擊節外，是劇文辭之佳，也是受讚賞原因之一。我們試看，全劇各曲無不秀麗空靈，例如：

〔南園林好〕製荷衣香飄粉飄，望湘江山遙水遙。把一卷〈騷〉經吟到。搔首問，碧天寥；搔首問，碧天寥。

〔北沽美酒帶太平令〕黯吟魂若个招？黯吟魂若个招！神欲往，夢空勞。古人有生祭者，有自輓者。我今日裏呵，紙上春風有下梢。歌楚些，酌松醪，能幾度夕陽芳草，禁多少月殘風曉，題不盡斷腸詞稿，又添上傷心圖照。俺呵，收拾起金翹翠翹，整備著詩瓢酒瓢。呀！向花前把影兒頻弔。

清疏哀婉，正像她的詞一樣。我們試舉她的〈祝英台近·詠影〉一詞以作比較，詞云：

曲闌低，深院鎖，人晚倦梳裹。恨海茫茫，已覺此身墮。那堪多事青燈，黃昏纔到，又添上影兒一個。最無那，縱然著意憐卿，卿不解憐我。怎又書窗，依依伴行坐。算來驅去應難，避時尚易，索掩却繡帷推臥。

陳廷焯嘗評此詞謂：「詞意不能無怨，然其情亦可哀矣。」㉘蘋香的詞曲都是感情豐富，滿腔愁思的。

但生性豪放有男子氣慨的蘋香，她的詞曲也有著高致清逸的一面，故有論〈飲酒讀騷圖〉云：「詞頗亢爽，殆亦不復作兒女子態矣。」㉙她的曲是有一種豪邁之氣的。例如：

〔北雁兒落帶得勝令〕我待趁烟波泛畫橈，我待御天風游蓬島，我尚撥銅琵向江上歌，我待看青萍在燈前嘯。呀！我待拂長虹入海釣金鰲，我待吸長鯨買酒解金貂，我待理朱絃作〈幽蘭操〉，我待著宮袍把水月撈。我待吹簫，比子晉還年少，我待題餻餻，笑劉郎空自豪。

高亢清爽，恍似蘇、辛之詞。蘋香的詞，也有雄豪悲壯之作，如〈金縷曲〉一闋便是：

悶欲呼天說，問蒼蒼生人在世，忍偏磨滅。從古難消豪士氣，也只書空咄咄。正自檢斷腸詩閱。看到傷心翻失笑，笑公然愁是吾家物，都并入，筆端結。英雄兒女原無別。嘆千秋收場一例，淚皆成血。待把柔情輕放下，不唱柳邊風月。且整頓銅琶鐵撥。讀罷〈離騷〉還酌酒，向大江東去歌殘闋。聲早遏，碧雲裂。

另外一首〈連理枝〉也是這樣疏放的，詞云：

不怕花枝惱，不怕花枝笑。只怪春風，年年此日，又吹愁到。正下惟跌，生沒多時，早蜂喧蝶鬧。天也何曾老，月也何曾老。眼底眉頭，無情有恨，問誰知道？算生來並未負清才，豈聰明誤了。

因此，蘋香詞曲的風格是多方面的。陳文述爲她序《花簾書屋詞》即謂：

錢塘吳蘋香女士，金粉仙心，煙霞逸品。彩鸞寫罷，每多寓感之吟；靈鳳歌中，恆有緣情之作。嘗以所著《花簾書屋詞》乞序於余。疏影暗香，不足比其清也；曉風殘月，不足方其怨也；滴粉搓酥，不足寫其纏綿也；衰草微雲，不足宣其湮鬱也。

顧其豪宕，尤近蘇、辛。寶釵桃葉，寫風雨之新聲；鐵板銅絃，發海天之高唱。不圖弱質，足步芳徽。

陳序所言，雖僅指其詞，但以之言蘋香之曲，亦復如是。蘋香除雜劇之外，還作有散曲若干，附於詞集《香南雪北詞》後，其中「仙呂入雙調」一套最爲人所傳誦，這套曲是她的老師陳文述請她寫的，風格極韶秀哀艷，茲鈔錄如後：

〔步步嬌〕金粉難消湖山路，草綠裙腰露。荒陵落日初，一片傷心，美人黃土，何處弔蘼蕪？把香名一例兒從頭訴。

〔醉扶歸〕一個葬秋墳冷唱逋仙句，一個對春山閒臨西子圖，一個垂簾畫閣綠陰疏，怎蓮胎生迸的蓮心苦。最憐他寒膏冷翠強支吾，最傷他蘭因絮果難調護。

〔皂羅袍〕日日畫船簫鼓，問湖邊艷迹，說亦模糊。桃花三尺小墳孤，棠梨一樹殘碑古。春烟楊柳，秋風荻蘆，粉痕蛺蝶，紅腔鷓鴣，玉鉤斜誰把這招魂賦。

〔好姐姐〕有個謫仙人，轉蓬萊故都，愛一帶春山眉嫵。平草花月，把嬋娟小傳摹。詩禪悟，重留片石將青天補，欲倒狂瀾恨海枯。

〔尾聲〕姍姍環珮歸來否，早註入碧城仙簿，則問他曾向詩人下拜無？

這種作風與當時曲家趙慶熺的〈香消酒醒曲〉，及另一位女散曲作家吳逸香，都很爲相似，以韶秀清新爲主。風格似是上承《花影集》一派。《花影集》的作者爲明季施紹莘，即以奇艷新穎，流利蕭爽的作風睥睨當代。他的名曲如〈惜花三段子〉：

空中似塵，淡濛濛是誰人夢魂。苔前似鱗，點疏疏是誰人淚痕。平明一陣寒差甚，繡簾不捲風尤緊。正酒暈扶頭，倦妝時分。

吳藻的散曲，走的便是施紹莘一路。

吳蘋香雖「獨呈翹秀，殆有夙慧」，在文學上有著卓越的成就，爲人稱道，備受推崇，但高名盛譽並不能塡補她心靈的苦悶與空虛。中年以後，她的感情更變爲麻木。在道光十七年，她的丈夫已去世了，她亦移家南湖，古城野水，地多梅花，更取梵夾語，題其居曰香南雪北廬。這時她已心如枯木，唯潛心修道，躭於禪悅，藉以排遣她那無限的憤慨與牢騷。她的《香南雪北詞》〈自序〉云：

十年來憂患餘生，人事有不可言者，引商刻徵，吟事遂廢。此後恐不更作，用檢叢殘剩稿，恕而存焉。即以居室之名名之。自今以往，掃除文字，潛心奉道。香山南，雪山北，皈依淨土。幾生修得到梅花乎？

她晚年所作的詩亦有句云：「年來我亦耽禪悅，同抱霑泥落絮心。」㉚所以，她走的是過去失意文士常走的路，從金剛偈、玉女禪中去尋求安慰。正如錢謝菴〈微波詞〉所謂：「人爲傷心才學佛。」蘋香正是「人間傷心者」（作者按：藻〈金縷曲〉〈題雲裳錦槎軒詩集〉詞有句曰：「儂是人間傷心者」），她選擇這條路，是自然不過的事。

第三節　湯貽汾、嚴廷中、張聲玠、俞樾

一、湯貽汾（一七七八——一八五三）

湯貽汾，字若儀，又字雨生，號粥翁，又號琴隱道人，亦號掃雲子。江蘇武進人。生於清高宗乾隆四十三年（公元一七七八年），於文宗咸豐三年（公元一八五三年）逝世。他的祖父與父親同於乾隆間殉節死難，雨生承廕襲雲騎尉世職，歷官至浙江樂清協副將。後告病歸，因喜金陵山水，便在那裏築室而居，且將其園取名琴隱，於此消磨歲月凡二十年。咸豐元年，太平天國成立，三年，太平軍陷金陵，事前雨生曾力抗，後知大勢已去，便投水自盡。作〈絕命詩〉一首，曰：「死生輕一瞬，忠義重千秋。骨肉非甘棄，兒孫好自謀。故鄉魂可到，絕筆淚難收。槀葬毋予慟，平生積罪尤。」並遺命將其生平所愛的詩稿畫稿同葬。祖孫三代的死難，堪稱一門節義，後謚曰貞愍。生平可見於《清史稿．列傳》卷一八六、顧壽禎〈湯將軍傳〉、蔣敦復〈湯將軍行略〉，及陳韶《湯貞愍公年譜》等文獻。

雨生雖是武將，但文質彬彬，風流文采，才名照耀一時，除詩、詞、曲無所不工之外，更

善書、畫。畫爲嘉、道後大家，與戴文節（熙）同稱絕藝，同完大節，齊名畫苑，可上繼四王、惲、吳諸家。其詩名亦著，《晚晴簃詩匯》謂：「國朝畫家工詩者，南田最爲超絕，貞愍之俊健殆堪追配。」㉛他又愛與文學之士交往，結交者多爲負盛名之詩人、詞客、曲家，如王曇、舒位、仲雲澗、黃憲臣、嚴保庸、嚴廷中、梅曾亮等均與他友善。當他隱居金陵之時，以好客著名，文士往來，詩酒流連，座無虛席。蔣敦復在《芬陀利室詞話》中，憶述當年白髮紅顏哀絲豪竹江山人物之盛，歎爲今古罕逢。故貽汾亦一翩翩儒將，而其家人亦多風雅之士，妻女皆能吟詠，善畫工琴。諸子亦風流人物，長子尤多才多藝，工書畫，能琴兼擅竹。雨生所著各種傳奇，都是由他按譜作歌的。因此，他一家可說是一門風雅，傾動一時。

雨生所著詩詞，有《琴隱園詩詞集》。至於戲曲，現僅知有〈逍遙巾〉雜劇與〈劍人緣〉傳奇二種。但據他的曾孫湯滌所記，雨生「生平著作詩詞以外，尚有雜劇若干種」㉜。但劇目已不可考了。〈逍遙巾〉、〈劍人緣〉亦不見《今樂考證》與《曲錄》著錄，僅載於支豐宜的《曲目新編》。〈劍人緣〉舊有刻本，兵燹後散失，湯滌曾力求之而不果。此劇有雨生自題詞一闋，調寄〈金縷曲〉，乃作於嘉慶十六年，詞云：

雪色寒要嶺，恁吳鉤、千磨百鍊，究誰持贈。戮盡長鯨兼毒虎，纔放俠人心靜。用不著，慈悲情性。富貴神仙須仗福，只林泉，我取非關命。誰愛砍、好頭顱。良朋那獨聯觴詠，問乾坤、何人能俠，何交能訂。鮑子分金成底事，千古名傳僥倖。奈今也、無人堪並。杜宇聲聲歸去好，甚梅關梅比孤山勝。看隻鶴，道旁等。

充滿著出世思想，與〈劍人緣〉主旨應是同調。

〈逍遙巾〉雜劇久已失傳，後湯滌在民國十一年於友人處見其鈔本，便以重價購之，交盧前刊印行世。此劇乃雨生於道光二年所作，是以自傳方式寫成，皆眞有其事，確有其人。他亦塡詞一闋以題此劇，也是調寄〈金縷曲〉。詞曰：

回首蓬萊隔，記當年、鹿中鶴氅，仙家主客。袞袞紅塵天萬里，誤了青鸞消息。又誰與、煙霞同癖。白草黃沙冰雪地，算陽春、腳斷遊人蟄。何處可、雙屐蠟。有人却共尊罏憶，竟何緣、鄉音到耳，花前相覿。只道來時輕跨鶴，細問餐霞眞訣。竟同是、哀鴻塞北。脫下星冠渾一笑，并狂歌痛飲無聊極。遊戲也，抵悲泣。

此詞在劇中用作楔子，實屬尠見。又詞前有小序，雨生於此自述作劇始末，云：

蔚州尉徐子容與予相慕而未識，予託爲羅浮道士黃冠相訪，以詩代刺。子容一見留飲。歡極生平。會爨奴靈邱人私識予，密白子容。次日，跡予城東酒肆，相視大笑。復與遍遊古寺，狂醉竟日。予以向遊羅浮所製逍遙巾爲別，因作〈逍遙巾〉雜劇，書此自題。

另外，他還製詩數首以題此劇，頗爲可誦，一并錄之：

（其一）
遊戲能工便是仙，相逢苦問去來緣。
班龍輸却騎茅狗，我自羞還舊洞天。
（其二）
何處青山不愛君，勸君莫問葛仙墳。
烟霞本是仙人物，豈用神仙手裏分。
（其三）
介幘何須笑竹皮，蘿襟蕙帶雅相宜。
若非菊畔因風落，料汝從無着地時。
（其四）
望斷天山雪裏春，幾時重得話鱸蓴。
唾壺擊缺誰相問？盡是吹笳聽角人。

飄然出塵的思想，溢於言表。（此數詩爲本劇的散場詩。）這時（按：雨生四十五歲）的雨生，正爲軍務羈身，雖樂恬靜而未得，所以在〈逍遙巾〉一劇中對於退隱林泉，閒雲野鶴的生活，極其嚮往。是劇第一齣〈尋春〉，寫雨生駐兵邊塞。一日，欲追踪賊跡，便與子改裝易服到蔚州遊。既訪盜踪，兼遂春遊之樂，並一探與他神交已久尚未會晤的徐子容。第二齣〈卜夢〉，寫蔚州尉徐子容亦爲薄視功名之士，素懷山林之志。夜來忽得一夢，見有神仙來訪。醒後，歸休之心更切，便自我卜著，問何時有仙來度。第三齣〈衲訪〉，雨生來訪子容，不露眞面目，道士裝扮，戴逍遙巾，穿梅花衲，又託名易一仙，以詩代刺求見。子容一見大喜，以爲神仙至，留之歡飲，並邀友好諸生姚益齋、朱竹卿等同來一醉。席間，各人均露翛然出塵，高蹈遠引之念。第四齣〈中盟〉，蔚州尉衙門內一火夫，本是靈邱人，認得雨生廬山眞面目，告之子容。子容連忙追尋。在城外一破店重見。羅浮道人原來就是湯都尉，二人相視大笑，同遊臥佛寺。臨別時，雨生以二人同心同調，便贈子容以逍遙巾，結爲兄弟，互訂盟約，他日同辭簪紱，共領煙霞。〈尾聲〉云：「幾人知己林泉訂，舉世紛紛利與名，誰會把兩字逍遙過一生？」以巾名作結。

本劇所表現的出世思想，極爲濃厚。我們要知道在雨生的思想裏，有著儒、道、釋三家的成份。他有濟世安民的儒家精神，這種精神可見於他的政績；而他又是一個文采風流的翩翩名士，不爲虛僞的禮法所束縛。他以七十六歲之高齡，尙爲秦淮艷姬嫣然一笑而傾倒[33]。這種韻事自爲假道學者所側目。他又愛慕老、莊的清靜自得，亦有著佛家的空觀和慈悲，所謂「須信釋、儒原一理」，「原來才子即神仙」[34]。在他的作品中，便呈現出他那純眞的人格來。他高蹈遠引，嚮往山林，因爲他厭棄功名，渴望泉林歸隱。後來，他行如其言，在金陵隱居了二十年。他樂於恬靜，是他的眞性；他的隱退，是他眞性的表現。所以，他不像一般不第舉子的無病呻吟，也不像假隱士的故作豪放。他身雖閒散而藝學不衰，雖樂恬靜而志不靡。臨難之時，他則挺身而起，從容就義。一進一退，皆有其道。這種磊落的襟懷，高越的氣度，都可以在他的作品中看到，而這些都是其他胸襟弇陋的曲家所不能比擬的，也是其作品所以可貴之處。

〈逍遙巾〉一劇，雖情節簡單，但針線細密，前後照應得宜，結構妥當服貼，無牽強附會之病。曲辭方面，雨生以詩人畫家之筆出之，自多精妙之處。盧冀野嘗評之曰：「雨生者，節義之士也，雖不以曲名，其雜劇〈逍遙巾〉獨當行本色。」㉟可謂的論。雨生的詞，有露英雄本色之作，如〈念奴嬌〉〈題張南山海天霞唱集〉，云：「唱霞漁者，恁襟懷，直似海天空濶。萬里潮平，煙靜處，遙指中原一髮。蜃市初收，鯨波未息，過眼都休說。一聲高唱，六龍扶起紅日。憶昨罷釣江頭，攜琴海上，見汝雄心折。幾卷新詞，聲激壯，寫出肝腸如鐵。澥雨晴時，天風斷後血，共丹霞熱。魚龍夜定，更休橫竹吹裂。」亦有感物比興凄婉欲絕之作，如〈衰柳〉〈衰草〉二詞便是。他的詩則沉雄奇宕，權奇排奡，有沉毅之氣流露其間。雨生之曲，則更似其詩，雄深雅秀，有高逸之氣，而無絲毫纖巧之習。他是名士，也是英雄，他儘管愛自由高蹈，但不會趨於悲觀。我們讀他的曲，當會感到他的豪情，如第一齣云：

〔尾聲〕只這個白雲紅日青山，我更誰向荒郊款段過，且辨著月店鷄聲覓句哦。

又云：

〔過曲〕〔醉扶歸〕我幾年醉向沙場臥，把多少林泉福分細抛過。我江南最好是煙波三春水漲，桃花大。愛的是一家歡樂，理漁蓑，扁舟安穩青天坐。

又如第四齣云：

〔過曲〕〔紅衲襖〕這巾呵，比惠文冠自在輕。衲兒呵，比從事衫要閒靜。我愛這角兒藏，任狂風吹著無從折。我愛這袖兒寬，把塵土遮開不怕腥。須不是學王恭賺庸人眼驚，也不過似顏詩把官情看冷。你只道過眼浮雲有甚麼一定形容也，莫笑我做衡山變九面青。

從這些曲裏我們都可以看到他放浪不拘的精神，與巋然獨立的個性。

雨生的畫，清而有韻，所寫山水，並有冷雋之氣。我們覺得他的曲也是一樣，清幽秀逸，飄忽俊爽，而仙氣拂拂，像是不喫人間煙火似的，如第三齣云：

〔南江兒水〕心跡雲泉白，形容松鶴癯，是鐵橋飛下神仙步。白草黃雲蕭條處，相逢定是仙緣付，羨爾餐霞腸肚吐出新詩，沁了凡塵肺腑。

又云：

〔南呂過曲〕〔香柳娘〕這衣裳薜荔，這衣裳薜荔，葛仙曾記。賸春風，兩袖梅花氣。被麻姑勸醉，被麻姑勸醉。看一片玉漿痕，帶著煙霞膩。歎而今已矣，歎而今已矣，却不道當作袍緋，來尋仙吏。

這些曲彷佛碧空流雲似的，輕飄天際，自由舒卷，生意盎然，一片化機，呈現著作者高貴的情操。雨生是一個畫家，所以遇寫景之處，他能把意象靈活化，並注入作者的情感，表現出生動的畫面。我們試看他寫諸雅人遊臥佛寺一節，曲云：

〔過曲〕〔紅衲襖〕度遊廊，步殿楹，歷禪房，穿曲徑，踏破了寺門煙，乍東風吹墮青山影。按著个比憐春，正弱柳牽濃黃鳥情。笑殺那倦菩提睡不醒，怪殺這苦頭陀閒得定，一任的綠暗紅稀也不管，老了人兒，也都看得好年光不着疼。

優美自然，沒有一點雕琢刻劃的痕跡，却有無限的精巧和悠然自得的神韻。無怪黃憲臣評此曲曰：「言語妙天下，新警異常，眞畫筆所不能到。」㊱讓我們再看另一曲：

〔前腔〕我冷園亭，户慣扃，少羊求，空闢徑。長抱著一張琴，坐瘦了松花影。慣積著一階苔，聽寒了鶴步聲。那裏得永和春雅集，招栗里秋佳釀領，不過是知己青山得箇見面時時也，有甚麼好光陰堪細評。

眞是絕妙詩詞，與前曲同一新警。此劇是南北合套，北曲的亢爽，南曲的秀雅，都可於此盡見。

雨生所作戲曲不多（現在僅見一種），他亦不以曲鳴，但他在劇中所表現的海潤天空的胸襟，高逸豪放的氣度，幾可直追馬致遠的〈陳摶高臥〉。在清代雜劇作品中，作家們往往藉作品來宣洩抑鬱不平之氣，雨生這種胸襟與氣度，是難以一見的。可是，他一向都不被論曲者所注意，這眞是使人感到惋息不已。

二、嚴廷中（一七九五—一八六四）

嚴廷中，字秋槎，雲南宜良人。生於清高宗乾隆六十年（公元一七九五年），卒於穆宗同治三年（公元一八六四年），享年七十。秋槎之父爲乾、嘉間詩人嚴匡山，他本爲貴介公子，但「少年豪侈，構偶園於京師，觴詠爲娛，家遂中落。」㊲秋槎亦淪落不偶，四方奔走。朱蔭培謂：「秋槎才名馳海內，知之者莫不愛之慕之，顧令其淪落天涯，與二三慷慨悲歌之士，呑花臥酒，消耗壯心，良足慨矣。」㊳後來，據《晚晴簃詩匯》所載，他「入貲爲下僚，官萊陽丞，海濱僻處。久之，累權數邑，有政聲，晚爲鹺官於揚州。」㊴秋槎是一名士習氣極重的士人，蔣伯生曾謂他「敏慧似楊遵彥，豪侈似王武子，名位似崔立之，政迹似魯仲康」㊵。對於屈充下僚，爲五斗折腰，自是憤懣不平，他抵萊陽就任時有詩曰：

（抵萊陽姜山任，柬徐石生，即寄之萊州，時石生遷掖縣丞）。生不能具飛而食肉之骨相，又不能遂膏盲泉石之心胸。吁嗟二者皆不可！惟此抱關擊柝，或可追前哲之高風。髯將軍短主簿，此中人材古無數。君無輕此卑末官，造物視之已爲我輩誇

奇遇。君不見毘陵黃仲則，詩才直追李太白，一丞未起身先死，天待詩人只如此，

噫，銜官屈宋吾與子！

不遇之怨，溢於言表。秋槎就是這樣的一個失意人，所以，他的作品多是自傷淪落之情，抒懷才莫展之憤。

秋槎愛好吟詠，嘗倡春草詩社，輯有《藥欄詩話》，又有《紅蕉吟館詩》。蔣伯生稱其詩「於古人無不似，亦不專一家」[41]。《晚晴簃詩匯》亦有收錄其詩，中有〈閒嘲〉一首，云：

秋心似秋水，澹遠絕塵埃。問富數花對，典衣待客來。鈔書煩老吏，量俸置新醅。疏懶能如願，吾生賴不才。

亦是描寫心中鬱悶之作。秋槎撰有雜劇三種，其目爲：〈武則天風流案卷〉、〈沈媚娘秋牕情話〉、〈洛城殿無雙艷福〉，合稱爲《秋聲譜》。很明顯地，他作是劇是用以寄慨的。秋槎自序謂：

故山歸後，忽忽寡歡。斜月在門，遠風生水。秋聲從落葉中來，如怨竹哀絲，助人悽惻，秋以聲爲譜，吾且以秋爲譜。若賞音無人，則歌與寒蟲古樹聽之。

是序作於道光己亥年（即道光十九年，公元一八三九年）。序中所說「故山歸後」是指秋槎於道光十七年還滇南，其時湯貽汾便曾賦詩〈送嚴秋槎還滇南〉二首以贈[42]，詩云：

一官輕去就，萬里亦艱難。揮手江湖遠，思君風雪寒。碧雲荒酒壘，紅粉怨騷壇。後會惟憑夢，吾衰淚暗彈。

一夜石城潮，扁舟去已遙。客情南北雁，別恨短長條。歸共閨中友，閒賡月底蕭。新吟何日寄，艷福妒紅蕉。

秋槎這次返滇南是失意而回的，所以歸後「忽忽寡歡」，遂作《秋聲譜》雜劇以寄意。《秋聲譜》寫成後，秋槎於咸豐二年將之寄給周樂清求教。周樂清便是《補天石傳奇》的作者，他與秋槎甚爲交好，秋槎亦視他爲知音，曾謂：「忍把浮名，換了淺斟低唱。非賞音如文泉（筆者按：樂清之字也），余寧與古樹秋風空山明月相和答耳。」[43]文泉閱後，稱賞不已，曰：「一唱三嘆，妙有餘音，萬紫千紅，遍留春色，擲金聲而應地。君其冠幟一軍，煉卷石以補天，我願退師三舍。」[44]並將該劇付梓。這眞是使秋槎感激不已，他在〈再記〉中謂「甲寅秋以事赴萊州，則文翁已付之手民矣。紅牙拍板，愧柳七之諧聲；素手鳴箏，感周郎之顧曲。爰書梗概，聊誌因緣」。那時是咸豐四年（公元一八五四年）。

《秋聲譜》第一劇〈武則天風流案卷〉，別名〈判艷〉，是一折短劇。內容是寫武則天死後被上帝封爲如意妃子，管領女獄，而上官婉兒亦被封爲鏡花使者，同司諸鬼。劇開場，武則天先上，唱曰：

〔一剪梅半〕竟把唐家改作周，衰也風流，晃也風流，紅顏似此足千秋，生也風流，死也風流。

一下子便點出「風流」二字。因二人所審女鬼正是不能打破色慾關頭的癡魂，其中有傷春的怨女，有貪風月的少婦，有爲大婦所欺的小妾，有歎形單影隻的孤孀，有含羞自殺的再醮婦，有被騙失足的少女，形形色色，都是些風流案件。如意妃子一一予以指示，敦囑回頭。她對那被大婦凌虐抑鬱而死的小星曰：

〔北寄生草〕楊柳腰枝瘦，櫻桃氣味幽。你星兒小怎當得月兒覆，雨兒新怎敵得雲兒舊，醋兒酸早浸得梅兒透。恁倉庚難辦一杯羹，他桃花直砍到三春後。聽使者指示，（又貼）姬妾下場頭，苦樂難由。幽牕冷雨有人愁，你那圖利的爺娘堪恨也！急早回頭。（鬼）恨不回頭。

此劇情調，恍似湯顯祖《還魂記》傳奇〈冥判〉一齣，對於男女情事，若有無限的感慨，如云：

（貼）俺想古往今來，都爲色欲難丟。將情字紛紛借口，那知似是而非，須要各清界限。大眾聽者。

〔南解三酲〕寬蕩蕩情天不漏，昏沈沈色界難搜。倘世界無情天亦朽，風和月也擔憂。則願你夫憐婦愛把情堅守，便孝子忠臣向此內求。非虛謬，緊把定情關一座，莫容他色鬼勾留。

秋槎的雜劇，雖都以團圓作結，但字裏行間往往透露出淡淡的哀愁，有著一股低壓感，〈判艷〉一劇如此，〈沈媚娘秋牕情話〉也是一樣。該劇又名〈譜秋〉，寫名妓沈媚娘年華老去，門庭冷落，有書生商金錫慕名來訪，互訴衷情。《秋聲譜》三劇之中，以此最爲淒涼，再三致慨於美人之遲暮，如云：

〔梁州新郎〕舊琵琶秋絃誰賞，空彈向潯陽江上。敗殘花早不管春來往，忽被你柔風吹放。

而商生所言：「美人名士，一例飄流，古今同恨也。」正說出了作者寓意所在。蓋美人遲暮與才士失路，正是同樣的失意寂寞，美人尙有西川貴公子，「肯持紅燭賞殘花」，但不遇的名士又有誰人賞識呢？作者於此，慨歎自深！劇中媚娘細訴前事，閒話前塵，語多淒愴，頗似白樂天的〈琵琶行〉，曲云：

〔梁州新郎〕綠陰院落，青苔門巷，舊住紅橋，西向高家，兵馬紛紛，圍住邗江。抛將畫閣，別了青樓，隨著楊花蕩。家鄉何處也，陣雲黃，羨小宛追隨，尚有郎。母女二人來至山東地面，茌平縣，權依傍。歎餘生未了風塵帳，舊歌曲，換新妝。

〔鍼線箱〕好瓊花移來邗上，便推作群芳主將。假風情一笑，他春心蕩，引逗得鶯貪燕想。北地風光，那有江南享受呵，說甚麼同心夜月銷金帳，也沒个可意東風軟玉牀。兒郎莽，大半是匆匆行李，草草鴛鴦。

《秋聲譜》第三劇是〈洛城殿無雙艷福〉，有四齣。劇情略謂：武后臨朝，開科考取才子才女，其間權臣暗賄主考使其子女高中。後得公主翻案，佳人才子，狀元得第，各諧婚配，艷福無雙。秋槎寫作此劇，其用意與西堂之撰〈清平調〉、張韜之著〈李白醉草清平調〉一樣，是失意人偏好作得意語，藉以自慰，亦借以洩怨。是劇嘲罵試官舉子，暴露科場黑暗，頗爲峻切透闢。清代雜劇自多抨擊科舉，但鮮有如此劇之痛快而徹底的。劇中的主考並不是甚麼大儒學者，只是一個會奉承鑽營的貪官：

下官閻朝隱，蒙二聖欽點主試。若論朝中卿相，不少名流，這衡文的體面，怎能輪得著俺？只因從前天后患病，差俺往嵩山拜禱。祭神之時，俺便自己做了一條黃牛，伏在俎上，願代天后身死。因此天后日加寵愛。今逢試期，天后說俺既能做牛，心知觳觫，斷斷不敢作奸舞弊；又道鄭康成家的牛觸牆便能成字，可見牛是通文墨的。

因此御筆親除，文闈主試。

以牛喻主考，眞使人啼笑皆非，於此可見作者對一些不學無術的主考官的憎恨了。劇中所寫的舉子更是荒唐，如權臣來俊臣的寶貝兒子簡直是胸無點墨，一竅不通的，而他竟妄想高中，且看他的醜態：

（丑）……爹爹，如今科場到了，俺也要去混他一混，倘若中得个角元，這狗板就不愁了。

（淨）解元怎麼吽做角元，狗板是甚麼東西？

（丑）狗者，犬也。板者，片也。狀者，蔑片走狗也。

（淨）一派胡言，你《四書》也未讀完，怎麼就想下場？

（丑）如今的擧人進士還有一字不識的呢！像俺看過《四書》，也算得淵博的了。況且還有《三字經》、《千字文》幫助，怎麼不去？

（淨）俺也拗你不過，聞得此次試官，闇朝隱有分。如果是他，你去走走便了，趕科場去來，趕科場去來，魁元易買，囊中有位家兄在。

（丑喜跳介）好了，要下場了，趕科場去來，趕科場去來，開單去買點心火腿乾鹹菜。

這樣一個草包子，竟欲藉著父親的權勢去折蟾宮桂，爲文場魁首，因「魁元易買，囊中有個家兒在」，後來在科場應試與公主覆試，便鬧得一場糊塗，醜態畢露。這種種例子，在現實生活中眞的會發生嗎？這裏作者或許有點誇張渲染，但不公平的考試制度阻塞了許多才士上進，這却是不容否認的事實。作者自是飽受其苦，才會有這樣深入的刻劃與痛切的抨擊，結尾云：

〔尾〕古今遭際難如此，早流下不得志才人眼淚，問誰是賞識風塵的俊眼兒？

三、張聲玠（一八〇三—一八四八）

張聲玠，字奉茲，自號玉夫，又號蘅芷莊人。湖南湘潭人。生於嘉慶八年（公元一八〇三年），卒於道光二十八年（公元一八四八年），享年四十六。他生而異穎，四歲能辨五聲，八歲即能詩，下筆驚其座人。在他二十九歲那年，擧道光十一年順天鄉試；二十四年大挑一等，出任直隸知縣。聲玠嚴明清廉，深爲上官歎賞，布政使建瀛對他尤爲倚重，一切疑獄均委他辦理。道光二十五年，遷任元氏縣知縣，數月即大治，聲績益赫。後丁母憂辭歸。於道光二十八年，因他的次、季二子同日病殤，聲玠悲傷過度，數日之後亦病歿於保定。聲玠與左宗棠友誼甚厚，訂交十餘年，又同壻於湘潭周氏。聲玠繼室即左之妻弟。據左文襄公謂，二人「同試禮部，同放歸，相得甚懽。復同壻於湘潭辰山周氏。玉夫之配茹馨夫人，余妻弟也。余與玉夫時皆貧甚，同居周氏桂在堂西兩宅，中隔一院。兩人旅食於外，每臘歸，輒設茗酒相溫。出篋中文字共評之，或道時務所宜爲者，諧謔間作嬉酣跌宕，興甚豪」㊺。聲玠歿後，宗棠爲撰〈元氏縣知縣張公墓志銘〉，並歎曰：「習知君謂識局清遠，敦讓有執如君者，所就宜不止此，而竟止此也，悲夫！」[46]乃惜其英年早喪。

聲玠著作，有《蘅芷莊詩文集》，及雜劇《玉田春水軒雜齣》。其雜劇以九事合爲一本，每事一折，與石韞玉的《花間九奏》有些相似。那九事爲：〈訊翂〉、〈題肆〉、〈琴別〉、〈畫隱〉、〈碎胡琴〉、〈安市〉、〈看眞〉、〈遊山〉、〈壽甫〉，各劇情調迥不相同。〈訊翂〉寫的是吉翂因其父被誣下獄，他乞代父命。作者以樸實無華之筆調，寫吉翂的純孝，眞切感人。劇中的吉翂對著奉命查訊該案的廷尉，凜然不懼，理直氣壯，他說：

〔小生〕大人，父子之恩，成於天性。父遭極刑，人子豈能坐視，況這生死關頭豈是別人做得主的？

〔喜遷鶯〕俺不是小痴呆憑人主使，怎比那假登場傀儡牽絲，休也波疑，是甘心爲親而死。

又謂代父而死是理所當然的事：

〔刮地風〕這是倫紀昭然世共知，理當爲有甚稀奇。可知道性之所發情難已，不容人粉飾些微。……小人若不代父而死啊！哭雲陽血淚淋漓，痛餘生哀悔何追。便他日官台鼎壽期頤，有何滋味，到做了萬千秋不孝兒。因此上叩登聞，萬死陳詞。

最後，廷尉要表揚他的純孝，却爲他所堅拒，這樣更顯出他的孝行，並非爲沽名而爲。

〈題肆〉一劇則寫于國寶因題〈風入松〉一詞而見知於孝宗，與徐又陵的〈買花錢〉同一題材。此劇清新秀媚，恍似西湖的清風，薰人欲醉，曲云：

〔南宮步蟾宮〕好風勾引遊人醉，正不雨不晴天氣。問西湖花月主爲誰，似我風流相配。

但〈琴別〉的情調，卻恰好相反，是沈鬱悲壯的。全劇像孤松老樹，蒼勁而蕭殺。甫開場，即寫一片蒼涼的景色：

〔北正宮〕〔端正好〕碧天高，黃雲黯，錦乾坤，變了個剩水殘山。耐飄零久已浮生淡，休再把朱絃按。

是劇寫宋亡後汪水雲以黃冠歸里，舊宮人王清蕙等爲餞別事。此時山河變色，滿目悲悽，自多苦語，如：

〔滾繡毬〕休道俺苦吟時興趣高，浪遊中歲月閒。夢西湖，情懷黯黯，哭南朝，淚點班班。聽悲笳，一味吹放，哀絃不忍彈。過幾陣絕塞風，吹得俺黃衣慘淡。下一場冰山雪，苦了俺白髮凋殘。只博得一聲短棹吟歸晚，也只是三匝棲烏託足難，無限辛酸！

第四齣的〈畫隱〉也是寫亡宋遺民的心境，劇中的宋王孫趙孟堅、趙孟頫兄弟二人，一隱一仕，分道揚鑣。其兄以畫自隱，其弟則出仕新朝。後弟歸來見兄，爲孟堅所痛責。此劇疏放高亢，雖不若前劇之沈痛，但哀家國淪亡之情，却無二致，如：

〔商調〕〔憶秦娥前〕遭遷播，一聲羯鼓家山破，家山破。飄然歸去，松雲高臥。

〔集賢聽黃鶯〕俺也是浮家泛宅無奈何，託笑傲悲歌。看剩水殘山兵又火，因此上把光陰任意銷磨。

一派無可奈何之情，蘊藏在恬淡之中。

在《玉田春水軒雜齣》九種中，以〈碎胡琴〉最爲痛快，吳梅對之亦極推許[47]。劇寫陳子昂初抵京師，無人認識，特以高價購買胡琴，當衆碎之，由是聲名大振。此與孔東塘之〈大忽雷〉演同一故事，但較爲緊湊，而豪情跌宕，睥睨當世，往往見諸曲白，如：

〔瑣窗寒〕甚稀奇貨重價難酬，抵不過碎珊瑚七尺鈎。衆位，不是小弟誇口，只這幾篇文字呵，是黃鐘大呂，高曠無儔。

〈安市〉寫薛仁貴投軍，白衣破賊，是同樣的雄勁有力，表現出一派英雄氣概：

〔北雙調〕〔新水令〕英雄初願老耕桑，猛可地，聽鷄鳴，五更心壯。六鈞彎月影，三尺耀星芒。風起雲揚，俺待作個畫麟臺龍門將。

據聲玠自述，他作此劇是有意洗弋陽腔之陋的。

第七齣〈看眞〉是寫畫師苗得出爲党太尉畫像。太尉本是個目不識丁的草包，模樣可憎，却以爲自己是個相貌魁奇的美男，對著眞像，竟罵起來：

（驚介）呀，呀，呀，這劣相分明是鬼，怎將俺畫作終葵？（想介）呵，呵，想著了，莫不是本有個人兒如此？這畫師却也粗心，誤傳來到將人驚悸。我頻頻覷著他這衣服，到也穿得鮮明絢爛，却笑他也一樣紆青拖紫，眞是個牛披錦繡作麟疑。

罵人即是自罵，此劇就是這樣的巧點趣妙，在詼諧之中隱寓諷刺，在嬉笑之內包含譏罵。〈遊山〉一劇則是高逸亢爽的，內寫謝靈運卒領數百人遊山，被誤作山賊。其中寫詩人的狂疏，眞是鬚眉活現：

〔北刮地風〕那怕他狹谷林迷路不分，早豁琅琅樹倒輪囷。又見些一重一掩青山影，畫圖中狂煞詩人。俺聽流泉，塵心滌淨；悅嵐光，靈性含眞；嚼山花，詞鋒吐穎；還待要歌一聲，哭一聲，把乾坤喚醒。

寫景之處，高潔清淨，眞如灝渼澄湖，很有著謝康樂山水詩的神韻。

《壽甫》一劇是寫賀知章、汝陽王、李適之、崔宗之、蘇晉、李白、張旭、焦遂等飲中八仙，齊向杜甫賀壽。此劇似是因杜甫的《飲中八仙歌》而有所啓發。其中所寫的雖多是文雅漂亮的說話，卻不無感慨之語：

〔南呂過曲〕〔紅衲襖〕空嘆著覲國賓，非少年。空嘆著亂離人，多貧賤。空嘆著旌旗南國塵雙眼，空嘆著松菊西山屋數椽。只博得和高歌鄭老憐。那裏有覓垂綸章子薦。想看他李將軍射虎終年，也早已是自斷今生不問天。

張聲玠所作九劇，情調雖各有不同，但皆有所憤激。《琴別》、《畫隱》二齣最深於家國淪亡之痛，而《題肆》、《碎胡琴》、《安市》、《游山》、《壽甫》則抒寫才士失路，懷才不遇的憤慨。對於不學無術而官居高位的草包，他毫不留情地加以諷刺，如《看眞》一劇中的党太尉便是他揶揄的對象：

（丑）也有個、漢朝個美髯公，晉朝個張茂先，粗蘇末脫多。（淨）原來那姓美的，姓張的，也是這麼一嘴大鬍子。……

（淨）咱往常見那畫大蟲的，都用金箔點那眼睛，難道太尉爺消不得一雙金眼睛麼？可是瞧咱不起，手下的打！（小生應介）（丑）呵喲，冤殺子小人哉！個個大蟲末，眾生吓；太尉爺末，人吓，人末囉裡得金眼睛介？（淨）囚攮的，蠢得緊。大蟲是個畜生，尚且畫得金眼睛；太尉爺是個人，而且是個貴人，怎麼到畫不得金眼睛？

刻劃那愚蠢無能而又濫施權力的官兒，眞是入木三分。作者在〈訊玢〉一劇裏，又寫到清官的難做。劇中吉玢的父親便是因爲嚴正招人忌而受人誣害：

〔四門子〕說甚麼蠹民負國貪污吏，到如今百姓冤之。都只爲一生強項遭人忌，官雖好，沒便宜。吃了些忠孝虧，受了些姦宄欺，粧點出杯弓蛇影案多疑，苦把着田產賠性命，追黑茫茫冤沉獄底。

聲玠本身便是一個嚴明有治聲的清官，在這裏他似是有感而發呢！

還有，在〈畫隱〉裏，作者對於出仕新朝的趙子昂，更予以無情的攻擊。最嚴厲的責備不是來自其兄孟堅之口，而是見於一個平凡船家的言語，他說：

（丑）曉得哉，寫字畫畫，才是噱蓋招個，惜哉呀，惜哉！（末）什麼惜哉？（丑）弗

> 該應做子故隻毴官哉那。自古道父母之讐，弗共戴天。譬如唔祖宗個田產，本勒人家奪子去，末直頭要搭俚做輸贏哉，那舍嘸子淘成到從順子俚介？

一個舟子尚知亡國恨，何況是堂堂宋室的王孫呢？所以，船家的話與孟堅的呵責是同樣的尖利與深刻的。

聲玠之曲，自然流暢，清麗中見豪放，凝煉間呈秀媚，雖未致如淩玉垣所言，爲「清容先生之續也」㊽，但以「傑麗」擬其風格，尚算中肯。最好的是其劇絕無半點頭巾道學氣，不致使人不能終卷。這點是較石韞玉更勝一籌的，劇中賓白每用吳儂柔語。尤以〈題肆〉、〈畫隱〉、〈碎胡琴〉三齣爲多，但多爲配角打諢，尚無傷大雅。且此亦當時曲家風尚，早在乾隆年間沈熹鳳所撰的〈報恩緣〉、〈才人福〉、〈文星榜〉，及〈伏虎韜〉四種傳奇已插入極多的吳白。

四、俞　樾（一八二一——一九〇六）

俞樾，字蔭甫，號曲園，浙江德清人，生於清宣宗道光元年（公元一八二一年），卒於德宗光緒三十二年（公元一九〇六年）。年十六，補縣學生。道光三十年，成進士。在覆試時，詩題爲「澹煙疏雨落花天」，首句云：「花落春仍在」，極爲當時的主考曾國藩所賞識，擢置壓卷。曲園後來以《春在堂》名其全書，便是用以記曾文正公的知遇。咸豐二年，曲園散館，授編修，後簡放河南學政。旋於咸豐七年，爲御史所劾，被罷職。自此以後，曲園便僑居蘇州，先後主講於蘇州、紫陽、上海、求志各書院，而主杭州詁經精舍凡三十一年之久。光緒二十八年，詔復原官。四年後，病逝蘇州。享年八十有六。《清史稿》收入〈儒林傳〉。

俞曲園爲東南大師，清末樸學之宗。晚年足跡不出江、浙，而聲名溢於海內。遠及日本，亦有文士來執業門下。曲園訓詁主漢學，義理主宋學，教弟子則以通經致用爲本。他自少至老，著述不倦，先後著書，卷帙繁富。有《春在堂全集》，凡五百餘卷。其中《群經平議》、《諸子平義》、《古書疑義舉例》等，尤能確守家法，有功經籍。他的古文，則不拘家法，而淵然有經籍之光。

像清代其他著名的學者、經學家，如王夫之、毛奇齡、桂馥等一樣，俞曲園也作有雜劇。現在我們能見到的，僅得〈老圓〉一種。這是一折的短劇，劇情非常簡單，是寫一員老將、一個老妓，受了老僧的點化，因而大悟。就像吳藻的〈喬影〉一樣，對於這種以抒性靈爲主的短劇，我們不能因它的情節結構簡單平凡，就低估了它的價值。就文辭方面而言，〈老圓〉一劇卻是成功的。

曲園不僅是一代大儒，也是一位詩人。他的詩，不矜格調，天才雋邁，絕去畛畦，非一般尋章摘句者可比。他的雜劇，就像一篇深邃雋永的散文，其中的禪語，使人迴味不已。朱權在《太和正音譜》嘗評元遺山之曲云：「元遺山之詞，如窮崖孤松。」㊾我們覺得以此來形容〈老圓〉一劇，是最貼切不過的，且看其曲辭：

〔北天下樂〕（外唱）君不見終古華胥夢幾場，飄也莫揚，飄揚石火光。任憑是功業郭汾陽，只落得古巷疏槐冷夕陽，便漢寢唐陵也逐段荒。直看到東海乾枯種了桑，希罕你老都知與故李將軍廣。

蒼勁之中帶著遒峻，不禁使我們想起了山谷的詩：「賢愚千載知誰是，滿眼蓬蒿共一坵。」（〈清明〉）也聯想到馬東籬的曲：「百歲光陰一夢蝶，重回首往事堪嗟。今日春來，明朝花謝，急罰盞夜闌燈滅。」（雙調〈夜行船〉）「想秦宮漢闕，都做了衰草牛羊野，不恁麼漁樵沒話說。縱荒墳，橫斷碑，不辨龍蛇。」（〈喬木查〉）自古以來的人，不管是賢是愚，是功高蓋主，還是微不足道，到頭來都落得蓬蒿滿眼，荒塚纍纍，黃土一坵而已。事實既是這樣，我們爲什麼還要有意氣之爭，爲什麼還斤斤於得失成敗呢？

〈老圓〉劇中的老將、老妓就是看不透這個道理，他們不甘寂寞，不甘心被冷落，一個想起了昔日的叱咤風雲，一個回首舊日風華絕世，都不禁悲愴起來：

〔南桂枝香〕……歎顛毛半蒼，歎顛毛半蒼，浪說老懷猶壯，已覺舊游都忘。漫悲涼，只憐那戰馬搖駿尾，也隨了犁牛走夕陽。

感慨蒼涼，將軍老去的悲哀，於此可見。同時，「美人自古如名將，不許人間見白頭」的老妓的心情，亦是同樣的落寞：

〔北油葫蘆〕……舊雕梁，餘蛛網，歎春風久斷箏琶響。莽天涯，賸幾箇劉郎阮郎。便丹青寄付，渾不是崔徽像，是蕭蕭暮雨一吳娘。

作者以遒勁的筆調，寫出這兩個一味緬懷過去的老將、老妓之情懷，蒼涼之中帶著無限憤慨：

〔北混江龍〕（淨唱）霜毛盈丈，算隨身只有綠沈槍。（旦唱）歎昔時章臺柳色，到如今總染秋霜。（淨唱）看幾輩童年身襲冠軍候，（旦唱）聽幾家新聲別唱杜韋娘。（淨唱）畫麒麟自有人，（旦唱）棲玳瑁又豈無梁。（淨旦合唱）偏教我天涯白首同惆悵，一樣是窮途涕淚，何嘗有兩種凄涼。

鄭振鐸謂：「然於故作了悟態裏，卻也不免蘊蓄著些憤激。」㊿信是指此。但這亦不過是一時憤激而已，最後還是趨於平淡的：

〔南醉扶歸〕……到頭來王侯螻蟻皆黃壤，莫將舊事苦思量，都是張王李趙他人帳。

曲園〈詠落葉〉詩有句云：「此生不作南柯蟻，休問榮枯到大槐。」他的〈書冢歌〉亦云：「亮無上藥駐頹齡，空有虛名挂人口。黃粱已醒卅年前，青史敢期千載後。……不隨市儈逐錐刀，不作枝官博升斗。惟將青鐵硯為田，何必黃金印懸肘。……」他終究是不嗜榮利的，這點在他的雜劇中便表現出來。

第四節　革命前夕的雜劇作品

文學作品的內容與意識，往往受到政治與社會的影響。就像清代初年，那時明祚覆亡不久，滿清統治未固，而在一些由明入清的曲家的作品裏，我們可以看到遺民宛轉的呻吟，及懷念故國的悲歎。這一片哀吟、悲歎隨著時間而消逝，終被另一種盛世之聲所掩沒。在乾、嘉盛世裏的作品所表現的是雍雅博麗，雖然間中亦有對社會不良現象加以諷刺，但均以沖淡態度出之，尖刻而非憤慨。清代的政治與社會，自嘉慶末年以後，便發生了極大的變化。這個變化，很顯著地反映在當時的文學作品中，所以在意識與內容方面，晚清的作品又掀起了一個新局面。

光緒、宣統的數十年間，正是中國面臨鉅變的前夕，庚子以後，革命狂潮更有一觸即發之勢。這時，外國的思想文化以及物質如潮一般的湧進來，衝擊著中國知識份子的頭腦，再加以從鴉片戰爭以至聯軍入京數十年來的外患內亂連年的壓迫，造成了國內空前的動搖。但當時的滿清政府，仍然驕奢淫侈，苛歛橫征，小民的憤慨，知識份子新舊思想上的衝突，東西方道德觀念的矛盾，這些社會上政治上未曾有過的種種形態，一齊映入這時觸覺敏銳的文學家的眼目，而成爲他們創作的好題材。他們更有意識地以小說、戲曲作爲工具，對於政治社會的黑暗面，加以暴露和抨擊。就文學藝術而言，這些作品幼稚的居多，但那種暴露現實譴責世俗的精神，却是非常可貴的。

從這時的作品所反映的作家思想是極爲複雜的，正表現了清政府崩潰前那樣複雜的、動亂的社會。我們可以看見有極激進的反對滿族統治、反對立憲、主張種族革命的新人物，他們在作品裏熱烈的、感憤的把革命思想儘量宣傳。但也有極其頑固的守舊派，擁護皇室，擁護封建社會，對新的或比較新的人，嘲笑謾罵，無所不至。兩者之間，亦有既要顧君權又要顧民權的作家，在作品裏宣傳君主立憲的論調。另外還有些知識份子，不提倡立憲，也不倡導革命，只從事反迷信、反纏足、反吸食鴉片、提高女權等等。他們認爲首先要消除社會上一切不良、不平現象，這才是眞正的救國良方。當然這時也有一些對政治社會不表關心，而只會沈迷於風花雪月的人。形形色色，充分的表現了一種過渡期的現象。然而，在大部份作家的心目中，都認爲除了興教育、創實業、消除一切迷信習俗、推倒滿清，實行徹底改革，便無其他根本救國之道。這種意念在晚清的小說、傳奇、雜劇裏，都很顯著地表現出來。因爲小說與傳奇並不在本文範圍之內，故以下我們僅就雜劇作品加以論述。

一、鼓吹革命的作品

不論是在晚清的雜劇、傳奇或小說中，這些以宣傳革命思想，鼓吹革命情緒，使人民同情、參加，以完成中國的種族革命爲任務的作品，都是最發展的一環。這時的小說如《自由結婚》（託名猶太遺民萬古恨著，震旦女士自由花譯）、《洗恥記》（漢國厭世者著，冷情女史述）、《獅子吼》（陳星台遺著）、《盧梭魂》（懷仁著）、《東歐女豪傑》（羽衣女士著）等作，都是以宣揚革命思想爲主的；而在小波山人的〈愛國魂〉、虞名的〈指南公〉、孤的〈指南夢〉、祈黃樓主的〈懸嶼猿〉、〈警黃鐘〉、浴日生的〈海國英雄記〉、吳梅的〈風洞山〉、南荃居士的〈海僑春〉、寰鏡廬主人的〈鬼燐塞〉、玉瑟齋主人的〈血海花〉、雪的〈喚國魂〉、浴血生的〈革命軍〉、幽并子的〈黃龍府〉、大雄的〈俠客〉、秋士的〈人天恨〉等各種傳奇裏，亦都充溢著作者愛國的熱情和對時局的憤慨，他們在作品中鼓吹革命，推倒滿清，來建立一個富強的中國。這種思想與感情亦同樣地反映在這時的雜劇裏。

在無名氏的〈少年登場〉裏，作者所顯示的憤激、豪情，正代表了這時的知識份子的感受。他們對於滿清政府的腐敗政治已感到忍無可忍，只有全國上下一心發動革命，這樣才能救中國於瀕亡之際。是劇以〈新水令〉開場云：

〔新水令〕唐宗漢祖總沈銷，問新亭淚痕多少？山河同破卵，種族寄生苗。此夢勞勞，公等幾時了？

作者發出震聵啓聾之呼，希望能把那些醉生夢死、糊糊塗塗的國民喚醒過來：

〔喬牌兒〕這肝腸似攪，熱血灑多少！有誰肯把國旗招，聽那太平洋風自潮？你道好好的一個中國，就這樣由他腐敗算得了麼！咳！只要大家下勁的掙扎起來，那怕霹靂當頭，荆榛遍地呢！

〔甜水令〕我索要辛辛苦苦，轟轟烈烈，另起爐竈，重鑄新民腦。莫依樣葫蘆，又甚國民代表，但處處登錄商標。

作者目睹外國先後的富強起來，認爲這都是外國少年能同心合力，共赴國難，所以他呼喚中國的少年，也應效法外國少年的勇敢精神，報國報民，成絕代人豪。劇末結尾說：

〔鴛鴦煞〕揮毫組織南北套，苦心演說興亡調，無意發牢騷。舌兒焦，脣兒敝，願望兒杳。只要大家呵進步的速，國民呵回頭得早，有日呵義務盡了，酌眼兒看江山，纔紀念著我這《少年中國報》。

〈少年登場〉就是這樣的沒有故事，沒有情節，只有一個少年出場痛罵滿清政府，鼓吹革命，指出少年在挽扶國運所負的重責。在當時是很有感染力的。

與〈少年登場〉同一格調的雜劇還有覺佛的〈活地獄〉、阮夢桃的〈夢桃〉及陳星台的〈黃帝魂〉。覺佛的〈活地獄〉亦滿紙憤慨，充份表現出作者對時局的不滿，對政府的憎恨。是劇用〈踢繡球〉開場，指出國家正在危急存亡之秋：

〔踢繡球〕瘡痍彌望，萬族櫻羅網，惹得情懷愴惘。國爲墟，人如病，看滔天毒浪，普渡無航。

在這樣情勢下，爲救國圖存，便只有實行革命。但作者並沒有把這思想明顯地寫出，只在結尾暗示說：「遍地腥羶何日滌，莽男兒衝鋒擒賊快擒王。像煞韓家軍，大戰黃天蕩。」所以這劇亦是鼓吹革命的作品。

還有〈夢桃〉與〈黃帝魂〉二劇，都是不著重鋪演故事，只是用來抒發作者憤世嫉俗的情懷。〈夢桃〉是寫一青年對於當時時局之憤慨。我們試看該劇開場，曲云：

〔小桃紅〕百憂萬感萃心頭，家國不堪回首。欲去問東皇，甚姻緣不弔我神州，想將來結果堪愁。誰替咱做奴隸，應牛馬，蹈烈火，塡深溝？這熱淚怎得不奔流？聽近日惡耗紛紛，濿從毒，盛事悠悠。

〈黃帝魂〉的作者陳星台（天華）是一個慷慨激烈的志士。他游學日本，感憤國事，無以自遣，竟投海自殺。所作除了雜劇〈黃帝魂〉外，還有小說〈獅子吼〉（署過庭）等。他在〈黃帝魂〉裏寫革命成功慶祝事，表現出作者的最大理想。是作刊於公元一九○三年。他的遺著〈獅子吼〉八回，爲未完之作（於公元一九○七年發表），亦充分反映出他的思想主張。此書首回有楔子，名中國爲混沌國，指出此時已走到很危急的關頭，若不努力，不久將爲列強所瓜分。他又寫在夢境中，漢民族經過革命而興，而所用以開場的曲子正是〈黃帝魂〉曲。他更在此書第一回說明作旨：「紅種淩夷黑種休，滔天白禍亞東流，黃人存續爭俄頃，消息從中仔細求。」排除異族，使漢族重光，正是作者畢生追求的理想，所以不論是在他的戲曲或小說裏，我們都可以看到這意念的呈現。〈黃帝魂〉的開場，便是用〈臨江仙〉曲唱出作者的反滿思想和他理想中的國家：

〔臨江仙〕十萬貔貅馳騁地，那堪立馬幽燕？羯奴何處且流連。氈廬迷落照，狼穴鎖殘烟。收拾金甌還漢胤，重瞻舜日堯天。國旗三色最莊嚴，亂隨明月影，翻入白雲邊。

鼓吹革命的雜劇作品還有無名氏的〈陸沉痛〉、〈揚州夢〉和竺崖的〈渡江楫〉。在這些劇本裏，作者並不是現身說法的痛罵怒吼，而是通過歷史故實，假借歷史人物的口來攻擊清廷，激起人民對政府的仇恨，從而宣傳他們的革命思想。像〈揚州夢〉便是寫明末揚州十日之慘痛事蹟。當日城破時滿人屠殺漢人的慘狀，都一一從那個當日死難的揚州人的遊魂口中道出：

〔駐馬聽〕潰卒兒奪門請逃，城頭人如枯葉掃。順民兒焚香上表，案前烟共錦旗飄。甚腥風徹奈何橋，甚血雨灑長安道。望蒼天苦號，那鑾刀無分少和老。

〔沈醉東風〕你聽那城外呵，一聲聲如策牧豕；你看那城內啊，一陣陣如豢家雞。前導卒兒單刀提，從驅兵兒長槊舉。苦沿途愁雲慘雨，更誰敢左顧愛子，右盼驕妻。街頭巷裏，縱千般捶楚，欲行還止。

作者描寫當日揚州的慘狀，就是要國民不要忘記他們眞正的敵人就是那腐敗的滿清政府。因爲當時俄國佔據東三省（公元一九〇二年。是作刊於一九〇三年，載於《漢聲報》），群情洶湧，作者就藉此指出要消除外侮，首先要排去滿人，這樣方可圖治，才能富強：

〔懶畫眉〕嘆爾曹熱血無處灑，雄心空付斜陽下。試問江北馳戎馬，胡兒據官衙，漢家威儀安在也？

諸生生在今日，同聲拒俄，莫非是恐東三省爲俄人占了，旋將波及內地？試問今日十八行省，有那一省是屬漢人的？照上說來，滿人昔年屠揚州，比俄人在東三省還殘忍得幾倍。俺到壇談這一番話，初無別意，要你們知報復俄人，且先排去滿人纔是。今漏已三下，俺不能久留了。

〔尾聲〕天荒地老情無盡，要二百年前冤魂目兒瞑，除非是十八行省齊革命。

在今日看來，作者的思想似過於偏激，但在當時爲了要警醒國民，鼓吹革命，作者的心情是可以了解的。

〈陸沉痛〉是另一齣以歷史爲題而抨擊當時的雜劇，作者是無名氏。劇分兩齣，一九〇三年在《漢聲報》第七、八期發表的。內容是寫明末忠臣史可法堅守揚州，力抗滿清，可惜大勢已去，史閣部雖是忠肝義膽，矢志報國，但孤掌難鳴，獨立無助，難挽頹勢。史可法見事無可爲，最後乃自盡殉國，以報國民。劇中寫史可法的忠臣氣度，烈士襟懷，傳神活現，栩栩如生：

〔點絳脣〕如許中原，神州淪陷，誰曾料微臣不肖，拼把丹心照。周德雖衰命豈移，天南胡馬又長嘶，縱云將相無周召，寧遽乾坤倒夏夷。

〔斷雲照〕一場熱鬧，到今日仍圖看大家歡笑，臥榻儘人酣睡，喚不醒百年長覺。

一般有點作爲的人呵，赤手空拳，傷心短氣，淺水蓼花學垂釣。就是那爲國爲民的人呵，也只得報國捐軀，闔家盡節，算完全忠孝。（淚介）衆生醉臥，大地陸沈，悠悠蒼天，曷其有極！

再看第二齣〈城陷〉：

〔長亭怨慢〕大明宗社今已矣，孤掌難鳴，獨立無助。種族淪亡，竟把那君恩辜負！老臣氣沮，痛煞故宮禾黍。回憶當年，那知道眞作沈舟破釜。待捐軀報國，羞見列宗列祖。夜臺試問，說當初怎生吩咐？沒來由，醉臥昏昏，落得個功隳末路。跪對了無言，一片孤衷難訴。

他以死報國，瀕終時，仍念念不忘國家：

〔前腔〕望他年怨氣重吐，振起天聲，廓清故宇。好好少年，何妨作亡秦三戶！老臣不武，祝諸君須早悟。不信小逆胡，逞貪殘，邀得天心眷注。胡運無百年，莫再遲回猶豫。義旗高舉，眼見天兵來處處。須記取，同日興兵，胡兒首尾不能顧。今日呵，試抽出長刀，放俺孤魂歸墓。

這是一代忠臣臨死時的呼號，也是作者所以企望於國人的。笁崖的〈渡江楫〉，也頗慷慨激烈，對胡兒的憎恨，洋溢於紙上。此劇是光緒三十二年（公元一九〇六年）在《第一晉話報》發表的，僅有一齣，小題〈渡江〉，內容是演祖逖渡江事。甫開場，便寫出祖逖的憤慨情懷：

〔端正好〕著素服，佩寶劍，掩長涕，北指中原。恨胡兒，一聲聲亡國怨。思故國，痛狄梟，悲胡馬，警狼烟。拚將這一夥頭顱血，留紀念。

而〈尾聲〉一曲更是激昂：

〔尾聲〕忍令那上國衣冠，淪於夷狄。相率著中原豪傑，還我河山。問人世何年，佇看大陸搏搏起龍戰。

除以歷史為題材之外，有些更將外國革命抗暴的事蹟翻成戲劇，藉以激揚人民反抗政府的決心。像感惺的〈斷頭台〉是寫法國大革命，山嶽黨處決法王路易十六世。春夢生的〈學海潮〉則譜古巴學生反抗西班牙壓迫，還有陸恩煦的〈李範晉殉國〉一劇亦抱著鼓吹革命的宗旨。其中〈斷頭台〉一劇，有四齣，光緒甲辰年（公元一九〇四年）刊載於《中國白話報》。劇中很多地方都反映出當時的清室的腐敗，帝王的無能，及皇后的攬權。對於那些主張維新立憲的保皇黨，作者更予以痛罵。像在第一齣〈黨爭〉中山嶽黨首領指責那處處維護廢王的布利梭卿說道：「據老兄意見，不過暫延廢王殘喘，徐圖解脫，復辟有期，那時便靠著門生天子，好任你縱横一世罷了。怎知此時國民眼中，盡是照妖有鏡，又何用扭扭捏捏，露影藏形呢！」這正是當時一般鼓吹革命之志士對維新黨人的看法。作者在劇中更極力提倡民權，他認爲只有推翻帝制，國民才能眞正獲得自由平等，所以在路易被處決後，人民還要蘸他的血，以示憎恨之深：「不曉得保護人民的君主，大家都想吸他的血，只一蘸蘸還算便宜哩！」至於作者的理想，在第一齣中已很清楚的說出來：

〔逍遙樂〕每登高狂嘯，袒臂長呼，聊寬懷抱。早則是皺上眉梢，冷颼颼有結綠離鞘。漫羨那魚腹瓜刀刺子僚。待喚起同胞兄弟，把自由旗耀，獨立廳開，平等鐘敲。

一些爲革命犧牲的人物傳記，也是這時戲曲小說的好題材，其中以秋瑾之殉難最爲人所愛寫。小說中的〈六月霜〉便很詳細的從秋瑾幼年寫到她就義。〈軒亭血〉、〈六月霜〉（不同〈六月霜〉小說）、〈軒亭冤〉、〈蒼鷹擊〉、〈皖江血〉等傳奇亦是以鑑湖女俠（秋瑾）的事蹟譜入劇中的。在雜劇方面，也有吳梅的〈軒亭秋〉，龐樹柏的〈碧血碑〉，及悲秋散人的〈秋海棠〉等作。吳瞿安的〈軒亭秋〉是寫秋瑾殉難一段，開場便用秋女士的詩，云：「煉石無方乞女媧，白駒過隙感年華。瓜分慘禍依眉睫，呼告徒勞費齒牙。祖國陸沈人有責，天涯飄泊我無家。一腔熱血愁回首，腸斷難爲五月花。」龐樹柏（龍禪居士）的〈碧血碑〉則譜吳芝瑛營葬秋瑾事，他在自序中說：「秋女士殃戮，識與不識，無不冤之。其遺事已有同學吳君靈媼及某女士撰爲樂府，自足播艷璇閨，流馨彤管矣。惟吳芝瑛夫人爲秋女士營葬一事，其義俠亦令人聞而欽敬。乃援吳君與某女士之例，作〈碧血碑〉，藉記其微。且豪竹哀絲之後，添此一段嫋嫋餘音，使天下傷心人讀之，尤足低徊慨想不置也。吳夫人或不以余爲多事歟？」是劇有《小說林》本，光緒戊申年（公元一九〇八年）刊。劇中寫墓建成後吳芝瑛往弔情景，云：

〔梁州新郎〕（旦）繡韉行處，江心草長，滿眼引人惆悵。只見那棠梨樹下，深藏一座新坊。漫說玉骸狼藉，碧血飄零，有我來親葬。祇是舊遊回首處，意難忘。行近孤墳土亦香，採溪毛，攜酒漿，今朝還自將墳上。思往事，倍凄愴。

江上峰青，餘音嫋嫋，作者在氣氛的製造上是成功的。劇末一曲，尤爲蒼涼：

〔尾聲〕（合）欲歸船，心惘惘，你看墓門留段夕陽黃。（旦淚介）風景不殊，斯人何在？空惹得兒女英雄哭一場。

二、維新運動的反映

在康有爲、梁啓超領導下的維新運動，其目的固是要躋中國於富強，而其政治主張則是在鼓吹君主立憲。最終結果雖然是失敗，但許多維新事業卻因此次變法而實施，如學校的創立、西洋文化的介紹，婦女解放運動，反迷信運動等方面。就在政治上，這次變法的失敗，亦使國人認識到清室無意圖治，不可有爲，於是對政府所存的最後幻想亦隨之而湮滅。

然而，對於維新變法，時人是抱著兩種看法的，一是擁護立憲運動，一是反對立憲。這兩種不同的傾向亦反映在這時的雜劇裏。像玉橋的〈雲萍影〉便是寫一對男女主張維新的。是劇用〈如夢令〉開場，說道：

〔如夢令〕排却衣冠骯髒，消受文明供養。欲做NEW CHINA，先做嶄新模樣。模樣模樣，鏡裏頭顱無恙。

此劇有《繡像小說》本，光緒甲辰年（公元一九〇四年）刊。有兩齣，上齣〈演鏡〉、下齣〈閨憤〉。

至於反對立憲運動的作品，則集中於抨擊維新運動的主腦人物。例如碩果的〈一家春〉寫維新黨獻媚清室，幫助政府鎮壓革命，便是痛詆維新運動的人物；而感惺在〈斷頭台〉裏對立憲一事認爲是騙人的勾當，劇中山嶽黨首領說：「……可恨那路易王十六世，甕蛙見小，虛張他改革的假聲。有一班華族數千人，腹蟹謀多，攛掇那憲法的新制。說甚麼臨時國會、尋常國會，不片時風飈沙飛；創幾許同業聯盟、名士聯盟，一樣是蛇神牛鬼。」這正代表了當時許多知識份子對立憲運動的看法，他們認爲只有眞正的推行革命，推翻帝制，這樣才是根本救國之道。

這種思想亦見於南荃外史的〈嘆老〉一劇。劇中人姓陳名腐，他知道自己老朽無能，便勸訓少年人掙扎努力，激揚起那可薄雲霄的意氣，重新構造一個好乾坤來。作者假劇中人的口來攻擊守舊派，如說他過慣太平生活，弄得如醉如痴，全無生氣，形同行屍：

老夫姓陳，名腐，排行老大，混沌帝國人也。冉冉龍鍾，奄奄龜息。四肢如廢，無獨立之精神，五官不靈，乏自由之思想。見者謂其心已死，諒非金石，豈能長存；醫生云元氣大傷，雖有參苓，恐難奏效。(嘆介)咳！不料我好好一個人兒，忝竊得偌大個的家私，消受得這多奴僕的供養，如今只弄得如醉如癡，又聾又瞽。人人譏笑我老大，唾罵我老大，揶揄我老大，看看我也老大得不耐煩了。……

作者一方面諷刺守舊派，另一方面又抨擊維新運動，認爲這只不過是妄想返老還童的笨主意：

……但我這老頭兒卻也癡心妄想，還轉童來，講究多少的維新妙法。〔折桂令〕九重天編音一紙，飛下瓊瑤。好女流的纖趾兒鬆，好秀才的八股兒抛。更車乘迢迢，特科應招，經濟匡時媲禹皋。開幾個方言學校，派幾個出使星軺。若提起軍國主義啊，便撇却弓刀，藏却戈矛，聘個洋師，練個洋操。

據作者的意思，新中國的建立應該是少年人的責任，老年的陳舊派應退讓一旁，所表達的思想與〈少年登場〉是一致的。

一般來說，對立憲的看法，作家所持的態度雖是複雜，但主張社會事業的維新、改革，除了極頑固的守舊派外，意見是完全一致的。

三、婦女解放及其他社會問題的反映

由於維新運動的提倡，婦女解放問題亦逐漸受人注意，作家們對此亦大感興趣，所以晚清的文學作品很多都是涉及婦女解放問題，如提倡天足，創辦女校，反對童養媳制度，反對迷信等等。例如當時有兩部彈詞便是著眼於尋求婦女在社會上的自由平等。第一部是挽瀾詞人的〈法國女英雄彈詞〉（公元一九〇四年刊，《小說林》版），演羅蘭夫人事。作者是想利用這一部彈詞，使「燒香吃素念觀音」的中國女性覺醒，同赴國難的。第二部是鍾心青的〈二十世紀女界文明燈彈詞〉（明明學社版，公元一九一〇年），作者寫此書，是「專爲改良女子社會起見。憑著法鼓海螺，發人猛省，或者可挽回大局，扭轉乾坤」[51]。它的開場說道：「解釋國民責任，要盡自由本分，莫道是裙釵，男女自來平等。」小說方面，也有不少有關婦女問題的著作，如頤瑣的〈黃繡球〉、思綺齋的〈女子權〉、程宗啓的〈天足引〉、陶報癖的〈小足捐〉等都是。至於戲曲方面，以此爲題的傳奇有〈維多利亞寶帶緣〉（無名氏）、〈女豪傑班本〉（月行窗）等，而雜劇中的〈愛國女兒〉（無名氏）、〈女中華傳奇〉（大雄）、〈廣東新女兒〉（玉橋）、〈松陵新女兒〉（安和）、〈同情夢〉（挽瀾）、〈俠女魂〉（蔣景緘）、〈鬧冥〉（蔣鹿山）等等，都是在女子解放運動方面努力的著作。下面我們單就雜劇一項去討論。

一般涉及婦女問題的雜劇都是呼號提高女權的。像柳亞子（署名安如）的〈松陵新女兒〉，便是爲提倡女權而作的。該劇有《女子世界》本，光緒甲辰年（公元一九〇四年）刊。其中以〈小皮靴〉開場，云：

〔小皮靴〕年華如水，愁腸如擣，容易春風吹到。奄奄病國，難禁世界風潮。怨語連朝，愁雲一片，盡是傷心料。悲鳴龍劍有聲繞，妝成鸞鏡爲誰嬌？這情懷，怎生好？

寫出一個生活在動亂時代的女性的心聲，最後更說：

〔尾聲〕沈沈女界無人覺，要博得愛國精神屬我曹，願犧牲弱質扶植文明好。

在浙江蔣景緘的〈足冤〉（〈俠女魂〉之一）裏，對於纏足的傳統陋習，提出了大力的控訴。劇中的胡仿蘭，因爲要爭取自由，解放小足，終被頑固守舊的家姑強令自殺，這悲劇正反映出千百年來婦女在封建社會制度之下所受到的壓迫與賤視。該劇開場便寫胡仿蘭病裝斂衣地在悲歎：

〔一江風〕苦羈囚準備離魂葬，扶不破文明障。好春光斷送青年，打疊我愁模樣。荊棘礙鸞鳳，空盼斷天際。（歎介）死和生，俺只守踁踁諒。……自家胡仿蘭，託身雖在女界，生平素喜開通。每慨二萬萬同胞將蕩平之天足，屈成彎曲的弓形，損害健康，自求桎梏，莫此為甚。因之躬為提倡，普勸戚畹。那姊妹妯娌們倒也頗為崇信，改革者竟自不少。

這眞是一個思想開明，敢作敢為的新女性。可惜頑固的守舊派却不容許她這樣做。她的家姑正是這派的代表：

……老身程氏，家世務農，小有田產。不料禍從天降，娶得一個媳婦，終日講甚麼社會哪，犧牲哪，猶如說耶穌一樣。目今不知又看了那種邪說，直截不成人了，竟把那自古傳留，婦道通行的雙小足，擅自放去。咳！女流全憑這雙小足，管他胡行亂走。如此肆行無忌，日後私行遠走，交結匪類，傾家蕩產，那件做不出哩！是老身將她關鎖一室，逼令自盡，以免貽害。

在舊勢力壓迫之下，無數欲衝出囚籠的女性都被犧牲了，胡仿蘭是其中之一。在臨死時，她不禁哀聲高放，慷慨陳辭：

〔金索掛梧桐〕……俺和你文明黑暗成瀣沆，却便將義務仔肩付渺茫。（作回顧介）回頭望望那女權鼎重，有若個敢重扛？（作跳躍介）我握拳透爪血承眶，（猛叫介）河滿曲，哀聲放。

作者就是希望藉此能喚醒國民，摒棄舊思想，採取開明的態度，對婦女予以平等看待，提高女權。描寫天足運動除了此劇外，還有蔣鹿山的〈鬧冥〉。內容是寫小足婦在冥司大鬧，極道小足的束縛，而以提倡天足爲旨。所以在結尾時，說道：

〔煞尾〕將凌波羅襪輕輕解，軟勾兒徐徐扯開，玉筍兒層層剝開。

當時許多婦女的幻想，都在作家們的筆下實現。〈鬧冥〉一劇初刊雜誌《新小說》，後附〈警黃鐘傳奇〉之後。

除了婦女解放問題之外，因維新運動而引起國民注意的其他問題，如反迷信、反鴉片等，亦被劇作者納入筆端。在反映社會問題的作品中，我們不能不看一下袁蟫的《瞿園雜劇》十種：〈仙人感〉、〈藤花秋夢〉、〈金華夢〉、〈暗藏鶯〉、〈長人賺〉、〈鈞天樂〉、〈一線天〉、〈望夫石〉、〈三割股〉、〈東家顰〉等。蟫一名祖光，字小佩，別號瞿園，籍安徽太湖，光緒時人。少有雋才，博覽群書，詩古文詞援筆立就，與侯官林傳申、南海沈宗畸相善。他爲人瀟灑，有乾、嘉老輩標格。他所作的雜劇，大都反映當時的社會問題。例如〈暗藏鶯〉一齣，即譜鴉片之爲害。劇寫華三郎幼贅西番陰氏，妻字小鶯，有二姊名阿芙、阿蓉，亦配與三郎二兄爲妻。三郎父以三媳淫逸過甚，乃命其子斷愛。小鶯以柔情惑三郎，又以死來要脅。三郎終不能捨割，與她重合，並將她暗藏於金屋，不讓其父聞知。很顯明地，劇中的華氏兄弟，即指華國人士；而所謂西番陰氏，暗寓鴉片之產自英、印等地。二人夫婦情深，難以割捨，便是影射一旦染毒癮後，便難以戒除。作者之寫此劇，寓意深刻，文筆簡鍊，堪稱佳作。是劇開場寫小鶯姊妹得意情狀，暗示鴉片害人，足以使人志氣銷沉，了無生趣：

〔石榴花〕鶯花天氣，黑甜神逗一分春色上壇場。俺姐姊們高燒絳蠟照紅粧，越顯出凌霄徑丈，綠萼成行。芙蓉人面芙蓉帳，引靈魂一縷濃香。任他吃仙桃，也抵不上這醍醐釀。則和那醉人兒，消受好韶光。

當晚清社會正被鴉片侵蝕之際，瞿園此劇不啻是暮鼓晨鐘。袁氏生當一個複雜動亂的時代，眼見宗邦傾危，人心變詭，禁不住大聲疾呼，喚醒國民。但瞿園是一個深受傳統禮教薰陶的讀書人，並不能完全拋棄思想上的包袱，所以表現在作品的思想與一般憤世嫉俗而激進的作者不同。對於東漸的歐風，他感到懷疑而厭惡。他的〈仙人感〉與〈東家顰〉便寫出他對於國人之學步西人，競以掇拾泰西餘唾爲榮而感到喟嘆。〈仙人感〉一齣，假設光緒辛丑年純陽道人重過岳陽樓：

〔繞地遊〕洞庭乾了，重上巴陵道，一片殘陽枯草。醉也還醒，悲來仍哭，感滄桑似此，萬事無聊。

這時正是庚子亂後，純陽見西人紛集江南，教堂雜沓內地，全國上下均盲目倣效西方，不禁感慨萬千，惆悵而去：

〔尾聲〕江上幾度留鴻爪，只有這一髮青山向我曹，儘拚個長歌直到天地老。

作者其他各劇，或規或勸，都是感慨極深的。像〈望夫石〉寫一名愛哥之日本女子，與其從軍之夫離別，指石以誓。其夫殉國，女望夫不歸，終於殉節。作者在劇中表揚女子之節烈，藉以攻擊當時新派目無綱常，揚棄傳統道德的行徑。在楔子中作者說：

〔滿江紅〕老大登場，千萬種幽情難說。借一片東洋頑石，權行鬱結。男子競誇頭似筆，婦女尚有心如鐵。任浮沉畢世，學人顰，非豪傑。春去也，傷鶗鴂，潮上也，愁魚鱉。看滔滔世界，自由猖獗。地網天羅豪夢穩，冰山雪窖余心熱。倩秋江一笛度新聲，聲聲裂。

袁瞿園正代表了在這鉅變前夕的一群思想守舊的讀書人，他們憂時傷世，關心國事，但他們不能提供出一個救國富強的良方，革命是他們所反對的，西方文明亦不為他們所接受。所以他們的態度是衰廢頹唐的，在嗟嘆己身忠肝宏志無由得展之餘，他們退而效屈子的作江畔騷吟。袁蟫的〈一線天〉一劇寫扶桑古詩人近藤道原之魂，生遭損棄，歿淪深壑，憤愴之極，故讀所著

〈騷吟〉以自解。此即袁氏夫子自道，亦爲當時在新舊思想交替下一般深受傳統禮教洗禮的士人的眞實寫照。

附註

❶ 王夢生《梨園佳話》第一章〈明清時戲劇之盛〉，頁六。一九一五年九月上海商務印書館出版。

❷ 清震鈞《天咫偶聞》卷七，頁二七。臺灣文海出版社據光緒刊本影印出版，收入《近代中國史料叢刊》第二十二輯。

❸ 吳梅《中國戲曲概論》卷下，〈清人傳奇〉，頁三八。一九六四年香港太平書局印行。

❹ 魯迅《中國小說史略》第二十八篇〈清末之譴責小說〉，頁四三四。見《魯迅全集》第九冊，一九三八年八月復社出版。

❺ 黃燮清《國朝詞綜續編》卷十一。見《四部備要》，第二四二八冊，頁三下。

❻ 趙景深《讀曲小記》之三〈國朝詞綜續編與戲曲〉，頁一二五。一九五九年七月上海中華書局編輯，新華書店發行。

❼ 吳梅《中國戲曲概論》卷下三〈清人傳奇〉，頁三七。

❽ 同前註。

❾ 張炳堃〈倚晴樓詩餘序〉，清刊本。

❿ 同❸。

⓫ 王季烈《螾廬曲談》卷四〈餘論〉第二章〈傳奇家姓名事跡考略〉，頁二八。一九二八年上海商務印書館出版。

⓬ 據陸蕚庭〈女曲家吳藻傳考略〉一文，原載《文史雜誌》，第六卷，第二期，頁五〇—五五。

⓭ 轉引自陸文。參前註。

⓮ 轉引自陸文。參⓬。

⓯ 轉引自陸文。

⓰ 轉引自陸蕚庭〈女曲家吳藻傳考略〉。參⓬。

⓱ 亦轉引自陸文。

⓲ 葛慶曾跋吳藻〈飲酒讀騷圖〉，見《清人雜劇二集》。

⓳ 見清納蘭性德〈浣溪沙詞〉。

⓴ 清梁紹壬《兩般秋雨盦隨筆》卷二〈花簾詞〉條，頁二。見《筆記小說大觀續編》第五冊，總頁五五三七。一九六二年臺北新興書局影印本。

㉑ 清魏謙升〈花廉詞序〉。轉引自陸文。

㉒ 清張景祁〈香雪廬詞序〉，轉引自陸文。

㉓ 同前註。

㉔ 同⓮。

㉕ 同⓲。

㉖ 見葛慶曾〈觀演喬影傳奇作〉一詩。

㉗ 馮沅君記〈女曲家吳藻〉一文，見《古劇說彙》。一九四七年一月上海商務印書館印行。

㉘ 清陳廷焯《白雨齋詞話》，卷五，頁十七。見唐圭璋編《詞話叢編》第十一冊，總頁三九二七。一九六七年五月臺北廣文書局印行。

㉙ 轉引自馮沅君〈記女曲家吳藻〉一文。參㉗。

㉚ 見吳藻所作「滋伯久不作詩，甲寅秋忽以一編見示，名〈攘臂吟〉，背粵匪陷金陵後作也。憑吊蒼涼，悲歌斫地。爰題二絕，以誌感慨」詩二首之一。轉引自陸蕚庭〈女曲家吳藻傳考略〉一文。

㉛ 清徐世昌《晚晴簃詩匯》卷一四〇〈湯貽汾小傳〉，頁一。一九二九年得耕堂刊本。

㉜ 見湯滌〈逍遙巾雜劇序〉，一九三六年裏社據鈔本刊印。

㉝ 見蔣敦復《芬陀利室詞話》卷二，頁一二下。《詞話叢編》第十一冊，總頁三七二八。參㉘。

㉞ 二句俱見〈逍遙巾〉贈答詩，載是劇卷首。

㉟ 盧前《明清戲曲史》，第三章，頁五七。一九六一年五月香港商務印書館印行。

㊱ 見〈逍遙巾雜劇〉。

㊲ 《晚晴簃詩匯》卷一二三〈嚴廷中小傳〉，頁二六上。參㉛。

㊳ 同前註。

㊴ 同㊲。

㊵ 同㊲。

㊶ 同㊲。

㊷ 見湯貽汾《琴隱園詩詞集》，卷二十二，頁十二下。據心遠樓藏版重刊本。

㊸ 見朱蔭〈秋聲譜跋〉。《清人雜劇初集》本。

㊹ 見周樂清〈秋聲譜序〉。

㊺ 左宗棠〈張叔容墓碣〉，見《左文襄公全集·文集》卷三，頁二三。一九六四年臺北文海出版社影印。

㊻ 左宗棠〈元氏縣知縣張公墓志銘〉，見《左文襄公全集·文集》卷三，頁十五下。參前註。

㊼ 吳梅《中國戲曲概論》，卷下二，〈清人雜劇〉，頁十七。

㊽ 清凌玉恒〈玉田春水軒雜齣題詞〉，見《清人雜劇二集》。

㊾ 明朱權《太和正音譜》〈古今群英樂府格勢〉，見《中國古典戲曲論著集成》，第三冊，頁十八。一九五九年七月北京中國戲劇出版社出版。

㊿ 鄭振鐸〈老圓題記〉，見《清人雜劇二集》。

51 阿英《晚清小說史》第九章〈婦女解放問題〉，頁一〇四，一九六六年一月香港太平書局出版。

後記

二十五年前（一九七〇年），我幾經艱苦，慘淡經營，在羅忼烈教授指導下完成碩士論文；又戰戰兢兢地向大學當局提交。今天，二十五年後，也是誠惶誠恐地對着行將出版的舊作。事實上，我心底下是絕不敢將二十五年前的蕪文付梓獻醜的，自覺它只是綜合或甚至承襲前賢說法，其中鮮有新意，更乏創見；承學界前輩誇獎，以作鼓勵，實感汗顏。但敵不過兆漢再三游說，他提出一個我難以駁辯的理由，那就是出版舊作以為我們結婚二十五週年之紀。他更自告奮勇，為我大力刪削。因此，塵封二十五年之拙文，效野人之獻，終於面世。誠望前輩時彥，知音君子，包容指教，摘謬補正，感激無盡。

回首前事，重讀舊篇，憧憬將來，縱未能「漫隨天外雲卷雲舒」，也希望可以「閑看庭前花開花落」。

曾影靖

於一九九五年六月卅日

國立中央圖書館出版品預行編目資料

清人雜劇論略/曾影靖著，--初版--臺北市：
臺灣學生，民84；
面；公分
ISBN 957-15-0689-3(精裝)
ISBN 957-15-0690-7(平裝)

1.中國戲曲-清（1644－1912）-評論

824.87　　84009693

清人雜劇論略（全一冊）

著作者：曾影靖
校訂者：黃兆漢
出版者：臺灣學生書局
發行人：丁文治
發行所：臺灣學生書局
臺北市和平東路一段一九八號
郵政劃撥帳號〇〇〇二四六六八號
電話：三六三四一五六・三六三一〇九七
傳真：（〇二）三六三六三三四
本書局登記證字號：行政院新聞局局版臺業字第一一〇〇號
印刷所：常新印製有限公司
地址：板橋市翠華街八巷一三號
電話：九五二四二一九
定價 精裝新臺幣五五〇元
平裝新臺幣四七〇元
中華民國八十四年九月初版

82404

ISBN 957-15-0689-3（精裝）
ISBN 957-15-0690-7（平裝）

臺灣學生書局出版

中國文學研究叢刊

①詩經比較研究與欣賞	裴普賢著
②中國古典文學論叢	薛順雄著
③詩經名著評介	趙制陽著
④詩經評釋（二册）	朱守亮著
⑤中國文學論著譯叢（二册）	王秋桂編
⑥宋南渡詞人	黃文吉著
⑦范成大研究	張劍霞著
⑧文學批評論集	張健著
⑨詞曲選注	王熙元等編著
⑩敦煌兒童文學	雷僑雲著
⑪清代詩學初探	吳宏一著
⑫陶謝詩之比較	沈振奇著
⑬文氣論研究	朱榮智著
⑭詩史本色與妙悟	龔鵬程著
⑮明代傳奇之劇場及其藝術	王安祈著
⑯漢魏六朝賦家論略	何沛雄著
⑰古典文學散論	王熙元著
⑱晚清古典戲劇的歷史意義	陳芳著
⑲趙甌北研究（二册）	王建生著
⑳中國兒童文學研究	雷僑雲著
㉑中國文學的本源	王更生著
㉒中國文學的世界	前野直彬著 龔霓馨譯
㉓唐末五代散文研究	呂武志著
㉔元白新樂府研究	廖美雲著
㉕五四文學與文化變遷	中國古典文學研究會主編

㉖南宋詩人論　胡　明　著
㉗唐詩的傳承——明代復古詩論研究　陳國球　著
㉘中外比較文學研究　第一册（上、下）　李達三、劉介民　主編
㉙文學與社會　中國古典文學研究會　主編
㉚中國現代文學新貌　陳炳良　編
㉛中國古典文學研究在蘇聯　俄·李福清　著　田大長　譯
㉜李商隱詩箋釋方法論　顏崑陽　著
㉝中國古代文體學　褚斌杰　著
㉞韓柳文新探　胡楚生　著
㉟唐代社會與元白文學集團關係之研究　馬銘浩　著
㊱文轍（二册）　饒宗頤　著
㊲二十世紀中國文學　中國古典文學研究會　主編
㊳牡丹亭研究　楊振良　著
㊴中國戲劇史　魏子雲　著
㊵中外比較文學研究　第二册　李達三、劉介民　主編
㊶中國近代詩歌史　馬亞中　著
㊷近代曲學二家研究——吳梅·王季烈　蔡孟珍　著
㊸金元詞史　黃兆漢　著
㊹中國歷代詩經學　林葉連　著
㊺徐霞客及其遊記研究　方麗娜　著
㊻杜牧散文研究　呂武志　著
㊼民間文學與元雜劇　譚達先　著
㊽文學與佛學關係　中國古典文學研究會　編
㊾兩宋題畫詩論　李　栖　著
㊿王十朋及其詩　鄭定國　著
51文學與傳播的關係　中國古典文學研究會　主編

㊷中國民間文學	高　國　藩　著
㊸清人雜劇論略	曾　影　靖　著 黃　兆　漢校訂
㊹唐伎研究	廖　美　雲　著